"回忆,悲伤与荆棘"续作

The Last King of Osten Ard

最后的君王(卷一)上

Tad Williams

[美]泰德·威廉姆斯/著

董宇虹/译

重庆出版集团 重庆出版社

THE WITCHWOOD CROWN:The Last King of Osten Ard
Copyright @ 2017 By Tad Williams.
Maps by Isaac Stewart.
This edition arranged with The DAW Books,Inc.through Andrew Nurberg Associates International Limited.
Simplified Chinese Translation Copyright © 2023 by Chongqing Publishing House Co., Ltd.
All right reserved.

版贸核渝字(2018)第046号

图书在版编目(CIP)数据

最后的君王.卷一,巫木王冠/(美)泰德·威廉姆斯著;董宇虹译.—重庆:重庆出版社,2023.1
书名原文:THE WITCHWOOD CROWN
ISBN 978-7-229-15238-3

Ⅰ.①最… Ⅱ.①泰… ②董… Ⅲ.①长篇小说—美国—现代 Ⅳ.①I712.45

中国版本图书馆CIP数据核字(2022)第170860号

最后的君王(卷一)巫木王冠
ZUIHOU DE JUNWANG(JUANYI)WUMU WANGGUAN
[美]泰德·威廉姆斯 著 董宇虹 译

联合统筹:重庆史诗图书信息咨询有限公司
责任编辑:邹 禾 唐弋淄 陈 垦
装帧设计:谢颖设计工作室
封面图案:陈越林
责任校对:杨 婧

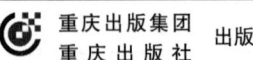
重庆出版集团
重庆出版社 出版

重庆市南岸区南滨路162号1幢 邮政编码:400061 http://www.cqph.com
重庆出版社艺术设计有限公司 制版
重庆豪森印务有限公司 印刷
重庆出版集团图书发行有限公司 发行
E-MAIL:fxchu@cqph.com 邮购电话:023-61520646
全国新华书店经销

开本:890mm×1230mm 1/32 印张:30.5 字数:815千
2023年1月第1版 2023年1月第1次印刷
ISBN 978-7-229-15238-3
定价:158.00元(全两册)

如有印装质量问题,请向本集团图书发行有限公司调换:023-61520678

版权所有 侵权必究

赠　言

　　经过深思熟虑之后，我决定，一定要把这本书献给三个人。因为在过去这些年里，为了引领我回归奥斯坦·亚德，属他们三位功劳最大。

　　大概每隔十七分钟，我的出版商——贝丝·魏赫姆和希拉·吉尔伯特——就会彬彬有礼地唠叨一次，说除我之外，所有人都认定，约书亚和渥莎娃那对龙凤胎的出生预言是续集的伏笔，并且真的很想看我把它写出来。（她俩其实很有耐心，但总会时不时提醒我一下，偶尔还会拿出大棒来威胁。）她们的督促并非只是出于商业理由，也因为她们相信，我能用那条线索写出精彩纷呈的故事。

　　我的妻子兼拍档黛博拉·比勒，也用同样的温柔和耐心劝导我多年。她了解我的写作习惯（为了达到最高效率，我每次要花上好几个月的时间休眠），但也会隔三差五询问一下，为什么我不能再写本《回忆、悲伤与荆棘》的续集？

　　有一天，又一场相同的对话结束之后，我终于坐下来仔细思考，为什么我不能再写。理由一般都是：首先得有个故事啊，不然那感觉，就像翻开一本经营手册那么无聊。我每一部作品都要从一个故事开始，可我脑子里已经没有奥斯坦·亚德的故事了。于是乎，为了向黛博拉（以及每位曾向我打听续集的人）证明为什么我不能写续集，我在心里毙掉了一个又一个蹩脚、老套或山寨的构思。就这样，我琢磨了将近一天，突然发现我竟然有故事可讲了。等我把它描述给黛博拉听时，我的心情已相当兴奋。没过几个星期，我就开始动笔了。

The Witchwood Crown

除此之外，黛博拉还以近千种不同的方式支持着这本书，从阅读并分析草稿（她的敏锐一如既往），到坐在餐桌前创作宣传文案（活像穿着睡衣的 P. T. 巴纳姆）。可以这么说，这本书里里外外都布满了她的指纹。

在出版方面，希拉和贝丝也作出了许许多多的贡献，包括热情地关心创作中的手稿，以及书本的外观设计等等。

所以，我要把这本书献给她们三位——希拉、贝丝和黛博拉。

贝丝和希拉，感谢你们所做的一切，感谢你们的友谊。最终能与你们分享这部作品，我真的非常开心。（并且我承认，我的眼睛有点湿润，情绪有些激动。）

黛博拉，你是我的唯一。为了这本书，也为了无法计数的其他一切，谢谢你。

致　谢

想要恰当地感谢对一本书作出过贡献的每一个人，向来是件极其困难的事，本书尤其如此，因为为它的面世，慷慨地奉献出时间和精力的人实在太多太多。

在此，我将尽可能多地列出我能确认的人士。可创作毕竟是从两年多以前开始的，所以，如果您也该得到感谢，却不幸被遗漏，请一定相信我对您的感激之情，并记得写信给我，好让我确保下一本书的致谢词恰当无遗。

首先，我要诚挚地感谢所有花费时间，阅读冗长的初稿，向我反馈感受和建议，确保书中索引全面、准确并与先前作品保持一致的人们。以下每个名字都代替我付出了数小时的工作！

夏洛特·克格、罗恩·海德、伊尔瓦·冯·洛尼森、伊娃·曼德巴彻、德威·菲尔赖、辛迪·斯夸尔斯、琳达·冯·德·帕尔、安吉拉·维塞尔，以及辛迪·严。

你们是我的英雄。感谢、感谢，再三感谢。

接下来，一如既往，我要感谢那些帮助我最多、最久的人们。在赠言中，我已经提到我妻子黛博拉·比勒和出版商希拉·吉尔伯特、贝丝·魏赫姆的重要帮助，但我还想再次重申：他们深深地撼动了我的世界。

我的代理人马特·比亚勒在工作中保持了惯常的聪明能干和风趣幽默。你还是老样子啊，马特。

不论遇到任何状况，丽莎·特维特都能确保我的网页（以及我职业生涯中的其他在线事务）的精彩和运转——同样非常感谢你，丽莎。

玛丽露·凯普-普拉特是新奥斯坦·亚德系列的排版编辑。她既是严厉的监工，也是迷人的缪斯。她会在校稿页边写点评，见我做得好，就开心地稍加赞扬；见我书写潦草、混乱或各种不达标，就温柔地指出。她的敏锐目光、智慧和善良心灵对这个故事的最终版本产生了强大的影响。

艾萨克·斯图尔特不仅描绘出精美的新地图，还付出许多时间和心血，力求所有细节都与先前作品的地理环境完全吻合（他在这方面也有帮忙，我稍后再说）。结果相当明显——地图也相当华丽。

迈克尔·维兰一直为这个系列作画。我已经说了很多遍，真的。他跟过去一样，十分努力地工作，理解了整个故事，并运用他出色的天赋进行扩展，远远超出了我自己的想象。

同 DAW 图书和企鹅兰登书屋的很多人一样，许久以来，约书亚·斯塔尔都在努力督促我按时完成工作，并且（或多或少地）帮助我远离各种麻烦。约书亚把繁琐到令人眼花缭乱的出版细节变成了一件赏心乐事。非常感谢，约书亚！

我在英国和德国出版人，霍德与斯托顿出版社的奥利弗·约翰逊，克莱特-柯塔出版社的史蒂芬·阿斯坎妮，以他们一贯的亲切风度和理解能力，读完并支持了这本长得吓人的新作。在国际出版方面，我真是福星高照啊。

当然了，我必须提到在 tadwilliams.com 留言板上留言的网友们。他们是一位作者能拥有的最忠诚、最友善的朋友，其中很多人的名字已在这里提过——但绝对没有说全。来一场狂欢吧，伙计们，我买单。

最后但绝非最少的谢意，我要送给下面两位。为了本次回归奥斯坦·亚德，他们付出了如此多的辛劳，称赞的话我都不知该从何说

致　谢

起了。

罗恩·海德基本成了奥斯坦·亚德的官方档案管理员。他不仅阅读原稿、提供建议，还和艾萨克·斯图尔特一起，在地图上花费了许多时间。对于这块大陆的细节和历史，罗恩比我还清楚——因为原来的作品是我在三十年前写的呀，所以他还得不分昼夜地回答我提出的各种问题。这套新书可能又是一部百万文字级别的作品，因此在创作它的过程中，想要保持所有细节与那么久远以前写下的百万文字（以及当时构建的更为庞大的背景设定）保持一致，真是件艰难的任务。如果没有罗恩的帮助，我得再花两年时间，才能写下这篇致谢词。

为了帮助本书面世，伊尔瓦·冯·洛尼森同样付出了超出责任、甚至可能超出理性的努力。除了很多跟罗恩同类的工作，她还有自己的独家贡献。她阅读了所有的草稿，写下海量评语。她的奥斯坦·亚德知识库十分庞大，能帮助我时刻走在正轨上。（是的，伊尔瓦同样比我还了解我自己的造物。）在修订过程中，她不断给我寄来笔记，描述她对刚刚读完的这个或那个场景的感受，帮助我保持高昂的斗志（以及产量）。至于她提出的各种创意和建议，就更不必说了。伊尔瓦、罗恩，以及前面提到的各位，你们的创意和建议，在各个方面都直接影响了你们手中的这本《巫木王冠》最终版。

我向你们所有人致敬。没有你们，我根本无法完成这部作品。愿神恩普照诸位。

温馨提示

很多人读到这里,都会意识到,本书是我在以前的一套书里创造的世界——奥斯坦·亚德——的回归系列之一。如果您不明白,别慌,看看下面的文字吧:

您无需看过以前的作品,也能享受新系列的乐趣,因为它发生在原作的大概三十年后,而且我也在新故事里尽心竭力地解释了许多重要信息。当然了,您可能还想找出原系列再看一遍。(我就是这么做的。我必须这么做,才能把新系列写好。)您可以在好几个地方找到原系列《回忆、悲伤与荆棘》的故事大纲,包括 DAW 图书的网站 dawbooks.com 和我本人的网站 tadwilliams.com。

那里没有考试。

原系列《回忆、悲伤与荆棘》包括以下三卷:
—《龙骨椅》
—《诀别石》
—《天使塔》(它又分成上、下两册)

新系列的名字是《最后的君王》,将包括以下三卷:
—《巫木王冠》
—《草原帝国》
—《航渡之子》(暂译)

The Witchwood Crown

另外还有两部小长篇，虽然并非新系列的组成部分，但里面的很多角色和历史事件都来自其他几本书。第一本《失落之心》已经出版。第二本尚未完成，暂时定名为《将来之影》，预计将在《航渡之子》之前出版。

序章

♛

骑手与坐骑滑下津林的山坡，穿过落叶松、叶片闪亮的山毛榉和花朵垂挂的橡树，闪过一束又一束明亮的阳光，悄无声息，速度惊人。若是普通凡人看到这一人一骑，肯定会吓一大跳。但骑手的浅色斗篷似乎能捕捉并反射周围的色彩，任何漫不经心的一瞥都只能瞧见些微的动静，并把那当成微风制造的幻象而已。

温暖的天气让坦娜哈雅心情愉快。林中昆虫的鸣唱——草蜢蹦跳的"嗖嗖"声、蜜蜂忙碌的"嗡嗡"声——同样哄得她十分开心。凡人的聚居地臭气熏天，这片森林只能提供暂时的庇护，尽管如此，她仍默默念起致辞，感谢这短暂的幸福。

赞美您，太阳母亲。赞美渐浓的香气。赞美蜜蜂的金舞。

按照族人的标准，支沙陇的坦娜哈雅还很年轻，落地仅有几个世纪。有生以来，她大部分时间都在马背上奔波，先是担任本族族长、花山的希马努的信使，待能力得到岁舞家族的认可，又开始为该家族的朋友们效力。不过这次前往凡人首都的任务，应该是她所有旅行中最危险也最陌生的一次。她希望自己足够坚强、足够机灵，以免辜负派遣者对她的信任。

大伙都说，坦娜哈雅的智慧超出了她的年龄，但她还是没法理解朋友们为何如此看重与凡人的关系——尤其是居住在那个特定区域内的短命生物。在她看来，如今的世道下，支达亚已不能相信任何凡人了，所以她更是没法理解朋友们的想法。

她要去的城堡就在前面了，越过树冠便能看到它最高处的屋顶。望着那矮胖的塔楼、沉重的石墙，坦娜哈雅很难相信，本族最宏伟、

The Witchwood Crown

最美丽的城市阿苏瓦曾经就耸立在那儿。凡人称这蠢笨的石堆为海霍特？那下面真的残留着他们古老的家园？

我不该瞎琢磨这些事，我个人的担心和期望并不重要，骑手与坐骑继续滑下山坡。我只要看清事实就够了。不然我会辜负我的誓言，还有我的朋友。

她在森林边缘停下。"Tsa，蛛丝。"她轻声命令道。马匹默默站定，坦娜哈雅仔细聆听。新的噪音沿着斜坡传进她的耳朵，随之而来的还有不甚好闻的新味道——野兽般的味道，明显是没怎么洗澡的凡人。坦娜哈雅弹了弹舌头，蛛丝侧步闪进阴影。

一个金发女孩跑到阳光下，一手挽着篮子，里面装满冬日的鲜花，有水仙、雪花莲和蓝紫色的番红花。直觉告诉坦娜哈雅，这孩子绝非孤身一人，所以她抬起一只手，按住剑柄，继续躲在树影之间。果然，五六个士兵全副武装，喘着粗气，"咣当咣当"地追到女孩旁边。过了片刻，她放松下来，因为这几个凡人显然对小家伙并无恶意。但她还是对凡人士兵的粗心大意感到有些吃惊——不等这些笨蛋发现津林里还有别人，她就可以用箭射倒其中的大多数。

一个凡人女子跟着武装士兵跑进空地，头上的帽檐像马车轮子一样宽。"莉莉娅！"女人叫了一声便停下脚步，弯腰喘气，"别跑，孩子！唉，你这个、小坏蛋！让我们、追你，真淘气！"

女孩停了下来，睁大眼睛。"可是，荣娜尔阿姨，你看！有浆果！"

"在玛瑞斯月？能有、什么浆果？你这疯丫头。"女人还没缓过气来。坦娜哈雅猜测，按凡人的标准，这女人应该还算标致。她身材高挑，容貌端庄而强硬。听女孩喊她的名字，坦娜哈雅估计她是格涞泽地的荣娜伯爵夫人①，凡人王后的密友之一。或许有人觉得，让身

---

① 伯爵夫人叫荣娜，但女孩喜欢叫她荣娜尔阿姨。

序章

份如此尊贵的女人照顾一个女孩会很奇怪，但坦娜哈雅并不这么想。

"不行，你得跟我回去，小羊羔。"伯爵夫人说，"那是夜浆果，吃了会生病的。"

"不会的，"女孩争辩，"这是森林里的浆果。森林浆果有很多魔力，精灵的魔力。"

"魔力？"戴帽子的女人声音充满嫌弃，但坦娜哈雅的视力相当敏锐，即便从远处也能看到她脸上的微笑。"我才不管什么精灵的魔力，mu'harcha！你说要摘早上的花儿，我才带你出来的。这都几个小时啦？汀娜迦无瑕的裙子在上，你瞧瞧我，脏成了什么样子，全身都是荨麻！"

"那不是荨麻，是浆果枝。"金发女孩说，"它们长了刺儿，免得人们把浆果吃光。"

"没人想吃那些浆果，除了鸟儿。就连鹿都不愿接近它们！"

重甲士兵还在喘气，脸上的汗水闪闪发光，但总算能挺直腰杆了。显然，女孩领着他们在山坡上跑了好长一段距离。"夫人，要不要我们抓住她？"其中一人问道。

伯爵夫人皱起眉头。"莉莉娅，该回去了。我想吃午餐了。"

"你不叫我'公主'或'殿下'，我才不听你的话。"

"说什么傻话？你爷爷奶奶不在家，我就是你的监护人，你这小狮子。快点儿，别惹我生气。"

"要是提摩伯伯在就好了。很多事他都不会拦着我。"

"我知道，提摩伯伯是你的誓约守护人。不对，他分明是你的奴隶，只会由着你胡来。我可没那么好说话。快走。"

女孩莉莉娅看看伯爵夫人，又看看长满蓝白浅色果实的深绿灌木丛，叹了口气，慢吞吞地走下斜坡。要是手柄再长一点儿，她的篮子都能拖到地上。"等王后奶奶和国王爷爷回来，我要告你的状。"她警告说。

"告什么状？"伯爵夫人皱着眉头，"告我不准你独自一人跑进森林，被狼和熊吃掉？"

"我可以喂它们吃浆果，这样它们就不会吃我了。"

贵妇拉起她的小手。"熊再饿也不吃夜浆果，而狼更喜欢吃你。"

一小群人沿着鹿径往回走，消失在斜坡下浓密的橡树和白蜡树中间。坦娜哈雅感慨地目送他们远去。想象一下，那个名叫莉莉娅的小生灵将长大成人，也许还会结婚，当上妈妈、外婆，然后老去，直至死亡——而这一切发生的时间可能还不到本族的一个大年①！在坦娜哈雅眼里，凡人的生命就像从高处坠落，而他们必须在撞上地面之前，拼抢着过完这一生，随后在狂风和混乱中迎向死亡。这些可怜的生物是怎么做到的？

支沙陇的坦娜哈雅头一次意识到，在这次任务中，也许她自己也能得到一些收获。这真是个意料之外的念头。

所以，这个小生灵就是莉莉娅，她告诉自己，也就是本次出使对象——米蕊茉王后与塞奥蒙国王——的孙女。这女孩就像骄傲的小黄蜂，坦娜哈雅一定还能再见到她。

小黄蜂？不对，应该是小蝴蝶，她突然感到一阵心痛。她的色彩与光辉将在天空下一闪而过，然后，就像所有凡人一样，瞬间化作尘土。

不过坦娜哈雅知道，假如她朋友们的担忧没错，那这蝴蝶女孩，以及海霍特所有凡人的末日，也许会来得更快，远超所有人的预料。

* * *

她再次勒马停步，看向城堡，这时仍能听到远处士兵发出的微弱的"哐当"声，以及金发女孩的说话声。她已辨不清说话的内容，只听到乐声般的嘟囔从下方森林传来。风向变了，凡人的体味——未

---

① 相当于凡人的60多年。

序章

洗的身体和未换的衣服——突然变得浓郁,她好不容易才忍住掉头返回的冲动。她明白,自己必须习惯这些味道。

坦娜哈雅一直不喜欢凡人那矮胖、阴沉的建筑,正如她不喜欢凡人的味道,这所谓的伟大城堡海霍特也不例外。尽管它体型庞大,也不过是将随便搭建的房屋挤在一处,藏在一圈又一圈的粗陋石墙后面,活像一丛丛蘑菇。整座城堡笨拙地蹲伏在高耸的山岬上,俯瞰着广阔的津濑湖,好像一只懒惰的海鸟巢。许多房顶铺着红色瓦片,在她眼里像干涸的血液一般暗沉。坦娜哈雅觉得,这著名的城堡更像一幢监牢,而非住处。她突然想到:数十年前——虽然对她族人仅是一眨眼的工夫——正是在这里,风暴之王对生者的攻击如烟泯灭,功败垂成。她似乎又听到了那一天的惊天惨号,看到了徘徊不去的无数阴影,感受到千万生灵的痛苦与惊惧。就连时间本身也险些在这里被逆转。凡人居然还能在这种地方生活?难道他们感觉不到无处不在的冤魂吗?

刚才的女孩曾让她精神一振,但此时此刻,那种心情却如热风吹走尘土一般消散。坦娜哈雅迟疑了一阵儿,漫不经心地摸了摸腰袋里的谓识。那是一块饱经风霜的神圣窥镜,能帮她跨越遥远的尘世距离,与派她前来的朋友对话。她与这里格格不入——在这堕落的时代里,她很难相信,真会有族人喜欢这里。不过现在还不算晚,她完全可以恳求角天华的挚友另找个人替换她。

但坦娜哈雅的冲动很快便平息了。她的职责不是评判这些短命的生灵,而是完成自己的任务,毕竟这是为了族人的利益。

说到底,她提醒自己,岁月不能独舞。而万物皆有牺牲。

她放开藏在袋里的窥镜,抬手重新攥紧缰绳。即使隔着这么远的距离,凡人的味道依然浓烈得令她窒息,刺激得让她难以忍受。若是离开高地,走进拥挤的街道,情况又会有多糟?

有什么东西猛地扎进她的后背。坦娜哈雅张开嘴巴,却吸不进空气。她想扭头看看是谁伤了她，同时伸手拔剑。但剑未出鞘，另一支箭也射中了她，这一次是在胸口。

希瑟向马鞍伏下身子，结果却把第二支箭往身体里压得更深、更痛。她感觉后背发凉，知道一定是鲜血浸透了上衣。她抓住第二支箭的箭柄，贴着肋骨折断。累赘除掉了，但鲜血仍从伤口不断涌出。她趴到蛛丝的脖子上，紧紧抱住坐骑，只想尽快逃离此地。但她刚用脚跟踢踢马腹，又一支箭"嗖"地钉上马颈，距坦娜哈雅的手指仅有一掌远。蛛丝又疼又怕，嘶鸣着人立而起。坦娜哈雅挣扎着想要抓牢，第四支箭却射中她后背上方，将她撞下了马鞍。她在半空中旋转，一时竟像在飞翔。随后，有什么东西撞上她的全身，那东西很大、很平，力道十足。最后，无声的黑暗如河水般淹没了她。

第一部
寡妇

寡妇

战上尸上虫,虫老生翅翼。
目怒体甲硬,岂非怨飞激。
栩栩辫方来,横遮遍天黑。
戍妇闻我言,色变气咽逆。
良人近战死,尸骸委砂砾。
昨夜魂梦归,白骑晓无迹。
因知天中蝗,乃是尸上物。
仰面久迎视,低头泪双滴。
呼儿勿杀害,解系从所适。
蝗乎若有知,飞入妾心臆。

——《蝗飞高》
南宋·徐照

荣耀

  起风了,吹得帐篷壁如波起伏,猎猎作响。提阿摩觉得自己就像坐在一面大鼓里。帐篷里许多人都在扯着嗓门说话,唯独一个年轻琴师的声音穿透了所有声响,唱起一首英雄之歌:

> "大声歌颂他高贵名,
> 荣耀的塞奥蒙!
> 四方传扬他高贵名,
> 荣耀的塞奥蒙!"

  然而国王脸上并没有荣耀,只有疲倦。提阿摩能从西蒙的脸部线条间看出这一点。他缩起肩膀,像要迎接一记重击。只是那打击早已落下,今日只是悲伤的冥寿周年纪罢了。
  矮小的提阿摩一瘸一拐地穿行在众多大块头之间,寒冷的天气让他的脚跛得更加厉害。大帐中间摆着两张高背木椅,装饰成王室的颜色。国王坐在其中一张,身边围着一群官员与廷臣。椅子上方悬挂一面旗帜,上面绘着两条龙,一白一红。另一张椅子则是空的。
  作为赫尼斯第旷野间临时的王座大殿,提阿摩心想,这顶帐篷胜任有余。但很明显,塞奥蒙国王并不想待在这里。至少今天不想。

> "右手握紧英雄剑,
> 无限豪气记心田。
> 宵小鼠辈忙逃窜,

寡妇

塞奥蒙坚守阵地前。

"北鬼涌出地狱间,
残杀无辜罪滔天。
巨人推倒四城门,
格兰汶河扬敌帆……"

"我没明白。"国王对一个廷臣大声说道,"真的,老伙计,周围吵得不行,你说的话我一句都没听懂。他们干吗要粘在桥上?以为我们是鸟,要用粘鸟网把我们抓住?"

"是站在桥上,陛下。"

国王沉下脸。"我知道,穆塔爵士,我只是开个玩笑。可我还是觉得没道理。"

廷臣坚定的笑容变得迟疑。"按照传统,人们应该站在桥梁和道路两边,但休国王担心那些桥承受不住这么多人的重量。"

"所以我们必须下车走过去?所有人?"

穆塔爵士瑟缩一下。"这是休国王的请求,陛下。"

"风暴之王驱爪牙,
扑上司维特大悬崖。
是谁登上海霍特,
喝令他们回老家?

"大声歌颂他高贵名,
荣耀的塞奥蒙!
四方传扬他高贵名,
荣耀的塞奥蒙!"

又一名信使挤到临时王座前，焦急地想向国王汇报，但西蒙的头却歪向了另一边，显得特别心不在焉。提阿摩感觉国王的火气正在升温，就像沼泽里的平底船开始渗水，很明显，如果没人尽快想想办法，整艘船就要沉了。

"君王英武屠冰龙，
只手擎天驱寒冬。
驯服高傲古希瑟，
拯救大地危难中……"

穆塔继续在国王耳边唠叨，那位信使第三次试图开口汇报，西蒙却突然站了起来。廷臣们迅速后退，犹如一群被巨熊驱散的猎犬。国王的胡须仍染有几缕火红，但灰白已然成为主色调，那绺被龙血溅过的白发更是无比显眼，所以西蒙发起脾气时，活像古代的安东先知。

"你！就是你！"西蒙嚷道，"营地里这帮人啊，一会儿让我干这个……一会儿让我别干那个……吵得我自己心里想什么都听不见，你是不是觉得这还不够糟……还非得叫我听那些狗屁不通的鬼话？"他抬手指着罪魁祸首，"你说？我非得听吗？"

在国王手指的方向，小琴师瞪圆了眼睛，活像一头正在夜间安睡、却突然被火光吓傻了的小牛犊。他咽了口口水，愣了很长时间。"您说什么，陛下？"最后他尖声问道。

"那首歌！那首荒谬的歌！'君王英武屠冰龙'——彻头彻尾的谎言！"国王迈开大步，扑到瘦小的黑发琴师面前，后者像落在温暖手心的雪花一样融化、缩小。"宝血圣树在上，我根本没杀死那条龙，只是砍了它一小下而已。我当时吓坏了。还有，看在我主乌瑟斯大爱的分上，我哪有本事驯服希瑟？"

琴师仰望着他,嘴巴一张一合,却没发出半点声音。

"其他歌词更是疯透了。驱寒冬?你怎么不说太阳每天都是我给挂上去的?"

"可、可是……这只是一首歌呀,陛下。"琴师总算能说出话了,"很流行的,大伙都爱听——所有人都会唱……"

"喊!"西蒙不再叫嚷。他的怒火就像雷阵雨——雷声过后便只剩冻雨淋漓。"那你就去唱给'所有人'听吧。等我们回到海霍特,你最好去问问老桑弗戈,实情到底是什么样。你问问他,当初风暴之王的黑暗笼罩我们,把每个人都吓得瑟瑟发抖,到底是怎样的情形。"

年轻人露出迷惑但勇敢的表情。"这首歌就是桑弗戈写的,陛下,他亲自教我唱的。"

西蒙咆哮起来。"原来所有诗人都是骗子。滚,小子。别让我再看到你。"

琴师垂头丧气地挤过人群,走向帐门口。他经过时,提阿摩拉住他的袖子。"你在外面等等,"他说,"我一会儿找你。"

年轻人心烦意乱,没太听清。"您说什么?"

"在外面等一会儿。我会来找你。"

年轻人莫名其妙地看着小个子乌澜人。由于朝中人人都认识提阿摩,也知道他和国王与王后有多亲近,于是琴师眨眨眼,尽量打起精神。"遵命,大人。"

西蒙正在驱赶帐篷里余下的廷臣。"够了!你们都出去,别烦我。这么多事,我一天肯定做不完!让我清静一会儿!"

提阿摩站在旁边,等人群从身旁涌出帐篷,又继续等了一会儿,直到国王不再来回踱步,坐回到椅子里。西蒙抬头望向他的参事,拉长的脸上满是苦恼,以及无谓的愤怒。"别这么看着我,提阿摩。"

国王很少对服侍他的人发火,并因此广受爱戴。他年轻时是海霍特的厨房小厮,所以很多爱克兰人称他为"平民国王"甚至"帮佣国王"。一般情况下,西蒙很清楚被掌权者轻视和责骂是什么感受。但有时,尤其是今天这种哀思如潮的日子,他的脾气总会特别臭。

提阿摩当然明白,国王的坏脾气不会持续太久,而且很快就会被懊悔取代。"陛下,我没用不一样的眼光看你呀。"

"别糊弄我。你有。每次你觉得某某国王是个大笨蛋,就会露出这种又哀伤又睿智的表情。而那个笨蛋国王一直都是我。"

"陛下,您只是需要休息。"以老朋友的身份说话是种特权,但提阿摩不会在房内还有其他人时使用。"您很累,所以心情不大好。"

国王张开嘴,随即摇了摇头。"今天确实很糟。"他最后说道,"非常糟。米蕊茉在哪儿?"

"王后推掉所有觐见请求,出去散步了。"

"我替她高兴。希望没人打扰她。"

"她也是这么希望的。不过她身边还有女伴。今天这种日子,她比您更需要陪伴。"

"今天这种日子,我想跟宾拿比克,还有他的族人一起,爬上矮怪落的山顶。那边除了雪,没有其他景色;除了风,没有别的声音。"

"这片草地的风足够您吹了。"提阿摩回答,"不过雪确实不多,毕竟再过两周,冬天就要过去了。"

"唉,我知道今天是几月几号。"西蒙说,"不需要你提醒。"

提阿摩清清嗓子。"当然不需要。但您愿意听我一言吗?休息一下吧。平复一下您的悲伤。"

"我只是……听够了这些没完没了的废话……什么英雄西蒙之类。我可不是什么英雄,当初我儿子……"

"求您了,陛下。"

"我确实不该拿那个琴师撒气。"同往常一样,风暴已迅速消散,让西蒙连连摇头。"之前他给我唱过不少动听的曲子。谎言这么快就变成历史,又不是他的错。也许我该跟他谈谈,对他如此不公,实在让我过意不去。"

提阿摩憋住笑意。一个道歉的国王！难怪他与这两位王者的关系会比钢铁还要牢靠。"我承认，刚才的举动确实不像您，陛下。"

"那好，你能帮我把他找来吗？"

"事实上，我想他就在帐外，陛下。"

"哦，看在圣特纳斯和圣瑞普的大爱分上，提阿摩，只有你我两人时，你就别再叫我'陛下'了。你说他在附近？"

"我去找找，西蒙。"

琴师的确就在附近，正缩在门边帐幕的皱褶里，躲避玛瑞斯月的寒风。他跟着提阿摩回到帐篷，活像一个等候死刑裁决的罪犯。

"你来了。"国王说，"过来。你叫利楠，对吧？"

已经瞪大的眼睛撑得更圆了。"是我，陛下。"

"我对你太苛刻了，利楠。今天……今天我心情不大好。"

提阿摩估计，琴师跟朝中所有人一样，很清楚今天是什么日子，但他也足够聪明，只是默不作声，等待国王自己搜肠刮肚地找词儿。

"不管怎么说，我很抱歉。"国王说，"明天再来见我吧，到时我会更有心情听歌。不过你得去找那个老混蛋桑弗戈，叫他教你几首就算胡编、起码也能靠谱点儿的曲子。"

"遵命，陛下。"

"去吧。其实你嗓子不错。记住，音乐虽然高雅，但也危险，因为它能伤透人心，甚至比矛和箭更厉害。"

年轻人忙不迭地退出帐篷。西蒙抬头望向他的老朋友。"我是不是该把所有人都叫回来，逐一道个歉？"

"我看没这个必要。"提阿摩告诉他，"您吃完早餐就一直听他们汇报。我觉得您最好再吃点儿东西，然后休息。"

"可我必须回复休国王那些该死的'建议'。"西蒙扯了扯胡子，"提阿摩，你觉得他到底想干吗？提出这么多荒唐的条件，好像他压根不想让我们来赫尼赛哈。这么一个小小的王家巡游，他却连吃住都不想管？"

"呃，我相信不是这样。赫尼斯第人向来讲究礼数。"但提阿摩心底也不赞成对方的做法。坚持礼节周到是一回事，但为了早在几周前就该安排好的繁文缛节，而让至高王和至高王后在郊外等上两天，却又是另一回事了。不管怎么说，若没有西蒙和米蕊茉坐镇至高王座，赫尼斯第的国王之位早就不复存在了。赫尼斯第能保留他们自己的国王，最初也要多亏米蕊①的祖父圣王约翰法外开恩。不过嘛，提阿摩心想，休国王比较年轻，有失礼节大概也是因为新君经验不足。"我保证，穆塔爵士、艾欧莱尔伯爵和我很快就能搞定这一切。"他大声回答。

"好吧，希望你是对的，提阿摩。告诉他们，我们全都答应了，叫他们明早就把可恨的邀请函发过来。最开始就是一件伤心的差事把我们弄到这儿来，今天又是伤心的冥寿。需要多少旗子、王座摆多高、走什么路线……纠缠这些琐事有什么意义？"他厌烦地挥挥手，"既然休想摆排场，就让他摆去。他想玩过家家也随他。我和米蕊懒得管。"

"您可能是在给赫尼斯第国王帮倒忙。"提阿摩温和地说，虽然他的内心并不这么想。真的不想。

"爸爸，我们可以在里面游泳吗？"

黑色的河水无声但湍急。"不可以，儿子。"

"对面有什么？"孩子问。

"没人知道。"

这是西蒙梦境与记忆的混合，部分是当年他带着年幼的约翰·约

---

① 米蕊是米蕊茉王后的昵称。

寡妇

书亚前往河边的格兰本镇视察洪水时的情景。风暴之王战败、绿天使塔坍塌之后,冬天变得越来越温暖。春天的融雪灌满了爱克兰境内的河道,使得河水从两岸漫出,将格兰汶河两边的田野淹成一片泽国。房屋与谷仓突出水面,犹如漂浮的垃圾岛。跟随西蒙去格兰本镇时,约翰·约书亚快满五岁了,满脑子都是问号。他一直都喜欢问个不停。

"不要过河,爸爸。"梦中的儿子告诉他。

"我不过。"梦中的西蒙没笑,但现实中的他笑了。儿子郑重其事的警告逗乐了他。"河太宽了,约翰·约书亚。我虽然是大人,也游不了那么远。"他指向河对岸。那边的地势比较高。这段距离连西蒙射出的箭也飞不过去。

"如果我过河了,你会来找我吗?"孩子问,"如果我掉下去呢?"

"当然会。"他记得自己斩钉截铁地回答,"我会跳下河把你捞上来。我当然会!"

但他的心神被别的东西分散了:是梦境里的嘈杂声。他知道自己不该理会,但那凶狠的猎犬吠叫声实在叫人难以忽视。西蒙曾被风暴之矛的白色怪犬追杀,以后每次听到犬吠都会血液发冷。

"爸爸?"男孩的声音比片刻前稍远了一些,但西蒙已经转过身,背对着大河,望向田野。太阳消失在云后,大地渐渐昏暗。远处有团影子在地面上移动,动作整齐划一——那不是一群,而是一只怪物,正在追猎……

"爸爸?"

好虚弱的叫声!而且小王子没牵他的手——怎么会这样?即便在梦里,即便西蒙隐约知道自己正躺在床上睡觉,仍能感到一阵冰寒可怕的恐惧涌上心头,冻住了大脑里的血液。儿子已经不在他身旁了。

他慌乱地四下张望,但一时间什么也看不到。远处那只猎犬的哀号和脚步声越来越响。随后,他看到一颗小脑袋在黑色的河水中起起伏伏,一对小手高高举起,像在跟朋友打招呼——虚假的朋友,虚幻的朋友。西蒙的心在颤抖,像要停止跳动。他跑了起来。他在狂奔。然而,即便跑到时间的尽头,他也没法靠近儿子。头顶的云层愈加浓厚,阳光几近消失,他仿佛听到微弱而揪心的哭声和拍水声。尽管他朝最后看到孩子的方向猛冲,但始终无法靠近。

他歇斯底里地尖叫一声,纵身一跃,仿佛单凭纯粹的意志和悔恨,就能跨过那无法逾越的距离似的……

* * *

"西蒙!"

一只清凉的手抚上他的额头,却没法安抚他,反倒像要阻拦他、禁锢他。一时间,他恐惧得发疯,想抬起手把妨碍物打走。他听到妻子被自己突然的动作吓得倒吸一口气,随后才想起自己在哪儿。

"米、米蕊?"

"是噩梦,西蒙。你做噩梦了。"米蕊茉感觉丈夫的肌肉放松下来,于是收回放在他额头上的手。她的另一只手原本抱着西蒙的胸膛,这会儿也松开了。她躺回乱糟糟的床上,紧挨着他。"用不用叫人给你送点儿什么东西?"

西蒙摇摇头,虽然对方看不到他的动作。"不用了,我……"

"还是上次的噩梦?那条龙?"

"不是。是小时候的约翰·约书亚。没错,这几天我都没法想别的事。"

西蒙躺着,久久地凝视黑暗。听妻子的呼吸声,她也没再睡着。"我梦到他了。"最后,他开口说道,"他从我身边跑开。我去追,但追不上。"

她依然沉默,只是伸出一只手,停在他的脸上。

"七年了,米蕊,自从那场该死的热病带走他,已经七年了。但我还是忘不掉。"

寡妇

她动了动。"你觉得我跟你不一样?我无时无刻不在想念他!"

听语气,西蒙知道她生气了,却不太明白为什么。死亡如军队一般杀来,随心所欲地夺走生命、粉碎世间的宁静。即使它退去多年,安宁依然无法回归。为什么牧师们提起死亡,却像在谈论一个好朋友?"我知道,亲爱的,我知道。"

过了一会儿,米蕊茉说:"想想吧,以后每年都会有个玛瑞斯月9日,直到时间的尽头。这本来是个幸福的日子。他的生日。"

"这依然是个幸福的日子,我的爱妻。上帝会收回每个人的生命,何况儿子离开前,还给我们留下了一个继承人。他已经给了我们很多。"

"继承人。"她的声音有些敏感,"我只想要他。我只想要约翰·约书亚,可我们的余生却只能忍受她。"

"你自己也说过,比起咱们的孙女,那个寡妇只是个小小的代价,更别提我们还有孙子和继承人。"

"那是在莫根纳长大成人之前说的。"

"哈!"其实西蒙并不觉得好笑,但苦笑总比骂人强,"他还算不上是个成年人。"

米蕊茉缓缓吸了口气,方才开口。"咱们的孙子已经十七岁了。你我结婚时,你差不多也是这个年纪。这个年纪足够追求女孩了。足够喝酒、赌钱和享受人生。也就你在这个年纪没做过这些事!"

"因为我在洗盘子、削土豆、剥洋葱、给城堡打扫卫生啊,亲爱的——虽然我并不乐意。后来我追随约书亚去打仗——尽管那也不是我自愿的。"

"不管怎么说,身边净是些游手好闲的损友,莫根纳怎么成熟得起来?他会变得跟那些人一样。"

"他再长大些,就不会做那些蠢事了,米蕊。他会长大的。"但西蒙自己也不太相信这话。有些时候,他们的孙子就像被黑色河水冲走的儿子，已经离他远去了。

二人在黑暗中又沉默一段时间。米蕊茉说："我又想那小家伙了。我是说，咱们的孙女。"她把手搭上丈夫的肚皮，凑近一些。西蒙发觉，她的肌肉绷得很紧。"要是没把她留在家里就好了。你觉得她会听荣娜的话吗？"

"才不会呢。"西蒙竟然笑了笑，"你担心得太多了，我的挚爱。你知道咱们不能带莉莉娅来。瑞摩加还是冬天，天上吹着冰风，很容易得热病。不过咱们带来了孙子，他在这趟旅行中能收获不少。"

"收获。一个失去父母的人，跑来看另一个善良的老人死去，能有什么收获？"

"身为王子，莫根纳必须学会，他不是单为自己活着，他是很多人的希望。"西蒙终于感到睡意重新袭来，"就像你和我，我的爱妻。"这话本是出于安慰，但他感觉米蕊茉的身子又变得僵硬，"我得睡了。你也睡吧。别干躺着烦心了，米蕊。靠近点儿，把头搁在我胸前。来嘛。"有时候，即使近在咫尺，西蒙也十分牵挂妻子，尤其是在她不开心的时候。

她正要把头搁在西蒙胸前，却突然僵住。"他的坟墓！"她轻声说，"我们没有……"

西蒙捋了捋她的发丝。"我们有。帕萨瓦勒在上一封信里答应会带鲜花过去，还保证会让歌威斯主教主持约翰·约书亚的祭典仪式。"

"哦。"紧绷的肌肉放松下来，"帕萨瓦勒是个好人。有他在是我们的运气。"

"确实是。现在咱俩都该睡觉了，米蕊。明天会很忙。"

"为什么？休终于肯放我们进城了？"

"最好是。我就快失去耐心了。"

"我一直不喜欢他。打一开始就不喜欢。"

"是啊。不过，亲爱的，很多人你一开始都不喜欢。"西蒙把脸转向旁边，贴住妻子的头。

"才没有。我以前不这样。"她又凑近一些。风声再起，吹得外面的帐篷绳"嗡嗡"作响。"我觉得，以前的我更有爱心。可现在，我有时担心我已经把爱心用光了。"

"我和你的孙子、孙女除外，对吧？"

米蕊茉沉默的时间有些长，不禁让西蒙有些担忧。"当然。"她回答，"当然。"自从他俩的儿子去世，冥寿总是悲伤的日子，也难怪她会如此哀怨。

伴着风声，西蒙再度入睡。

The Witchwood Crown

霜冻边境最好的帐篷

♛

　　他跟在父亲身后,好像走了很久,却不记得二人是从何时何地出发的。天色昏暗下来,前方那熟悉的高大身躯只剩一道阴影,随着小路在暮色中兜兜转转,有时甚至都看不清了。他真希望自己的年纪还不算太大,还能牵住父亲的手。或者,他已经长大了?

　　他不知道自己几岁了。

　　"爸爸,等等!"他喊道。

　　父亲说了句什么,但莫根纳没听懂。好像有什么东西捂住了父亲的声音,类似房门、距离或其他某种干扰。他加快脚步,气喘吁吁,小腿酸痛,尽力不去理会旁边树林里追着他不放的怪声。那些声音很奇怪,发出"呼呼"的轻叫,好像鸽子的鬼魂。这是什么地方?他们怎么会在这儿?树太多了!难道这就是祖父的事迹里提到的森林?那片黑暗的、充满怪声和窥探之眼的未知之地?

　　"爸爸?"他提高嗓门,几乎是在尖叫,"你在哪儿?等等我!"

　　到处都是树。月光如此暗淡,他几乎看不到脚下的路。他疾步转过一个个弯儿,想要追上父亲一直远去的身影。树根在他脚下的泥土间抽动,犹如银蛇一般,不停地抓他、绊他。他好几次跌跌撞撞地差点儿摔倒,但强迫自己继续向前。在他周围,整片森林仿佛都在扭动,树木旋转、弯曲,活像精疲力尽的舞者。他停下脚步聆听,却只能听到头上传来一阵阵有气无力的、可怕的"呼呼"声。

"爸爸!你去哪儿了?回来!"

他仿佛听到,父亲低沉的声音从前方远处飘回,却听不清那是"我在这里!"还是"我害怕……!"

但做父亲的绝对不会害怕。他们会陪着你、保护你。他们自己不会害怕。

"爸爸?"

小路消失了。他感觉脚下的树根在蠕动,头上的树枝也低垂下来,裹住了他,遮蔽了月光。

"爸爸?别丢下我!"

他独自一人,被遗弃在这里哭泣。他成了一个孤儿、一个迷途者。

"爸爸!"

没有回答。从来都没有回答。他竭力挣扎,但树枝却缠着他不放。

每次都一样……

* * *

爱克兰王子、圣王约翰至高王座的继承人莫根纳从小床上翻滚下来,掉在地上,慌乱地挣脱缠住他的斗篷。他似乎依然陷在梦中的森林里,迷迷糊糊地在潮湿的地毯上躺了很久,心脏在胸腔间敲得好像打雷。终于,他坐了起来,试图看清自己身在何处、遭遇了什么。尽管毯子还紧紧挂在他脖子上,像个被嫌弃的恋人,但他依然觉得很冷。附近有什么东西发出难听又烦人的噪音。莫根纳担心地在黑暗里

The Witchwood Crown

张望了一阵儿，终于意识到，那只是侍从梅尔金的鼾声而已。

好吧，有人还能睡着，确实也该赞美上帝。

记忆懒洋洋地涌回脑海。他随祖父母的王家巡游出行。他和梅尔金正睡在赫尼斯第首都赫尼赛哈城外某块田野的帐篷里。天气很冷，因为春天还有两周才能到来。刚才的噩梦已经不是头一次出现了。今晚吃得太多，聊得太多，酒也喝得太多。然而此时此刻，他宁可自己再多喝点儿——越多越好，好祛除这彻骨的寒意，以及噩梦造成的、直达心底的恶寒。

他发现自己眼眶湿润，脸颊潮湿。他在梦里哭了出来。

是爸爸。我追不上他……他的心仿佛破了个洞，寒风就穿过那个洞，凉透了他的心。他恼火地用袖子擦擦脸。

居然像小孩子一样哭鼻子！白痴！懦夫！要是被人看见怎么办？

他需要酒。经验告诉莫根纳，一大杯酸涩但可靠的红酒能温暖凉透的五脏六腑，将噩梦逐出脑海。但他没有酒。与国王与王后共进晚餐时，他把送上来的葡萄酒都喝光了，却仍换不来一个无梦之夜。

一开始，他本想回到床上接着睡。外面寒风阵阵，而且这个时间点，如果他在营地里乱晃，好多看到他的人会立刻跑去找他祖父母打小报告。但记忆里那条没完没了的森林小径，还有永远追不上父亲的恐惧，实在太让人难受了。

酒。没错，听朋友们为愚蠢的事情争吵，那种感觉真的很好，平凡却让人安心。如果能再次喝醉就更好了。这次他要喝个够，那他就不用再听森林里的怪声、不用再回味孤儿般的伤心，甚至不用做梦了。

莫根纳勉强爬起身，走出帐外，去寻找美妙的遗忘之道。他很清楚该去哪儿找。

♛

纳班骑士艾斯崔恩爵士和欧维里斯爵士合住的帐篷就是这里的临

时酒馆。不需要什么王家公告，也没有什么官方声明，光是有老练的酒徒波尔图爵士在场，以及每日不断的葡萄酒供应就足够了。

整片王家营地都很昏暗，但帐外的两盏提灯为这顶帐篷罩上了一层近乎喜庆的光芒。老波尔图爵士盯着自己的杯子，点点头。"主啊，我们软弱时，请保佑我们。"他用最悲伤的语调说道，"也求您保留一些恩慈，因为我们很快又会变得软弱。"他长饮一口，用手背抹抹嘴巴和脏乱的白胡子。"这是最后一杯了。"他说，"上帝仁慈，要是能让我再尝一口纳班的女仆酒馆贮藏的奥乃翠红酒，让我干啥都行。那才是男人喝的美酒。而这玩意儿……就是葡萄水嘛，根本不够陈，喝着连点儿罪恶感都没有。"

"不用罪恶感也能享受美酒啊。"艾斯崔恩爵士说。

"求求您，大人，"艾斯崔恩腿上的年轻女子一边说话，一边挣扎着想站起来，却没能成功，"再不回去干活，我会受罚的！让我走吧。"

艾斯崔恩没放手，只是调整一下平衡，依然把她搂在膝盖上。"什么？"他质问道，"你宁可回到那马夫无聊透顶的马车里？"他伸手拉扯女孩的紧身胸衣，后者的乳房都快蹦出来了。

"大人！"她一把抓住衣领，却没法阻止艾斯崔恩的手移向别处。

帐篷的门帘晃了晃，却没被掀开，反而裹住了某个大块头。帐篷的柱子像被狂风吹打一样摇摆起来。

"奥斯坦·亚德全境的继承者被缠住了。"艾斯崔恩爵士说，"谁能把他解救出来，就能得到一片大庄园做奖赏。"

"我会赏你一记飞脚，踹在你的屁股上。"声音的主人在门帘里扭动，犹如试图破茧的蝴蝶，"你等我过去的。"

"谁去救救高贵的王子吧——赶紧的！"艾斯崔恩喊道，"本来我可以自己去，可我现在战意正酣呐。"他终于使出足够的力气，攻破了年轻女子的防御，让她的裸胸弹跳着暴露在众人面前。女孩却没放弃,仍想遮住胸部,还更用力地挣扎起来,一边咒骂一边踢打。

"弟兄们,弟兄们!"艾斯崔恩爵士唱起曲子,"弟兄们,弟兄们!整个纳班都在鸣钟。救主钉死那一天,虽然没人去拉绳,但每座塔都鸣起钟,证明安东就是我们的主!"

黑发的欧维里斯爵士闷声不响,过去帮忙。莫根纳王子终于摆脱了门帘,几缕棕得发金的头发被融化的雪花胡乱粘在脸上。他眉毛浓密,颜色比头发还略深一些,看到奋力挣扎的女孩,嫌弃地缓缓挑起双眉。"上帝开眼啊,艾斯崔恩,你到底在干吗?放开那可怜的女孩。没人帮我倒杯烈酒吗?"他抬头四顾,"怎么?没人伺候你们的主子?你们这群叛国贼。"

"我们把最后一口都喝光了,殿下。"波尔图内疚地擦擦上唇,"这地方比纳斯卡都的沙丘还干燥呢。"

"上帝咒诅你们!"莫根纳郁闷之极,"没东西让我一夜无梦吗?得,行啊——那就换个法子让我分心吧。艾斯崔恩,你还欠我一局,我准备好赢回我的钱了。这次不用你的骰子,你这狡猾的小矮子。"

"说话真缺德。"艾斯崔恩咧嘴笑了。马夫的女儿努力想从他腿上站起来,眼看就要哭了。"确实,我不是这国家个子最高的,但我也没你说得那么矮呀。我的头能够着欧维里斯的肩膀,反正他肩膀上面那东西也没啥用,所以我俩算是一般高。"

"仁慈的安东啊!"莫根纳小心地坐进一张木凳,凶狠地皱起眉头,"你还搂着她不放?我叫你放开她,艾斯崔恩!既然她不想待在这里,那就放她回去。"他踹了一脚艾斯崔恩的腿,展开眉头朝年轻女子露出个微笑。可惜他的脸涨得通红,笑容并不太迷人。"他在请求你的原谅,小姑娘。"

"我是在求她呀,王子殿下。"艾斯崔恩故意趁猎物使劲儿往外推时松手,想让她摔到地上。幸好欧维里斯将女孩一把接住,并扶她站稳。高个子骑士一如既往地沉默,只是朝艾斯崔恩翻了个白眼,回

寡妇

到自己的木箱座位上。

"我替艾斯崔恩爵士道歉。"莫根纳对女孩说,"他就是个大老粗。对了,亲爱的,你叫什么名字?"

女孩因奋力挣扎,脸蛋涨得通红——王子的脸也很红,不过是被酒精熏的。她双眼圆睁,好像受惊的小马。等她把衣服拉回原位,还是尽力向莫根纳行了个屈膝礼。"谢谢您,殿下,我叫勾姐。我来是为告诉这几个……家伙,杰瑞米大人不准他们再喝了。他的原话是,他们把回程的酒都喝掉一大半了。"她语气愤怒,眼泪都快掉下来了。

"好吧,幸好赫尼赛哈还有蜂蜜酒。"莫根纳挥手示意她退下。她提起裙摆,飞也似的逃出了帐篷。

"前提是他们肯放我们进城。"波尔图的语气如丧钟一般哀伤,"不然,我们很快就会渴死在这野地间。"

"我必须说一句,殿下,"艾斯崔恩说,"你好像找到法子对付这悲伤的旅程了。不跟同路兄弟们分享一下吗?"

"分享?"莫根纳摇摇头,"我是陪祖父母吃王家晚宴去了。真是我这辈子最漫长的夜晚,我的罪行……还有你们的罪行……都被巨……巨什么来着……巨细无遗地数落了一遍。然后我想睡觉,结果……"他皱起眉头,挥手作罢,"算了。我就该痛饮一顿,可就算那样也远远不够。"年轻女孩已经走远,于是莫根纳放任自己萎靡下来,露出本相——一个岁数不大却没少喝的年轻人。

"所以殿下,你没什么好分享的?"波尔图问。

"我在祖父母的餐桌前,把能够到的每一滴酒都喝下肚,可还是不够啊。他们只顾说话,都是些无聊事——赫尼斯第国王怎么怎么可恶,王家铁匠需要废铁料打马掌,当地的赫尼斯第农夫抱怨王家巡游掠夺了他们的土地。忍受了一整晚,我感觉自己又开始清醒了。可我不喜欢清醒。"他看看艾斯崔恩,"对了,说到掠夺,我注意到你们的火堆上有块后腰肉。是不是哪只农场肥猪遗留的残骸呀?"

27

"不是，不是，殿下，那是山上的无主野猪。"艾斯崔恩说，"你说对吧，波尔图？它让我们一通好撵。"

波尔图的表情颇为愧疚。"呃，啊，没错。"

"我敢说是绕着猪圈一通好撵吧。"莫根纳皱起眉头，"上帝救救我们吧，真无聊。"但王子的表情更像是困扰，而非无聊。"对了，宴会中间来了个艾弗沙的信使，说瑞摩加人请我们离开赫尼斯第后赶紧上路。看样子公爵还没死。"

"那可真是个好消息！"波尔图坐直了一些，"老艾奎纳还活着？真是好消息。"

"是啊，确实值得高兴。"莫根纳瞪了艾斯崔恩一眼，"伙计，怎么还不扔骰子？我的钱怎么还在你的口袋里？"

"殿下，"波尔图说，"我不是想指责什么，但艾奎纳公爵是你祖父母最可靠的盟友之一。三十多年前，我跟他一起在海霍特并肩战斗，后来在可恨的奈琦迦山门前也是。"

"你还管那叫'战斗'？"艾斯崔恩一阵傻笑，"我相信你那该叫'躲藏'吧。"

波尔图沉下脸。"我的尊严不允许我回应如此恶意的中伤。爵士，你当时在哪儿？不对，你那时不过是个小屁孩，还在惹你的奶妈生气，而我则冒着生命危险抵御北鬼。"

艾斯崔恩只是哈哈大笑。

波尔图勉力站起身，头顶抵到帐篷顶。据说所有为至高王座战斗过的骑士当中，只有伟大的凯马瑞比波尔图个子高，不过他俩的可比之处也就只有这一点了。"你笑成这样是什么意思？"老战士质问道，"我该叫你笑柄爵士吗？你看看这是什么？"他从衣领里扯出一个光滑的吊坠，那是一枚用椭圆的蓝水晶雕刻的女性肖像，"这是我杀掉一个精灵后得来的！是北鬼的东西，真家伙。来啊，继续笑啊——你有这种战利品吗？"

寡妇

欧维里斯爵士开口了。"老人家，我并不怀疑你是从某个趴在地上的将死之人身上拿到那玩意儿的。你还在背后捅了他一剑好送他上路。"

莫根纳王子吓了一跳。"宝血圣树啊，欧维里斯，你沉默这么久，就为毫无预警地在阴影里说句话？我还以为闹鬼了呢！"

黑发男子没再回答。一口气说那么长一串话，已经耗尽了他的力气。

"行了，别再捉弄波尔图了。"王子说，"来啊，艾斯崔恩，摇点喊号还是哈卡玩法？我不会让今天没点好事就结束的，把你变成乞丐会让我非常开心。自从越过边境线进入赫尼斯第，我还没遇上过好运气。"

"外面没有边境线。"艾斯崔恩边说边检查王子的骰子，仔细看了很久，用手掌掂掂重量，又用手指试试点子上有没有野猪毛或涂铅。"这些可以。"他把骰子还回去。

"说什么胡话？"王子问，"没有边境线？"他掷出第一把骰子，"十点，爵士——两手。你可以一边喊点一边解释。"

"就是字面意思，殿下。"艾斯崔恩回答，"我们几天前就进了赫尼斯第。再走二十里格就是瑞摩加。你觉得，东边那座城墙高筑的百利墩城里住着什么人？"

莫根纳耸耸肩，看着艾斯崔恩掷出一个六和一个四。骑士的一举一动都有股简洁的风度，当然了，他的剑法也是如此，其速度和敏捷得益于他的矮小身材。他常常被人——尤其是他自己——称为全境最出色的剑士之一。"住着赫尼斯第人呗。"王子回答，"骑士、贵族、农夫，各种普通民众。"

"是瑞摩加人，殿下。几百年前的某次战争过后，他们就住在那儿了，一直没搬走。那儿的大部分居民都有北方血统。"又轮到艾斯崔恩，他立刻掷出了石头——也就是士兵们口中的"蛋蛋"：两个一。他从充当桌子的木箱上扫走钱币。"我真喜欢你的骰子,王子。对了,你有没有留意我们今早经过的小村?虽然你好像没怎么注意四周。"

"当时我的脑袋就跟你们纳班那些钟一样,'叮叮当当'响个不停。不过我看见了。有几个孩子,还有其他人,出来朝我们挥手,对吧?"

"正是。你知道他们说的是哪儿的话吗?"

"不知道,永恒的安东啊,我怎么知道?"

"当然是赫尼斯第语——我们就在赫尼斯第嘛。"艾斯崔恩咧嘴笑了,"但他们的血统属于爱克兰,跟你一样,所以他们的对话里夹着不少爱克兰词汇。你懂了吗?"

"懂什么?"莫根纳又输了一把,原本好转的心情渐渐开始消沉,"这里有人听不懂他们的话吗?宝血圣树啊,伙计,我干吗要关心这种事情?"

"因为这恰好印证了边境线没啥意义,至少大部分情况下没啥意义。在少数地方——比如瑞摩加北部和北鬼领之间——由于双方都严防死守,所以边境线确实存在。但在霜冻边境这边,赫尼斯第人、瑞摩加人、爱克兰人,已经混居到了一起,说着大杂烩语言。他们依然记得几百年前的纷争,但因语言不通就拔刀相向的时代已经一去不复返了。"

"别拿北鬼领开玩笑。"波尔图爵士抗议,"你没去过奈琦迦。你没见过那些……怪物,没听过他们用孩子般甜美的声音唱歌,就算被杀、死去时也不例外。"

"我没开玩笑。"艾斯崔恩说,"上帝允许白狐待在属于他们的北方。但奥斯坦·亚德其他地方的人就像颜色不同的蜡烛,熔化之后搅到了一起。很快,瑞摩加人与赫尼斯第人、纳班领主与色雷辛蛮子就没什么区别了。这是和平的诅咒。"

寡妇

"和平可不是什么诅咒。"老波尔图反驳。

"我很想做些配得上王子身份的事。"莫根纳哀伤地看着又一堆硬币消失在艾斯崔恩的钱袋里,"不用非得是什么大战,可我们上次跟色雷辛人打仗已经是二十多年前了,我也看不到有什么威胁。这个时代的年轻人真是生不逢时啊。"

"波尔图会说,不论什么时代的年轻人都没有生不逢时这一说。"帐篷后部的欧维里斯接过话头,"他还会说,不论什么时代做老年人都没好日子过。"

"爵士,我自己会说话。"高个子骑士回答,"我还不算老,也没喝醉,你没必要把我当成纳拉克西岛民并替我说话。"他的表情消沉下来,"但不管怎样,欧维里斯没说错。"

"所以还会有下一场战争吗?"莫根纳问。

"哦,我宁可信其有。"艾斯崔恩回答,"凡人没法维持长久的和平。总会有人找茬的。"

"我只能祈祷你是对的。"莫根纳说,"哈!瞧瞧,多漂亮啊——一对儿酒车!这堆归我喽。"他把钱币扫到自己面前,但有一枚滚下箱子,落在黑糊糊的地上。他跪下身子去找。

"老实说,殿下,我掷骰子有点儿腻了。"艾斯崔恩说。

"你当然腻了,因为我开始赢回我的钱了!"莫根纳胜利地举起捏着钱币的拳头,"再说了,咱们还能干吗?肯定快到午夜了,你们却说葡萄酒喝光了。"

"也许吧。"艾斯崔恩说。

"也许?"莫根纳扮个鬼脸,"除了'有'以外的任何字眼都很难听,因为我还能高高兴兴地喝下许多。"

波尔图爵士动了动。"你的酒量真让我吃惊,王子殿下。一定是你母亲遗传的。我记得你过世的父亲除了最没味、最清淡的葡萄酒,其他什么都喝不下去……"他懊悔地睁大了眼睛,"哦,殿下,请原谅。我忘了今天是什么日子。"

"傻瓜。"欧维里斯说。

莫根纳貌似愤怒地摇了摇头,嘴上却说:"别怪波尔图。我有什么好在乎的?死了就是死了——多想也没什么益处。"

波尔图依然十分懊恼,还多了一分惊讶。"啊,可我相信,他一定在天堂看顾着你,莫根纳王子。如果我……"他沉默下来,陷入到某个突然冒出的思绪当中。

"只有你能这么熟练地把天聊死,老笨蛋。"艾斯崔恩告诉他,"我们说葡萄酒,你就叨咕死亡和天堂。最败酒兴的两件事都让你说完了。"

莫根纳又摇摇头。"我说了,你们俩别揪着他不放。如果我父亲正看着我,那肯定是头一次。不,真的——我给你们讲个故事。我小时候有一次去他房间,想跟他说,我能一个人给马上鞍并骑上去了。结果他走到门前,叫我去找我家主人,不要打扰他。"

"我没听懂。"波尔图皱起眉头。

"他把我当成了艾欧莱尔伯爵派来的小厮。"莫根纳露出微笑,仿佛这就是个乏味无趣的玩笑。

"也许他被阳光晃到眼睛了。"波尔图说,"每当太阳正对着我的脸,我也跟瞎子差不多……"

"那不是他头一回没认出自己的儿子,也不是最后一回。"莫根纳垂下目光,好一阵子才望向艾斯崔恩,"我们刚才说到葡萄酒,对吧?到底有没有剩的?"

艾斯崔恩爵士露出微笑。"巧得很,几个本地女孩答应今晚在田边的桦树林里跟我们约会。我告诉她们,如果带点儿葡萄酒去,就有可能遇上奥斯坦·亚德全境的王子本人哦。"

莫根纳的心情似乎敞亮了一下,但忧愁的阴影再次掠过他的面庞。"我不能去,艾斯崔恩。我祖父母要求明早做好准备,一收到邀请就立刻进入赫尼赛哈。他们叫我在第二岗结束时待在自己的帐篷里。"

"他们是让你休息,我没说错吧?好让你在赫尼斯第尽好王子的本分。"

"应该是吧。"

"那你觉得怎样更好?是输我更多钱之后,忧愁苦闷地回去睡觉?还是跟几个本地姑娘开心一下,润透干哑的喉咙,然后进入安闲甜美的梦乡?"

莫根纳忍不住纵声大笑。"上帝啊,艾斯崔恩,你能把圣树上的救主给劝下来。好吧,或许我可以跟你们出去玩一会儿。但你必须保证,事后送我回王家帐篷。我祖父随时准备收拾我呢。"他做个鬼脸,"他本人冒过险、屠过龙。可他是怎么要求我的?没完没了的烦人仪式。整天一动不动地坐着,听那群傻瓜唠叨什么正义啊、税收啊、地盘啊,活像大热天里一群'嗡嗡'叫的蜜蜂。不管有没有酒喝,光听那些事就让人睡着了。"他站起身,拍掉衣服上最打眼的干草和尘土,不过在灯光下看来,他的外表并没有多少改善。他的紧身皮衣有只袖子上有个难看的裂口,长裤的膝盖上沾着湿答答、黑糊糊的泥巴。"欧维里斯、波尔图,你们来吗?"

欧维里斯从阴影里突然冒出,像被人从箱子里提出来似的。波尔图却摇了摇头。"我太老了,不能每天晚上做这些傻事。"他说,"我还是留在这里审视自己的灵魂好了。"

"老人家,你那灵魂不值得费工夫啊。"艾斯崔恩站起来,伸个懒腰,"那,殿下,跟我来吧,相信女士们已经在等我们了。"

"你这小个子还能打动女人的芳心,真让我惊讶。"王子十分佩服地打量着自己的朋友。

"呵,"欧维里斯低头看着王子,后者其实比艾斯崔恩爵士高不到一掌,"我只看到两个矮子。"

"闭嘴，你这傻大个儿。"莫根纳回敬。

"用不着惊讶，殿下，"艾斯崔恩笑嘻嘻地说，"跟耍剑一样，武器只需运用得当，就能够到它的目标。"他嘲讽地鞠了一躬，大摇大摆地走了出去，故意让莫根纳王子和欧维里斯爵士跟在后面。

他们离开后，波尔图站起来，一边发出酸痛的"哼哼"声，一边四处翻找，希望找到有人剩下的酒水。可他找了半天都没有收获，只好叹了口气，跟在同伴们身后出了帐篷，朝远处的桦树林走去。

♛

王子可以肯定，他一定跟站岗的卫兵挥过手。在那之前，一切都很顺利。但此时此刻，他惊讶地发现自己成了网中的鱼。

他今天绝对跟帐篷门帘有仇——至少这一点确定无疑。

莫根纳抓挠着厚重的帆布，转来转去想摸到门帘边。运气不好。他又往前迈了一步，却发现两边都有帆布。哪个疯子会给帐篷装两道门帘？还有，他们什么时候用这东西换掉了他那完美无缺的帐篷？王子骂骂咧咧地继续抓，将所有能碰到的门帘都往上掀，头上和肩上的沉重布料压得他往前一晃，星空出现在他头顶。

他琢磨了一下，帐篷里为什么会有星星？随后立刻明白过来，是他自己不知怎么出了帐篷。他急着撒尿，于是解开裤子，放出一股汹涌的水流，看着它在强风中散成水珠，直至减弱、消失，最后决定再去跟门帘较量较量。

啊，对。我喝了酒。这就能解释很多事了。

这次他嘟嘟囔囔，没费多久就解决了问题。可他刚往帐篷里迈开两步，小腿就撞上什么东西，疼得他单腿直蹦，像麦尔芒德的船工一样骂个不停，直到有人打开提灯的罩子，照亮了整间帐篷。

"你去哪儿了？"王后祖母质问道。莫根纳差点摔倒，幸好及时记起用两条腿能站得更稳当些。突如其来的亮光和米蕊茉王后的声音造成的双重惊吓还没过去，只听她又补了一句："你想什么呢，小子？

寡妇

拜托你提好裤子。"

他慌乱地拉扯着马裤,但酒精把他的手指变成了生香肠。"我……陛下,我……"

"唉,看在世间所有大爱的份上,坐下,免得你被什么东西绊倒摔死。"

他瘫坐在刚刚无情袭击过他的箱子上,小腿还在一下一下地抽痛。"我是不是……这里……我以为……"

"对,你这小傻瓜,这是你的帐篷。我在等你。上帝啊,你怎么浑身酒臭。臭,没错,是这个词。"

王子想挤出个微笑,却感觉怎么都不合适。"不怪我。是艾斯崔恩。他挑逗科尔佛男爵的手下比赛。"当时莫根纳以为那家伙就是科尔佛男爵本人,还惊讶地心想,男爵怎么这么年轻、健壮,额头上还文着圣树刺青?过了很久,直到他跪在地上呕吐,听到男爵的手下给"大牛"大声喝彩,才明白男爵本人根本没到场。

如果他喝赢了,现在的心情也不至于这么糟糕。那样挨顿骂也值了。

"等你的是我而不是你祖父,你知不知道你有多幸运?他已经觉得你是个累赘了。"

"鹅不是……累……累醉。鹅是……王子。"①

祖母朝他翻了个大大的白眼。"哦,饶了我吧。这就是王子纪念父亲冥寿的方式?喝酒喝到天亮?跌跌撞撞地回来,衣衫不整,一身呕吐物和廉价香粉的臭味?最起码你也找个买得起上等香粉的女人作陪吧?你臭得像散场之后的集市。"

对,之前是有几个女孩在场。莫根纳想起来了。他和艾斯崔恩还当了回护花使者,将她们送回了村子——欧维里斯则去护送一个年纪

---

① 王子喝醉后口齿不清。

较大的女人——但后来事情乱了套,护送变成了躲猫猫。接下来有一片湿草地。他记得那女孩好像叫"苏芙拉",反正人挺友好的。再然后他就回到了营地,试着突破那道恶魔门帘,希望懒侍从能醒过来帮帮他……回忆到这里,莫根纳突然想起,"梅尔金呢?"

"你问你的侍从?刚才我叫他出去找毛毯了——干净的毛毯。我没想到会等这么久,感觉有点儿冷。"

祖母的语气是那么生气。"求求您,陛下,祖木,我知道您生气,可我……我能解似。"①

米蕊茉王后站起身。"没什么好解释的,莫根纳。你做的那些事既无聊又无趣,但你必须牢记一点:你是至高王座的继承人。"她走向帐门,"我们在赫尼赛哈只停留一两天,可我听说,这儿的人已经在悄悄议论你和你那帮狐朋狗友了。接下来我们必须启程前往瑞摩加的艾弗沙,去送别一位老人家,他是我和你祖父这辈子认识的最善良的好人。在那里,你不仅仅是位访客;总有一天,你将统领他们,就连赫尼斯第国王和瑞摩加公爵都得向你跪拜。你在那里的一切表现,他们都会看在眼里,经久不忘。你在鄂克斯特及这一路上都干了些什么?你想让自己变成一个难堪的笑柄?你想赢得大家的忠诚还是嘲笑?"她合上提灯罩子,只留下声音与莫根纳共享帐中的黑暗,"明天一早我们就出发。艾奎纳还活着,但没人知道他能撑多久。你要在曙光初现时上马。如果你能按时出发,今晚的事我就不告诉你祖父。记住,曙光初现的时候。"

莫根纳忍不住发出呻吟。"太早了!怎么那么早?"他竭力回想艾斯崔恩说过的话,就是当时听起来蛮有道理的那一句。"我喝酒只为睡得安稳些,不是……我的意思是,为了做个好王子。更好的王子。"

---

① 王子喝醉后口齿不清。

寡妇

　　王后沉默了好长时间才开口，语气冷如刀锋。"这些蠢话，我和你祖父已经听腻了，莫根纳。腻到不想再听。"

　　她毫不费力地掀开门帘，悄无声息地走进外面的夜色。黑暗之中，莫根纳坐在箱子上，想知道为何别人做事总是比他轻松得多。

The Witchwood Crown

与食腐巨人对话

♛

上弦月已近圆满，只是它和星星一起被挡在了厚厚的云层后。亚拿夫很容易产生一种错觉，仿佛自己正飘浮在只有上帝居住的幽暗高空，或像一个牧师坐在告解室里，整天听人忏悔自己的罪行。

可是，他心想，上帝那尊贵的鼻子不会每时每刻都在闻尸臭吧？他会吗？既然我主不喜欢死亡的味道，亚拿夫想知道，那他为何要制造那么多死人呢？

亚拿夫看了看躺在树葬台最边上的尸体。那是个老妇人，或者说，曾经是。她的双手因多年劳作而如树根般粗糙，身上只盖了张薄毯，活像在夏夜间沉睡，而非永眠。她牙关紧咬，眼眶里已经积了些雪花，形成一副无限盲目的茫然表情。瑞摩加地处遥远的北方，在这里，人们也许会摆设祭坛，供奉新的上帝及其爱子乌瑟斯·安东，但同时也会崇拜旧神、遵行古道。这具遗体穿了双厚实的桦树皮鞋，说明她这身打扮不是为了荣耀地出现在救主乌瑟斯的天堂里，而是为了穿过漫长、寒冷而寂静的死亡之地。

将遗体交给食腐动物和风霜雨雪，看上去好像十分野蛮，但住在古老森林旁的瑞摩加人却觉得这很自然，就像南方人将死者放在小石棺或埋在洞里一样稀松平常。不过亚拿夫并不关心本地风俗，也不在

寡妇

乎是谁在死后等候老妇人的灵魂,他要找的是即将前来享用遗体的食腐者——尤其是其中某一种。

风愈发猛烈,摇晃着树冠,推着云层在漆黑的夜空中飘浮。亚拿夫屁股下的树葬台距冰冷的地面大概有三十腕尺,也在风中摇摆,犹如怒海间的小舟。他将斗篷裹紧一些,静静地等待。

* * *

刚刚听到声音时,亚拿夫还什么都没看见。那是一阵枝丫的摩挲声,与起起落落的风声格格不入。过了一会儿,对方的气味飘进他的鼻孔。虽然躺在树葬台另一头的尸体也有气味,但让亚拿夫比较的话,那可比新出现的味道健康多了。这时风向发生偏转,他简直想说声谢谢,然而须臾之间,他也没法判断对方的距离远近了。自从北地昏暗的下午结束,他一直在等那东西。

然后,他看到它了,至少是看到了一部分——树冠附近现出条胳膊,又长又白,一闪即逝。如他所愿,那是头食腐巨人,其实就是太小或太老的宏瘟,因为没法打猎,只好改吃尸体,凡人和动物都来者不拒。月亮正在下沉,但仍洒下足够的光亮,他能看到巨人擦过树冠,朝自己挪来,两条长腿一起一落,仿如巨大的白蜘蛛。亚拿夫缓缓地深吸一口气,再次想起被他留在地上的弓箭,不知道自己该不该后悔。可带着它们爬树会很麻烦,而且在这局促而危险的战场,单凭几支箭没法迅速杀死巨人。再说了,他的任务也不是杀死它,而是得到它的答案。

他当然害怕——只有疯子才不怕——于是他念起父亲曾经最爱的祷文。修士的晚祷词。

> 安东在我右侧,安东在我左侧。
> 安东在我身前,安东在我身后。
> 安东随风雨落在我身上。

安东伴日月照耀我前路。

安东在凝望我的每一双眼里，在聆听我的每一对耳中。

安东在提及我的每一张嘴里，在爱护我的每一颗心房。

救主啊，陪我一同踏上旅途。

救主啊，领我去那应许之地。

救主啊，求您实实在在地保佑我，

我愿将此生奉献与您。

等亚拿夫默祷完毕，苍白的怪物已消失在最靠近平台的树下。又过一会儿，他感觉脚下的整个木台都开始下沉，原来是那怪物正从下面往上爬。他先看到一双手，长着瘤子般的指节和乌黑的爪子，每只手都大如托盘；然后是脑袋，像个白色肿块一样升了上来，双眼仿佛两颗明亮的圆月。这东西长得很吓人，亚拿夫觉得，它就像一件匆忙拼到一起的手工艺品，手肘、膝盖和毛茸茸的四肢都扭成奇怪的角度。它爬上平台，小心翼翼地挪动着，沉重的身躯压得木板尖叫连连，一对闪着狐火的眼睛死死盯着木台另一头的女尸。

亚拿夫见过很多巨人，甚至跟其中几只打过架并活了下来，但每次面对它们，他总会升起一阵迷信般的恐惧感。这头怪兽毛发蓬乱，四肢的粗壮程度远超自己，好在与大多数同类相比，它的年纪要更大、个头却较小。事实上，这只巨人只有手脚尺寸还算正常，躯干和脑袋却像缩水似的悬挂在四肢之间，整体效果更像一只长毛螃蟹或长脚昆虫。食腐宏瘟的皮毛也很斑驳，即便在月色下也能看出，它那身曾经雪白的皮毛已被年月扯掉了不少。

不过，亚拿夫提醒自己，即便这野兽年纪大了，仍能轻易杀死强壮的男人。如果被那双奇形怪状的爪子抓住，瞬间就会被扯成两半。

巨人穿过平台，朝女尸爬去。亚拿夫突然大声说话了。"夜行怪，你以为你在干吗？你有什么权力打扰死者？"

寡妇

怪物警惕地缩了缩身子。亚拿夫看到它鼓起腿部肌肉，应该是做好了突然战斗或逃跑的准备。"别动，食腐者。"他用贺革达亚的语言发出警告，不知道对方能否听懂自己的话，甚至做出回应，"我在你身后。如果你动作太快，让我不高兴，我的长矛就会刺穿你的心脏。你要明白，如果我想杀掉你这渎神的怪物，你现在已经死了。但我只想跟你谈谈。"

"你……想……谈？"巨人的嗓音不似凡人，更像南方岛屿那些鹦鹉发出的锉磨声，但又十分低沉，亚拿夫感觉这声音正在自己的胸腹间回荡。不过传闻显然是真的，有些年老的宏瘟果然会理解并使用某些语言，也就是说，他冒这么大风险并非白费力气。

"对。转过身，怪物。看着我。"亚拿夫将长矛的尾部顶在平台上两根绑在一起的原木中间，扶着它，让叶片状的矛尖如磁石一般时刻瞄准巨人的心脏。"我知道，你以为你能突然跳下去逃走，以为我来不及重伤你。但你真敢这么做，你会永远失去跟我协商的机会，大概今晚也没东西可吃了。你应该饿了吧？"

怪物蹲坐下来，手脚扭曲地纠缠在一起，像个严重畸形的乞丐。它瞪着亚拿夫，目光闪烁着恶毒，面庞像老旧的皮革般布满裂纹，肤色比皮毛深暗许多。这头怪物确实很老了——从它那僵硬的动作，还有摇晃下垂的腹部都能明显看出——但它那对眯起的眼睛和几乎完好的獠牙仍是危险的警告。"饿……？"它吼道。

亚拿夫指指尸体。"回答完我的问题，你就可以开饭了。"

那东西眯着眼睛，怀疑地看着他。"不是……你的……？"

"这个？不是，这老太太不是我祖母或曾祖母。我甚至不知道她的名字。但我看到她的亲人把她抬上来，听到了他们的对话。我知道，你们这些怪物一直在瑞摩加这一带劫掠树葬遗体，但你们的家应该北边数里格开外。我的问题是……为什么？"

巨人紧紧盯住矛尖，后者距它毛茸茸的胸膛只有几码远。"我给你答案，然后你杀我。不能这样谈。不能有矛。"

亚拿夫将长矛缓缓地放在平台上，既远离巨人长手一挥的范围，自己又能迅速抓到。"这样总行吧？快说，恶魔的造物。我在等你告诉我原因。"

"什么原因，凡人？"它吼道。

"为什么你们突然出现在瑞摩加，如此往南？数代以前，你们就被逐出了这片土地。莫非有什么灾祸，将你们这些魔怪赶出了北鬼领？"

食腐巨人打量着亚拿夫，眼神跟刚才盯着矛尖时一样谨慎，一呼一吸间发出刺耳的气流声。"什么是'灾祸'？"它最后问道。

"就是坏事。告诉我，你们为什么来这儿？你们为什么又到凡人的地盘来猎食？为什么最年老、最孱弱的宏瘟——比如你——要偷吃凡人的尸体？我要知道答案。明白吗？"

"是，明白。"怪物点点头——一头野兽做出这种动作，看上去真是相当诡异——把脸挤成了皱纹迷宫，"说你们的话，我——可以。"但怪物弯曲的獠牙和非人的嘴唇扭曲了字句，听上去更像难懂的怪叫，"为什么来这里？饿。"巨人伸出灰色的舌头，舔舔皲裂的嘴唇。这提醒了亚拿夫：怪物吃起他来，会跟吃那个躺在露天坟场里的无名老妇一样开心。等它回答完问题，他真能放任这非人的怪物玷污安东教老妇的遗体吗？这种行为岂不跟巨人一样，也是亵渎天堂的重罪？

我主上帝啊，他暗暗祈祷，到时求您赐我智慧。"一个'饿'字不算答案，巨人。你们为什么跑到这么远的瑞摩加来觅食？北方到底发生了什么？"

终于，怪物似乎下了决心，咧开嘴巴露出近似微笑的表情。只是它龇出的牙齿更像警告，而非愉快。"好，我们谈。我谈。不过，先说名字。我——"它用大手拍拍胸膛，"怖呦咔。你呢？说。"

寡妇

"我不需要告诉你名字，怪物。如果你接受我的条件，就给出我想要的答案。不然，哼哼，我们的谈判会以另一种方式结束。"他垂手握住身边的矛柄。巨人目光闪烁，看看武器，又看看他的脸。

"你问宏骏——巨人——为什么来这里，"它说，"为了食物。现在北方，山里，很多嘴巴饿了。嘴巴太多。"

"嘴巴太多？什么意思？"

"贺革达伽——你们说的北鬼。太多。北方醒了。到处是……猎人。"

"北鬼猎杀你们？为什么？"

"打仗。"

亚拿夫坐在自己的后脚跟上，努力思考。"没道理啊。为什么贺革达亚会跟你们打仗？你们巨人不是一直在替他们卖命？"

怪物左右摇摇头，非人的脸庞上，两眼精光闪烁，透露出的智慧远远超出亚拿夫最初的猜想，不由令他回忆起之前见过的人猿。那是一个纳文德商人的战利品，养在他家的寒冷院子里，关在过度狭小的牢笼中。那只野兽的眼睛跟凡人一样灵动，看到它瘫坐在牢笼的角落里，只能让人感觉生无可恋。那时亚拿夫就意识到：并非只有凡人会思考。此时此刻，他又想到了这一点。

"不跟他们打仗。"巨人沙哑地说，"要我们为他们打。再一次。"

亚拿夫过了好一会儿才明白怪物的意思。"替北鬼战斗？跟谁？"

"凡人。我们打凡人。"它龇出牙齿，"你们。"

这不可能。不会是真的。"你在说什么？贺革达亚已经无力再与凡人开战了。在风暴之王战争中，他们几乎失去了一切，他们的数量所剩无几。已经一败涂地。"

"还没有。绝对没有。"巨人的眼睛不再看向亚拿夫，而是专注地盯着老妇人的遗体。它又想吃晚餐了。

"我不相信。"亚拿夫说。

怖呦咔转头看着他，丑陋的皮革脸上似乎露出一点幸灾乐祸的表情。亚拿夫突然惊醒，记起了自己在哪儿、在做什么、正在面对着何等的疯狂。他的心脏突然怦怦狂跳。"相信，不相信，无所谓。"食腐巨人对他说，"北方全境已经苏醒。他们到处都是，贺革达伽，白皮鬼。他们全醒了，渴望战争。因为她醒了。"

"她？"

"银面女王。再次苏醒。"

"不可能。你说北鬼女王？不会的，不可能。"一时间，亚拿夫感觉上帝亲自从天堂弯下腰，给了他一记重重的耳光。父亲教给他的所有知识——长久以来他确信无疑的一切——瞬间全都乱了套。"你在撒谎，野兽。"他绝望地想骗过自己，"人人都知道，自从风暴之王陨落，北鬼女王就陷入死亡的沉眠。三十多年了！她绝不可能再度苏醒。"

巨人缓缓坐起身，眼中闪着全新的光芒。"怖呦咔不撒谎。"怪物已经看出亚拿夫心神涣散。就在他自己也醒悟过来的同时，巨人朝他挪近一步。尽管两人之间还隔着半个树顶平台，怪物却已伸出一只长瘤的巨脚，踩住了矛头，将它紧紧压在用绳子系在一起的原木上。"再问一次。你的名字，小人儿？"

亚拿夫怀着愤怒，以及对自己失误的懊恼，缓缓站起身，朝平台边缘后退一步，将重心压在后一只脚上。"名字？我有很多。有些人叫我白手。"

"白手？"巨人摇晃着又走近一步，依然踩着矛头。"不对！在北方，我们听说过白手。大个子战士，伟大的杀手——不是你这种小瘦子。"怪物闷哼似的喷出一口气，亚拿夫估计那是一声大笑。"看！你放下了矛。猎人，战士，永远不会放下矛。"巨人已经逼得很近，亚拿夫能闻到对方指甲里、齿缝间残留的凡人腐肉味道，以及怪物自身的体味，那浓烈的酸臭连强烈的寒风都吹不散。"以前吃过你这样的。"食腐巨人咧嘴笑道，双眼眯成了缝，像在期待品尝鲜活人肉的愉悦,"很软。肉容易离骨。"

"我问完了,渎神的怪物。我已经得到了想要的答案。"但事实上,现在亚拿夫只想逃走,找个地方慢慢消化怪物告诉给他的信息。北鬼女王苏醒了?北鬼正准备打仗?这种事不可能发生。

"问完?我?"又是愉快的喷气声,跟着是一阵恶臭。巨人上身前倾,脑袋远远高出亚拿夫的头顶,它的手臂长得离谱,现在他已陷入它的攻击范围。怪物也许很老,也许只能来树葬台偷食吃,但它的体重依然超出亚拿夫三倍,并已将他困在高处。亚拿夫退到最后,脚跟已踩到平台边缘。再退一步,他就会摔到下方远处的枝丫和石头地上。

下面的积雪甚至不够给我垫脚,他心想。我主啊,哦,我主,以您和您爱子乌瑟斯·安东的名义,请保佑我手臂强健、心志坚定。他调整一下厚重的斗篷,像是突然觉得很冷。巨人并没有在意这无关紧要的小动作,而是把恶毒的大脑袋凑得更近,几乎与他的头部齐平。食腐巨人很清楚,亚拿夫已退无可退。它伸出大手,轻轻碰了碰亚拿夫的侧脸,可笑又拙劣地模仿着凡人的亲切。每根手指都像他手臂距离之外的矛柄那么粗。亚拿夫看到它手指弯曲,立刻蹲身躲避,免得被它抓住头发,扭掉脑袋。凡人和巨人再一次正面对峙。

"你说,白手。"怪兽把亚拿夫的长矛稳稳踩在脚下,所以一点儿都不着急,"他们为什么这么叫你,小瑞摩加人?"

"你不会明白的——至少不会马上明白。还有,我不是在瑞摩加出生的,而是在奈琦迦。"

皲裂的嘴唇弯曲起来。"你不是贺革达伽。你只是凡人。你以为怖呦咔傻?"

"你的问题不是傻。"亚拿夫说,"你的问题是,你已经死了。"他垂下目光。过了一会儿,巨人也跟着往下看。

亚拿夫手握刀柄,刀柄之上只剩几寸银色的刀刃,在星光下闪闪发亮,其他部分已深深扎进怪物的肚皮。"这把刀很长、很长。"他对惊讶得嘴巴大张的巨人解释道，"长到鲜血都溅不到我手上，所以我才得了个外号叫'白手'。我的刀也很安静，如风一般锐利——哦，而且冰冷。你有没有觉得冷？"亚拿夫的动作如此敏捷，巨人还来不及眨眼，他已经双手握住刀柄，往上一划，从怪物腰间一直割到肋骨下方，同时不断扭动刀刃。巨兽震惊又痛苦地号叫一声，抬起大手捂住伤口。这时亚拿夫从它身侧闪过，手中依然握紧长刃的刀柄。等他踏到平台中心，才将刀刃抽离野兽毛茸茸的肚腹，释放出一股内脏与鲜血的喷泉。怪物又号叫一声，朝遥远的星空抬起滴血的双手，像要把这下场归罪于群星。等它拖着内脏，跌跌撞撞地朝亚拿夫扑来时，后者已经捡起了长矛。

但他没时间掉转长矛，刚刚抓起来就往前冲，直接将圆头矛尾捅进了巨人上腹部的血洞。巨人又是一声痛苦的号叫，震耳欲聋。巨人扑打着、咆哮着扒拉起矛柄，震得他脚下的原木起伏摇晃，积雪从不堪重负的木台上纷纷洒落。亚拿夫伏低身子，弓着背，紧握矛柄，鼓足了劲往前推，将矛尾深深推进怪物的脏腑之间。

食腐巨人踉踉跄跄地后退，手臂如风车一般乱甩，嘴巴张成一个大洞，与脑袋的尺寸严重不符。随后，它在树葬台的边缘处消失了。亚拿夫听到它砸断树木枝丫的声音，接着是撞上地面的闷响，最后则是一片宁静。

他用一只手牢牢抓住平台边缘，探身出去张望。他的头有点晕，全身肌肉都在颤抖。巨人瘫在树下，过长的四肢相互纠缠。由于树枝遮挡，亚拿夫看不到它的全身，但能看到它身下有摊黑血，正在积雪间蔓延开去。

大意了，他责备自己。险些送掉了性命。上帝不会为此感到骄傲的。但那东西的话确实令他大为震惊。

巨人会不会在撒谎？可为什么呢？怪物没理由撒谎。它说银面女王已经苏醒，所以北方跟着一起醒来。这确实可以解释巨人为何侵入

寡妇

瑞摩加，也能解释某些传言——据说有贺革达亚士兵在多年未曾踏足的地区出现。确实，边境一直动荡不安，到处都是奈琦迦的军队和斥候。但巨人的说法如果是真的，那就意味着亚拿夫在很多重要的事上弄错了。他走上了一座自以为很安全的桥，结果发现桥在脚下坍塌，他却来不及回头。

所以，杀害父亲的凶手并没有消失——不但没有迷失在死亡一般的梦境中，反而活了过来，正在谋划下一场战争。也就是说，我所做过的一切、我夺走的那些生命、我努力在贺革达亚中间散播的恐惧……都成了无用功。那怪物已然苏醒。

直到这一刻前，亚拿夫还相信自己是上帝的复仇使者——不单为了上帝，也为了父亲。但此时此刻，他却成了个大傻瓜。

他在树葬台上观察了好久，直到确信巨人已经死透，自己的四肢也停止了颤抖，这才把长矛从边缘丢下，开始往树下爬。风越来越猛，吹来北方的冰雪。落到地面时，亚拿夫的身子已经蒙上了一层白末。他擦掉长矛上的血迹和碎屑，用锋利的长弯刀割下巨人的首级。那对失去生命的黑眼睛因最后的震惊而瞪得溜圆，露出獠牙的嘴巴愚蠢地张成个大洞。他在大树根部找到根粗大的枝丫，将怪物的脑袋放在分叉处，希望这能成为一个警告，好让其他巨人远离凡人的地盘，另寻比瑞摩加人的遗体更容易获得的食物。不过现在，占据他脑海的想法绝非守卫男男女女的遗体。

"我们凡人击败并打退了巫妖女王。"他自言自语道，声音十分微弱，再没有其他生灵能够听见，就连小鸟和松鼠也不例外。"如果她真的复活了，那这一次，就由我这样的人毁灭她吧。"亚拿夫之前就对自己和上帝发过誓，即便那些誓言已被证实纯属虚妄。

别，留下你的口水去说更合适的话吧，他告诫自己，比如祈祷。

"白手"亚拿夫将长矛扛在肩上，回身走向那片积雪的树林，去找自己留下的坐骑。

The Witchwood Crown

兄弟君王

♛

似乎是为给至高王与至高王后的进城仪式增添颜色,太阳从晨间的云朵后冒出头,将光芒慷慨地洒向赫尼赛哈的山坡。就连远处神堂屋顶的黄金圆盘也像抛到空中的金币一样熠熠生辉,仿佛神堂也在庆贺他们的莅临。

西蒙却在心不在焉地摆弄自己的"金币"——一枚特大徽章,边缘很刮手,本来是用于扣紧斗篷的,此刻却在刮擦他的脖子。他的好友兼宫务大臣坚持要他戴上这玩意儿。

"记住,你们是至高王与至高王后。"杰瑞米边说边用别针穿透厚重的斗篷,力气大得让国王身子一缩,"我跟了这么远的路,可不想让你俩打扮得像个乞丐。"

"你就该待在家里。"西蒙恼怒地回答。等待令他很不耐烦,可一看到杰瑞米的圆脸露出十分受伤的表情,他差点儿又想道歉了。不过徽章边缘还在痛苦地顶着他的下颌,于是他又忍住了冲动。

"我是王家宫务大臣,负责国王与王后的内廷。"杰瑞米僵硬地说。

"内廷在爱克兰。"西蒙指出,"而我们在赫尼斯第。"

"您和王后在哪儿,内廷就在哪儿……陛下!"杰瑞米将最后一个词说得有些扭曲,好让西蒙有点儿自觉。国王知道,对这位儿时好友而言,尽管他们近得能把气息呼到对方脸上,但二人之间已然隔了一道宽阔的鸿沟,有时确实很难坦然相对。"他们说,以前老王约翰

寡妇

会巡视各大城堡，在外待上一年，然后才回海霍特。所以您就别抱怨了。行了。麻烦您别再摆弄它了。看上去相当不错。"

杰瑞米的仆从举着一面手镜，西蒙朝里面看了看。"看上去更像要把我拉去下葬。老天啊，裹着这么一身儿，我什么事都别想干了。"

"某人可能觉得，这个笑话并不好笑。"他的妻子皱起眉头，"事实上某人觉得，国王自己心情不好，见人就拿来撒气，却唯独放过了始作俑者。"

这回轮到西蒙警告地瞪了她一眼。此时此刻，他俩都不喜欢赫尼斯第的休国王，但除了最重要的顾问，这种情绪对谁都不该流露。"可以了，宫务大臣。"西蒙轻轻推开杰瑞米的手，后者还想用手帕最后擦拭一下徽章。"你是对的，我想我应该道歉。我看起来精神奕奕。"

"希望如此。"杰瑞米累得满脸通红。

* * *

王家巡游缓缓走上赫尼赛哈城区的主干道。沿街两旁站满了挥手欢呼的赫尼斯第人，还有不少人挤在头顶的阳台，甚至有些不顾危险地坐在倾斜的屋顶上。住宅和商店布置了节庆装饰，有艳丽的旗帜、新画的彩绘，反射着阳光，充满了跃动的生命力。西蒙和米蕊茉一如既往地并肩骑行——就像两位王者，而非一位君王携着他的王家配偶。早些年间，西蒙就一直在强调这一点。而随着时间流逝，米蕊茉也越来越坚定地提醒民众：她自己不但是国王之女——不论那位国王的名声有多糟糕——更是缔造了至高王座、统领奥斯坦·亚德全境的圣王约翰的孙女。

"休应该到城门迎接我们。"王后压低声音，只让西蒙听见，"我会亲口提醒他的。"

"给他一次机会吧，亲爱的。"西蒙朝人群挥手，"你也看到了，他把民众都叫出来欢迎我们了。"

The Witchwood Crown

"他没法把大伙都关在屋里。"王后回答,"再说了,凭什么不叫他们出来?我们是至高王与至高王后。而他呢,完全是因为他曾祖父给我祖父帮了个忙,赫尼斯第才得以保留王冠,不然他当得上国王吗?"

"说来说去,他好歹也是个国王,而国王都有自尊心。就跟王后一样。"

"别说得好像我在抱怨似的,西蒙。"虽然她语气生硬,表情却满怀爱意,有点揶揄也有点气恼。"你太过善良,讨厌纷争。可有些人——我怀疑休也在其中——会把这当成你的弱点。"

"是啊,我确实讨厌纷争,所以咱们就别吵了。"他又朝赫尼斯第民众挥挥手。路边有群小女孩在蹦蹦跳跳地挥舞手中的彩带。彩带卷曲着、舞动着,犹如散开的彩虹。"看看她们。让我想起了莉莉娅。"

"咱们的孙女会跑到路中间,努力给队伍带路。"

西蒙露出微笑。"是呀,她会的。"

米蕊茉叹了口气。"愿亲爱的上帝赐予我力量。"她眯起眼睛望向道路前方,目力所及的两旁都站满了前来祝福的民众。"按这个速度,走到天黑也到不了神堂啊。"

"耐心点儿,亲爱的。耐心。"

♛

"不加了,谢谢。"

艾欧莱尔伯爵伸手盖住高脚杯,直到仆人离开。他忍受了两周乌云蔽日的昏暗日子,又在太阳底下走了整整一天,当然还想再多喝几杯,可他的直觉如猎犬一般敏锐,知道自己还是应该克制一点。身为米蕊茉王后与西蒙国王的首相——或者更为人熟知的叫法:至高王座之手——他可不想让葡萄酒的迷雾拖慢今晚的思考速度。

这一幕对他自然再熟悉不过。他年轻时的大部分时光,都在这座

寡妇

名为神堂的木头宫殿里度过，这里就是他的第二个家。他从国王信使做起，最终成长为受人敬仰的顾问。大礼堂的木椽上悬挂着古老的动物木雕和其他图腾，赫尼斯第的上流人士身着最漂亮的衣服。明亮的颜色、微醺的笑声和烤肉的香气混合在一起，营造出毫无疑问的欢庆气氛。然而，还是有点不对劲儿。诚然，米蕊茉王后与西蒙国王对休国王要他们忍受的延迟和混乱颇为不悦，但艾欧莱尔忍不住觉得，还有什么更深层、更麻烦的事在暗中酝酿。

泰勒丝夫人坐在几张座位之外，正在讨好米蕊茉王后，但后者肯定觉得她很烦。泰勒丝是个妩媚动人的寡妇，几乎已经确定要嫁给休国王，成为王后。她快满三十岁了，赫尼斯第宫中不少人觉得她年纪太大，不过她与前夫——格兰·欧加已故的侯爵——生了几个孩子，证明她至少还能生育。事实上，在艾欧莱尔眼里，她那健美窈窕的身段、光滑如丝的栗色头发，以及满面的红光，倒有点像他心目中的赫尼斯第女神汀娜迦，甚至伟大的沐雨女神密尔汉本尊。

至高王后与黝黑的泰勒丝形成了鲜明的对比。米蕊茉的一头金发大多已变银白，用简朴的发圈扎成一条简单的辫子。她脸色苍白，绿眼睛蒙着阴影，看得艾欧莱尔忧心忡忡。国王与王后还是第一次在远离家乡的地方度过约翰·约书亚王子的冥寿。所以，被休国王的情人缠住聊天，无法脱身，她当然会很心烦。艾欧莱尔对此非常理解。

果然，就在艾欧莱尔的眼皮子底下，王后对泰勒丝的唠叨彻底失去了耐心，急切地向西蒙国王投去求助的眼神。她的丈夫虽说看见了，但这时，休正斜倚在他身旁，低声而热烈地说着什么。所以西蒙只能耸耸肩，表示自己无能为力。

艾欧莱尔在椅子里动了动，感觉各个关节都在诉苦，埋怨他在硬板凳里坐了太久。他后悔刚才没多要些葡萄酒，就算只为舒缓一下老骨头也好嘛。他曾是赫尼斯第最出色的骑手和剑士之一，可如今，他几乎每一天都在感叹岁月对自己的无情。

我沦为了时光的玩偶,他哀伤地想。她在玩弄我,就像小孩玩弄娃娃,这里扯掉一点、那里撕下一块,拖着我在泥里走,把我摆在过家家的宴席上。

但这次聚会并非孩童对成年人的模仿。这次聚会至关重要,是赫尼斯第国王在欢迎他的主君——爱克兰的至高王与至高王后。出身瓦伦屯的约翰以文治武功创下一个帝国,涵盖了休管辖的赫尼斯第,以及奥斯坦·亚德余下的大部分地域。他的孙女米蕊茉与西蒙一起,继承了他的至高王权。只不过,即便是在约翰统治下的最强盛时期,帝国内部也总有些封臣不大安分。

艾欧莱尔不禁猜想:休会不会也变成了那种人?不然的话,他让西蒙和米蕊茉在城外等那么久又该怎么解释呢?即使他们进了城,休也一直等到众人走到神堂附近才出来迎接,这是不是表明,他不愿过多讨好主君?还好艾欧莱尔比大多数人更了解休,知道他这辈子一直是这么无常与任性。

当年那场大战让西蒙和米蕊茉登上了至高王座,休的父亲格威辛王子却成了最早的牺牲者之一。当时的爱克兰国王是米蕊茉的父亲埃利加,他因听信风暴之王伊奈那岐的虚假承诺而腐朽堕落,指使一个背信弃义的瑞摩加贵族杀死并肢解了格威辛,还将遗体丢弃在野地里,最后由他的亲人找回。不久之后,格威辛的父亲路萨国王也在战场上死于瑞摩加人之手,只留下女儿梅格雯和年轻的小王后茵娜温带领残存的族人。后来,疯病又夺走了梅格雯的性命,艾欧莱尔对家乡仅存的希望也几乎随之消散。

风暴之王对凡人国度的进攻最后以失败告终。但在随后的乱世里,赫尼斯第百废待兴,却群龙无首,只能苦苦挣扎,以系完全。最初的几个月里,声称自己拥有王位继承权的贵族简直多到吓人,但他们所谓的资格不是出于伪造,也很难让人信服。眼看只有内战才能解决他们的纷争,可就在这时,奇迹出现了。人人都以为,随着梅格雯的去世，王室血脉已彻底断绝，但朝中一对父母却将他们年轻的女儿推到了众人面前。她讲述了自己的经历，还抱出来一个秘密抚养的婴儿——格威辛王子的私生子。

格威辛去世前并没有跟那位女子成婚，但女子的家人手中有王子的戒指和书信，能证明他对她做出过某种承诺。宫廷也急需寻回王室血脉，以免千疮百孔的国家在短时间内再度燃起战火，于是一些聪明的贵族站出来支持该婴儿的继承资格，其中就包括艾欧莱尔本人。就这样，婴儿休－安哈－格威辛的登基之路顺利铺平。又过几年，休的生母亲死于热病，年幼的他被交给先王路萨的遗孀茵娜温抚养。后者尽心竭力教导他如何当个国王、如何治理国家。每当艾欧莱尔伯爵有机会告辞西蒙和米蕊茱，从爱克兰的至高王座前脱身，他也会回来帮忙辅佐。

今晚，休就坐在这里，艾欧莱尔心想，已经是个三十多岁的成年男子，却仍未褪去善变而活跃的孩子气——他曾在神堂里横冲直撞，如猛然推开百叶窗的春日狂风。还是那对又大又圆的眼睛，面对任何指责都能露出无辜而惊讶的眼神。还是那头卷曲的黑发，永远不肯服服帖帖，随着他每次摇头、每次大笑而跳动不已。他在孩提时的婴儿肥已然消失，英俊的脸庞瘦削下来，但艾欧莱尔依然能记起他小时候的可爱模样。

可是，这个长大的休为何会令他如此不安？

休国王发现他在看自己。"艾欧莱尔！高贵的艾欧莱尔 Tarna，比我叔叔还亲！你怎么这么垂头丧气？我是不是该鞭打懒惰的侍酒？小子！给穆拉泽地伯爵多斟点儿葡萄酒！"

艾欧莱尔露出微笑。"不用了，陛下。我的酒够喝，一直有人斟。您的晚宴棒极了。我只是在想事情。"

"哈。想事情。你把我们都给带消沉了。"休高高举起酒杯，等待木头大礼堂里醉意醺醺的嘈杂声安静下来，"但我们应该欢庆！今晚能与我们的兄弟与姐妹君王欢聚一堂，真是场难得的宴会呀！"

艾欧莱尔看到米蕊茉抬起头，与此同时，西蒙却低头看着桌子。显然，二人都没注意到休的措辞。

欢呼声平息后，人们纷纷挥舞酒杯，要求添酒。太后茵娜温静悄悄地从座位上站起身，却被休看见了。"尊敬的女士，您要离开了吗？"

"请原谅，陛下，我感觉有些虚弱。酒喝得太多，我有点头晕。我无意冒犯至高王与至高王后，只是我突然不太舒服。"茵娜温没有看向休的眼睛，而是绷紧了肩膀，像是预料到会遭到强烈的反对。艾欧莱尔很奇怪：虽说茵娜温并非国王的生母，但她不是休身边最接近母亲的人吗？

"啊，亲爱的继母，请原谅，今晚害您劳累了。"休露出微笑。那是个挺正常的表情，茵娜温却别过脸去，仿佛看一眼都会受伤。

"一点也不劳累，陛下。"她说，"有最出色、最高贵的人陪伴，怎么会劳累呢？"她微笑着朝西蒙和米蕊茉的方向点点头。但艾欧莱尔发觉，太后像是好不容易才压制住嘴唇的颤抖。

"别为陪我们而强撑着，茵娜温太后。"西蒙对她说，"不过我们离开之前，还有机会再见到您，对吧？"

茵娜温保证可以再见，然后沿着长桌离开了。休国王拍拍西蒙的肩膀，继续同他说话。艾欧莱尔找个机会起身，跟着茵娜温走出大礼堂。

♛

"可怜啊，可怜的太后。"泰勒丝夫人说。

米蕊茉以为自己听错了。"你说什么？"

"可怜的太后。她不喜欢这种聚会。"黑发女子哈哈大笑，"也不能怪她。这种场合有时会很沉闷。国王喜欢有人作陪，但朝中有些老人家对这种漫长的夜晚感到厌烦。"

寡妇

米蕊茉不比茵娜温年轻多少,所以"老人家"这个词让她很是不悦。"你们的太后为这个国家付出了很多,无论是风暴之王战争期间,还是之后。"

"当然,当然!"泰勒丝又笑了,似乎觉得有人为此生气有些好笑,"所以她更应该休息,毕竟休已经坐上了王座。"不管从哪个角度看,泰勒丝夫人都如孔雀一般漂亮而愚蠢。但米蕊茉有种感觉:在这表象之下,一定有某种更复杂、甚至更黑暗的事发生。

别让小气的妒忌心妨碍你,她责备自己,想想圣伊索崔的箴言吧:"上帝赐予我们青春,转手又将它拿走。"失去青春换来的是什么?耐心?或者少许智慧?那就耐心点吧,或许你还能变得睿智。这场宴会是必须完成的工作,同审阅立法会的裁决,或同帕萨瓦勒一起检查国库收支一样。米蕊茉勉强挤出微笑。"原谅我的迟钝,泰勒丝夫人,赫尼斯第是不是存在继承人的问题?"

泰勒丝满不在乎地挥挥手,表示这是小问题。"哦,相信我,在他和我生下合法继承人之前,即使出现这方面的需要,他也有足够的私生子可用。"

米蕊茉发现,这年轻女人还真是叫她有些不知所措。"你好像并不担心。"

"我们会有孩子的。诸神已经答应我了。"她的眼睛描着浓重的眼线——完全就是南方人的风格——眼神里却没有一丝犹疑。"提到我们本族的诸神,希望不会冒犯到您——即使在赫尼斯第,大家也知道您是虔诚的安东信徒。"

尽管米蕊茉感觉,对方的话里隐藏着某种赞美之外的意味,却也只是摇摇头。"当然不会。国王和我从不强迫别人追随我们的信仰。"她勉强挤出微笑,"当然了,我们会祈求上帝,保佑你们二人生个健康的宝宝。"她不禁怀疑眼前的女人是否有些精神错乱。难道她真心相信,有了神明的保佑就能轻而易举地诞下继承人吗?米蕊茉与西蒙相伴多年，也只养大了一个孩子，而那唯一的孩子也已离世。要不是约翰·约书亚结婚早，恐怕他俩连个男性继承人都没有。那一来，等她和西蒙都去世，至高王权将岌岌可危，所有属国也都将陷入混乱——那是必然会发生的结果。

上帝保佑让我先走吧，她突然想到。没有了西蒙，我将彻底失去容忍这些人的雅量。而他却总是很有耐心。她转头望向丈夫。只是有时耐心过头了。这时的西蒙看上去也像个疲倦的老人家，脸上挂着僵硬的微笑，忍受着休国王的推推搡搡。年轻的国王一直唠叨个不停，说着打猎或西蒙根本不关心的其他事情。米蕊茉的丈夫从小就在热气腾腾的海霍特厨房里干活，所以不像大多数国王，享受过运动方面的教育。他也不大喜欢系着铃铛的猎狗制造的噪音——米蕊茉自己也不喜欢。

"陛下？"泰勒丝问，"我说了什么让您生气的话吗？"

准王后的嘴角总是藏着一抹笑意，身上透出一股让米蕊茉浑身不自在、却又无法躲开的感觉。她突然强烈希望换个地方。"没有。泰勒丝夫人，当然没有。只是今天过于漫长，仅此而已。"

休国王站起身，沉重的座椅刮擦着地板——现在地上铺了石板，不像以前那样撒满了灯心草。尽管木椽上依然自豪地悬挂着古老的木雕，可连最为稳固古老的木头神堂也开始吸纳新元素了——也许是在模仿纳班的某座宫殿。"举杯！"休大喊道，"趁着夜晚还未逝去，让我们举起酒杯！敬两位亲爱的王者大驾光临，敬西蒙国王和米蕊茉王后。"

"敬西蒙国王和米蕊茉王后！"礼堂中那些依然清醒、还能说出正确的名字与称谓的人们齐声欢呼，接着是阵期待的沉默。西蒙看看妻子，见后者点点头，便伸手摁住桌面，撑起身子。

"敬休国王与赫尼斯第王室。"西蒙边说边举起自己的酒杯，"愿贺恩家族的牡鹿在这美丽的牧场生生不息。我听说，国王很快就要成婚了。"他朝泰勒丝夫人点点头,后者在椅子里挺直了腰杆。"愿你们的结合永远受到祝福。"宾客满座的礼堂响起更多祝酒与欢呼声。

米蕊茉觉得丈夫应该再多说几句,但又不能表示得太明显。令她既郁闷又满意的是,西蒙看到她的表情,凭着多年相处的经验,他明白了。

"另外,"这时众人已在轻声聊天,但西蒙一开口,人们重新安静下来,"我还想再说几句祝酒词。今晚既有老朋友的重逢,也有新朋友的会面,不过众所周知,我们来到这儿的原因,并非只为这些欢乐的事情。王后和我还要前往艾弗沙,进行一次哀伤的访问,与最亲密、最忠诚的盟友艾奎纳公爵道别。请举起你们的酒杯,向他致敬。"

"敬艾奎纳公爵!"很多人附和,但响应远不如刚才那次热烈,而且米蕊茉清楚地听到,桌子另一头有人说:"又少了个冰胡子!"她正想质问,是谁说了这么一句恶毒的评语,西蒙却迎上她的目光,摇摇头。一时间,她对丈夫的怒火像对侮辱老公爵的傻瓜一样猛烈,但西蒙在她心中积累的信任又比怒火强上许多倍。耐心点儿,她告诉自己,他是对的。不该在这里,不该在今夜。她深吸一口气,竭力压下心中的愤怒,让它像刚才祝酒时洒在亚麻桌布上的葡萄酒一般,慢慢地渗去、消失。但她忍不住怀疑,这些红色的污渍真能被彻底洗净吗?

♛

在大礼堂外的下层院子,艾欧莱尔赶上了她。

"茵娜温太后!陛下!"

茵娜温转过身,她的女仆慎重地又往前走出几步。一瞬间,艾欧莱尔看到的仿佛不是刚刚离开礼堂的年华渐老的成熟女人,而是当年认识的那个皮肤白皙、周身都被阴影笼罩的金发女子。

"艾欧莱尔伯爵,见到你很荣幸。"她用赫尼斯第语说道。

母语的柔和喉音激起了好几段回忆,尤其是许久之前,茵娜温在他耳边轻语时那温暖而心痒的感觉。那仿佛是上辈子的事了。"拜托,夫人,这个头衔就像一种耻辱,至少对我来说是。太久不见了,茵娜温。你的气色看起来不错。"

她的微笑显得不大信服。"我看起来就是我的样子啊——一个老女人,又老又碍事。"

"没这回事。"她的话让艾欧莱尔吃了一惊,"碍什么事了?你反对国王正在筹备的婚事?"

茵娜温瞥了眼女仆,后者站在不远处,抬着头假装看星星。她又看了看护送她们走出大礼堂的两个卫兵。"哦,没有。谁会妨碍国王的幸福呢?你到太后的小屋来陪我说会儿话吧。虽然我没有上等的葡萄酒招待你,但应该还有些去年隆冬节剩下的蜂蜜酒。"

"我的好夫人,自从上次离开赫尼斯第,我已经好几个月——不对,是有两年——没喝过上好的蜂蜜酒了。我很荣幸。"

* * *

太后的小屋其实并不小,那是神堂外墙旁边一座四四方方、风格现代的三层小楼。艾欧莱尔坐进客厅的一张深椅。女仆被派去厨房找蜂蜜酒。

"我这儿有一瓶,可以先喝着。"茵娜温从餐柜里取出一只陶瓷瓶子,把酒倒进两只精致的小玻璃杯。"是用夕柯林的茴蓿蜜酿的。"

艾欧莱尔接过酒杯,闻了闻。两人在壁炉前的椅子里坐定。"真香。那为什么还要再找一瓶?"

"为了给我的女仆找点事做,让她离开几分钟。你问了我一个问题,我给了你一个答案,但你信吗?"

面对话风突变的茵娜温,他差点被逗乐了。"亲爱的,看来你变成阴谋家了?我以前认识的那个羞涩、真诚的年轻女人去哪儿了?"

太后伤心地瞪他一眼。"你在嘲笑我,爵士。"

"不,我没那个意思。那就跟我说说吧。你不喜欢国王的婚事?"

寡妇

在艾欧莱尔看来，茵娜温对休有某种保护欲并不意外，因为那个泰勒丝显然不是什么顺从、贞洁的新娘子。

"婚姻很有必要。你知道他还没结婚，就生了多少孩子吗？七个。已知的就有七个。万一他死了，却没留下合法的继承人，你能想象会引起怎样的麻烦吗？"

会有至少七个家伙为赫尼斯第的王座打得不可开交。这念头光是想想，就能让艾欧莱尔打个哆嗦，好在他忍住了。"对，我能想象。所以这场婚姻是件好事？"

"如果他娶了别人，那就是好事。"尽管宽敞的房间内只有他们两个，茵娜温还是压低了声音，"娶那小巫婆就不是了。"

她的话如此刺耳，艾欧莱尔不禁吓了一跳。"这么说，她很糟糕？是不是因为她父亲野心太大？我记得他曾是路萨国王的忠实封臣。"

"不，他父亲足够可靠——他现在是个又老又胖的绅士农夫，很清楚自己的好战时光已经远去，只喜欢吃肉喝酒、炫耀自家的牲口。他把泰勒丝嫁给格兰·欧加的侯爵时就得到了不少土地。但我担心的是他女儿，泰勒丝本人。"太后嘟起嘴唇，"她是个巫婆。"

"这个词你用了两次。除了表示讨厌，还有更多含义吗？"

茵娜温低头盯着自己的酒杯。炉火照耀的房间里，到处都是又黑又长、不断摇晃的影子，仿佛在期待着什么。过了好一会儿，她才说："我不知道，艾欧莱尔，但我听到许多谣言，其中有些让我害怕。"

"谣言怎么说？"

"如果我告诉你，你肯定以为我疯了。"她摇摇头，"有人说，泰勒丝带回了一种非常古老、非常邪恶的崇拜。"

"崇拜？"艾欧莱尔迷惑不解，"夫人，我不确定我有没有听懂，也不知道我该不该相信。你应该比所有人都清楚，国王的喜好经常会招来恶毒的传言。"

The Witchwood Crown

茵娜温皱起眉头。"对,也有人说过我的坏话。但从来没人指控我复兴鸦母的仪式。"

"那是……"艾欧莱尔不敢相信自己听到的字眼,"孤儿制造者——陌厉伽?"虽然身在屋内、坐在火边,寒意依然蹿上了他的脊梁骨。"没人会这么疯狂吧。赫尼斯第花了几百年时间才毁灭那个恐怖的邪教。"

"但我听到的就是这样,那些人没理由骗我。他们说,泰勒丝迷上了黑暗之母,跟几个追随者一起试图召唤她。"

"为什么?"艾欧莱尔已经好多年没想过鸦母陌厉伽了。早在三百年前、泰斯丹国王的时代,就已经没人向她公开献祭了。她最后的信徒住在夕柯林北边深处,是一群肮脏的乱伦者,最终被路萨的父亲历辛国王消灭,那时艾欧莱尔的父母还没出生。即便是泰勒丝夫人那么自恋的人,也不会试图重现如此可怕的仪式吧,他心想。"她为什么要做这么疯狂的事?"

"我怎么知道?他们说,泰勒丝声称陌厉伽给她托梦。"此刻二人坐在明亮的炉火前,茵娜温却脸色苍白、有气无力,"我希望那只是一时的头脑发热,艾欧莱尔——只是无聊的廷臣们在打发时间。但我还记得,祖母跟我讲过那些陌厉伽追随者的所作所为,那时她还小,但她村子里的人很害怕,为了避开一个鸦母信徒的目光,他们宁可绕远路。"

艾欧莱尔感觉浑身不自在,但不愿意流露出来。"就算这谣言里有些真实成分,估计泰勒丝夫人也只把它当做一种消遣——为了吓唬神堂里那些老家伙吧。"他试着露出微笑,"你我这样的老家伙。"

"也许吧。"茵娜温的回答没有一丝赞同的意味,"但是,亲爱的伯爵,我可以对你发誓:自从跟她好上之后,休就像变了个人。他向来轻浮多变,这你肯定记得,对吧?"

"确实记得。他小时候,我想过很多次,要是能把他摁在膝盖上

寡妇

打屁股该多好。"

"我真希望你能这么做。我真希望有人这么做过。可是现在……我不知道，艾欧莱尔。他变了，变得让我害怕。他现在总像藏着什么可怕的秘密！好像泰勒丝说服他相信了什么东西，而那东西让他认为自己不会有任何危险。你一定也看出来了！他今天所做、所安排的一切，都是为在各个方面挑衅至高王权。这不是我亲眼看着长大的休。那个孩子也许被宠坏了，也许有些任性……"她皱起眉头，沉默了一会儿。女仆捧着一个大酒壶，晃晃悠悠地走了进来。

"找到了，夫人。"她说。

"你听到了吗？"茵娜温勉强一笑，"夫人。连'陛下'都不是了。"

女仆惊慌失措。"对不起，陛下，我……"

"放下吧，孩子。"茵娜温挥挥手，让她把酒壶放在矮桌上，"然后睡觉去。伯爵和我就快谈完了。他可以自行离开。"

女仆点点头，放下酒壶，忙不迭地跑向楼梯。

艾欧莱尔一直等到楼下传来关门声。"还有什么需要我知道的？或者我能做些什么？"他伸出手，按住茵娜温的手背，"我希望你能开心一些。"

"那就向众神祈祷吧。重要的是他们的意思，而不是我们的。"

艾欧莱尔爱怜地看着她。皱纹在那曾经光滑的脸上诉说着过去的伤心往事与快乐时光，可惜快乐时光不够多。

我们的快乐时光都不多，他暗暗想到，我们两个共有的快乐更是不足。在抵抗风暴之王的大战中，他们都失去了永远无法替代的亲人。茵娜温失去了丈夫路萨国王，艾欧莱尔失去了国王之女梅格雯。勇敢又让他苦恼的梅格雯啊，直到失去她的那一刻，艾欧莱尔才意识到自己有多在乎她。难道他会在茵娜温身上重复同样的错误？

世间的安慰如此稀缺，他心想，过去的我却总听从责任的指引，是不是有些太傻了？

"夫人……"他刚开口，就看见她在摇头。

"勇敢的伯爵啊，你的心思我能猜到一点。没用的。这就是我们的命，我们的人生之路只有一小段才能并行。不过，艾欧莱尔，你永远是我最珍视的人。"

"你对我也一样，陛下。"他喝完第二杯蜂蜜酒，起身准备返回大礼堂，忽觉酒劲儿开始影响他的双脚，"我会慎重考虑你刚才说的事，也会尽力而为。放心休息吧，米蕊茉王后和西蒙国王会明白你的担忧。"他弯下腰，谨慎地亲吻她的手背，"愿众神保佑你。"

"保佑我们所有人，亲爱的艾欧莱尔。"她终于露出微笑，尽管仍有些不由衷，"看到你一头白发，感觉真不是滋味！我都没法想象我有多依赖你。是啊，愿众神亲密照看我们，我们都需要他们的悉心照料。"

寡妇

苏醒

♛

她眨眨眼睛。每次迈出雄伟的奈琦迦山门,桃灼葭总会眨眨眼睛,眼眶里也总会饱含泪水。寒冷的冬天已将她在大山里困了几个月。尽管北方的阳光经过乌云的淡化,但残余的白光依然晃得她看不清东西。

她朝护卫打个手势,示意他们等自己恢复视力。所有家族护卫都停留在仔细斟酌的距离之外,既能表现出对她的尊敬——谁叫她是大司匠阁下的财产呢?同时也能表达一种无声的抗议——表明他们耻于保护凡人。任何凡人,哪怕是主人最宠爱的小妾。

视力恢复之后,桃灼葭带着四个沉默的贺革达亚护卫,走下崩裂褪色的台阶,迈进掌旗苑。这是古时的庆功场,现在则成了所谓的"牲口市场"。山外的空气新鲜而冷冽,刺得她皮肤生疼,弥漫着附近圣林里的气息,饱含了松树的清香、桦树的酸楚与月桂的蜜甜。就连市场里到处售卖的罐装酵鱼,其臭味也显得特别好闻,令桃灼葭回忆起她被北鬼俘虏之前,在瑞摩加度过的古老而朴素的日子。同往常一样,虽然身边全是她本族的奴隶和白如死尸的监工,但仅凭阳光和空气,便已经让桃灼葭感受到了自由。尽管许久以前,她就知道自己逃不掉了,可她依然没有放弃逃跑的梦想。

她在乱糟糟的凡人商贩与凡人买家间穿行,途中停在一张破烂的石桌前,查看几双手套。货主是个女人,正蹲在桌旁避风。被抓来的头几个年头,桃灼葭曾幻想过逃走,所以藏起了一套冬衣,以便真有机会时穿。眼前这双衬毛手套可比当时藏起的那双温暖厚实多了。她还准备了一些金币、衣服和其他有用的物品。可如今,桃灼葭担心,就算真给她机会,她也不大可能离开这大山了。奈泽露的出生改变了一切。

她把手套放回石桌。庵度琊家族的护卫再次围住她。蹲在旁边的女人连头都没抬。

这里所有的买家与卖家几乎都是凡人。在贺革达亚眼里,桃灼葭的族人就是牲口,所以这里便是"牲口市场"。市场从每年的风童月开始活跃,到了温暖的季节,每月举行一次。住在贺革达亚领地外缘的凡人农奴与奴隶们会来这里,相互以物易物。他们有的住在山腹里,有的住在山外。很久以前,贺革达亚就放弃了山门外的旧城废墟,最近几年,有凡人在奈琦迦遗址的骨架上搭建了新的定居点。虽然严格说来,那只是一片摇摇欲坠的窝棚而已。

来市场的大多是监工,好为凡人奴隶和换生灵劳工购买廉价的毛毯、衣服和食物等等。少数比较幸运的凡人——主要是贺革达亚贵族的床奴或宠物,比如桃灼葭这种——还可以买些奢侈品,诸如香水、酒,以及比主人赏赐的东西更适合凡人口味的零食之类。虽然这里大部分商品都是提供给凡人奴隶和最贫穷的贺革达亚的——任何稍有地位的北鬼都不屑与凡人来往——但桃灼葭每次看到它们,都会记起她正跟精灵住在一起。

除了成百上千的凡人,以及少数手持武器、监督市场秩序的北鬼士兵,这里还有为数不少的庭叩达亚奴隶。在北鬼眼里,庭叩达亚的地位比凡人男女更低。他们又称"换生灵",外形古怪且多样。其中一种叫搬运工,就是些人形的负重牲畜,个头堪比野生巨人,长着肌肉发达的宽肩膀和表情木然的小脑袋,即使被如山的货物压得步履蹒跚,脸上也没有任何表情流露。其他庭叩达亚也有各种各样的外形:有的个子矮小,浑身是毛,专门负责在北鬼领其他地区的高山农场工作;有的身材纤细,表情忧伤,外表看似单薄,挖起洞来却比凡人和北鬼都快,还能轻松而优雅地雕刻石像,就像凡人切割软木。桃灼葭

寡妇

便发现了两位这样的掘石工,他们正安静地同一个宝石贩子讨价还价,眼睛好像猫头鹰,看起来畏畏缩缩的,恨不能马上离开阳光,返回到舒适的黑暗中去——这想法与桃灼葭恰恰相反。在这里,体形差异代表不了什么。单看外表,将她抓来的北鬼比任何一个换生灵都像凡人,而他们与桃灼葭的差别,可能就好比野猫之于兔子。

到现在,她应该已经习惯了才对。你在这种地方待多久,才能消去如被噩梦困住一般的感觉呢?这只是个空洞的提问,因为她知道,答案是"永远"。至少是到她死去的那一刻。

桃灼葭竭力压下这伤感的念头,好让自己尽情享受日头下的时光,尽管这并不容易。她很清楚,就算没有意义,她也不可能彻底放弃逃走的梦想——毕竟她在开阔的天空下生活了太久,她是不可能屈服的。但她只要看看四周,便会知道这想法是多么的无望。在这里,奴隶不敢抬头看北鬼士兵一眼,就算跟其他凡人讨价还价,也不敢把音量提升到耳语之上。还记得当初在瑞摩加,她与"瓦莱姐"罗丝卡娃一起,无忧无虑地生活了许多年。罗丝卡娃既是一位瑞摩加女族长,也是个女医师,是她给了桃灼葭一个家。与那时相比,整个市场的全部声音加起来,都不及一场庄严肃穆的葬礼。即便如此,大山内部也已成了她的新家,现在是,以后也永远都是。如果在山内同时听到这么多凡人的声音,北鬼会忍无可忍,将之视为一种背叛,甚至会用武力镇压。所以哪怕到了这里,到了开阔的天空之下,奴隶们也不敢提高嗓音。

无可放纵的自由算得了什么?她心想。我到底为了什么还在苟且偷生?

当然了,让她甘心忍受奴役的,并非她自己的生命,而是她生下的那个可爱的宝宝。也正因如此,桃灼葭明白,她将注定死在这群比野兽还要陌生的异族中间,且永远得不到真正的安宁。

桃灼葭的贺革达亚主人兼情人叫维叶岐。他在许多方面都与他的族人不同，对她也很体贴，远超其他北鬼对待凡人的态度，可就连他也没法理解桃灼葭的不安。大司匠似乎觉得，这只是凡人既可爱又可笑的小脾气，就像孩童哈哈大笑地看着小狗追逐自己的尾巴，只能看到滑稽搞笑的一面，却看不到那徒劳无功的挫败感。而维叶岐已经算是最善良的北鬼了。

* * *

在弯弯曲曲的摊位间走动需要很长时间，桃灼葭还没逛完，雪就越下越大，但她还是想在太阳下尽可能多待一会儿。市场很大——这地方本是北鬼的掌旗苑，是山门前一块宽阔的平地，用来举行仪式，只是上次仪式已经是几个世纪前的事了，当时大部分北方还在贺革达亚统治之下。后来，远在桃灼葭出生的许多年前，瑞摩加人从失落的西方来到奥斯坦·亚德，将一切都搅得面目全非。那些大胡子战士一路征战，打到了爱克兰，杀死了大量北鬼及其亲族希瑟，也杀死了难以计数的凡人。养母罗丝卡娃曾告诉她，北方人来了之后，希瑟放弃了他们的古老城市，逃进森林；北鬼则撤到这里——他们的山中都城与最后的堡垒——发誓决不放弃，直到最后一名贺革达亚战死。如今，她在这些凶悍的不朽者中间生活了二十多年，绝不会怀疑他们的决心。

如果战争真来了怎么办？ 她忍不住担心。*我应该支持哪一边？我自己的族人？还是我女儿的同胞？*

护卫们朝她投来不满的目光，他们显然觉得该回山里了，但桃灼葭知道，天气可能还会变坏，积雪可能加深，那就意味着户外集市几个月都不会再开了。于是她无视护卫的目光，继续在摊位间来回闲逛，一直转到市场的最边缘，那儿的人们正用匠工会发放的各种凭证交换榛子、云莓、萝卜干、防风草、野芹菜，甚至一条条精制河鱼干，多数是鲈鱼和狗鱼。这些东西都让她怀念起自己在罗丝卡娃庇护下的日子，那是她身为自由人的幸福时光，不过那也是很久以前的事了。终于，太阳坠向西边的群峰，龙卫催促着关闭市场，她才不情不愿地示意护卫，准备回去。

如果有个足够大的篮子，我会装一块太阳回去。那样我就能忍受一切了。

我甚至不需要装太多，她告诉自己。虽然主人比她年长好几个世纪，但她在山里剩下的日子，依然不够他生命的零头。桃灼葭常常猜想，她死之后，还会有不朽者记得她吗？她给他们留下的印象，会比一片落叶更多吗？

那奈泽露呢？我的女儿会像她的父亲一样长寿吗？再过几百年之后，她还会记得我吗？还有维叶岐呢？像他那样地位尊贵的精灵，会记得自己曾爱过一个凡人吗？如果结局都是同样的黑暗与寂静，那我何必还要挣扎前行呢？

太阳已经落下，外城和市场变得十分寒冷，桃灼葭呼出的气息迷住了自己的视线。她打了个寒战。该回去的时间早就过了，她不敢惹维叶岐生气。在这种地方，她连自己的死亡都没法做主，因为她向命运交出了人质——她唯一的孩子。

那就回去吧。回到安静而无穷尽的石头厅堂。回到她无法理解的仪式，回到戴着面具的脸孔中间。而她始终牢记一点：即使生下了一位优秀的年轻战士，但在那些精灵眼中，桃灼葭仍比野兽强不了多少。

啊，我的孩子，美丽而勇敢的奈泽露，她心想。虽然你没法理解我，虽然你鄙视我身为凡人的软弱，但我依然爱你。为了你，我愿意生活在黑暗中。

那女儿的父亲维叶岐呢？她也爱他吗？那个北鬼赐予了她鲜有凡人奴隶能享受到的自由，对待她的态度也算亲切，甚至可谓温柔，这在贺革达亚中间是极其罕见的。所以，对这位年长自己数个世纪的主人——她的拥有者——桃灼葭心里除了感激，还会有别的想法吗？

她心里找不到答案。桃灼葭恋恋不舍地向太阳道别，转身走向高大而可畏的山门。作为小小的反抗，她将今天挑选的东西都丢给了贺革达亚护卫，让他们替自己拿着。

♛

在圣山深处，维叶岐·杉-庵度珊——女王治下匠工会的大司匠阁下——正在花园里看书，反复品味森雅苏的一首诗：

> 跃动的心在死亡面前沉默，
> 一如百鸟在破晓前的沉寂。
> 尔后，曙光将照亮天地。

沉默，没错，维叶岐心想。在死亡面前，那真是一件珍贵的礼物。不过在那之后，即便最贫苦的族人也能随心所欲地享用它了。

维叶岐的老师、匠工会的前任大司匠雅礼柯阁下非常喜欢森雅苏的诗。这本诗集便是老贵族最喜欢的书，是他亲手赠给学生的礼物。维叶岐读着里面的字句，仿佛看到雅礼柯·杉-齐珈达再一次站在自己面前，表情严肃，充满神秘，但时不时也会突然幽默一下。

与大多数族人一样，维叶岐更喜欢安静，但这并非他最喜欢这个花园的原因。这里是贵族的居住区，位于奈琦迦的第二层，除了偶然响起的仆人的脚步声，以及武装士兵巡逻时盔甲的碰撞声，周围一直很安静——他的府邸更是远离嘈杂的避风港。维叶岐之所以眷恋这里，原因并非安静，而是可以独处。

按照山中城市的标准，大司匠的花园既奢华又广阔，很符合他的身份——最重要的幕会之一的领袖。一口通风井从洞穴的岩石天顶笔直地伸出，一直穿透圣山的石头山体，通向外面的天空。它以特定的角度倾斜，开口位于奈琦迦的冰封侧翼，阳光可以通过打磨光滑的井壁折射下来，在花园洞窟的中部投下一束光柱。在这个季节里，融化

寡妇

的雪水不断地由花园墙壁的一道裂缝滴进下方的长方形水池,吸引了外面天上的小鸟。像今天这样的好天气,足有五六只山麻雀,还有几只或黑或白的山鸦,正在浅水中嬉戏、整理羽毛、"叽叽喳喳"地互相呼唤,好在它们的音量只跟耳语差不多。在奈琦迦,就连雀鸟也像陷入了永远的哀悼。

这时他听到吸气声,比小鸟的啾鸣更轻柔。仅凭这个声音,维叶岐就知道,他的书记官夜摩来了。他小心翼翼地把刚才看的诗集塞到另一本书——大司匠必读书目《女王手上的五指》——下面。夜摩貌似忠于维叶岐,但只有傻瓜才会把背叛写在脸上。森雅苏的诗早被宫中定为禁忌。虽然维叶岐手里的《水色》是老师雅礼柯所赠,虽然雅礼柯是公认的伟大英雄,但让任何人发现他在看这本书,或是任何让女王所属的罕满堪家族起疑的书籍,都不是明智之举。

尤其是现在。尤其是今天。

"打扰了,老师。"但夜摩的语气中并没有特别明显的歉意,更像是希望真能打扰他似的。

维叶岐抬起头,脸上的表情同夜摩一样,完全空白。"没有。说你的事。"

夜摩的个子矮小而结实,天资聪明而善于观察,家中没有妨碍他履行职责的近亲,是个出色的书记官。他野心勃勃,几乎可以肯定正在谋划如何有朝一日取代自己的上级。奈琦迦所有贵族幕会都这样,除了最沉闷的那几个。作为他的长官,如果以为他没有那种念头,那可太蠢了。所以维叶岐更没必要让他发现森雅苏的诗集,以助他加官晋爵。大司匠冒险朝下瞥了一眼,确保禁书没露出来。

"您进宫的时间安排在晚钟时分,老师。"夜摩提醒他。不过他们都知道,想让维叶岐忘掉一族之母的召唤,恐怕比忘掉自己的名字还困难。"需要我提前一小时备好轿子吗?或者,您希望再早一些出门?"

"不用轿子。我走路过去。"

维叶岐不需要看,就知道夜摩一定微微挑起了半边眉毛。每次觉得老师做了任性或愚蠢的事,他都会有那样的举动。挑眉幅度很小,更像一丝轻蔑的嘘声。"遵命,大司匠阁下。我会让卫兵在晚钟前一小时待命。"

"谢谢,夜摩。你可以退下了。"

乌荼库女王的召唤,没错,这就是维叶岐来此独处并忍不住拿出禁书来看的原因。蓝灵峰的森雅苏写下的文字伤感而又灵动,虽然诗人已过世多年,但这诗句很适合眼下的时刻——需要在尽忠职守和遵从良知之间做出选择的时刻。眼下的困境犹如身处可怕的绝顶高地,尽管维叶岐已有很多经验,但一直未能学会喜欢它们。

这次的难题很简单,至少起因很简单。维叶岐获得了贺革达亚的无上荣耀:他受到召唤,要去觐见乌荼库女王。女王不老不朽,是他们的统治者,是全族的母亲。但维叶岐并不想去。事实上,大司匠不得不对自己承认:他很害怕。

传达王室召唤的信使是在一个小时前赶到的。自从女王在长达数十年的沉眠——即"瞄榻-荫酌"——中醒来,他还是第一次受到女王的召见,这也是他晋升为大司匠之后的第一次。想到即将到来的会面,他心中充满忧惧,部分原因是:他对老师雅礼柯的忠心意味着他必须向王室隐瞒一些秘密。在女王沉睡的那些年里,他曾做过一些艰难的抉择,力图为他的君主和全族争取最好的结果。但他也跟所有人一样,心里明白,善良的信念和美好的意图并不能抵消女王的怒火。在无名苑的深坑里,就填满了心怀善意却无法取悦她的焦骨。

他叹了口气,召唤仆人。片刻后,一个弯腰驼背的老贺革达亚光着脚,静悄悄地走了进来。至于他的名字,维叶岐总是记不起来。

"请提醒棘梅步夫人,我受到召唤,要在晚钟时分觐见女王陛下——愿她的统治直到永远。"维叶岐吩咐道,"不知我族之母具体

寡妇

有何差遣,所以我不知道什么时候才能回来。请代我向夫人转达最诚挚的歉意,请她独自享用晚餐吧。"

仆人鞠躬退出。他的打扰早把小鸟从通风井惊飞了,水池回归宁静。维叶岐等了好一会儿,希望自己也能平复思绪,得到少许平静。可惜眼下的花园似乎已经朽坏,从通风井洒下的光束亮得刺眼,水池过于浅薄,仿佛接到传唤之后,一直潜藏在他内心的黑暗也沾染了他的双眼与双耳。

女王赐予了我们一切,我为什么会怕她?她保护我们抵抗这憎恨我们的世界,我为何不能毫无保留地爱戴并信任她?我到底是怎么了?

维叶岐找不到答案。他站起来,理平衣物,去找他的凡人小妾,希望她已从山门外的市场回来了。

* * *

他们赤身躺在桃灼霞的窄床上。远处昭英祠的大石钟再次响起,宣告午时已至。

"我又要起来了。"维叶岐说。

"我很期待。"

"别这么调皮,桃灼霞。我要去觐见女王。"但维叶岐并不想离开她的怀抱,她贴过来的温暖肌肤似乎有种能击败忧虑的魔法。真是奇怪,他心想,这个凡人奴隶,这个来自野蛮的瑞摩加、未开化的短命生物,竟能带给他别的物品、别的生灵都无法带来的平静。

"当然了,您必须去。"她说,"您肯定没法拒绝她。"

"拒绝?"维叶岐差点儿笑出声。但正如穿过深渊上方的小桥时,脚下突然一绊,这一下虽然好笑,但也令他想起脚下的无底洞正张开大嘴等待着他。"小凡人,我知道你对很多事都很无知,但你刚才那句话,要是被我的族人听见,他们会打你一顿。拒绝女王?还不如把我的心从胸膛里挖出来再踩上几脚。"

"但您也没理由怕她嘛,我能干的主人。她沉睡时,您已经做了她希望您做的一切,而且做得相当出色。"桃灼葭稍微坐起,用手肘撑着身子,胸口贴上他的手臂。维叶岐用指尖划过她的双峰。她真是太天真了!完全不了解侍奉女王的日子里会有多少险恶的荆棘。"就连我也贡献了一份力量,"她欢快地续道,"我没给伟大的殉生会生出一名殉生武士吗?"

"别开这种玩笑!"

桃灼葭皱起眉。她的黑发乱糟糟的,沾着汗水。她摇摇头,把发丝甩到脸旁。"我没开玩笑,主人。我们一起造了个女儿,她聪明能干,是女王之爪中最年轻的成员。您的正妻都没有这样的成绩,可她待我的态度就像奈泽露是她生的,而我只是个煮饭婆。"

"够了。"维叶岐斥道。为什么今天人人都要给他找麻烦?"以后不许再说这种话。我们的律法来自华庭,不可置疑。如果被其他人听到你这么说话,你会死得很惨,连我都救不了你。"

桃灼葭沉默下来。维叶岐满意地点点头。凡人就算再怎么聪明,也不过是草场上的雀鸟,一天到晚吵个不停。不过他也承认,眼前这只鸟,尽管已被岁月在面庞和身体上留下了最初的痕迹,但依然讨他喜爱。她的青春十分短暂,即便最鼎盛时,也从未拥有过他正妻棘梅步的冰雪容颜。不过她最初吸引他的,是某种内在的特质。桃灼葭的青春正在逝去,正如夏日将尽时渐渐卷边的树叶。但吸引维叶岐的特质——即使到了现在,他依然说不清那究竟是什么——仍在她的一颦一笑、一举一动间燃烧。

莫非迷住我的,正是这个谜团?他猜测,还是偷偷品尝禁果的愉悦?毕竟,如果被属下看到他现在这个模样,看到他无拘无束地跟一只凡人动物聊天、把她当成平等的贺革达亚对待,他们会立刻告发他的。

这就是攀爬高峰的问题所在,他心想。虽然筋疲力尽,但真正的

寡妇

挑战还在前面。更多妒忌的目光将落到你身上。每往上爬一步，一旦失足，坠落的高度也会增加一分。

他下了桃灼葭的床，开始穿衣。

"我会想您的，主人。"她说，"我一个人很寂寞。"

他没答话。每次二人幽会完毕，桃灼葭总会说这话。可他不知该怎么回答。就像他的马匹或猎鹰跟他说话，他也不知该怎么回答一样。

他将长袍收紧，绑好腰带，随后拍打全身，确保自己没带武器，以及任何觐见女王时禁止携带的工具。他全心全意赞成这一禁令，虽然觉得有点愚蠢——谁会疯狂到胆敢袭击永生的乌荼库呢？这不单因为她的贴身护卫"女王之牙"是奈琦迦最精英的战士，且从不离身；更因为女王陛下的名号本身便是乌荼库最令人胆怯的防御。当今世上没人知道她的力量极限。贺革达亚的永生君王能激发每一位臣民的崇敬之心，同时，即便最有权势的臣子也会对她心生恐惧。

离开房间时，维叶岐仍因桃灼葭那个不负责任的问题而心烦意乱，没像平时一样温柔地道别——这本是桃灼葭最珍视的一点。

* * *

王宫召唤使的火把在他前方跳动，更像一面祭典旗帜，而非光源。维叶岐随信使迈上宽阔的台阶，朝第三层的王宫走去，身后跟着书记官夜摩和一小队家族卫兵。他们经过闪着朦胧微光的白花园外围。花园坐落在两层之间一块高起的岩石孤岛上，是个真菌花园，一直都有安抚维叶岐心情的力量。有一次，他甚至带桃灼葭来过。可惜他的凡人小妾并不理解，反而对满园死白色的蛇形茎干、精致优美的舒展扇叶、随着微弱气流轻轻点头的巨型伞状菌盖感到十分不安。她告诉维叶岐，这些东西令她联想起在乌黑潮湿的泥土里扭动的蠕虫。没待多久，她就催维叶岐赶紧带她出去。当时维叶岐很失望，甚至有些恼火，觉得她无法理解这高雅的美感。桃灼葭毕竟是个凡人，难怪她看到什么都会联想到死亡和衰败。

但此时此刻，能到这花园里散散步，就算身边的伙伴不懂欣赏，他也愿意付出高价。

王宫信使带领他们往上走时，一阵近乎无法察觉的微风吹起一阵孢子云，飘向觐见队伍，盘绕着他们的脚步。维叶岐脑中响起诗人路乌娅为这地方写下的诗句：

"当地星和雪舌扬起它们的种子，我走在裸夜中，星辰在我脚边起舞。"

路乌娅已逝去十几个大年有余——按凡人的历法将近八个世纪——但她对白花园的描述依然栩栩如生。奈琦迦恒久不变的自然风貌便是它最美之处。

一众人等距宫殿越来越近，不安的思绪如森雅苏笔下的乞丐般亦步亦趋。维叶岐想说服自己，这次召见只是常规礼节的一部分，是苏醒的女王陛下召唤各个幕会的领袖听取汇报而已。但他知道，自己内心的愧疚远不止是读了几句禁诗那么简单。

在乌荼库沉睡期间，他曾隐瞒了老师雅礼柯等人做过的一些事。他们相信那些事是为了贺革达亚全族的利益，可那又如何？女王不止代表权力，更是公义的化身，是全族的精神与道德标准。维叶岐能在她面前瞒住自己做过与想做的一切吗？如果瞒不住，他又能减轻剥夺所有荣誉、诛灭自己乃至全家的惩罚吗？

深呼吸，冷静下来，维叶岐·杉-庵度琊，他敦促自己。你是贺革达亚贵族，是神圣华庭的子孙。就算死亡在前方等待又如何，你非得像个孩子一样哆哆嗦嗦地迎接它？

维叶岐走进宫殿前门，大司祭尊亚弼出来迎接。起初，他觉得很荣幸，德高望重的尊亚弼竟然亲自来迎，而不是派出下属。但今天的大司祭戴着面具，一言不发，只对他做了个表示问候的礼仪性动作，然后示意他跟上。对这不祥的沉默，维叶岐没有任何反应，只是回了

寡妇

个同意的手势,跟在戴着面具的尊亚弼身后。

对王宫的访客而言,领路人必不可少,只是对方的地位很少如此崇高。欧梅瑶-罕满喀是座名副其实的迷宫。一间间雕花房屋与走廊,一条条修长桥梁与显然走不通的多余楼梯,组成了规模庞大且深不可测的复杂宫殿,光凭运气是不可能走通的。只有最高级别的司祭们才知道如何走进女王所在的迷宫中心。

维叶岐跟随尊贵的尊亚弼在迷宫里越走越深,满心都在想召唤他的女王陛下、坐在这张石网中心等待他的君王。最古老的乌荼库,我族之母,贺革达亚全族之心,幼年时学到的所有溢美之词一个接一个跳进他焦躁的脑海。智慧之上的智慧,力量之上的力量,永生不朽,全知全能。

终于,他们来到一道全是门的走廊,每扇门都是一样的朴素与低调。尊亚弼停下来,伸出戴手套的手,拉住维叶岐的袖子。"我只能送你到这儿了。"大司祭指指其中一扇门,表情全都隐藏在乳白色的面具后面。"她在等你。"尊亚弼礼貌而短促地鞠了一躬,转身离开。

维叶岐再次将灵魂交付给华庭,自他离开家,这大概是第五或第六次了吧。滚开,渣滓们,他呵斥脑海里那些无用而磨人的念头,推开门,走进里面的阴影。古时的英雄不是说过吗,只有面对死亡,才是真正的活着。

门后的黑暗并没有他最初想象得那么彻底。门内是条全无雕饰的石头走廊,远处的尽头有支点燃的火把,后面又是一扇门,跟他刚才经过的那扇一样简朴。走廊两边各自立着一排纹丝不动的身影。一开始,他以为那是雕像,然后才看清他们头戴没有花饰的遮面头盔、身穿雪白的盔甲,那是乌荼库的贴身护卫"女王之牙"的装备。他们不是石雕,但静止和沉默是他们的常态。

维叶岐的父亲乌莱叶岐是位宫廷艺师,面对宫中的贵族廷臣时总是冷静而端正;不过对待家人时,他会显得活跃一些,有时甚至有些怪诞。维叶岐小时候，父亲告诉他说，女王之牙其实是在保卫女王时牺牲的那些战士的灵魂，他们凭英勇挣得了永世守护她的特权。维叶岐后来知道，这并不是真相，但他经常会想起这个说法。虽然他们并非鬼魂，但是除了迷津宫和殉生会的高层，没人了解女王之牙，比如他们是如何选拔并训练的、住在庞大王宫的哪个区域，甚至他们的名字。殉生会有个军官曾在醉酒后告诉维叶岐，女王的精英护卫在戴上神圣的巫木白头盔的仪式中，就用刀把舌头割掉了。

维叶岐走过两列戴着头盔的静默哨兵，心里猜想：巫木丰饶的世界会是什么样子呢？如今还在生长的巫木已十分珍稀，曾经的圣林已不复存在。只有女王陛下本人不死不灭。其他曾属于本族的一切，都已消失、崩溃、化作尘土……

他来到走廊尽头，门开了，却没有一个护卫动过，门后也没有其他族人。维叶岐跨过门槛，重新回到空旷的光芒下。

许多张脸。这是他看到的第一样东西，散布在广阔房间的每一面墙上，还蔓延到天花板——都是巨大的脸庞，有的庄重地凝视前方，有的痛苦地扭曲变形。每张脸都属于同一个人，从每一个角度盯着他。这张脸，维叶岐早在各种纪念碑和壁画上见过上千次，如同自己的至亲一般地熟悉。他是女王之子，自杀的白王子德鲁赫。大部分画像都以 srinyedu——贺革达亚从华庭带来的神圣编织术——的方式描绘。瓷砖地板上也展现了德鲁赫短暂的一生中的不同时刻。在房间中央，在所有哭泣与受难的德鲁赫的目光注视下，有一张巨床，由一个金丝银线的球形框架环绕，整体架在一个黑石底座上。床中间坐着乌荼库女王本人，戴着银色面具，如在巢中等待的一只鸟卵。

维叶岐正站在女王陛下的寝宫里。

意识到这一点，他震惊得几乎无法思考，立刻跪倒在地，动作之快，让他在硬地板上撞疼了膝盖。他把头压在双手之上，做出彻底臣服的姿势，紧闭双眼等待。说话声终于响起，却不是女王的声音。

寡妇

"你好，大司匠维叶岐阁下，欢迎来到我族之母御前。"

维叶岐依然脸朝下，却咬紧了牙关。这刺耳的声音再熟悉不过，此时此地却让他十分不悦。女王陛下有那么多臣民，为什么偏偏是阿肯比在这里？

"陛下有令，莫敢不从。"维叶岐谨慎地回答，"小人应女王陛下的召唤而来。"

"起来吧，大司匠阁下。"大司乐说道，"无需多礼。女王陛下不喜欢。"

"感谢归于我族之母。"维叶岐回答，"也感谢你的欢迎，阿肯比大人。"他爬起身，但仍不敢直视巨床上那道修长的白色身影，于是统管所有歌者的大司乐就成了虽然不大愉快、但还算比较轻松的注视对象。

"你可以与女王陛下对话。"阿肯比指示他，仿佛维叶岐是个新来的侍徒，"你已经得到了许可。"

维叶岐鼓起全部勇气，也只能转身正对他的女王，却仍不敢直视她。他的心脏像滚落山坡的石块一般飞速狂跳。他是在女王陛下长眠期间晋升为大司匠的，还从未与她面对面。他也未曾想到，在女王面前竟会感到如此强大的威压。孩提时听过的每一个故事、族人在她治下悠长历史中的每一个点滴，突然全都涌上心头，犹如洪水卷走了所有思绪。他自己的信念和理想又有什么意义？维叶岐的全部存在都属于她，属于那张闪亮而泰然的银色面具背后的灵魂。他的整个生命都属于她，不然还能属于谁？

话虽如此，他仍留意到，一族之母坐在那样一张巨床上，罩在镶嵌金丝银线的球形巫木床蓬下，竟显得出人意料的娇小。床蓬虽然很大，却如华丽的珠宝般精致，如笼罩在月亮周围的冰环般鲜明艳丽。维叶岐谨慎地观察一下，发现那模仿了包裹在巫木种子外部的多孔外壳。然后他明白了：床蓬的形状寓意女王本人就是"契因"——来自万物诞生之源的神圣的巫木种子,也就是贺革达亚一族的起源,他们拥有的所有恩赐的泉源。难怪她要在这里召见臣属。

诞生一切的种子、永恒不老的女王,此刻正斜倚在床中间的坐垫上,下半身盖着毯子。同过去一样,乌荼库身着哀悼之色——长袍、手套和兜帽斗篷都是一片雪白——唯独那对从闪亮面具的眼洞里盯着他的眼睛,黑如群星间的虚空。

女王盯着他,维叶岐猛然惊醒——他也盯着一族之母。这无意中做出的放肆举动吓得他魂飞天外,赶紧将额头再次贴上瓷砖地面。"陛下,为了您的回归,我每日都向华庭致以千百次的感谢。"

女王的床头柜上有个笼子,里面有只乳白色的螳螂。维叶岐突然的举动惹得它转过头来看了看,随后又转回头去。沉默继续延伸。终于,维叶岐抬起头,强忍住更多想要脱口而出的感谢和溢美之词,因为它们意味着软弱或愧疚,而这两者都不适宜在女王面前流露。最后,乌荼库点点头,这是他见到女王陛下做出的头一个动作。接下来,她说话了,言辞却不是由嘴巴里说出,而是直接跳入他的脑海,如熔化的金属般灌进双耳,突兀、震撼又让人痛苦。

"若你在睡梦的荒原走得够远,"女王说,"就会发现星辰便是眼睛。"

维叶岐完全不明白这话是什么意思。"是,我族之母。"

"女王陛下虽从长眠中醒来,但并未完全恢复,大司匠维叶岐阁下。"阿肯比的刺耳声音像在发笑。不过高寿者们总是戴着面具,让人没法猜测他们在想什么——女王陛下、大司乐,以及从华庭来到这块土地后,最早出生的那一代贺革达亚都属于高寿者,到如今,他们的人数已越来越少。女王的五官永远藏在光滑的银色面具里。阿肯比则用一张接近透明的浅色皱皮,上面绘满了细小的银色符文,整张皮直接缝在大司乐的侧脸、嘴巴和眼洞周围的皮肤上。众人悄声传说,那张面皮曾属于阿肯比的对手之一,还是活生生取下来的。"我族之

寡妇

母在回归之战中元气大伤，如今正在我们歌者的协助下快速恢复，愿她在荣光中永生。"阿肯比续道，"但我族的福祉不能静待女王陛下完全康复，她自己也不想。她希望我跟你谈谈你们匠工会在下层进行的一些工程。"

"能向敬爱的陛下汇报，是我莫大的荣幸。"维叶岐稍微恢复了一点信心：既然女王陛下想了解他的工作，那他今天应该不会受到处罚吧。"至尊的女王陛下，大司乐阿肯比阁下可以证实，我们正在奈琦迦的下层扩建城市，为新来的奴隶和混血工人建造住处。"他对这方面颇为满意：在女王陛下长眠期间，他带领自己的幕会，一直在为女王和族人殷勤工作。"我们有两百名工匠负责指挥，调动了一千凡人和大概五百名庭叩达亚——有搬运工、掘石工等等。在德鲁赫日之前便能完工。"

"够了。"阿肯比突兀地打断了他，"这些细节毫无意义，因为女王陛下有令，立刻停工。"

一时间，维叶岐惊讶得难以呼吸。"可是……我们……！"他开口说道。

"你要同女王陛下争辩吗，大司匠阁下？"

"我……不是，绝对不是！我做梦都不敢。"他搜肠刮肚寻找词汇，"可已经做了这么多工作！"

"这不重要，大司匠维叶岐阁下。"大司乐宣布，"我族之母对你和你的幕会另有安排。"

维叶岐身为大司匠最重要、最自豪的事业在片刻间瞬间崩溃，就像某个愚蠢的学徒敲到了石墙间错误的瑕疵，而他却只能眼睁睁地看着。"是。"他顿了顿，理清惊愕的思绪，"我们的生命任她取用，一如既往。"

"听你这么讲，乌荼库女王很高兴。"阿肯比说，"因为我们的君王陷入瞄榻－荫酌时，她手下有些贵族做出了只有我族之母才有权做出的决定。比如重建山门外的旧城。再比如纳凡人为妾，只是为造出更多婴孩——更多混血婴孩！"

维叶岐的心脏仿佛被冰拳攥紧。

"事实上，女王陛下震惊地发现，在她沉眠期间，一切都发生了改变。"阿肯比的音调稍稍拔高，以示对胆敢僭越女王旨意之人的蔑视，"都是八船登陆以来从未有过的事，却以她的名义，在她长眠期间得以施行！没错，大司匠阁下，我们的女王很不高兴——非常不高兴——尤其是对做出决定的贵族。他们以全族的福祉为借口，其实只为满足自身的物欲和情欲而已。"

大司乐此时列出的罪状，他本人当然也有参与。但阿肯比能活到今天，并成为女王手下最年长、最有权势的大臣，靠的可不是为自己的错误承担责任。

维叶岐开始怀疑，这次觐见是不是要拿自己开刀立威吧？难道阿肯比想牺牲我，以保全他自己的性命？他想用桃灼蔹指控我不忠？可我手上也有大司乐的把柄，如果把我交给军满堪家族的行刑官，我说出的事，阿肯比一定不希望女王陛下知道。所以他只是在警告我？甚至是在提醒我？——这个念头有些匪夷所思，却很有诱惑性——我们有着共同的目标：如今女王陛下已经苏醒，所以我们需要守住彼此的秘密？在诸多怪事的迷雾中，最后这个想法也许是最古怪的了。维叶岐可能会被迫与大司乐结成永远的同盟。他的老师雅礼柯说得对，世上没有比权力更诡异的情妇了。

"因此，大司匠阁下，"阿肯比严厉地说，"你应该明白了吧，我们挚爱的女主人醒来之后，看到事情发生了这么多变化，所以不愿再让匠工会为奴隶的舒适继续工作。我们也不会因为没有奴隶，或那些奸诈的贵族强加给我们的混血杂种就衰亡。尊敬的女王陛下只是尚未断明，在这些错误中间，是否有些确实出于忠心，还是全部都为篡取她的权力。你能领会吧，大司匠阁下？"

寡妇

"当然。"维叶岐回答,"她愿意同我这卑微的臣子分享她的想法,让我感激涕零。"

"很好。还有,女王陛下希望你召回正在加高旧城墙的工匠。你们全体匠工会成员将收到新的命令。"

这道命令比停止扩建奴隶区更让他意外。旧城墙和守卫塔,是奈琦迦对抗凡人的最佳防御,而它们都急需修复。

"我可能不太明白,"他小心翼翼地问,"我们说的可是环绕大奈琦迦的城墙?将旧城及山外领地都包围在内的城墙?女王沉眠期间,凶残的北方人就是趁旧城墙年久失修,才一直打到山门前,而我们已经快把它们修好了。"

"你在浪费时间,正如你的工人在无用的城墙上浪费精力一样,工匠。"阿肯比轻蔑地指出他的幕会工种,"女王陛下说了,我们不再需要抵御凡人的入侵。"

维叶岐大吃一惊。"我们……不再需要?"

"不需要。"歌者的语气愈发严厉,"很快凡人要转换角色,开始抵御我们了。回归之战尚未结束,但这次召见之后就快了。"阿肯比摊开戴着手套的手掌,示意他认真聆听,而维叶岐太过震惊,即使想说话也说不出来。"女王陛下有令,下层及奈琦迦外城墙的所有建造工作立刻停止。这件事你要亲自去办,大司匠维叶岐。稍后你和你的幕会会收到新任务。你明白了吗?"

看起来,维叶岐不会死,至少不会马上死。可除此之外,他还是无法理解刚才听到的其他信息。这是阿肯比篡取更多权力的阴谋吗?还是说,咒歌大师真是在传达女王的意愿——乌荼库想跟凡人再次开战?——或者他用了什么办法,将自己的意愿冠上了女王的名义?阿肯比的狡猾远超维叶岐的想象,但大司乐一定明白,这种战争的获胜希望十分渺茫。即便算上新生代的混血战士,贺革达亚的数目依然远远少于边境的北方人。更别提散落在已知世界各处,那些形如丑陋蜂巢的城市里还居住着那么多凡人啊。

"我明白了。"维叶岐只能大声答道,"我会一如既往地执行女王陛下的所有命令,感谢她和神圣华庭对我的信任。"

"最后,挚爱的我族之母还要陈明一件事。"歌者的主人宣布,"从今天起,女王陛下有令,所有凡人的育龄女子都要搬到下层,同其他奴隶一起住在奴隶圈中,有需要时方可上来,用完马上就要回去。你听到了吗,大司匠阁下?"

维叶岐只能点头。

"很好。女王陛下对贵族领袖们的信任,恰如她对臣民们的关爱,"阿肯比又说,"深不可测,却并非无穷无尽。"

墙上开了一扇门。阿肯比朝那边瞥了一眼,又看看维叶岐。意思很明显了。

维叶岐鞠躬道:"我们都在沉睡,直到被女王陛下唤醒。"他施礼告退,倒退着走出巨大的白色寝宫。

到了外面,他的思绪凌乱得像从高处摔下,竭尽全力稳住脚步,免得自己像醉汉一样在宫殿的楼梯和走廊间跌跌撞撞。刚刚发生的一切,他完全想不通。女王真知道外面发生了什么事吗?还是说,她依然在梦境里徘徊,只是看似苏醒?阿肯比到底是敌人,还是靠不住的盟友?维叶岐真要把最心爱的小妾桃灼霞赶出家门吗?最令他困扰的是,大司乐说"回归之战尚未结束"究竟是什么意思?这话只是为了鼓舞人心吗?为什么要放弃外城墙的修建?维叶岐对这次觐见的结局有许多忧惧的猜测,却没想到,最大的结果竟是困惑。

他的家族护卫与书记官还在宫门外等候。夜摩不可能知道觐见时发生了什么,但看得出老师的思绪不容打扰,于是默默陪着他返回府邸。最后走进大门,维叶岐没下任何命令,就撇下众人,将自己关进书房,插上了身后的房门。

寡妇

到了睡觉时间,妻子棘梅步来劝他,维叶岐却愤怒地大声呵斥,叫她走开。到了深夜,他孩子的母亲桃灼葭轻叩房门呼唤他,也没得到任何回应。

寡妇厌恶症

♛

离开赫尼赛哈好几天了，王后还在生气。

春天的脚步来得飞快。尽管他们在往北走，仍能看到积雪渐渐消融，只剩下开阔草原上的许多小块，以及树顶和山坡高处还有些存留。微风送来温暖的草香和花香。这一切本该营造出愉快的骑马旅行氛围，但米蕊茉却摆脱不了攥住自己的情绪。

"陛下看起来有点儿凶啊。"她丈夫说道，"下人们会说你很'吓人'。"

米蕊茉明白，西蒙只想逗她一笑，可她没心情。"既然你想听，那好。那个自大的傻婊子泰勒丝，我还在生她的气。"

"你真觉得她是个威胁？"西蒙的表情说明他真心想知道答案。米蕊突然为自己能找到这么一位丈夫而心怀感激。他关心她的想法，是因为信任她、爱慕她，而不是因为她头上的王冠。

我能跟其他人一起统治国家吗？我想象不出那样的世界。

"如果她仅仅是个饶舌的宫廷贵妇，就算她跟休勾搭上了，我也不会这么觉得。"她告诉丈夫，"可她把休玩弄于股掌之上。再说，你也听到艾欧莱尔的话了。巫术！"

西蒙皱起眉头。二人骑着马，跟在前锋队伍后面一小段，所以有机会说些悄悄话。"也许吧。不过就算是那样，也别这么快就给她定罪。"他说，"休已经不是我最早认识的模样了，还不如从前呢。"

"毫无疑问。但你跟她说的话没我多,虽说那女人没少朝你抛媚眼。"

西蒙做了个鬼脸。"有吗?"

"有吗?受祝福的艾莱西亚,带我们四处参观时,她就在你身边蹭来蹭去,像只发情的猫,就差把乳房蹭到你胳膊上了。"

"我没注意到啊。"

"少骗我——那女人的大胸有几个男人能视而不见?她就差没把那对宝贝拿软垫托着,贴上王室珠宝的标签到处展览了。"

西蒙咧嘴笑了,一时间又变回了当年的男孩。"好吧,你说得对,亲爱的——我是看见了。可我觉得很尴尬,因为我知道你在盯着我。我向你保证,我不关心……"

"这不是重点。别傻了。"

"啊,吾妻,你在我眼中依然魅力四射。"

"停。你的好心情安慰不了我。那个女人让我害怕。就连茵娜温——温柔的太后茵娜温!——都说她很危险!她企图唤醒恶魔!像派拉兹一样!"他们二人都差点死在那个红袍牧师手里,米蕊茉知道,西蒙绝不会忘掉那段经历。

"是啊,是啊,我也听到了艾欧莱尔的说法。"西蒙摇摇头,"可亲爱的,我们已经有很多问题了。赫尼斯第虽然处于至高王座治下,可他们本身也是个独立王国。我们该怎么办?把一国之主的情人抓起来审判,指控她试图唤醒魔鬼?安东教的统治者给异教贵族定下巫术罪名?赫尼斯第已经有很多人对外来安东教徒的统治感到愤怒了。我们还不如直接派圣庭的审讯者过去呢。"

"不要自蔽双眼,西蒙。"米蕊茉的语气不由自主地变得严厉,"不是人人都像你这么善意。有时你就是太天真了。"

"别拿我当小孩子,米蕊。"她丈夫的平静心情终于开始烦躁,"别拿我当厨房小厮指指点点。都过去这么多年了。"

两人默默骑行了好一会儿。尽管米蕊茉对刚才指责他的话感到歉意，但她并不想开口道歉。西蒙很容易相信人，这正是她深爱他的原因之一，但这不等于说，她的批评错了。

在艾欧莱尔报告他跟茵娜温太后的谈话之前，米蕊茉就很讨厌休的未婚妻。泰勒丝那种自来熟的做派，似乎把米蕊茉——国王的孙女、国王的女儿，就连她自己也是位王后——当成了大姐姐，简直让她浑身发痒。那个女人像是觉得，身边的一切都很好笑，只是那种好笑与米蕊茉的闺蜜荣娜不同：荣娜是发自内心地能从生活中找到许多有趣的笑料，泰勒丝却像高人一等地珍藏着别人获知后将大为震惊的秘密。茵娜温的忧虑更加坚定了米蕊茉的担忧。不过西蒙有一点是对的：至高王座还面临着许多更棘手、更急迫的问题。比如北方船盟和珀都因女伯爵——爱找事的老伯爵宿尔巍的女儿——争执不断，几乎开战，很可能会让奥斯坦·亚德全境的贸易陷入混乱。而这还只是其中之一而已。

不过，就在思考这些烦心事的同时，米蕊发现心中有种悲伤，与这些国家大事没什么关系。

"在他生日之际远离家园，真让人难受。"她打破了沉默，"这么多年了，我没想到还会如此难过。但我心里确实不好受。"

西蒙接受了她的示好。"我也一样，亲爱的。有时我觉得自己就像只猫。"他看到米蕊茉的表情，哀伤地笑了笑，"我的意思是，马倌老舍姆以前说过，他得小心照料马厩里的猫，因为它们一旦受了些小伤，比如被老鼠咬了，或被其他猫抓伤，虽然外表看起来一切正常，可伤口会在皮肤下溃烂。有些时候，它们看起来早已痊愈，却会在几个星期后突然病死。"

"你这说法很生动、真让人安心。"

国王的脸红了。"我的爱人，我只是打个比喻，悲伤……有时我们的伤口，并不会像我们以为的那样痊愈。"

寡妇

　　米蕊茉意识到自己又犯老毛病了。二人认识之初，就是坚定不移的友情将他们绑在了一起，就像后来才产生的爱情，可她总在最需要安慰时咬他一口。这当然是因为他们聊到了约翰·约书亚，尽管她丈夫也是悲痛的受害者，却不知为何老被她当成了出气筒。"我很抱歉。你说得对。有时真的很难熬。我还以为，随着时间过去会变得轻松一些，结果呢，大部分时候是轻松了，可其他时间……"

　　"我会尽量回忆他在世时的所有美好时光，尽管那很短暂。我会提醒自己，我们依然拥有那些美好……莫根纳和莉莉娅。"

　　"你算上那个寡妇了吗？"

　　西蒙露出微笑，痛苦却让笑容有些扭曲。"艾黛拉是我们孙子孙女的母亲。而且我觉得，她并不像你有时描述的那么糟糕。"

　　"约翰·约书亚不该那么年轻就娶妻。他更不该娶她。"

　　"他爱她。没人能阻止他，米蕊，你知道的。"

　　"可我们是他的父母！我们应该……！"这一次，她及时吞下了即将脱口而出的话，然后用力呼出一口气，"圣徒赐我力量吧！我连自己的话都听不下去了。"她在马鞍上弯下腰，伸手梳理坐骑的鬃毛，试图分散心神。她看到艾欧莱尔骑马走在不远处，与他俩保持着不近不远的距离。"今天我看什么都觉得伤心和可怕。"她对丈夫说，"艾奎纳、约翰·约书亚的冥寿、赫尼斯第那场愚蠢又无礼的宴席。休把我们当成无关紧要的老亲戚。还有，跟那个准备嫁给他的巫婆待了三天，让我的心情变得更糟。不管她有没有召唤恶魔，你也知道，泰勒丝有可能谋害了她的前夫。大家都这么想。"

　　"大家想的事多了。而且他们常常想错。"这回西蒙的微笑显得有些狡黠，"也许你只是得了寡妇厌恶症。"

　　米蕊茉瞪了丈夫一眼，但她知道他只是在开玩笑。"艾欧莱尔在那儿。叫他跟你讲讲他对那个女人的看法吧，还有茵娜温太后的看法。"

她声音很大,至高王座之手立刻往这边看来,谨慎地做出面无表情的样子。"陛下,您叫我?"

"我的好伯爵,你在我们旁边骑了好长一段路了。"米蕊茉说,"我看得出来,你在等我俩说完话。"

"我没想麻烦二位陛下,也没想打扰你们的聊天。"

"那就来帮帮我俩吧。"国王说,"米蕊和我的心情都不太好。来吧,陪我们走走,跟我们说说你在想什么。"

艾欧莱尔看看米蕊。后者点点头。"那好吧,"他说,"刚刚有个信使从赫尼赛哈送信来。说我们离开之后,帕萨瓦勒的急件才送到那里,所以休派人快马加鞭转送过来。"

"他真是个好人。"西蒙淡淡地说。

艾欧莱尔是奥斯坦·亚德大陆最擅长聆听弦外之音的人了。"二位陛下,我依然不明白,休国王为什么让你们在城门外等那么久。"他说,"我的同胞竟做出如此古怪、失礼的行为,我替他万分抱歉。茵娜温太后告诉我,听说国王让你们在城墙外等了那么久,她也非常吃惊、非常惭愧。"

西蒙摆摆手。"茵娜温是个好人——她一直如此。我倒不太介意。男人嘛,不管是国王还是厨房帮工,全都一样。我该比任何人都更明白这一点。休对自己的地位和即将到来的婚姻可能有点兴奋过头,至于泰勒丝夫人……"他这才注意到,艾欧莱尔手中信件上的封印已被拆成两半,"好吧,她的事说得够多了。总理大臣帕萨瓦勒有什么事?"

"您不想自己看吗,陛下?"

"好心的艾欧莱尔,我很了解你,如果那封信不是寄给你的,你是不会拆封的。我还知道你会仔细阅读,甚至会读上好几遍,因为你就是那种'忙到没时间洗手'的人,我的女仆总管怒龙瑞秋是这么说的。所以,请告诉我们,帕萨瓦勒说了什么,至少讲讲需要我们知道的部分。"

米蕊茉点点头。他俩在年轻时突然得到王权,感觉就像一场白日梦。米蕊茉是在父亲的宫廷里长大的,先在麦尔芒德,后来在海霍特。她早就知道:一个无法适时放权的君主其实是个很糟糕的君主。但宅心仁厚的西蒙却想为每一个人做好每一件事,以致没法拒绝任何请求,也没法忽视任何需要。他用了好几年,并把几位可靠的老朋友提升到朝中的重要位置之后,才终于明白,自己没法为所有人搞定所有事。

艾欧莱尔展开被压扁的纸卷。不出王后所料,他立刻翻过几页,找到第一件需要讨论的事——不管事情有多么琐碎,他总能时刻为自己的职责做好准备,就像面临敌众我寡的困境时的将军一样谨慎。

"前面他聊了很多修建新礼堂和图书馆的工作,还有些事可以迟些再讨论,比如船盟投诉伊索拉上次的所谓攻击。然后总理大臣才说到重点。"艾欧莱尔的苦笑将那张坚毅沧桑的面庞拧成了怪脸。米蕊茉却突然想起,她曾觉得眼前这人可能是全奥斯坦·亚德最帅的男人。"真希望我们的好朋友帕萨瓦勒能听听劝,把最重要的事写在开头。可他写信总像乡村学院的孩子,全是些花哨的问候、官方的致辞,就算紧急信件也不例外。"艾欧莱尔的眼睛略略睁大,"原谅我,二位陛下。我不是有意指责总理大臣。他很能干,是位出色的官员……"

西蒙哈哈大笑。"不用担心,我们知道你很欣赏他。"

"确实如此。有他帮忙真的很幸运,你们不在期间,他把海霍特和爱克兰管理得井井有条。"

"但我们决定前往瑞摩加时,你却没这么肯定,对吧?"西蒙说,"得了,我跟你开玩笑的,老朋友。我知道你在尽职尽责。让国王与王后离开宫廷那么久,事情确实很难办。我们接着谈帕萨瓦勒信里的内容吧。"

"我给你们读读这一段吧。"艾欧莱尔挪了挪厚实的羊皮纸，找到舒适的阅读距离，"不过，高贵的大人和夫人们，恐怕从广阔的南方公爵领纳班传来的消息并不太好……"他读道。

* * *

"这个帕萨瓦勒，话还真不少，是吧？"艾欧莱尔读完信，西蒙评论道。

"但意思表达得很清楚。"米蕊茉说，"萨鲁瑟斯公爵与他弟弟德鲁西斯间的斗争愈发激烈。后者跟以往一样，不断地把纳班的边境线往外推，蚕食色雷辛的领土。纳班的其他贵族也跟以往一样，坐山观虎斗，仿佛这事不比赛马严重多少。"

"德鲁西斯宣称，他是为保护纳班移民不被色雷辛人劫掠。"艾欧莱尔说，"没错，陛下，这一点正是纷争的核心所在。我把帕萨瓦勒余下的观点也总结一下吧：他相信，纳班议会的成员家族向草原扩张的愿望过于强烈，因此，纳班作为一个整体，萨鲁瑟斯公爵没法公开禁止弟弟的侵略行为。而且，如果公爵与德鲁西斯公开对抗，他不确定萨鲁瑟斯能活下来。"

"他的意思真是'活下来'吗？"米蕊茉头一次感到了担心，"他们只是在争论吧。班尼杜威家族是英雄凯马瑞的家族，萨鲁瑟斯是纳班合法的公爵，这不仅符合他们自己的律法，也得到了我们的认可。看在圣徒大爱的分上，西蒙和我就是在塞斯兰·安东尼斯，当着上帝和全体纳班人的面，亲手给萨鲁瑟斯加冕的！"

"您说得都对。"艾欧莱尔说，"我很难想象德鲁西斯会触犯那么多律法和风俗，直接对他哥哥出手。不过暗杀呢，只要没留下能直接追到德鲁西斯门口的线索，他就会成为下一任公爵，毕竟萨鲁瑟斯的儿子还只是个小孩。我讨厌说这种话，可二位陛下都知道，南方向来喜欢用谋杀的手段夺取权力。"

西蒙沮丧地叹了口气。"唉，这是个难题没错，但我和米蕊又能

寡妇

怎么做？萨鲁瑟斯没开口请求，我们总不能直接派军队过去吧。"他环顾四周，看看身后那一队武装步兵，又看看前面骑在马背上的骑士。"再说我们也没有太多的空余部队，眼看忙碌的播种季节就要来了。欧力克公爵说我们需要一支更大的常备军，也许他说得对……"

国王说完之后很久，显然已经表达完了自己的看法，艾欧莱尔伯爵才得体地接过话头。"二位陛下，请让我说得更明白些。帕萨瓦勒大人并没有请求二位马上给出解决方案，只想让你们知道纳班传来的消息，以免你们对接下来的变化缺乏心理准备。"

"换句话说，"米蕊茉说，"他希望我们分担他的担忧和无助。"

艾欧莱尔微微蹙眉。"王后陛下，面对这种状况时，恐怕这才是一个忠实的臣民应尽的本分。"

米蕊知道自己的戾气有点重。她本来更想享受一下阳光和春天的气息，结果国家事务却让它们蒙上了烦躁的阴影。

"聪慧的吾妻，你似乎想得很深。"西蒙说，"你在纳班待过的日子比我长得多，你的家族在那边依然势力强大。你说我们该怎么做？"

米蕊茉摇摇头。"很显然，我的纳班亲戚们正忙着火上浇油，我几乎可以肯定，他们都怀着自己的打算。至于我那个表弟达罗·英盖达，就算他帮我牵缰绳，我都不会放心，怕他偷我的马。不过英盖达林家族有些人还是值得信任的。我会给他们写信，了解一下他们看到的情况，看看那两兄弟间的斗争是不是真像帕萨瓦勒怀疑的那般激烈。"

"这个德鲁西斯的事迹我们已经听了很多，都不是什么好事。"西蒙说，"毫无疑问，他生性傲慢，喜欢惹是生非。但仅凭他一人，肯定没法煽动整个公爵领打起仗来。"

"看起来不大可能，"艾欧莱尔赞同，"但比这更古怪的事也时有发生。不管怎么说，正如二位陛下所言，在他们提出要求之前，我们不可能派出军队——纳班人有理由产生反感。而且这只是一封信。帕

The Witchwood Crown

萨瓦勒自己就是纳班人，他对这场风暴的敏感肯定比我们更强烈。不过等我们回去之后，呃，或许是该多关注一下纳班的局势了。毕竟他们人数众多，且纷争不断。请恕我冒犯，王后陛下。"

米蕊茉沉默片刻。"冒犯？没有，艾欧莱尔，我自己也经常这么说。不过，我们这次旅行才刚刚开始，麻烦却接连不断。"尽管阳光仍在小块积雪上闪亮，空中万里无云，但太阳似乎暗淡了一些。"真希望我们待在家里。"

"我们都这么想，我的爱人。"西蒙对她说，"至少有时是这样。"

♛

沙行者啊，为何带您的孩子来到如此怪异的地方？

与现任封君崇拜的神明相比，不论在力量还是永恒方面，提阿摩童年在乌澜信奉的诸神都远远不及。但有些时候，他不禁觉得这也不错，因为他可以趁他们不注意时想点别的，尤其是跟随王家巡游走在寒冷的北方土地时。

他把斗篷裹得更紧些。他永远没法习惯旱地人的服装，但此时此刻，身上穿着适合寒冷北方的衣物，而不是前半辈子穿惯的短衣，他却感动得无以复加。假如真要他穿条短裤，外加一双凉鞋，近乎赤裸地穿过寒风刺骨的瑞摩加，真是想想都要打哆嗦。但他旁边有好几位骑士却摘下了头盔，享受着早春的阳光。

阳光？他心想，回到我们的沼泽地，没人会管这么柔弱的光线叫做"阳光"。这里的温度还不够热，连在石头下冬眠的乌龟都骗不出来。

准确地说，提阿摩并不是思念他的沼泽家乡。由于他学会了读书写字，还跑去珀都因的安沰·派丽佩学习——那可是一座真正的城市！——乌澜人已经把他当成了外人，就连他长大的果坞村也不例外。但他仍很怀念孩提时在沼泽地享有的安全感。在那铺展的树枝和宽厚的叶片下，一切都很熟悉。现如今，时间越往前走，世界却变得

寡妇

越来越陌生。

从现在算起，不用再等很多年，我就真的老了，他心想。到那时，世界于我会不会变得彻底陌生？

一部分原因是，提阿摩从未到过如此靠北的地方。不仅是冰凉的空气，就连天空的尺寸也显得特别另类：蓝色的天穹如此辽阔，他仿佛觉得自己站在某个可怕的高地，而不是流淌着小溪、点缀着积雪的广阔草原。不过，提阿摩提醒自己，积雪终于随着温暖的到来而消融了，他应该记得念一下表示感谢的祷词。去年这个时间——正如同伴们不厌其烦地告诉他的那样——奥斯坦·亚德这一带还深埋在旋涡般的雪花和厚实的积雪里，天空也像铅一样暗沉。

对，这里就是开始感谢的好地方，他告诉自己。感谢您，卷林者。感谢您让我见到了阳光，却没有太多雪！

不过，这次他是为给垂死的艾奎纳公爵送别才来北方的。若不是在如此悲伤的情境下，他猜测，他的感受可能也会有所不同吧。可如果换成其他不太重要的事务，他应该也不会陪着国王与王后北上。艾奎纳是提阿摩的好友。当年米蕊茉还是个年轻女孩时，提阿摩、艾奎纳曾与她共同面对过难以忍受也难以置信的怪事，并且活了下来。光凭那一段经历，他就该责无旁贷地来到这苦寒之地。不止如此，多年后，他和艾奎纳的友谊变得愈发深厚，完全超出了他自己的预料。刚刚认识公爵时，提阿摩觉得他的个头比房子还高，脾气像吃了硫磺一般火爆。但后来，他发现公爵真是智慧与粗犷并重、勇猛与精细共存。他俩一直有书信来往，每年只有几封，写的都是艾弗沙和海霍特之间的外交事务，但也足够让他俩的友谊历久弥香了。

而且事实上，那段时间的交往是在三个人之间进行的，因为艾奎纳的妻子桂棠也会仔细阅读丈夫的信件，补充一些公爵在匆忙中遗漏掉的单词，偶尔纠正他的语法错误（她经常告诉提阿摩，艾奎纳就算用瑞摩加母语写信也同样糟糕），增加些她本人的评语，比如许多有

The Witchwood Crown

用的信息和她丈夫的趣事。几年前，得知桂棠去世那天，是提阿摩人生中最伤心的日子之一。他和桂棠夫人真正见面的时间其实很少，可通过她丈夫的信件，通过那潦草的字里行间散发出的个人魅力，她已经在提阿摩心中有了一席之地。

失去她已经很让人难过了，提阿摩心想，如今还要加上公爵。收归者为何要等这么久？为何她一定要等到我们都已习惯现状，等到生者和死者都能感受到强烈的痛苦时才来收割呢？

提阿摩在坚硬的马车座上调整一下姿势。即使到了现在，他也不像北方人那么喜欢骑马。再说了，就算他乐意，他的个子也太小，没法长时间舒适地骑在马背上。所以大家给他养了头驴子，名叫斯坎迪，虽然骑着不太舒服，但走起来也挺稳当。它完全胜任这趟旅途，因为它会时刻努力跟上马匹的脚步。不过提阿摩还是把它留在了自家的马厩里，情愿坐在为国王与王后准备的马车的驾驶座旁。到目前为止，这辆马车只是充当了移动衣柜的角色，负责装载他们的衣服和其他用品。在海霍特时，提阿摩只有出门闲逛才会骑上斯坎迪，而且总是跟小公主莉莉娅及她的小马在一起。那位王家小孙女的性格简直跟斯坎迪一样固执，但提阿摩从未想过自己会那么宠爱她，远超他对自家外甥们的感情，就像她是自己的亲生闺女。

这种关爱不仅源于他对西蒙和米蕊茉的耿耿忠心，提阿摩同样很喜欢王位继承人莫根纳王子。但那小女孩身上有种特质，牵扯并打动了他的心。每次听到她喊"提摩伯伯"，他就完全丧失了抵抗力。就算乌澜还有值得他留恋的东西，就算长老们恳求他回去当族长，他也知道自己离不开那个小姑娘了。他想亲眼看着莉莉娅长大，目睹那聪明的小脑瓜里装满越来越多的智慧，见证她将强大的雄心运用到更艰巨的任务上，而不是强迫奴隶伯伯提阿摩在津林小溪的泥巴里给她搭建复杂的水车。

不过，失去艾奎纳和思念莉莉娅并不是提阿摩心中不安的唯一理由。他要开创一项伟大的工程，为此他花费了数年时间做准备，现在终于开始实施了。公爵的消息传到海霍特时，工程才刚刚开始。而现在，他距城堡有数百里格，还得花上好几个星期才能回去。他很清楚，自己不在期间，工程差不多已经停了。

我已经不再年轻了，他哀伤地想，谁知道我还剩下多少时间，来完成那个神圣的任务？

很多人会说，那不过是个收集书本和卷轴的图书馆。艾奎纳那种人就会觉得，它完全不可理喻，只会浪费空间与时间。然而，它将成为有史以来北方大地上第一个真正开放的图书馆。提阿摩从小就梦想能拥有一本真正的书，对他来说，它就是整个世界。图书馆的建立是为纪念米蕊茉和西蒙已故的儿子约翰·约书亚王子。提阿摩也很关心那个年轻人，所以图书馆虽未建成，但在他心中却已十分珍贵。王子生前也爱看书，跟乌澜人一样好学。因此提阿摩雄心勃勃，想以王子的名义，将图书馆打造成重要的学术中心。

可我们从瑞摩加返回之前，我除了时不时给石匠师傅写信，并为自己的耐心祈祷，我又能做些什么呢……

一阵冷风突然从浅蓝色的山脉往北方刮去，吹得提阿摩裸露在外的皮肤起了层鸡皮疙瘩。虽说这地方一整天冷风不断，但这股风的力量还是让他十分吃惊：它直接吹进身体深处，把骨头和五脏都吹冷了。他想都没想，就像小时候常做的那样，用食指和拇指围成一个圈，以击退厄运。

如果我是在果坞村的家里，他心想，一定会认为是收归者往我的脖子上吹了口气，提醒我，她的计划无人知晓。

这话当然是真的，从来都是真的。他为艾奎纳感到悲伤，所以焦躁不安、疑神疑鬼，连稍微猛点的风都觉得害怕。

他正要继续考虑图书馆的事，突然听到身后有人骑马快速接近。他从高高的座位上往下张望，看到艾欧莱尔的一个仆人骑着一匹高大的黑马跟在马车旁。

"打扰了,提阿摩大人。"骑手说,"首相要我把这个交给您。是随爱克兰的急件一起送来的。"

艾欧莱尔的仆人骑马离开后,提阿摩翻看着手中的信件,心情立刻好转了些。一看到红色封蜡上的奇特印章,他就知道写信人是谁了:那不是沉重的金属印章或图章戒指,而是熔化封蜡后压进去的一朵小干花,这是他妻子缇丽娅一贯的做法。她寄信时还是几个月前的霏耶孚月,所以她选了爱克兰每年最早开放的野花——亮黄色的太阳狮,有时又叫小马掌。提阿摩知道,这是妻子在城堡花园里采集香草和药草时亲手挑选的。虽然经历了长途旅行,花瓣依然如太阳的光芒般鲜亮,光是看看,就能温暖提阿摩的心,虽然他仍能感觉到片刻前那阵冷风留下的寒意。他展开信纸,开始阅读,希望能看到些好消息,至少别有令人担忧的事。信的开头就是妻子平时的聊天口吻——缇丽娅似乎只对各种日常琐事感兴趣,外加几个关于图书馆材料的问题需要他回信决定,还有个问题问到他孩提时在乌澜家中如何使用野生墨角兰。最后,他读到了结尾部分。

"我耐心的夫君啊,最后还有一件事,一件古怪而有趣的小事。

"你不在时,有人请我去为一个厨房帮工治疗。那是个老人家,来自赫尼斯第,在储藏室发病摔伤。不知道你认不认识他。他叫理甘,六十多岁了,又瘦又矮,眼睛很大、很迷蒙,皮肤粗糙。他伤得不重,可是西领语说得很糟糕,所以我请荣娜伯爵夫人帮忙,用老人的家乡话问他发生了什么。他说:'我听到陌厉伽在自言自语。每晚都听到,搞得我睡不着觉。'

"荣娜夫人听完,好像受了点惊吓。她告诉我,陌厉伽是古老的赫尼斯第女神,掌管死亡和战争。虽然那儿的人不再崇拜她,但依然对她充满敬畏,将噩梦和其他坏事都归罪于她。不等我提出下一个问

寡妇

题,理甘又用母语说了其他话,我想你可能会感兴趣。他说的是:'她召唤我们回去。她召唤我们所有人回去。她是戴着银色面具的哭泣女神。'夫君,你觉得这听起来像不像那个北鬼女王乌荼库?她曾经真实存在,威胁到全部凡人的生命。如今,她是否变成了厨房帮工的鬼怪传说?国王与王后的希瑟朋友认为,风暴之王被打败后,她的力量也被彻底摧毁。我祈祷事实真是那样。如果她现在只是个传说,是个渐渐消散的噩梦,那我要感谢仁慈的上帝,保佑我们所有人免遭她的邪恶侵扰。

"等理甘的伤好得差不多,我就不想在他身上花费太多时间了。他那奇怪的脸,还有死鱼一样瞪着人的眼睛,让我十分困扰。平时冷静聪慧的荣娜伯爵夫人听到群魔之母陌厉伽的名字后脸色煞白,也让我十分不安。我的安东教姊妹们会说,那个老人的病是魔鬼作祟。但是,亲爱的提阿摩,我的学识深受你的影响,所以我觉得,他只是神志出了毛病,把小时听到的传说与现实混淆到了一起。事实上,睿智的夫君,我认为这病证明了你经常挂在嘴边的话:'真相和虚假会并肩同行很久,直至分道扬镳……'"

如果这封信是前几天收到的,那她描述的厨房帮工伤病事件只会成为闲暇时琢磨一下的怪事。可现在,一个疯子梦见北鬼女王,却让提阿摩产生了一种感觉,好像旅人在陌生地域走夜路,却听到树林间有东西跟着自己。王家巡游离开赫尼斯第那天晚上,艾欧莱尔伯爵对国王、王后和提阿摩转述了茵娜温太后对泰勒丝夫人的担忧,说她和某些廷臣崇拜古老的恐怖女神陌厉伽。此时此刻,他竟然又看到了这个名字。

一定是巧合,提阿摩告诉自己——艾欧莱尔也说过,那个女神的传说跟赫尼斯第本身一样古老。但他安慰自己时,先前的寒意却再度袭来,而且这次可没有寒风可以怪罪。

The Witchwood Crown

戴着银色面具的哭泣女神……强烈的恐惧攥住了他的心脏。邪恶即将来袭，威胁一切，他无助地心想，威胁到我的图书馆、王室子孙、至高王座。我能感觉到这一点。他颤悠悠地长吸一口气，心脏在胸腔内乱撞，犹如被困的小鸟。

马夫抖抖鞭子，指挥马匹并排行走，除了马具的"叮当"声和马蹄的"哒哒"声，什么都不在意。头顶的天空依然蔚蓝，阳光依然明亮，但提阿摩觉得，自己本应踩上一块坚实的地面，脚下却什么都没有，只剩一片张着大嘴的虚空。

寡妇

遗骨岛

♛

女王之爪另外四名队员默默坐在下面的海滩上等船。他们已在碎石滩上等了几个小时，如雕像般静止。风越来越大，下午的时光随着太阳渐渐消逝。他们可能还要这样纹丝不动地再坐几个小时。奈泽露以前从没见过海洋。它的无边无际、生机蓬勃，以及变幻无穷的表面和色彩，都令她叹服不已。所以她爬到无人海滩旁的悬崖上，想看得更清楚些。

海洋的体量之大震撼人心，如家乡圣山北边的雪原一样无边无际；它的色彩华丽而奇特，波涛呈惊艳的半透明翡翠绿，起伏不定的浪花则有灰、蓝、黑、白多种色彩。不过在贺革达亚眼里，北鬼领的大片冰原同样色彩缤纷，所以光有体量和色彩，还不足以震撼她。真正让奈泽露赞叹的是大海的活力——四面八方，每时每刻，都在活动。波浪与波浪交锋，将水撞成没有重量的泡沫，高高抛上天空。而且活的不止是水。海鸟或随着波浪起起落落，或盘旋在波浪上空，它们的聒噪声充斥着奈泽露的耳朵、弥漫在半空。大部分海鸟在猎食一种银光闪闪的小鱼，那种鱼几乎每个浪花里都有。大海处处都充盈着活力。奈泽露知道，就算自己能收集一座房子那么多的奈琦迦大麦，并把它们撒在圣山外面的雪地上，吸引来的生灵也及不上这里的千分之一。她只可能吸引来乌鸦和连雀，到了晚上则是各种老鼠。但与大海这混乱的喧嚣和活跃相比，奈琦迦周围的土地没什么好夸耀的。

她伏在崖顶，望着太阳沉向大海，将浪尖染成铜色。当日星的最后一点边缘落入地平线下时，它闪出一道绿光。就在这一刻来临并过去之时，奈泽露恰好瞥了瞥脚下的崖面。在她下方几臂开外，有个白色的东西在最后的日光下闪烁。

她毫不犹豫地翻下崖边，贴着陡峭的石面往下爬。悬崖上的砂岩古老而破碎，因此她每一步都要先试探一下，才敢把体重压上去。不一会儿，她用单手悬着身子、单脚踮起脚尖，晃悠悠地站在一个鸟巢旁，望着里面唯一的住客：一只有棕色斑点的白色鸟蛋。

她看了看乱糟糟堆在一起的树枝、羽毛和泥巴，断定这是海鸥的窝。很少有海鸥会深入内陆，飞到圣山旁的露弥亚湖去。少数飞去那里的鸟则会引起贺革达亚及仆人们的强烈兴趣，因为大家的菜谱一直受到家园的苦寒和冰封土地的限制。所以奈泽露很清楚海鸥的鸟巢长什么样，鸟肉和鸟蛋是什么味道。

她小心地捡起鸟蛋，掂量它的重量。这个时节下蛋似乎早了些，但里面无疑沉睡着一条温暖的生命。她考虑了一下，要不要带走它？毕竟队长玛寇在分配食物时向来吝啬。不过在悬崖上待了这么久，她竟产生了一种做客的感觉。而且巢里只有一颗蛋，因此它更像是观赏而非享用的对象。这真是一种奇怪的感觉——她所受的大部分训练都为压制它——但奈泽露还是温柔地将鸟蛋放回巢中。

她回头往悬崖上爬。天色逐渐昏暗，黑色缓缓渗进她头顶的紫色天空。奈泽露停下来，望向西边太阳沉下的地方。最后的阳光挣扎着节节败退。她看到遥远的海平面上——只有贺革达亚敏锐的眼神才能看那么远——露出船帆的白色几何形状。她瞄了瞄下面的海滩，确信玛寇他们还没看见驶来的船。于是她继续爬向崖顶，很高兴自己将成为第一个宣布消息的队员。这时，一阵旋风吹起，带来了一股刺鼻的危险气息。

奈泽露把头探出崖边张望。来了头野猪，是出来找晚餐的。它尚未意识到她的存在，至少现在还没有。但奈泽露知道，对方很快便会发现自己。一开始，她认定那一定是头公猪，因为它的体重起码是她的三倍,凶恶的尖利獠牙跟她的手指一样长。但根据气味和眼下的时节判断,它应该是头年长的母猪,可能正在保护幼崽,因此格外具有攻击性。更糟的是,刚才为了方便攀爬,奈泽露把剑、弓和行囊一起,留在了下面的海滩。

她爬到较为平坦的地面,从鞘中抽出小刀,虽然这给不了她多少信心。野猪即使被沉重的长矛扎穿,仍能在临死之前迈开粗壮结实的四肢,继续朝前推进,沿着矛柄逼近袭击者,让猎人的五脏六腑撒落一地。

奈泽露当然开过杀戒,而且杀的不只是动物,但她仍想尽量避免战斗。野猪并没有主动找她麻烦,它可能只是要保护幼崽。虽然海上的微风不断送来混合着各种气息的味道,但她还是能闻到浓烈的母猪的臭味。如果这野兽最近才生了小猪,那么它很有可能选择战斗致死,除非奈泽露逃走。而殉生武士不该逃走,何况她还是女王之爪的成员。

野猪看到她了。它会左右摇头,使用獠牙发起进攻,奈泽露盘算着。我的小刀不够长,捅不进它的心脏,但只要瞄得够准,也许可以扎瞎眼睛……

没等她想清楚,野猪用后腿猛蹬松散冰冷的泥土,嘴里发出"呼噜呼噜"的嚎叫,朝她冲来。奈泽露躲开它的第一次冲锋,但它掉头再追,速度快得惊人。她只来得及纵身跳起,双手按住野猪的肩膀,跃上空中,硬硬的鬃毛扎得她皮肤生疼。野猪甩动头颅,向上扬起口鼻,扎向翻身过去的奈泽露,沾满泥巴的獠牙仅差一掌远就能划破她的肚子。

她落地后即刻转身,刀刃朝外。野猪向旁边移动,竭力要把她困在悬崖边。奈泽露知道,这里植被稀疏,她若被迫跳下悬崖,肯定找不到可供抓手之处,只能直接摔向下面的碎石滩。但刚才从那巨兽头上翻过去就差点失败,如果再来一次,她的腹部和大腿很可能会被致命的白色镰刀撕裂。

她迅速查看距身后的悬崖边缘有多远,然后蹲伏下来,伸出小刀,随着野猪的头颅左右摆动。她决定攻击对方的眼睛,如果足够幸运,躲过獠牙的头一下猛挥,也许还能趁势划开它的喉咙甚至肚皮。"你确定要跟我打吗,小母猪?"她问道,"我不想伤你的性命,除非是为了保护我自己。"

然而那对愤怒的红眼睛里没有一丝赞同的意味。野猪摇着头,又发出一声刺耳的怒吼。但下一瞬间,巨大的野猪便朝旁边飞去,砸在地上,像被闪电击中一般。它发出凄厉的惨嚎,听着就像智慧生物的惊叫。然后,它摇摇晃晃地爬向灌木丛,体侧拖着一根长矛,矛柄划过染血的泥土。

肯貂——奈泽露的殉生武士队友——大步上前,抬脚踩住母猪的侧肋,拔出长矛。野猪又惨叫一声,四脚乱踢,但肯貂似乎扎穿了它的脏器,所以它的挣扎很快就结束了。肯貂在长满鬃毛的猪皮上擦干矛头,抬眼望向奈泽露,难掩脸上厌恶的神情。"船来了,"他说,"玛寇队长命令你回下面的海滩。"他把长矛扛在肩上,转身就走,没再朝抽搐的野兽看第二眼。

"可这野猪怎么办?"过了好一会儿,奈泽露才收起惊异的思绪,开口问道。

"我们口粮足够。"被迫向年轻的殉生武士做出解释,一定让肯貂相当不悦,"身为战士,尤其是女王之爪的成员,不该像无助的凡人一样,拖着食物到处跑。"

"可船上还有凡人水手。"她说,"他们肯定需要这些猪肉。"她不确定能不能独自将死猪拖下山,但她愿意试试。总比浪费了强。

肯貂甚至懒得回头看她。"别管了。"他最后说道。

* * *

船在海湾外的远处下锚。奈泽露跟在肯貂身后几步外,回到悬崖

寡妇

下，看到六个胡子拉碴的男人划着一艘长船，离海滩已经很近了。虽然她内心并不害怕凡人，不过一口气看到这么多，还是让她颈后寒毛倒竖。队长玛寇正与回音会的艾璧-凯说话。奈泽露与他们保持一定距离，免得自己因跑到山上而被队长训斥。她正在琢磨第五名队员去哪儿了，突然感觉身后有什么东西，像是某人或某物正要碰她。她猛转过身，再次拔出小刀，刀刃距另一名混血队员绍眉戟的喉咙只有一寸远。

咒术师既没有眨眼，也没有抬手防御，只是翘起苍白的嘴角，露出调笑似的表情。"我们没找到你。"他只说了一句。其他女王之爪已经离开雪地。歌者与队中其他成员不同，并没有翻转斗篷，让黑面朝外，而是继续骄傲地穿着白色，好像依然身在奈琦迦的咒歌会总部。绍眉戟与奈泽露一样，经常被视为异类，但他更爱标新立异，似乎从不担心自己与其他队员的差异。

"谢谢，弟兄。"奈泽露尽量不卑不亢地回答。虽然她畏惧这人，就像畏惧所有咒歌会成员一样，但她决意不要表现出来。没错，正因为她害怕绍眉戟，所以才不该有任何表示。"我在崖顶看船来没来。"

绍眉戟迎上她的目光。他的皮肤与纯血儿一样苍白，却长着奇特的金色眼眸。在奈琦迦，人们都说这是"叛徒的眼睛"，因为北鬼的亲族希瑟就是这种瞳色。两大家族很久以前便分道扬镳，从此以后，尽管这古老的特征多数出现在最悠久的家族成员中间，却依然受到贺革达亚的鄙视。奈泽露很想知道，同样身为混血儿，绍眉戟因此受到了多少歧视？可要开口问他，难免会产生一些亲切感，而这却是她极力避免的。

她和绍眉戟跟上其他人。玛寇的眼睛像猎鹰一样无情，瞪向她的目光令她浑身发寒。自打加入殉生会，奈泽露就很崇拜他，一直尽力模仿他那纯粹的意志和石头般冷漠的面孔。然而她担心，不论自己如何努力，玛寇或其他纯血贺革达亚都不会完全接纳她，谁叫她有凡人的血统呢？时至今日，混血儿在奈琦迦已十分常见。他们的成长速度比纯血的同龄人快得多，寿命却似乎同样长久。奈泽露成为殉生武士、唱响自己的遗歌时，与她同龄的纯血儿还不够资格加入任何幕会，更别提成为其中的精英了。但这些成就永远给不了她自信。她流着一半凡人的血。她父亲虽然身居高位，却与殉生会毫无关系。只有战功才能弥补血统的缺陷，将她从血液被稀释的罪过中拯救出来。

桨手把长船拉上海滩。他们与住在北方海边的大部分凡人一样，看上去与其亲族瑞摩加人很相像，只是后者很早以前就放弃了海上生活，去南边居住了。留在这里的所谓黑瑞摩加人依然傍海而生，沿着海岸做生意，甚至骚扰和掠夺其他地区那些不小心飘得太远、脱离了南方安全水域的船只。但这并非他们受到瑞摩加亲族唾弃的唯一原因。黑瑞摩加人与贺革达亚的密切关系已有数百年之久。他们当中有很多人被贺革达亚捕获，像动物一样圈养，被迫替主人做苦工。不管身为奴隶还是自由人，他们都被其他凡人视为可耻的叛徒。

玛寇做个手势，女王之爪无声地跳进长船。凡人桨手睁大眼睛，显然很害怕。他们划着船，驶向等候的大船。

* * *

凌雷特号的船长是个灰胡子凡人，棕褐色的脸庞被海上的风雨吹得布满裂痕。虽然他竭尽全力假装船上的乘客没什么特殊，但奈泽露知道，自从数十年前，风暴之王战争结束，沿海地区与奈琦迦就鲜有往来了。这些凡人甚至可能以为，他们已经不再是女王的奴隶，直到玛寇带着女王之爪出现在一个沿海小村、要求乘船前往北方岛屿的那一刻。想到这里，她不禁又好气又好笑。

船长显然很熟悉这一带海域，因为他们竟敢在夜里行船。随着夜晚渐渐过去，奈泽露望着群星组成的熟悉星座在头顶天穹运转。大门座、毒蛇座、提灯座、夜枭座……它们仿佛在提醒她，无论漫游到何方，她都在华庭的保佑之下。

寡妇

早晨到来时，陆地已彻底消失，灰色天空下只剩茫茫海水。奈泽露睡了一会儿，却没合上眼睛，只是任由思绪流转。

等她回过神来，太阳已高悬空中，但距中午还早。队长玛寇正在不远处，用磨石打磨他的巫木长剑寒根。自从上个月离开奈琦迦，奈泽露已见他将那长剑打磨了上百次，但对这一幕依然很着迷。他的表情十分专注，动作沉稳不移。当然了，寒根也配得上如此精心的照料，这可是一柄家族流传的宝剑。殉生武士肯貊曾用崇敬的口吻告诉她：寒根最早属于女王陛下深受爱戴但逝去多年的配偶奥间鸣首的兄弟；上一任主人则是玛寇的近亲、女将军夙奴酷，她也是位可敬的英雄，不幸牺牲于奈琦迦围城战。

奈泽露不敢过于明显地盯着他看——在这种时候，打扰队长可不明智。曾有一次，寒根刚刚出鞘，艾璧-凯恰好咳嗽一声，玛寇立刻甩了他一耳光。奈泽露望着队长那修长而苍白的手指沿着剑刃滑动，感觉自己几乎沉入巫木的纹路，那些灰色的线条就像指尖上的涡旋，如此细微，难以分辨。每把巫木剑都如主人般独一无二，因为每棵巫木长出来的纹路都不尽相同。就算去掉装饰，它们也不可能完全一样。

现如今，巫木剑已十分稀少，巫木本身更是珍稀。奈泽露曾听人悄声议论，说现在的巫木林已经荒芜，只有少数巫木还活着。为安全起见，它们都被移进了王宫的花园。有些传言甚至说，仅剩的几棵也在枯萎。奈泽露觉得，与她的族人远古时失去华庭、或者凡人在这块新大陆上对他们做出的恶行相比，这种损失才是更大的悲剧。她的族人会存活下去，只要足够坚强，贺革达亚甚至可以延续到世界末日。然而巫木真要灭绝了，就再也没法锻出新的圣剑，奈琦迦损毁的山门也将无法得到修复。用过的巫木不可回炉，它们一旦破损，附着的魔力便会消散，变成这讨厌而平凡的土地上的普通材料。

* * *

在凡人船上出海的第二天,奈泽露就看到了岛屿——有的只是一堆岩石,几乎连海面都划不破;另一些则很大,上面有植物生长。其中有个冷风呼啸的环状岛屿,其上还有长着树林的小山,海岸附近有些凡人居住的茅草屋。

"什么人会住在这种地方?"经过那个岛时,她问玛寇。但队长不理她。

"我们叫他们括瑟依。"歌者绍眉戟离她很近,几乎贴上她的耳朵,这次奈泽露完全没发现他靠近。"他们很像东边山里的矮怪,或者南方住在沼泽地里的凡人。"

奈泽露不明白歌者为何如此喜欢找她说话。难道除了队友关系、除了必须一同完成女王的神圣任务,歌者对她还有别的兴趣?她很庆幸绍眉戟也是个混血儿,无权像玛寇和其他人一样强迫她交合。

"对,他们像矮怪和乌澜野人。"肯貂表示赞同。他是个老兵,参加过阿苏瓦和奈琦迦山门前的战役,脸上有疤,眼神冷酷。"他们会流血,会死。总有一天,他们和其他凡人一起,都将被逐出女王陛下的土地。"他转身大步走上甲板,凡人水手赶忙给他让路。奈泽露想跟上去,但绍眉戟动了动,优雅又精准地挡住她。"抵达遗骨岛之前,我们还有些时间。"

"我族之母的任务越早开始,我才会越开心。"她回答。不过这次,她对歌者的话生出了一些兴趣,因为她还是头一次听到有关任务的情报,而且这岛名听起来很陌生。

绍眉戟依然没有让开。"如果你愿意了解更多有关括瑟依或这个地区的信息,我很乐意跟你分享我的知识。"

"你真是个好人,"奈泽露回答,"但我相信,我没必要学习这些。"父亲总对她说,咒歌会领袖阿肯比的追随者如毒蛇般致命而神秘,其狡猾程度远超其他幕会的想象。在奈琦迦,人人都知道,女王

寡妇

陛下最宠信咒歌会，他们的咒术师和博学者甚至比历史悠久的祭礼会，或者奈泽露所属的庞大而强势的殉生会更受尊荣。但奈泽露没法想象仅仅为了权力就放弃战士之道。她从一开始就付出许多努力，终于成为殉生武士，还成了第一位入选女王之爪的混血儿，谁会用这份荣耀去换取阴影中的生活和那些丑陋的秘密？"我受训只为完成一个任务，"她坚定地告诉绍眉戟，"杀死女王的敌人。"

绍眉戟也许猜到了她的想法。"不要蔑视我的知识，殉生武士。没了握剑的手，剑又有何用？没了指挥手的头脑，手又有何用？我的血统并不比你纯正，但我已经登上了高位。"

"我能出现在这里，证明我的幕会同样没有嫌弃我。但我还是要感谢你，歌者，谢谢你告诉我这里的情况。"她歪歪头表示最轻微的认可，然后从他旁边闪了过去。

* * *

登船第四天，他们深入岩灰色的大海，来到迄今为止见过最大的一座岛屿。岛上有座大山，山峰如折断的圆锥尖，披着积雪，周围环绕着五六个略小的山包，犹如几名疲倦的孩子，所有山峰的基座都笼罩在迷雾中。奈泽露没看到几棵大树，但未开垦的野地上覆盖着绿草和浓密的灌木丛。最靠近他们的高地上有个规模颇大的村子，建了几十栋铺盖草皮屋顶的房屋，最外围贴近地面的位置还有圈云团状的东西。随着船只靠近，奈泽露看清那是绵羊。更高的山坡上还有鹿群在游荡。

数十个棕色皮肤的矮个子凡人来到水边，看着他们的船在海湾里下锚。那些男人、女人和小孩面对走上岸来的贺革达亚，表情更像冷漠而非高兴，不过也没露出恐惧。他们的个头比矮怪高大一些，但依然很小。仿佛为了点缀单调的地形，他们全都穿着色彩艳丽的羊毛衫和皮衣。

玛寇和船长走进村子，人群跟着他们一起来到草皮屋群落中间。

The Witchwood Crown

他们停下后,一个老人从最大的草皮屋里走出,身穿饰有珠子的全套皮衣,一只手拄着鹿角做成的权杖,另一只手拿着雕满花纹的骨质弯刀。队长靠近时,老人挥舞着手中的道具,用粗哑的嗓音开始说话。奈泽露从未听过这种语言。

船长为他们翻译。"长老欢迎你们。他说,与全知者的子民相见是他的荣耀。他们已经准备了盛宴款待你们。今晚你们可以住在他的屋子里,明早再去勾迪山。"

玛寇面无表情。"不用。告诉他,我们现在就去看遗骨。"

船长有些吃惊地将这句话转述给长老和其他村民。老人又挥起权杖,这次用它指点着高耸在众人头上的山峰。

"他说,神庙在勾迪山高处,现在已到傍晚,夜里山路太危险。而且你们突然到访,会吓到神庙的守护者。"

"无所谓。"玛寇说,"这是我们女王陛下的命令。她的话就是我们的律法。如果今晚到不了,就在山上过夜,明早接着爬。"

奈泽露不知道玛寇说的是谁的遗骨,也不知道为什么要去看。但她细看四周那些古怪的小个子村民,还有岛上变化无穷的绿色植物时,心中产生了意料之外的自豪。谁能想到,区区一个混血儿竟能在远离奈琦迦的地方看到这样的景色?假如她没有遵从自己的心意加入殉生会,此刻便很有可能在父亲的匠工会里堆砌沉闷的石块,或成为他某个下属的小妾。大司匠维叶岐曾强烈反对她加入殉生会,可如今,若看到女儿在最遥远的世界边缘侍奉一族之母,他会有什么想法?一定会为自己的怯懦感到羞耻吧。他一定会承认,女儿的选择是对的。

* * *

在岛民向导的引领下,他们在天黑前就爬完了大部分山路。引路的村民被这些陌生来客的攀爬速度吓了一跳,他们当然不知道女王之爪都经历过什么样的训练。天生的顽强加上夜以继日、没完没了的刻

寡妇

苦训练，将每位贺革达亚都锻炼得如野兽般健美而凶猛，就连密语者和歌者也不例外。等到天色太黑，实在没法继续赶路了——起码对凡人向导是这样——玛寇才命令众人扎营过夜。

奈泽露找了个长满绿草的小丘——这里可以避开最猛烈的山风——正在整理舒适的过夜小窝时，玛寇走了过来。"我一直在找你。"但他根本没看向她，"今晚我要与你交合。记得等我。"

他说到做到，等到月亮高悬时便来找她。奈泽露并不觉得受宠若惊，但也无权抱怨：混血儿的责任之一，便是随时满足纯血儿的需要。所有贺革达亚都有义务增加族群的数量，只有这样才能生出足够多的战士，消灭女王陛下的敌人，为这世界带来期望已久的和平。不过纯血女性和混血男性生下的孩子并不多，尽管她们也努力了——某些男性贵族是这么抱怨的——因此，纯血男性与混血女性的交合就显得更加重要。

玛寇命令她脱掉所有衣服，然后骑了上来。奈泽露并不冷，当然也没觉得羞愧，但她更希望队长允许她穿着衣服。她有些担心被其他人撞见，尤其是绍眉戟，虽然她也说不清为什么。总之，就算她有任何快感，也因不安变了味，何况她从来就没感受过愉悦。

她的母亲桃灼葭曾把这种两性间的亲密接触称为"做爱"。可奈泽露觉得，这种说法跟她听过的所有凡人想法一样——也跟她母亲本人一样——显得既软弱又傻气。每次奈泽露挨了父亲的训斥，桃灼葭还会试着用拥抱和毫无来由的道歉安慰她，可她一点都不想要这些。奈泽露很清楚，她和玛寇做这种事，其中没有一丝爱意，有的只是责任——这一个理由就足够了。现在的贺革达亚数量太少；凡人对手却数量庞大，还像粉皮青蛙似的不停繁殖，每年成千上万地增加。很快这个世界便会被凡人占满，而他们，甚至华庭本身，都将被彻底遗忘，就像从未在世界上出现过一样。

当然了，玛寇对待她的方式也没什么不对。他的交合动作与他的身体一样，都如巫木一般坚硬而流畅。他在完全的沉默中办完事，翻身下来，准备离开。尽管奈泽露仍躺在蓝白色的月光下，她自己的汗水，还有他留下的体液，在她的皮肤上渐渐干涸，但在队长眼中，她就像彻底消失了。不过奈泽露觉得，她至少有权提个问题吧。

"什么骨头？"

玛寇看看她，语气好像早就忘了她的存在。"骨头？"

"你对凡人说，我们来这里看骨头。"

玛寇转过身，背对着她。"女王陛下派我们来找哈卡崔的遗骨。"

一开始，奈泽露还在想：这个名字为何如此耳熟？过了一会儿，她震惊地醒悟过来。"哈卡崔？你是说风暴之王伊奈那岐的哥哥？"

"还有别的哈卡崔吗？"这一次，玛寇毫不掩饰自己的轻蔑，不再回答任何问题。

寡妇

提灯桥之会

♛

玛瑞斯月的最后几天乘着霜冻边境的寒风远去。王家巡游走在瑞摩加的草原上，朝北方的艾弗沙进发。对莫根纳来说，这趟旅程慢得像龟爬。庞大的队伍既要在最有权势的贵族领地停留，也要走进某些大型城市，例如狂风漫卷的高地纳文德。每次他们停下，祖父母都要向莫根纳解释这次拜访的理由，迫切希望他能学些他们的治国之道。然而每次拜访似乎都跟前一次雷同，充满了谈话和沉闷的仪式，让莫根纳完全摸不到头脑。广阔而陌生的山水一开始还能吸引他的眼球，但随着旅途没完没了，便逐渐变得平凡与乏味，就连瑞摩加年轻女子的漂亮脸蛋都没法打动他了。随着玛瑞斯月的消逝，阿弗洛月乘风而来，莫根纳越来越沉浸在自己的思绪当中。

每当莫根纳被单调无奇的北方风景催得昏昏欲睡，他总能想到死去的父亲。尽管并非所有回忆都会让他难过，但他在旅途中一直避免想到父亲。空旷野地间一棵孤独的常绿树被风吹弯了腰，让他想起家中树篱花园那些精心修剪的树木，继而联想起父亲把小时的自己提起来扛在肩上，好让他看清那些树篱动物。从新的角度望去，那些东西更像植物，而非动物，由黄杨木枝组成的嘴巴和眼睛一并消失在绿色的旋涡中。可小莫根纳并没有失望，反而觉得特别开心。从父亲肩膀上看到的景象，让他觉得自己突然长大、长高了，不但能看到树篱动物的头顶，还能越过花园外墙看到内城的其他地方，令他产生了一种能掌控力量与可能性的兴奋感。

总有一天，我也能长得这么高大，当时他心想。总有一天，我能去任何地方。

"带我出去，爸爸！"他请求道，"带我出去。我想看看，我是不是跟城堡外墙一样高。"

父亲被儿子的兴奋感染，纵声大笑，扛着他来到花园另一头那棵枝繁叶茂的节庆橡树下，让他抚摸树皮。这树皮历经数个世纪，布满裂痕和突起，让小莫根纳联想到盔甲般的龙皮。

那时，约翰·约书亚还没对爱妻与娇儿失去兴趣，后来他便完全沉浸在自己的古籍与作品之中，很少再与莫根纳母子相处，甚至不再与他们一起吃饭。再后来，在最后的那段日子里，就算与他们在一起，他心中也装着别的事情、别的地方。

莫根纳很难以祖父母的方式——谨慎的对话、安静的仪式——哀悼自己的父亲。因为他觉得，父亲在去世的多年以前，便已经离开了他。

♛

一行人来到山顶，西蒙与其他骑手已经可以俯瞰河流的走向，以及差不多整个铎尔漱山谷。虽然阿弗洛月已经过去几天，但很多地方仍堆着厚厚的积雪，只露出村庄和农舍的屋顶。就连每个村落都有的标志性建筑——教堂尖塔——仿佛都踮着脚尖。

"看，"莫根纳伸手一指，"是那里吗？"

王家巡游已沿着河流方向走了几天。这几日气温很低，冻雨纷飞，其间还夹杂着小石子似的冰雹，甚是恼人。但他们似乎终于抵达了目的地。山谷另一头有座筑有高墙的大城，将格兰图瓦克河一分为二。城中心的山顶上有座要塞，围在四个坚固的塔楼中间，每个塔楼都顶着陡峭的圆锥形尖顶。

寡妇

"艾弗沙。"西蒙说,"赞美上帝,我们终于到了。我已经很久没来这儿了!"

时候刚过下午,可是天色灰暗,星星点点的灯火在城市间闪烁,宛如一大片燃烧的木炭。"那边怎么还有一片灯,祖父?"莫根纳问,"就是河面上闪烁的那些。"

"那是涞灯潘,翻成西领语就是'提灯桥'的意思。"国王解释道,"整座桥从头到尾都挂着提灯,大多数情况下,它们会在日落时分点亮、日出之后熄灭。不过今天看来,它们提早点亮了——可能是为迎接我们!"

"不奇怪。"米蕊茉说,"我们可是至高王与至高王后,不是每个星期都能来的。"

"这桥真漂亮。"莫根纳尽职尽责地附和道,不过西蒙觉得这句恭维太过敷衍。自从第一次见到涞灯潘,西蒙一直很喜欢它:那排遥远的灯火漂浮在河面上,仿佛施了魔法。

"你知道吗?"他告诉孙儿,"在冬天,有时太阳始终不出来,那些提灯就会一直亮着。"见莫根纳露出怀疑的表情,西蒙皱起眉头。"别不信,小子,是真的。夏天则刚好相反——太阳会连续数日挂在天上。"

莫根纳显然很想尽力扮演长辈眼中的乖孩子,但年轻人的自尊心也同样强烈——他担心自己被某个源远流长的老玩笑愚弄。"祖母,是真的吗?"他问王后陛下。

"你祖父有时候喜欢瞎说,但这是真的,确实如此。桂棠公爵夫人以前说过,她在冬天总是焦躁难安,因为太阳好像永远消失了。别问我为什么会这样。"

"我想,因为天穹是弯曲的。"西蒙接过话头,"差不多是这样。莫吉纳医师曾对我解释过。"

"你可以去问提阿摩大人。"王后建议道,"莫根纳,他看了那么多书,一定明白这是怎么回事。"

"我会的,祖母。"但王子掩饰不住对未来天体运作课程的兴致寥寥,看得西蒙一阵心烦意乱。他要怎么样才能让这孩子振作起来?莫根纳将来要继承这片土地,以及大部分已知世界的统治权,可看他的表现,好像这些权力都是讨厌的杂务。西蒙忍不住要责怪米蕊,因为王后总为孙子操心、总想保护他——即使是为他自己犯下的错误。当然了,国王也能理解个中原因——她有过伤心的经历,他们两夫妻一同经历的,他又怎么可能不理解?可保护王子免受他自己犯错的后果,似乎不是个好主意。

是啊,他幼年丧父。可我一出生就父母双亡,更没有慈爱的祖父祖母和小妹妹。莫根纳拥有的一切,我都没有。我在厨房辛苦做工,忙到双手起泡,怒龙瑞秋还总来揪我的耳朵。这孩子要用他的人生来跟我交换吗?

西蒙吸了口气。"稍微了解至高王座治下各个领地的历史,对你有益无害……"他刚开口,莫根纳就看出了他的意图,立刻改变话题。

"这桥为什么离水面这么高?我从没见过这么高的桥。"

西蒙必须承认,这个问题合情合理,于是厌烦的情绪消退了些。至少他的孙子并不蠢。涞灯潘架在一排石拱门上,远远高出河面,就连湍急河水激起的泡沫都打不到它。

"因为春天融雪时,格兰图瓦克的河水会暴涨,甚至高出河岸一人有余,持续数周。"西蒙解释道,"水从山上冲下,速度奇快,激起许多白色的泡沫,十分冰冷!我还记得艾奎纳说过这事。'那不是水,是融化的冰,'他说,'而且只化了一点点。'"国王哈哈大笑。

莫根纳露出一种罕见的神情,像在绞尽脑汁理解一个新的概念。"祖父,您和祖母经常提起公爵。你们一定很爱他。真遗憾我没有机会认识他。"

寡妇

听到这话，西蒙有些意外，不确定他是不是纯粹为了转移话题。过了一会儿，他点点头，露出微笑。"艾奎纳公爵曾是个了不起的人物，"他赶紧纠正自己，"当然现在也是。不用等到明天，我们就能跟他打招呼了。艾奎纳是爱克兰及至高王座有史以来最好的朋友，多次救过你祖父母的命。我一直向上帝祈祷，好让他再见你一次，看看你如今长大成人的模样。这不光是因为，你终有一日要从我们手中继承至高王座，统治他的子民；更是因为，让你接受那位老好人的祝福，对我和王后意义重大。"

♛

众人下到谷底，沿河岸往前走，耳畔充斥着大河持续不断的奔腾与咆哮声。他们经过整齐的农场和兴旺的村庄，但积雪几乎将房子埋住，有些地方只能依靠烟囱飘出的炊烟，才能看出原来下面有房屋。莫根纳似乎很享受这样的景象，但米蕊茉只想快些赶到，部分是因为冷，更主要是因为，她等不及亲眼见证亲爱的艾奎纳依然活着。

王子看到，格兰图瓦克河里有些房子大小的冰块，被布满漩涡的激流裹挟着流过身旁，不由大为惊愕。他的表情逗得米蕊忍不住微笑，让她想起了丈夫差不多同样年纪时的经历。那时西蒙还是个厨房小厮，可他见过的东西，就连最有经验的旅行家也会叹为观止——美丽的希瑟城市大稚照的遗迹，瑟苏琢的高大石柱……他甚至曾像古老传说里的英雄一样，与龙战斗过！也许出于某种奇怪的谦逊，如今的西蒙不太想说这些事，但这也无法改变一个事实：国王可不是平庸的普通人。

即便人到中年，西蒙仍比莫根纳高出近两掌，但米蕊仍觉得这爷孙俩有不少相似之处。比如说，固执？莫根纳完全继承了西蒙的固执，但正如她丈夫经常指出的，米蕊茉自己也不是随风折腰的小树苗。当然了，想让莫根纳的父亲约翰·约书亚做他不想做的事，也比把獾从窝里揪出来一样困难。莫根纳的母亲艾黛拉同样不是什么乖宝宝,尽管她假装自己是。不不不,公正地讲,王后必须承认,莫根纳的固执是代代相传的家族特征。

提灯桥的灯火映照着众人,一时间,米蕊觉得,丈夫和孙子的侧影就像一幅三联画的左右两张,比如王家礼拜堂圣坛后面的乌瑟斯生平壁画。一边是家长西蒙,身材高大,红胡子里夹杂着灰丝;另一边是他的后裔莫根纳,依然幼稚地以为酒色能证明酒色之外的能力;只是中间一联是空的,那本该是她的儿子约翰·约书亚,他本该将两边连接在一起。她的儿子,她那英俊的儿子,本已长成一个高大聪慧的男人,如今却徒剩虚影——即便在他自己孩子的心中也是如此。他的死在他们的生命中留下了一个永远无法填补的洞,无论米蕊茉及其家人如何伪装都没用。

她的心又疼了起来。她试图祈祷,但她家传的固执发作起来,提出反对。不管牧师们怎么说,这种损失怎么可能是上帝的意愿？米蕊茉一直努力侍奉的造物主为什么要夺走她唯一的孩子？

* * *

王家巡游提前派出信使,进城通报他们即将抵达。早在一个多小时前,信使们便穿过提灯桥,消失在城门的阴影里,却至今未归。米蕊茉不由担心是不是出了什么差错,但她没法想象会有什么问题——多亏了老公爵,瑞摩加一直是至高王座最忠实的盟友,所以在这里,他们不大可能遇到赫尼斯第那样的情况。

"啊！看那边！"莫根纳叫道,"有人骑马朝我们过来了。瞧,他刚走上提灯桥那一头。"

西蒙眯起双眼。"唉,真想再要一双年轻人的眼睛！是我们的信使吗？"

莫根纳摇摇头。"太远了,看不清,但我觉得不是。那骑手有点儿古怪。而且只有一个人。"

"古怪？"

寡妇

"祖父,我说不出更多了。我可以骑马过去仔细看看吗?"

"不行。"米蕊茉坚决地说,"不行,莫根纳,不可以。"

西蒙朝她丢去一个饱含太多意思的眼神——她知道,丈夫觉得她过度谨慎了。"我认为他可以,当然,前提是王后准许的话。他还得带上一队爱克兰卫兵。记住,莫根纳,对方是我们最长远的盟友,我们没理由怀疑他们的善意。"

"万一他出事怎么办?"米蕊茉质问,"他可是我们的继承人!"

"万一我们被火烧死在床上怎么办?万一我们被雷劈了呢?"国王意识到自己抬高了调门,立刻压下声音,"公平点儿嘛,米蕊。别人叫你留下别去冒险时,你是怎么做的呢,亲爱的?夜里骑马跑出去,除了一个修士小偷,其他谁都没带。"

米蕊茉好不容易才压下怒火,维持住王后的威仪。"我们不能从自己的错误里吸取教训吗?难道我们就该一言不发,任由儿孙犯下同样的错误?"

"亲爱的,恐怕只有亲身犯下错误,才能真正学到教训。"西蒙说,"莫吉纳和瑞秋一直想教导我,我却把他们的话当成耳旁风,直到做出一些蠢到无可救药的错事,我才真正理解了他们。"他摆出一副人畜无害的表情,"你说呢,吾妻?就让莫根纳王子和爱克兰卫兵一起骑马过去,看看是谁来迎接我们吧。"

米蕊发现自己又一次陷入了惯常的困境:她既想亲吻丈夫,又想狠拍他的脑袋。最后她只能抛去一个眼神,表示以后再跟他好好算账,不情不愿地姑且同意。

趁莫根纳召集爱克兰卫兵组成护卫队时,西蒙叫人去找琴师利楠。不久前,她丈夫把年轻琴师狠狠地训斥了一顿,从那以后,他就一直留意善待这位音乐家。

利楠终于到了,紧张得像只被困在屋子里的猫,周围都是喝醉的舞者。"陛下有何吩咐?"

"琴师，我想让你陪陪我。"国王告诉他，"来人，给这孩子找匹马。"

"遵命，陛、陛下。我很荣幸。"

"你还在为上次的事怕我，对吗?"西蒙摇摇头，"别这样。我需要你的帮助。"

"陛下?"

"你真该找点别的词儿说，孩子。把那缠满弦的玩意儿背好。我不需要你演奏——我只需要你的眼睛。"他看到琴师一脸惊恐，"仁慈的上帝啊，我没打算把它们挖出来!我要你帮我看看远处的东西。天快黑了，那么远的距离我看不清。"

"遵命，陛下。"

莫根纳带着爱克兰卫兵出发，在国王与王后的注视下，很快来到涞灯潘桥头。在桥中间，有个黑色的影子正朝他们靠近。距离确实很远，米蕊也只能看到一个移动的黑点。

"你看到什么了，琴师?"国王问他，"看在圣树的分上，告诉我，孩子!"

年轻的琴师只是眯着眼睛，身子前倾。"从艾弗沙出来的骑手，"过了好一会儿，他终于回答，"有点儿……有点儿……呃，陛下，他看起来有点儿古怪。"

"人人都这么说!以受祝福的圣撒翠的名义，这到底是什么意思?怎么个古怪法?"

米蕊忍不住笑了。"我的夫君，你还是冷静一下吧。不然这可怜鬼怎么回答你?"

西蒙皱起眉头。"行，继续。你看到什么了?"

琴师依然眯着眼睛。"感觉他个子挺小的。王子和卫兵离他更近了，相比之下，对，他个子很小。还有……"利楠舔舔嘴唇，"陛下，我跟您发誓，他骑的不是马。那个形状，我看不太清，可我敢发誓……"他带着羞愧而内疚的表情望向国王与王后,"两位陛下,请不要责罚我,我觉得,那个从艾弗沙出来的人,骑的……好像是条狗。"

国王绝非暴躁之人,虽说这些年来,他在盛怒时也砸过几样东西,但米蕊知道,他从来没有、也永远不会殴打自己的臣民。这一点,海霍特的仆人们都可以作证。尽管如此,当西蒙国王震惊地大声咒骂时,她还是看到小利楠绷紧了身子。他一定觉得,自己说了那么荒谬的胡话,接下来肯定要挨打。可接下来,他却更加吃惊地看到,他的封君突然猛踢马肚,以战场冲锋的姿势奔向提灯桥,将王后和琴师丢在了后面。几名爱克兰卫兵惊叫出声,准备催马去追,但米蕊抬起一只手,制止了他们。

马蹄回音消散,利楠转头看着王后。"陛下?"他好不容易才挤出话来,"我说错了吗?陛下?"

"你说什么?"

"请恕罪,我的王后陛下。可是刚才,到底发生了什么?国王生气了?"

米蕊茉露出微笑。"哦,别担心,年轻人。与你无关。他是急着去见一位老朋友。"

♛

莫根纳与他的护卫队勒马站定,惊讶地打量着眼前那怪异的身影,满腹狐疑。这时,他们身后的石桥上传来渐渐靠近的马蹄声。王子的坐骑面对前方骑着大白狼的小个子怪人,已经十分紧张,再听到后面传来快速追逐的声音,更是激动地蹦跶起来,莫根纳必须使劲抓住缰绳才不至于摔下马鞍。他好不容易恢复平衡,立刻抽出佩剑,怀疑自己会不会像古代的英雄一样战死。看到此情此景,几名爱克兰卫兵也拔出了刀剑。

"收起来!"有人喊道,"把武器收起来!国王来了!"桥上的队伍一头雾水，忙乱地往两旁散开，给迅速接近的国王让路。莫根纳看到西蒙国王站在马镫上，夹着灰丝的红发随风飘扬，从队伍中间飞速穿过。从王子身旁掠过时，国王看都没看他。

"祖父……?"莫根纳叫道，"陛下?"

但国王和狼骑手已在桥中央停步，各自跳下坐骑，除了对方之外，谁都不理。

"宾拿比克!"他祖父欢呼着把小矮人抱进怀内，仿佛那是他离家多年、令他牵肠挂肚、此刻才刚刚归来的孩子。

"西蒙老友!"小矮人也喊道。他只比国王的腰高出一点点。国王抱着他转了一圈，让他哈哈大笑。二人的动作如此夸张，莫根纳简直担心他们会翻下桥去，掉进冰冷的格兰图瓦克河。他打马上前，一半是为确保他俩待在桥上，一半是为弄明白到底发生了什么。这一定就是他祖父的矮怪朋友了，一位近乎传奇的人物。

"我们矮怪说，同老朋友见面，就像在黑夜中找到欢迎你的营火。"小个子被国王的熊抱勒得有点喘不过气，"西蒙，光是看到你的脸，我的心就暖和起来了。"

"见到你真是太棒了，宾拿比克。"西蒙开心地说，终于把他放下，"可为什么只有你一个人出来迎接我们?"

"艾弗沙的霜冻大门不知怎么搞的，转轴和曲柄都动不了了，没法开门。门后聚了一大群马匹和骑手等着向你致敬，可就是出不来啊。只有高贵的瓦喀娜和我因为个子比较小，所以挤了出来。"他拍拍身边的大狼。它的身量大得惊人，披着一身蓬乱无瑕的雪白皮毛，似乎已经习惯了周围的人群。但反过来，众人可就没它那么安逸了。"不过别担心，老朋友。"宾拿比克说，"我觉得吧，等你带人走到门前，他们应该已经修好了。话说回来，你的爱人米蕊茉在哪儿? 希望她还好吧?"

"她在桥那边。我刚才像疯子一样冲过来，看得她直咋舌。"国

寡妇

王的微笑如此开怀,莫根纳觉得他都有点癫狂了。"啊,见到你真开心。"西蒙看看平静的大狼,后者正坐在旁边理毛。 "刚才你说它是……?"

"忠心耿耿的瓦喀娜。"矮怪回答,"没错,它母亲就是高贵的坎忒喀,它是其众多子女中的一员。见到你,我也特别开心,西蒙老友。都这么多年了!"宾拿比克抓住一把白毛,爬上宽阔的狼背。大狼早已习惯,耐心地忍受着他的拉扯。小个子终于注意到莫根纳。"哈!我看到一张熟脸,但跟我第一次见他时差距还挺大。他真是你孙子吗?"

西蒙国王微笑着点点头。有那么一瞬间,莫根纳几乎相信祖父真的露出了自豪的表情。"是啊,没错!我知道他有点变样了。这是莫根纳王子,我的孙子与继承人。"

"看啊,他已经长大成人!"矮怪赞道, "我们在岷塔霍还说,hanno aia mo siqsiq, chahu naha! ——想阻止岁月流转,比用顶针挡住雪崩还难。"

国王望向孙子。"莫根纳,这位是我最亲密的朋友,伊坎努克的宾拿比克。你小时候见过他一次,大概在十几年前,还记得吗?"

莫根纳正想说"不",但有块记忆残片突然浮现在他脑海——有人带他见到一群小个子男男女女。虽然他在宫廷里多次见过侏儒,但这些人跟侏儒不太一样。他们的黑脸膛表情严肃,身穿古怪的服装,把他吓到了。"应该,还记得一点。"他回答。

"很好,在奥斯坦·亚德全境,不管身高几许,你都找不到比他更好的人了。"莫根纳很久没见国王这么高兴了。"你的好夫人呢,宾拿比克?她还好吗?还有你们的孩子?"

"都很好,她们都跟我来了。不过我女儿已经长成大姑娘了。她还带来了她的纳卡匹克——也就是未婚夫。我们是一起来的。其他人骑着公羊,我骑着勇敢的瓦喀娜。"宾拿比克挠了挠大狼的耳背,棕脸膛上露出灿烂的微笑，笑容四周的皱纹表明他经常开怀大笑。"估计今晚上就能见到他们了。好吧，也许不包括公羊，它们还得休息并吃草呢。"

"艾奎纳怎么样了？"

"公爵还活着，感谢我们的黑夜之母塞达。但他非常衰老，越来越虚弱。不过西蒙老友，他见到你会很高兴的，非常、非常高兴。"

就在这时，提灯桥对面某处传来一声尖叫，又把莫根纳吓了一跳。那边靠近艾弗沙的城墙。他的坐骑也受到惊吓，他赶紧安抚。

"如果我猜得没错，"宾拿比克说，"那是霜冻大门终于打开的声音。来吧，西蒙国王，还有即将成年的莫根纳王子！艾奎纳之子格里布兰和公爵的臣民都出来迎接你们啦——我只是提前溜了出来，暴露了他们的计划。来吧！"

* * *

莫根纳很高兴，他终于摆脱了霜冻边境的寒风，走进了城墙的怀抱。艾弗沙的全体居民似乎都站到了街边，迎接王家巡游的进城。公爵府建在城中心的石山上，从它到城门间的大道两旁都站满了人，一边欢呼，一边挥舞着手中的火把与提灯，还有些人从高楼的窗户间探出身子。虽然天色已晚，但西蒙国王和米蕊茉王后骑马经过时，所有人都扯着嗓门大声致敬，仿佛两位至高君王的到来可以让他们的公爵起死回生。

至于莫根纳，似乎没人认得他，但王子也没觉得有什么不愉快。最近他一直在勤勤恳恳地讨好祖父母，但接下来几天，他可不想又被拖去参加没完没了的仪式和宫廷事务。他想尽快去找艾斯崔恩他们，然后找个地方，找个温暖幽暗的避难所，大喝一通，远离无聊到麻木的官场。他仔细观察艾弗沙居民，发现大部分人皮肤白皙，其中不乏个子高挑、眉清目秀的年轻女子，不少还披着一头金发，闪亮如崭新的铜币，美貌程度甚至不次于至高王首都鄂克斯特的漂亮女孩。莫根

寡妇

纳本以为自己已经厌倦了北方女人,但现在,他有些不确定了。事实上,他开始向往能跟公爵治下的年轻女孩们聊聊天。

总有一天,等我继承王位,他突然想到,她们就是我的臣民了。这真是个奇怪但有趣的想法。

"你在这儿啊,王子殿下!"波尔图爵士骑马来到他身边。老骑士用围巾裹住脖子和下半边脸,好像刚刚走出咆哮的冰雪风暴。"来到这儿真好,是吧?我已经好多年没来了——上次还是当年的围城战,艾奎纳公爵亲自带领我们。"

"那个故事我听过好多遍了,我自己都能讲了,可信度不比你低。"莫根纳说,"弄不好比你讲的还能唬人。反正按艾斯崔恩的说法,你的故事半是编造、半是夸张。"

波尔图看他的眼神很受伤。"那个纳班人知道个屁,他只想嘲笑我。我跟北鬼打仗的时候,他还在妈妈怀里喝奶呢。"

莫根纳咧嘴笑了。"老实跟你说吧,现在我不想知道怎么跟北鬼打仗,你这老恶棍。你知道哪儿能找个体面的地方喝酒、唱歌,不用忍受我祖父母那摊无聊事吗?"

艾斯崔恩骑行过来。他看上去神采奕奕,好像刚刚出发,而不是跟队伍里的其他人一样走了漫长的一路。"我的王子!我还担心你跟家人一起进城堡去了。"

"我正在问波尔图,城里有什么好地方。他声称以前来过。"

"声称?"波尔图在马鞍上挺直身体,犹如一只鹳鸟正要飞离烟囱上的鸟巢。"我向你保证,就算过了这么多年,库普斯德的好酒馆也不会忘记安氾·派丽佩的波尔图。"

"好哇,有进展了,"莫根纳说,"这个库普斯德在哪儿?"

"那是一片市场,"老骑士回答,"我们已经走过了,殿下。它在城门附近。"

"那还不回去?"

"王子殿下,我觉得不太合适。"艾斯崔恩罕见地劝阻道,"至少今晚不行。你得跟你祖父母出席几个……正式场合,比如看望老公爵之类……"他含糊地摆摆手。

"不去!"莫根纳意识到自己几乎喊了出来,脸颊不由一阵阵发烫,"不去,我才不看一个老人家死呢。这跟我有什么关系?他是我祖父母的朋友。"

艾斯崔恩耸耸肩。"随你。不过殿下,最起码你也得搞明白今晚睡哪儿吧。艾弗沙城堡可大着呢。不管你睡哪间房,你总得知道路吧。"

"睡觉?谁要睡觉了?"莫根纳狠狠瞪他一眼,"艾斯崔恩,你太无情了,简直伤透了我的心。真没想到你是这种人。我只想要一大杯啤酒和几声欢笑而已。"

"可是殿下,是你警告我们说,你祖父母还在生你的气。"艾斯崔恩抬头望向欧维里斯。后者正指挥战马,穿过挤满宽阔大道的人群,朝他们走来。"帮我个忙,朋友。"艾斯崔恩朝他喊道,"我正要说服我们的好王子,最起码头一天晚上,他得遵从国王与王后的意愿去走个过场。"

欧维里斯做了个鬼脸。"艾斯崔恩还有这觉悟?我们是不是走错路了,闯进了精灵的地盘?"

"别开这种玩笑!"波尔图警惕地说,"这可是北方。精灵比你想象的更近、更凶。到了早上,你们还能看到远处的风暴之矛。"

"只要它待在远处就行。"莫根纳说。

王子话音刚落,一阵冷风便沿街吹来,扯起房屋上的旗帜。莫根纳虽然穿着铠甲与外套,依然打了个寒战。当然,这只是巧合罢了。

♛

"再次见到你真高兴,茜丝琪娜娜沐柯。"众人围站在壁炉前,米蕊茉说道。这里是公爵府的某个房间,天花板很低,但装饰颇为奢华。数周以来，他们走过赫尼斯第与瑞摩加的广袤土地，王后这话已经说了很多次，但西蒙知道，这次她是真心实意的——自从他们并肩作战时起，米蕊就很喜欢宾拿比克的妻子。

茜丝琪点点头。米蕊茉能说出她的全名，显然让她很开心。"见到你我也很高兴，亲爱的王后。"

米蕊挥挥手，表示称谓并不重要。"你们从山里走这么远来看艾奎纳！祝福你们！"

"我们必须来。"宾拿比克说，"他是我们有幸认识的最出色的瑞摩加人。"

米蕊露出微笑。"西蒙说，你们的女儿也来了艾弗沙。我很想见见她。她一定长成了大姑娘！"

茜丝琪也笑了。"是啊，齐娜长大了。她男人也来了。"

"她结婚了？"西蒙问。

"快了。"宾拿比克回答，"等他们回到岷塔霍，齐娜和史那那克就会去霖季祖堂，在祖先和族人的见证下牵手。西蒙老友，你还记得那里吧？你曾在那儿请求茜丝琪的父母饶我一命。"

通往公爵卧室的门开了，格里布兰走出来迎接他们。他长着一头黑发和一张宽脸。西蒙觉得，他的长相比他兄长艾索恩更像艾奎纳。不过，看到格里布兰的胡子里掺杂了许多灰白发丝，感觉还是有些奇怪。

救主圣树在上，从何时开始，我们全都这么苍老了？

风暴之王战争时，格里布兰年纪尚小，没法参战，只能随亲属一起背井离乡。如今他已长成一个公正体贴的男人，继承了父亲许多优良的品性。想到至高王座治下的土地中至少有一块能由可靠的人掌管，西蒙便觉得很安心。"他刚刚醒来，二位陛下。"格里布兰的微笑里带着疲倦，"如果所有人一起进去，恐怕他承受不了。我可以请至高王与至高王后先进吗？"

西蒙转头看看宾拿比克。"当然可以。"小个子笑着回答,"进去吧。"

"提阿摩也该到场的。"米蕊茉说,"他与公爵感情深厚。可他还在找我们的孙子莫根纳王子。"

"二位请进。"格里布兰说,"其他人还请稍候。如果王子的缺席是个大问题,我可以派人去找。"

"哦,不用麻烦了。"米蕊茉连忙制止,"相信他们很快就能找到他。"

"遵命,陛下。"格里布兰引领二人进门。

公爵的卧室与西蒙记忆中十年前来访时差不多,依然布置得像个祠堂,以纪念艾奎纳的爱妻、格里布兰的母亲桂棠。房中到处点着蜡烛,摆放桂棠画像的矮桌上则有更多。她的椅子和缝纫箱依然摆在最大的窗户旁边,让西蒙惊讶的是,那扇窗户竟然是打开的。瑞摩加人似乎不像爱克兰人那么怕吹风。房间正中有张巨大的床,床蓬在晚风中飘拂,不禁让西蒙联想到一艘船漂浮在大海上,船帆兜满了海风。

但瑞摩加人已经不再航海了,西蒙想了起来。

两个牧师原本跪在床尾祈福,这会儿站起身,离开了房间。西蒙和米蕊茉走到床前。一时间,西蒙有些困惑:这个睡眼蒙眬的陌生人真是艾奎纳吗?他连头都抬不起来,只能靠枕头撑着,难道真是他们的老朋友?要知道,公爵可是西蒙这辈子见过的最高大、最强壮的人之一!而眼前这人却面相陌生,脸颊深陷,头发与胡子稀疏且全白,脖子显得异常脆弱,似乎很难像高贵的艾奎纳一样昂首挺胸。

老人强撑开眼皮,眼神从天花板飘到墙壁,似乎好一阵子都没法聚焦。格里布兰走上前去,在他身旁跪下。

"是……是你吗,艾索恩?"公爵洪亮的嗓门已变得细若游丝。

格里布兰并没有纠正父亲。西蒙估计,最近几个月,他已经很多次被喊成早亡的哥哥了。"父亲,有几位朋友来看您。米蕊茉王后与

寡妇

西蒙国王特意从爱克兰赶来了。"

游荡的眼神终于触到西蒙，虚弱倦怠的身体里，老人的灵魂总算醒了。艾奎纳皱皱眉，眯起眼睛，随后睁大了双眼。"仁慈的上帝啊，真是你。"他又将目光移向米蕊茉，露出微笑，"你俩都来了。上帝赐福并保佑你们。来，把手给我。恐怕我们不会有机会再见面了，所以，把手给我。"

西蒙和米蕊茉分别从床铺两边握住公爵的手。西蒙已泪水盈眶，唯恐自己稍微用力，就能把老人的骨头像蛋壳一样捏碎。"我们当然会来。"他强忍住突然哽咽的嗓音，"当然会。"

"上帝保佑您，伯伯。"米蕊茉和他虽没有血缘关系，但一直叫他伯伯。"保佑您等到我们来。"她说不出话了，泪水滚落脸颊。

"至高王领情况如何？"艾奎纳问，"一切……可好？"

"都很好，伯伯。"米蕊茉回答。

"那就好，好。"说这些话似乎耗尽了他的力气。公爵闭上眼睛，喘了好一会儿，胸膛一起一伏。"约书亚呢？约书亚王子？有消息吗？"

西蒙咽了咽口水。米蕊的亲叔叔——他们的儿子约翰·约书亚的名字来源——是个痛苦的话题。"很遗憾，没有。我们找了他很久，可他、他妻子渥莎娃，还有他们的两个孩子，都音讯全无。"

艾奎纳摇摇头。"十年，不，二十年了！二十年啊。过了这么久，我担心，他已经死了。"

西蒙非常轻柔地握住公爵的手。"我们会一直找下去。"

"可我看不到那一天了。"艾奎纳又睁开眼睛，"西蒙，是你吗？告诉我，真的是你。我最近经常做梦，简直分不清我是睡着还是醒着。"

"对，是我，艾奎纳。我还是那个脏兮兮的男孩，好多好多年前，你在圣宏德朗附近的霜冻边境遇见了我。"

艾奎纳虚弱地笑了。"只是脏？你太抬举你自己了。我记得你骨瘦如柴、惊慌失措，像只落水的小猫！"他的笑声变成了咳嗽，但他挥挥手，叫他们安心，"没事，我很好。咳嗽不算啥。只是我胸口越来越沉，压得我难受。"他把头摊回到枕头上，"西蒙，好孩子。不对，我忘了我的身份。你是国王！至高王！"

"你却把他的妻子给忘了？"米蕊茉温柔地责怪道。

"怎么可能，我的王后陛下？"艾奎纳捏紧西蒙的手，"我要请你们帮个忙。我乞求你们二位。你们必须答应。"

西蒙不用看妻子，也知道该怎么回答。他用空出来的手擦掉脸上的泪水。"什么都行，艾奎纳公爵。我们欠你的情永远都无法偿还。整个国家的每一个人都欠你的。"

"我和桂棠，是约书亚王子那两个孩子的教父教母。现在，约书亚和渥莎娃都不在了，我担心两个孩子……"

"他们已经不是孩子了。"西蒙温柔地说，"他们是在风暴之王被打败那年出生的。"

"所以呢？"艾奎纳细弱的声音里透出一丝臭名昭著的暴脾气，"你什么破习惯？山高水远跑来打断一个垂死的老头说话？"

西蒙很难忍住微笑。"抱歉，我的公爵大人。你要我们做什么？"

"找到他们。就算找不到父母，也要找到孩子。我和桂棠做出了承诺，却又辜负了他们。帮帮我们吧——找到他们，保证他们的安全，提供他们所需的一切，让他们幸福地活下去。"

"老朋友，我们一直在找，以后也会继续找下去。总有一天，我们会找到他们的。"

艾奎纳盯着西蒙，仿佛不确定能不能相信他。"能向我保证吗？"

"当然。"西蒙又心疼又悲伤，看了看米蕊茉。"以你我两方家族的名义，我们向你保证。"

"他们失踪之后，桂棠早就叫我去找他们了，可她的病……"公爵摇摇头,"我很快就能见到她了。感谢上帝和所有受祝福的圣徒们,我很快就能见到她了!"

"你会的,伯伯,"米蕊茉说,"她在等你。"

"还有艾索恩。"艾奎纳嘴唇颤抖,"我已经好久没见到他们的脸了……!"老人眼睛发红,"好久……"

"您累了,父亲。"床尾的格里布兰说话了,"还有人等着见您。不过他们可以等您休息好再来。"

"还有人?"艾奎纳似乎又精神了一些。他最后捏了一下西蒙和米蕊茉的手,这才依次放开。"什么意思?"

"外面还有朋友在等您。"米蕊茉说,"艾欧莱尔伯爵、宾拿比克夫妇……"

"宾拿比克?矮怪也在?叫他进来!叫他们全都进来!"公爵甚至从枕头上撑起了一些。直到这一刻,西蒙才从这衰弱、消瘦、如稻草人般瘫在床上的躯壳里看到一丝老朋友的影子。"安东和他的天使们可以再等等,反正我会在他们那儿待很久。"

先进门的是孩童身材的宾拿比克与茜丝琪,后面是表情阴郁的艾欧莱尔,他旁边是永远被跛脚拖慢的提阿摩。乌澜人走到西蒙身边,压低声音:"我找不到莫根纳,陛下。宾拿比克的女儿及其朋友们还在找。"

西蒙深吸一口气,压下怒火。"你找过酒馆吗?"

"光是主路两边就有十多家。"提阿摩轻声回答。西蒙望向妻子,摇摇头。后者的嘴唇抿成一条细线。

"去看看艾奎纳吧。"西蒙轻声吩咐。他拍拍老朋友的肩膀,心里却像忘在炉火上的水锅一样沸腾。他们的孙子已无可救药,但这并非提阿摩的过错。

"等等,那是谁?"艾奎纳的声音又细弱下去,呼吸急促,脑袋却抬离了枕头,"是提阿摩吗?我的乌澜人?"

"没错，艾奎纳公爵。"提阿摩一瘸一拐来到老人身边。

"米蕊茉，过来。"艾奎纳朝她招手，"过来。看哪，格里布兰，看到我们三个没？"他朝提阿摩和王后点点头，"看到我们没有？"

"看到了，父亲。"

"看着风烛残年的我，你肯定想不到吧，我们三个横跨了半个已知世界，从关途圃到乌澜，又穿过整个色雷辛，直到诀别石，就靠两条腿。我们甚至一同爬进污秽的泪蟹巢，又爬了出来！还有个故事，对吧？我敢打赌，那故事比你听过的任何故事都精彩。凯马瑞爵士，有史以来的最强大的战士，当时跟我们在一起！"

"还有柯扎哈，"米蕊茉补充道，"可怜、悲哀、疯狂的柯扎哈。"

"当年的你啊，勇敢得像头母狼，"艾奎纳对她说，"没错……"他必须停下来喘口气，咳了好一阵儿才能再次说话。他儿子则在一旁敦促他多歇一会儿。"那是个恢弘的故事，"他喘着气说，"应该有人给它写首歌。"

"已经有人写了。"西蒙哈哈大笑，"写了好多，有十几首呢！上帝啊，你们这里不听歌吗？早知道我就该把整个宫廷都搬到瑞摩加来！"

"歌……歌……"艾奎纳很想说什么，却没能说完，"我们刚才说什么来着？"

"说我们又聚在一起了。"米蕊茉弯腰吻了他凹陷的脸颊，"没人能从我们心中夺走那段时光。"

"祝福你。"提阿摩轻声说。他毫不顾忌地抽泣着，将艾奎纳的手紧紧贴在脸上。老人却像根本没注意到。

"我想……我想，我必须……睡一会儿……"

"好的。"米蕊茉直起腰，"我们迟些再来看您，伯伯，等您休息够了。"

"我们会在这儿待上好多天。"西蒙说，"所以不用担心——我们有的是时间,不管新故事还是旧传闻,都可以说个够。"

宾拿比克拍拍老人的手,将一只拳头放在自己胸前。西蒙认得矮怪的手势,这代表一切都装在矮怪心中。茜丝琪也垂下头,夫妻二人转身离开了房间。

接下来是艾欧莱尔,他跪在床边,亲吻公爵的手。"见到您真高兴,公爵大人。"他只说了一句,便也起身退出。西蒙正要向老人道声晚安,忽见前厅出现了一张熟悉的脸。"莫根纳!"他压着嗓门喝道,"进来!"

"我们的孙子来了?"米蕊茉问道,"感谢上帝。"

王子走进卧室,眼神活像被逮住的猎物。"我一直在找你们。"他轻声说道,眼珠乱转,就是不肯望向床上的老人,"这地方像个迷宫!"

"你是说这里还是库普斯德市场?"西蒙压下心中的不悦,"赶紧过来。"

艾奎纳的眼皮都快合上了,但西蒙弯腰亲吻他的脸颊时,他又睁开了眼睛。"西蒙?孩子,是你吗?你真成国王了?还是我一直在做梦?"他似乎喘不上气来,"我做了很多梦……全都混到一起了……"

"不是梦,艾奎纳公爵。米蕊茉和我之所以能坐上王位,全是你、你儿子艾索恩,和其他几位贵人的功劳。现在我想让你见见至高王座的继承人莫根纳王子。希望你能祝福他。"

"莫根纳王子?"艾奎纳很惊讶,"你们带着个婴儿走了这么远?"

"不是,伯伯,您看呀。"米蕊茉说,"他已经长大了。"

"跪下,小子。"西蒙轻声吩咐王子,"拉住他的手。"

尽管室内通风良好,可看莫根纳的表情,他似乎宁愿跑去别处。好在他还是跪在床边,握住了公爵一只瘦骨嶙峋的手。起初公爵只是盯着天花板,过了一阵儿才回过神来,目光在床边搜寻,直至找到王子。"祝福你,年轻人。"公爵说,"记得遵从上帝的旨意,你必能功成身就。要仔细聆听你父母的话。"

莫根纳迷惑地看看祖父。西蒙摇摇头,示意他别说话。"谢谢你,艾奎纳。"国王说,"我们已经竭尽全力在教导他了。"

"我相信你们做得很出色。"艾奎纳说,"他是个优秀的年轻人。"老公爵的眼睛又开始发沉,"祝福你,孩子。"他的声音虚弱而疲惫,手指松开王子的手,"愿乌瑟斯和……圣徒们看顾你……保护你平安。"

"你累了,艾奎纳。"西蒙朝莫根纳点点头,后者像逃离陷阱似的一跃而起。"我们该走了,你好好休息。我们刚刚才到——以后会有时间再跟你聊天。"

艾奎纳的眼睛半睁半闭,先看看西蒙,又看看米蕊茉。"别忘了你答应我的事。"他出人意料地激动起来,"别忘了我们的教子戴奥诺斯和教女戴菈。那是我对桂棠许下的最后一个承诺。除非我知道你们会弥补我的失败,不然我死后将无法直视她的双眼。"

"我们不会忘记的,伯伯。"米蕊茉答应,"我们绝不会忘记。"

"好。"他又闭上双眼,"好。这就好……"

众人看着他入睡,方才离开。格里布兰继续守在父亲床边。刚才的两个牧师像受到魔法召唤一般,再次出现,跪在床尾,喃喃地念起Exsequis 祷词。

* * *

西蒙不知道现在是什么时间,只记得午夜钟声已在许久之前响过,把他吵醒好一阵儿了。他好像做了个燃烧的怪梦,过去几个月里,这个梦经常来骚扰他,但他只记得梦里有张烟雾组成的怪脸,时而哭泣,时而大笑,时而用他从未听过的语言对他说话。

"谁?"他猛然坐起,摸索放在床边的匕首,随后才想起这不是他自家的床,这里甚至不是他自己的地盘。"谁在那儿?"

"只有我,陛下。是提阿摩。"小个子走进房间,"你刚刚听到的是我跟卫兵说话。王后睡着了吗？"

西蒙看看米蕊茉，后者躺在被子里，活像一个筋疲力尽的游泳者。"还在睡。需要我叫醒她？"

"由您决定，陛下。西蒙，我有个消息。"

他这才注意到，提阿摩的声音有些不对劲儿。"什么消息？"不过提阿摩显然哭过，所以西蒙大概猜到了。

"是艾奎纳公爵。那个善良的老人……一小时前去世了。他儿子刚刚才告诉我的。请原谅我的打扰，但我觉得您应该知道。我得感谢收归者让我们及时赶到，见了他最后一面。"

提阿摩离开后，西蒙望着沉睡中的妻子。突然间，整座古堡的重量，整个瑞摩加——既是异国，又是他属国——的重量，以及他治下全境所有臣民的期望与担忧，全都重得让他难以承受。此时此刻，虽然米蕊茉就在身旁，西蒙却感到一阵前所未有的孤独。

他很想知道，隔着坟墓，自己能否继续安睡。也许像艾奎纳一样早走一步的人们，才是真正值得羡慕的人。

The
Witchwood Crown

津林深处

♛

今天上午，总理大臣帕萨瓦勒花了大部分时间，用来倾听一群肥硕的富商抱怨珀都因的伊索拉女伯爵，控诉她试图从北方船盟手中夺走爱克兰水域的船运控制权。按照商人们的说法，女伯爵半是恶魔、半是海盗，还是两者最邪恶部分的结合体。帕萨瓦勒想尽办法安抚他们，好在后者似乎也只是想抱怨一下而已，长久以来他们一直如此，显然将来也一样。尼鲁拉大门的卫兵房派来传令官找他时，帕萨瓦勒正在假装很感兴趣地聆听——其实他心里已经烦得不行。就连他侧过身去听卫兵的报告时，商人们还在不住嘴地唠叨，根本没意识到总理大臣已经分心。最后他只能大声打断他们。

"很抱歉，各位大人，我有件十分重要的事要处理。我必须离开了，但我保证会将各位的忧虑转达给国王与王后陛下。"

"总理大人，我们不光希望您转达忧虑。"最胖的商人托司提格男爵说道。他做羊毛和兽皮生意赚了不少钱，然后从一个落魄的地主手中买来了对方的头衔。"我们更希望至高王座能采取措施。"

"我相信，至高王座会的——可那要先等国王与王后陛下返回爱克兰。"这些人只在乎自己的账本，却不关心国家大事，要对他们保持耐心真的很难。可在答应临时顶替至高王座之手，好让艾欧莱尔伯爵随国王与王后出行之前，帕萨瓦勒已经练出了很好的耐心。"但我是说真的，大人们，我有要事。威博特神父，麻烦你送这些绅士出去

寡妇

好吗?"

趁他的书记官召集商人时——大部分商人还在愤愤不平地发着牢骚——帕萨瓦勒赶紧去找斗篷。他穿过城堡内城,来到马厩,借了匹体力充足又上了鞍的驿马。片刻后,他骑马穿过尼鲁拉大门,守门的爱克兰卫兵精神抖擞地向他行礼。总理大臣深受卫兵们的爱戴,因为他们知道,当初治安大臣欧力克公爵想削减卫兵人数时,正是帕萨瓦勒支持了他们。

他沿着主干道,慢跑穿过城市,来到城墙外的拥挤街道,不禁感叹鄂克斯特变化之大。二十年前他刚到海霍特时,鄂克斯特的范围就到城墙为止,等他在这儿住了一段时间,众多街道已随城市的发展蔓延出去,时至今日,更在帕萨瓦勒眼前远远地铺陈开来。一座座房屋鳞次栉比,贴着司维特悬崖修建,看似摇摇欲坠,实际却相当结实。一条条狭窄的道路只比行人踩出的小径稍好一些,此时冬雨刚过,路上满是泥泞。帕萨瓦勒刚来时,风暴之王战争才过去几年,尽管这座城市是奥斯坦·亚德全境的首都,但城堡和镇子上的人口加起来还不超过一万。而到今天,他相信人数至少是当时的五倍。想必不久的将来,住在城外的居民也会提出要求,以修建新的城墙保护他们。

在外城区域,只有西边的城墙外没有挤满像蘑菇一样乱糟糟的房屋。那是一片王家森林,名叫津林,如沉睡的野兽般趴在那里。随着鄂克斯特的人口每年都在增加,保住津林不被侵蚀已经越来越难了。津林不光能为国王与王后的餐桌提供鹿肉,还能提供木材,由于它比阿德席特大森林近得多,所以它正面临遭到大规模砍伐的危险。就在刚刚过去的秋天,国王与王后才被迫将王家守林员的人数翻了一倍。当时西蒙国王还不太乐意。"有人在挨饿,"他质问道,"只是用陷阱捉了只兔子,难道就该吊死他?"

"如果因为有人挨饿,就放任他们到王家森林里找吃的,"王后回答他,"那森林里很快就没有兔子了,就连鹿、野猪、所有东西,都不会剩下。"

国王与王后真是有趣的一对儿,帕萨瓦勒心想,这两夫妻简直天差地别。西蒙对自己的卑微出身和成长经历十分自豪,如有可能,他会将大部分时间花在马厩和厨房里,与仆人们谈天说地。王后则生在古老的王室家族,安于享受财富和贵族血统带来的所有特权。凡是她认为正确的事,便一定会极力维护。若由她担任法官,她一定铁面无情,绝不会像她丈夫一样,被一些悲惨的故事打动。

出了鄂克斯特最外围的居民区,帕萨瓦勒立刻指挥坐骑离开津林路,进入森林。他知道,要是书记官威博特听说总理大臣居然不带卫兵就跑到城外,肯定会大发脾气。但有些时候,他就是不愿意浪费时间等待卫兵,比如这次。

目的地并不好找,但他终于发现,坡下的树丛间有红白两色的光芒在闪动——那是王室纹章上的两条火龙。他把坐骑拴在树枝上,走下斜坡。两个爱克兰卫兵,还有一个帽子上插着羽毛的守林员,正押着第四个人在等候他。那是个瘦削的男人,穿着破破烂烂的猎装,看起来已经很久没睡过好觉了。

"大人,别吊死我!"瘦子见帕萨瓦勒来到近前,尖声哀求,"我只是发现了它,其他什么都没干!"

帕萨瓦勒看到,他们脚下的树叶堆里有具半埋的躯体,毫无疑问是个人。他望向戴羽毛帽子的家伙。"守林员,你叫什么名字?告诉我这里发生了什么。"

守林员身材消瘦,面容沧桑。如果他没得到这份工作,估计也会跟正在求饶的瘦子一样,变成个偷猎者。"我叫纳坦,总理大人。我和伙计们正在巡逻,这家伙突然跑出来大喊大叫,好像白狐又杀回来似的。他说森林里有个死人。是个女的。"

"他带了什么东西?有没有猎物?"

"我没有!"衣衫破烂的男人叫道,眼泪夺眶而出,"我只是迷

寡妇

路了!"

帕萨瓦勒知道他没有,但还是等待守林员的回答。

"没有,大人。他两手空空,袋子里也是空的。"

总理大臣望向哭泣的男人。"你叫什么名字?说实话,不然我会察觉的,那时有你的好看。"

"我叫德里根,大人,我没干坏事!我以圣撒翠的名义发誓!"

帕萨瓦勒摇摇头。"你可以走了。但我不希望再听到你的名字,德里根。如果你再在王家森林里被人抓住——哈,你会宁愿我们吊死你。"

男人站起来,连声道谢,朝鄂克斯特方向的山坡跑去。爱克兰卫兵脸色阴沉地盯着他的背影,活像两条被禁止追赶猎物的猎狗。

"请原谅我的无理,大人,但您很清楚,他来这森林的目的只有一个。"守林员纳坦说。

"当然,可就算打他一顿,过几天他还会回来的。现在我们知道了他的名字,他就得好好考虑一下了。"帕萨瓦勒凑近尸体,在旁边蹲下,"他带你们看了这个。然后发生了什么?"

"我派手下去叫卫兵。"

"我们则叫传令官去找您,总理大人。"一个爱克兰卫兵接过话头,语气竟像有些自豪。

"好吧,你们都很尽职尽责。"帕萨瓦勒靠近一些,扫去粘在尸体上的潮湿落叶。他只看到小半张脸,但已经觉得很奇怪了。死者脸颊瘦削,颧骨突出,脸色没他想象的那么苍白。更奇怪的是,从覆盖在它身上的林间杂物判断,尸体在这儿应该躺了好些日子,却看不出任何腐败的迹象。它似乎是个女性。"我看不到任何……"他刚开口,身后的王家护林员突然跳了起来,大声咒骂一句。

"眼睛!"他叫道,"动了!我看到了!"他连退好几步。

"别傻了。"帕萨瓦勒刚说完,他自己也看见了:露在外面的眼皮极其微弱地颤了颤。他的心跳略微加速。"仁慈的安东啊，我道歉。你说得对。"

这一来就只有一件事可做了。帕萨瓦勒动手掀开她身上的杂物。片刻后，爱克兰卫兵也蹲下来帮忙，只有守林员还留在安全距离之外。

杂物全都清理干净，一个卫兵在胸前画了个圣树标记。另一个瞪眼看了一会儿，也做了同样的动作。

"这……这是个精灵吗，大人？"第二个卫兵问道。

"你是指希瑟？还是北鬼？"帕萨瓦勒叹了口气。自从国王与王后动身前往瑞摩加，他一直隐隐约约地觉得有可能发生类似的危机，将两位主君出行期间，他原本计划好的事全都推到一边。"我猜她是个希瑟，虽然我没亲眼见过他们。"他用手指捻了捻女子脏兮兮的衣袖，感觉料子十分光滑，很像南方岛屿出产的真丝。现在她的身子已完全露出，帕萨瓦勒能看到她的胸膛在微微起伏。"上帝保佑我们，她还有呼吸。来帮把手。"他让希瑟侧躺过来，不由倒吸一口凉气。只见她身上扎着三支断箭，苗条的身体间流出的血迹已然干涸。"快，"他吩咐守林员，"跑回城去，找些帆布或厚毛毯——好让我们带她回去。再准备一辆车，抬她上坡之后用得着。"

守林员急忙爬上斜坡。一个卫兵问道："我们送她去哪儿呢，大人？"

"先回海霍特。太不幸了，提阿摩师傅与国王和王后在一起，但我会找到人照顾她的。你们有没有听她说过什么？出过什么动静？"

"没有！我们以为她死了，大人。"

"本该是的。受了这么重的伤，换成凡人早该死透了。"

* * *

帕萨瓦勒推开通往花园的门，莉莉娅公主正在王座大殿外等着他。

"午钟响过好久啦。"女孩说,"你不守信用。你说中午要给我讲故事的。我一直等啊,等啊……"

"我非常非常抱歉,公主殿下。"帕萨瓦勒扶着门,让后面抬着伤者的卫兵通过,"但我们在森林里发现这女子受伤了,我必须救她。你知道缇丽娅夫人在哪儿吗?"

"她今天去市场了。"莉莉娅回答,"我也想去,可荣娜尔阿姨不答应。"

"啊,好吧,我遇到些麻烦需要帮忙,殿下,你能去叫荣娜伯爵夫人来找我吗?"

"我干吗要听你的?我是公主!"

帕萨瓦勒深吸一口气。"对,你不需要,你说得对。"他说,"我道歉,公主。"他转向用毛毯抬着受伤希瑟的卫兵,"把她放这儿吧,伙计们。"他吩咐道,"等找到干净房间,再把她搬过去。"

"这是谁?"莉莉娅睁大双眼问道,"她死了吗?"

"没有,但她伤得很重。"帕萨瓦勒又转回卫兵,"你俩一个去找女仆总管,一个去找药剂师厄坦弟兄,在马厩后面的草药园应该能找到他。"他再回头哄公主,"我保证,很快会给你讲故事。但你也想帮助这可怜的女人,对吧?"

莉莉娅皱起眉头,一直盯着毛毯担架上的模糊身影。"行吧,也许我可以帮你去找荣娜尔阿姨。"小公主显然有些左右为难。不过最后,她还是背着双手,慢悠悠地跳着小步,去找那位几乎成了她保姆的伯爵夫人。

* * *

"你在这儿啊!藏在客房里干什么?害我到处都找不到你!"荣娜说,"总理大人,今天你还真受欢迎啊——王妃与公主,母亲和女儿,都要找你。"她走进房间,刚迈出一步,就看见躺在床上的人影,不由停下脚步,睁大了眼睛。"黑兔在上,那是谁?"

"一位快要死掉的希瑟女子,在津林里发现的。"帕萨瓦勒回答。过了一会儿,他才反应过来荣娜说的话。"王妃与公主?我知道莉莉娅想听故事,她妈妈想干什么?"

"艾黛拉王妃对我而言一直是个谜。"第一个戏称艾黛拉为"寡妇"的便是荣娜伯爵夫人,因为约翰·约书亚王子已过世多年,但王妃一直穿着黑衣,尽管她并没有其他哀悼的表现。"这可怜女人是怎么搞的?"

"中了箭伤,有好多处,在森林里躺了好几天,但还活着。现在你知道得跟我一样多了。"

"她还活着?"伯爵夫人弯腰查看一动不动的女子,既佩服又怜悯,"你确定她是希瑟?"

"你看看她。还会是别的吗?"

"也可能是白狐啊。仁慈的众神啊,你确定把她带进海霍特明智吗?"

"没别的地方能救她了——假如她能活下来,也只有这里能保她安全。有人想杀她,伯爵夫人!还有,她不是白狐——北鬼长不出这样的金色皮肤。她只是比平时少了些血色。"

伯爵夫人的眼神有些恍惚。"当年希瑟来到赫尼斯第时,我还是个小女孩。他们的帐篷遍布原野,延伸到视野之外,五彩缤纷,占尽了众神土地上的每一种颜色。我妈妈说,那时就像旧日时光的重现。"

"你妈妈有没有告诉你怎么救他们的命?"帕萨瓦勒立刻为自己的话感到后悔。荣娜是他重要的盟友,更是王后的闺密和内廷议会的成员。"我很抱歉,伯爵夫人。恳求你的原谅。我大概把礼貌给忘在津林里了。"

她露出微笑。"不必道歉,总理大人。我能想象,今天对你并不轻松,而现在才刚过中午。不过你想让我做些什么?治病救人和照顾伤员并非我的长处。你有没有派人去找缇丽娅夫人?"

寡妇

"我来了,大人,我来了!"厄坦弟兄撞进门内,满头大汗,年轻的脸庞涨得通红,"真抱歉,我来迟了——我必须回房拿我的药箱。"他迅速查看床上的女子,"上帝啊!卫兵说得对!是个希瑟!"

"她有三处重伤,箭头还在身体里。"帕萨瓦勒说,"她在林中躺了好几天。哦,缇丽娅夫人去了市场。弟兄,你能救救这可怜的生灵吗?"

修士用袍袖擦擦脸。"我得先检查检查,然后才能回答您。"

帕萨瓦勒指指房间角落,那里站着两个女仆,她们铺完床就一直在静候待命。"弟兄,暂时由这两位好心的妇人帮你照顾她。不论白天黑夜,只要她醒了或能说话,请立刻派其中一位通知我。可能只有受害者本人才能帮我们找到凶手。我不会搞错的,这伤绝不是意外。射她的人想要她的命。"

"可是,为什么?"伯爵夫人问,"她为什么会在这儿?我们已经很多年没在城里见过希瑟了。"

"这次若不是有个偷猎者恰好撞进她倒卧的地方,我们也不会发现她。当时她已被森林落叶埋掉了半个身子。"帕萨瓦勒说,"厄坦弟兄,这里就交给你了。记住,只要她醒来或能说话,马上派人通知我。"

"遵命,总理大人。"

荣娜夫人同他一起走过长长的王家画廊。"她穿着骑马装束。"伯爵夫人最后说道。

"对,没错。我猜她可能是国王与王后某个精灵朋友的信使。这也是我迫切希望能与她对话的原因之一。希瑟已经很久没有消息了。如果任由这信使死掉,西蒙国王和米蕊茉王后饶不了我的。"

伯爵夫人挽住他的手臂。她是格涞泽地的重要贵族奈尔伯爵之妻,冰雪聪明,目光敏锐。在许多宫廷事务方面,她与帕萨瓦勒的看法都差不多,很少出现争论。"大人,你对自己过于严格了。"她告诉帕萨瓦勒,"你已经尽了全力。"

"这不就是辅政者要面临的问题吗?"他回答,"虽然我必须补充一句,我们的君主很是与众不同,但他们不会轻易放权。一旦谁让他们失望了,他们也不会再把权力交到同一个人手中。"

荣娜伯爵夫人哈哈大笑。"我就说嘛,你对自己过于严格了。但我还是不明白,你为什么找我?显然不是叫我给人治病吧。"

"啊,当然不是。我差点儿忘了。今天早上,你说要让信使带信给你丈夫。你的伯爵丈夫还在赫尼赛哈吗?"

"他会等到艾莱西亚祭之后才走。"她露出哀怨的微笑,"我很想他。"

"我能理解。我在想,你的信使能不能多带一封信——拜托你丈夫悄悄帮我转交给……"

"你在这儿啊,帕萨瓦勒大人!"

他转过身,看到艾黛拉王妃带着两名女伴从画廊另一边走来,也许是刚刚离开礼拜堂。帕萨瓦勒心中一阵烦躁。约翰·约书亚王子的遗孀面容清秀,年纪尚轻,她明显想与总理大臣说说话,但后者怀疑话题多半又跟宫廷政治有关。虽然这些讨论能满足他的虚荣心,但也会让他的日子更加难过。

"殿下,夫人们,"他鞠躬行礼,"见到你们,我很荣幸。"

"啊,你好,伯爵夫人。"艾黛拉朝荣娜露出微笑,"相信今天,莉莉娅没给你惹太多麻烦。她在哪儿?"

帕萨瓦勒注意到,伯爵夫人略微顿了顿才开口回答。"她睡下了,殿下。她今早想给她的小马戴帽子,可把她累坏了。"

"哦,那个小可爱。"永远当不成王后的王妃转向帕萨瓦勒,"总理大人,我有些十分重要的事想跟你商量——可你却像故意躲着我。我有那么吓人吗,害得你像在逃避童话故事里的怪物一样?"

荣娜知道,王妃是在暗示自己靠边站。她怜悯地看了眼帕萨瓦勒，告辞离开。

总理大臣用微笑掩饰住心中的厌烦。哪天不好，偏要今天！"绝对没这回事，殿下。可我整天都被各种不愉快的琐事纠缠，实在脱不开身啊。"

"什么事能有这么重要啊，总理大人？"王妃噘起嘴唇。每当小莉莉娅的要求得不到满足，她也会做出同样的表情。但帕萨瓦勒不想解释希瑟女子的事，因为艾黛拉肯定会坚持要求介入，而他更希望能由自己掌控局面，所以还是迟些再告诉她好了。

"也没什么大不了的，殿下。"他深吸一口气，竭力把心中的忧虑全部压下。一切都已安排妥当，目前他也没别的事可做。希瑟是生是死就全靠她自己了。"我能为你做些什么？"

"是提阿摩师傅的图书馆。呃，我猜，应该说是国王与王后的图书馆吧，不过你明白我的意思。小个子最近似乎只顾忙着这件事。"

"现在没有，你也知道，他随二位陛下去了艾弗沙。"

"我知道，所以我才想找你谈谈。提阿摩大人像是铁了心要找出海霍特城内的所有古籍，记录在案并收进他的图书馆。"她摇摇头，"所有！"

"我相信并不包括你的书，殿下。"大家都知道，艾黛拉会花费很多时间阅读《安东之书》，至少她记住了很多段落，用来指出他人的错误。"提阿摩只想保护那些稀罕的、古老的书籍。"这场对话持续越久，帕萨瓦勒就越想去忙其他工作。然而艾黛拉已经习惯了他人的服侍与宠爱，显然对他的心不在焉十分不解。

"没错，可问题在于，"她说，"你知道的，我的约翰·约书亚也有很多书。非常多！他的心思全在书上，有时我都对他绝望了。甚至莫根纳出生时，他也在看书。产婆去找他，他连头都不抬，更别说离开书房了。"

"殿下，你丈夫本该成为一名伟大的学士——不对，虽然他没能享有长寿,但已经是位伟大的学士了。他有这方面的天赋。"这是实话,但帕萨瓦勒怀疑,艾黛拉对约翰·约书亚的期望并不在这个方面。

"他收藏了一些书,并没有给提阿摩看过。我自己也不会翻看的——只有仁慈的我主知道书里写了什么可怕的内容、什么古老的渎神字句——但它们看上去非常久远。有些只是用绳子扎起来的羊皮卷轴。我希望你能来看看。如果它们更适合放进提阿摩、国王与王后正在兴建的图书馆,那我很高兴把它们送给乌澜人。"

"恕我直言,殿下,可为什么要找我看呢?显然只有提阿摩师傅才能决定什么书该进图书馆。"

"哦,可那小个子太贪心了!我不相信他只会带走那些古老和有价值的书。我更不想失去我丈夫的收藏。它们是我仅存的纪念了。"

帕萨瓦勒很清楚,艾黛拉真正的目的是要避开旁人,单独找他谈谈,将他纳入自己的圈子。艾黛拉已经是王位继承人的母亲了,可她对这身份并不满意,还想积极加入海霍特内部从不间断的权力与影响力之争。但仅此而已吗?去年她也经常骚扰帕萨瓦勒,比如找他出来,问他些意见等等。总理大臣不禁怀疑,王妃对他是不是有些更深的企图。她虽然算不上美艳绝伦,但也面目清秀,长着一对大眼睛,继承了她父亲欧力克公爵笔直小巧的鼻子。一个男人若想提高自己的地位,那他与王子遗孀能做的事可不仅仅局限于调情这么简单。

只要那个男人能一直讨得她的欢心,帕萨瓦勒提醒自己。而这显然并不容易。艾黛拉的权力基础几乎不可动摇,所以大部分诱惑她都看不上眼。

无论如何,这都是个难题,帕萨瓦勒也没想在这上面花太多时间。

他托起王妃的手背,亲吻一下。"你太信任我了,殿下。可我对这种学术问题十分外行——我所受的教育粗浅而杂乱,毕竟墨特萨只有那种水平。但我会把你的问题放在心上，尽快帮你想个办法。现在请准我告退，让我继续那些不甚有趣的职责好吗？"他露出微笑，希望对方安心，不论她的真实意图是什么。

"当然可以，亲爱的帕萨瓦勒。你真是最好的好人。去吧，做你该做的事。我知道，艾欧莱尔不在，国王与王后一定往你身上压了许多重担。"

而你是其中最沉重的一个，夫人——或者说，若我没能小心翼翼地应对，你便将成为最沉重的一个。"你也很善良，王妃殿下。"他鞠躬离开。身后传来艾黛拉与两名女伴的轻笑，仿佛风中的精灵乐声。

The Witchwood Crown

弃光颂歌

♛

　　奈琦迦任何居民看到士兵出现在家门口，都不会感到特别惊讶，但维叶岐万万没想到，大半夜的，居然会有一整队可怕的罕满堪屠虫兵来到他家，要将他带走。他们的面庞遮挡在头盔之下，说话的语气正式而严厉。虽然对方并没有威胁他，但维叶岐知道，自己除了跟去，没有其他选择。

　　他很清楚，这类邀请通常是死刑前的仪式。尽管他惊异万分，但仍忍不住猜测这是为什么。假如他彻底失去了女王的宠信，那么几天前，一族之母是不会召见他并下达新任务的。所以这次抓捕会不会是阿肯比的阴谋？想借女王的权威除掉他？如果是，那这就是个新策略了：因为按照惯例，大司乐的敌人只会安静地消失，或是突然死于某种神秘的疾病。

　　不过屠虫兵队长手中确实有女王封印的诏令，也就是说，维叶岐只能跟他们走，并尽量对即将发生的事做好心理准备。

　　他的书记官夜摩不在府里，这点很可疑。他吩咐更下级的官员，招待罕满堪屠虫兵稍候片刻，容他更衣。他命令仆人给他穿好大司匠的长袍，罩上束腰外衣，系好肩带和腰带。仆人侍候他穿衣期间，他尽量一动不动地站着，四肢、面部和呼吸都保持平静。

　　"你们要带我去哪儿？"系好饰领后，维叶岐开口问道。

　　"这不是我该回答的问题。"屠虫兵队长回答，"我只知道您该尽

寡妇

快随我们走，大司匠阁下。"

这时他妻子冲进房间，惊得一个仆人将大司匠的仪礼锄都摔到了地上，敲得石头地面"叮当"作响。屠虫兵冷静地朝她压下矛头。"发生了什么事？"她质问道。尽管身穿凌乱的睡衣，棘梅步仍用轻蔑的目光看向罕满堪屠虫兵。维叶岐注意到，她还瞄了一眼他的床，无疑是要确认桃灼葭有没有跟他在一起。"夫君，这些士兵为何来打扰我们？"

"我真的不知道，我的爱妻。不过这是女王陛下的正式召唤。我们必须相信，我族之母将凭智慧妥善处置一切。我没做错什么。"他望向队长那空板的面容，"我没说错吧？"

队长一眼不眨地看着前方。"这不是我该回答的问题，大司匠阁下。"

"啊，对。刚才你就说过。"维叶岐打个响指，仆人们上前帮他穿好剩下的衣物——一件沉重的斗篷。"我该怎么称呼你，队长？你有名字吗？"

"我是罕满堪家族静默庭的队长，"军官回答，"您只需知道这些。"

如此生硬——如此机械的官方套话！维叶岐心想。不知这位队长是不是也是个混血儿，就像他女儿奈泽露一样。如今他们已十分常见，尤其是在殉生武士和各大家族卫队中间。门外的屠虫兵里有多少是这类结合的果实呢？时至今日，他们似乎成了军队的主力——但他们能否如他老师雅礼柯期望的那样，从内到外都是彻底的贺革达亚呢？还是说，他们只是身穿华庭服饰的仿制品，只是一群粗陋的走狗？

如果他们真是带我去刑场，他略带黑色幽默地问自己，那他们是不是混血又有什么关系？就算真找条训练过的狗也可以嘛。"那好吧……队长，"他说，"我可以跟你走了。"

他迈出正门，穿过自家的家族卫队，走进宽敞安静的大街，他妻子一直跟到门口。"夫君！"她喊道，"不要辱没我们家族的门风。"

"棘梅步，我亲爱的夫人，"他回答，"有你在背后忠实的支持，我怎么会呢？"

他最后看了一眼妻子那修长而白皙的身影，不禁觉得，这可能真是他今生最后一眼了。她站在家门内，命令仆人们退回府中，以免贵族层的其他居民看到这可耻的一幕。

* * *

维叶岐曾哄骗自己，此行只是又一次入宫觐见的召唤，但他的希望很快就破灭了。卫兵并没有带他爬上大阶梯，前往神圣的第三层与欧梅瑶-罕满喀宫殿，而是往下走进了迷宫般的城区。他们穿过荒废的新月集，沿着结满蛛网、鬼气森森的蜘蛛林外延，走向奈琦迦的边缘。他们经过雷鸣般的泪泉瀑布，穿过它激起的水雾，又经过巨大的扎艾塔石柱，最后来到心墙阶梯，沿着它下到城市的最底层。维叶岐已经懒得猜测他们要去哪儿了，因为他每次想到的新地点都比上一个更残酷。

奈琦迦第一层挤满了低等平民的集体祠堂和群葬墓地，即所谓的 sojeno nigago-zhe，意思是"回忆的小花园"。有些贺革达亚既贫穷又卑微，不配拥有家族墓地，却又放不下自尊心，不愿将死者丢入烈火地缝，或遗弃在无名苑的余烬堆里，于是他们建起这种共享式的纪念园。每个园中都有失落华庭的各种标志，都立了一尊银面守卫——一座简朴的直立石像，负责看守这块长眠之地，正如女王陛下统治生者的世界一般。经过这些朴素的群葬墓地时，维叶岐忍不住妒忌睡在里面的死者。他更担心，自己的归宿只怕比这些地方还更卑贱。

但他很快意识到，就连飞舞着炙喉火星、吹拂着灰色烟风的无名苑，他也无权享用。卫兵们带着他经过无名苑，继续往下，穿过一层又一层，走进地底最深处。他以为自己已经做好了迎接耻辱和死刑的觉悟，但看上去，迎接他的并非干净利落的死亡，而是某种比摧毁灵魂更恐怖的事。

所以是要去流琴厅吗？想到那个噩梦般的地方，维叶岐的膝盖就开始发软。那是个天然形成的巨大岩洞，由裸露的岩石围成，隐藏在山腹深处。那个恶名昭彰的岩窟是流琴与流琴井的所在地，二者都拥有传说般的恐怖力量。想到这里，他必须倾尽全力才不至于跌倒。

相信女王陛下，他颇为绝望地告诉自己。记住华庭。相信古道。但此时此刻，古老的安慰祷词却显得那么空洞，正如缓缓包裹住他的、永恒而未知的山体深渊。

屠虫兵领着维叶岐越走越深，脚下的楼梯罕有人至，漆黑一片，卫兵只能扶着他的手臂，一寸一寸地慢慢往下挪。维叶岐感觉自己正在滑下一头巨兽的喉咙，而这并非无中生有的胡思乱想：他们每往下走一步，空气都变得愈发温暖、稠密，周围的岩石仿佛有了生命。

年轻时身为一名侍徒，维叶岐曾有一次坐着吊索，进入过奈琦迦山体内部最深的一条裂缝。当时的黑暗让他喉咙发紧、茫然失措，与现在的感觉便有些相似。但这里的窒闷空气还有种缓慢而沉重的搏动感，他以前从未感受过，就像巨兽的心跳。

记住华庭。这是他唯一能做、唯一能想的事。相信古道。

* * *

自从龙盔卫兵在他家门前出现的那一刻起，维叶岐便一直压抑着心头的恐惧。终于，一行人抵达了悬鹰廊，他的恐惧稍微减轻了些。悬鹰廊绕着一道宽阔的垂直楼梯井盘旋向下，通往流琴厅，沿途有不少楼梯，通过井壁上不同高度的开口，汇聚到悬鹰廊，维叶岐此时就站在其中一个楼梯口上。这时他又发现了几个身穿华服的身影，这才明白自己并非唯一一个。可他沿着螺旋楼梯走向流琴厅时，却认不出任何一个贵族同仁，因为这里的空气稠密得出奇，好像他们都在盐水中游泳。他数了一下，至少有五六名贵族正在卫兵的护送下往下走。

同一时间把这么多身份尊贵的贺革达亚集中起来消灭,有这可能吗?对阿肯比这么谨慎的阴谋家而言,这种行为似乎过于鲁莽了。

悬鹰廊底部也聚了一群人,正等着进入一扇窄门。门中逸出色彩奇丽的光芒,在他们脸上流转——病恹恹的昏黄、暗沉沉的猩红、惨森森的灰蓝。维叶岐的卫兵催促他继续走,这时他才看清,这群访客(或囚犯)中不止有他这样的幕会领袖,还有等级较低的官员、数十位家族族长、颇有影响力的神职人员,以及其他统治阶层的重要成员,有男有女。如果阿肯比想把他们全都杀害或囚禁起来,维叶岐惊讶地想,这就意味着要将奈琦迦的领导层连根拔起了。

维叶岐认出,另一名被罕满堪屠虫兵护送着走向拱门的贺革达亚竟是大元帅暮鸦耳·杉-伊瑶拉。暮鸦耳是最受尊敬的贵族之一,是女王麾下所有军队的统帅。尽管他也是阿肯比的主要对手,但位高权重,怎么可能会像囚犯一样,被人乖乖地押过奈琦迦呢?维叶岐相信,若非元帅自愿,他的亲兵绝不会让他被殉生会的人带走。但元帅即便自愿来此,他的表情里也有种深沉的悲凉,令维叶岐深感不安。

人群向前涌去。维叶岐随同诸位高官与卫兵们挤过拱门,走上通往流琴厅的唯一一道宽阔的楼梯,这里的炎热和窒闷似乎要将他包裹起来。他的脚踏上第一级台阶,感觉自己不但走进了雄伟的奈琦迦内部的某个房间,还走进了另一片纯净的空间、一片无法理解的绝对的虚空。一时间,维叶岐无法分辨上与下,只能恐慌而盲目地伸手乱抓,想抓住什么东西,直到有人拉住他的手臂,听到一个安静的声音。

"你还好吧,大司匠阁下?"是鹿卡娅,丰饶会的大司农,维叶岐在精英阶层中的少数盟友之一。

"谢谢你,大司农阁下,我没事。"他嘴上回答,心里却在庆幸她也在场,"不小心踩空了而已。"

尽管有许多贵族和卫兵同时下楼,狭窄的楼梯井却一片寂静,只能听到羽毛般轻柔的脚步摩挲声。压抑的空气变得愈发浓密、愈发封闭，但维叶岐发现，下楼时只要控制得当，气息不要过急，他还是可以正常呼吸的。

维叶岐活了这么久，却从未来过神圣的流琴厅，所以他走下最后的楼梯，进入洞窟时，实在忍不住敬畏又着迷地四下张望。洞厅底部和高处都环绕着拱形回廊，但真正吸引他目光的，是洞窟中央地面上的一个凹洞。那是个凹凸不平的圆坑，周围镶着一圈雕花石块——正是流琴井的井口。其间溢出的光彩似乎比正常的光线更为沉重，弥漫在岩石地面附近，将它上方的画廊淹没在阴影里。借着那暗淡的赭黄色微光，维叶岐仿佛看到，上方阴暗的洞壁间有许多张脸正在俯视他们——至少是许多看着像脸的图案。

正如圣山内部那些喷吐火焰的裂缝，流琴井本身也在熊熊燃烧，但它那稠密光芒的来源似乎比山中烈火还更古老——那是种阴冷的浅黄色光芒，也许早在星辰闪耀之前，这光就已经照亮了世界。在它的映照下，大厅内的一切仿佛都倾斜着摇摇欲坠。摇晃的光柱上方悬着一件物体，既如吹制玻璃般真实，又如烟雾般缥缈，让维叶岐完全无法理解、也没法彻底看清。那便是流琴。想当初，刻蔓拓里突然毁灭，不朽者们带着神圣的流琴逃离了那座大城，来到奈琦迦。从某些角度看，流琴似乎近得触手可及，可维叶岐只要稍稍偏偏头，它就成了消散在空中的几道微弱的划痕，线条似乎不复存在，其间的空隙却像一处通往无尽远景的入口，看得维叶岐眼睛生疼。等他终于将目光移开，流琴又像一道影子，不管他望向何方，都残留在他的视野之内。

不过，即使是流琴井与流琴，也未能吸引他的注意力太久。同他的族人一样，当维叶岐看到黑石宝座上那个戴着银色面具、宛如石雕般静止而苍白的纤细身影时，他就没法再将目光转向别处了。

我族之母啊，请把力量赐给您的仆人。女王陛下的现身令他想起了古老的祷词。我的生命属于您。我的身体属于您。我的灵魂属于您。

如果这是场死刑，他随即想到，甚至是针对贵族阶层的大屠杀，至少我的死也是出于她的旨意。这个念头竟有种奇怪的安慰感。死就死吧，至少他能确定命令是真的——统治奈琦迦的仍是我族之母，而不是阿肯比。

大司乐当然也在场，他正站在女王宝座旁边，面向流琴井。奇异而脉动的光芒将乌荼库的白色丧袍染成了泥色的黄和古怪的蓝，可落在阿肯比的黑色兜帽长袍上却消失无踪，以致强大的歌者就像站在自己的影子中间，只有那张干皮面具和绘在上面的神秘符文清晰可见。

更让维叶岐吃惊的，是站在宝座另一旁的身影——那是"梦行者"吉吉怖，女王陛下的后裔，极少出现在王宫之外，在其他奈琦迦居民中间，他几乎就是个传说。众人聚过来时，乌荼库和阿肯比都一动不动，只有骨瘦如柴的吉吉怖在不停地抽搐，手指痉挛似的一屈一伸，嘴巴大张，像在不停地自言自语。

根据经验，维叶岐知道，梦行者的言辞会由大脑直接跃上舌尖，至于是否妥当、礼貌，甚至合不合常理，他本人是意识不到的。大多数奈琦迦贵族觉得吉吉怖是个无可救药的疯子——这种情况在族人中间虽然罕见，但也是有的——因为他穿衣经常搭配混乱，喜欢大声自言自语，说的话没人能懂。不过梦行者在出谋划策方面很有天赋，深得其先祖、也就是女王陛下的宠爱，所以大家只能听之任之，让他想去哪儿就去哪儿，想干什么就干什么。维叶岐的匠工会便深受其害，因为他会突然提出各种要求，索要一些空地，或是工匠们打算使用的材料。身为一族之母的亲眷与宠臣，吉吉怖的地位恐怕只在尊贵的阿肯比之下，所以维叶岐的幕会也拿他没什么办法，只能由着他任性。

由于前面被许多族人挡住了视线，维叶岐只好在人群中间移动脚步，直至找到个位置正对女王陛下的宝座。这时他才发现，女王脚下

寡妇

已经跪了一排族人，乍一看，他们像在接受君主的祝福——但看那瘫软的姿势和绑起的手腕，只怕他们只能得到另外的"奖励"。

等最后一批贵族在维叶岐身后站定，流琴井下的未知深渊中传出了弃光者的歌声。那是种柔和而奇异的声响，既像沼泽地里鼓噪的麻鸦，又像某种复杂的对话。有人说，早在贺革达亚来到圣山之前，弃光者便已经居住在深渊里了。还有人说，他们的祖先也来自遥远的华庭，是跟随乌荼库女王与凯达亚一起，乘坐八艘舰船逃到这里的。事实上，没人说得清，井下到底是有许多个生灵，还是同一个生灵发出了许多个声音。也许女王陛下了解弃光者的来历，但她从未向众人提过。

众人安静地等待，维叶岐能感觉到，在他的贵族同伴中间，恐惧和紧张在渐渐蔓延，让他们像一群雀鸟，随时可能受惊飞走。显然多数人跟他一样迷惑：突如其来的召唤、将他们带到此地的罕满堪屠虫兵，以及站在乌荼库宝座后那一整队全副武装的女王之牙卫队，都让他们胆战心惊。

既然我们不是来这里受死，维叶岐心想，那么女王陛下把我们召集到流琴井前，必定是要宣布什么重大消息。难道我们受到了袭击？凡人又要来围攻我们了？

阿肯比张开双臂，宽大的袍袖仿佛蝙蝠的翅膀。"安静面见女王陛下。"他说，"聆听我族之母的训诲。"

众人交头接耳的声音本来就不比耳语更响，大司乐再一开口，流琴厅内立刻鸦雀无声。乌荼库向前探身，两眼在面具的孔洞间精光闪烁。

我需要你们，我的孩子。

她的话不是大声说出来的，而是像晴天霹雳一样，直接砸进在场所有人的脑海，携着势不可挡的愤怒，将维叶岐的思绪砸成碎片，碾成粉末，久久无法恢复。

我很虚弱，女王告诉他们。而实际上，她的念力如此强大，疼得维叶岐流出了眼泪。为了保护我族，我的力量已经耗尽。我刚从神圣的沉眠中苏醒，而那将是我的最后一次——那里已经没法再帮助我了。

在维叶岐周围，有许多贵族开始哀号，不知是因为跟他一样受不了女王的话语，还是在担心这话语背后隐藏的含义，但乌茶库并未停止。只有依靠你们全心全意的协助，我才能从眼下的危机中幸存，她告诉众人。我们一族才能幸存。

几名贵族被这话语的力量和恐怖压倒，四肢着地，将脸贴上洞窟地面，活像等待被宰杀的献祭牲畜。梦行者吉吉怖哈哈大笑，在女王陛下的黑石宝座旁愉快地跳了几个四肢脱节的舞步，好像从没见过这么有趣的事。

阿肯比举起双臂，摊开戴着手套的双掌，众人再度安静下来。"为了我们，我们挚爱的女王陛下战斗良久，苦不堪言。"大司乐宣布道，"既在这里，也在生者无法企及的世界。如今她累了——精疲力竭，所以她要求我替她发言。"他将一只手臂举得更高，握掌成拳，"留心女王陛下的话语！我们正面临危险！但在保护我族免遭新的危险之前，我们必须先清理门户。我们当中有些人，试图利用女王陛下陷入瞌榻－荫酩的时机——这些叛徒，利用她沉眠的日子，为自己谋利。"他停了一下，戴着面具的脸庞木无表情地望向聚在厅里的贵族与士兵们，"他们是逆子，是盗贼，是叛徒。现在，他们将面临制裁。"

两名高大的女王之牙迈步上前，抓住第一个跪在宝座前的身影，将他拖起，转脸面向围观的贵族。那人虽被打得鼻青脸肿，但维叶岐一眼就认出，那是他的书记官夜摩。

大司匠的恐惧如冰风般再度刮起。每一根神经、每一个意识都在催促他逃走，但他的四肢无法动弹，只能站在那里，等待、观看。我终究还是要死的,他心想。阿肯比找到了能出卖我的人。永别了,我的家人。希望我的耻辱不致让你们无地自容。永别了,奈泽露,我的女儿与后裔。这一刻,他脑海中浮现的竟然不是结发妻子,而是他的凡人小妾桃灼葭。他只希望她和女儿不要因他的错误而受到惩罚。

跪在女王面前的囚犯一个接一个被拖起,点名,扳过身子面向观众。维叶岐越来越困惑了,他发现,这些人的地位并不比夜摩高——几名神职人员、另一位幕会领袖的书记官、一位刚刚才晋升为将军的殉生武士。其中身份最高的是主领诗妮姬卡,维叶岐曾在北方人围攻圣山的日子里见过她。同夜摩一样,她的脸上和头上也有些新伤,显然被捕之后受过刑。她被女王之牙拖起,众人盯着她,压低声音议论纷纷,深井中的弃光者也在躁动,但妮姬卡只是面无表情地站在那里。她和一众囚犯被点名、展示过后,又被重新按跪在女王陛下的巨石宝座前。

"在危难之机,我族面临内忧外患。"阿肯比说道,"挚爱的我族之母沉眠期间,你们眼前这群卑微的禽兽却在密谋嘲讽她的意志。他们擅改律法与例令,违背我们最古老的传统,腐蚀我们的族人,嘲弄我们对华庭的记忆。"

大司乐的话令维叶岐大为震惊。聚在这里的族人没一个会相信,单凭这么一小群次级官员,便能将许多混血杂种推进贺革达亚的重要幕会——包括殉生会与咒歌会。为了促成如此重大的改变,当初可是集合了大元帅暮鸦耳、维叶岐的老师雅礼柯、阿肯比自己,以及另外几个最有权势的贵族的力量。难道阿肯比竟然说服了女王陛下,让她相信了如此明显的谎言?还是背后另有原因?

第一名囚犯,夜摩,被拖着跪行到女王脚下。羞愧和恐惧让他哭出了声,他想转头躲避女王陛下那闪闪发光的银色面具,但几只有力的大手按住了他的头,让他无从躲闪。维叶岐以为,阿肯比会宣读一张指控囚犯的罪状清单,但一族之母只是伸出戴着白手套的手,按住夜摩的额头。可怜的书记官开始颤抖，抖得越来越厉害，最后像被某种巨大而无形的捕食者用嘴咬住，使劲乱甩一般。卫兵们突然松了手，像是再也按不住一件滚烫的东西。夜摩发出不成句子的嘶哑尖叫，这时弃光者的吟唱也变得愈发响亮，洞窟里的空气愈加稠密而燥热。

从乌荼库的手掌接触囚犯的位置，生出一道奇怪的阴影，如波浪般缓缓蔓延开去，罩住他的头，又往下覆过他的身体，活像洒在草纸上的墨水。夜摩的尖叫衰退下去，只剩一点细微的吸气声。随后，他突然化成一堆灰烬或黑尘一样的东西，散落在地。维叶岐勉强忍住一声恶心而恐惧的惊呼。

在众人出神又惊惶的默视下，又一个被捆住的人影被拖到女王脚下，刚才的一幕再度重演。接下来，每一名被指控的叛徒都落到同样下场，直到最后一个囚犯，主领诗妮姬卡。她被拖到乌荼库的宝座前时，膝下已全是前面那些人留下的尘埃。

妮姬卡既没有默默受死，也没像夜摩一样痛哭。她用响亮而清晰的声音开口了，让在场的所有贵族都能听到。"贺革达耶！我不知道自己做错了什么，但女王陛下和我的老师说我有罪，那我的罪过一定确凿无疑。我只希望大家知道，这是我临死前的真心话：我爱女王陛下，胜过我自己的生命，胜过我家人、家族和幕会的荣耀。成为歌者的那一刻，我便发过誓，我会满怀欣喜地将自己的生命奉献给她。至于如何奉献，现在已经不重要了。因为这是我族之母的意愿，所以我死而无憾。"

乌荼库女王停顿了好一阵儿，只有流琴井的光芒在她的银色面具上流动。维叶岐以为她被歌者的话打动了，也许会饶了她。女王伸出手，只是这一次，她的手指没碰妮姬卡的脸，而是如赐福一般垂到后者胸前。歌者的头向后仰起，不知是因为痛苦还是欢欣。女王又朝前欠了欠身，手掌似乎伸进妮姬卡的身体。囚犯叫喊一声，维叶岐从未听过如此万念俱灰的惨号，然后黑影便如野火般吞噬了妮姬卡，将她烧成一堆黑色的粉末，与死在前面的囚犯再无分别。不过，等灰烬落向洞窟地面，烟雾尽都散去，维叶岐看到，女王手里托着一样东西。那是妮姬卡的心脏，依然湿热，但有多处熏黑，像从火中捞出来的一样。

给你，咒歌爱卿。乌荼库心念转动，尽管只是投向阿肯比的，却如冰锥一般穿透了维叶岐的脑海。把它供奉在你的幕会总部吧。主领诗也许受环境所迫成了叛徒，但她的心依然真诚。

大司乐从女王陛下手中接过那颗烧焦的心脏，面露感激地点点头，退到一旁。"阴谋就此瓦解。"他宣布，"背叛女王与全族者，必将有此下场。"

流琴厅内的诸多观众欢呼致谢，赞美女王陛下与阿肯比保护大家免遭叛徒所害。但维叶岐发现，统领所有殉生武士的大元帅、女王军队的领袖暮鸦耳却没受到现场气氛的感染。这位伟大的战士双目低垂，两手垂在身侧，让维叶岐意识到，事情还远没有结束。

"现在听我说，我来为女王陛下发言！"阿肯比颂道，"现在听我说，为什么你们每一位都不可或缺，为什么你们的力量与忠诚将是我族对抗毁灭的唯一屏障！"他又一次举起双臂，等待观众惊讶的窃窃私语转为寂静，"是的，毁灭！你们都知道风暴之王伊奈那岐，他与凡人作战，至死方休。之后的回归之战里，他从死里复生，再次与凡人交战，直至被永远毁灭——正是这场战争，迫使我们的女王陛下进入治疗的沉眠，刚刚才苏醒过来。"

阿肯比说话时，女王仰起戴着面具的脸，目光越过流琴井与流琴，盯向洞厅的最高处。山外的寒意与山内深处的潮湿热气在那里相迎，雪花开始飘舞。

"支达亚国王伊奈那岐在世时，"阿肯比续道，"为了守卫伟大的要塞阿苏瓦，抵御北方人的入侵，曾来寻求我们女王陛下的帮助，以

The Witchwood Crown

将凡人打退。女王陛下派出咒歌会最优秀的核心成员，五位最年长、最睿智、最有经验的歌者。五位咒歌大师——卡卡拉悖、苏提矶、鸥穆、奥纳-骼和巫骆鲁足，愿他们的名字与华庭一起，被我们永世铭记！——后来，他们又被称为红手。伊奈那岐得到他们的力量与知识，扭曲了时间与空间的壁垒，召唤出古老的力量与可怕的魂灵。然而，就连红手的力量也不足以击溃蜂拥而来的北方人与他们的铁制兵器。绝望之下，伊奈那岐试图启用终极毁灭武器，欲将瘟疫般的凡人从我们的土地永远抹除……但他失败了，他本人也被消灭，五位红手在他身旁牺牲，阿苏瓦落入了凡人之手。"

观众中响起一阵悲痛失落的哭喊，仿佛他们头一回听说这个古老而熟悉的故事。就连弃光者似乎也灰心丧气，从深井里发出奇异的声响与之应和。

"我族在这块土地建立的最后一个王国就此逝去。"阿肯比继续说，"没错，最后一个，除了我们在奈琦迦圣山里的家园。伊奈那岐的支达亚亲族四散奔逃，躲进森林和其他藏身之处。我们贺革达亚将自己锁进宏伟的山门。凡人则如浪潮般席卷了我们熟知并热爱的土地。但伊奈那岐在凡间的躯壳虽然死去，他的灵魂却未真正离开。他的怒火如此炽烈，以致灵魂化作愤怒的怨灵，在渡魂异界徘徊不去，直至被我们的女王陛下再次找到。"他低下头，对缄默的乌荼库做个优雅的动作，以示感激，其他贵族纷纷仿效。"是的，"他提高嗓音，"在那黑暗的领域，生命本身就是大敌。但我们的女王陛下不顾自己宝贵的生命，冒着极大危险去寻找他。等她终于找到时——伊奈那岐已仅剩一点将残的愤怒之火——她将他带了回来，保存在流琴的无尽回廊中。随后，我们的女王陛下和风暴之王伊奈那岐一起，将红手的灵魂也召唤了回来。"

为了你们，我们挫败了真正的死亡！女王的思绪虽然简短，却威力十足。许多听到它的贵族都惊呼起来。为了你们所有人！如今死亡

寡妇

反过来侵蚀了我!有些贺革达亚张开嘴巴,开始呻吟。

"所以我们计划再次攻打凡人,开启回归之战。"阿肯比说,"但我们再一次遭到背叛!这一回,背叛来自我们的族人——伊奈那岐软弱的亲族——他们选择与凡人同流合污。变节者岁舞家族率领残存的支达亚同我们作对,是以不足半个大年之前,我们在阿苏瓦城门前再遭败北。风暴之王伊奈那岐,多么伟大的灵魂啊,为族人做出了重大牺牲,最终还是被送去了虚湮,永远地离开了我们——我们一族最勇敢的战士就此消亡。伊奈那岐与红手的这次落败,害得我们挚爱的女王陛下也差点被毁灭。"

有些贺革达亚愤怒地叫嚷起来,在空中挥舞着拳头,仿佛狡诈的支达亚也身在奈琦迦山腹,可以任由他们惩罚。

"心血成空!"阿肯比哀叹,"啊,这滋味何其苦涩!再没有比这更猛的毒药了。但不要低估我们的女王陛下,她仍一如既往地爱惜着我们,保护着我们。在那惨痛的失败之后,在瞰榻-荫酌中失落徘徊之时,伟大的乌荼库仍在想方设法摧毁我们狡诈的敌人。她终于找到了一个。"

愤怒的呼喊声停息了。洞厅一片寂静,就连弃光者也停了下来,仔细聆听。

"伊奈那岐神形俱灭,大多数红手也一样。"大司乐继续说道,"但还有一位,为我族和女王陛下牺牲了一切之后,依然存活下来!在死亡与沉眠交界之地,我族之母乌荼库找到了这个无畏的灵魂。"

虽然说话的是阿肯比,但所有目光都落在纹丝不动的女王身上。

"没错,尽管凡人无所不用其极,"阿肯比宣布,"但'无声者'鸥穆,我族最优秀的成员之一,并没有随着风暴之王的陨落而彻底消失。想象一下,这是何等的献身,贺革达耶。"阿肯比大声道,"被凡人杀害一次,却从死地回归,为我族再战,结果又被凡人无情地再度杀害——尽管如此,红手鸥穆依然不死!"人群中响起惊骇和赞叹的呢喃，"怀揣渡魂异界的秘密，依然渴望完成未竟的复仇大业，密语者鸥穆从未屈服。就在我说这话的当口，她依然徘徊在生者触不可及的悲惨异界当中！此时此刻，只有在你们的帮助之下，女王陛下才能将把鸥穆带回到我们中间。"

维叶岐与众人一样惊讶，同时心中充满了困惑。就算这个鸥穆真的还活着，但"不死"的歌者已经死过了一次，哪怕第二次死亡又能给她带来什么新知呢？就连女王陛下和伊奈那岐都无法改变贺革达亚的命运，再复活一名红手又能起到什么作用？所以维叶岐和其他奈琦迦精英贵族为何要被带到这流琴厅？

"我们已为她的回归做好了准备。"阿肯比宣布。

与此同时，一队女王之牙出现在洞厅外的一条走廊里，其中四人抬着一顶敞开的庆典小轿，里面摇摇晃晃地坐着一位贺革达亚年轻女子。她身穿华美精致的旋丝刺绣长袍，同乌荼库身上的一样奢华；一头青丝梳成精致的发型，戴着发饰，像要被送入婚礼。尽管她服饰华丽、容颜秀美，维叶岐却不认识她。卫兵将小轿停在流琴井旁边。她的头还在摇晃，仿佛看不到身边的一切——看不到聚集的贵族，看不到流琴，甚至看不到女王陛下本人。

她吃了肯-未刹，维叶岐意识到。她在梦游。可是，为什么？她是谁？接下来又会发生什么？

"低下你们的头，贺革达耶！"阿肯比命令道，"将你们的心灵力量借给女王陛下。凡人竭尽所能仍无法毁灭的灵魂，今日将由我族之母重新带回尘世。"他的声音柔和下来。维叶岐猜测，大司乐是想装出遗憾的语气。"然而回归需要代价，鸥穆的复活需要有人做出痛苦的牺牲。请大声赞美忠心耿耿的暮鸦耳，殉生会的大元帅，他按女王陛下的要求，献出了他的亲孙女雅-嘉拉暮，作为死地的开路人。"

"赞美暮鸦耳！"有人附和道，"愿华庭永远铭记并祝福他！"

"赞美女王陛下！"又有人喊道，"赞美我族之母！"

寡妇

维叶岐与众人的感受一样,既恐惧,又为女王陛下为全族做出的努力而欣喜。但他仍有一些疑虑。这个女孩也许只是暮鸦耳许多孙女中的一个,应该还是个混血儿——维叶岐听说,她母亲跟他的桃灼葭一样,也是个凡人奴隶——但不管目的有多崇高,大元帅居然会让孙女落得如此可怕的命运,实在让人难以置信。暮鸦耳位高权重,手握整个殉生会的武装力量,恐怕只有女王陛下亲自下令,才能让他答应这种事。

"向大元帅的高贵无私致意!"阿肯比颂道,"向暮鸦耳的忠诚,和他孙女的光荣牺牲致意!他们将打开鸥穆的回归之门。女王陛下将建立一个全新的殉生会军团,并以雅-嘉拉暮的名字命名——杉夜-嘉拉暮军团!"

聚集的贵族们发出一阵赞扬和感激的欢呼,但暮鸦耳仍死死盯着脚下的地面,仿佛阿肯比刚刚颂赞的牺牲只能给他带来痛苦。他显然无法直视孙女的脸,尽管雅-嘉拉暮被肯-未剎困在梦中,不可能认出他来。

"现在,女王陛下需要你们肃静!"阿肯比宣布。流琴厅顿时寂然无声,连空气中的脉动似乎也减弱了,只有弃光者仍像刚才一样颂唱,遥远的歌声在巨大的洞穴下方嗡鸣回荡。"她还需要你们的心灵与思绪。"大司乐说,"敌人还会进攻并消灭我们,只有伟大的鸥穆回归,我们的女王陛下才能抵挡他们。我族若想生存下去,就必须将密语者从死亡中带回,以帮助我们挚爱的女王,为我族的生存而战。

"现在,是时候打开通路了。"

这时,维叶岐听到,弃光者的乐声中又多出一个声音,起初很柔和,随后音高和音量都开始提升,最后从嗡鸣的旋律间盘旋着脱颖而出,仿佛深色挂毯上一根明亮的线条——那是阿肯比幕会中的一位歌者,正跪在雅-嘉拉暮的轿子旁边。更多歌者加入吟唱,仿佛圣山间的每一股寒风都被赋予了舌头,每一个音节都显得尖锐而冰冷,如冰

The Witchwood Crown

针般刺穿了每位听众的身体，让他们的五脏六腑染上了一层冰霜。

为什么在我们面前表演这样的仪式？维叶岐心想。咒歌会从未以这种方式展示过力量。为什么是现在？

答案很快揭晓，他感觉有股力量在触碰他的思绪，最初是种刺探的压力，但很快发展成颐指气使的入侵。是女王陛下，他明白了，女王要接管他及所有贵族同僚的思绪，编织成一个意念，利用他们和她自己的力量穿透隔绝生者的帷幕。大司匠出于本能反抗了一下，但也只是片刻而已——他的力量在女王面前简直微不足道。很快，他和其他人便不再是独立的贺革达亚了，而被塑造成一件武器，挥舞在乌荼库那无可匹敌的掌握之中。他能感应到女王陛下的一部分思绪：她那坚定的决心，还有冰冷的满足感。她正将所有人抓在手中，拧成一团。

"不要抗拒我族之母！"阿肯比像是感觉到了维叶岐的不情愿，"现在，安静。安静聆听开路咒文。"

咒歌的音量陡然抬升。咒文如敲击的铁锤，令人耳鼓生疼。随后，似乎有人猛然推开了一扇通往凛冬的大门，黑暗涌入洞厅，整个洞窟像被突然投入刺骨的严寒。透过乌荼库的思绪，维叶岐的痛苦还要以千百倍计。在他们站立的洞窟之外、在他们的圣山之外、在他们的生命之外，他感觉到一阵潜藏的阴寒，它是如此之深、如此之冷，没有任何活物敢靠近。只有乌荼库女王，穿戴阿肯比诸多麾下的咒歌为盔甲，挥舞所有臣民的思绪为武器，方敢独自闯入那吞噬一切生命的终极黑暗。面对那终极的暗影，维叶岐感觉自己的心跳得飞快，恐惧就快撞破胸膛，但与此同时，又仿佛与它相隔千里之外。他想起了奈琦迦山中众多冒泡的热湖，而他此刻就像湖中的一颗泡沫。

暮鸦耳的孙女开始在绑绳间扭动，她仰起头，张着嘴，好像溺水一般。流琴厅越来越昏暗，就连流琴井中溢出的赭色光芒似乎也在收缩、在熄灭，让维叶岐看不分明。随着咒歌力量的增强，轿子里年轻女子的动作也越来越急促、越来越怪异,她的头不停地由一侧猛甩到另一侧。大元帅暮鸦耳发出高声呻吟,甚至一度想朝她奔去,但他手下一名殉生会的将军按住了他的肩膀。元帅面如死灰地安静下来,但维叶岐看得出,在他那如岩石般麻木的表象之下,暮鸦耳已同困兽一般绝望。

流琴井的光芒已经暗淡得如一颗遥远的死星。雅-嘉拉暮空洞的双眼无助地转向一众围观者,嘴巴痛苦地张开,却发不出任何声音。在咒歌的包围下,看着无助的女孩,维叶岐突然觉得那竟是他自己的女儿奈泽露,她在呼唤他,向他求救,而他却无能为力。

这才是这次表演的另一个目的,他在绝望中醒悟到。不仅是为带回鸥穆,阿肯比还要向我们证明,只有他才是女王陛下最宠信之人,只有他才能决定别人的生死。暮鸦耳的孙女也好,我的女儿也罢——不论你是哪路贵族,家族有多么显赫,大司乐都可以随心所欲、予取予夺,而女王陛下只会支持他。维叶望向乌荼库,女王则看着受难的女孩,没露出一丝怜悯。他感觉心中有什么东西崩溃了。那东西在他心中已经存在了一辈子——那是一种信仰,一份信任。

那可能是我的亲生女儿,他满脑子只有这一个念头,一遍又一遍地重复。有可能是奈泽露。

小轿里的雅-嘉拉暮抽搐得愈发厉害。有那么一刻,她挣扎得如此痛苦、如此激烈,似乎就要挣脱牢固的捆绑。但很快,她的骨骼开始发光。先是脸庞后的头骨,炙热的光芒将她苍白的皮肤照得透亮,犹如提灯上的羊皮油纸。接下来,她攥紧的双手也散出强光,由于剧烈挣扎而扯乱撕破的衣服下冒出浓烟。没过一会儿,她的衣服卷曲、变黑,化作烟气与尘埃,落在象牙色的皮肤之上,直至大元帅的孙女变成全裸。火焰在她的手臂和双腿上舞动,将她的所有秘密都暴露在目瞪口呆的族人面前。

雅-嘉拉暮全身都着了火——就连嘴巴、鼻孔和眼角也窜出火

The Witchwood Crown

苗——一时间，她全身的皮肤都火光闪耀。她的头向后一甩，松弛的嘴里吐出一股热气。亮红的余烬喷出她的喉咙，火星飞溅到小轿四周。不过那顶轿子是用古老的巫木加工制成，普通的火焰伤不到它。只有女孩在燃烧。

维叶岐拼尽全力才勉强挺直膝盖，不让自己跪下去。他觉得自己也被点燃了，只是燃烧的并非肉体，而是他的心灵、他的信念。这些都被烧成了灰。

很快，就在熊熊烈火和几撮飞舞的灰烬、几根摇晃的焦骨之间，雅-嘉拉暮已经没多少动静了。她散发的热量如此炽烈，就连空气都开始闪光，显得极不真实。但维叶岐却感觉不到这些，蜷伏在小轿周围的歌者似乎也感觉不到。距离火焰中心几步开外，乌荼库女王隔着毫无表情的面具注视着这一幕。维叶岐猜不透她的心思，就像他猜不透遥远星辰的渴望。但他有一部分思绪仍与女王遥相呼应，所以，当他凝视女王时，他感觉到了，有什么东西穿过了蒙在已知世界外围的黑幕。那东西挣脱了冰冷与黑暗的桎梏，由死域闯进了生者的世界。

火焰开始熄灭，炽烈的中心再次显现，但那并非维叶岐预计的焦黑的残骸或散落的骨灰。小轿里坐着一样东西，形态完整，模样诡异——那是个红光变幻、烟雾缭绕的人影。

"鸥穆 k'rei！"阿肯比高喊道，"密语者鸥穆，你又一次脱离了死亡，返回到我们中间！愿你用智慧和力量保卫你的族人——为了你的族人，你已经两次献出了生命！"

女王放开了对他思绪的掌控，维叶岐筋疲力尽、满心惶恐，缓缓地跪倒在地，而他周围的许多贵族早就瘫在了地上。他无法直视轿子里的人影：那东西过于诡异，十分瘦小，似乎很遥远，同时又近得吓人，仿佛仍未完全进入他所在的世界。

阿肯比与歌者们起身围住那个人影。维叶岐发现自己屏住了呼吸，结果差点窒息过去。他喘了口气，发出一声嘶哑的叹息。有些贵族同僚已经倒在地上,昏迷不醒。还有一些匍匐在地,既为亲眼见证女王陛下愚弄了死亡而满心叹服,也为自己尽了一小份力而振奋不已。

此时此刻,就连弃光者也陷入沉默,仪式似乎结束了。就在这时,轿子上的人影突然疯狂扭动,没有声音,只有红光在抽搐。维叶岐能感觉到,隔开流琴厅与往生异界的薄幕在颤抖,有种力量正在躁动,仿佛垂死的苍蝇在蜘蛛网间挣扎,而维叶岐自己便是蛛网上的一根丝线。雾气盘旋,模糊了小轿和上面的人影。他很惊讶——难道是雅-嘉拉暮?她想夺回被阿肯比偷走的身体?多么坚强的心灵,多么勇敢的女子!然而数下心跳之后,他又有了截然不同的感受。有个强大的存在——一个古老而愤怒、满怀憎恨的存在——试图跟随鸥穆侵入生者的世界。他的心脏再度极速狂跳,胸膛似乎都要炸裂了。

流琴井的光辉瞬间暴涨,如贴近地面的太阳般耀眼。紧接着,伴着一声巨大却无声的惨叫,在场所有贵族都痛苦而惊惶地抱住头,井中的光芒也黯淡下来。与此同时,一阵明显的终结感横扫过流琴厅,仿佛蛛网上连接他们所有人思绪的丝线同时崩断:很明显,刚才他们打开的、通往黑暗外域的道路再次关闭。

鸥穆!鸥穆 she' she mue' ka!女王沉默许久,这时突然开口,言辞如铁匠敲打砧板一般,在维叶岐的脑海中轰然炸响,震得他又一次泪水盈眶。她回来了!密语者!赞美她!

"是的,赞美她!"阿肯比高喊道,"有了鸥穆的协助,我们伟大的女王陛下必将为我们遭受的一切苦难复仇。我们将烧尽大地表面的凡人!我们将摘取巫木王冠!"

流琴井的光辉突然回复到平时的亮度。阿肯比的属下取出一条白布,一圈又一圈裹住那道发光的人影,好像它是一具尸体,准备成殓了以待华庭的回归。不过这东西是活的,虽然它的动作像个婴孩,或是某种抽搐的生物,还无法掌控自己的四肢。火焰已经熄灭,但那人影仍在发光,所以阿肯比的歌者们像在包裹一块灼热的石头。

过了一会儿,他们包扎完毕,从轿子前退开。那道人影摇摇晃晃,从头到脚都裹着白布条,红光随着它的一举一动从布条的缝隙间溢出。阿肯比走上前去,将一件正式的歌者长袍披在它肩膀上,又拉起兜帽挡住它无脸的头颅,这一来,几乎所有光芒都被遮住。在场有些贵族尚未失去意识或昏倒在地,他们无精打采地呆望着这一幕,表情似乎有些羞愧。

女王的卫兵抬起轿子,载着遮在袍子里的人影,朝拱门走去。头戴白盔的女王之牙绕过女王宝座,驱赶众多奈琦迦贵族走过洞窟,走向返回的楼梯。大多数贵族困惑不已,却都缄默不言。刚才流琴厅里究竟发生了什么,维叶岐也没能完全搞懂,但他有种感觉:所有人都被迫参与了某种死亡交易,结果却难有定论。

到底发生了什么?他暗暗心想。我们面临的威胁真有这么大吗,以致这么可怕的事、这种滥杀无辜的行为竟成了我们唯一的选择?如果是真的,为什么我们还没开始准备抵抗下一次围攻?

他满心疑惑——其实光有这种想法,就可以算作叛徒了——竟没注意到,梦行者吉吉怖已经走到他身边。维叶岐又疲倦又焦虑,女王古怪的后裔伸手拉住他的胳膊,更是把他吓了一跳。

"恭喜!"吉吉怖咧嘴笑道,"嘿嘿,瞧瞧他呀!他想得太多,都想出病来了!"

维叶岐头晕脑涨,过了好一会儿才反应过来,吉吉怖的疯言疯语是针对自己的。"什么意思?恭喜我什么?"他问。

"他真不知道。"吉吉怖乐得手舞足蹈,"你的家族得到了垂青,大司匠维叶岐阁下!没错,你的家族得到了最高层的关注!"

维叶岐不清楚女王的怪亲戚到底是什么意思,但这番话令他心底发寒。"对不起,我不明白。"

"对,你不明白,是吧?现在还不明白。没关系,反正被垂青也

寡妇

不一定是好事，对吧？不信你瞧瞧他！"吉吉怖指了指维叶岐身后，随后转身，小跑着奔上楼梯，一边哈哈大笑，一边自言自语。

维叶岐莫名其妙地扭过头，看到大元帅暮鸦耳正由属下军官搀扶着走出流琴厅。有的军官正在安慰他，有些则在恭喜他刚刚得到的非凡荣耀。但大元帅的眼睛谁都不看，只是无助地盯着前方，犹如被闪电击中，既失落又彷徨。

第三代公爵

♛

人人都穿得很暖和，圣海瓦德教堂的大礼堂里弥漫着皮毛、油脂和火把烟雾的味道。这么多人挤在一起，散发出一股臭味，米蕊茉本以为自己不在乎，但她实际上却觉得头晕。

艾弗沙的弗路德神官年纪很大了，腿脚不太灵便。王后看着他爬上讲道坛的样子，恨不得帮他一把，推他上去。她只好在心里提醒自己：对他人——尤其是老弱病残——保持耐心，可是安东最看重的美德之一。

神官走上讲道坛，从金色礼服里掏出一对镶在框里的镜片，架在细长的鼻梁上。

"莫吉纳以前有副一模一样的。"西蒙悄声告诉米蕊茉，"叫'眼镜'。"

弗路德环视众人。聚集在此的除了南方的访客，还有几百名瑞摩加的达官显贵。神官清了清喉咙，米蕊茉觉得这声音活像军队入侵的号角。她向来不喜欢葬礼，到了现在的年纪便愈发讨厌，因为这场合出现得越来越频繁了。

"许久以前，"神官的嗓音虽然尖细，却出人意料地响亮，"这块土地是一片荒野，各种妖魔鬼怪横行。来到瑞摩加之前，我们的人民生活在大洋西边彼岸的绿色大地艾吉思嘉德。虽然他们在那块大陆繁荣昌盛，却从未因自己的福分而感谢上帝，反而崇拜父辈传下的异教

寡妇

恶魔。由于他们的亵渎行径,我主降下一场大灾。那块大陆最巍峨的山脉喷出烈焰,降在最大的城市,将整片天空染成黑色。'远见者'艾弗特率领他的臣民,乘坐许多船只,在黑暗中横渡大海,来到这片土地,拯救了他的人民。他在这里建立了一个强大的国家,在他死后,由他的子孙继续统治。而历任国王中,最伟大的便是芬吉尔,他在位期间的领土从昔米岭往南直到格兰汶河,史称'大君芬吉尔'。"

大君芬吉尔,米蕊茉心想。北方人入侵之前,住在这里的居民还叫他"血拳"芬吉尔。可这些乱七八糟的历史跟亲爱的艾奎纳有什么关系?她伤心地看着老朋友的棺椁。那上面盖着他的家族和艾弗沙的旗帜,再上面压着公爵的海王桂冠。

"但艾弗特的子民将他们的旧神也带到了新大陆,"神官续道,"依然没有听从真神上帝的话语。于是我主降下惩罚,允许巨龙闯进海霍特,消灭了芬吉尔的继承人伊克斐国王,将我们的人民赶回北方——那里也是北鬼、巨人和其他残酷敌人的家。

"圣海瓦德等安东教牧师不遗余力,将真正的信仰传播给我们的先祖,试图将他们从我主的怒火中拯救出来。爱克兰的约翰国王,伟大的圣王约翰,最终将巨龙斩杀,将我主上帝接回了瑞摩加。

"随后,约翰与瑞摩加的末代国王'红拳'乔戈仑作战。后者将旧神的圣物与图腾带上战场,结果仍在纳文德败于圣王约翰之手。

"接下来,约翰凭借他的智慧,从众多贵族中选出艾布恩,来统治这片新近征服的土地——条件是艾布恩必须驱除伪神,皈依真神,毕竟我主舍了爱子乌瑟斯的性命,以换取凡人的永存。

"艾布恩公爵确实转向了真神——赞美至高无上的我主——并开始了长久安定的统治。他儿子艾奎纳继承了爵位。由于他十分虔诚,因此上帝赐他长寿,让他的统治时间远远超过他的父亲。今天,我们要祝贺的便是他的这段人生。

"我们敬爱的艾奎纳公爵为主而战,足迹遍布奥斯坦·亚德全境。

他在色雷辛与野蛮人作战。他在圣王约翰的国都、海霍特城门前抵御可怕的风暴之王，拯救了那座城池及安东信众——甚至全体凡人——免遭毁灭。艾奎纳还乘胜追击，将北鬼一路赶回他们在北鬼领的污秽家园，对他们造成致命的打击，迫使他们躲藏至今，再也不能骚扰凡人。

"如今，挚爱的公爵再度回到我主身边，此时便坐在诸位圣徒的右边——他们的地位甚至高于圣王约翰。但他并未留下我们孤立无助。他的儿子格里布兰将戴上海王桂冠，在约翰至高王座的庇护下，以约翰的继承者西蒙国王和米蕊茉王后的名义，继续统治瑞摩加全境。上帝已先后将瑞摩加的权柄交给了两位公爵，如今，它将被赐给第三位，而他同样是位敬神之人，和平将得以延续。"

说到这里，神官停下来，摘下眼镜，用披肩擦了擦。米蕊茉心中升起一线希望。这漫长的下午终于要结束了，至少她可以离开烟雾弥漫、寒风习习的教堂了。对她而言，葬礼越早结束越好。公爵去世后的几天里，各种各样无可推诿的事务接踵而至。格里布兰给她引荐了太多北方贵族，她却记不起他们当中的任何一位了。

"让我们谨记，上帝的恩惠只赐予正义之人。"弗路德神官用洪亮的嗓音续道，"当格里布兰追随他父亲与祖父的脚步，成为第三代艾弗沙公爵时，让我们谨记，我们也必须追随他的脚步，遵行上帝之道。因为，只有通过上帝之手，我们的人民才能兴盛繁荣。"

接下来，他率领会众念诵最后的葬礼祷词《Mansa sea Cuelossan》。王后松了口气，伸手去拉西蒙，想感受一下丈夫的温暖与真实。国王吃了一惊，似乎这才想起周围发生了什么。过了一会儿，他用大手裹住米蕊茉的手。

* * *

"要我说，真够奇怪的。"西蒙与众人一起，护送公爵的遗像，朝码头走去。

寡妇

"以前瑞摩加死者都是火葬的。"米蕊茉解释。

"是啊，以前瑞摩加人还杀爱克兰人呢，更别提希瑟他们了。"

"嘘——！你想被格里布兰听见吗？"公爵的继承人领着妻儿，走在他俩身后几码开外。再往后是艾奎纳的女儿茜歌妮和艾思梅，以及她们的丈夫瓦福里德和思侃盖的唐戈德。茜歌妮也是当祖母的人了，米蕊突然想起，而他们上次到访时，茜歌妮还只是个脸颊绯红的新娘子，格里布兰也是个刚长出胡楂的年轻人。年岁就这么过去了，还真是时光飞逝啊，不禁让她感慨万千。格里布兰耐心地等待许多年，才坐上父亲的位置，如今再没人觉得他很年轻了。他是个好人，米蕊茉相信，瑞摩加被交到了一双可靠的手中。不过此时此刻，走在用稻草扎成的葬礼船后面——它模仿的是艾弗特的舰船索特方塞——想想他们的老朋友艾奎纳已经离世，米蕊茉还是感觉有些别扭。

"西蒙，我们是怎么变成老人家的？"

"跟大家一样啊。"今早一直天色阴暗，雪花飞舞，太阳直到这时才肯赏脸，将积雪融成一个个水坑。西蒙眯起双眼。"有人指导你该做什么，你尽力去完成，虽然不一定总能成功。终于有一天，你发现自己也可以指导别人了。"

"是啊，可惜没人听。瞧瞧格里布兰的儿子艾思瓦，瞧瞧他对父亲有多尊敬！可咱们的孙子呢？之前他还瘫坐在教堂后面，可自打离开教堂，我就再没见过他。莫根纳本该跟我们一起。往轻的说，他的缺席是对艾奎纳葬礼的侮辱。"

西蒙咬咬牙。"我不想提莫根纳。如果他又跟所谓的朋友溜去别处了，回头我会找他算账的。说实话，我气得想把他丢在霜冻边境，让他自己找路回家。"

米蕊茉也对孙子伤透了心，甚至开始绝望。不管他们怎么说、怎么做，那孩子似乎存心让他们失望。"我就是想说这个，夫君。我们怎么变成了总对年轻人生气的老人家？我们在他这年纪时，也不算老实听话啊。你经常不按吩咐办事,为此挨的打,不比偷懒的驮马少吧。"

西蒙做个鬼脸。"舍姆可不会像瑞秋打我那样打他的马。她用的可是扫把杆啊!直接抽我的大腿根!"

"嘘——!"在这严肃的场合,米蕊茉差点笑出声,"别这么大声。要我说,你活该。"

"记得有个丫头不听父亲的话,先是逃出了海霍特;然后不听叔叔的话,溜出了奈格利蒙;最后不听所有人的话——包括我——跑出了大伙的营地。现在她还好意思说?"

"那你干吗不拦着我,你这小骗子,还跟我一起走了?"

"我是想保护你。当时……"他的表情突然一变,额间皱纹紧锁,"当时我爱你超过了一切,米蕊。"

米蕊茉深受感动,但也心生悲切。"我知道。我们这辈子过得很精彩,不是吗?轮到我们躺进司维特悬崖时,心中不会有任何遗憾,对吧?"

他皱起眉头。"真会没有遗憾吗?你就没有别的事想做了?"

"亲爱的,我不知道。有时我会琢磨,我年轻时有些念头是不是单纯的犯傻。当时虽然没有疑问……可现在,我却没那么确定了。"

西蒙抬起头,望着草船被放到水面上。"到了。我还是觉得,拿稻草扎个假人,然后烧掉,这做法真他妈奇怪。"

"别讲粗话。人人都有自己的风俗。"

"可瑞摩加人讨厌大海。"

"因为大海吞没了他们的家园。"米蕊茉说,"然而凡人无论如何也战胜不了大海。"他们停下脚步,等待其他人停下。

草船漂浮在宽阔的格兰图瓦克河边,船里躺着代表艾奎纳遗体的稻草人,满载着葬礼的祭物。一位黑袍牧师走到河岸,将一支火把献给西蒙和米蕊茉。按照预定的仪式,二人拒绝了,并指示他交给格里

寡妇

布兰。公爵之子身材粗壮,脸上的黑须里夹着白丝,看上去同大家正在哀悼之人十分相似,这感觉真是奇怪。他小心翼翼地走下泥泞的河岸,来到水边,说了句其他人都听不见的悼词,将火把扔进船内。牧师们将点燃的草船推过河面。

"他的船,驶向大海!"弗路德神官颂道,"他的灵魂,飞往天堂!"

草船迅速燃烧,公爵的稻草人像很快被火焰吞没。火船漂进激流,就像落入大河的残阳碎片。

我父亲、我叔叔约书亚、凯马瑞、艾奎纳——我们的长辈几乎全走了,米蕊茉心想,他们留给我们一个世界,但有没有留下足以保护它的智慧呢?

风从山上吹来,卷起草船上燃烧的火星。火星掠过水面,最终还是落进水里,"嘶嘶"作响。

♛

"啊哈,你忘记向圣格芙利妲祝酒了。"艾斯崔恩爵士笑得快要说不出话,"给我们的王子再满上一杯!"酒馆里也有几名北方人大笑着嘘他,但其他人显然觉得,在公爵下葬的日子喝个不停、相互赌酒,未免令人不快。而莫根纳对他们的反对也很不爽。他们不是郑重其事地给前任公爵敬过酒了吗?难道瑞摩加人不是传说中的好酒民族吗?这可是葬礼,又怎能不畅饮一番呢?

艾斯崔恩拿过一只新酒碗,倒满,还在桌上洒了一些。欧维里斯看着桌上的酒水,一张长脸很是伤心。"你浪费了上等好酒。"

"不,我是与北方诸神分享。"艾斯崔恩用莫根纳的手包住木碗,"殿下,这次要加油哦。"

"可这里现在信奉安东教,"莫根纳盯着酒水,他双手颤抖,带得酒液也晃个不停,"不是吗?对,没错。旧神……已经老掉牙了。"

"那也老不过波尔图!"艾斯崔恩欢声道。

听到自己的名字，老骑士哼了一声，从充当枕头的手臂上抬起头，眯眼看了看王子。"殿下，你怎么在这儿？我们以为你跟家人在一起。"

"哦，闭嘴，波尔图，你这傻大个儿。"艾斯崔恩说，"他都来一个小时了。"

"一个人的悲伤也就能坚持这么长时间。"莫根纳宣布。事实上，是一个无聊的艾弗沙廷臣把他从葬礼宴席上气跑的。那个老笨蛋是个什么统领，以前曾去过海霍特，于是他仅凭那一次经历，便将脑中关于约翰·约书亚王子的零散记忆强塞给王子的儿子听，讲了好久都没完没了。为了堵住他的嘴，莫根纳甚至说出"我几乎想不起父亲"这样天大的谎言，却依然没能达到效果，反而让那人更加夸张地吹嘘起约翰·约书亚的智慧与高贵，悼念并悲叹他的早逝是个多么大的悲剧。最后莫根纳觉得，要想耳根子清净，他只能把那人的脑袋敲掉，或是逃到某个安静的地方，彻底忘掉那个喋喋不休的大傻瓜。

"来嘛，王子殿下。"艾斯崔恩催道，"让老竹竿波尔图休息休息，继续做他的春秋大梦。喝！"

"好。"莫根纳举高酒碗，"敬圣格芙利妲，愿她保佑所有商人。"

"是旅人，不是商人。"欧维里斯纠正，"你再说错，还得喝一杯。"

"行。敬圣格芙利妲，愿她保佑所有旅人。"莫根纳将酒碗端到唇边，一口气喝干，最后却有点儿呛到，喷出去不少。艾斯崔恩又游说他重喝一杯。"不行了，上帝啊。"王子说，"该换你了。我要去撒尿。"

"别在这儿。"波尔图说，"不好意思，殿下，但别尿在这儿，拜托。"

"什么？你以为我是色雷辛蛮子吗？"莫根纳勉强站起身，穿过酒馆大堂，摇摇晃晃走向门口。今天这个酒馆跟其他酒馆一样，全都

寡妇

安静得反常，酒客们沉默得近乎阴郁，仿佛公爵之死是一次意外，而不是因为他年岁到了。

他经过酒馆老板的女儿身边。那个年轻女子身材丰满，脸上一副好像知道什么趣事的表情。莫根纳想转身看看她走路的样子，可惜动作不太顺利，只好抓住一张桌子稳住身体，却惹恼了桌边的一群人。"我非常诚挚地道歉。"莫根纳对他们说，鞠了一躬，可动作还不如刚才的转身利索。等他走到门口时，已经连撞了几张桌子，就像有人在拿他当保龄球玩。

霜冻边境的男爵真讨厌。他心想，这时他已经醉得不轻了。用得着你来跟我讲我老爸的事？唉，简直没法让他闭嘴。当时你在场吗？你听过我父亲临终前发高烧的呻吟和咒泣吗？你见过他脸上惊吓的表情吗……？莫根纳摇摇头，想甩掉脑海里阴暗的记忆，就像甩掉灰色天空下的飘雪。但记忆却无法像雪花一样迅速融化。

莫根纳对着酒馆外墙清空膀胱，只觉浑身舒畅，却没法甩掉被人监视的感觉。他转过头，发现一只白毛怪物正盯着他，獠牙闪着寒光，红舌头耷拉在嘴边。

他膝盖打弯，一屁股坐到泥泞的地面上，自己却没意识到，直到站在大狼旁边的小个子伸出手来拉他。"瓦喀娜不咬人。"他说，"它不是有意吓唬你。"

这话说着轻巧，信起来可就难了——至少莫根纳这么觉得。他紧盯着大狼强有力的下颚，咧开的大嘴离他的脸只有几寸。"你是那个矮怪。"他终于挤出话来，"我祖父的朋友。"

小个子点点头，露出微笑。"大伙叫我宾拿比克——对，我是个矮怪，也是你祖父毕生的好友。你是莫根纳王子。"

"是我。你确定这公狼不咬人？"

"公狼？"矮怪看看四周，"啊，你是说瓦喀娜。其实它是母狼。当然了，它不咬人。"他抬起头。周围已有些当地人围过来听他俩说话，其中有几张脸显得不太友好。"它不咬人，除非我下令，它才会咬。"矮怪补充道。

莫根纳无视对方伸来的手，慢慢爬起身，以防大狼不像它主人那么平和。他发现衣服还没整理好，于是停下来拾掇一下，暗自庆幸突然看到白狼时没被吓尿裤子。这时他已经清醒了，也许是被吓的，但他告诉自己是因为冷风。在这寒冷又灰暗的地方生活，这些瑞摩加人还能保持清醒，简直是个奇迹。

他绑好马裤的腰带，打量着矮怪和咧嘴的大狼。"嗯，"他最后说，"啊，我得回去找我的朋友了。"他知道自己该说点别的，因为祖父母肯定会听说这次见面的事，于是他转动醉酒的舌头，尽量清晰地加了一句，"愿你今天过得愉快。"然而小个子紧盯着他，棕色眼眸里的神情专注得令他不安。

"之前我在教堂看到你了，就是他们为艾奎纳公爵念悼词的时候。"宾拿比克说，"当时我觉得，你的表情很悲伤。你跟那位老人很熟？"

哦，上帝救救我吧，莫根纳心想。他知道我喝醉了，所以故意想让我跟他说说话。"我从没见过公爵，直到他去世那天。"他回答，"哦，不对，我想想，见过一次，在我很小的时候。他很魁梧，声音洪亮。"同莫根纳关于他父亲的谎言不同，这话是真的。上次祖父来北方时，莫根纳并没有跟来。他对艾弗沙公爵的所有了解，都来自祖父那些肯定被夸张过的传奇故事。

宾拿比克的微笑更加灿烂。"洪亮，没错！就像一只冲对手大吼的公羊。但艾奎纳可不光如此，远远不止。"

"毋庸置疑。"莫根纳只想逃回昏暗的灯光，逃回普通人——以及酒精——的陪伴。今天怎么所有人都要跟他讨论死人？"不过，我应该去找……"

"今天晚上，公爵的葬礼结束之后，我和家人会在城里四处逛

寡妇

逛。"宾拿比克说,"你的王后祖母担心这儿的人会欺负我们,因为这些人和我的族人已经敌对多年,至今仍有不少苛鲁何——就是瑞摩加人——不喜欢矮怪。可我一直喜欢学习,而亲眼观察、亲手实践是学习的最佳途径。你是不是也这么觉得?"

"呃?我想,是吧。"莫根纳正想转身溜回屋里,"是的,学习⋯⋯当然很好。"

"很高兴我们意见一致。"宾拿比克微笑着点点头,"因为我女儿齐娜,还有她的纳卡匹克——就是你们说的未婚夫——小史那那克也来了。齐娜已对城市感到厌烦,要回我们睡觉的地方去。但史那那克还想学习更多的瑞摩加风俗。如果你能带他参观一下,那就太感谢了。"

"带他⋯⋯?"

"对,莫根纳王子。我想,你和朋友们休息、吃饭的地方,他也会喜欢的。小史那那克喜欢这类休闲活动,而且擅长唱歌、赌博和游戏。"宾拿比克一定看到了莫根纳脸上惊惶的表情,于是飞快地补充道,"你不用担心,史那那克带了钱。"

"可是⋯⋯"

"啊,他们来了。"宾拿比克转过身,望向窄街另一端,朝两个正在暮色中走来的身影挥挥手。那两人都穿着厚实的皮夹克,在莫根纳看来,身材都很矮小,其中一个比另一个还要小上许多。根据臀部曲线和那张圆脸上某种无法言说的特质判断,他猜,更小些的身影应该是矮怪的女儿。

莫根纳在鄂克斯特见过侏儒,在海霍特也偶尔见过,他们大多是巡演剧团的成员。但矮怪与侏儒完全不同。他们长得敦敦实实,腿很短,但除此之外,其他部分的身体比例与其他种族差不多。矮怪的女儿长了张漂亮的脸蛋,杏核眼,棕色皮肤很光滑,透过厚实的衣服,显现出来的身材甚至可谓凹凸有致,只是个子与莫根纳的小妹妹莉莉娅差不多。相比之下，那位年轻的矮怪男子，他那头蓬乱的黑发都快够到莫根纳的胸骨了。

"啊，我的女儿齐娜，你来了！"宾拿比克说，"来跟莫根纳王子打个招呼。这位是她的朋友，小史那那克。"

"很高兴认识你，莫根纳殿下。"齐娜在胸前交叉双臂，行了个莫根纳看不懂的礼。她在鞠躬，还是有别的意思？他满肚子都是松香麦酒，脑袋依然晕晕乎乎，既然已经错过逃走的时机，只好朝她露出个无可奈何的微笑，点点头，嘟囔了几句每次在祖父母监督下与陌生人见面时说的客套话。

小史那那克似乎对至高王座的王子没什么敬畏感，但也跟齐娜一样，双臂在胸前交叉，像鹌鹑似的点点头。"啊，当然，这是一次重要的相遇。"

莫根纳同样没搞懂这话的意思。趁宾拿比克用矮怪语飞快地与新来者交谈时，莫根纳眼巴巴地望向酒馆大门，盼望某个朋友出来找他。随后，他手上传来一阵轻微而冰凉的触感，低头发现，齐娜已经摘掉手套，捏住了他的指尖。"嗯……？"他觉得相当无助。

"我在教她做你们厄枯——就是我们在伊坎努克说的'低地人'——使用的握手礼。"宾拿比克解释道。

"友谊，谢谢。"她用小手坚定地捏住莫根纳的指尖，"感谢你带小史那那克多看看这个地方。因为我累了。你很亲切，你是真正的王纸。"

"王子。"宾拿比克温和地纠正。

"王子。"齐娜的脸红了一下，终于放开他的手，"你是真正的王子。"

莫根纳已无可遁逃，其他反抗也宣告无效，只好等着年轻的矮怪女孩与她未婚夫贴脸道别，然后跟着父亲沿长街返回艾弗沙城堡的方向。大白狼跟在他俩旁边，即使有路人想张嘴骂一句矮怪，但看到瓦喀娜,也都悄悄地溜走了。

莫根纳还不太清楚到底发生了什么,但已经开始后悔了。

"那,我们可以像真正的瑞摩加人一样,去找些乐子了吧,嗯?"他的新伙伴说道,脸上灿烂的笑容几乎把眼睛挤没了,"王子和小史那那克!上麦酒和熏鱼!"两人一同走向酒馆时,矮怪突然又冒出一句,"我未来的岳父真是个好人。"

王子没回答。他们推开吱呀作响的大门,许多客人抬起头,看到他的新伙伴,都露出相当不悦的表情。

"因为我告诉他,我需要同你见一面。"矮怪续道,"你知道的,我会帮你。"

"帮我?"看在所有圣徒大爱的分上,莫根纳心想,他的朋友们到底坐得有多靠里?他刚才出去时应该没走这么远吧?"帮我什么?"

"正如我对我未来的岳父、吟唱者宾拿比克所说的,我会帮你找到你的命运,就像他为你那位杰出的祖父塞奥蒙国王所做的一样。"

王子下定决心,从现在开始,忽略小个子疯矮怪说的每一句话。还有,祖父的混蛋朋友宾拿比克竟然故意给他找罪受,这也绝对无法原谅。

欧维里斯说得对——不能信任小矮人。

莫根纳终于在一个黑暗的角落里找到朋友的桌子,而刚才他一直在相反的方向搜寻。"你的新朋友是谁啊?"老骑士波尔图眯着眼睛问道,"他跟我见过的瑞摩加人不太一样,是他们在北方郊外的亲戚?"

"这位是……"莫根纳已经记不清了,"雪脖,还是啥脖……?"

"史那那克。"矮怪接过话头,"但大伙叫我小史那那克,因为我父亲和祖父都叫这个名字。"

艾斯崔恩见到比他还矮的人,显然十分高兴。"看着像没脖!你想喝点儿啥,没脖子爵士?来口牛奶怎么样?再来点儿面包,蘸着牛奶吃？"

史那那克露出一口黄牙，礼貌地微笑着。"我不是孩子。我是坎努克人。"

"砍脑壳人没脖子！"艾斯崔恩欢呼，"欢迎跟我们一起寻欢作乐！"

听到这话，就连欧维里斯也咧嘴笑了。但昏暗的酒馆内，并非人人都很开心，矮怪出现后，莫根纳听到周围传来不少愤怒的声音。

"他们以为哪儿都能来？"有人抱怨道。

我干吗要跟这小不点混在一起？莫根纳心想，这些胡子拉碴的冰熊有可能把我揍个半死。他记不太清今天都遇了哪些倒霉事，但这肯定是最新发生的一件。"给他点儿喝的，波尔图。看在上帝的分上，动作快点。"

老骑士给新伙伴倒了碗酒，可他只顾盯着小史那那克，结果洒出来的比倒进去的还多。欧维里斯爵士哀伤地看着酒水在布满裂纹的桌面上流淌。"我见过你们。"波尔图终于将麦酒推给史那那克，"你是矮怪。我们从奈琦迦回来途中，遇到了你们的队伍。"

酒馆里有很多人显然在竖着耳朵偷听，因为这话引起了新一轮的窃窃私语，只是听起来没刚才那么满怀敌意了。

史那那克点点头。"是的。我们的牧者和女猎首派他们协助攻打贺革达亚，可等他们赶到，围攻已经结束了。"

"贺卡什么？砍脑壳人没脖子在说啥？"艾斯崔恩的嗓门未免太大，他今晚醉得尤其厉害，"干吗派你们这种小人儿去打北鬼？"

小史那那克看看他，再次露出微笑，只是笑容一闪即逝。

"别小瞧他们。"波尔图又摆出了回想当年的架势，"小矮怪在爱克兰战得英勇。当时我在战场上见过他们。"

欧维里斯翻了个白眼，艾斯崔恩却往前凑了凑。"真的吗？"他问，"他们是不是冲进白狐的队伍，踢了敌人的小腿？或者藏在北鬼的鞍囊里，跳出来突袭？"

"这个笑话说的是你，艾斯崔恩。"莫根纳抱怨道，"踢敌人的小腿。这话是我说的。"

"啊，用在我身上只是夸张的搞笑。"骑士说，"但我对这位伙计可是真诚的提问。"

"有段时间，风暴之王用魔法在海霍特降下呼啸的狂风和厚厚的飞雪，让我们什么都看不见。"波尔图不理艾斯崔恩，继续为自己的故事暖场，"但这些小个子——啊，不论他们遇到什么障碍，总能找到出路……"

"他们干吗不找条回家的路？"附近桌上，一个虎背熊腰的大胡子瑞摩加人粗声叫道。他的朋友们哈哈大笑，抬碗向他敬酒，搞得酒水四溅。"我们这里又不需要他们。"

小史那那克再次微笑，这次的笑容与之前不同，眼神中透出一股冷硬。莫根纳见过这种眼神。艾斯崔恩有时喝多了生气，也会露出这种表情。莫根纳的祖父西蒙也会，通常是在他听说某人如何无情地欺负弱者的时候。

他突然开始琢磨，他们几人是不是该换个地方了。

大胡子壮汉正要坐下，小史那那克已经耐心地等在他的手肘下方，直到他注意到自己。

"你想干吗？"红脸男人质问道。他放下酒碗，五指握成拳头。

"我想跟你玩个游戏。"史那那克温和地说，"我和你。"

壮汉瞪着闯到近前的黑发小个子。"游戏？什么意思？"

"我想知道，"矮怪问，"你们这儿的人会不会掰腕子，只凭胳膊和手？"

莫根纳努力回忆祖父对他说过的有关矮怪的一切，但什么也想不起来。不过他觉得，如果他听说过矮怪的力气超乎常人，或者他们的手臂断掉后还能再长出一条，就像蜥蜴的尾巴一样，那他肯定是能记住的。"没脖……我是说，史那那克，"他叫道，"你还是回来吧……"

"掰腕子？"大块头瑞摩加人纵声狂笑，嘲讽似的屈起一条手臂，"像这样？这里没人掰得过我，包括你那几个孱弱的小伙伴。"他的目光从艾斯崔恩扫过波尔图，又在欧维里斯身上停留片刻。欧维里斯虽没有老爵士波尔图那么高，但肌肉要健硕许多。壮汉朝盖在地板上的稻草吐了口唾沫。"我是铁匠罗姆斯卡。当年我还是个男孩，就能徒手折断阉牛的脖子。我才不想在你那几个朋友身上浪费时间。"他皱着眉头盯着莫根纳，后者在长凳上往后缩了缩，"我不想因为招惹那个小白脸，而被公爵的手下用锁链绑走。所以，趁我没动手把你扔回去，小雪怪，你还是滚回你们肮脏的山里吧。"

旁边几人大笑着喝彩，但有一位出言警告。"留神，罗姆斯卡！那可是至高王的继承人。"

大个子哼了一声。"我又没招惹尊贵的殿下，对吧？是他的狗腿子招惹我。"

"坎努克人不是任何人的狗腿子。"小史那那克早就收起了微笑，"你的意思是，罗姆斯卡不敢跟我掰腕子喽？"

"你？"大胡子壮汉真的很吃惊，但随即转为愤怒，"瞧你那熊样！我拿你剔牙缝还差不多。"

"那倒不用。只是掰手腕。"矮怪跳上罗姆斯卡身旁的长凳，动作出人意料地敏捷，伸出一条胳膊，"来。开始吧。"

酒馆里，罗姆斯卡的朋友和熟人们开始吆喝，大部分都支持他当场击败矮怪，唯独大胡子壮汉只是瞪着小史那那克伸出来的手臂。"你真要比？"他皱着眉头，"不要花招？我来这儿只为消遣，不想肚子上被矮怪扎一刀。"

"不要花招。以王子的名誉起誓。"史那那克继续伸着手臂。

莫根纳刚想起身，艾斯崔恩却伸手拉住他的外衣，将他拽住。

寡妇

"让他们比,殿下。"他轻声说,"别毁了这个乐子——管他结果如何。"

过了一会儿,罗姆斯卡才绕过桌子,跨坐在一张长凳上,面对矮怪——大胡子壮汉的每条腿都有正常人的腰那么粗。他摆好架势,将手肘砸上桌面,震得陶杯一阵乱跳。矮怪并没有坐下,而是跪在罗姆斯卡对面的长凳上,用手肘压住桌面,这样才能够到对方。二人的身材差距如此巨大,瑞摩加人必须将手臂压低,才能抓住小个子的手。矮怪的手掌几乎完全消失在瑞摩加人的手掌里。

大胡子壮汉突然哈哈大笑。"看得出来,你不是孬种。小雪怪,如果等会儿你还活着,我会给你买壶酒。只给你一个,好帮你冲走疼痛。"

史那那克点点头,依然没笑。"我也一样。只要你能活着,我也会买给你。"

酒馆里所有人都在围观。就连马夫都从后屋跑了过来,站在一旁,用块脏布焦虑地反复擦手。

"开始!"罗姆斯卡一个好友叫道。

这场较量本该在一瞬间结束。其实就差一点儿。罗姆斯卡眉头紧锁,脸色通红,将小史那那克的手臂压向桌子。矮怪的手背不停发颤,距桌面只剩一根手指的距离。酒馆里大多数瑞摩加人相信,马上就能分出胜负,都不敢转头拿酒,生怕自己错过结局,只能伸手朝酒碗的方向乱摸。但史那那克还没输。他调整一下姿势,在莫根纳看来,也就稍微动了动膝盖、后背和肩膀。尽管罗姆斯卡朝左侧大幅倾斜并用力,但小个子不知怎么还是顶住了。史那那克又调整一下,将手肘凑向铁匠的手肘。不知为何,这小小的角度变化竟让大个子脸上露出了难受和吃惊的神情。

焦灼的时刻越拖越长。罗姆斯卡和小史那那克的表情固化成两张正在使劲儿的面具。每次大块头眼看就要压垮小个子的抵抗,矮怪便会稍微动一下——幅度并不大，但总能阻止对面的巨人将他的手背压在桌面上。

观众开始担心了。瑞摩加人的块头足有矮怪的三倍，他们很难相信小个子竟能撑这么久，所以这其中一定有诈。有人吆喝要检查桌子底下，看小个子是不是用什么东西抵住了自己，或者有没有其他人在帮忙，但莫根纳等人就没离开过自己的酒桌，史那那克的双腿也一直蜷曲着跪在长凳上。整个场面像施了魔法，不少酒客警惕地四下张望，好像接下来会有北鬼突击队、或者龙、或者其他传说中的危险破门而入似的。

终于，在所有人——当然也包括莫根纳和他的朋友们——惊讶的注视下，罗姆斯卡累了。汗水淌下他的脸，顺着胡须往下滴落，他的脸色好像安东祭上烤熟的火腿。小史那那克的上半身开始往后收，将罗姆斯卡的手缓缓拉向自己这边，增大两人交握的手臂的角度，直到大个子整条手臂都被伸长，距桌面只剩几寸。

随后，毫无预警，矮怪猛然一扭手腕。罗姆斯卡发出一声痛苦的惊叫。转眼之间，瑞摩加人的手背就被按到了桌面上。

一时间，整间屋子都沉默了。罗姆斯卡握住手腕，疼得说不出话。莫根纳一伙惊讶得连喝彩都忘记了。

"所有圣徒在上，"艾斯崔恩震惊地说，"我怎么忘记下注了呢？"罗姆斯卡连揉带按疼痛的手腕。小史那那克跳下长凳，走到马夫身旁的酒桶前。酒桶上摆着两只石制大酒壶，已经盛满了要端给其他客人的酒，只是放在那里等待多余的泡沫散尽。矮怪从兽皮夹克里掏出一枚钱币，放在酒桶顶上，两手各拿一壶，回到罗姆斯卡桌前，将其中一壶递给大个子。后者两眼发红地看着他，一脸大惑不解的表情。

"我答应给你买酒的。"小史那那克说。

罗姆斯卡瞪大眼睛，看了他片刻，本就发红的脸庞涨得如同火烧，十足像个就要哭出来的孩子。他突然一挥手，将史那那克的两壶酒都扫到地上。"你要诈！"他大吼道，"这个小恶魔！我不知道你耍了什么花招，不过……"

话音未落，他抡起硕大的拳头，砸向史那那克的脸。矮怪敏捷地伏低身子，躲过这一下，莫根纳一瞬间还以为，小个子的头被他从肩膀上打飞了。罗姆斯卡大声咒骂，想扑到矮怪身上。王子相信，如果他得逞了，矮怪肯定会被压碎，到时就算耍诈也救不了他了。但史那那克就地一滚，逃出险境，顺手还抓住两只酒壶的把手。罗姆斯卡跪在地上，似乎丧失了说话能力，只能嘶吼着不断挥拳，史那那克灵活躲避。罗姆斯卡从旁边桌上抓起一只沉重的酒碗，砸向矮怪，但后者轻易蹲身避开。瑞摩加人终于爬起身，像只受伤的巨熊一样咆哮着，手中寒光闪烁。

"小心！"莫根纳叫道，"他拿刀了！"

聚在门口的众多酒客纷纷认定，此刻最好离开，但店里的其他人却像无法动弹，也无法转开目光，只是看着大块头朝矮怪挥起一把粗糙的长刀。罗姆斯卡的瑞摩加伙伴们都没上去阻止，但也没人会苛责他们。

起初，小史那那克只是向后避让，但渐渐无路可退。罗姆斯卡的步伐虽然沉重迟缓，但慢慢地将矮怪逼进墙角。王子很清楚，一旦被逼进死角，就算史那那克拿着两只大酒壶当盾牌也没用了。这时他才意识到，万一祖父的矮怪朋友遭遇不测，他的脸可就丢大了。

大胡子甩动刀刃，划破了矮怪的外套。莫根纳似乎看到了血光。"够了！"他大声呵斥，"住手，伙计！至高王座的继承人命令你放下武器！"

但罗姆斯卡就算听到，也已怒火攻心，顾不上什么王子了。有人跑出酒馆，开始招呼城里的卫兵，而莫根纳相信，在卫兵赶来之前，伤亡怕已在所难免。"艾斯崔恩！欧维里斯！"他叫道，"去帮那小家伙！"

"是他在打架，"艾斯崔恩说，"他先挑衅的。"

"可那人动刀子了！"

"那又如何？"艾斯崔恩的目光片刻不离打斗的二人，"我们要保护的人是你啊，王子殿下，不是从山上跑来的矮怪。"

莫根纳又沮丧又害怕，正要抽出自己的佩剑，试着帮忙挽回局面，但他没机会了。大个子又一次举刀扎来，小史那那克不再蹲身或躲避，而是抄起两只酒壶，从两侧狠狠砸中罗姆斯卡的持刀手。大个子丢了刀，大声咒骂，指节间鲜血横流。紧接着，矮怪俯身冲到罗姆斯卡脚前，用一只沉甸甸的石壶打中瑞摩加人的膝盖。罗姆斯卡痛苦地号叫一声，倒在地上，再也爬不起来，只能来回翻滚，抱着大脚哀号。

"我只想给他买壶酒，毕竟我答应了。"小史那那克的语气带着明显的怒意。他举起另一只酒壶，挥出一个大大的圆弧，敲在罗姆斯卡的太阳穴上。大个子像袋谷物似的瘫软在地，不再发出任何声响。

突然间，酒馆里的瑞摩加人全都站了起来，但莫根纳看他们的表情，知道他们绝不会是要恭喜胜利者。史那那克平静地回到莫根纳桌前，王子却不太赞成这个举动，因为愤怒的人群也跟着走了过来。他不知道这些生气的家伙还记不记得，他可是爱克兰的莫根纳，是至高王座的继承人。希望还记得吧。

"够了！退后！"艾斯崔恩跳起来，抽剑出鞘，剑刃"嗡嗡"作响。"退后，你们这些北方人渣。谁敢再靠近王子一步，我就剐了他。"不管骑士刚才喝得有多醉，此刻的握剑手却稳得像个珠宝匠，正要手持刻刀雕琢一颗巨大的原石。众人停下脚步，面色阴沉，默默地盯着他。艾斯崔恩点点头，好像一位老师，对聪明的学生十分满意。"王子殿下，"他在这个词上加重了语气，"我建议咱们立刻离开这里。"

"我赞成你的建议。"但莫根纳朝店门退去时，却发现小史那那克依然站在桌子和愤怒的酒客中间。"你!矮怪!最好跟我们走。"

"我为这两壶酒付了钱,他们应该还我。"小个子皱着眉头,看向手里的两只空酒壶,"连我自己的酒都不让喝,这算哪门子的礼貌?"

"算了吧。"莫根纳朝他招招手,"我们要走了。你该跟我们一起走。"

小史那那克沮丧地摇摇头,把酒壶放到桌上,走到王子几人跟前。波尔图和欧维里斯也抽出了长剑。没人拦阻他们,一行人退到狭窄的街道,将店门在身后关上。

"天哪。"波尔图爵士说,"这些瑞摩加人啊,还是我年轻时见到的臭德行。"

"你年轻时,"艾斯崔恩收剑入鞘,"瑞摩加人还待在失落的西方大陆呢。"

"你是怎么办到的?"莫根纳问矮怪,"怎么掰赢那只大狗熊的?"

小个子耸耸肩。"我没耍诈。就像棍棒比武——关键是平衡,就是这样。换句话说,我也没故意干吗,只是感受对手的意图,相应改变一下拉扯的力道和方向。没耍诈,也没什么秘密,除了一点点努力。我可以教你的。我有很多东西可以教你,莫根纳王子。我们会成为名满天下的好朋友。"

莫根纳瞪着他。"你怎么老说这种话。看在广阔翠绿的大地分上,你到底在说什么?我们才刚刚认识。"

"我命中注定会成为你的伙伴,莫根纳王子。"矮怪用力点点头,"我相信这是真的。我体内流着吟唱者的血液,总有一天,我也会成为吟唱者,因为这个身份,我知道许多事。"他再次点头,好像这番莫名其妙的话真能证明什么似的。

"亲爱的上帝,不是吧。"艾斯崔恩乐了,"假如你做了他的伙伴,那王子就不需要我们了。欧维里斯和我以后该以什么为乐?不过嘛，巨魔克星爵士，在我们高尚的引领下，你也可以暂时跟随我们，只要你有足够的铜币请我们喝酒。欧维里斯、波尔图，你们同意吗？"

"什么？"波尔图爵士应道，"不好意思，殿下，有几个人跟着我们出了酒馆。人还不少。他们正在挥手招呼……城里的卫兵……？"

"太遗憾了，我们还有其他要务急着处理。"艾斯崔恩宣布，领着众人走进昏暗的街道。

返回艾弗沙城堡的路相当长。莫根纳的酒醒了一些，心里开始感到厌烦，因为祖父母肯定会听说刚才发生的无聊事。而且毫无疑问，他们一定会觉得这是莫根纳的错。可我到底做错了什么？什么都没有。我只想帮助祖父的朋友、那个著名的矮怪宾尼什么来着？他带来一个小疯子，难道这也怪我？

他无意中看到小疯子举起一只皮袋，往嘴里挤了口酒水，沮丧的念头立刻跑光了。"你喝的是什么？"

小史那那克递过袋子。"想不想试试，莫根纳王子？我宁愿喝这个，也不想喝苛鲁何寡淡的麦酒。"矮怪说，"那东西太难喝了，比黄鼠狼尿好不了多少。"

莫根纳举起袋子，往嘴里挤了长长的一口。

片刻后，欧维里斯和波尔图只能把他从地上扶起来，旁边的艾斯崔恩笑得合不拢嘴。莫根纳连咳带喘，好一阵子说不出话。等他终于能开口了，依然有些上气不接下气。"那是……什么呀？"他问。

"康康酒，"小史那那克回答，"的确不赖，对吧？等Burruk，就是你们说的……酒哥？不对，酒嗝？"他朗声大笑，"哈！反正等它上来，感觉就像火烧，甚至龙息。是男人就该喝这种酒，没错。"矮怪抬手拍拍莫根纳的手肘，"知道吗？你我的祖父曾在希瑟提到的瑟苏琢并肩作战——就是著名的冰湖之战。我祖父在那儿牺牲了。我不是要责怪你，莫根纳王子。"矮怪又安抚地拍拍他，"这事提着有些悲伤，但你我也能成为好朋友。以后你要多花些时间跟我来往，就能

寡妇

学到很多有用的东西。"

"只要你记得带上钱包就行。"艾斯崔恩爵士伸手来要康康酒,"解渴的代价可高着呢。"

The Witchwood Crown

血染沙滩

♛

透过树枝的间隙，清晨的天空如此明亮，世界充满了全新的景色、味道与声音，让奈泽露很难将注意力放在前方的路上。山腰的森林间满是雀鸟的歌声。林中绿色的层次是如此丰富，她从未想过世上竟有这么多种绿色，如海浪拍打岩石般冲击着她的视觉。

离开奈琦迦的时间虽然不长，但她见识了许多全新的景象。先是充满生命力的平原与海岬，然后是船只与辽阔无比的大海，现在是这岛屿山腰间炫目的色彩，上千种不同的树木和藤蔓相互交缠、朝太阳伸去。她简直不敢相信自己竟能看到这些——因为她不过是个混血儿，或许还是获得女王信任的最年轻的女王之爪。

没错，看看我吧，父亲！她欣喜地想。女王陛下亲自下令，命我们前来寻找风暴之王的哥哥哈卡崖的遗骨！这就像个传说——全新的传说，结局同她听过无数次的故事都不一样。

"你弄出了太多声响。"队长玛寇怒呵道，"我能听到你的每一下脚步声。"

从拂晓出现第一道阳光，凡人可以视物时起，女王之爪便与村民向导、负责翻译的船长一起爬山了。被软弱的凡人拖慢了脚步，玛寇显然十分不满。可岛民警告过，船长提到的神庙配有守卫，他们会挡下陌生人，而岛民又没办法将贺革达亚到来的消息提前通报上去。

随着太阳越升越高，奈泽露逐渐适应了狂乱的绿色植物，但山径两侧的斜坡又生出更多惊艳的色彩，点亮了她的双眼：某种杯状花朵

寡妇

色泽如深红的血滴,黄色的山橄榄随风摇曳,浅紫色的石南花如绒毯般覆盖在斜坡上。可歌者绍眉戟非要打扰她的兴致,把每种植物的名称都说了一遍,什么湿水沟里的驴蹄草、无颈麦瓶草、虎耳草之类,好像说出名字便能增添乐趣,或是认识它们比单纯的欣赏更有意义似的。

登上山顶时,太阳还未爬至中天。凡人船长提到的"埋骨地"是间低矮的圆形大石屋,上面搭着草皮屋顶。屋内走出更多棕色皮肤的小个子来欢迎他们,全是男性,剃着光头,身穿相似的黄蓝袍子,腰间绑着彩色腰带。在奈泽露看来,其中有几个不比小孩大多少,贺革达亚与随行人员靠近时,他们的目光显得十分好奇。玛寇一行人走近石屋低矮的前门,最后一小群人迎了出来。两个光头男人扶着一位老者——那是奈泽露见过最古怪、最年老的凡人了——他的皮肤爬满皱纹,整个人就像一块干肉。

瑞摩加船长走到近前,用村民的语言说了很长一段话。老人一边点头一边微笑,等船长说完,也用一段很长的话作答。

"大祭司欢迎你们。"船长解释道,"他说,遗骨之主的族人来这里献上敬意,让他十分高兴。他希望你们知道,早在牧场长出绿草之前,他和历代先祖祭司就一直在供奉并守护它了,并将一直守到太阳从天空坠落。"

奈泽露明白了,原来这地方是间神庙,这些男人和男孩要么是祭司,要么正在受训,就像各大幕会里的侍徒。不过哈卡崔的遗骨为什么会交给卑微的凡人照看呢?

玛寇不喜欢这些场面话。"告诉他,现在,我们要看那些遗骨。"

这突兀的要求在祭司中间激起一阵惊慌,但最后,他们还是带着贺革达亚访客走进了石屋。里面的大厅十分昏暗,墙上挂着几张兽皮,上面画了些旋涡图案。压实的泥土地面正中有个火坑,屋顶有个排烟孔。这里散发着很多气味,除了众多凡人的体味,奈泽露还能闻出香油、花草烧成的焦灰，以及多年来烧化各种小供品留下的油腻味道。怪味弥漫了整间石屋。

年老的大祭司打着手势，说了句什么。

"这火从未熄灭，"船长翻译，"神圣的遗骨永远有光芒照耀。"

那副棕色遗骨就堆在火坑后面的一个浅坑里——一具堆叠整齐的骨架，最上方安置着头骨。遗骨上有许多奇特的疤痕，布满小洞，仿佛有人曾想把它制成某种乐器，但未完工便放弃了。

老祭司再度开口。"他说，'请看，'"队长继续翻译，"'这就是受灼人的遗骨。'"其他祭司发出呻吟似的哀悼声，精准而有度，像是练习已久的仪式。

"看看那些龙血留下的疤痕。"绍眉戟声音很轻，但听上去欣喜若狂。看到哈卡崔的遗骸，奈泽露也充满敬畏。那可是龙灼者哈卡崔，风暴之王的兄长，在希瑟和北鬼间都深受景仰。哈卡崔同他弟弟——后来被世人称为风暴之王的伊奈那岐——一道杀死了黑虫黑朵荷贝，但他受到的灼伤却如诅咒般无法痊愈。最后他离开大陆，支达亚和贺革达亚从此再没见过他。这副遗骨真是他吗？奈泽露望向玛寇，队长的表情没有一丝怀疑。

"这就是我们此行的目的。"他说，"凡人，告诉祭司，我们伟大的女王陛下需要这些遗骨，所以我们要带走它们。"

船长盯着他，长满胡子的脸庞就像奈泽露的伙伴们一样苍白。"可我、我不能这么说，"他结结巴巴地回答，"他们会杀了咱们的！"

玛寇轻蔑地看着他。"叫他们试试。无所谓。告诉他们。"

"拜托，不要逼我说这种话，不朽者。"船长哀求道。

"告诉他们！"

祭司们知道有事发生，一直担忧地看着对方。船长翻译完玛寇的话，他们悲痛地哭叫起来。老祭司挣开两位搀扶者，一瘸一拐地走上前去，挡在玛寇和遗骨之间。他举起颤抖的手臂，尖着嗓门，愤怒而

寡妇

激动地说了番话。船长正要翻译,玛寇挥手示意他安静。

"我不需要听他们的反对,那些话根本无关紧要。我族之母派我们来取走她亲族的遗骨。告诉这个老鬼,他的族人把遗骨照顾得很好,女王很感激。这对他们已经足够了。"

船长还没来得及说话,老祭司突然痛苦地大叫一声,转身扑向沙坑里的遗骨,用瘦弱的身子将其盖住。玛寇盯着他看了一会儿,又看看其他祭司和侍僧。后者纷纷涌进门口,愤怒地沉着脸。

玛寇的动作太快了,奈泽露根本没看清他的剑是怎么出鞘的,但转眼间它就挥了出去,老祭司的头随之滚落。断颈刚泵出第一股鲜血,玛寇又抬起一脚,将尸身从遗骨上踢开,于是鲜血只洒上石头地面,渗入缝隙之间。老祭司的同伴们发出惊恐的尖叫。

"歌者,收好哈卡崔殿下的遗骨。"玛寇下令,"我们马上回船。"

绍眉戟迅速执行命令,与此同时,距离死者最近的侍僧一声怒吼,扑向玛寇。队长随手一挥巫木剑寒根,便将那人剖开,伤口深及脊椎。更多祭司涌进神庙,发疯似的狂叫着抓向北鬼,显然想把他们撕成碎片。肯貊刺出长矛,一下捅死两个,尸体像烤肉一样串在矛杆上。

"外面有些人跑去求援了。"艾璧-凯在门口处叫道。

奈泽露感觉被什么东西套住了脖子,把她往后扯。那是个光头祭司,个子虽小却强壮有力。他抓住奈泽露背上的弓,绕过她的肩膀,想用弓弦勒紧她的咽喉。奈泽露抢在他得手之前,把一只手架在弓弦和脖子之间,但那凡人用膝盖顶住她的后背,使出全身力气往后拉扯。蜂拥而来的祭司们早将她与队友隔开,弓弦也没那么容易迅速挣脱,她只好用空闲的手摸出匕首,割断弓弦。弓落到地上,再也没用了。奈泽露旋身挥刀,划破祭司麻袋状的外衣,割开了他的肚皮。那人瘫倒在地,突然柔和下去的眼神里透出深深的惊讶与失望。

玛寇脚边又多了三具死尸,但他对这群悲痛到发狂的暴徒毫不在意。"奈泽露、肯貂,去追那几个逃走的。"他指挥道,"不能让他们跑回村子报信,不然剩下的村民会像蚂蚁一样追来。绍眉戟,我们返回时,你必须保护遗骨周全。我们可能得一路杀下去,直到海边。"

"Rayu ata na' ara。"奈泽露回答。这是句古话,意思是"我在你的话里听到了女王的声音"。肯貂砍翻一名祭司,那人没了双臂,鲜血如山洪般从断口喷出,但仍在门口挣扎,想撑起身子。奈泽露只能从他身上跳过。

肯貂在门外拉满弓。奈泽露刚蹿出石屋,便看到他射出第一支箭。一个逃跑的凡人祭司脚下一跌,倒地不起。下一瞬间,肯貂再射,又一个逃跑的祭司翻滚着倒在地上。

被肯貂选为靶场的这一侧山坡上,只剩下几个逃跑祭司的身影,所以奈泽露决定全交给他,自己去追其他人。她的弓废了,只剩长剑和匕首,这意味着她必须追上猎物。但对女王麾下唱过遗歌的殉生武士而言,这并不是什么难事。至于追踪就更简单了:逃走的凡人的气息弥漫在空气中,充满了动物般的恐惧和疲劳的味道。

她飞速掠过斜坡,几乎脚不离地,不到一百步就追上第一名祭司。那是个成年人,块头比奈泽露还大,但远不如女王之爪矫健。他正停下来喘气,忽见奈泽露追来,脸上露出无奈而悲苦的表情,捡起一根粗大的枯树枝。看他抄家伙的架势,他应该练过武,而奈泽露并不想浪费时间与他过招,因为她能闻到,另一名凡人正奔下山坡,若跟眼前这人纠缠太久,那人就会跑回村里,告诉村民这里发生了什么。

"华庭之血啊,请指引我的手臂。"她轻声祈祷,掂了掂手中的匕首。还没靠近大个子祭司手中木棍的攻击范围,她就把匕首甩了出去。祭司丢下树枝,双膝跪地,抓挠着扎在喉咙上的匕首。奈泽露又跑出三步,祭司已经脸朝下贴在地上,一动不动了,鲜血染湿了草地。奈泽露用脚踩住他的头,推向一边,祭司裂开的喉咙里挤出最后

寡妇

一丝嘶哑的气息。奈泽露拔出匕首，快步下山，追赶另一名猎物。

下一个凡人的恐惧气息十分浓烈，汗味中散发着奇特的甜香。寻找他花费的时间出乎意料地长，但她最后还是听见了那人踩踏灌木丛的声音，就在几十码外的山腰下。逃亡者的速度快得惊人，一时竟让她心生忧虑：奈泽露在殉生会经过多年的训练与强化，这凡人祭司可没有，而他竟能如此轻松地穿过纠缠的灌木和密集的树丛，他是怎么办到的？

她冲进一片开阔地，俯瞰脚下的山坡，终于发现猎物的秃脑瓜在阳光下闪闪发亮，活像叶片上的一滴雨水。那是个孩子，是年轻的侍僧之一。奈泽露对凡人的了解并不多，不过她觉得，这孩子的年纪大概刚刚可以离开母亲、跟随父亲下田或打猎。

眨眼间，男孩跳下斜坡，又一次消失在树后。奈泽露加快脚步。她知道对方已超出她很远，若不能尽快找到个空地除掉他，他马上就可以大喊着给村民报信了。

她疾步赶往下一块开阔地，几次冒着摔伤以致追赶失败的风险，终于来到一处可以观察脚下大片山坡的位置。她将一把匕首举到耳边，盯着树林，等待男孩出现。那边有两棵树，中间的宽缝活像一道大门。奈泽露是同一届殉生武士中最擅长飞刀的人之一，她手中的利刃则是父亲的赠礼——一对完美平衡的古董匕首，由庭叩达亚工匠锻造。现在她只需等待。

她没等多久。那孩子飞速下山时制造了太多噪音，她就算闭着眼睛也能扎中他。男孩出现在两棵树中间。奈泽露发出一声响亮的欢呼，目的是要吓得他呆立片刻。

成功了。听到她的喊声，男孩跟跄几步，差点儿摔倒。他一边挣扎着站稳，一边扭过头，惊惶而盲目地往头顶的山坡乱看。他的个头确实很小，两腿不如成年人那么长，剃光的脑袋显得过大。就在这电光石火的一瞬间，当他在树木间摇晃时，奈泽露甚至能看到他那婴儿肥的肚皮和盈满泪水的双眼。完美。她只需投出手中的匕首。

可她没有。

过了一会儿，小侍僧站稳脚步，沿着山路继续往下逃跑。奈泽露听着他的脚步声渐渐远去，闻到他的气味随风飘散。

奈泽露被自己惊呆了。她失败了——她甚至连试都没试！为什么她会辜负队友、背叛女王陛下？她不知道答案。但那孩子——他那细小的身躯，还有他的……纯真——以一种出人意料的方式震撼了她。

我背叛了我的同胞。她满脑子只有这一个念头。她本可以轻而易举地杀死那个男孩，终结他逃跑带来的风险。可她却没动手。那感觉就像她的身体背叛了她的意志。

奈泽露也没法理解刚才发生了什么。现在她只能回到山上，同玛寇他们会合。她是个叛徒，该被处死。就这么简单。

但奈泽露不想死。

* * *

"你能看到他的眼睛，为什么还会失手？"果不其然，玛寇火冒三丈。五位女王之爪正急急忙忙赶下山腰，凡人船长尽全力跟在后面，但他的咒骂声已经远得快听不见了。

"我说了，是飞刀打到藤蔓撞偏了。"奈泽露从未对队友撒过谎。这种感觉很奇怪，就像她可以不顾别人的说法，竟能踩着稀薄的空气走在半空。不过就跟脚踩空气一样，她也知道谎言不能持久，一旦真相暴露，她很清楚自己会是什么下场，正是这一点让她十分害怕。失手已经够糟的了——为了逃避惩罚，我还像个懦夫一样跟队长撒谎……？她觉得刚才被砍头的不是皱巴巴的凡人祭司，而是她自己。所有曾经的想法、曾经的信念，都在刹那间被砸成了碎片。

"别浪费时间讲废话了！"绍眉戟说道。他一边跑，一边将盛有遗骨的包裹抱在怀里，就像母亲抱着孩子似的。

"歌者说得对，"玛寇说，"女王之爪奈泽露，稍后再追究你失手的事。我们现在必须安静。不等我们接近村庄，也许凡人就会主动出击。"

* * *

他说对了：凡人并未等待。午后的太阳还未落到山后，女王之爪就遭到一群村民的袭击。与祭司不同，他们有弓箭、骨刀和石棍等武器。可惜的是，他们的对手并非凡人，而是北方女王麾下训练有素的战士。艾璧-凯的手臂中了一箭。奈泽露的脑壳差点儿被人砸碎，但她从对手两腿间滑过，从后面挑断了那人的脚筋。因为挑战女王之爪，这群武装岛民的下场与徒手的祭司相差无几。最终他们撤退了，在地上留下二十来具尸体，其中没一个是贺革达亚。

他们抵达山脚时，日光已经退去，天空一片紫黑，宛如淤青，唯有小村灯火通明。奈泽露一行贺革达亚离开高地，看到一大群村民正等在海滩上。黑瑞摩加人的船只凌雷特号原本在那儿下锚，但水手们发现形势不对，早将登陆船划到了箭矢和投石的射程之外。奈泽露在心里估算，游这么远需要多久。

但她没时间多想了。村民蜂拥而至，许多人发出愤怒的号叫。他们与山坡上的武装袭击者不同，其中有女人，甚至还有小孩，全是拼命的架势，有人赤手空拳，有人挥舞着沉重的石头或挖地的农具。昏暗的光线下，奈泽露看到有女人竟用绣花的骨针扎向她的同伴，那是她们唯一能找到的武器。

在杀过海滩的混乱中，奈泽露只能见谁打谁，但她尽力避免对女人和孩子的无谓杀伤，只将他们推开，或用剑柄和匕首柄将他们打晕过去。绍眉戟跟在她身旁，将神圣的遗骨抱在胸前，却没有任何顾忌。只要有岛民接近，他的手便会像毒蛇一样探出，所及之处会闪过一道亮光，响起一声气爆，接着便是血肉烧焦的味道，又一名袭击者怦然倒地。经验老到的玛寇和肯貊更如两股致命的旋风，摧毁靠近他们的一切，将鲜活的躯体变成沉默的肉块，速度之快，有时奈泽露根本看不清他们做了什么。终于，玛寇杀到海滩边缘，脸上布满血痕，一头白色长发早就甩掉了精致的发饰，在海风中乱舞，恍如破烂的旗帜。

　　长船朝他们划来。玛寇转身抓住绍眉戟，将他推向深水。歌者将遗骨高高举过头顶，涉水往外走，村民粗糙的箭矢纷纷落在他周围，但他毫不理会。玛寇跟在后面，反身退进海湾，掩护绍眉戟逃走，直至海水没腰。

　　奈泽露落到后面，面对着一群年老的男男女女，必须将他们全部打倒才能穿过沙滩。她拨开伸过来的皱巴巴的手臂，就像拨开扫向脸庞的树枝。肯貊在她前方的浅滩上，继续以剑身为半径画出尸体的圆圈。海滩已布满尸体，其中有不少的喉咙、肚子或背上扎着黑箭。密语者艾璧－凯踉踉跄跄地跟在肯貊身后，奔向登陆船，受伤的手臂贴在身侧，低下头以缩小目标。一时间，奈泽露以为他们可以成功逃脱了，但她马上看到凡人船长从森林里抢出，一头倒在地上，显然已精疲力尽。村民看到他，立刻有好几个人围了过去。

　　没了船长，船还能开吗？奈泽露心想。她急忙退回浅滩，跳到村民中间，挥起长剑，四下砍杀。围住船长的岛民吃惊地散开，好几个人捂着流血的伤口。奈泽露拖起船长，提到自己前面，将他往海浪的方向推，等他站直了迈开脚步才随后跟上。其他女王之爪已经接近长船了，绍眉戟和他珍贵的包裹走在最前面。

　　他们会把我丢在这里，奈泽露突然意识到。他们理应如此。这也会是女王的旨意。若我赶不到船边，他们会将我丢下。她很清楚落到愤怒的村民手中意味着什么。无论他们是怎么得到哈卡崔的遗骨的，他们显然都很崇拜它。

　　而我们抢走了他们的神……

　　有东西正中她的背心，冲击来得如此突然，她还以为自己中了箭。然后她感觉有人在拉扯她的头发，有指甲在抓挠她的脸，还能听到不成词句的嘶吼。她的剑掉在沙地上，刚好够不着，但她还是设法抓住一把匕首，从甲胄里扯出来，朝后扎进某人的肉。有人在她耳后尖叫，抓挠的手放松了一些。第二下她换成刀柄，估计着敌人脑袋的位置，往后一砸，满意地听到一声闷响，背后的人倒了下去。奈泽露往前爬，想捡起长剑，可她的手指刚握住剑柄，又有人朝她袭来。她只好翻身将对方推开，再就势一滚，逃出对方的掌控范围，这一瞬间，她只看清那是个身材矮小、肚子滚圆的疯子。她听到玛寇在海面上吆喝，叫水手们快点儿；她也能听到近在身边的吼叫，知道刚才的对手在叫援兵。

她终于摆脱了纠缠，摇晃着站起身，这才看清袭击者是个年轻女人，一头黑发乱成一团，哭红的眼睛噙满泪水。女人张开五指，又朝奈泽露扑来，想抓她的脸。奈泽露一剑刺出，划破敌人的袍子，扎进滚圆的身体，剑尖继续往前推进。女人眼珠鼓起，嘴巴张开，像要说些什么，鲜血染红了她的舌头和牙齿。随即，她重重地倒在血红的沙地上，一只染血的包裹从袍子下滚出。那是个婴儿，原本绑在她身前。奈泽露的剑将母子二人一同贯穿。

我的父亲维叶岐大人，对不起，这是跃入她脑海的第一个念头。我这么一个女儿，真是丢尽了您的脸。

一支骨箭钉进她脚边的沙地，距那死去女人松垮的脸只有一掌之遥。奈泽露转身逃进海里。

The
Witchwood Crown

爱尔瓦夫人的故事

♛

"哭够了吧，朋友们？"西蒙大声宣布，"自从好心的老公爵去世，我们好像整天都在哭泣。但今晚不同了——我以王家的名义下令，今晚我们要喝酒、欢笑。"

"夫君，这种事不需要王命的。"米蕊茉指出，"再说了，不加上我的声音，也算不上是真正的王命。"

"那么？"他端起已被殷勤的侍酒斟满两次的酒杯，长饮一口，"你要加吗？"

"这还用问？"她说，"当着所有朋友的面？没错，夫君，我承认我们已经哭够了。这一晚就让我们收起悲伤，庆祝艾奎纳的一生。"

"还有我们自己的一生。"艾欧莱尔微笑着接过话头，"今天能坐在这里，我们都经历了千难万险。"

"有人会说，世界因此变得更好了。"提阿摩抹掉嘴边的啤酒泡沫，"艾奎纳居功至伟。"

西蒙被逗乐了——他几乎可以肯定，平时很有节制的乌澜人已经有点醉了。"说得对，提阿摩弟兄——当然我也赞成艾欧莱尔的话。在座各位都是朋友，我们的友谊无人能及。"他环顾大厅，公爵的曾

寡妇

孙辈在铺了地毯的地板上玩闹，壁炉里烧着旺盛而温暖的炉火。"朋友……还有朋友的家人，就像我们自己的家人一样——或者说，就像朋友一样？无所谓了。"他举起酒杯，"我们还要为新任公爵格里布兰、新任公爵夫人淑德，以及艾奎纳所有的家人喝一杯！"

众人纷纷附和。艾奎纳的女儿茜歌妮及其丈夫带了一大群孩子和孙辈来参加宴会。格里布兰公爵的儿子艾思瓦及其金发妻子生了四个毛发蓬松的男孩——四个熊孩子，除了嚷嚷、乱跑和打架，似乎什么都不会。艾思瓦的两个姐妹及其夫婿同样带了一群孩子过来。在场到底有多少小孩真是很难数清，反正不是个小数目。

看看艾奎纳的孙辈和曾孙们，西蒙突然感慨万千，他和桂棠生养了一个多好的大家庭啊。他看向米蕊茉，猜想妻子是不是与自己同样想法，就跟往常一样。不过王后正坐在壁炉边的长凳上，与茜丝琪和淑德公爵夫人相谈甚欢。

只有我，他喝干杯里的酒，只有我像头多愁善感的蠢驴。"上帝保佑老艾奎纳！"他大声道，挥手招呼侍酒再给他满上。

"现在，"格里布兰起身道，"我想是时候让我们的家人返回各自的房间，请贵宾谈论他们自己的事了。我猜你们有很多事要谈，还有更多事要回忆。"他向米蕊茉鞠躬行礼，随后朝他妻子招招手。

新任公爵夫妇领着一大群孩子和仆人离开，途中在门口稍作停留，向一对老夫妻致敬。

"施拉迪格！"西蒙起身太猛，差点儿打翻侍酒手中的酒壶，"上帝保佑你、看顾你，你这老家伙。自从葬礼结束，我一直在找你！"

同上次与西蒙一起穿过北方时相比，瑞摩加人的身量又壮硕了不少。他张开双臂。"我能拥抱国王与王后吗？"

"如果你不抱，国王会生气的。"西蒙任由北方人像熊一样抱住自己，"米蕊！看看谁来了！是老顽固施拉迪格，现在他是英格柏侯爵了。"

"是英格柏'都统'。"施拉迪格笑得胡子乱颤，告诉西蒙，西蒙也回抱着他。过了这么多年，他的胡须大半仍是黄色，不过他的身材确实比国王上次见他时又宽大了不少。"我们这儿也不说'男爵'，而说'统领'。我们还没被至高王陛下的南方文明过度同化呐。"

"呵呵！"施拉迪格的妻子说，"我丈夫已经不大喝啤酒了，改喝花大价钱从南方运来的珀都因红酒，所以别听他胡扯什么北方人的自尊了。"

"谢谢你的提醒。"西蒙说，"也欢迎你，英格柏夫人。"西蒙与施拉迪格的妻子只在艾奎纳的葬礼上聊过一小会儿，但他很快就喜欢上了她。她比丈夫年轻一些，个子高大，肩膀很宽，面容坦率友好，看上去脑筋很灵活。

"叫我'爱尔瓦'吧，陛下。如果您坚持的话，叫'爱尔瓦夫人'也行。我家老头子有件事倒是说对了——我们这儿不如其他地方开化。"

"爱尔瓦夫人，很高兴再见到你。"坐在炉火前凳子上的米蕊大声道，"过来，咱们还是正经聊会儿天，让那帮臭男人自己吹胡话去。"

"他们过往的故事全是吹牛吗？"爱尔瓦假装无知地问，"知道吗，我都疑心很久了。什么龙啊、精灵啊、各种英雄事迹啊，只有他们自己见过——男人就喜欢胡吹乱侃！"但她脸上突然闪过一丝严肃的阴影，破坏了她话中的幽默感，而且西蒙发现，他们两夫妻迅速交换了一个眼神。

不过，就算他俩有什么心事，施拉迪格也不会轻易吐露的。"你们信吗？"他乐呵呵地从仆人手中接过一大壶啤酒，"狡猾的女人啊。她比我还相信龙和精灵呢——她简直是个货真价实的女巫！爱尔瓦在迷信的北方长大，虽然经常泡在教堂里，却根本算不上是个虔诚的安东信徒。"

寡妇

"啊,太好了。"米蕊茉说,"那我真得跟她好好聊聊。来一起坐,爱尔瓦夫人,快点儿!"

西蒙领着施拉迪格往男人堆走去,他们在巨大壁炉的另一边占据了好几张长凳。这个时候,孩子和大部分仆人都随公爵一家离开了,大厅安静下来,显得更加空旷,至少西蒙是这么觉得。北方总给我一种寂寥感,他心想,天黑得早,夜晚无比漫长,特别冷!外面的黑暗中还藏着那么多恨恶我们的东西。

宾拿比克欢叫一声跳起来,快步跑向施拉迪格,将其抱住。这一幕本来有些滑稽,因为二人的身材差距实在太大,西蒙的心却猛地为之一动。"就算我们别的事都没办成,"他对围观这次重逢的其他人说道,"光是瑞摩加人和矮怪相亲相爱,就已经可以写进诗歌,供世人传唱了。"他对这句相当满意,又高声重复了一遍。

施拉迪格却懊恼地瞪他一眼。"陛下还这么喜欢开玩笑。我都快烦死这个小矮子了,这句话我不会道歉的。"

宾拿比克咧嘴大笑。"同样,我也烦死这个傻大个儿了。"他朝妻子大喊,"茜丝琪!施拉迪格来啦!"

"我想她知道。"艾欧莱尔说,"她正在跟施拉迪格的夫人说话。"

"看看我们大伙啊。"施拉迪格心满意足地坐在长凳上,挨着宾拿比克。

"某些人长胖了啊。"西蒙指出。

"而某些人,陛下,却像鹳一样,光长腿和鼻子了。"施拉迪格嘟囔道,"男人年纪大了,就该长得富态些。至于你这种巨型稻草人,不管是不是国王,都只能扛去吓唬小孩。"

"哈!你还是严肃得不像话啊。喝酒!"西蒙坐上另一张长凳,好能隔开一点距离,面对大伙儿聊天。施拉迪格的到来让他感觉这个小圈子完整了些。这群老朋友从风暴之王战争时起就相认、相知,很快便陷入回忆,谈论起旧时的恐惧,以及同样久远的欢乐与奇遇。挚友们的声音淹没了他。

有人坐到他身旁。"你还好吧,西蒙老友?"

"我很好,宾拿比克。再次见到你并听到你的声音,感觉就更好了。今晚你女儿和她未婚夫呢?"

"不管你相不相信,老朋友,他们跟你的莫根纳王子在一起。小史那那克很喜欢王子,他们经常在一起消磨时间。"

西蒙不愿多想叛逆的孙子。"你觉得他配得上你女儿吗?我是说,史那那克。"

宾拿比克哈哈大笑。熟悉的声音温暖了西蒙,这一刻,仿佛连时间也被愚弄,回退到了当年。"我觉得配不配根本没用。坎努克女人想嫁给谁,她们会自己拿主意。当初茜丝琪就没听她父母的话,最终选择了我。"小个子望向妻子的目光令西蒙胸中一痛。如今他和米蕊茉之间还会有如此深情的目光吗?希望有吧。"不过,说来凑巧,"宾拿比克续道,"我也挺喜欢史那那克的。事实上,他跟很多天资聪颖的年轻人一样,有着很强的自尊心——就像我们岷塔霍俗话说的,'只想到无人踏足的雪地踩个脚印'。没错,年轻的史那那克,有时就像头莽撞的公羊。"

两人陷入沉默,提阿摩的声音却突然响起。"不,不,艾欧莱尔说的是真的,我结婚了。"

"仁慈的上帝呀,希望你俩相处愉快!"施拉迪格说,"请问她叫什么名字?我好为她可怜的灵魂祈祷。"

提阿摩刚要生气,但听其他人笑个不停,才明白施拉迪格是在说笑。有时你真的很难分辨这瑞摩加人是不是在开玩笑。年轻时的"双斧"施拉迪格相当严肃,经常板着脸,不过岁月——也可能是爱尔瓦夫人——还是软化了他。"你真恶毒,淘气的都统。"提阿摩晃晃手指,"但我还是会告诉你的。她叫缇丽娅。"

"是纳班人?"

"对,她在纳班出生。但我是在关途圃认识她的。她做过修女。"

"修女?"施拉迪格故作惊讶地看看四周,"所以这小个子从修道院偷走了一位安东的新娘?难怪艾奎纳觉得他是个勇闯沮蟹巢的好伙伴!"

"玩笑开过头了。"艾欧莱尔伯爵温和地提醒,"提阿摩认识缇丽娅夫人时,她已经离开了修道院。当时她是关途圃贫民区的一名治疗师,同艾斯塔兰姊妹会在一起。她是位品德高尚的女子。"

"毫无疑问,她最高尚的举动是嫁给了提阿摩。"施拉迪格说,"至少她教会了乌澜人穿鞋子!不过伯爵说得对——我玩笑开过头了。提阿摩,我真心实意地为你开心。幸福的婚姻能拯救最邪恶的灵魂,而你本来就是最善良的人之一。"

提阿摩路露出微笑。"这话我可不敢苟同,亲爱的都统。但我同意,你我都幸运地找了个好老婆。"

"听听,听听!"西蒙举起酒杯,"敬所有已婚男人!敬他们的老婆,所有最优秀的女人!"

"我看国王真是喝多了。"王后嘴上这么说,脸上却笑容满面。

♛

借着羞怯的月光,王子和两名矮怪走向城市中心的湖。近处高大宏伟的教堂挡住了远处的艾弗沙城堡。雪虽然停了,但北风仍如刀子般锋利。"我又想喝点康康酒了。"莫根纳说,"一小口就能阻挡这冰冷的寒意。"

"很遗憾,莫根纳王子,不行。"小史那那克说,"我说了,之后再喝。必须之后再喝。不光因为有风险,还因为你必须头脑清醒,才能欣赏到我精妙的设计。"

莫根纳跟矮怪们在城堡里混了一整天,一边享受浓烈的康康酒,一边适应史那那克和齐娜古怪但逗趣的口音。为了喝到更多,他今晚甚至没跟艾斯崔恩他们跑去库普斯德市场。但在城堡里喝酒是一回

The Witchwood Crown

事,跟着小史那那克,顶着冷风跑去艾弗沙的某个鬼地方就是另一回事了。莫根纳心里后悔不迭。

城市的这个角落近乎全黑,只有零星几盏提灯勾勒出街道和建筑的轮廓,另有几间高檐小屋里映出淡淡的火光。在艾弗沙的大部分时间里,莫根纳都在躲避祖父母派来寻找他的卫兵,但此时此刻,他突然猜想,如果他和矮怪们在这悲催的城区遇到强盗袭击,那会发生什么?是不是因为这个,所以小史那那克才不让他喝刺激的烈酒?因为矮怪预料他们会跟愤怒的瑞摩加人动刀动枪?北方人显然不喜欢小史那那克和他的族人。

但莫根纳并没机会发问,因为史那那克挥挥手,示意他停下。"别走了。先停一下。前面有条结冰的下坡路。我来踩过点儿,因为我擅长学习和准备。是不是啊,齐娜?"

他的未婚妻如影子一样静悄悄跟在他俩身后,闻言用力点头。"准备,是的。"她回答,"还有学习。我的纳卡匹克做了很多。哦,大部分都对。"王子隐约看到她在微笑。

"因为就该这样啊。总有一天,我会成为全岷塔霍的吟唱者。学习是我的责任,智慧是我的天命!"他转头看着莫根纳,"你懂吧,并非只有王子才有天命。"

莫根纳只能云里雾里地摇摇头。"我们为什么停下?要回去了吗?"

"啊,不是要回去,而是要给你看看我有多聪明。"小史那那克抖落包裹,在里面翻找,把东西一件件掏出,堆在一块石头上,发出"叮叮当当"的响声。"把这些穿上。"他把几件叮当作响的东西扔到王子脚边的雪地上。

"这是什么?"莫根纳伸手捡起一只,结果被扎疼了手指。那东西看着像铁马掌,只是更长一些,底部和两侧镶有尖钉,每根都有墙钉大小,长度与他的指节相当。铁器上还垂下几根长长的生牛筋,像是某种华而不实的装饰物。

"当然是爬山冰爪啊。"史那那克开始穿戴自己那双。他将牛筋带熟练地缠在脚上,打了许多结,一直绑到脚踝,就像缠绕玛雅树上的缎带。"一般来说,我们只在爬最高的山时才会用到它们,但我们要去的地方有很多冰。再说这也是惊喜的一部分。"

莫根纳露出无助的眼神。真要命,他根本没看懂这东西是怎么穿的,甚至不确定自己要不要穿。齐娜看出他的沮丧,过来帮忙,教他将扁平的部分垫在靴底,再用牛筋带绑住脚面和脚踝,一直缠上小腿。莫根纳试了几次,终于穿着这怪东西站了起来,不至于绊倒或戳伤自己,因为尖钉不光安在脚底,就连两侧也有。

"哈!"史那那克叫道,"你看上去像个高大的矮怪,没错,莫根纳王子。准备好了吗?"

"准备什么?"

"很好。跟我来,我带你去看。"小史那那克走到两堆垃圾之间,滑了下去。那本来是两座房子,但早就倒塌了,里面有用的东西也被当地人拆了个精光。

"不会摔死的。"齐娜向他保证,"去吧,王子朋友。低地人也能爬下去,不用怕。"

正如她的承诺,城市边缘的前方并非悬崖峭壁,而是一段下坡路,主要由石板铺成,只是有不少裂缝和凸起。斜坡下面是片雾气弥漫的开阔地,王子看不清细节,只见到一片平坦的白色,好像积雪覆盖的田野。

"什么……?"他刚想开口询问,突然脚下一滑。原来他所站的石面上结了冰。虽然不至于四仰八叉,但这一下也摔得他膝盖生疼,连手掌都擦破了。

"别跟齐娜说话!"史那那克在斜坡下方回头喊道。强壮而年轻的矮怪爬过冰面,动作出人意料地轻松。他正朝下面雾气缭绕的白地滑去，声音被风吹得断断续续的。"她的话，虽然有道理，却只能让你分心，摔跤。你得把注意力放在脚下！"

莫根纳小心翼翼地溜下光滑危险的石头冰面，一瘸一拐，十分笨拙。小史那那克有一点说得很对：在这种路面上使用冰爪，需要注意力高度集中，因为脚底下的铁钉很小。大部分情况下，他发现最好是用两侧较长的尖钉将脚挤进石头间的缝隙，然后缓缓移动，保持住平衡。可话说回来，就算莫根纳能走完全程而不摔跤，这也没什么乐趣可言。更糟的是，小个子女孩齐娜一直跟在他后面——她明显是故意的——而他每次摔倒，她都会从皮毛兜帽深处投来同情的目光。她自己连冰爪都没穿，单凭一双软靴便在冰封的石头上行动自如，宛如一头格外优雅的小熊。

莫根纳快到坡底了，残月映衬出城堡、高墙和塔楼的剪影。现在他终于看出，刚才以为的宽阔雪地其实是冰封的湖面，位置就在城市正中。他听人提过这里，不过在三更半夜，亲自来到这么一个广漠而宁静的所在，身边只有两个矮怪陪伴，完全是另一种感受。

小史那那克已在斜坡下等了很久。他坐在那里，兴奋得满面生辉，好像这片冰湖是他变出来一样。"这片水域叫布里瓦汀湖。小格兰图瓦克河在这里转弯，由此形成一片湖。在它中间有座祠堂。"

"有座什么？"莫根纳朝湖心小岛张望。透过迷雾，他只能看到一座矮塔和几处屋顶，以及几扇窗口映出的点点亮光，剩下的都是些有棱有角的阴影。"祠堂？"

"是的，当然。就是你们聚集起来、向祖先祈祷的地方。"

"你是说教堂吧？"莫根纳问，"但我觉得那更像修道院。"

"修道院。"小史那那克重复道，"是个好词。不管怎么说吧，我会在这里向你展示我的聪明才智。看！"他抬起脚，可莫根纳没看到什么有趣的东西。"可以滑冰的。"矮怪边说边晃晃他的脚。

新月洒下光芒，刚好让莫根纳看清，矮怪已将羊皮靴底的冰爪换成了刀片一样的东西。"溜冰鞋?"王子有些恼火,"这有什么新鲜的?当地人经常滑冰。我们在爱克兰都玩过。"

史那那克摇摇头。"你还没见识到我这件作品的美妙。来,坐下。把脚给我。"

莫根纳发出一声被骗的哀叹,但还是在滑溜溜的石头上坐下,抬起一条脚。小史那那克快步上前,摆弄起他冰爪上的侧钉。过了一会儿,隔着靴子,王子感觉到有东西在脚底"咔哒咔哒"地响了几声。矮怪抬起手。"看到没?这是我的发明,冰爪可以拆下来,换个角度——就像这样——转到合适的方向,它就成了滑冰的冰刀。"

"是溜冰。"但莫根纳也觉得,这主意确实不赖。没一会儿,矮怪就把鞋钉变成了冰刀。他看着史那那克继续摆弄他另一只脚,突然明白了这意味着什么。

"你的意思是,我们要在这儿溜冰?在这湖上?"

史那那克得意地大笑。"别担心!我相信,祠堂里的信徒不会介意。"

莫根纳不相信矮怪真会认识几个安东牧师。"可是……我从没溜过冰。"

齐娜终于也下来了。刚才不知为什么,矮怪姑娘停了下来,爬回斜坡,这会儿拖来一条比她还长的大树枝。

"别担心,莫根纳王子。"史那那克说,"我会教你的。我是个难得的老师。我教了齐娜很多东西!"

"是的,很多。"矮怪姑娘把长树枝放在湖边一块石头上,坐了下来,"所以今晚我就不滑了。我坐在这儿。如果你掉进冰水,王子殿下……"她拍拍结实的树枝"……我会用这个拉你出来。"

连齐娜都不想溜冰,莫根纳就更不想了。他祖父母给他讲过不少可怕的故事,比如遥远北方的冰和雪如何如何凶险莫测。但史那那克已经把他推上了玻璃般的湖面。"现在,学我的样子。弯下你的膝盖！"

莫根纳尽力模仿，可他的脚每次都会滑出去，然后他就摔倒了。他敢发誓，他能听到身下的冰层在破裂。浸着月光，一想到冰面下潜伏着刺骨而黝黑的湖水，他就很难享受在封冻的湖面上溜冰的新奇感。

"哦，运气真差！"史那那克已经说了四五回，语气之欢快，气得莫根纳想把他一脚踹飞，但他只能集中精力，免得爬起来后再次摔倒。"别怕摔跤，莫根纳王子！这样才能真正学会！不然造物主干吗给我们的屁股垫上肌肉和脂肪？狼有那样的屁股吗？绵羊有吗？不，只有凡人才有，就为让我们靠摔跤来学习。"

莫根纳真希望自己跟其他人去了库普斯德市场，就算今晚以打架收场也好啊。这个时间，他应该已经心满意足地喝醉了，或者正被某个愤怒的瑞摩加人暴揍，但这也不会比史那那克的溜冰课更难受。

"仁慈的上帝啊，我可能同时摔碎了膝盖和屁股！但这怎么可能？"

"别担心，莫根纳王子。作为初学者，你的表现很不错！"至少矮怪乐在其中，"对，挥舞手臂，像这样，一圈又一圈，就能防止摔倒！试试往我这边滑，再滑过来一点儿。我当然知道你膝盖很疼，可你瞧见没？我是个多棒的老师啊，你已经在学了！很快你就能像最拿手的坎努克人一样厉害了。"

"我会拿好这跟长树枝的。"齐娜向莫根纳保证，压低声音不让史那那克听见，"以防万一。"

♛

今晚的话题相当广泛，从过去到现在，从屠龙到养牛。作为英格柏土地拥有权的一部分，艾奎纳送给施拉迪格夫妇好几百头长身短腿的北方牛，这些牲畜让施拉迪格深深着迷。

"你绝对不会相信的，"他说个不停，"在某种方式上，那些牛就

寡妇

跟人一样有趣。"

"我怀疑，是你遇到的人比较有趣，而不是你养的牛，男爵大人。"提阿摩的话逗得众人大笑，唯独施拉迪格老半天没搭话。

"老实说，我们担心的不是英格柏的'人'。"最后他说道。

"别忘了，夫君，这是一次欢乐的聚会。"爱尔瓦提醒。

西蒙有种感觉，啤酒和伙伴们营造的欢乐气氛被这些话冲淡了一些。再看施拉迪格夫妇的表情，他肯定没搞错：这两人正怀着某些更深沉、更黑暗的忧虑。"什么意思，"西蒙问，"不是人？"

施拉迪格摇摇头。"说真的，陛下，聊点儿别的吧。说说你的孙子。听说莫根纳已经长得牛高马大了。真想见见他！"

"我也想见他。"西蒙皱起眉头，"至少能时不时见上一面吧。"他知道对方想转移话题，感觉有些不爽，"施拉迪格，告诉我，你在担心什么？"

"陛下，您就不必操心了。北方向来怪事多。也许这个冬天更奇怪一些，仅此而已。"

"跟白狐有关吗？"

"夫君，"米蕊茉用西蒙再熟悉不过的语气说道，"施拉迪格现在不想谈。"

"抱歉，但王后说得对。"施拉迪格表示同意，"大伙正在享用美酒、追忆当年，这些话还是先不说了。难得你来一次北方，我们还是谈点别的吧……不然太不像话。"

于是众人转向其他故事、其他话题，但气氛有些变了，西蒙也没法再像之前那么淡然。"这就是身为国王的代价，"最后他对宾拿比克说，"你可以拥有一切，但时时刻刻都得忧心。"

"恐怕这并不是君王独有的问题，所有成熟的男男女女都得面对。"矮怪微笑着回答，"西蒙好友，你在担心什么？是施拉迪格刚才的话？还是你以前告诉我的、希瑟一直没有消息的事？"

米蕊已经走了过来,在他身后站了一会儿。西蒙能感觉到,她用冰凉的手搭上自己的后颈。"没有希瑟的消息,让我们两个都很担心。"她说,"尤其是西蒙。"

"人人都该担心的。"西蒙觉得自己嗓门太大,赶忙换成更加柔和的语气,"我们好多年没收到他们的消息了。"

"那还真挺奇怪的!"宾拿比克摇摇头,"连亚纪都和吉吕岐都没有?他们没派信使过去?"

西蒙耸耸肩。"没有。我们给他们送了很多信,至少我们试过了。也许是他们的母亲理津摩押有意不回。她向来不喜欢与我们接触——你说是吧,艾欧莱尔?"

伯爵正在跟别人说话,闻言不由一愣。"理津摩押对我们当然不及吉吕岐和他妹妹那么友好。"最后他说,"但见过她之后,我觉得她也不算讨厌凡人。她更多是比较'谨慎'吧。何况她的族人在凡人手下经历了那么多,谁又能说她的不是呢?"

西蒙做了个鬼脸。"你这话真像个外交官,左右逢源,滴水不漏。但你的真实想法是什么?"

艾欧莱尔耸耸肩,显得很不自在。"陛下,要我短时间内改掉一辈子的习惯可不公平啊。但我猜,可能发生了一些我们不知道的事,比如希瑟内部有什么争论。不然我想不出他们不回信的理由。"

米蕊茉点点头。"我觉得你说得对,艾欧莱尔。西蒙在他们中间住过几个月,根据他的说法,希瑟的时间感跟我们不一样。"

"但沉默这么久依然很奇怪。"宾拿比克刚开口,突然看到女儿齐娜不知从哪儿冒了出来,默默地站在大厅门口。他招手叫女儿过来,两人嘀咕一阵儿。然后齐娜朝其他人羞涩地点点头,出去了,动作像老鼠一样迅速而安静。

"年轻人冒完险回来了。"宾拿比克说,"齐娜说,莫根纳王子很累,浑身酸痛,所以打算早点上床。"

寡妇

米蕊茉有点儿担心。"他不舒服?"

宾拿比克露出微笑。"齐娜说,只是摔了几下,有些肿胀和淤青,所以他感觉有些丢脸,但没什么大碍。我女儿和她纳卡匹克学过治疗之术,王子会得到妥善的照料。我相信他们会成为好朋友的。"

王后看上去有些迟疑,西蒙斜身凑近她。"那小子没事。他们出去散步了,他可能喝得太多,摔了几跤。别急着冲过去看他,会让他尴尬的。矮怪会好好照顾他。"

虽然米蕊茉并不完全信服,但也只是叹了口气,任由旁人将她领回茜丝琪旁边的长凳。话题很快又转回到希瑟。

"近些年,我们坎努克人与支达亚——就是你们口中的希瑟——的交往也不多。"宾拿比克说,"但我们也没看出,他们对待我们的方式有何不同。你觉得呢,我的夫人茜丝琪?"

后者用力点点头。其他谈话都已停下,壁炉前的两拨人相互看着彼此。"三个夏天以前,很多希瑟来到蓝泥湖,"她说,"给我们带来不少消息,还同我们一起分享食物。他们唱了歌。"她陷入回忆,西蒙能听出她语调中的变化,"在夜里,群星下,那歌声真好听!"

"可他们没提到支达亚与海霍特的朋友们断了联系。"宾拿比克皱起眉头补充道,"不过那些只是普通的希瑟——我是说,并非岁舞家族的成员,不像亚纪都、吉吕岐和他们的亲属,我们与他们并不熟。"

"那我们只能耐心等待了。"西蒙说,"我们给他们送了很多信。总有一天,也许他们会回信吧。"但他没法掩饰话语里深切的哀伤。他曾对希瑟与凡人重归于好抱有巨大的希望,但多年以来,巩固两族友谊的愿望似乎只是个愚蠢而无聊的梦。他凝视火炉,看着跳动的火焰,回想起他与吉吕岐等人在角天华度过的最后一晚。那是个相当可怕的夜晚,北鬼袭击了他们的亲族希瑟,杀害了舰船降生阿茉那苏。

众人各自想着心事,大厅一时陷入沉寂,只剩下炉火"噼啪"

作响。最后,国王转向施拉迪格。"抱歉,老朋友,我把欢乐的气氛搅黄了。干脆,你把北鬼的事也跟我说了吧。只是些谣言?有没有别的?我知道,北方一直有传闻,说白狐要卷土重来。自从风暴之王战争打响,类似的谣言就没断过。格里布兰说,今年冬天也有很多传闻,但他觉得跟往年差不多。"

"西蒙,别问了,"米蕊茉说,"你刚才答应的。"

施拉迪格摇摇头。"也许你丈夫说得对,王后陛下。艾弗沙这里的情况可能不太一样,毕竟这是座固若金汤的大城市。而我们居住的英格柏还要往北,更靠近北鬼领。还是让我夫人说吧,这是她的故事。"

众人望向爱尔瓦。"什么故事?"王后问。

爱尔瓦显得有些吃惊。"我本来没打算……这故事可能有些傻,至少有一部分……"好几个人催促她快讲。"那好吧,"她最后同意,"不过,用它结束好友聚会的夜晚似乎不大合适。"她看看施拉迪格,"派个人去我们房间拿吧,你说呢,夫君?"

施拉迪格唤来一个在前厅候命的年轻侍从,低声吩咐几句。后者点点头,却难忍脸上的异样表情——西蒙觉得那应该是厌恶,甚至害怕。

"什么东西这么神秘?"他问。

"恳请两位陛下耐心一些。"爱尔瓦夫人说,"一切很快就会揭晓。但我现在必须先解释几句。

"艾弗沙、考德克、西加德,这些地方跟鄂克斯特很像,都是城市,周围遍布镇子与村庄。随便站在哪条路旁边,不到一个钟头,你就能听到农夫驾着小车经过,王家信使打马狂奔,或是猎人和烧炭工在附近的树林里一闪而过。可在我长大的英格柏,就是施拉迪格和我目前居住的地方,一旦你离开居民区,可能连走好几天都见不到另一个活人。有些老路甚至一年多都没人经过。但那并不意味着你是孤身

寡妇

一人。

"在北方,我们一直知道白狐——也就是北鬼——的地盘离边境很近。我们家乡的东北方不远处便有一片山谷,名叫瑞法芦德——意思是'狐径'——从我曾祖母那时起,大伙就记得北鬼经常在那边出没。"

"打断一下,夫人。"提阿摩的好奇心战胜了平时的羞怯,"我们所在的位置是艾弗沙,而你的家乡英格柏还要往东很远——甚至远过考德克,对吧?为什么北鬼会跑去那么远的地方?除了雪域荒原,狄莫思侃森林以东可什么都没有啊。"

"我知道你没有恶意,所以我没打算生气。"宾拿比克的脸色微微一沉,"但你说'什么都没有',不是指我们的家园伊坎努克吧?"

提阿摩大惊失色。"不,请原谅!我当然不是这个意思,宾拿比克。但伊坎努克山脉还要走很远啊,有好多里格呢。我也从没听说过北鬼会跑去矮怪落。"

"确实没有,"宾拿比克承认,"自从很久以前,大城土美汰被冰雪掩埋之后,就再没有过了。"

"那确实挺奇怪。"艾欧莱尔说,"至少在打仗期间,北鬼通常会沿两条路南下。一条是西边山岭阴影间的古代北方大道,另一条则是宽阔的霜冻大道,后者会通往这座城市,穿过瑞摩加东境,往南而去。"

西蒙有点被绕晕了。"我搞不清这些地理问题。米蕊茉,你能听懂吗?"

"多多少少吧。"她回答,"我还等着听爱尔瓦的故事呢。"

"我也是。"西蒙同意,"我喝得太多,没什么耐心。请继续吧,爱尔瓦夫人。"

"希望你们能有足够的耐心听我说。"爱尔瓦告诉他们,"因为我必须先讲一下我小时候做过的梦。"

"那就讲吧。"西蒙回答,"我也做过很多梦,有些还成真了。"

"那我们有共同点了。"爱尔瓦说,"我梦见的一些事后来都会成真。不过大多是些小事——丢了东西、来了不速之客、某个过世之人留下的只有熟人才能看懂的信息,诸如此类。"

"是真的。"施拉迪格插话,"在英格柏,人人都知道爱尔瓦夫人的预知梦。"

"我还是个小女孩时,"她继续说道,"有次梦见圣海瓦德亲自来找我。他跟我们教堂墙上描绘的一样,穿着一身白袍,领着我走出父母的房子,穿过雪地。当时梦里刮着暴风雪,但我听到风中有声音在唱歌、在欢笑,既美妙,又吓人,而且不知为何,我知道那是白狐的声音。从我懂事时起,大人一直教导我要畏惧那些冰雪恶魔。

"在梦里,海瓦德领我走上一座山,翻到山峰另一边,让我俯瞰下方的瑞法芦德。有支鬼魅般的军队正在狐径上行军,透过密集的雪花,我能隐约看见高举的长矛与旗帜。事实上,我唯一能看清的是他们的眼睛,如野兽一般闪闪发亮,数不胜数。

"'他们正赶往一座从未有过的城市,'圣徒告诉我,'想赢得从未有过的一切。'然后我就醒了,坐在床上发抖。"

西蒙连连摇头。"我不明白,"他最后说,"你说这梦是你小时候做的?"

"我做过各种千奇百怪的梦。"爱尔瓦说,"但没一个是这样的。"

"夫君,你的表情为什么这么疑惑?"米蕊茉问。

"米蕊,女巫葛萝伊说过,我比大多数人更容易进入梦境之路。可我……最近……不再……"西蒙停了停,"我刚刚意识到一件事:我不再做梦了。"

"什么?"王后等人瞪着他,好像他在胡说八道。

"真的!我刚刚才发现这个问题。我想不起上次做梦是什么时候了。应该有好几天——不对,好几周了!"西蒙转头看向侯爵夫人,

寡妇

"爱尔瓦夫人,很抱歉打断了你。这事可以以后再说。但我还是没明白——你刚才说,梦是你小时候做的,那你为什么现在告诉我们?"他又看看施拉迪格,"难道是我理解错了?"

"没有,陛下。"爱尔瓦回答,"但我还没说完。我们本打算迟些再告诉你,但现在应该是时候了。"她轻轻耸了耸肩,"接下来的情况是这样。圣海瓦德的梦至今没有成真的迹象,但我一直都记得它。事实上,北鬼似乎已经放弃了使用数代的狐径。而在过去几年间,类似的故事又开始流传,有人又在古老的精灵之路及附近看到了奇怪的东西。随后,就在我和施拉迪格准备动身来艾弗沙的一个月前,在一个风雪之夜,有几十头牛从我们的畜棚逃走了。我的好丈夫带人去找,结果发现大概有一半在外面游荡,剩下的却人间蒸发了。"

"我带着人,赶着找到的牛往回走。"施拉迪格补充,"我的领队、妻子和另外几人留在后面,继续寻找走散的牛。"他朝妻子点点头,"你接着说吧,爱尔瓦。"

施拉迪格的侍从回到大厅,耐心地站在那里,等待两位主人讲完故事。西蒙看到年轻人带来一个布包,再看他夸张的举止,感觉那东西要么味道很难闻,要么手感很恶心。

"谁讲都无所谓——反正结局都一样。"爱尔瓦夫人说,"一下子损失那么多牛,我们可承受不起,所以找了好久好久,远远超过了该回家的时间。等到天亮,我们在领地东边的边界附近遇到一群陌生人。当时雪很大,我们看不分明,一开始以为他们在睡觉——但在暴风雪里睡觉可不明智,你们也同意吧?我们再走近一看,发现他们都死了,其中有几个甚至血肉模糊。更让人惊讶的是,他们并非凡人。"

"是北鬼?"西蒙问,"难道是白狐?"

"是,也不全是。有些死者的脸型和身材都很奇怪,而且是金色皮肤。"

"金色?"西蒙看看米蕊,又看看宾拿比克,"你的意思是,希瑟?"

"也许吧,但我也不敢确定,因为我从未见过精灵。"爱尔瓦夫人回答。

"但你丈夫见过——这可错不了!"西蒙说,"施拉迪格,他们是谁?"

"我没见到死者,陛下。我妻子和手下急忙来找我,可等我们回到陈尸地点,尸体已经不见了。"

"不见了?"

"我们回去叫人时,有别人来过。"爱尔瓦夫人解释,"他们带走了尸体,抹掉了大部分痕迹。不过他们来不及清理所有——雪地上依然有血迹。另外,还有件东西被飘雪埋住一半。"她转头望向施拉迪格,"夫君,给他们看看吧。"爱尔瓦说,"那东西我可不敢拿。"

施拉迪格从侍从手中接过包袱,解开重重厚布。"这就是我们找到的东西。"他拿出一把样式古怪的匕首:刀刃散发着浅浅的铜色光泽,刀柄用一块石料打磨而成,刀柄圆头下方镶着一圈细细的、灰色闪亮的东西,西蒙一开始以为那是另一种石材,细看才发现上面有纹路。"宝血圣树啊,"他赌咒道,朝那圈灰色的东西伸出颤抖的手指,"那是……巫木吗?"

"这是一柄奈琦迦青铜匕首。"宾拿比克打量着它,"没错,这装饰是巫木。"

在场所有安东教徒都画了个圣树标记。茜丝琪用手按住心口,她丈夫也一样。

"我知道这巫木符号的含义。"提阿摩说,"看到上面的图案没?"他显然不愿意碰那匕首,只用手指比画一下刀柄圆头下的灰圈和细小的涡旋状符文。"我在古书上见过。这是咒歌会的标志——北鬼女王手下的妖术师。"

西蒙盯着匕首。这东西很小、很朴素,却让他的胸口又冷又沉,

寡妇

仿佛有块石头悬在那里,取代了火热跳动的心脏。自从约翰·约书亚离世,他从未有过这种忧惧。西蒙看看米蕊茉,他妻子也脸色煞白。"所以不光是北鬼武士,连北鬼巫师都出来了?"西蒙问,"他们在跟希瑟打仗?白狐又要对抗他们的亲族了?如果是这样,莫非所有不朽者都在瞒着我们。不过不用担心,朋友们——如果敌人又想制造事端,我们会提醒他们,上一次发生了什么。"

他嘴上说得笃定,心中却没有同感。他本希望几名伙伴附和一下,吹嘘几句类似的谎话,至少说些安慰人心的豪言壮语。然而大厅却一片死寂,只有炉火发出"噼啪"的声响。

The Witchwood Crown

华庭之灵

♛

"奈泽露,过来,跪在我面前。"

自从逃离遗骨岛,这是玛寇头一次对她开口说话。凌雷特号将他们送回大陆岸边,立刻匆匆返航,庆幸船只和船员都完好无伤。

女王之爪在面向大海的悬崖上搭了简朴的营地,奈泽露从中穿过,这次连绍眉戟都没抬头看她。他仍沉迷于自己照看的神圣遗骨,翻来覆去查看了几个小时,活像一位珠宝匠人,在失落的华庭发现了满屋子的宝石。

奈泽露停下脚步,站在玛寇面前,没敢看他的眼睛。

"我说,跪下。"队长伸手将她按倒。她低着头,等待接下来的命运,尽量不去多想。无谓的思绪只会滋长恐惧,她父亲总这么说。虽然维叶岐并不了解殉生武士的生活,但他明白,面对强权需要清醒的头脑。尽管奈泽露知道父亲的建议是好的,但她却没法阻止自己心跳加速,皮肤起了层鸡皮疙瘩。对殉生武士来说,在战场上处死某人并不是什么新鲜事,而她的罪过更是最严重的一种。

"殉生武士奈泽露·杉夜-庵度珋,你接到了清楚的命令,却辜负了我族之母。"玛寇宣布,"因为你的过错,女王之爪的成员们有了性命之忧,女王亲自下达的命令受到干扰,甚至有失败之虞。因为你的过错,英勇善战的贺革达亚战士很可能被杀。你承认吗?"

她怎能否认?"承认,队长。我罪不可赦。"

"你可有辩解?"

寡妇

说她在最后一刻没法杀死一个手无寸铁的凡人小孩？这算什么辩解？她还不如直接说自己发疯算了。"没有，大人。"

"神圣的华庭之灵听到了你的供词。是他们在审判你，不是我。现在，抬起头。"玛寇等她抬起双眼，"你可知道我手里拿着什么？"

营地里的其他人——包括研究圣骨的绍眉戟——都停了下来。奈泽露全身发冷。"是你的宝剑寒根。"所以这是死刑了？身为女王陛下的殉生武士，她必须勇敢地接受惩罚，但这会给她父亲的自尊和地位造成什么样的打击？还有母亲桃灼霞，她会不会悲恸欲绝？想到这里，奈泽露满心忧伤。但她没哭，殉生武士不会因痛苦或恐惧而落泪。无论她罪过如何，最起码她会守住这条底线。

玛寇将佩剑翻转。在剑柄下方，剑鞘背面的皮革上有个骨质手柄。他拉动手柄，从一只单独的小鞘中抽出一根细长的巫木枝条，伸到她面前。"你可知道这是什么？"

奈泽露打了个哆嗦。她已经做好了受死的准备——至少尽量做好了——她安慰自己，至少那一下会干净利索。"是嚇匕剀，玛寇队长。'毒蛇鞭'。"

玛寇在空中挥了一下又长又韧的巫木枝条，看着它在近乎同色的灰暗天幕下舞动。"对，毒蛇鞭。因为你的罪行，我判你品尝它的撕咬。肯貂！过来，剥掉这个殉生武士的衣服。"

肯貂一眨眼便出现在她身旁。他懒得解带子，直接扯下她的短上衣，转眼间，奈泽露腰部以上的衣服就被剥光。玛寇点点头，肯貂抓住她的手臂，拖着她快步走到营地边缘的一棵松树下，将她的脸压在树干上，让她用双臂紧紧抱住大树，再也无法动弹。粗糙的树皮刮擦着她的胸脯和脸颊。她看不到玛寇，但能听见他在她身后来回走动。肯貂小心地保持着毫无表情的面容，但奈泽露能感觉到，他握住自己手腕的力气很足，估计他心里其实很享受这一刻。

"我可以取走你的性命，"玛寇说，"但你的天赋显然非比寻常，

The Witchwood Crown

所以女王陛下和殉生会大元帅才会指定你加入我们的小队。我会将最终审判权交给我们的长官。但你已经危害到了这次神圣的使命，不能逃脱惩罚。毒蛇将咬你二十下。"

二十下！用嚇匕剀抽十多下已经能要人命了。奈泽露的两腿不争气地发软，膝盖突然难以支撑。若不是肯貊强有力的抓握，她已经瘫软在地上了。

"若你体内当真流着殉生武士的血，明早便能跟我们一起，骑马返回奈琦迦。"玛寇续道，"不然我们会把你留下等死。哈卡崔殿下的遗骨比我们所有人都重要。你抓紧了吗，肯貊？"

"好了。"

"那就让毒蛇张口吧。"奈泽露听到他的脚步声接近，心中突然生起一股从未有过的原始的恐慌。她开始挣扎，但肯貊力气太大。她知道树干肯定会把她的乳头刮到流血，但在恐慌之下，她几乎感觉不到它们。"准备好，殉生武士。"玛寇嘶声道，"显示出你的勇气。"

她稍微振作一下，勉强止住了扭动。

"你的身体属于女王陛下。"玛寇吟诵道。他挥起嚇匕剀，抽了第一下。

奈泽露只能依稀听到毒蛇破空的锐响，因为剧痛如闪电般在她整个后背炸裂。她痛苦地抽搐着，差点儿喊出声，却又不敢，生怕一张嘴就会吐出来，而她脸还紧贴着树干。疼痛从一开始就让她的心脏几乎停跳，而随着时间过去，痛楚竟然愈发强烈。

"你的忠心属于女王陛下。"玛寇又抽一下。

金星在她的脑海中爆开，随即消逝。她拼命往前挤，想离鞭子远一些，连骨头都要挤碎了。然而玛寇只是停顿片刻，接着平静地继续。

"你的灵魂属于女王陛下。"

毒蛇再度撕咬，又留下一道有毒的创口，深邃而污秽。她从未尝过这般痛楚,即便是在最难熬的日子里——忍受浴火、沐冰和矛锋堂时——也未曾有过。她想吸气,却感到窒息。她的眼前除了一片红雾,什么都看不见。

"你的生命属于女王陛下。"

玛寇继续抽打她,一下又一下。奈泽露觉得自己再也熬不住了,仿佛下一鞭就会将她尖叫的灵魂永远剥离痛苦的躯体。快到最后时,不知何处绽开一朵黑花,在她脑海中盛放,犹如奈琦迦高山牧场上的黑色圣花,填满了一切,并带来了宁静与黑暗。

* * *

在梦里,母亲桃灼葭跟在她身后,穿过一片孤寂的森林。林中只有枯树和潮湿的黑土。母亲在喊她,但奈泽露不想被她找到。

离我远点儿!她想大喊,你的凡人血统就是我的咒诅!还有你的软弱!但她嘴里塞满了东西,四肢也不听使唤。是泥土。她嘴里塞满了泥土。她被埋在泥土里,只有带她来到世上的凡人女子仍在寻找她。这泥土是如此沉重,尽管奈泽露改变了心意,很想被母亲找到,却仍无法动弹、无法说话,只听到母亲的声音渐渐远去……

她在惊恐中醒来,全身疼痛难忍,如被火烧,随即发现身上压着重物。她想叫喊,却被一只手捂住了嘴巴。过了一会儿,一记凶狠的耳光打得她脑袋一歪。

"安静,混血杂种!你要打扰别人休息吗?我们明早还要出发!"

是玛寇。但一时间,奈泽露仍陷在痛楚和困惑之中,还在挣扎。队长收回捂住她嘴巴的手,转而掐住她的脖子,直到她不再反抗。但他仍骑在她身上。她感觉他在解自己的裤带。

"你、你要干吗?"

"干你。"他将她的裤子粗暴地扯到膝盖,"你以为受了惩罚,就可以免去对族人的责任?"

奈泽露全身都疼,每块肌肉和筋腱都在尖叫,仿佛它们已被烧成焦炭。她几乎无法思考，但她知道，如果现在被迫与他交合，她的心脏会像石头一样永远死掉。

"不！"她喘着气说，"你快停下！"

"你在命令我？"

队长又扇她一记耳光，但这痛楚与身上的伤口相比，简直就像挠痒痒，她几乎没感觉到。

"光凭这句话，我就可以杀了你……"

"不是，玛寇，而是……我……"她想不出其他能阻止他的借口，"我有孩子了。我们不能冒险伤害它。"

队长的手第三次抬起，闻言却停在半空。他的脸因嘶吼而扭曲。"孩子？你说真的？"

现在收回谎言已经迟了。"真的。"

"之前怎么不说？"

"昨天在船上我才确定。但我们在遗骨岛时，我就有点怀疑了。"

"你挨了二十记毒蛇鞭，却没告诉我？你拿我族之母新臣民的性命冒险？"玛寇还是一副想打她的模样，"你这自私的乌鸦！"

"我不知道该怎么办——一切发生得太快……"

玛寇抓住她的手臂，拉得她坐起来。虽然他的动作不算粗鲁，但突然的动作依然牵得伤口一阵剧痛。"是我的孩子？"

恐慌如雪崩般漫过她的全身。就像她在山腰饶过那个男孩时一样，谎言瞬间成形并冲出了她的嘴巴，然而它带来的后果也将经久不息。哦，我族之母啊，我怎么变成了这样？但她没时间考虑后果了：若是迟疑太久，玛寇会怀疑她的故事。"我……我觉得肯定是，队长。自从上个月离开奈琦迦，我没跟其他人做过。"在那之前，她已经很长时间没跟其他人交合了，但现在提供太多细节只会让事情复杂化。若你被迫撒谎，父亲曾对她说过，那时他显得格外坦诚。就在谎言里尽量多加些真话，这样日后追究起来，你就不用再虚构更多细节了。

寡妇

奈泽露意识到，机缘巧合之下，她选择的谎言几乎能彻底改变她的现状。自从回归之战落败，奈琦迦遭到致命的打击，古老的律法因此更改，如今的贺革达亚鼓励贵族与凡人或混血儿交合。因为不知何故，凡人之血比不朽者更加丰饶多产，而且他们的孩子，即便父母有一方是纯血贺革达亚，也能在短时间内发育成熟。就拿奈泽露自己来说，她钻出夜挞敌箱、加入殉生会时，许多同龄的纯血贺革达亚还只是个婴儿；等她通过了幕会的最高测试，与她同年出生的北鬼孩童仍被母亲抱在怀中。如今所有贺革达亚都明白，新生儿是神圣的必需品。为了保护全族，他们极度需要孩子。这一来，玛寇享用她，甚至惩罚她的权力都将大幅削弱。

唯一的问题是，她并没有怀上孩子。

"穿上衣服，殉生武士。"玛寇命令她，"虽然你要受罚，但你可以骑马，不必走路。不过，你仍需听从我的命令，完成职责要求你的任何事。"

"遵命，玛寇队长。"

他显然很失望，但奈泽露猜测，这并不光是因为他没法与她交合了。"殉生武士，等曙光触及树梢，我们就出发。做好准备——你不会受到优待。即使你怀了新的殉生武士，贺革达亚也不会纵容你，不然我们的下一代会变得孱弱。"说完，他走过营地，丢下她一个人。她把裤子穿好，裹紧斗篷，翻过身子，背对着其他人。

现在我撒了两个谎，严重的罪行让她满心惶恐。任何一个被揭穿，我都必死无疑。

尽管免除了被强暴的屈辱和痛苦，她却感觉自己失去了某种难以言说的东西。早在童年时起，奈泽露便不再哭泣，但此时此刻，泪水再次涌上她的眼眶。她觉得自己像个空壳，像被人丢弃的垃圾。她躺在那里，满腔苦闷，久久不能入睡，不知她的人生将会走上怎样的歧途。

The Witchwood Crown

* * *

被吓匕剀鞭打后的最初两天,奈泽露几乎不记得路上发生了什么。时间于她糊化成长长的热夜之梦——事实上,高烧在挨打当晚就缠上了她,且持续不退。树木在她眼前摇晃,像被狂风吹打,但她却感觉不到一丝微风。她的皮肤,尤其是后背,仿佛爬满了红热的铁蚂蚁。其他人都不跟她说话。虽然玛寇不再直接伤害她,但他也说到做到,没给她任何优待。在贺革达亚看来,痛苦,甚至死亡,与女王陛下为全族做出的重大牺牲相比,全是微不足道的小事。为了全族的利益,女王陛下先是离开了华庭家园,后来又与亲族支达亚决裂。所有贺革达亚都知道,一百多个大年以来——按凡人历法计算则有数千季——乌荼库女王熬过了丧子与丧夫之痛,在孤独中坚守了漫长的时光,只因他们全族需要一位君主。唯独女王的经历才是衡量苦难的唯一标准。

我们拥有的一切,都是女王陛下赐予的。父亲总这么告诫她,看看她给予我的馈赠,还有通过我给予你的馈赠。我们欠她的不仅仅是生命。还有我们的一切想法。不要怀疑,如果你不感恩,她会知道的,而且会相当失望。

奈泽露从未见过乌荼库。在她短暂的生命中,女王陛下一直在沉睡,直到最近才苏醒。不过在睡梦和幻想中,她已经见过女王上千次。在梦境中,女王的银面具毫无表情,却透出无尽的哀伤,比任何活物的面孔更甚——为奈泽露欠缺的能力、被稀释的血统,以及无法恰当地掩饰感情并控制情绪而哀伤。这次她又辜负了女王陛下,乌荼库的悲伤将会何等沉重?

为了我们,她离开了华庭,父亲常常这么说。神圣的华庭。我们别无选择,除了倾尽所有去报答她。

* * *

"玛寇叫我帮你清理伤口。"第三天晚上,女王之爪吃完简单的晚饭，绍眉戟对奈泽露说道，"让我看看。"

让歌者检查自己的身体，奈泽露有种奇怪的抗拒感。一部分是因为，她不知道绍眉戟会不会看出自己并没有怀孕，而这并非困扰她的唯一理由。或许她的不安还来源于歌者跟她一样，也是个混血儿，却从未辜负一族之母的期望——他未曾在队长面前撒过谎，更不必担心真相暴露后，将要面对的屈辱至极的死刑。

她不情不愿地解开短上衣。虽然动作万分小心，但衣服还是刮扯到背后正在愈合的皮肤，每一下都像刀扎一样。她把上衣扔到一旁，拉起斗篷遮住胸口。若不是深受病痛折磨，奈泽露可能会嘲笑自己的拘谨，因为这动作更适合奈琦迦宫廷里的贵妇，适合那些骄纵的贵族，却不适合一个混血儿，更不适合殉生武士。殉生会的男女成员会一同沐浴，一同赤着身子在雪地里奔跑。她的身体是侍奉女王陛下的武器。对于一件不属于自己的东西，她有什么好拘谨的？

可不知为何，在殉生会总部，她觉得裸体无所谓，此时此刻却感觉十分异样。绍眉戟凑过来检查伤口，她能感受到对方的呼吸。"挺深的，但正在愈合。"他说，"嚇匕剀咬得很凶，但也干净。"他的语气相当实事求是，奈泽露差点忘记他说的是自己残破的躯体，直到他用湿布轻轻触碰一道鞭痕，激起灸热而痛苦的电流，穿透了她的身体。她倒吸一口气，几乎甩掉了斗篷。"啊，"歌者说，"很疼是吧？不过，殉生武士奈泽露，我必须这么做。我的导师教过我，伤口很深的话，若不加以治疗，很可能会导致意料之外的死亡。我们走了这么远，若你没见到家门就死了，会让我愧疚的。"

清理完伤口，混血歌者从宽松的袍子里掏出一只骨质小瓶，打开盖子。"这是冰魔草，"他让她看看里面的浅色药膏，"很珍贵的。是我的秘方。"

"如此贵重的东西，为什么浪费在我这种人身上？"绍眉戟忙碌时，根本没提那个不存在的孩子，所以奈泽露猜测玛寇并没有告诉他。目前最安全的做法，就是假设这个猜测是真的，继续保持沉默，可她想都没想就问了出来。

"为什么浪费在你身上？"绍眉戟反问，"因为我在你身上看到一些东西，让我很感兴趣，殉生武士奈泽露。"

奈泽露不愿同他分享任何事，甚至不愿跟他聊天。在目前的状况下，避免聊天也很容易：歌者往她身上最长、最深的伤口里抹药时，她必须紧紧咬住嘴唇，才不至于叫出声。如果她以为刚才清理伤口就很疼了，那她一定是个傻瓜。冰魔草带来的痛感，活像有人抓了把沙子，往她裸露渗血的伤口里用力揉搓。不过很快，刚才灸痛的地方生出一丝凉意，虽未完全消除疼痛，但感觉好多了，至少她能以稍微冷静些的心态去忍受它们了。

绍眉戟再次开口。"不知道还有多少人跟我承受着同样的……负担。我跟玛寇那些纯血儿不同。早些年间，我的童年很孤单，连个混血同伴都没有。我猜你也一样吧。也许我们可以分享一些事……甚至互相学习。"

奈泽露没法集中精神听他说话。背后略显舒缓的清凉感让她意识到，她已经强迫自己忍受不间断的痛楚，一步一挨地熬了好多个时辰，甚至好多天。自从受刑之日到现在，她终于可以忘记一切，好好睡一觉了。所以歌者在絮絮叨叨地说什么？他想跟她交朋友？如果是，这又意味着什么呢？

"好了，我的手足姊妹——这能帮你复原的。"绍眉戟把小瓶塞回白袍下某个隐秘的口袋，"我会告诉玛寇，你的伤口正在痊愈。也许你可以考虑一下我刚才说的话。"

奈泽露扛不住了。突然间，整个世界、整个夜晚，像巨石一般压在她身上。她甚至没穿回上衣，只用斗篷裹住自己，就倒在冰冷的石地上，睡着了。

寡妇

* * *

队伍沿山脚继续往东,冷风又回来了,吹散了雪花。虽然从高山扑来的寒气没法减缓伤口的痛楚,但奈泽露发现它另有个好处。飞旋的白雪仿佛窗帘,可以裹住她,隐藏她的思绪。她很庆幸,因为她的思绪变得有些奇怪了。

她明白自己为什么撒谎,说自己怀孕——当时她刚刚受了鞭刑,差点死掉,再被玛寇强暴的话,估计她就挺不过去了。但在遗骨岛上,准备动手杀死那个凡人男孩时,她为什么犹豫了呢?这一点,就算扪心自问,她也说不清。同玛寇一样,她知道他们当时很危险,也明白村民收到警告之后,他们逃离岛屿的难度会大大增加。无论如何,那个男孩都会死的,会跟剩下的大部分村民一起被杀,所以她的犹豫并不会带来任何好处。而最让她抓狂的是,就在那迟疑不决的一瞬间,她明明预见到了可能的结果,仿佛它们已经发生了一样,但她还是没法将匕首扎进那个男孩的后背。

消灭要消灭你的敌人,是殉生武士庄严的职责。如果将生命献给女王陛下是一种快乐,那么夺走女王陛下敌人的生命,快乐岂不会加倍?加入殉生会的第一年,奈泽露就同符文和算术一起,学过这些课程。她熟悉这些条文,如同熟悉自己的名字。但第一次有机会实践,她却失控并失手了。为什么?

一定是因为我的血统。一定是的。我从凡人那边继承的部分,软弱又迟疑的部分,妨碍我更优秀的一面。

这时她明白了,令她羞愧难当的,并非玛寇等人的怒火,而是她对自身混血身份的认知。都怪她体内的凡人之血,来自她母亲的苏毒渣亚之血,贱民和奴隶之血。看看那个黑瑞摩加人船长和他的水手们吧,躲在一旁,眼睁睁看着同族的女人和小孩倒在贺革达亚刀下!只有血统的软弱,才能解释如此怯懦而胆小的行径。如果奈泽露的家人遭到袭击,她一定会战斗至死,哪怕临死前也要用牙齿撕开敌人的喉哝。可同样是为保护自己的同胞,她为什么放过了那个男孩?

如今,她还对长官撒了谎———一个可怕的、不敬的谎言——只是因为她当时的痛苦。她假称自己怀了孩子,怀了女王陛下的新臣民、贺革达亚最看重之物。她到底发了什么疯?

我必须战胜自己,她意识到。若要成为女王陛下的女战士,为殉生会带来荣耀,我就必须杀死血液中的懦弱,消除凡人的弱点。这是唯一的办法。

* * *

为了返回奈琦迦,女王之爪还需沿着山脚,穿过一片山地,走上好久。他们头顶这座山脉,贺革达亚称之为微光山脊,凡人则叫它白岭雪山。他们在殉生会的一间哨所过了一晚,那是深埋在石坡里的一处洞窟,从下面的山谷根本不可能发现。哨所里的战士都是长期驻守,奈泽露对他们很陌生——早在她接受神圣的召唤之前,他们就已经在这里服役了——不过玛寇和肯貂认识其中很多人,一整晚都跟他们共饮水银般的"艾纳霖酒"。艾璧-凯则同岗哨里的回音会队长密谈了几个小时。就连绍眉戟也找到自己幕会的同僚聊了几句,不过歌者大多生性孤僻,所以谈话没能持续多久。只有奈泽露孑然一身,经历了遗骨岛的事,她也没了寻找伙伴讲故事的欲望。而且她敢肯定,今晚讲述的许多故事肯定都与她有关,所以她找了个听不到别人说话的地方,尽量让自己好好休息。

第二天早上,奈泽露发觉,岗哨里的殉生武士看她的眼神变了。每个贺革达亚士兵从旁经过时,都会饶有兴致地打量她,只是目光里更多的是轻蔑。她再一次感到羞愧。不用问,玛寇和肯貂一定把她的失败和惩罚说给他们听了。尽管她的伤势已有所恢复,让她举手投足都像平时一样灵巧,但每个人的眼神似乎都能穿透她的衣服,看到里面的伤口。她想知道,玛寇有没有告诉别人她怀了孩子。她的肚子永远不会鼓起,可她的谎言却会随着日子一天天膨胀,她的罪过也将越

寡妇

来越难以掩饰。

"我们收到新命令。"玛寇召集队员准备离开时,艾璧-凯通知他们,"岗哨里的回音会队长接到消息,大司音阁下的封印真言可以证明它的真实性。我们不回奈琦迦了,新命令要求我们将哈卡崔的遗骨送到苦月堡。"

计划有变,让女王之爪的所有队员都很吃惊,但很不高兴,尤其是玛寇。奈泽露相信,他一定等不及带着胜利返回奈琦迦了,而不是跑去一个偏僻的边境要塞。但任何经由回音会大司音阁下验证的消息都代表了乌荼库女王本人的权威,所以每个队员的脸上都戴着毕恭毕敬的面具,只有绍眉戟不太一样:他的表情才像胜利的欣喜。众人经过两排顶盔挂甲的贺革达亚士兵,离开岗哨洞窟时,绍眉戟凑近奈泽露,金色的眸子闪闪发亮。"看起来,还是我家大人从你们幕会手中抢走了胜利的果实啊。"

奈泽露不太明白歌者的意思,但她不想跟对方有任何不必要的交往,所以也没多问。

离开岗哨后,玛寇领着女王之爪,骑着新换的马,在风雪中跋涉数日,沿着一条比原计划偏南很多的路前行。终于,在一个天色晴朗的早晨,他们看到苦月堡耸立在地平线上。那是一座花岗岩砌成的要塞,蹲伏在龙喉隘口的最高处,于贺革达亚的鼎盛时期建成,用于守护一条出入奈琦迦的咽喉要道。女王之爪费了不少力气,沿一道蜿蜒的窄径爬上关口,最后抵达要塞城墙前的空地时,全都手脚酸痛,更别提奈泽露了。

让她惊讶的是,一行人正走向威严的要塞时,大门突然敞开,一支人数众多的队伍涌上门前的平地,朝他们迎来。一百多名殉生武士,有些骑着马,多数迈着正步,奏出低沉的鼓点节奏。奈泽露不明白,走在队伍前面的为何竟是一架巨大的雪橇,由一队狼"呼哧呼哧"地拉过雪地。雪橇上绑着个巨型物体,用布覆盖,尺寸活像一间小屋。

玛寇示意队员们停步等待。显然那不是普通的欢迎队伍。奈泽露很想知道,雪橇上载的是什么?是给他们的吗?

奇怪的队伍在女王之爪前方停下,只有一名白袍骑手骑着雪白的高头大马继续向前。随着对方靠近,一阵无助感淹没了奈泽露。那是一种比过去的任何恐惧都更诡异、更微妙的感觉——就像绍眉戟的冰魔草,只是它冷冻的是她的心,而非伤口。她跪倒在雪地里,任凭那高大的身影处置自己。不一会儿,其他女王之爪的成员们,包括队长玛寇,也都跪了下来。

"女王之爪,你们的歌者在哪里?"戴着兜帽的骑手开口了,嗓音犹如冰块剐蹭着岩石。只要时间足够,奈泽露相信,这声音甚至能将山川碾磨成碎砾。

"在!尊贵的咒歌大师,我是您卑微的臣仆。"绍眉戟紧走几步,匍匐在骑手面前,"主人,为了您和女王陛下,无论生死我都心甘情愿。"

"说得好。"骑手回答,"也许你很快就有机会实现了,快得超乎你的想象。小歌者,你们拿到遗骨了吗?哈卡崔的珍贵遗骨?"

"我一路都带在身上。"

玛寇站起身,动作如此急切,奈泽露觉得他差点跌倒,而这已经让她十分震惊了。"等等!你有什么权力拿走女王陛下的战利品?"

他的举动,令队伍前排的几名贺革达亚士兵压低矛头,朝女王之爪迈出几步。但白袍人微微挥手,制止了他们。"什么权力?"高大的身影回答,"放逐之子啊,我就是权力。"他抬起一只戴着白手套的手,掀开兜帽。奈泽露的心为之一滞,差点停跳。

"阿肯比大人!"玛寇的声音尖细而虚弱。他重新跪倒,将脸贴上雪地。"大司乐阁下,我不知道是您!我乞求您的原谅。我不知道……!"

寡妇

奈泽露目瞪口呆,心脏在胸中乱跳乱撞,宛如陷阱中的小兽。阿肯比!她只觉皮肤绷紧、寒毛倒竖。在贺革达亚中间,咒歌会的大司乐是个可怕的传说,是女王陛下最信任的心腹与顾问,是八艘舰船离开失落的华庭、在这片土地登陆后出生的第一代长者。除了乌荼库和少数几位高寿者,再没人知道这位术法大师是从何时开始掌权的。

同女王陛下一样,大司乐也一直戴着面具。按照传统,初代贺革达亚都会戴,但奈泽露见过的最古怪的面具非阿肯比莫属。那是一张薄薄的浅色材料,与他的面庞和颈部紧密贴合,甚至能显出下面的肌肉活动。他只露出眼睛、鼻孔和嘴巴,但面具同那五窍也贴得很紧,看着就像他的第二层皮肤。

阿肯比转头命令跪地的绍眉戟。"你,把遗骨交给我。"

歌者捧起包裹,谨慎而谦卑地迈前几步,又在阿肯比的马镫旁跪倒,将包裹高高举起。阿肯比伸出修长的手臂接过,解开包裹遗骨的布料。他的面具脸毫无变化,亦无表情,但奈泽露却能感受到,他身上散发出满意的气息,如同火焰散发出热量。

"好。你们做得很好。"大司乐转脸望向玛寇和女王之爪的其他成员,"非常好,所以我族之母赐给你们一个新任务——第二件重要的使命。你们应该感到自豪。"

玛寇愣了一会儿才开口。"我们当然很自豪,大人。侍奉女王是我们的一切。但我们想知道是什么新任务?"

"你们的回音师已经知道了。"大司乐用刺耳的声音回答,"详情已放入他脑中,他会带领你们前往必经之地,队长。这是你们无上的荣耀,因为任务是女王陛下亲自下达的。"他顿了顿,点点头,像在玩味着什么,"你和你的女王之爪要去找一条活龙,并将其带回。我们的女王陛下需要它的血。而且取血时,那龙必须活着。"

"一条活龙?"玛寇大吃一惊,好容易才稳住自己,"我们不需要先回一趟奈琦迦吗,大司乐阁下?"

"我没说这是女王陛下的旨意吗?还是你在质疑我?"阿肯比的声音透出刺耳的怒意,吓得奈泽露瑟瑟发抖,尽管她并非怒火烧灼的目标。

"岂敢,大人!"玛寇垂下头,但队长从来不缺乏勇气,他那笔直的腰杆便是倔强的证明。"只是我们正准备回去,好把一名队员交回去接受惩戒。她害我们差点没法取回遗骨。我相信她已不适合再执行新的任务。"

阿肯比转动面具脸,打量着跪在玛寇身后的其他队员,最后目光落在奈泽露身上。后者五内生寒,感觉一切都完了。"你,"他说,"过来。"

奈泽露的心仿佛要滚下山坡,两腿几乎无法动弹,比遭受鞭打后的第一天还糟糕。她勉力用双脚撑起身子,跌跌撞撞朝前走去,再次跪倒,盯着深灰色的马蹄,不敢望向大司乐。

"抬头,殉生武士。看着我。"

她只能照做,随即忍住一声惊叫。这下她看清楚了,阿肯比的面具不是贴在脸上的,而是用细线缝在眼睛、嘴巴和鼻孔周围——她敢肯定那是针线,缝在他的皮肤上。半透明的珍珠色面具写满了模糊的银色符文,同那针脚差不多大小。奈泽露不认识那些字母和符号,而它们只在特定角度的星光照耀下才能得见,所以大司乐审视她时,符文便在其脸颊和额头上时隐时现。

"不对,我的眼睛。"他命令道,"看着我的眼睛。"

奈泽露不想看——以她的誓言和遗歌发誓,她不想看!——但她无法抗拒那刺耳而威严的嗓音。她与阿肯比目光交接。一时间,术法师瞳中的两口黑井变得越来越小,最后就像骨针扎出的两个小眼儿。与此同时,奈泽露感觉自己像被吸了进去,仿佛那是冰冻池塘里两道危险的旋涡。

一转眼,她便无助地跌进了黑暗,术法师那对空洞的黑眼珠不知为何出现在她脑海，肆意翻开她的思绪。不管它们游荡到哪儿，奈泽露的自我都毫无保留地赤露敞开。她像被一双大手捏住，任由大手的主人随心所欲地玩弄。她的谎言，她那些叛逆而懦弱的想法，甚至她身上流淌的腐坏的凡人之血——奈泽露相信，它们全都暴露在大司乐眼前。她已无所遁形。

终于，阿肯比转开目光。奈泽露往前扑倒在雪地里，四肢瘫软，几乎失去知觉，只能趴在那里等死。

"没必要送她回奈琦迦。"大司乐宣布，"她有能力完成下一个任务。"

奈泽露惊呆了。难道尊贵的阿肯比没发现她隐藏的秘密？她相信他看到了——她能感觉到对方的好奇心，还有他随心所欲、在她心中那精妙而非人的触碰。那她为什么没遭到惩罚？

"可是，尊贵的大人，"玛寇抗议道，"一条活龙？单凭一支小队？即便我们是女王之爪，又怎么可能抓回一条活龙啊？我们刚刚带回哈卡崔的遗骨，他曾是最伟大的支达亚战士，可还是被巨虫黑朵荷贝灼伤，最后伤重不治啊。"

"你是说，我族的五名贺革达亚都及不上区区一个支达亚喽？"阿肯比嘶声问道，嗓音仿佛吓匕刳的破空声。玛寇试图与之对视，可那黑色的眼神让他一瞬间便移开了目光。"队长哟，对失败的恐惧将你变成了胆小鬼。但乌荼库陛下叫你必须成功。我们的女王一向慷慨，所以她送来一件赠礼，以助你完成任务。"阿肯比又一次抬起手，橇夫们挥舞鞭子，驱赶狼群起身向前。不过大雪橇被冻住了，在原地"吱吱嘎嘎"地呻吟了好一会儿，底下的滑板才破开冰封，滑过雪地，最后停在阿肯比和他的白马旁边。

"把束杖交给玛寇队长。"阿肯比下令。一位橇夫走过来，递给玛寇一根亮红色的水晶杖。"现在，拿起束杖，队长。"大司乐的语气像在执行某种只有他才知情的仪式，"等它在你手中变暖，然后说

'醒来'。"

玛寇盯着他看了片刻,又看看雪橇和绑在它中间、盖着布料的东西。他举起水晶杖。"醒来。"

等了一会儿,什么也没发生。然后雪橇上的绑绳绷紧了,发出"沙沙"和"吱嘎"的声响。其中一条突然崩断,把玛寇吓了一跳。接着是第二条、第三条。那东西开始摇晃。被挽具绑在雪橇上的巨狼们发出哀怨、响亮又焦躁的哭嚎。转眼间,雪橇上的东西爬了起来,盖着它的厚篷布像羊皮纸一样撕成两半,飘落在地,崩断的绳子拖在它身上,仿佛残破的蛛网。

这一幕甚至惊呆了绍眉戟——奈泽露听到他在低声嘟囔,好似祷告。

那是个巨人,正蹲伏在地,眨着眼睛。奈泽露还是头一回见到这么大的巨人。他有凡人或贺革达亚的两倍高,除了眉骨外突的脸,全身都覆盖着灰白的皮毛。那张脸上没有毛发,只有深灰色的硬皮。野兽的脖子上戴着个宽宽的灰色巫木项圈。

"看哪!看到他戴的轭没有?"阿肯比问道,"那是女王陛下亲手给他戴上的。它会束缚他,让他侍奉手持束杖之人。但你必须掌握分寸,不然等他习惯了痛楚,你就很难掌控他了。"

巨人迷迷糊糊地左右看看,拱起肩膀,发出一声震耳欲聋的低吼,纯粹的力量震得围观的贺革达亚左摇右晃,狼狈不堪。野兽跳下雪橇,重重地砸在地上,让奈泽露感觉地面都在发抖。巨狼们再次哀号,愈发恐惧与惊惶。

"让他听话!"阿肯比的语气简直像在欢呼,"快点儿,队长,不然他会撕碎你的!"

"怎么做?"玛寇喊道。

"握紧束杖!想象你用双手扼住他的喉咙。想象他被你掐得窒息,只好听从你的命令。"阿肯比确实在放声大笑,声音又恐怖又刺耳,

"不然这怪物会杀了你们所有人!"

"停下,巨人!"玛寇一声大吼,用束杖指向那野兽,"给我跪下。"

巨人咆哮着,沉闷的低音震得奈泽露的心在胸口间乱撞。但他并没有其他动作。

"跪下!"玛寇喝道。

怪物呻吟着,抓挠着自己的脖子。片刻后,他双膝跪倒,沮丧地握紧了长着黑指甲的巨手。

"他是蛊罡嘎,最古老的巨人。"阿肯比说,"他是你们的新队友——虽然我怀疑他不会成为你们的朋友。现在,去吧,带回龙血。世界的女王等待你们胜利的消息。"

The Witchwood Crown

圣树塔上

♛

外面天气温暖，数百级窄梯爬起来很麻烦，但总理大臣帕萨瓦勒觉得这趟辛苦挺值的。

我就像一只猫，他饶有兴致地想，蹲在高处俯瞰一切，是我最开心的时刻。

走出圣树塔顶楼，津濑湖的清凉空气迎面扑来，顿时安抚了他烦乱的心绪。他背对早晨的阳光，俯视高塔西边的大地。那边有一片草场，城堡里的牲畜正在啃食青草，许多城堡杂役也在忙碌自己的事，此外便没什么可看的了。他想知道，如果那些渺小的男男女女发现有人在高处观察，他们会有怎样的想法？另一个念头也随之钻进他的脑海：上帝在高天之上，是否也是这样的视角？难怪他会轻视我们。因为我们只是些忙碌的小东西。

过了一会儿，太阳隐入云后。没了刺眼的阳光，爬楼时的汗水已干，帕萨瓦勒开始在长方形的塔顶间散步。只要有机会，他很喜欢在这里寻找猫咪的宁静感。圣树塔建于风暴之王战争之后，海霍特两座最高的建筑都在那场战争中毁掉了。从他现在的位置，一低头就能看到曾经的耶尔丁塔——现在它只剩一堆暗沉而低矮的石柱，已被国王与王后下令封死。绿天使塔曾经高过一切，却在战争的最后一刻坍塌。一座城堡没了高塔，就像富人失去了眼睛，必将沦为盗匪的目标。所以他们贴着城堡内城的城墙建起一座新塔，以便哨兵能站在高处，俯瞰城堡最深处，保护国王与王后——至高王座的核心。

寡妇

帕萨瓦勒凝望着耶尔丁塔神秘的废墟。多年来，那是所有人的禁地。然后他沿着塔顶的城垛向前，来到绿天使塔遗址上方。那座宏伟的高塔曾经在此直插天际。比现在这座塔高出两倍有余！他心想，站在它的塔顶向外眺望，能看到何等壮观的奇景。不管什么猫，不管它的野心有多大，都会被那样的高位折服。

可绿天使塔已经连碎渣都不剩了。最后那场惨烈的战斗结束之后，它的碎石全被拖去重建城堡的其他废墟了，从此，它在世间的印记就只剩下最后一点点地基。到了现在，连那些痕迹也渐渐消失了，地面被填平，地基上建起一座新堂，日后将成为王家图书馆。提阿摩大人觉得，风暴之王差点在这里摧毁世界、颠倒乾坤，所以在这里建起一座学习知识的纪念堂反而更合适。只是帕萨瓦勒对此并不苟同。

知识既不能阻止毁灭，也无法修复残骸，他突然因旧事而感伤，它只能让你了解你失去了多少东西。

他站直身子，伸个懒腰，想甩脱这糟糕的情绪。他已经把难熬的日子小心翼翼地留在了过去，转头离开了。现在他有别的事要忙——他要照顾一整个国家。

他听到脚步声和说话声。是哨兵。刚才他叫他们各自去找些喝的，再吃些迟到的早餐，现在他们回来了，正在爬楼，返回各自的岗位。帕萨瓦勒长吸一口气，尝到了风雨欲来的味道。国王与王后几周后就要回家了，他的事情还很多。

想到自己必须走下楼梯，他依然心存遗憾。不是因为下楼很累，而是因为他不得不离开安静而孤独的高处。他以前从未意识到，原来管理一个国家是如此孤独；如今两位君王不在，他代为治理了一段日子，这才深有体会。当你被围困在许多声音和脸庞中间，每个人都想找你索要某些利益时，这种感觉尤其强烈。

"上帝赐您平安，总理大人！"第一个登上塔顶的哨兵向他打招呼。那人的胡子上闪着黄油的光泽，锁甲袖口粘着面包屑。"您有没有呼吸几口新鲜空气?"第二个哨兵跟着他走上来,一同面向帕萨瓦勒,紧握长矛,行了个正礼。

"当然有。"帕萨瓦勒微笑着回答,"好好享受这美景吧,伙计们。你们肯定不知道,你们的工作比我强得多。"

他走进楼梯间,留下两个哨兵疑惑不解地大眼瞪小眼。

* * *

帕萨瓦勒走进城堡内城的寝宫,又爬了许多楼梯,来到安置受伤希瑟的卧房。他还来不及喘口气,却发现门前站岗的卫兵不见了,两个女仆站在那里,抱成一团,脸色白得仿佛煮熟的鱼肉。他听到门内传来男人的叫喊,赶紧抽出匕首,迈开脚步。

"出什么事啦?"他质问道。

一个女仆回答,"啊,大人,她醒了——她很生气!"

帕萨瓦勒从她身旁跃过,撞开房门,看到了更让他吃惊的一幕:厄坦弟兄同一名顶盔掼甲的爱克兰卫兵正与一个全裸的女人搏斗。"什么情况?"他大声喝道。

厄坦弟兄的脸上有几道长长的抓痕,下巴还在滴血。"她醒了,然后打了我!"他拼命挡住希瑟的长指甲,以免再被抓伤。"快来帮忙,大人!我发誓,她力气太大了!"

卫兵用手臂环住女子的细腰,竭尽全力想把她压在床上,希瑟却在不停捶打他的头盔。厄坦已设法抓住她一只胳膊,于是帕萨瓦勒扑上去抓住另一只。修士说得对——希瑟女子几天前还奄奄一息,现在却出奇强壮,而且她的手臂满是汗水,很难被抓住并按牢。终于,帕萨瓦勒把她的胳膊压在床垫上,整个人趴了上去,但他仍能感觉到,那条手臂在他身下拉扯扭动,活像南方沼泽里凶猛的蟒蛇。

"女士!"他叫道,"女士!我们是你的朋友!别乱动了!我们不会伤害你!"

他扭头望向她,想看得更清楚些。对方却凶狠地一口咬来,两排牙齿"啪"地合拢,离他的脸不到一指远,差点咬掉他的鼻子。"救主帮帮我们吧!她疯了吗?"他喊道。

"你没事吧?"厄坦哑着嗓子问道。他的衣领被扯得半遮住脸,让他看上去好像缩水的孩童。"不管疯没疯,她都很暴躁。再叫些卫兵来!"

但希瑟终于冷静下来。帕萨瓦勒刚才的话语仿佛飘过很远的距离,缓慢地传入她耳中。他又冒险看她一眼。她的头落在枕头上,惊人的金色眼眸翻进眼睑,身子松软下来。一时间,他们四个——三个大块头男人和一个苗条女子——全都瘫在床上,大口大口地喘气。

帕萨瓦勒摸到什么湿滑的东西。他微微转过身子,想看个究竟。"安东在上,是血!到处都是!厄坦,是你的吗?"

修士呻吟一声。"确实是血,总理大人,但恐怕是她的。我缝合的伤口全被她扯开了。上帝保佑,我必须再次缝上,不然她会流血致死的。"

帕萨瓦勒松开按住希瑟胳膊的手,看她会不会再次挣扎,但她的浅金色面庞和四肢都很松弛。于是他坐起身。"找点东西,把她绑起来。"他吩咐卫兵,"别用绳子,找些软的。就用窗帘上的绑带。"他看到卫兵跑到窗户前,摘下头盔,迟疑地打量着窗户上的布帘,犹如一头接到命令要翻过高大栏杆的母牛。"上帝咒诅你,伙计,别光傻看着!"帕萨瓦勒骂道,"快扯下来!"

卫兵回来了,双手各捧一条窗帘绑带,满头大汗,表情十分不安。帕萨瓦勒从他手中抢过布带,将希瑟的脚腕绑在床尾板上。尽管对方没再反抗,他还是将布带扯紧,然后打了个结。厄坦弟兄将希瑟的上半身翻成侧躺的姿势,检查流血的伤口。希瑟女子似乎失去了知觉,但帕萨瓦勒可不敢指望这奇怪的生灵——她只有外表与凡人女子相似——能老老实实躺多久。他叫那困惑的卫兵把其他窗帘的绑带也扯下来,用其中一条将女子的双手绑在一起,这才让卫兵返回自己的岗位。那个大块头男人立刻跑了出去，关门之前还瞪大了眼睛，最后又往床上看了一眼。

帕萨瓦勒本来想按绑脚的方法，将希瑟的手臂分开来绑，但又不想妨碍厄坦弟兄。后者正忙着给她的伤口止血。帕萨瓦勒坐在地板上，握住希瑟被绑在一起的手腕。"你觉得如何？"

"我觉得？我觉得我根本不了解这些精灵，总理大人。她流了很多血。"修士摇摇头，"我也是！但她来之前流得更多。可她还是活了过来。"

昏迷中的希瑟就像普通而苗条的年轻女子——那赤裸的身体还挺让人分神。帕萨瓦勒正想把手伸到床尾，拉起被子盖住她的下半身，希瑟女子却颤抖着睁开了眼睛。她的眼神飘忽一阵子，眯缝起来。她再次试图跳下床去，却被脚踝上的绑带阻止，只是成功地撞开了厄坦。修士滚到地板上，脑袋撞上石板，发出响亮的声音，就连床这头的帕萨瓦勒都听得一清二楚。与此同时，总理大人只顾拼尽全力，抓住绑在她手腕上的绑带。女子喊出一串话语，估计是希瑟语吧，但那如流水般奔涌的声音对帕萨瓦勒没有半点意义。

"女士！"他再次大喊。厄坦慢悠悠地爬回床上，眼睛上方肿起个红包。"女士，别动了！我们不会伤害你！你受伤了，别跟我们打了！"

又过好一阵儿，帕萨瓦勒才看到她眼中掠过一丝理智。她的表情柔和下来，但仍想挣脱束缚。

"在哪儿……它们在哪儿？"她用完美的西领语问道，"我的东西在哪儿？"

"东西？女士，别乱动，我们对你没有恶意。你是说你的鞍囊？我们一起捡回来了。在那儿！厄坦弟兄，在角落里。拿给她！"

修士连滚带爬奔到墙角，一直抱着脑袋，像是担心一松手它就会掉下脖子。他找到那只白色皮袋，拿回来交给希瑟。后者一把夺过

寡妇

来，用绑在一起的双手在里面翻找。她刚刚被救回来时，帕萨瓦勒就查看过袋子里的东西：除了一些小工具、一卷用上好毛发编成的结实的麻绳、一个雕花木碗，里面没别的了。这个时候，除非扭过头去，他能清楚地看到希瑟的裸体。厄坦弟兄已经移开了视线，帕萨瓦勒却有点被她迷住了。

希瑟身材纤细，背长臀窄，一身光滑而匀称的金色皮肤包裹着结实的肌肉——同所有人一样，帕萨瓦勒很清楚希瑟的身体蕴含着多大的力量。她的乱发是银色的，已被汗水和鲜血打湿。她的脸型与凡人略有不同，脸颊、额头和下巴的角度都很奇特，看上去有点像猫科动物。她完全可以扮演某些异教信仰里的狩猎女神，赤身裸体地率领一群野蛮人在月光下奔跑。如果她是凡人女性，帕萨瓦勒估计，她的年纪也就二十多岁。

他惊讶地发现自己正盯着对方小巧的胸部，一时心慌意乱，连忙转开目光。

"不在！"希瑟突然哀叹道，"你们只找到这些？蛛丝呢？你们看到它没有？"她胸前的伤口又开始滴血，厄坦拿起一块布，想要压住它。

"蛛丝？那是谁？我们只找到你一个人。当时我们以为你死了。"帕萨瓦勒回答。

"我的马！它在哪儿？"

"我们没找到马。当时鞍囊半挂在灌木丛里，一定是马匹跑掉时落在那儿的。"

她晃了几下，突然放手丢掉袋子，仿佛它们着了火。她看看帕萨瓦勒，双眼又变得涣散而迷惑。他能看出她正勉力维持着坐姿。"那里……还有没有……别的东西？"

"没有了，女士。不过我们可以去找，只要你告诉我们丢了什么。"

她倒回床上，抬起胳膊遮住眼睛，似乎再也不想见到周围的世界。"没了……我必须回去……"

"你现在的状况可不行。"帕萨瓦勒挥挥手，示意厄坦重新缝合伤口。他弯腰从地板上捡起床单，扬起来盖住她的下半身，再往上拉到锁骨。盖好了，他终于松了口气。明亮的午后阳光从失去窗帘的窗户照射进来，在她汗湿的肌肤上映出蜂蜜的光泽。

她用本族语言说了几句旁人听不懂的话，声音像黏稠的糖浆般沉重而缓慢。她张开嘴，好像还要说些什么，但脑袋一偏，合上了眼睛。

帕萨瓦勒吃了一惊。"她不会……？"

"她还活着。赞美上帝。"厄坦说，"但她耗尽了力气——必须说一句，她也耗光了我的力气，更别提还差点打碎我的脑袋。我会把伤口重新缝好。"

"等缝好了，你去休息一下。"帕萨瓦勒说，"我会照看她一段时间，直到她醒来。不过首先，我得请你帮个忙。这事本该我亲自去做，但我现在没心情。"

看厄坦弟兄的表情，他宁愿什么都不干，直接去休息。但他还是点点头，精疲力竭的脸上挤出一丝微笑。"当然可以，总理大人。"

修士虽然年轻，却有颗忍耐而老成的心——帕萨瓦勒决定把这点记在心上。"非常感谢，弟兄。但你首先要去洗个澡，处理一下伤口，换件没这么多血迹的衣服。我要派你去见一位夫人，她不会跟你打架的。"他自己也很累，但说到这里还是忍不住大笑起来，"最起码不会像刚才那样。只是她发现去的是你而不是我，可能不会太亲切。"

"只要她不用指甲挠我，"厄坦回答，"我就心满意足地感谢上帝了。"他疲倦地起身，正准备收拾散在房间各处的药剂，却又停了下来，"希瑟女士的东西怎么办？从她鞍囊里掉出来的这些？"

"我来收拾吧。"帕萨瓦勒说，"弟兄，你已经做得够多了。"

寡妇

♛

敲门声响过一阵子,厄坦弟兄又等了一会儿,才敲第二次。终于,一个年轻女子打开了房门。

"殿下在等你。"她嘴上这么说,但看表情,却像要等的人根本不是他。

厄坦跟她进门。这间休息室比他在圣撒翠教堂的修士宿舍大了好几倍,布置得十分漂亮,从地板到天花板都铺着织锦,上面描绘了珀都因的塔利斯托爵士的著名事迹。艾黛拉王妃坐在一扇窗前的高背椅中,膝头搁着女工。阳光照着她的红发,将其变成一圈火焰光环。

"殿下,"厄坦跪下行礼,光头几乎贴上地板,"请恕我打扰。帕萨瓦勒大人说,尊夫王子殿下留下了一批藏书,而您需要一些建议。我是厄坦修士。"

"你真好心,弟兄。我知道你——我在宫里见过你。"可她对这次会面明显不太高兴,"我们的总理大人怎么了?相信不是生病了吧?"

"没有,殿下。他只是忙了一天,十分疲惫,还有些工作尚未完成。虽然他没法亲自过来,但他仍急着为您提供帮助。"

"帕萨瓦勒大人也很好心。"但王妃的语气恰好相反,"要喝点葡萄酒吗,弟兄?"

厄坦犹豫了一下。"殿下,若是平时,我会感谢地拒绝。可今天,我觉得我应该接受您的慷慨。希望总理大人能原谅我。"

艾黛拉朝一位女伴做个手势。"那就请坐。"厄坦转身寻找合适的椅子,王妃这才发现他脸上那些新鲜的红印。"仁慈的艾莱西亚!你脸上是新伤吧?严重吗,弟兄?发生了什么?"

修士伸手摸摸脸上的抓痕。他只顾前来拜见继承人的母亲,却把它们给忘记了。"哦!没什么大不了的,殿下。我在照顾一个女病人,可她神志不清,下手有些重。"

王妃敏锐地看他一眼,也许在猜测,帕萨瓦勒没来,是不是与那女病人有关。"你同意的话,我可以找个女伴帮你处理一下。"

"啊,您真的不必多虑。"

"没关系。"她朝一个黑发女子招招手。后者放下手里的女工,离开房间。"贝佳很擅长治疗——她跟北方一个'瓦莱妲'学过。啊,酒来了。"

一个年轻女仆端来碟子、杯子和酒罐,随后斟满。厄坦趁机打量王妃。她身穿深绿色长裙,镇静地坐在椅子里,有着光滑白皙的漂亮皮肤、纤细的手指和手腕,以及修长标致的脸庞。她的鼻子和胸口有少许雀斑,本来已用粉底遮住,但被炎热的天气化掉了一些,遮瑕效果有所减弱。

厄坦发觉自己正盯着她胸衣上方那片奶白的肌肤,脸顿时一红。艾黛拉却像一无所知,只是嘴角露出一抹微弱的笑意。

"让我们为国王与王后的健康干杯。"她说。

"祝愿他们平安归来。"厄坦用尽量得体的动作抿了一口,震惊地发现这口酒中竟有如此丰富的层次。这显然不是他和弟兄们在修道院的晚宴长桌上喝的那种穷酸玩意儿,也不是偶尔在大主教桌前尝到的掺糖过多的纳班红酒。他又抿一口,慢慢地回味。

"啊,贝佳来了。"王妃说,"把头巾解开吧。帮助上帝的仆人是种荣幸。"

年轻的瑞摩加女子伸出清凉的手指,轻轻触摸他脸上长长的抓痕。为了掩饰再次上脸的红晕,厄坦又喝了一大口。"感谢您,女士。"

"别乱说。我们都希望能帮上帕萨瓦勒大人。你刚才说他今天很累。"

"我觉得他每天都很累,殿下。他责任重大,尤其是国王与王后不在期间。"

"啊，是啊。我很想念他们。"艾黛拉抿着杯中的红酒，还伸出舌头舔净沾在下唇上的一滴。她发现厄坦在看着自己，脸上露出羞涩的微笑。瑞摩加少女正把什么东西涂到厄坦脸上。被抓伤的皮肤虽然刺痛，但也开始混上一股越来越明显的凉意。"当然还有我的宝贝儿子莫根纳。"王妃补充，"上帝保佑他也能平安归来。"

"我们一直在为他祷告，殿下。一直都是。还有您的女儿。莉莉娅公主的陪伴一定能为您提供些安慰。"

"莉莉娅？对，当然。"但她的心思似乎并不在此，"我能问个问题吗，弟兄？你和帕萨瓦勒大人很熟？"

"嗯？也不能这么说，殿下。我有时会帮他一些小忙。"话一出口，厄坦就觉得这回答真是既愚蠢又小气，好像自己是总理大臣的清洁工似的。"我对数学和文字略知一二，宫务大臣杰瑞米也时不时召唤我。"

"我相信他会的。博学之人恰同闪亮的珠宝，深受众人喜爱，哪怕他只属于上帝。"这一次，她露出开朗又灿烂的微笑，"不过，还是跟我讲讲帕萨瓦勒大人吧。他总那么忙，我在这儿住了很久，却没什么机会跟他说说话。我听说他是个好人。"

"哦，是啊，殿下。人人都这么说。我自己也这么觉得。"他想起一小时前刚刚发生的事。帕萨瓦勒努力救下一个女子的生命，尽管国王夫妇据说与希瑟关系不错，但在有些人眼中，那个女子仍是个险恶而神秘的危险人物。"他确实是个好人。"

"他这一生饱经风霜，对吗？我听到很多说法。"

"我不知道是怎样的说法，殿下。"厄坦有种感觉，对方像在打探某种他不理解的事，所以回答得不太诚恳。他还感觉，酒劲开始上头，房间里的一切仿佛都在压迫他，包括艾黛拉王妃那双紧盯着他的、漂亮的绿眼睛。黑发女人贝佳往他脸上涂抹药膏，那混合了疼痛和愉快的奇异感受让他一阵阵发冷。"说真的，夫人，我生性驽钝，并不知晓总理大人的过去。除了他是个好人，我对他并不了解。"他强迫自己坐直。贝佳终于治疗完毕，随后按女主人的指示，收拾好瓶瓶罐罐，提着篮子走出房间。"不过，既……既然您提到过去。"他想也不想，一口喝光了杯中的酒，王妃立刻叫人斟满。厄坦强忍住皱眉的冲动，心里默默发誓，不管这酒有多香醇，也绝不再喝。上帝恨恶酒鬼，他提醒自己，因为在上帝眼中，酒鬼就像野兽，回绝了天堂最珍贵的馈赠。"帕萨瓦勒大人告诉我，您的亡夫留下一些古籍，您想咨询它们的价值。"

看着他努力振作的模样，王妃似乎觉得很好玩。"啊，厄坦弟兄，你真是主人忠心耿耿的仆从，不论在俗世还是在天堂。"

修士还在琢磨如何回应这句赞美，王妃已经起身，做了个他没看见的手势，将女伴们全都遣出了房间。"那就随我来吧，弟兄。看得出，你这人很出色，但又让人丧气。只要工作没完成，你很容易心慌意乱。难怪上帝会选中你当他的工人。"

他真希望这话完全正确，但心里却十分不安：即使看到艾黛拉王妃锁骨间那层薄薄的香汗、以及她领他走进偏房时那摇曳的身姿，一个真正全心全意侍奉上帝的人也绝不该想入非非的。

你们男人，意志薄弱，他引用圣艾格的话告诫自己。你们女人，三心二意。随后他沮丧地发现，自己手里还端着重新斟满的酒杯。

"这边，弟兄，"王妃说，"我叫人把比较新的搬了过来。我丈夫的旧房间——他的书房里——还有几十本，因为年岁久远，很多都快烂成粉了，我不敢搬动。但我还是希望能保留几本，用来怀念我挚爱的约翰·约书亚。"

"当然，殿下。"厄坦不禁留意到，刚才房间里的女伴没一个跟进这私密的房间。这里显然是王妃的换衣间，因为有张桌子上立着一面镜子，摆着一排珠宝盒。房间铺满天鹅绒，仿佛要把人裹进柔和的手套里。

寡妇

他的脸又开始发烫，正想再喝一口，但连忙忍住。

"在那儿。"艾黛拉指指靠在墙边的一口箱子，上面盖着一张赫尼斯第毛毯，也许是为了把它当成凳子用吧。"请看看里面有没有合适的书，好捐给提阿摩大人以我丈夫的名义建成的大图书馆。我对这些东西一无所知，几乎一本都看不懂。它们大多用纳班语写成，也有些是我从未见过的语言。"她打了个哆嗦，"我曾告诉我心爱的约翰·约书亚，他花了太多时间，把自己和这些古老的字句关在黑暗的房间里。可这是他的爱好，愿上帝保守他。"

"上帝保守他。"厄坦附和道，在箱子前跪下。他感觉自己有点笨手笨脚，花了好一阵儿才把毯子叠放整齐摆在一旁。他知道，苗条的王妃就站在身后看着，结果更加手忙脚乱。他解开搭扣，打开箱盖。

箱子里果然装满了书，有十几二十本吧。厄坦粗略翻了翻，大多是近现代作品，没有哪本超过一两百年。其中既有历史书，也有传奇故事，比如安图勒的《战役》《恩莫庭爵士传奇》，以及其他很普通的书。他看到一本《爱克兰人的真实历史》。这本书他也有，还经常翻阅，虽然比不上王子这件裹着小牛皮、绘有丰富插图的版本，但文字是一样的。所以哈察岛的瓦克苏说得很对："即便富人与贵族，也读不到未曾写下的文字；而穷人也能同王子一样，从写下的文字中汲取营养……"

箱底有样东西吸引了厄坦的目光。他愣了愣，搬开上面普莱西楠的抄本，将那本书拿了出来。由于年岁久远，它的装订已经发黑，布满裂纹。修士轻轻地翻开书页，久久不敢相信自己的眼睛。他的思绪在脑海中乱撞，活像盛满榛子的篮子。

我喝醉了，他心想。我看见了不存在的东西。我一定喝醉了。

可它就在眼前，首页用古老的纳班语写着一行精致的文字：Tractit Eteris Vocinnen——《异界密语专著》。肯定哪里搞错了——不对，是假的，仿制品。这本书出自弗提斯之手，可谓臭名昭著。厄坦只听说有一部抄本存世，它被锁在塞斯兰·安东尼斯的深宫里，由机要牧师严加看管。海霍特怎么还有一本？还这么随随便便地放着，好像它只是一本宫廷爱情诗集，或是讨论如何最大限度使用耕地的论文。

酒劲儿从他身上退去，如被冬日的凛风吹散。厄坦的手在发抖。他合上书本，竭力掩饰过去。"这本书有点意思，王妃殿下，另外几本也不错。若您准许，我可以带走这本，拿去咨询我的上级。这是您丈夫的财产——愿上帝让他安息——我将用生命守护它。"

王妃满不在乎地挥挥手，似乎有些失望，好像她本来希望修士会有更多反应。"你觉得合适就好，弟兄。这些东西对我毫无意义，你当然可以拿走。"

"请保管好所有书籍，殿下。"厄坦的心跳得飞快，只觉手里的书重如大理石，"且容我找机会与更了解古籍的人谈谈。日后若能仔细查看王子殿下的藏书，应该能给我们带来不少帮助。"

"当然可以。如果它们有价值，可能帕萨瓦勒大人也会想看看。下次你来时，尽量带上他。"

"谢谢您，殿下。有朝一日，聚在您丈夫图书馆里的学者们将受益良多。"此时此刻，王妃白皙的皮肤、醇厚的葡萄酒、漂亮爱笑的女士们、触摸过他脸颊的清凉手指，对厄坦全都失去了意义。他仓促而殷勤地向王妃告别，将那本书紧紧抱在胸前。

他快步穿过走廊时，感觉胸前抱的不是古书，而是一团燃烧的火炭——这是一本恶名远扬的黑暗著作，被教廷列为禁书，数百年来，学者们提到它都只敢悄悄谈论。现如今，它却依偎在厄坦怀中！这是真的吗？他能告诉谁？主教？厄坦可不敢把这东西拿给他——歌威斯主教是个虔诚善良的好人，为了保护信仰，他会下令不再检查，而是直接把所有藏书搬走烧掉。可提阿摩师傅还有好几个星期才能返回城

250

寡妇

堡，厄坦能把这个秘密保守那么久吗？而他还能信任谁呢？

更重要的是，厄坦担忧地心想，上帝能理解并原谅他的沉迷吗？还是说，他怀抱的并非一本书，而是他自己的诅咒？

The Witchwood Crown

新雪

♛

"我为什么要去？"莫根纳不敢直视王后。每次他在祖母面前发脾气，都觉得自己变回了愚蠢又不负责的孩子，而这种感觉会让他更加愤怒。"祖父没让我去。"

"好吧，是我让你去的，"王后告诉他，"行了吧。"她对着手指呵气取暖。看到祖母那双冻得发红的手，莫根纳对她和自己都很不开心，却又想不通为什么。

王家巡游离开艾弗沙后，在返程途中遭遇了春天的冰风暴，被迫离开南下的道路，去布拉布雷城堡暂避。这里是哈厉都统一家人的住处。都统本人也去了艾弗沙，参加艾奎纳的葬礼和格里布兰的继位仪式，尚未返回。他的女儿歌姐夫人率领仆人，代替都统款待了国王与王后，但由于食物和干净布料不足，歌姐夫人一直在道歉。幸好杰瑞米爵士计划周全，王家巡游带了足够的供给，尚能应付大部分突发状况。

"别使性子，"王后说，"你祖父确实希望你去参加议会。"

"呵，是吗？您也听到他的话了，祖母——他要把我赶回鄂克斯特受辱。他是这么说的，因为我不负责任。"

"他为什么会这么说呢，莫根纳？还不是因为你故意留下卫兵，三更半夜在陌生的城市跑出去玩。还是一片冰封的湖！"

"国王为什么管这么多？他又没摔得从头到脚都是淤青。"莫根纳知道这句争论没什么意义，虽然他的尴尬遭遇已过去好几天、远在数里格开外，可他的淤伤依然在疼。"他怎么不去找小史那那克的麻烦？是他出的主意。"

王后摇摇头，半是好笑，半是惊讶。"圣徒保佑我们吧。"

"您说什么？"莫根纳意识到自己声音太大，而这又让他显得特别丢脸。看啊，莫根纳王子冲着王后大喊大叫。你们知道的，他就像个被宠坏的孩子。"为什么所有人都在生我的气？"

"我说了，别使性子，年轻人。"米蕊茉王后从袍袖里伸出手，拨开莫根纳脸上一缕金红色的湿发。这个动作在提醒王子：在年老的国王与王后眼中，他永远长不大。"身为王子，这种行为最不讨喜。"王后续道，"就连你妹妹莉莉娅也开始这样了。没错，你祖父对你发了脾气，但他理由充分。你可是至高王座的继承人，莫根纳。今年我们经过的每块土地上的每个人都指望着你。如果你掉进冰湖淹死，谁来继承我们的位置？"

"我知道！我又不傻。"

祖母叹了口气。"我没力气跟你吵了，殿下。来不来参加议会，随你的便。但真正的王子必须学会，为人民的利益克服自己的情绪。"

"这个议会跟谁的利益有关系了？不就是胡说八道加一堆腻歪的老故事……"

祖母闭上眼睛，过了一会儿，深吸一口气。"年轻人，虽然有些时候，'老故事'和'历史'让人很难分辨，但它们却有着天壤之别。有些故事虽然老，却从未终结，时至今日仍同百年前一样重要。早在我们爱克兰人出现之前，北鬼就在这里生活了很久，如今依然存活在北方那些可怕的大山里，如白色甲虫一样在黑暗中聚集。如果他们再次出现，会欣喜若狂地杀死我们所有人，包括你妹妹。你真觉得这只是个'老故事'？"

莫根纳低头看着自己的脚。他明白，在某种程度上，王后想与他讲和。但某种阴郁又愤怒的情绪控制了他，让他无法挣脱。

"既然北鬼那么可怕、那么糟糕，"最后他说，"那你们当年有机会时，为什么不把他们赶尽杀绝？为什么我祖父什么都不做，只是躲在家里，却派年迈的北方公爵艾奎纳追杀他们？"看到祖母的脸气得发白，莫根纳生出一阵病态的满足感。

"你不知道你有多幸运，莫根纳，因为我爱你就像爱你父亲一样。"王后一字一顿地说，语气比飘落的雪花更冷，"不然我会因刚才那番话扇你的耳光。你什么都不懂，就妄加评论。不，看着我。"

莫根纳没想到自己一通胡说，却戳中了王后真正的痛处。他不敢看她，更愿意盯着自己落了雪花的靴子。

"以圣瑞帕和圣母之名，臭小子，我说了，看着我。我是认真的。"

莫根纳抬起眼睛，但立刻就后悔了。王后面无表情，刚才的震惊与愤怒都不见了，结果却显得更吓人，就像游行队伍里的战士圣像。他不记得以前祖母有没有被自己气到这个程度，只觉胃里翻江倒海。"那好吧，"他知道，自己的语气一点也不诚恳，"对不起。我知道，我知道，公爵是您的朋友。他是个了不起的人。对不起，我是个傻瓜，我收回刚才的话。"

"收回？"王后凑近些，压低了声音，"臭小子，你听好了。除非你用什么愚蠢的恶作剧害死你自己并伤透我们的心，不然总有一天，你会当上国王。你必须学会三思，不光在行动之前，说话之前也要想清楚。对你不了解的人和事胡说八道，如果对方只是你的家人、廷臣和仆役，也许你只会伤了他们的感情；但换个情况，你会引起战争——没错，战争。"她深吸一口气，"现在我没时间纠正你的无知。我要进去了。我邀请过你——提醒你一句，身为王子，到了这个年纪，参加议会及其他烦人的琐事是你的分内之事——但来不来随你。"她转过身，作势要走，又在门口停下脚步，"最后一句。年轻的莫根纳王子，如果你学不会三思之后再开口，那我建议你少说几句，或者干脆闭嘴。"

莫根纳知道自己该跟上去，但他心里不爽，更想与寒冷、悲苦和孤独为伴,所以王后走后,他独自一人留在柱廊之间。这里很安静,他什么也没听见,直到突然感觉有人碰了碰他的胳膊。"神圣救主啊!"他惊叫一声,回过头去,好在眼前不是偷袭的北鬼,而是个身穿兜帽夹克的身影,形似一个胖胖的小孩。"史那那克,你吓死我了!"

"没错,"矮怪咧嘴笑道,"我就像野兽威屠寇,悄无声息地穿过雪地,连冰壳都踩不破。"

齐娜走到她未婚夫身后。"对,安静。"她点点头,脸上挂着宠溺的微笑,"吭哧,吭哧!嘎吱,嘎吱!哦,不,兔子吓跑了!"

"她只是开玩笑,吾友莫根纳。"史那那克对他保证,"她知道我有很多天赋,但她喜欢拿我开玩笑。女人总是不够严肃,你说是吧?"

"毫无疑问。你俩去哪儿了?"尽管矮怪带他去溜冰,给他惹了不少麻烦,但莫根纳还是很愿意有人陪伴,至少这能让他分分心,因为他很快发现,站在外面吹冷风不是什么好主意。"我之前还找你们来着。"

"厨房。"史那那克立刻回答,"那儿很有意思,满屋子香味。那位厨娘女士有个很长很厉害的名字,叫'尔娜愿上帝救救我叫我干啥都行但我的晚餐去哪儿了'。我们非常震撼。就连伊坎努克也没人叫这么长的名字!"

"我吃了'不听'!"齐娜自豪地说。

"不听?"

"是'布京'。"史那那克解释,"那位尔娜什么什么夫人做的。"

"啊,"莫根纳明白了,"布丁。"

"我很喜欢。"齐娜露出向往的眼神,"好松软。"

小史那那克似乎担心跑题太远,于是意味深长地看了未婚妻一眼,换了个更严肃的新话题。"好了,莫根纳,我的朋友和王子,其实我们是想问你,你愿意跟我们去水边吗?去一片湖?"

"不去！以所有圣徒的名义，我干吗要去？"莫根纳抱着双臂，皱起眉头，"自从上次回来，我到现在浑身都疼！就因为跟你俩偷偷出去，我祖父母差点没把我赶回家。怎么，你们又找到了一片湖？这天气都要冻死人了！"

"去钓鱼啊！"小史那那克说，"冻死人才好，湖面冻住了，我们才能到冰上去。我们可以挖个洞，把鱼线放下去等鱼来咬，用那个……那个……"他转头望着齐娜，用手指比了个形状。

"鱼兜。"齐娜提示他。

"鱼钩？"莫根纳猜测。

史那那克兴奋地转向王子。"就是这个！对！鱼线绑上鱼钩，鱼就会来吃。冰冷的湖底有饥饿的鱼。我们能钓到很多鱼！"

"我不去！上次在艾弗沙去湖上玩，我祖父母还没原谅我呢。"

小史那那克摇摇头。"那事我也有责任，我很抱歉。我未来的岳父岳母也很生我的气。'史那那克，'他们说，'你无权将王子置于险境。'但这次的冰湖探险，我们可以叫上你的卫兵或那几位剑士朋友一起嘛。"

莫根纳不喜欢这个建议。难道他和他妹妹一样，是时刻需要人看护的小孩吗？"呵，按老人家的意见，我们应该整天坐在他们脚边，聆听他们的教诲。"他想起人生中各种乏味的事情，"你们带没带康康酒？"

小史那那克还真带了个皮酒袋，里面装满了能温暖胸膛的酸味饮料。莫根纳接过酒袋，喝了一大口。"我不需要卫兵。"他把酒袋还回去，"但我祖母要我跟她及他们所有人一起——都是贵族什么的——去里面开会。他们要讨论北鬼的事，判断会不会打仗。"事实上，他仍在考虑逃开这次会议。艾斯崔恩和欧维里斯肯定找到了一个温暖的小窝，正在喝酒、吹牛，远离王家职责的干扰。

"啊，"史那那克露出羡慕的表情，"那可是大事，当然了，你必须向他们提出你的建议。你真幸运,莫根纳王子!"齐娜也点头赞同。

"幸运?"

"你这么年轻,他们就认可了你的智慧。我为参与部落大事,一辈子都在学习并实践,但得到的只有轻蔑。唯有齐娜的父亲、睿智的宾宾尼格伽本尼克,认可我的聪明才智。其他坎努克老人都觉得我是个傻瓜,只会吹牛。"他皱起眉头,用拳头捶打胸口,"尽管小史那那克心中勇敢,却还是感到心痛。但你瞧哇,莫根纳王子,你的族人对你的看法就明智多了。他们会寻求你的建议。他们认可你的能力!"

莫根纳并不相信祖父母那些人真会认可他的能力——连他自己都不太确信——不过仔细想想史那克的话,他必须承认,如果国王与王后没要求他参加会议,他肯定又很生气。如果这次他不参加,他们下次还会让他去吗?他们肯定会说他"使性子",而这个词让他深恶痛绝。没错,他越想越觉得,去参加才是最明智的选择。等他出现在会议上,其他人却像往常一样无视他时,祖母就会明白他并没有"使性子"了。

"不管怎样,我得进去了。"他说,"祝你们钓鱼好运。别掉进湖里。"最后这句本来是个玩笑,可一出口他就后悔了,因为他意识到,矮怪中的任何一位发生意外,他都会非常难过。他赶紧画了个圣树标记。

好在史那克似乎并不在乎这迷信的疑虑。"哦吼!我会非常小心的。结果一定是鱼被钓出湖面,莫根纳王子,而不是小史那那克掉进湖里!"

"没错,"齐娜说,"因为我,会抱住他的腿。"

莫根纳目送两个矮小的身影手牵手穿过庭院。等他们走了,莫根纳挺起胸膛,走进房间,努力拿出王子的做派。

♛

如果说岁月教会了穆拉泽地伯爵艾欧莱尔什么事,那便是:当下一刻的真实就像一层新雪。正如他今早在布拉布雷城堡慢慢散步时瞧见的那样，新雪会让一切看起来干净、崭新，可下面还是同样的老树、石头和泥土。年纪越大，他就越明白，真正的改变是多么难能可贵。

此时此刻，看到莫根纳王子从外面的寒风中走进侯爵的书房，与众人一起围坐在桌前，他又生出了同样的念头。由于王子的表情像要接受批评，所以他想不通，莫根纳为什么要来。其实这也挺有意思的。艾欧莱尔是在西蒙登上爱克兰的王位之后，才与他有了深入的交往，不过在他刚刚统治的早年间，艾欧莱尔也见过国王露出同样迷惑而愤怒的表情；如今这表情出现在他孙子脸上，却把国王烦得不行。

公平地讲，艾欧莱尔必须承认，莫根纳那郁闷的表情让他自己也挺心烦的。希望王子出现在这里，表明他确实有所改变，而不仅仅是一层新雪。莫根纳需要对国事更上心，这不光是因为北方出现了潜在的新威胁。赫尼斯第的国王休、纳班两兄弟的纷争，还有至高王座的未来，都让艾欧莱尔越来越忧虑。数十年来，老演员不断谢幕离场，登上舞台的新演员却在重复前人的老戏，都是同样贪婪、愚蠢的老戏码。

但这也不都是他们的错，艾欧莱尔心想。年轻人几乎一无所知，只是他们自己并不知道，也不明白老戏总在不断重演。这是他们的荣耀，也是他们最致命的缺陷。

"现在最需要的是了解情况。"西蒙国王的声音将艾欧莱尔的注意力拉回到眼下的议题，就像猜到了他的想法并要同大家分享似的。"仁慈的乌瑟斯啊，我真想念莫吉纳医师！当然了，还有葛萝伊，愿上帝保佑她。没有他们的智慧，没有希瑟的信息，我们只能猜测北鬼想干吗。"

"是啊，但他们不在了。"米蕊茉说，"我们只能想想我们知道些什么——以及我们还需要了解什么。"

寡妇

莫根纳王子动了动。"莫吉纳——父亲给我起的名字，就是为了纪念他，对吧？我一直不太明白，因为大伙都说，我父亲并不认识莫吉纳。"

"你父亲没见过莫吉纳，但读过他关于圣王约翰的著作。"西蒙回答，"他通过那本书了解了医师，所以用你的名字向他致敬——也为你祝福。"国王严厉地看了王子一眼，"那本书你也读了吧？你答应过的。我看那书的时候比你还小，当时我还识字不多！你能从中学到很多帝王之术，并了解到你父亲选这个名字的用意。"

"莫吉纳医师确实很有智慧。"宾拿比克现在做的，通常是身为王座之手的艾欧莱尔在这种情况下必须做的事，也就是说，在争吵开始之前劝架。艾欧莱尔暗自庆幸有人能帮上了自己。"但并非全世界的智者都消失了呀，有几位现在正坐在这里。"矮怪露出微笑，"我当然不是说我自己，而是指好人提阿摩和艾欧莱尔伯爵，他们二位博览群书、阅历丰富、各有所长。两位陛下也是出类拔萃的人杰，很少有人能达到你们的成就。"

"你太谦虚了。"西蒙笑了笑，"可这里没人熟悉北鬼，而我们眼下最需要这方面的知识。上帝明鉴，希瑟能帮上我们，只是他们固执地保持沉默。所以此时此刻，我才特别怀念莫吉纳和他的智慧。还有葛萝伊。"

"葛萝伊到底是谁呢？"莫根纳问道，"我听很多人提过她的名字。"

"她是个'瓦莱妲'。"宾拿比克回答，"瑞摩加人口中的女智者。"

"一位聪明绝顶的女智者。"米蕊茉补充道。

"她还是个变形者。"提阿摩说，"她能变成猫头鹰的形状。我亲眼见过她变身。"

"她是个女巫。"艾欧莱尔发现所有人都转头看向自己，忍不住露出微笑,"她当然是了!还有其他更准确的用词来描述她吗?在我长大的赫尼斯第,这个词儿并不像你们安东教徒想象的那么可怕。她能走进梦境之路。而且,看在密尔汉清甜雨露的分上,提阿摩说得对——她甚至能变成鸟!"

"她活了四百多岁。"西蒙说。

"真的吗?"提阿摩很惊讶,"陛下,您怎么知道的?"

"亚纪都告诉我的。"

"亚、纪、都?那又是谁?"莫根纳略带哀怨地问。

"一位希瑟女子。"他祖母解释道,"我们最亲密的盟友之一。"

"四百多岁啊,"提阿摩叹道,"真厉害。葛萝伊临死之前,我听亚纪都说,她是努言的后裔。也许是真的——她可能真是航渡者的后代子孙。庭叩达亚的寿命几乎都比凡人长。"

"真不公平。"莫根纳说,"我在认真听,我发誓是真的,可这些人都是谁?航渡者是谁?他跟这位葛萝伊是什么关系?你们说的庭可达丫什么的又是谁?还有这些老故事,跟去年冬天有人在瑞摩加牧场发现的北鬼尸体有联系吗?我还以为你们要讨论这个。"

"对,死者中有北鬼,但也有希瑟。"宾拿比克说,"那是我们听说过的最离奇的事。莫根纳王子,你能提出问题,这很好,"他继续道,"但想在一天之内搞清所有事,恐怕就没那么容易了。"

不过艾欧莱尔觉得,这是个教导王子的好机会,一个难得的机会,因为现在的莫根纳显得很有学习欲望。"殿下,北鬼和希瑟曾是一家人,同属一族。"他解释道,"但庭叩达亚不是——他们是航渡者努言的子民,大多充当希瑟与北鬼的奴隶和仆人,至少以前如此。就连他们的传奇领袖努言,尽管技艺高超、能力出众,在不朽者眼中也不过是个奴隶。很久很久以前,努言和他的族人打造了一支船队,载着希瑟与北鬼离开了他们口中的'华庭',来到了这片土地。"

国王点点头。"我的希瑟好友吉吕岐也是这么说的——希瑟和北鬼把努言之民当成奴隶带到这里。但我不知道庭叩达亚来自何方。吉吕岐说，他们的名字是'海洋之子'的意思，而他们当中确实有些成员长年生活在海船上。米蕊茉就见过几位。"

"他们又叫呢斯淇。"王后点点头，"事实上，有位叫甘·依苔的呢斯淇还救过我的命。他们能用歌声赶走淇尔巴，以保护纳班的船只。"

"啊，"莫根纳终于听到一个认识的词儿了，"淇尔巴。我听说过这些怪物，据说很吓人，像鱼似的，常在南方出没，会偷偷把船上的水手拖到水里淹死。"

"说得对，殿下。"艾欧莱尔鼓励道，"我也遇到过庭叩达亚，不过那是他们的另一个分支了。"他回想起在万朱涂遇到的惴惴不安的大眼睛戴沃人，"你知道吗，庭叩达亚俗称换生灵，各个分支间的外形千差万别，就像贵夫人的宠物狗既可以是小狗，也可以是獒犬。这些事对我们很重要，因为我们提到的生灵——希瑟、北鬼和庭叩达亚——都很长寿。"

"有些简直他妈长生不死。"西蒙国王说，"我猜那个北鬼女王还活着，虽然亚纪都说她失去了力量，但吉吕岐说，她是这个世上最古老的活物。"他望向年轻的王子，"所以我们希望你能了解这些事，莫根纳。我和你祖母总有一天会离去——但北鬼恐怕不会。"

"而现在也没有像葛萝伊那样的人了？"莫根纳似乎终于意识到众人关注的问题有多严重了，"了解北鬼、知道他们在搞什么阴谋的人？"

"再没有像葛萝伊那样的人了。"宾拿比克哀伤地笑了笑，"以前没有，她死之后就更没有了。莫根纳王子，你名字的来源莫吉纳医师也一样，当今再没有谁拥有他那样渊博的智慧了。所以，恐怕我们只能自己解决了。"

众人又开始讨论爱尔瓦夫人的故事和北鬼有什么联系。艾欧莱尔不由暗叹：矮怪说得很对，再没有像葛萝伊那样的人了。他并不太了解那个女巫——风暴之王战争期间，他只在拜访约书亚王子的营地时，与葛萝伊见过几面——但她那对鹰隼般明亮的眼睛却从未离开过伯爵的记忆。从远处看，她就像一位农妇，娇小而敦实，头发短短的，衣服很随便，并不在乎自己在别人眼中的形象。但与她正面接触，接受那对黄色眼眸的审视，你就能感受到她的力量——不是征服者的威压，也没有掌控他人的意愿，而是一种自然而然、如磐石伫立在河水中间的力量——坚定不移，令周遭一切无意义的活动和噪音都远远绕开的力量。

对了，她的指甲很脏。艾欧莱尔想起来了——这也是他喜欢葛萝伊的原因之一，说明她更乐于完成各种需要的事，而不是浪费时间打理自己。上帝啊，没错，他心想，若那几位卷轴持有者——葛萝伊、莫吉纳、亚拿嘉、笛尼梵神父——还在世并聚集于此，告诉我们该怎么做，那我们的形势会比现在好上无数倍。可惜葛萝伊和亚拿嘉死于北鬼之手；红袍牧师派拉兹在海霍特的小屋里烧死了莫吉纳医师，又在塞斯兰·安东尼斯杀害了笛尼梵神父。

艾欧莱尔环顾房间。所有人都在这里了，国王与王后、来自遥远伊坎努克的矮怪、出生于乌澜沼泽地的提阿摩，以及年轻的莫根纳王子——他还因无法理解所有事而感到迷惑和沮丧。现如今，只能靠我们来保护这片国度了，他心想，由我们缔造未来的传奇。等到后人提起我们，他们会说："感谢上帝，幸亏有他们在。"若我们不在——若复仇的冷锋从北方卷土重来，而我们未能守住前人在上一次黑暗时代保住的一切——那以后就不会再有传说了，也不会有人再来传颂它们。

※

米蕊茉派侍女去收拾卧室，随后看到，宾拿比克正站在都统的书房门口等她。小个子显得很疲惫，但王后觉得，她只是尚未习惯矮怪的苍老模样而已。她露出微笑。"真高兴又见到了你和茜丝琪,宾拿比克。还有你孩子齐娜——她已经长成一个大美人了!真让我振奋。"

他用拳头敲敲胸口。"我们都需要时不时振奋一下。就像我们在伊坎努克常说的:'恐惧是智慧之母,但每个孩子总有一天必须离家'。"

米蕊茉还在琢磨这话是什么意思,西蒙已经同肯里克爵士商量完了卫兵的部署。鉴于他们住在一位可靠的盟友家里,安全方面应该没多少需要商量的。

肯里克爵士在门口停了一下,朝王后深鞠一躬,又低头看看矮怪,别扭地鞠了个半躬,动作更像幅度较大的点头。矮壮结实的侍卫队长与他的大多数同僚一样,一直搞不清该如何对待国王夫妇的怪朋友。礼节和头衔这种事往往很难处理。米蕊茉知道,两周以前,为了安排"岷塔霍的吟唱者"在宴会桌上的位置,宫务大臣杰瑞米差点就被搞哭了。

"他是我最长久、最亲密的朋友。"当时西蒙这么告诉他,随后又赶忙补充一句,"当然了,仅次于你,杰瑞米。"

"还有一件事,"肯里克说,"请二位陛下恕罪。假如我们能及时赶到韦斯万,或许可以给兄弟们放一天假?经历了这场暴风雪和食物短缺,放假可以提升大家的士气。"

"我相信,可以。"西蒙回答。

"我们会考虑的,肯里克爵士。"王后一边说,一边意味深长地看了丈夫一眼。

"他们为什么不能在韦斯万放一天假?"队长离开后,国王问她。

"我没说不能,虽然我们已被暴风雪耽误了时间。我只是说'我们会考虑'。一起考虑。然后再正式宣布。"

"我觉得你不会反对。"

"你怎么知道的,夫君?你又没问我。"

西蒙撇撇嘴,最后还是点点头。"我想你说得对。"

这一刻,米蕊茉只想伸出双手抱住他,只想两个人单独找个地方,卸下所有责任,做一对普通夫妻。但这是不可能的。永远不可能。她叹了口气,捏捏他的手。"那好吧。我猜宾拿比克想跟你说说话。"

"准确地说,是等你们两个。"矮怪走上前来,"我想问问前些天你说过的事,西蒙老友。当时我们在艾弗沙,你说你不再做梦了。是真的吗?"

米蕊茉看到丈夫脸上掠过的表情,不由想起了年轻时的西蒙——那个忧心忡忡的西蒙。"对,"他回答,"是真的。你知道我一直会做些怪梦,宾拿比克,尤其是风暴之王作乱那几年。我梦到过乌顿树,对吧?早在我见到它之前。还有水轮,当时我还不知道自己会被绑在上面!我梦到过叫风暴之矛的大山,还有北鬼女王,虽然当时我并不知道她是谁。在葛萝伊的小屋里,我们一起走进过梦境之路,还记得吗?"

宾拿比克点点头。"当然记得。伟大的希瑟女士阿茉那苏也说过,也许你比其他人更容易接近梦境之路。你我分别之后,过了这么多年,你都不再做梦了?"

西蒙摇摇头。"也做,只是少得多。但在我们的儿子约翰·约书亚生病的几周前,我每晚都会梦见派拉兹。米蕊可以告诉你。"

"不,我不行。我不想回忆。"有时米蕊茉觉得,可怕的丧子之痛似乎无处不在,仅仅稍作掩饰,依然藏在周围,哪怕随手碰一下什么东西,不管那东西看上去有多无害,她的伤疤都有可能揭开。片刻前,她的心里还装着万千事务,可现在它又回来了,强烈的痛苦活像刚刚失去爱子的那一刻。"不过,好吧。"她镇静下来,接着说道,"那些日子里,西蒙做了很恐怖的梦。很恐怖。"

"有一次,我梦见派拉兹是只猫,约翰·约书亚是只老鼠,可他不知道……"

"够了!"米蕊茉没想到自己的声音竟会如此刺耳。两个男人吃惊地看着她,她只好摆摆手。"对不起,但我实在没法再听一次了。"

宾拿比克同情地皱起眉。"我想也没必要再把整个故事讲一遍,但我确实还有些问题。我能不能带你丈夫去别的地方单独聊聊?"

"不用。我还好。如果事关重大,我也想知道。继续吧。"她可是王后,她提醒自己——至高王后。她不会因害怕就躲起来,不论它的来源有多可怕,也不论它的出现有多痛苦。

"你是在某天晚上发现自己不再做梦了,西蒙?"宾拿比克问他,"还是过了段时间才注意到的?"

西蒙想了一下。"我是什么时候告诉你的来着?施拉迪格夫妇来的那晚,对吧?那天好像是个圣日?"他皱起眉头,捋了捋胡子,"圣乌提尼雅日,对吧?"

宾拿比克露出微笑。"恐怕我不太熟悉安东教的圣徒,只知道他们人数众多,雕像的脸庞大多皱着眉头。"

"考虑到大多数圣徒的遭遇,这也怪不得他们。"西蒙说,"莉莉娅的外公送过她一本书,没错,里面提到了乌提尼雅——我一直记得她的故事。皇帝的士兵砍掉了她的十指,她依然宣称能感觉到上帝的存在。对吧,米蕊?"

米蕊茉耸耸肩。"你说是就是吧。这书给孩子看实在太恐怖了。干吗问这个?"

"好让我查清我是哪天不再做梦的。圣乌提尼雅日是阿弗洛月的第三天。"他转向宾拿比克,"也就是说,我最后一次记得的梦是在玛瑞斯月末。那天夜里,我很晚才上床——我猜就是艾奎纳葬礼那晚——我做了个很奇怪的梦。梦里有匹黑马站在田野里生马驹。不过马驹不肯出来,拼命挣扎,好像不愿出生。我不知道这个梦是什么意思。"他摇摇头,继续回忆,"黑母马不停惨叫、哀号,声音凄厉。后来我惊醒了，满身是汗。你还记得吗，米蕊？"

王后耸耸肩。"我只记得，艾奎纳葬礼那晚，我也没睡好。"

"不管怎样，"西蒙续道，"重新躺下后，我立刻又睡着了，感觉却像掉进了一个黑洞。很黑、很黑——却没有梦。我发誓，从那以后我就没再做过梦了。"

这番话让米蕊茉焦虑不安。"也许正如你说的，西蒙，你只是不记得你做过梦罢了。有时我也不记得自己做过的梦，直到有人说起什么提醒了我。"

西蒙用力摇头。"不。不一样的。"

宾拿比克把手伸进外套，掏出一个皮袋。"玛瑞斯月的最后一晚，就是你们说的愚人之夜，对吧？"

"对。"西蒙微笑道，"我记得我在葬礼上想，要是举办一场盛大的愚人之夜晚宴，来点醉鬼牧师和面具什么的，老好人艾奎纳应该很喜欢。"

"艾奎纳确实喜欢狂欢宴乐和大声唱歌。但我觉得愚人之夜绝不仅仅是为寻欢作乐。"宾拿比克把皮袋里的东西倒在手里，那是一堆打磨过的小骨头。"在山里，冬天离去之际，我们也有类似的庆祝活动，一种改变运气的仪式。我师父欧科库克称之为 so‐hiq nammu ya——'薄冰之夜'。在那一晚，你可以轻松打穿这个世界与其他世界间的屏障。"

西蒙既着迷又担心地盯着矮怪手中的骨卜。"我好久没看到这个了。我还以为你不再玩了。"

"不用骨头占卜？怎么可能？只是我最近一直在教小史那那克如何卜卦，所以不想把它们累坏。"

想到这堆小骨头也能累坏，米蕊茉差点露出微笑。"自从在森林里第一次遇见你，"她坦诚地说，"我就一直想知道，这些骨头是谁的？"

宾拿比克严肃地看她一眼。"当然是我的啊。"他转向西蒙,"替你占卜你介意吗?你走不进梦境之路,让我觉得挺奇怪的;尤其这事还发生在薄冰之夜,就显得更诡异了。"

西蒙摇摇头。"不,当然不介意。"

宾拿比克单手捧住骨卜,颠得"哗啦"作响。他低声念叨几句,蹲下身,摊开手掌,把骨头撒在石板地上,盯着看了很久,又收拢起来再撒一次。重复三遍之后,他抬起头。"卦象很奇怪,暂时我只能这么说,我需要更多时间想一想。第一次是'黑隙',第二次是'湿滑雪地',最后一次是'不速之客',又叫'无影'。所有卦象都与欺骗和迷惑有关。"

"具体什么意思?"西蒙问。

"不仔细思量,谁能说清呢?"宾拿比克小心翼翼地捡起那堆黄色的小骨头,收回皮袋,又对着袋子悄声说了几句,这才收进衣服。"我必须好好想想。想想我恩师欧科库克教给我的所有知识。我已经好多好多年没见过'不速之客'了。真让人困惑。"他站起来,嘴里嘟囔着做了个怪脸,挺直腰杆。米蕊回想起记忆中如松鼠般敏捷而麻利的矮怪——当年他们都是如此灵活——心中一阵酸楚。"我还得想想,西蒙老友,有没有什么办法能解决你不做梦的困扰。"

"我倒觉得,他不做噩梦也挺好的。"米蕊说。

"可在风暴之王战争期间,我们通过西蒙的梦了解到很多情报。"宾拿比克对王后说,"至关重要的情报。现在失去这一来源,我们承受得起吗?"

"我们不能拿百姓的生命冒险。"西蒙说,"这才是最重要的。"

宾拿比克抬手捏捏米蕊的手。"之前我是跟你开玩笑。"他说,"一个小玩笑。那些骨卜是我的,但它们不是人骨,而是绵羊的脚踝骨。"他咧开黄牙,露出熟悉的微笑,"你能原谅我的玩笑吗,我的朋友、米蕊茉王后?"

"哦,那还用说?"王后回答。但这场关于西蒙噩梦的讨论,并不能缓解这心烦意乱的一天。

寡妇

白手

♛

　　主啊,我恳求您,请保佑我手臂强壮、百发百中,好让我摧毁您的敌人。

　　他轻松杀死了第一个目标:箭矢从百步外顺风射出,穿过一个贺革达亚的喉咙。等那白衣身影倒在雪地上,亚拿夫已冲向第二个攻击点,一直让风吹在脸上。他知道一定会有第二个侦察兵的,而训练有素的殉生武士会在查看同胞的尸体之前,预先估算箭矢飞来的方向。

　　亚拿夫早就看好了下一个攻击点,几个箭步蹿了过去。第二个北鬼出现在他下方,紧贴崎岖的雪地而行,双眼眯成两条黑线,扫向亚拿夫刚刚离开的位置。在他上方三十尺处,亚拿夫站在一排山杨树后,再次拉开弓弦。即使这么微小的动作,竟也引起了贺革达亚的注意,亚拿夫只好匆忙射出一箭,因为对方也已搭箭上弦。箭矢飞出,但比他预料得低了一些,只射中敌人的腹部,虽然这也可能致命,却无法当场格杀。北鬼转了个圈,跪倒在地,立刻挣扎着爬到一个雪堆后面。从那儿只要很短的距离,便能钻进森林的掩护。

　　亚拿夫咒骂自己的笨拙,随即懊悔不该在眼下的险境中亵渎救主的圣名。他需要知道第二个侦察兵的箭伤是否严重,但他不能傻等。若那怪物还有力气逃走,也许就能逃回贺革达亚的大部队,那亚拿夫反而就成被追捕的目标了。可他也不能直接跑去追杀那个受伤的殉生武士,因为一旦脱离有利的风向,对方就能闻到他靠近的气味,何况对方手里还拿着弓。即使受了重伤,贺革达亚只要一箭命中,就能终结亚拿夫针对不朽者的复仇大业。

　　他换到下一个能俯瞰下方的制高点,看到那个受伤的殉生武士依然伏低身子躲在雪堆后面,不由松了口气。北鬼腹部的伤口流出鲜血,染红了周围的雪地……但血还淌得不够快。从这里射箭的角度很糟糕,恐怕只能把敌人赶到掩体后面,却没法杀死他。于是亚拿夫沿着陡峭的山坡往下潜行。岩石很滑,有些地点会让他彻底变成下方射箭的靶子,好在对方始终没出手。

终于,距谷底还剩十腕尺左右距离的位置时,亚拿夫看到受伤北鬼的腿从雪堆后露出。他可以继续绕下去,但风向一直在变,可能会让他长时间处在上风的位置,将气味直接吹向敌人。这一来,他俩就只能直接比试箭术了。亚拿夫不喜欢跟贺革达亚比箭,哪怕对方已经受伤。他移到一块突出的岩石边缘,跳到下方的雪地上,距离受伤的北鬼只有几步远。

结果雪地比他预想得更软、更深,他没能正常落地并往前跃起,反而陷进了没过大腿的积雪。他用弓帮助自己迅速爬出,但那侦察兵已经听到声响,扭头望来,苍白的嘴巴和下颚点缀着红色血点,犹如一张粗糙的面具。亚拿夫不敢给对手留出举弓的时间,立刻扑了过去,连剑都顾不得抽,而是拔出长刀,连滚带爬地掠过湿滑且积雪的岩石。

一开始他好像成功了。他用肩膀撞上受伤的贺革达亚,让敌人的弓和已经搭好的箭矢飞到一旁。但那殉生武士不愧受过训练,即便受了伤依然反应神速,而且他手里同样握着刀。

二人如情侣般死死抱住对方,在雪地上安静地翻滚了好久,直到亚拿夫设法将刀刃扎进对方肋骨下方、靠近箭伤的位置。这一刀虽不能立刻杀死这怪物,但也捅得够深,接下来就是时间问题了。敌人的抓握愈发无力,抵挡亚拿夫的动作也越来越慢、越来越沉。终于,鲜血往四面八方溅出好几尺远,贺革达亚侦察兵的意识渐渐模糊。亚拿夫将他仰面按在地上,细长的刀刃从眼窝直穿大脑。

他趴在敌人的尸体上,呼呼喘气,一时无法动弹。哪怕是与一名

寡妇

受伤的殉生武士贴身肉搏，也像跟巨蟒角力一样辛苦。亚拿夫的每一根肌肉都在发抖，他做了几下深呼吸，努力把空气吸进肺里。若不是在一呼一吸间突然听到身后有响动，那他已经死了。

他刚刚滚到一旁，第三名殉生武士便跳了过来，手中的长矛本想扎死他，结果却刺中了旁边的死尸。亚拿夫很生自己的气——这么大的巡逻范围，他居然想当然地以为附近只有两个士兵。他一把抓住长矛不撒手，防止对方拔矛再刺。贺革达亚往后倾身，想夺回长矛，反而给了亚拿夫一瞬间的喘息之机。那名殉生武士离他有点远，伤不到要害，但也足够近，可以挥刀往下扎穿对方的脚掌。电光石火间，白色怪物倒吸一口凉气，却没惨叫——贺革达亚即使再痛苦也能控制住自己。亚拿夫抄起死者侦察兵的弓，用尽全力敲在袭击者的脸上。白衣士兵抱住脑袋，想挡住第二下攻击，亚拿夫却朝他扑去，两手分别抓住一截断裂的弓身，中间依然连着弓弦。

他用弓弦勒住贺革达亚的脖子，任由惯性带着自己往前冲，转眼便闪到敌人身后，使出九牛二虎之力将弓弦收紧，同时用膝盖顶住贺革达亚的后背，免得对方用手指抓伤自己的脸。怪物挣扎着，用指甲抠破了亚拿夫的手背。可惜奈琦迦出产的弓弦几乎坚不可摧，亚拿夫的体重也远远超过对方。尽管贺革达亚可能力气更大，但亚拿夫只要顶住就够了。

但他还是等了很长时间——一段长得可怕的时间——最终，白皮怪物停止了挣扎。尽管如此，亚拿夫依然拽紧弓弦，直到手臂都抬不起来为止，这才松手瘫倒在尸体旁边的雪地上。假如附近还有第四名殉生武士，亚拿夫知道自己死定了。

好在这支侦察队没有第四个成员。亚拿夫已经好几个星期没试过这种浑身疼痛、到处是伤、筋疲力尽的滋味了。他摇摇晃晃地站起身，继续完成自己的神圣使命，毕竟杀戮只是它的头一部分而已。尸体本身毫无意义，唯独恐惧——播撒恐惧——才是他真正的目的。

271

The Witchwood Crown

他把三具尸体拖到一棵松树下，靠在树干上。接着，他从腹部中刀的北鬼身上接了满满一巴掌血，把另一只手按在雪面上，朝它吹血，让血滴洒落在张开的五指之间。等他移开手掌，雪地上便留下了一个清晰的白色掌印，以殷红的鲜血勾边。随后，他跪下来祈祷。

"我将敌人的尸体献上给您，哦上帝啊，愿他们学会畏惧您的怒火。"

但与前些日子不同，他祈祷后并未感到欣喜，甚至连满足都没有。三个死掉的殉生武士侦察兵让他前所未有地心慌，他们那空洞而无生气的黑眼睛似乎映出了他自己的空虚。类似的事他已经做了好多年，但食腐巨人的话改变了一切，他还能再继续下去吗？假如乌荼库女王真的醒了，贺革达亚正在积极备战，那他们就不再是他设想中的散兵游勇了，而他的杀戮也将失去意义——除了制造更多死尸而已。

亚拿夫知道，自己不能在尸体附近逗留。他找回自己的弓和箭，擦净靴子上的血迹，以免留下痕迹，被附近可能存在的敌兵轻松找到。随后，他迈开颤抖的双脚，爬回山上的树林，藏进安全地带，只剩几个死掉的殉生武士静静地倒在冰冷的天空下。亚拿夫跪在地上，合起双手，上面依然沾着所谓不朽者的血。他再次祈祷，这次却没出声。

父亲啊，我亲爱的父亲，无论您是在天堂与圣徒为伴，还是在敌人的黑暗堡垒中受苦，都求您帮助我看清前路。

全能的上帝啊，我另一位信实的天父，以您受祝福的爱子、救主乌瑟斯·安东的名义，求您告诉我，您的仆人该怎么做？既然奈琦迦的主人白女巫还活着，那惩罚她的奴隶还有何意义？我担心自己迷失了方向。请告诉我您的旨意。让您的仆人了解您的心愿。

他站起身，但仍垂首了好一阵子。

我只求一件事——给我个启示吧，我主。给我一个启示。

寡妇

♛

"你，黑鸟，"玛寇抹掉下巴上的油渍，指指地上的白兔。它们堆在那里，活像染血的积雪。"剩下这些拿给巨人。"

奈泽露一手拎起一串。她觉得自己能吃上几口熟兔肉已经算幸运了，若不是玛寇以为她肚里怀着孩子，可能根本不会给她吃。她在女王之爪中的地位是最低的，但她已经习惯了，反正她也没得选：显然玛寇更乐意把她丢在苦月堡。

耐心总比惹事强，奈泽露提醒自己。这是她父亲维叶岐最喜欢说的话之一，尽管他本人并不总像他假装的那么隐忍。不过眼下她心怀羞愧、低人一头，又远离她的亲人与家族，所以这话确实是个好建议。

灰白色的巨人如小山般坐在不远处，奈泽露"吱吱嘎嘎"地踩过不甚平坦的雪地，照例停在对方能够到的距离之外，将两串兔子扔到巨人旁边。后者抬起灰白相间的头颅，奈泽露不由自主地愣在原地。巨大的鼻孔鼓动一下。

"哈。"巨人的嗓音活像奈琦迦隧道深处坍塌的隆隆声，"看来蛊罢嘎今晚不用挨饿。"他伸出一只手，皮肤棕得发黑，揽住那堆兔子，仿佛那是一把毛茸茸的豌豆。"我吃了，坐下跟我说说话。"他吼道，声音震得奈泽露骨头发颤，"难道你怕我老嘎吗？"

奈泽露这才找回自己的声音。"我只害怕失败。"

"看来那是你很熟悉的敌人啊。坐。"

奈泽露迟疑一下。她知道巨人没法违抗玛寇手中的水晶束杖，而他相信她怀着孩子，所以不会让巨人伤害她。不管怎么说，我还是女王之爪，她告诉自己。我的失败并没有剥夺这个身份。暂时没有。

她找到一棵倒伏的树干，估计巨人的长臂应该够不着，至少他坐着的时候够不着。贺革达亚的营地扎在一片树木繁茂的森林旁边，他们已沿这森林走了好几天。虽然玛寇同意升起营火，但命令她只能用干柴点堆小火。其实这地方罕有活物,奈泽露不禁觉得,队长的谨慎有些大惊小怪。

巨人目不转睛地盯着她。他的眼睛是黑色的,埋在嶙峋的额骨下方,本应看不分明,但每颗眼珠中央都燃着一点浅绿色的火花。"你是母的。"巨人突兀地说,"看起来跟其他几个一样,但我能闻到你的子宫。"他用拇指和食指捏起一只兔子——他光手指就跟奈泽露的手臂一样粗——连毛带肉半含了一会儿,才把整只塞进嘴里大嚼,她能听到兔子骨头被碾碎的"咯咯"声。"听说你要下崽了,但我没闻到。老嘎想知道为什么。"

奈泽露感到一阵被逼入绝境的恐慌,好在怪物的口吻更像闲聊,于是她决定假装没听到后面那几句。"对,我是女的。"她最后说,"你怎么会说我们的话?"

"那我该说什么话?"蛊罡嘎咧开嘴巴,露出一口大黄牙,微笑一下——至少奈泽露猜测那是某种微笑。一时间,巨人看上去跟常人差不多。但也只是差不多而已。"我们与同类并不聊天,彼此住得很远。两只雄性相遇,就更不会像你们这样说话了,而是直接开打,争夺打猎的领地。我们吃得很多,需要一大块地盘才能养活自己。"他咬掉第二只兔子的头,吸尽脑髓,只剩一副毛茸茸的空脑壳,然后撕掉血淋淋的兔子皮,有滋有味地嚼起兔肉。

"你是怎么学会的?"

"只要活得够长,我们多数都能学会。我们很多人替你们的乌茶库女王打过仗。你们下命令,叫我们攻击,这些词儿很容易学。但杀人就不用你们教了。"他又咧嘴露出黄牙,"因为我最老,所以我说得最好。我是最强的。世界轮转三百多年,蛊罡嘎依然活着,但大部分时间都是女王的俘虏。我在南方为她作战,后来塔倒了,我是唯一一个回到山里的巨人。"他眯起双眼,"哦,对,老嘎学会了你们的很多词。鞭子。锁链。火焰。"

寡妇

"你在南方一定损失了很多。"奈泽露小心翼翼地说,"我知道很多巨人死在那里。"

"我的配偶。我的崽子,有些还没成年。"盅罡嘎敏锐地看她一眼,盯得她垂下了目光。

"我很遗憾。"奈泽露是真心的,至少此时此刻是。这些年来,她的族人也承受了太多损失,无论多少场胜利都无法弥补。奈泽露的族人深谙损失的含义。

巨人依然盯着她。一开始虽然害怕,但她更希望对方只把自己看成潜在的食物。但在这怪物面前坐得越久,她越相信巨人正在琢磨别的事,甚至有可能看穿了她的秘密。

凝视她并不妨碍盅罡嘎把最后两只兔子丢进嘴里,嚼都不嚼便咽了下去。她突然想到,巨人对她也能做出同样的事,且毫不费力。

"过来,黑鸟。"玛寇在营地那边喊道。这个外号来自一个古老的故事,说一只黑鸟由于怯懦,没能送出一条重要的消息。这是贺革达亚中间古已有之的侮辱性字眼,每次听玛寇喊出来,奈泽露都能感受到其中的意味。

"黑鸟,是吗?"一阵低沉的隆隆声传过她的腿和脚,那是巨人在大笑。"我们有些共同之处了,你和我。你的主人玛寇也是我的主人。他拿着女王的小礼物。如果我拒绝他,或做了他不喜欢的事,他会让我倒在地上,痛苦地号叫,直到心脏在胸中爆裂为止。"

奈泽露起身往回走。营火已经熄灭,只剩一缕轻烟。太阳正沉下西边的山脉,整个山谷浸入阴影。夜幕就要降临,他们即将再次出发。

"看看马匹上好鞍没有。"还没走到近前,玛寇就命令道,"肯豿到前面探完路回来了。星星升起我们就出发。"

* * *

岩石林立的山谷渐渐收成一条窄道。待到熟悉的星星爬上头顶的天穹，奈泽露等人已排成一列，走在陡峭的山脊上，全靠扎实的脚步才不至于滚落下方覆盖积雪的尖石。"螳螂星"贴在地平线上，紧随暗淡的"暴风眼"，说明行进路线比她预想得更加偏南。奈泽露想知道，他们的目的地在遥远的东边，可玛寇为什么带他们如此深入凡人的土地？

一只鬼魅的猫头鹰从她头顶掠过，近得触手可及，几下心跳之间，它如一抹安静的白影，倏然出现，尔后消失。过了片刻，奈泽露听到它在山脊下方的树梢间啼叫，一阵向往自由的欲望突然压倒了她。这是一种异乎寻常又不可名状的感觉——去她想去的地方，过她想过的生活……当然了，这么做就意味着背叛她认识的所有人和所有事。奈泽露没法摆脱发下的誓言，正如她没法像古老传说中的庭叩达亚变形者一样长出翅膀和羽毛，化成一只真正的黑鸟。一旦违背了誓言，她会变成什么？一个混血杂种，一个懦夫兼骗子。只有成功完成任务，才有可能改变这一切，才有可能赢得补偿的机会。

"今晚的螳螂星很亮啊。"身后一个声音说道。凭借在总部经由无数次挨打学会的冷静，奈泽露脚步不停，只是暗暗压下心头的吃惊。是白袍歌者绍眉戟，趁她走神时，他像雪貂一样悄无声息地贴到她身后。"对任务来说是个好兆头。"

"我们的生命属于女王。"这是她能给出的最温和的回答。

绍眉戟跟在她身后，默默走了二十来步，才低声说道："我不会像玛寇那样惩罚你。"

奈泽露觉得这话不太寻常。玛寇和肯貂远远走在他们前面，她刚刚看到艾璧-凯的脑袋转过下一道山脊，所以现在说话相对安全，可他为什么要这么说呢？难道绍眉戟想抓住她的口实，证明她确实违背了女王亲自挑选的队长？

"我失败了，"她回答，"所以我罪有应得。"

"说到失败，其实首领该负的责任并不次于犯错的属下。"

寡妇

奈泽露疑虑重重,不知道绍眉戟到底想干吗。过去几天,歌者一直刻意避开她,当然其他人也一样——她的罪过仿佛让她沾染了恶臭,就像巨人牙缝里的烂肉似的。难道他想跟她交合?如果是,至少也说得通。可就算歌者不知道奈泽露怀了孩子,他真敢涉险冒犯他们的队长吗?

她深吸一口气。"你想指责玛寇是个失败者?"

歌者哈哈一笑,声音如此轻松,简直让她妒忌。"没有,绝对没有。女王陛下和我主人十分英明地选择了他。他就像用上等黑石打造的匕首,锋利得足能划破空气,让它流血。"

"你的主人是指阿肯比吧。"近些天,大司乐那深不可测的黑眼睛和皱巴巴的面具时常潜入奈泽露的梦境边缘,"你说是他挑选了这支女王之爪小队?"

绍眉戟回避了她的问题。"大司乐不光是我的主人,还会是我族的救星。"他的语调平铺直叙,好像根本不相信自己的话,只是照本宣科而已,但他那异样的金色眼眸里闪烁着奈泽露从没见过的光芒。"你引起了他的兴趣,我的手足姊妹。我看得出来。"

歌者的话触动了自苦月堡以来一直困扰她的念头。现在二人远离其他队员,于是她大着胆子转过身,质问道:"你的主人为什么放过了我?"

歌者的表情一片空白。"这支女王之爪由女王陛下管辖,只向她本人宣誓。我的主人岂能干涉?"

这个话题远比他俩脚下的山坡更危险,但它已经开了头,奈泽露也就豁出去了,仿佛这天晚上和这块高地都脱离了平时的束缚。她心中有一部分因这冒险的行径而惊恐万分,可自从玛寇用嚇匕剀抽过她,似乎一切都改变了。"你显然知道得更多,歌者绍眉戟。女王陛下选了玛寇当队长,而他更希望把我带回奈琦迦受罚。为什么阿肯比没答应他?"

绍眉戟沉默许久。二人一言不发地爬山。身为歌者，他的潜行技巧也相当不错。

"姊妹，你对我主人了解多少？"他终于开口，"除了小孩子谣传的那些？"

"我知道他是最古老的长者之一，"奈泽露小心翼翼地回答，"是大船抵达后的第一代陆生者。我知道他深得女王陛下的首肯与信任。我知道每块土地的族人都畏惧他，即使他们从未见过他的脸、听过他的声音。"我也一样，她心想，我真希望从未近距离看过他！

绍眉戟摇摇头。"看来你了解的确实不多，年轻的奈泽露。你我年纪相当，但我却比你知道得更多——多了不少。"他目视前方，像在描绘一幅只有他才能看见的图画，"我曾去过奈琦迦的地底深处，族人不敢踏足的古老深渊。我见识过能让你发疯的东西……但与阿肯比和他的密友相比，我依然是个孩子。我们都是。那些戴面具的长者们很难捉摸，远超你我的认知。我们算得了什么？你我连一百次季节更迭都未曾经历，而他们已经跨过成千上万次严冬。"他睁大眼睛，用蜜黄色的眸子凝视着奈泽露，"我的主人在你身上看到了某样东西。具体是什么，我说不清，甚至猜不出来。就像蜗牛没法理解人脚为什么会踩碎或放过它。因为我们很渺小，奈泽露。你、我，甚至玛寇，我们都很渺小。凡人挤满了这片土地，毁掉了我们的安宁，而我们的寿命比他们长不了多少——再过几百年，我们也将化为尘土。女王陛下永远长存，她的选民也可永生不死，但到最后，我们所有族人都将迎来终结。长者们见证过世间变幻——高山升起，大海干涸——你我又有什么资格评断他们的想法？"

你还真喜欢自说自话呀，奈泽露心想，好在你们幕会的很多成员没这毛病。但她嘴上却说："所以你主人为什么放过我，我永远都无法领会喽？因为我没见过高山升起？"

"随你怎么说吧。"绍眉戟又露出被逗乐的表情，不知为何，这表情让她毛骨悚然。因为出身的缘故,绍眉戟的特权并不比奈泽露更多——因为他也是个混血儿,何况他还有一对金色的眼睛,这可是他们背信弃义的亲族支达亚才有的缺陷——所以这个混血歌者到底是哪儿来的自信?"你的失败不是因为年轻,而是因为缺乏知识和想象力。"他继续说道,"这世上有些更宏大的规律在运作,宏大到超乎你我的认知——甚至想象。如果说玛寇的愤怒给你带来了绝望,那我可以给你另一样东西,以化解你心中的不幸,就像太阳融化一层浅雪。那就是,我们最强大的族人在你身上看到了某种目标,殉生武士奈泽露。阿肯比大人绝不会看错的。"他又默默走了几步,"抬头看啊。"

他们快到山脊最高处了,这时起了风,所以奈泽露以为自己听错了什么。"看什么?"

"看那儿。有没有看到,那些像提灯一样悬在黑水苑上方的星星?它们的运行轨迹,它们打哪儿来、朝哪儿去,阿肯比大人都观察过。我进咒歌会学习的时间并不长,但也知道它们的轨迹如何影响了天穹下的我们,它们的光芒如何将生命带入黑暗。而我主人甚至勘破了它们中间的黑暗。说明一下,这黑暗不是星光照射不到的区域,而是黑暗本身——他能像看书一样读懂它们。"

奈泽露抬头看向群星。"我不明白。"

她听到,歌者的声音里又出现了那种笑意。"姊妹啊,有时我也不明白。当初我在总部学习宏歌和普歌时,感觉有团火照亮了我的心。而这火一直在燃烧。有时它会温暖我,有时却要吞噬我,将我燃成灰烬,吹到星光无法触及的黑暗中去。"

奈泽露开始觉得,这个混血歌者并非单纯的多情善感,而是彻底疯了。正如她被自己的懦弱和失败毁灭了一样,绍眉戟也以他自己的方式崩溃了。所以传言是真的?所有混血儿在出生那一刻就注定要腐坏?

不等他俩继续开口，艾璧－凯出现在前方的小路上。"天快亮了。"回音师宣布，他的兜帽垂在脑后，一头黑色长发环绕着窄长的面庞。"玛寇和肯貊已经找到通往山下平原的路。"他显然在等他们跟上。奈泽露没机会再跟绍眉戟闲聊了，反而暗暗舒了口气。"快点儿！"艾璧－凯催促二人，"我们要到下面扎营，直到日星落下。"

"女王陛下看顾我们。"绍眉戟回答。

"我们的生命属于她。"艾璧－凯打了个表示忠诚的手势，"无上的赞美归于她。"

♛

亚拿夫休息了一段时间，直到再也不敢逗留为止。他的伤并不重——几道较深的切口，头皮上一道又长又浅的鞭痕，还有些抓伤和擦伤。他不知道那三个死掉的北鬼是从苦月堡出来大范围巡逻的侦查小队，还是某支大部队派出的探子。尽管他所在的月触山谷南端是个临时伏击的好地点，却不利于躲避前来追杀的殉生武士部队。贺革达亚的大部队往往还会携带可怕的白猎犬——云之子不喜欢在白天行军，会用在奈琦迦兽栏驯养出来的白猎犬守护营地。运气好的话，亚拿夫可以在山谷上方的森林里躲避追杀他的北鬼，但对手换成奈琦迦猎犬，他就没有半点机会了。

他还知道，他没法从这里直接翻越最高的山峰，因为陡山上的风化岩石都裹着冰。但从山谷另一端出去，他会有更多选择：包括一个较矮的山口，他不用吃太多苦头就能翻过去；有必要的话，他还可以干脆逃进贺革达亚的土地，那边更容易躲藏，至少能躲很长时间，让那支大部队在南下途中错过他。正常来讲，亚拿夫不会冒险接近任何一座边境要塞，但他忘不掉食腐巨人对他说过的话。如果那怪物没撒谎，面具女王当真还活着，那它说贺革达亚打算再度入侵凡人的土地会不会也是真的？假如是真的，假如真有数千贺革达亚即将南下、杀戮凡人，那他独自击杀落单的殉生武士还有什么用？

寡妇

* * *

这是亚拿夫见过的最奇特的作战小队。他躲在山口南边高处的藏身点望下去，很容易就能断定，下面那五个凡人大小的身影全是贺革达亚。五个北鬼走在野地里，说明他们是"女王之爪"——也就是刺杀小队之类，因为巡逻队的人数一般会更少些。同他们的族人一样，这支面目可憎的女王之爪小队也昼伏夜出，很少升火。乍一看他们好像没什么特别。但他们的数目不止五人，而是六个。第六个成员是只巨大的怪物。从亚拿夫的藏身处望去，那只怪物的外形和举止都像宏瘟。但若真是宏瘟，那就是他见过的最大的一只，而他见过的宏瘟已经不少了。另外，那只怪物似乎没有任何束缚，这点根本说不通。贺革达亚确实经常驱赶巨人上战场，但每只巨人都需要一小队殉生武士管束，确保它只袭击敌人，不误伤贺革达亚。可这巨人居然在自由行动——它是伙伴，而非奴隶，这就太匪夷所思了。

亚拿夫需要尽快做出决定。顶多半天之内，这支小队就会发现他留下的北鬼侦察兵尸体和血边白手印，所以他最好尽可能远离这些新来者及他们的宠物巨人。但他有些事没想明白，某种好奇心还在勾引他去了解更多。这就是他乞求上帝得到的启示吗？或者这只是一桩怪事而已？反正这时节已经足够诡异的了。

这就是我的弱点，他告诉自己，至少有些人会这么觉得。父亲曾告诉我说："将好奇心转化为你的力量。"但蓑卡主人也说过："智者从不寻觅，因为随着时间过去，死亡将收获一切，但所有知识也将随之而来。"然而许多年后的今天，我仍像墙头草一样在两个声音间摇摆。

最终，父亲的声音赢了。亚拿夫往前凑近，但也隔了段距离，与那支古怪旅人的行进方向保持平行。宏瘟的嗅觉比最敏锐的贺革达亚还灵，亚拿夫不想成为它们的狩猎目标。

♛

女王之爪在一块突出的岩石下方扎营，借用岩石遮挡升起的太阳。爬过山口，走了很远的下山路，奈泽露双腿酸软，很想睡上一两个小时，恢复一下体力，却怎么也睡不着。绍眉戟那番奇怪的话在她脑中刮起了一阵旋风。

阿肯比在她身上看到了什么？按理说，获得一位奈琦迦大贵族的关注是件值得自豪的事，就像一枚无形却又真实的徽章，足以佩戴一生。得到一位陆生者长老的青睐更是史无前例的荣耀。可她为什么有种头悬利刃的感觉？

奈泽露一直知道自己与众不同。父亲的家人、朋友和仆役一直小心翼翼地与她保持着一段距离，但孩子们不会有这么多顾虑。那些幸运儿的双亲都是贺革达亚，他们的一言一行让奈泽露更加明白：她是个异类，永远不可能跟他们一样。她不过是件必需品而已，出于不正常的生育方式，因此也算是个略微尴尬的提醒——贺革达亚早已不复当年的荣耀，已经沦落到了这种地步。

许多直白的话语和行为都提醒过她：华庭不该有混血儿。

但她仍是出生于高等贵族家庭并顺利长大的全新一代，有些家族却有几个世纪没添新丁了。不论是否得到了纯血不朽者的认可，她依然引起了关注。在她出生那年，奈琦迦贵族家庭共生了几百个孩子，其中的纯血贺革达亚还不到四分之一。随后，在专门为年轻一代安排的格斗竞赛中，她证明自己比所有同龄人更出色、更敏捷、更聪明，既能伤害跟她一样的混血儿，也能报复那些嘲笑她血统的对手，她的表现引起了整个贵族阶层的注意。殉生会在古老的阿苏瓦遭到挫败之后，多年来一直渴求战士。于是，就像醉鬼玩"贼诗"游戏一样，尽管一开始诸事不顺，但她还是克服了血统上的耻辱，成为了一名殉生武士。只是萦绕在她周围的鄙夷目光和窃窃私语并没有因此变得更容易忍受。

踩雪的脚步声和腐败的臭味同时传来，扰乱了她的思绪。奈泽露坐起身，发现是巨人蛊罡嘎。他披着最后的暮色跨过雪地，走到营地外。玛寇跟在巨兽身后几步远,脸上一副难以描述的表情。

"躺下。"队长命令她,"没你的事。"

她不想跟玛寇起任何争执——她甚至不想引起对方的注意——但她躺回地上,依然忍不住望过去,发现巨人领着队长走到岩石阴影之外。

巨人要撒尿,她突然明白了,而队长不想让他尿在营地附近。换作其他没受过训练的队员,可能会笑出声:女王之爪的队长跟在宠物巨人身后,活像羊倌跟着他的牧羊犬。

在紫色天空和微弱星光的衬托下,他俩化成一大一小两个剪影。奈泽露继续躺着休息。她刚蜷起身子,合上双眼,却听到所有马匹齐声嘶鸣。身下地面隆起,发出尖锐而刺耳的声响,好像楔子砸裂了石头一般。随后是她此生听过的最深沉可怕的咆哮,其中透出愤怒与惊讶——她从未想过能有活物发出这样的声音。

地面在倾斜、在滑动,至少在试图站起的奈泽露眼中是这样。营地旁边几步开外原本是块朦胧的白色平地,现在却变成了一个大洞,边缘参差不齐,里面一片灰黑,有东西——成百上千的东西——正从黑洞里钻出,爬上地面。她仍能听到巨人的吼叫,但那叫声像被蒙住了。她感觉蛊罡嘎一定掉进了某个冰洞。

"小心!"肯貂大叫,"是伏砾犴!"他抽剑出鞘,剑刃发出嗡鸣。奈泽露慌忙在脚下的冰碴里摸索自己的长剑。第一批小黑影四脚着地,朝他们爬来,好像一群小蜘蛛,眼睛在昏暗的晨光中闪烁,小脸因狂怒而扭曲。它们已经拖倒了一匹马,后者发出惊惶的惨叫,估计正在被活吃。

是小地鬼,她明白了,心中顿时冷得发沉。巨人掉进了它们的巢穴。她听到蛊罡嘎又号叫一声,这次声音更加含糊,像被自己的血呛到了似的。

巨人已经不见了,消失在冻土之下。叽叽喳喳的人形小怪物钻出冰洞——贺革达亚称之为"伏砾犽",凡人则叫它们"掘地怪"——犹如火蚁从巢穴里涌出,已经淹没了肯貂和艾璧-凯。玛寇也失去了踪迹和声响,奈泽露几乎可以确定,他跟巨人一起坠入了冰窟。

　　结束了,奈泽露心想。怪物这么多,我们绝对逃不出去。指甲破烂的小手抓挠她的双腿,尖号的小身影爬到她身上,仿佛她是棵树。她甚至来不及最后唱响一次遗歌,便被它们扑倒在地。

寡妇

邪恶的书

♛

莉莉娅这辈子花了太多时间观察圣坛后的圣韦格拉夫画像,甚至觉得他快变成了自己的亲戚——很无聊的亲戚。晨祷尤其难受。小公主尽职尽责地爱着上帝,但每天一大早就呆坐着听努乐斯神父诵读《安东之书》,历数上帝不希望凡人做的各类事项,这也太难受了。

至少画像还是挺有意思的:虽然圣韦格拉夫因信仰安东被挂在树上,但他仍在谴责泰斯丹国王、赫尼斯第的篡位者。莉莉娅小时候还以为这位殉道者叫韦格拉灯,因为在画上,他的脑袋周围环绕着闪亮的线条,这个印象至今不变。胡子拉碴的泰斯丹怒冲冲地指挥手下,把勇敢的韦格拉灯挂到树上,后者却在呼求上帝。虽然韦格拉灯长得很瘦,却需要四人拉绳、十人合力才能把他挂上去,这简直是个奇迹。但莉莉娅觉得,如果他们最终也没能把他挂到树上,那才是更伟大的奇迹嘛。

她拽了拽荣娜伯爵夫人的手,先是轻轻地,然后愈发用力,想引起对方的注意。

"干什么,莉莉娅?"

"我要解手。"

"神父马上讲完了。再忍一会儿。"

莉莉娅轻叹一声。努乐斯神父面色红润,是个好人,小公主不想惹他生气。但她也不想再待在礼拜堂里了。

终于,神父历数完各宗大罪,并祝福完毕。通常荣娜还会跟他说会儿话,但这次她只让莉莉娅行了个屈膝礼,然后往神父手中塞了枚银币,用以救济穷人。

"我今天身体不适。"莉莉娅走出礼拜堂的厕所,二人来到长长的走廊,伯爵夫人对她说道,"事实上,我想回去躺一会儿。"

"躺一会儿?"莉莉娅有些着急,"可我跟你说过,今天鄂克斯特广场有集市。那儿有只会跳舞的熊!"

"很抱歉,乖兔兔,但我月事来了。我需要躺下休息。"

莉莉娅做了个想象中最可怕的鬼脸。"你说你会带我去的。你骗人!"

"你的礼仪越来越差劲了。"

"你必须带我去。你答应过的!"

荣娜皱起眉头。"不,我不能。不管我答没答应,我都没力气了。愿众神捂住他们的耳朵——如果我死了怎么办?所以不行,孩子,你今天必须待在家里。"

"你不能逼我。公主大过伯爵夫人,所以你不能指挥我。"

监护人叹了口气。"愿雨之女神密尔汉宠爱你,丫头,你无疑是个了不起的大人物。但就算是你,可怕的公主殿下,也无法命令疼痛离开我的肚腹,所以今天你只能在宫里玩了。"

莉莉娅气得想甩开伯爵夫人的手,自己跑掉。但她看了眼荣娜尔阿姨苍白的脸,知道她真的很难受。可自从昨晚听女仆说起那只跳舞的熊,莉莉娅就一直想去看,她甚至觉得那是世上她最想看的东西。"如果你待会儿好些了,能带我去吗?"

"孩子,我现在的状况就算好转十倍也去不了啊。也许明天吧。现在拜托你,让我躺一会儿。"

但伯爵夫人一定觉得有些对不住莉莉娅,所以选了穿过树篱花园的远路回去。树叶雕像被新近的雨水滋润,长出许多绿叶,由于未加修剪,莉莉娅原本喜欢的动物们一时都看不出原来的模样。老狮子是

寡妇

不是快变成大兔子了？高头大马长成了龙？小公主明白，走这条路是伯爵夫人的小礼物，于是捏捏荣娜的手，以示感谢。

她们经过卫兵，走进寝宫，荣娜将莉莉娅送回卧室。"亲爱的，待在这儿吧。你有好多事可做，看书、刺绣、玩娃娃。晚餐前如果饿了，叫你妈妈的侍女给你找点吃的。事实上，你现在能去找个侍女，帮我拿点蜜糖和肉豆蔻吗？我的头快疼炸了。"

莉莉娅怀着满腹牢骚，找到母亲手下的一个小侍女，转达了荣娜伯爵夫人的要求，但没打算等侍女回来并把东西亲自端回去。她小时候很喜欢做这个，可如今她长大了，有更重要的事做，其中一个就是想办法跑出去，到鄂克斯特看那头跳舞的熊。

如果她是个男孩，就可以一个人溜出去。她知道哥哥莫根纳干过好几次这种事，虽然事后会受罚，但在莉莉娅看来，那些惩罚都是小儿科。然而她也明白，不论王后奶奶米蕊茉对莫根纳有多宽容，落在她身上就没那么轻松了。即便是城堡内城的核心区域，她也只能在有成年人陪伴——通常还得带上警卫——的情况下，才能走出寝宫的范围。虽说王后奶奶正在出游，但莉莉娅可不想等她回来之后，面对那双凶巴巴的绿眼睛，承认自己违反了最严厉的规矩。

那她还有别的办法去看鄂克斯特的精彩演出吗？女仆告诉她说，那头熊长着一张哀伤的脸，是她见过最搞笑的动物。她还说那边有变戏法的、吞火魔术师、哈卡舞者、摔跤比赛和其他各种表演。集会再过一两天就结束了。如果荣娜尔阿姨病得很重怎么办？那她就永远没机会去看演出了！

她越想越觉得，既然机会重大，还是应该冒个险。要是提摩伯伯和国王爷爷在城堡里，她肯定能说服其中一个带自己出去。可他们都不在，所以她需要另想办法。

她又晃回树篱花园，坐在一张石头长凳上，两脚前后摇晃，将手中的树叶撕成小片，让它们打着旋儿落向地面。碎叶子在小径上慢慢堆积，差不多有半掌高时，她想到了一个好主意。她兴奋地用裙子擦擦手上黏黏的绿色汁液，朝寝宫跑去。

* * *

莉莉娅走近母亲卧室的房门，听到里面传来说话声。其中一位当然是她母亲，另一位则是她外公欧力克。她希望这是个好兆头，因为她母亲在别人面前会表现得格外和蔼可亲。

作为一位经验丰富的战略家，莉莉娅在房门外停下脚步，想先听听里面在说什么。如果他们在吵架，那最好先撤退，等会儿再来。因为成年人——尤其是她母亲——发脾气时很少会善待小孩子。但她很高兴地听到，里面二人的语调相当平和，虽然她母亲对任何事似乎都有埋怨。

"……没那么简单，"母亲说，"他们还没打算让他结婚，尽管人人都看得出，婚姻对他有好处。他们觉得他没准备好。没准备好！"母亲哈哈大笑，只是笑声一点也不欢乐，"他已经足够大了，大到每晚都想去主干道找姑娘。"

"他是个年轻人。"莉莉娅的外公说，"你还能指望什么？"

小公主敢肯定，他们说的是莫根纳。根据她听到的对话判断，除了骚扰女孩子，他哥哥最近应该没干什么正经事。

"哈！我指望我们等得太久，王后就会亲自挑选一只小猫咪嫁给他，然后把我扫地出门！这就是我的指望。"

"你想多了，女儿。你儿子绝不会答应的——我也不会。毕竟我是他外公，还是治安大臣。王室需要我。他们不会冒险触怒我们。"

"我真希望能有这么简单。"她母亲说道。

门后陷入沉默。莉莉娅故意等了好长时间才敲门，以免被人怀疑她听到了什么。母亲的女伴过来开门，小公主大步走进房间。她母亲坐在椅子里，膝头放着刺绣圈。欧力克外公站在窗前，皱眉看着窗下的什么东西。母亲的样子根本不像在做女工。

寡妇

莉莉娅径直走到母亲跟前,屈膝行礼。"早上好,妈妈。"

母亲看着她,露出微笑,但表情显得很疲倦。"早上好,亲爱的。今天你不是该跟着荣娜伯爵夫人吗?"

外公转过身。真奇怪,他没戴帽子,粉红色的秃头暴露在外,让所有人都能看得一清二楚。欧力克身上的皮肤又干又皱,所以莉莉娅从小就想摸摸他的光头,试试手感如何,可又不敢。"他可是个公爵!"人人都这么说,好像这个头衔跟他的光头有啥关系似的。

"啊,你来了!"外公说,"我的小公主!"但他也是一副筋疲力尽的模样,没像往常一样过来拍拍她的头。

"早上好,外公。"莉莉娅再次屈膝行礼。

"你还没回答我的问题,孩子。"母亲说。

"荣娜伯爵夫人身体不适。"莉莉娅看看外公,后者又转头望向窗外,于是她压低声音,"她月事来了。"

又是一脸倦怠的微笑。"可是,亲爱的,恐怕今天我也不能陪你。外公和我有很多事要谈,不适合你听。你自己去玩吧。"

"但鄂克斯特有集市!有熊!会跳舞的熊……!"

"等伯爵夫人……身体好转,她可以带你去。说真的,莉莉娅,我今天确实没时间陪你,更别提带你去集市了。"

"你找个女伴带我去行吗?"

"不行。她们照看你不够周全。仆人就更糟了。"

难道整座城堡里,就只有莉莉娅一人看到窗外蓝天明媚、春光迷人吗?她沉下脸,虽然她知道,这是母亲最不喜欢的表情。"那就没人能带我出去了。"

"我建议你改成看书。外公上次送你的那本如何?那本关于圣夕杜拉的?你看完了吗?如果看完了,你可以给外公讲讲。"

外公抬起头,但不是很感兴趣的样子。莉莉娅知道这是个陷阱。母亲很清楚,她顶多只看了开头几页,因为那是她看过的最沉闷的书，就是讲一个好女人什么都没做，只当了一辈子修女，最后被几个瑞摩加人杀害了的故事。书里的内容莉莉娅一点儿也不感兴趣——她甚至直接跳到了结尾——通篇都在讲夕杜拉生前有多么多么圣洁，见过多少多少天堂的异象，以及如何如何爱戴救主乌瑟斯·安东之类。

"我还没看完。"莉莉娅承认。

"那就去看吧。看一天书可比跑去城区、跟臭气熏天的肮脏百姓作伴好得多。"母亲皱了皱鼻子，仿佛远在内城，也能闻到集市里那些农民的体味似的。

莉莉娅知道自己已败下阵来——不等她提出谈判，母亲便化解了她的攻势。"好吧，妈妈。"她才不想真去读什么圣夕杜拉呢，那人一定是有史以来最无趣的圣徒。但小公主知道，再说下去也没什么意义。母亲不会改变主意的。从来不会。

"快去吧，宝贝。"母亲说，"晚餐时再见。还有，既然你喜欢那本书，还不向外公说声谢谢？快，告诉他。"

"谢谢您的书，欧力克外公。"莉莉娅说完，急匆匆地跑出房间，免得有人问起外公送她的其他书籍。那些书讲的都是忠诚本分、无比虔诚的女人的故事。外公很了解士兵和军队，但莉莉娅觉得，他根本不清楚小女孩喜欢什么样的礼物。

* * *

既然爷爷奶奶和提摩伯伯都在北方出巡，那么城堡里还能帮助莉莉娅的，就只剩好心的帕萨瓦勒大人了，但小公主哪儿都找不到他。他手下那个坏脾气的老牧师说，帕萨瓦勒正在鄂克斯特，与人协商如何修建她父亲的图书馆。可卫兵队长说，帕萨瓦勒已经回来了，正与铸币厂总管在千理院讨论无聊的旧币问题。然而莉莉娅找了很多地方都寻不见他，都快放弃去看可爱的跳舞熊了，这时一位千理院的仆人提了一嘴，说总理大臣有时会去寝宫，看望正在接受治疗的重病女子。

寡妇

莉莉娅还记得帕萨瓦勒带进城堡的年轻女子,但荣娜尔阿姨不准她靠近那个女人的病床,直到她彻底绝了这个念想。所以总理大臣在那儿?莉莉娅有些左右为难,她既担心那个女人的重病,突然又很想去看看那人怎样了。她是不是骨瘦如柴、泪流满面,就像鄂克斯特的某些女乞丐一样?小公主站在原地左右倒脚,不知如何是好。每个人都说她该改天再去,可明天是圣萨文尼日,也就是说,集市马上就要结束了。想到这里,再加上她时不时冒出的好奇心,终于驱使她走上寝宫的楼梯,经过她自家卧室所在的楼层,来到三楼。

楼梯顶上有个卫兵,本来应该站岗,却在跟一个女仆聊天。后者不知听卫兵说了什么,笑得十分夸张,脸色涨得通红。所以莉莉娅没费什么劲儿,就从两人身旁溜了过去。

到了走廊,她相信刚才看到的女仆就是负责照顾生病女子的,因为一个房间的门大敞四开,里面没有别人,只有一位身材修长的女性躺在床上,身上盖着一张薄毯。莉莉娅走进房间,却发现那女子被绑住手脚,于是她在门口站定,突然害怕起来。生病女子想必听到了她的声音,缓缓转过头,看着莉莉娅。

这女人不太对劲——叫人害怕。莉莉娅说不清哪儿不对劲,但这感觉不仅仅来自她那凌乱的银发和凹陷的脸颊。她的眼睛也很古怪,明亮的黄眼珠像猫一样。脸型看着也不太正常。

莉莉娅吸了口气。她从没见过这样的人。女子只是盯着她看,目光并没有完全聚焦,仿佛处于半睡半醒的状态。随后,怪女人噘起嘴唇,像要说些什么。

"咕……咕……"没有别的词儿,更没有句子,只有一个轻轻的声音,"咕……嘟……"

"公主!"有人在身后叫道。莉莉娅吓了一跳,尖叫着蹦了起来。她转过身,发现是厄坦弟兄。他眼睛睁大,脸色红得吓人。

"对不起!"她说,"我不知道!对不起!"

"你不该在这儿,公主。"修士说,语气更像担心,而非生气。过了一会儿,外面那位女仆急匆匆赶到他身后,表情慌张,显然吓坏了。

"我不是有意丢下她的!卫兵图比亚找我问一些事,她又在睡觉,所以我俩出了房间……"

厄坦站在生病女子身旁,用手指按按她的脖子,又往上移到额头。女子不再试着说话,只是瞪着那对非人的大眼睛,目光紧随厄坦弟兄的手。过了一会儿,厄坦抬头看向女仆。

"你,"他的话简洁又干脆,"去找你们的总管,叫她换个女仆过来。我稍后再跟她讨论这事。"

"我只是……!"

修士看了女仆一眼,让她闭了嘴。"去吧。我不会评判什么,只要求明早换个人来。"

女仆转过身,红着脸,噙着泪水,快步离开。

"至于你,莉莉娅公主,"厄坦说,"恐怕这也不是你该来的地方。"

"这位女士生病了?"

"算是吧。今天是谁照看你?"

莉莉娅知道对方又把自己当成了小孩子。她挺直腰板。"没人。我不需要别人时时刻刻围着我转。我不是小孩了。"

"我不是……"

"她刚才想说话,一直说'咕、咕',但我不知道什么意思。她是不是想说'公主'?"

"有可能,但也不一定,殿下。我怀疑她并不知道你是谁。眼下她有点神志不清,因为她发着高烧。好了,我恳请你的原谅,但请你离开吧,莉莉娅公主。病房不适合你这样的健康女孩。"

"可我想帮忙!"

寡妇

"让我好好照顾病人,就是最大的帮忙。"他看看莉莉娅的脸,表情柔和下来,"也许你可以改天再来帮我,公主。现在这位女士需要安静地休息。很快我也会离开。"

"哦……"莉莉娅考虑一下,"你告诉我她是谁,我马上就走。为什么她长成这个样子?因为她生病了?"

厄坦弟兄皱起眉头,莉莉娅知道自己快赢了——她有着丰富的经验,知道一个成年人认输时会是什么表情。"她是谁,我们还不能完全确定,公主。"修士回答,"但她是个希瑟。"

"机瑟?"光是说出这个词,就让小公主既兴奋又害怕,"你是说,她是个真正的精灵?"

"希瑟,没错。她的族人派她来宫廷送信,但有人袭击了她。"

莉莉娅突然遍体生寒。"真的?"

"不是在城堡里,"厄坦赶忙澄清,"是在外面很远的地方。这里没人能伤害她。缇丽娅夫人和我都在全心全意地救治她。现在你能让我腾出手来做事吗?"

莉莉娅只能不情不愿地答应。"我会回来的。"她向厄坦和生病女子保证,只是后者似乎没听见,"我会回来帮你照顾她。"

她心情低落,沿着走廊往回走。城堡里再没有别的东西能像"机瑟女子"这么有趣的了——就连跳舞的熊也突然失去了吸引力。可他们却不让她帮忙,让这奇怪的客人好转过来。

"怎么什么事都这么不顺啊?"莉莉娅自言自语,但声音大得所有人都能听见,"太差劲儿了,太不公平了。公主连一点好事都不能有吗?"

♛

厄坦正在检查希瑟女子的伤势,后者再度睁开眼睛,想坐起来,但被绑绳阻止。"咕……"她又说,"嘟……"

"别说话,"厄坦告诉她,"你需要休息。"

"嘟……毒药!"

"毒药?什么意思?我给你的都是好药,这草药能帮你的伤口愈合……"

新来的女仆出现在门口,但厄坦挥挥手,叫她先退回走廊。

希瑟女子想再开口,却说不出话。她舔舔嘴唇。修士给她喂了点水。"我……感觉,"她终于能说话了,声音如摩挲的干草。这是厄坦帮帕萨瓦勒把她压倒并绑住手脚之后,第一次听她说话。"它在我体内奔涌。我可能斗不过它……"

"你是说,你的伤口中毒了?"

"箭……箭。"她费力地转过头,看着厄坦的脸,"你还有……那些箭吗?"

"救主宝血在上,我不知道。是帕萨瓦勒大人和几个士兵把你搬进来的。大部分箭杆都断了,我尽可能挖出了箭头,但我不知道它们后来是怎么处理的。"他不知道对方是否在听——她的表情一片漠然,"你能听懂吗?"

她只是点点头,就像耗尽了力气。

"你能确定你中毒了吗?伤口本身已经好得差不多了。我有些材料能测出你血里是否有毒,可你来这儿已经过了这么多天……"

她只是摇摇头,动作松软,仿佛连接她脖子和身体的并非坚硬的骨头。"不必。"她声音很轻,但语气坚定,"找到……箭……"她的头一歪,吓得厄坦立刻伏到床上,测试她的心跳。幸好心跳还很有力,他松了口气。厄坦不太了解希瑟——又有谁了解呢?——所以他没法断定她是不是回光返照。

* * *

等到希瑟女子平静地睡下,厄坦修士叫来刚才的女仆,严厉地警告了她——尽管他心里清楚,这些话其实更适用于之前那位——新女仆是位通情达理的年轻女子,平静地接受了警告。厄坦让她好好照顾

寡妇

希瑟，自己先行离开。

他找不到帕萨瓦勒报告希瑟的事，便给总理大人的书记官留了张字条，随后回到他唯一真正意义上的私人处所——为新图书馆设计图纸和模型的绘图室。图书馆的总建筑师赛斯来自梧索，此时正在巡视爱克兰南部的淮斯坦采石场，厄坦经常帮他整理账目，所以偶尔来到这里，并不会引起其他建筑师和工匠们的注意。

厄坦自己的床铺在圣撒翠大教堂的宿舍里，那边还住着几十名修士，因此绘图室便成了他唯一感觉安全的地方，可以保管从约翰·约书亚那里得到的那本可怕的禁书。他每天都祈祷提阿摩大人能在总建筑师之前赶回来，好把书交给他，免得再另找个藏书地点。提阿摩的妻子缇丽娅夫人并没有跟随丈夫北上，可修士虽然尊敬她在药草和医学方面的知识，但仍觉得自己对她还不够了解，也就不好把这本《异界密语专著》直接交给她。缇丽娅虽然聪慧，在许多方面也很开明，可她毕竟做过修女嘛。

当然了，厄坦自己也是侍奉上帝的神职人员，是个献身的修士。这点还真挺讽刺的。

他在身后关上绘图室的房门，跪在地上祈祷完毕，最后加了一句诚心诚意的请求：哦，我主啊，请将提阿摩大人迅速而平安地带回鄂克斯特吧！

厄坦这一生，大部分时间都在修道院度过，身边全是敬虔的弟兄，而他一般更希望独处。一个人时，他可以摒除杂念，静静地看书、思考，有时——他很肯定——甚至能更清楚地听到上帝的声音。可现在，情况变了。光是对希瑟女子的担忧，就让他迫不及待地想找个人分担自己的重任。他更担心禁书被人发现。这本得自去世王子的禁书每天都在纠缠他。

祈祷过后，他打开塞满老旧羊皮纸的箱子，取出藏在里面的禁书。同平常一样，他把这部专著捧在手里，感觉就像站在某个暗黑古老的异教神庙前，不愿将其翻开。

但我不能再等了，他告诉自己。光是知道它的存在就让他难受不已。它的名声如此邪恶，就连塞斯兰·安东尼斯的图书馆都要将它与其他藏书隔离，仿佛它的书页携有疾病。

让人产生可怕念头的疾病，厄坦心想。

但它真在某种程度上导致了约翰·约书亚王子的死亡？所有照顾过他的人都说，王子在最后的日子里受尽煎熬，让他本人和照料他的人都难以承认。即使提阿摩经验丰富、学识渊博，也说不清是什么疾病夺走了王位继承人的生命。少数人私下谈论是毒药所致，但提阿摩同国王夫妇确认过，觉得中毒的可能性很低，因为王子的症状与他在图书馆的医学著作里看的各种描述并不相符。

虽然厄坦告诉自己，小个子乌澜人是这方面最优秀的专家，也不担心书页上真的涂了毒，但他仍不敢太过频繁地翻开这本禁书。同许多受过教育的人一样，他听说过无数关于这本书的谣言，却对本书作者、隐士弗提斯了解不多。他只知道，弗提斯生活在第六世纪，曾在瓦伦屯岛的一个教堂担任主教——当时瓦伦屯还叫格米亚岛，是庞大的纳班帝国的一部分。禁书使用的文字很古怪，混杂了古纳班语和罕蒂亚语。而在弗提斯生活的时代，罕蒂亚已被海浪淹没了数百年。所以没人知道他为什么会选择这种文字，也不知道他是从哪儿学来的。教堂的学者们倒是一直因书中那些神秘的段落而争吵不休。

但几乎所有人都同意，专著里的知识十分危险。开篇的章节标题——还是后人帮隐士补上去的——列出了书中写了哪些内容：暗夜居民；力量真言；罪与罚的历史；纳斯卡都与失落南方的众神。但让该书被禁的还是它的书名，因为它表达了一种尝试与异界恶魔沟通的企图。弗提斯主教还曾发誓，说他仅凭占卜用的水晶球，以及他从"不能说出口的地方"学来的知识，便能听到恶魔来自异界的低语。

但学会这些知识之后，可能连弗提斯自己都后悔了。据说有天晚

寡妇

上,他突然消失了。一位书记员帮他换上睡衣,但到第二天黎明之前,另一位书记员去唤醒他时,却发现他已无影无踪。有传说提到,主教失踪那晚,他的助手和仆人听到一些声音,但由于害怕,却不敢向教宗派出的调查员报告,哪怕他们有可能被逐出教会。不管怎样,以后再没人听说过隐士弗提斯的消息,他的书也被教宗欧根尼斯四世打成禁书。教廷搜走了所有抄本,除了留在塞斯兰·安东尼斯、作为审查样品的一本之外,其余全被烧毁。

一本邪恶又危险的异教专著。光是持有就是犯罪。无论你怎么开脱,弟兄,也摆脱不了这个事实。

厄坦意识到,自己已盯着那厚重的黑皮封面看了很久,久到蜡烛都开始闪烁,在墙上投下时断时续的阴影。他深吸一口气,再吸一口,终于打开封皮,翻过脆弱的书页。

在约翰·约书亚王子的遗物中发现这么一本臭名昭著的书,当然令他不安;一想到被人发现会有什么后果,更让他十分害怕。但厄坦真正忧心的不是这两点,而是因为,虽然他不知道约翰·约书亚是怎么得到这本书的,却已经知道这书之前的主人是谁,所以他才左右为难,不知该等提阿摩大人回来,还是立刻去找帕萨瓦勒大人——毕竟在海霍特目前的高官当中,他也只能信任帕萨瓦勒了。

在弗提斯作品最后的章节中,有一篇名为"刺破帷幕",有人在页边空白处写了条批注,评论一段用罕蒂亚语写下的文字。那条批注用的是纳班语,文字简单,但意思比较模糊。厄坦从艾黛拉王妃那里拿走禁书,第一次翻阅时便发现了它。它写的是:"适当的工具可以撕破帷幕。"

这话看似无害,但厄坦替帕萨瓦勒大人做各种杂事时,需要经常翻看海霍特千理院的古老记录,所以他立刻认出了这僵硬而急躁的笔迹。写下批注之人已经死了三十多年,但宫中对他无人不知无人不晓,有些人甚至害怕鬼魂复仇而不敢大声说出他的名字。他死后的遗物被尽数烧毁，住过的塔也被封闭，门窗都用石灰填满，用高墙围住。可不知为何，这本书却幸存了下来。毫无疑问，这是一本非常、非常邪恶的书，但更让人不安的是它页边的字迹，因为它百分之百属于派拉兹，那个红袍牧师，那个企图复活不死的风暴之王的疯子。

寡妇

月神的令牌

♛

艾欧莱尔发现西蒙国王心情不错，这很好，就连王后也很高兴。经过几个月的巡游，他们终于踏上了返回爱克兰的旅途。事实上，在所有王室成员中，只有莫根纳王子一副没吃饱——或者更准确地说，没喝够——的模样。艾欧莱尔听说了原因：宾拿比克的女儿和准女婿小史那那克逼他答应少喝几口，以便晚上能按计划出去探险。但跟上次溜冰探险不同，这次他得到了准许，只是米蕊茉王后有点不大情愿。国王全靠这句话才说服了她："少许探险对他有好处。你也不想他变成个孱弱的国王，连比啤酒杯重点的东西都拿不动，对吧？"

于是，在至高王座之手赞许而同情的目光下，王子喝的葡萄酒里，水比酒兑得更多。

外面的夜晚终于安静下来。寒风卷着飞雪，已经咆哮了一整天。不久前，在狄莫思侃森林西边的开阔地，又一场意外的春季风暴袭击了王家巡游，将他们赶离温伟格大道，奔到另一位可靠的盟友、拿威男爵家中投宿。拿威是名老骑士，他的名字，还有外厅走廊里那些年轻时期画像上的金发，都昭示出他的瑞摩加血统，不过他的西领语说得比瑞摩加语还流利。他的领地名为拉菲斯克凹地，城堡则位于森林南边，坐落在陡峭的河谷上方，可以俯瞰韦斯万河急速奔向遥远的大海。城堡塔楼按东边的爱克兰简约风格修建，城墙刷着白石灰，堡内却没什么装饰。这也许是出于男爵的喜好，也许是因为贫穷——即使

The Witchwood Crown

在最好的年景里，霜冻边境也不富裕。而男爵一家最主要的食物，鲑鱼，在这时节还没开始洄游呢。

因此没有人，尤其是拿威男爵本人，会想到国王与王后能跑到这朴素的城堡来借住。其实王家巡游里的每个人都急于返回海霍特，毕竟他们从去年的朱诺孚月起就出门旅行，直到现在。可今年的阿弗洛月月初没有阳光，只有严酷的天气，所以大家都不愿冒着风险，顶着暴风雪，穿越霜冻边境东部的荒野。

拿威夫妇和随从们既为能招待国王一行而激动万分，也因家中供应匮乏感到羞愧。幸好，同借住布拉布雷城堡时一样，杰瑞米从至高王的随行供给里拿出不少东西，弥补了城堡中的不足，确保人人都有足够的饮食。拉菲斯克凹地实在太穷，养不起杂耍艺人和乐师，所以主人看到国王与王后自带的娱乐队伍时便特别开心。娱乐项目包括杂耍——其中一位会耍刀子——当然还有琴师演唱。自打离开爱克兰，利楠就没遇见这么热情的观众，于是整整一晚，就着流转的葡萄酒，年轻的琴师不但演唱了爱克兰歌曲，还唱了不少旅途中学来的赫尼斯第和瑞摩加歌谣。王后也同利楠一起，用生涩但甜美的嗓音唱了首《她是永远的美人》，为自己和琴师赢得一片热烈的掌声。

"那美丽的姑娘与少妇，因岁月与操劳而苍老。
但她走过所有年日，仍是永远的美人……"

最后，临近午夜，男爵夫妇一同告退。"二位陛下，你们给我们带来了荣光与欢乐，"拿威说，"但我们并不习惯晚睡。您二位是否愿意睡我们的床？虽然比不上你们的床榻，但那是我们家中最好的床了。"

"别乱说。"西蒙因酒劲有些口齿不清，"你们招待得很好了，我的好领主。我的士兵在马厩也能住得很舒服，我们就睡大厅好了。"

寡妇

　　米蕊茉也微笑着感谢他们,不过她似乎更愿意接受拿威最好的床铺。艾欧莱尔每天醒来也容易浑身生疼,所以很能理解王后的不情愿。看到西蒙心情愉快,他自己也很高兴——这也多亏了大厅里的葡萄酒、音乐和旺盛的炉火。

　　没多久,西蒙国王、矮怪和其他几人又聊起了风暴之王战争期间的轶事。这些故事虽然陈旧,但基本都是真的。艾欧莱尔知道国王喜欢这些故事,尤其是把西蒙本人描述成蠢驴男孩,而不是什么大英雄的部分。国王的酒越喝越多,也越来越有兴致谈论自己年轻时做过的蠢事。"一开始我什么都不是,还记得吧,米蕊?我是个厨房小鬼,比青草还嫩。厨房小鬼!"

　　"没错,西蒙。"米蕊茉朝宾拿比克露出一丝微笑,"我想大伙都知道。"

　　"但你是个勇敢的厨房小鬼,"宾拿比克说,"不管你愿不愿意。我相信,很少有人能完成你的壮举。"茜丝琪对他嘀咕一句什么,他点点头,"我妻子提醒我,你多次为我冒生命危险,包括在我们的家乡岷塔霍,我的族人非要定我死罪的时候。"

　　西蒙做了个鬼脸。"这些我都听腻了。莫根纳在哪儿?跟他说说艾奎纳的事。告诉他,艾奎纳和我第一次见面是什么情形。我屁股朝天被绑在马背上!"他纵声大笑,"对你来说,那是种光荣!光荣。"他又看看四周,"莫根纳该来听听他祖父当时是什么模样,倒骑在施拉迪格的马鞍上……"他皱起眉头,"可我怎么找不到他?"

　　"他出去了,"米蕊茉说,"跟齐娜和她未婚夫一起去雪地了。你忘了?"

　　"小史那那克和齐娜带他去看什么东西。"宾拿比克说,"搞得神神秘秘的。"

　　"所以我才叫他带上卫兵。"王后说,"真不记得了,夫君?"

　　"这种天气跑去外头?去看啥?"西蒙喝光杯中的酒,用酒杯敲打桌子，直到一个仆人走来替他斟满，"比听他祖父的故事还好玩吗？当年我被绑在马鞍上，像个哈卡新娘一样，穿过霜冻边境。"他想演示当时的姿势，结果失去平衡，差点翻下长凳，幸好肯里克爵士及时拉住他的手臂。

"我想大伙该睡觉了。"米蕊茉说。

国王一开始还想争辩，可看看妻子的表情，决定还是算了。"行吧。"他说，"不过我就想知道，讲几个搞笑故事有啥不对了？"

国王与王后穿过大厅，走向为他俩准备的床铺，其他廷臣与卫兵各自散开。宾拿比克走向国王夫妇，拉住西蒙的手肘。艾欧莱尔看到，矮怪手里好像拿着什么东西，不由生出几分好奇心，但又觉得该给国王夫妇留点隐私。他思来想去，最后还是好奇心占了上风——他确实想了解至高王座的所有事。

"我有东西给你，西蒙老友。"宾拿比克说，"睡觉时把这个贴身戴上。"

米蕊茉盯着宾拿比克手里的东西，脸上露出明显的嫌恶。"这是什么？"

"我做的护身符，能帮西蒙找回梦境——或让梦境找回他。"

国王伸手去接，但王后拉回他的手。"不要。太难看了，我害怕。"

国王的安全是第一要务，于是艾欧莱尔上前仔细查看。宾拿比克粗糙的手掌间捧着一样东西，是用丝线绑在一起的骨头、干花和黑色羽毛。

"无意冒犯，宾拿比克。"伯爵说，"但我跟王后一样，也不喜欢这东西。这是乌鸦的羽毛，对吧？还记得吗，这东西是暗母陌厉伽的圣物。我的同胞曾被迫驱逐她的信徒，但最近又有人提起了她的恶名，听着很让人担忧啊。"

矮怪严肃地看他一眼。"我认为这两者不能混为一谈。今晚我们在瑞摩加,不是赫尼斯第。北方很多事是不一样的。在我们族人看来,乌鸦是信使,用于传达天穹之外的信息,艾欧莱尔伯爵,而不是为什么残酷的女神服务。这个护身符能帮西蒙的梦境再次找到他。"

"我不管……"米蕊茉刚开口,西蒙却挣开她的掌握,格外小心地拿起那束羽毛和骨头,仔细查看,眼睛都快挤到了一起。

"我今晚会戴上。"他说,"如果能像过去一样在梦境之路找到答案,那我愿意去找。"他抬手制止妻子和总理大臣,"不,不,别管我。宾拿比克是我朋友,我相信他。他的聪明才智救过我好多回。"

"不过王后的担心也没错,艾欧莱尔伯爵也一样。"矮怪说,"与梦境之路有关的事从来都不简单。明天睡醒后我再过来,看你是不是又能做梦了。"

西蒙点点头,任由妻子拉着他朝临时卧室走去,也就是大厅对面竖起的几扇屏风后面。米蕊茉看上去很不高兴,艾欧莱尔觉得不能怪她。暴风雪送来了太多古老的故事与征兆,自从风暴之王崛起,他还从未听过这样的风声。

是啊,新雪已经飘落,但等它融化,藏在雪下的一切又将回到阳光之下,艾欧莱尔心想。难道所有事都没有改变吗?

♛

"要我说啊,莫根纳——我是说,殿下,"波尔图爵士一开口,就像干草地上的火堆般吐出一团雾气,"我不想冒犯国王夫妇那些可敬的矮怪朋友,可是……"

第一轮暴风雪在日落后不久便平息了。当下夜空清澈,只是山路几乎被新雪完全覆盖。莫根纳在又窄又滑、只有月光照明的山路上艰苦跋涉,努力跟上前面两个敏捷的矮怪,过了好一会儿才答话。"什么?"他终于开口,"你想说什么?直说。"

"我认为这是场愚蠢的冒险,莫根纳王子。"老骑士很少用如此决断的语气说话,"我们已经爬得很高了。卫兵被落在后面很远,我也不是年轻时的登山健将了。"

"可你爬得很好啊。"莫根纳暗自庆幸有机会缓口气。

"你真会说话,殿下,但你没理解我的意思。我不知道这些'伊克纳克'人叫你出来干吗,但我觉得,咱们该回去了。"

莫根纳深吸一大口气,发出一声嘲笑。"没人逼你来,波尔图。艾斯崔恩和欧维里斯更是识相,选择待在暖房里。你也看到那些卫兵有多关心我了,他们都坐在下面的石头上等着我们呢。要是不想爬,你可以去找他们。"

虽然嘴上这么说,莫根纳心里也在犹豫。他本以为小史那那克和齐娜只是带他出来散散步,或是去看看另一片冰湖——大多数正常人围坐在炉火前时,小矮怪却特别喜欢喊人出门。结果他便爬上了一座又黑又滑的石山,对方还不肯解释原因。如果祖父母知道他跑到这么危险的地方,肯定又会大发脾气。可不知为什么,也许正因如此,他反而下定决心,偏不回去。他可不想像个跟不上长辈的孩子一样甩手回家。

"但我不能丢下你。"老骑士上气不接下气,但仍愤怒地反驳道,"你是我的君主!"

"那些卫兵不就坐下了,对吧?再说了,我还不是你的君主呢。"莫根纳抬头望向山路上方。史那那克和齐娜已经爬上很高的斜坡,在黑色夜空和星星的映衬下,只剩两道移动的剪影。"我祖父母才是你的君主——我只是他们的继承人。如果我在这该死的山上摔死,更能证明我不是当君主的料。"

"殿下!"波尔图惊呆了,赶忙画个圣树标记,"别说这种话,开玩笑也不行!"

"行吧。反正我会继续爬。如果你要跟着,那就抬脚吧。"

他们继续爬向山坡高处。可没几步,波尔图爵士疲惫不堪,头重脚轻,差点失去平衡,一头栽下又长又陡的斜坡。幸好齐娜绕了回

寡妇

来,跟在他身后,一把拉住老骑士的胳膊,将他稳住,直到他找个安全的位置坐下。

"小个子一定更容易爬山吧。"波尔图看着小史那那克顺着山路小跑回来,"每次站起来,我都觉着我会滚下去。"

"我觉得,老骑士波尔图应该歇歇。"齐娜看上去神清气爽,呼吸顺畅,跟平时差不多。她摘下背包,扯出一张羊毛毯。尽管老骑士坐在一块山岩上,她也要踮起脚尖,才能帮他披好毯子。"现在暖和了。等我们回来。"

"如果出了意外,我怎么跟国王和王后交代啊。"波尔图哀叹。

"不要紧。"莫根纳趁这机会大口大口地深呼吸,抖掉靴子上的雪。"一切都会顺顺当当。矮怪会带我去看他们想让我看的东西,然后我们就回来。你跟我一起去喝杯热酒。应该多喝点儿,之前我都没怎么喝。"

"我们得接着爬了。"史那那克看上去跟齐娜一样精神。与莫根纳站在一起时,他的头顶才到王子的胸膛,但他俩的腰围却不相上下。虽然他的腿比较短,手臂的长度却跟王子差不多。

事实上,他的身材才适合爬山,莫根纳心想。我更适合滚下去。

"来吧,莫根纳好友。"史那那克说,"跟上。"

"再提醒我一下,我跟你们去干吗?"他问。

"我说了,带你去看奇景。"矮怪回答。

"啊,对,没错。"王子拍拍波尔图爵士裹在毛毯下的肩膀,强装自信地说,"勇敢点儿,老兵。我们很快就会回来。"

* * *

"莫根纳王子!"史那那克在上方某处喊道,"我们快到能歇脚的地方了。"

"哦,赞美安东!"莫根纳冻得瑟瑟发抖,真希望自己上山前多喝些酒、少喝些水,"终于到地方了?"

"还没，"史那那克说，"只是中途一个歇脚的地方。"

他们跨过一块松垮的岩石，又经过一段窄坡——虽然它比莫根纳的肩膀还宽，但看上去却窄得吓人——莫根纳只能趴下，像刚学会爬的婴儿似的，一寸一寸往前挪。这时他能看到山下拉菲斯克凹地的灯火，但被斜坡下方的树木遮挡，显得模模糊糊的。

"不能停留太久。"史那那克嘴上说着，双手却摘下背包，"我们速度太慢，让我开始担心了。"

"对，好吧，我也很不满意。"莫根纳说。这个时候，他对冒险已经完全失去了兴趣。若不是有满月照耀，他们四个就得在黑暗中爬上这危险的高山。虽说王子觉得，最近艾斯崔恩和欧维里斯的陪伴有些无聊——除了等待旅行结束，两位骑士好像什么都不想干了——但跟矮怪出来乱跑，明显也不是什么好主意。"史那那克，我们上山到底干吗？我们要去哪儿？"

"不光是去哪儿的问题，"小史那那克回答，"更重要的是几时到。"

"哦，上帝帮帮我摆脱这两个疯矮怪吧！"莫根纳坐上一处较宽的岩脊，"我受够了。我现在就想回去。"

"再走一点点就到了，真的。"齐娜说，"别害怕，王子殿下。"

"叫我莫根纳王子。不，叫'莫根纳'更简单。再走一点点能到哪儿？"

"山顶。"史那那克解释说，"但你首先得穿上这个。"他从背包里取出一个油布包裹，解开，将一对爬山冰爪摆在莫根纳面前，另一对自己穿上。只是眨眼工夫，齐娜已经穿好了她的冰爪，快得让莫根纳眼花。"穿吧。"史那那克催促道，"你还记得怎么穿，对吧？不过这次不是滑冰，是为爬山。"矮怪哈哈大笑，把兜帽边上的雪花都吹跑了，"你们怎么说的来着——爬冰？溜冰？但我觉得今晚不用。"他停了下来，咧嘴微笑，等待莫根纳的回应，但最后也没等到，只好

寡妇

略有些受伤地续道，"你得承认，这是个好笑话。"

"吟唱者必须讲笑话吗？"王子问道。他的手指冻僵了，不小心被一条生牛筋缠住，心中暗暗咒骂。

"吟唱者必须擅长很多技巧。"史那那克一本正经地回答，"放牧、打猎、制造、跟踪、来来去去。他必须悄无声息地行动，连兔子都听不到他经过。他得会说凡人、动物和风暴的语言……"

"如果月亮升得太高，他也必须说出来。"齐娜严肃地补充。

"群山之女啊，她说得对！"史那那克表示赞同，"我跟你说了太多话，莫根纳王子。现在我们必须加快速度。别担心，齐娜和我会把你安全地带上去。"

"我们到底要去哪儿？"莫根纳小心地站起身。至少这次，他已经习惯了冰爪奇特的重量和突兀感。

"一边爬一边告诉你。"史那那克说，"来吧。"

如果莫根纳担心爬上大片冰面会有致命风险，那完全没有必要。山路虽然更陡了，但脚上的尖钉确实能防止打滑，尽管斜坡似乎永远也爬不完，但他没发现有坠落的危险。其实他更有可能死于心跳加速。

"现在听我说，莫根纳王子。"史那那克放慢脚步，但莫根纳还是得尽力跟上才能听清他的话，"关于你的烦恼，我有些话想说。"

"我的……烦恼？什么烦恼？"

史那那克挥挥手。"日后我会成为岷塔霍的吟唱者，这种事在我眼里就像冰山上的雪水一样清澈。对了，你有没有见过我骑的公羊？个头真大，对吧？它叫法尔库，这是坎努克语，意思是肥美的白肉。我不是要吃它，但它真有好多肥肉。它一直是个头最大的公羊。"

莫根纳不知道矮怪到底想说啥，但他只剩下了哼哼的力气，史那那克却没有慢下来的迹象。在王子看来，他目前的烦恼只有一样：跟两个喜欢爬雪坡的小疯子一起，被困在了令人喘不上气的高山上。

The Witchwood Crown

"但由于我的公羊块头最大,"史那那克继续说道,现在他居然转过身来面对着莫根纳,边说边倒着往上爬,"其他公羊都会找它比力气,所以它总是打架,羊角上留下了好多战斗的痕迹。于是我在想,那些个子最高的人,永远没法像小个子一样生活。你明白我的意思吗?"

莫根纳的脸因努力爬山而扭曲了太久,嘴巴都快僵住了。"我只……明白……你们……想害死我。"他顿了顿,试图理解矮怪的意思,"你是想说,因为我个头比你高,所以你恨我吗?"

"哈!"史那那克一边倒着爬,一边拍打大腿,"听听,你开玩笑的本事快赶上我了。"他摇摇头,"不,是跟我一样厉害。差不多吧。"

"史那那克,Henimaa!先别聊了!"齐娜语气之硬,让莫根纳吃了一惊。他总是忘记,虽然齐娜个头像个小孩,但她已经不是孩子了。"等莫根纳王子登上山顶,再跟他说吧。"

史那那克皱皱眉头,转过身子,继续爬山。这次他的动作明显带着沉默的傲气。

除了莫根纳诉苦一样的喘息,山坡上安静了好一阵子。终于,小史那那克回头喊道:"马上就要到了。时间还够,但最好再抓点儿紧!"

莫根纳使出吃奶的力气,加快脚步,齐娜则用小肩膀顶住他的后腿往上推,帮他连滚带爬地登上宽阔的山顶。到达这里,除了夜空,他的头顶和前方什么都没有。天幕上点缀着星星,正中央挂着一轮银白的圆月,恍如掌控苍天之船的巨舵。莫根纳松了口气,双膝跪倒,随后立刻调整姿势,免得被冰爪上的尖钉扎到。

"就是这儿?"他缓过气后问道。虽然戴着头巾,他的耳朵还是冻得生疼,让他没法保持冷静的语气。"你们带我爬上来看月亮?我见过月亮啊。我们在爱克兰看的是同一个月亮,你们应该知道吧。"

寡妇

他只觉心力交瘁，都快哭出来了——但当着别人的面，尤其是这两个陌生的小矮怪的面，他是不会哭的。

齐娜在他身旁坐下，小史那那克坐在另一侧，三人一同望向冰雪覆盖的山麓。在莫根纳右边，黑压压的狄莫思侃森林延伸开去，仿佛巨兽凌乱的毛皮，树顶在月光下闪着银光。

"风景很漂亮，对吧？"史那那克问道，"所有人都希望能看得远些，但只有登到高处才能看到。"

莫根纳把斗篷裹得更紧。"没人希望自己看这么远，因为神智正常的人不想大半夜坐在山顶上冻僵。"

"真有这么糟糕吗？"齐娜柔声问道，"莫根纳殿下，你看到了什么？"

王子把一句抬杠的回答咽了回去。他必须承认，从这么高的山顶望去，月亮确实显得特别大，近得仿佛触手可及。大地在他眼前铺展开来，仿佛海霍特家中礼拜堂墙上的壁画。"不，也没那么糟糕。"他说，"可爬这么高就为看看风景，我觉得挺不值的。"

"但你还是爬上来了，没错，你成功了。"小史那那克说，"你看到了别人看不到的奇景，他们可没法像王子你一样爬这么高。何况今晚还是个特殊的日子。"

莫根纳再次咽下一句斗嘴的话。矮怪有种特别的气质，他没法像对待其他朋友一样对待他们。若是其他朋友，王子会毫不客气地出言讥讽，同时接下对方的反击。好吧，波尔图是个例外，他心想，波尔图从不嘲笑我。这时他才想起，老兵还在下面寒冷的山腰上等着他们呢。不管两个矮怪有什么计划，继续争论并因此拖长时间，对那可怜的老家伙都太残忍了。"好吧，史那那克，说说今晚怎么个特殊法？"他不顾牙齿打战，大笑几声，"我想知道，今晚是什么日子？"

"今晚是塞达的令牌。"矮怪欢快地回答，"这是我们坎努克人的叫法。塞达是我们的月亮女神。传说在春天，如果你能赶在月亮下沉、月色变暗之前，爬到一个很高很高的地方，看到月亮的大肚皮——也就是你们说的'满月'——她便会赐给你一个真理的令牌。"

莫根纳盯着他看了好久。"不好意思，你的话我一个字都没听懂。"

"今晚在这山顶，我们可以用骨卜占卦。你知道坎努克的吟唱者会用骨头占卜，对吧？你祖父肯定告诉过你。他和齐娜的父亲宾拿比克一起旅行了那么久。"

这词儿只是隐约有点耳熟，但莫根纳的耳朵、鼻子和指尖都被寒风刮疼了，懒得再听他长篇大论地解释。"对，"他说，"骨卜。当然知道。"

"很好。"史那那克从厚重的外套里掏出一只皮袋，选了一块山顶岩石，扫掉上面的积雪，露出一片石面。他从皮袋里倒出几块浅白色的小东西，捧在手心里。"月亮的肚皮已完全显露，我们也在高山之巅，可以替你向塞达求一块令牌了。"

"为什么？"

"因为，我觉得你需要指引。齐娜和他父亲也赞成。"

听到这话，莫根纳有些恼火，但马上提醒自己，寒冷可不会在乎他怎么想，于是改口问道："为什么这位塞达会费心关照我？我又不是矮怪！"

"因为她是众生之母，愿意保佑她的孩子平安。"

史那那克用低沉的喉音轻声念起祷文，莫根纳听着听着，突然想起自己的母亲，心中不由升起一阵厌恶——她的欲望可比月母塞达复杂太多了。过了一会儿，史那那克像丢骰子一样抛出骨卜，然后眯着眼睛仔细观察。"耐心，我的王子朋友。我还要再丢两次。"他说。

占卜完毕，史那那克缓缓收起骨卜，放回皮袋。"头两卦是'黑隙'和'小径云烟'。第三卦我还是头一回见到——不知道齐娜的父

寡妇

亲见过没有，毕竟这些卦象都是他教我的——它叫'意外降生'。"

莫根纳又打个冷战，就算有两具结实的小身板一左一右靠着他也没什么帮助。"呵，有意思，你的骨头说我是个私生子吗？"

矮怪摇摇头。"这个卦象不是这么解释的——或者你又在开玩笑？据我所知，它代表你期望的某样东西，某样你期待许久的东西不会来。或者它可能会来，却是以你意想不到的方式。"他皱着眉头，掂量着手里的骨卜皮袋，"我得跟齐娜的父亲谈谈这事，虽然我相信自己很聪明，却完全无法理解这个卦象。"

"聪明，是啊，"齐娜说，"还很谦逊。"

温和的嘲讽之下，莫根纳能听出她话中深藏的爱意，不禁有些嫉妒史那那克能拥有这份宽容的爱，但他还在琢磨，这场探险究竟是为了什么。努乐斯神父曾警告他不要算命，没错，算命是有罪的异教行径，而且并不准确。因为矮怪的话如果是对的，那他一直期待、最终又得不到的东西——就只能是这个王国了。

一个当不上国王的王子和继承人，他心想，就像我英年早逝的父亲。"所以，完事了？"他用尽量平稳的语气大声问道，"我实在太冷了。再待久些，你们就得用棺材把我抬下去了。"

他们回去找波尔图，两个矮怪一路都默然不语，莫根纳也乐得清净。他无话可说，也不想听别人说话，只想往肚子里灌进足量的葡萄酒，以暖暖这颗冻僵的心。

♛

尽管他很累，喝了不少酒，躺在拿威男爵那张舒服的大床上，但西蒙还是过了很久才睡着。他们睡在大堂中央，周围有不少廷臣和仆人。西蒙已经好久没这样睡过了。他握着宾拿比克的护身符，躺在黑暗里，被许多人簇拥着，听着大伙的呼吸、呢喃，甚至还有梦话。这些声音激起了他年轻时的回忆。那时他和其他小厮挤在一起，活像海霍特大厨房里烤出来的面包。

* * *

西蒙觉得，也许是回忆将他带回了这里，因为他很快发现，自己正在昏暗的走廊和布满阴影的地板间游荡。这里同海霍特一模一样，而他正是在这宏伟的城堡里长大的。令他惊讶的是，莱乐思——他和米蕊茉许久以前认识的那个沉默的女孩——也在这里，他俩仿佛都被某种强有力的召唤拉回了这个失落之地。邪恶入侵城堡之前，莱乐思曾是米蕊茉的侍女。西蒙很想问问她，是什么力量将她带回了海霍特，可不管他怎么喊，女孩就是不肯留在他身边。她急匆匆地飘在前面，裙摆飞扬，在阴影间进进出出，仿佛微风卷起的叶片。

他追着莱乐思通过一条长长的封闭通道。这条路有点像连接外堡和马厩间的老隧道，但不知为何，又挺像穿过森林、通往精灵城市大稚照的林间小路。早在西蒙出生的几个世纪前，大稚照已经被阿德席特森林吞没许久。他、米蕊茉和宾拿比克曾坐着"瓦莱妲"葛萝伊的小船，在斑驳纠缠的树枝下穿行。莱乐思没能跟他们一同上路，因为她在逃出海霍特途中，被凶恶的北鬼猎犬咬伤，差点伤重而死，从此再也不会说话。葛萝伊收留了几人，给了他们许多建议。西蒙三人离开时，莱乐思留在了女智者身边。再后来，西蒙经常会在梦里见到莱乐思，有时是夜间的睡梦，有时则是大白天的神游，所以此时此刻，在这充满阴影和鬼魅般的地方见到她也不算意外。西蒙在梦里也听过她的声音，正如眼下再次听到的一样。

"留神孩子们，"她回头喊道，"他们听到了召唤。"

"什么孩子？"西蒙问道，或者以为自己问道。他的梦里充斥着各种声音，他没法确定是不是自己在说话。"什么孩子？"

莱乐思穿过一扇敞开的拱门，但西蒙相信，片刻前，那扇门并不存在，此时却立在两棵树之间。门内一片漆黑，只留下女孩的声音。

"那些孩子，"声音飘入他耳中，仿佛来自一眼废弃的深井，"他们死了。"这话让西蒙浑身发冷，他怀疑自己是不是听错了。黑暗中

寡妇

传来的可能是别的话语,比如"那些孩子就是死亡。"或者"孩子们怕得要死。""莱乐思,你在哪儿?"他喊道,"你在说什么?"但两棵树间的黑暗里只有空虚与沉寂。

梦中的西蒙像在飞,又不像在飞。他的身体似乎只剩下眼睛和耳朵还在活动,还连接着繁复纷乱的思绪。西蒙跟着女孩飞入漆黑的空无,尽管心中有一部分意识看到他要飞去的方向,想要阻止自己,却没能成功。

这是个洞窟,他心想。是个大坑。里面有怪物。这是个坟墓。

确实如此。不知为何,他明白,这拱门只是乍看上去好像两棵树间的阴影,其实根本不是那么回事——这是条通道,地面已经碎裂。他的恐惧渐渐提升,再也无法往前。这时他面前出现了一条线,一道垂直的亮光,仿佛一束阳光笔直地扎进地里。他的恐惧顿时舒缓了,开始朝它靠近,与此同时,光线开始朝两边拓宽,犹如一对光芒四射的蝴蝶翅膀,只有底部依然保留着一团黑色。

他隐约明白,这是因为黑暗的房间开了门,光线涌入,但一开始什么都没照亮,只形成了闪亮的"蝴蝶"。随后他看出,那团黑暗其实是站在光里的什么东西。再过一会儿,他认出来了,那是个孩子的身影——一个他很熟悉的孩子。

"约翰·约书亚?"他走近些。男孩纹丝不动地站在敞开的门前,张着双臂,撑开门板,脚边躺满了睡觉的身影。西蒙有些困惑。不知怎么,他竟回到了厨房小厮睡觉的老宿舍。可约翰·约书亚在这儿干吗?他不像他父亲,从没在厨房干过活儿。事实上还有一点很奇怪,因为他是个孩子,而与此同时,西蒙自己也是个小孩。难道时间倒流了吗?

"儿子?"他又走近几步。约翰·约书亚似乎陷入沉思。西蒙没低头——他的目光不敢离开儿子——只能尽量小心地跨过躺在他俩中间的沉睡的身影。其中几个睡觉的人动了动、嘀咕几句,但没人醒来。

现在他又注意到一个谜团：出于不明原因，大厨房的地板上长满了青草，就连沉睡者的身上也有。

"约翰诺？约翰·约书亚？"西蒙继续向前。他已能看清男孩的头顶，认出对方额前让他永生难忘的蓬乱鬈发。在恐惧和欣喜的双重压迫下，他感觉自己快要瘫倒了。是什么力量把约翰·约书亚带回来的？他还能再做西蒙的儿子吗，或者现在轮到西蒙做他的儿子了？约翰·约书亚死了，西蒙还活着。所以谁的年纪更大些呢？

孩子们要醒了，莱乐思的声音从某处飘来，微弱得仿佛茂密草原上的清风。他们正被召唤回来。留神……！

几个沉睡者动了动，在盖住他们的厚重绿毯下不安地扭动。西蒙又走一步，近得一抬手就能摸到孩子的身影。他伸出双手，捧起约翰·约书亚的脸蛋，仔细看着早逝的儿子的脸。

但孩子抬头仰望父亲时，眼睛却是黑的。空无一物、泯灭一切的黑。

西蒙想要惊呼，却叫不出声。突然，那个男孩，他的儿子，开始消失了，就像水箱里漏出的黑水，慢慢渗进地面。西蒙徒劳地想把他抓在手中，终于找回了自己的声音。他一遍又一遍地喊着独生子的名字，眼睁睁地看着约翰·约书亚化为虚无。

* * *

他被火光包围。摇曳、闪烁的火光来自四周的火把，还有更多火把迅速靠近，宛如赶来分享美味的食肉鸟。太亮了！西蒙眨眨眼，感觉手里攥着什么东西。他低头一看，发现手指间抓着一块白布。

"西蒙！"身后传来米蕊茉的声音。火光映在他眼里，让他又刺痛又困惑。约翰·约书亚！他刚才捧着儿子的脸，尽管只是短短的一瞬间，但他又碰到了死去的儿子。他手上还有证据……！"西蒙，"他妻子喊道，"醒醒！"

寡妇

王后走到他身前站定,在一群陌生人中间,她那熟悉的面容是唯一平常的东西。周围全是人。一时间,西蒙竟然有些害怕,像头被猎人团团包围、即将受死的困兽。随后他看到一个女人,正用手臂护住一个六七岁的小男孩。男孩身材纤细,跟约翰·约书亚一样瘦,但发色更黑些。他在哭,身上的睡衣破破烂烂。西蒙这才震惊地发现,男孩的睡衣同自己手中的碎布是同一种材料。

"怎么……?"西蒙环顾四周,看到提阿摩和另外几个认识的人,然后看回米蕊,"发生了什么?"

妻子拉住他的手臂,领着他离开两扇大门,走回大厅深处。"你做梦了,夫君,非常糟糕的噩梦。"

"约翰·约书亚……我以为他是约翰·约书亚,他回来了。莱乐思……"西蒙想不起梦中发生的所有事,但他相信女孩的话很重要,"孩子们。莱乐思想告诉我……"

"莱乐思几十年就死了。"米蕊的语气很生气,但西蒙还听出了别的情绪,比如说害怕,甚至恐慌。"别再提她了。你差点吓死那可怜的孩子。他来大厅只想看看,晚餐后有没有剩下什么吃的。"

"哦,仁慈的乌瑟斯啊。"西蒙的五脏冷如寒冰,"我做了什么?伤到他了?"

"只是扯烂了他的睡衣。他说你叫他'儿子'。所以我知道,"她帮西蒙在拿威男爵舒服的床垫上重新躺好,"你做了噩梦。比起你,我更生宾拿比克的气。是他给了你那玩意儿。"

西蒙摇摇头。因为这只是个梦,他松了口气,虽然他并不情愿让这梦就此消散。"不全是梦。我觉得不是。我记得……莱乐思怎么说的来着?'孩子们死了。'我记得她是这么说的,或者,'孩子们听到了召唤……'?"

"嘘——"米蕊伸手按住他的嘴唇。她手指冰凉却让人宽心,只是声音就没那么亲切了。"别再说了,夫君。你把大伙吓得够呛。"

"我不睡了。"西蒙回答,"我怎么睡得着?那不是普通的梦……"

"那是男爵的一个小侄孙。"王后说,"不然你以为他是谁?我们的约翰·约书亚已经走了——安东的仁慈圣母在上,你知道的,西蒙!约翰·约书亚在天堂,与乌瑟斯和上帝的天使们在一起。为什么他还要在尘世间游荡?你知道他已经安息了。"她伸手掰开他的手指,"把它给我。"

她抢走了宾拿比克做给西蒙的羽毛干花护身符,扔到地上,用脚跟碾碎。骨头像小树枝一样嘎吱断裂。"明早我会把它烧掉。"她说。

西蒙还想争辩。他有种错觉,好像睡前在一个地方,醒来却到了另一处。"可我见到了我们的儿子!"

"魔鬼会用熟悉的形象诱惑你。够了。睡觉去。"

西蒙把头搁回临时床铺,努力将心思集中在米蕊伸来抚摸他眉头的手指上。他能感觉到妻子的恐惧,想知道她为何如此害怕。她说那只是个梦。西蒙阖上眼睑,意识在黑暗中渐渐模糊。她说得对。不然还能是什么……?

再次入睡,西蒙没再做梦。或者说,就算做了,醒来后他也没有半点印象。

寡妇

光辉宝石

♛

乱咬乱抓的小怪物似乎没完没了。奈泽露像割草一样将它们砍飞，但总有新的伏砾犽爬过同伴的尸体，朝她扑来。

她喊了好多声，呼唤玛寇和其他队友，甚至包括歌者绍眉载，可就算有人回应，她也没听见，因为声音都被小地鬼的尖叫淹没了。它们似乎无处不在，如野兽腐尸里的蛆虫般从地底钻出，仿佛冷硬的冰雪皮肤之下，就连大地本身也已经腐烂了似的。

它们是从哪里突然冒出来的？奈泽露记得，巨人蛊罡嘎正在走路，下一刻，他脚下的地面就塌了，他也跟着消失了。他们所在的土地一定被伏砾犽的巢穴蛀空了，因此承担不住巨人的重量。

她好像听到玛寇在喊，"都过来！"却搞不清声音来自何方。反正她现在什么也做不了，只能挡住乱跑乱爬的小地鬼，免得自己被就地掩埋。她脚边已经堆了数十具尸体，还有五六只丑陋的人形怪兽爬到她身上，几只畸形的小手里还攥着锋利的石刀。奈泽露明白，若不是她的上衣和裤子都用厚如盔甲的兽皮制成，小怪物已经用粗陋的小刀刺穿她的身体了。

她猛地一甩，一口气甩飞好几只小怪物。"玛寇！"她尖叫道，"你在哪儿？我在这里！"但没人回应。队长要么疲于保命，要么死了。她想起了女王誓约的开头几句，仿佛她又变回了当年的孩子。

我族之母啊，请把力量赐给您的仆人。我的生命属于您。我的身体属于您。我的灵魂属于您。

但紧随祷词而来的,是一个绝望而亵渎的念头,仿佛另一个声音在她脑海中说话:派我们出来送死的不正是女王陛下吗?尽管满心恐惧,奈泽露仍为自己流淌着懦弱的凡人之血而羞愧难当。她可是女王之爪!她发过誓并唱响过遗歌!既然我族之母需要龙血,那么带回龙血便是女王之爪的神圣使命。即使为之丧命——即使奈泽露死在这里,被这尖叫的噩梦掩埋——又何足挂齿?还会有其他人继续侍奉女王陛下。贺革达亚将永世长存,华庭永远不会被遗忘,而只有女王陛下能保证这一点。

所有这些念头都在刹那间穿过她的脑海,随后奈泽露感到一阵火烧般的刺痛——有什么东西在啃咬她的手腕,她猛甩手臂却没把它甩掉。一只伏砾犽在她紧身衣的袖口和手套间找到空隙,咬住便不撒口,像只大耗子一样吊在她的手腕上,甩都甩不脱。趁她分神的当口,其他小地鬼一拥而上。奈泽露举起剑柄,使出全力,狠砸那颗毛发蓬乱的小脑袋,直到颅骨碎裂。小怪物掉了下去,她的手腕也鲜血直流,接着又有五六只爬上她的腿。她刚把其中一些打掉,另一些已经爬到她脸上。她每甩掉一只,就会多出两只补上空位。周围的雪地上全是伏砾犽——她这辈子都没见过这么多,也不曾想象一个地方能容下这么多。奈泽露知道自己离死不远了。面对如此庞大的数量,就算一整支殉生武士中队也应付不了。

她开始吟唱自己的遗歌,就是成为女王之爪那天,她在竞技场上唱过的那首。

> 嘿—呀!嘿—呀!
> 没错,我为华庭而活,
> 但我的生命已同神圣的华庭一起消逝。
> 没错,我为女王而活,
> 但我的生命已随女王的白王子一同逝去……

寡妇

突然，她看到一道火花四射的白光划破灰色的天空，一团火球咆哮着砸在蜂拥的小地鬼中间，距她的位置只有十几步远。火焰飞溅在涌动的小怪物身上，如同箭矢扎进地面，瞬间便让饥渴的聒噪变成恐怖的尖叫，音调高得令她难以忍受。又一团火球飞速砸落，这次离她更近了。奈泽露纵身扑到一旁，落地后赶忙爬走。小地鬼遭到火球溅射，惨叫着爬向雪地的四面八方，被痛楚和恐惧吓傻了眼。无数小怪物被从天而降的火焰当场烧焦，再也无法动弹，丑陋的小身子像垂死的昆虫一样抽搐个不停。这不是普通的火，奈泽露看出来了，这火更黏稠、更灼热，落在哪儿便粘在哪儿，久燃不息。

趁着大多数敌人四散奔逃——至少是暂时散开——奈泽露挥舞匕首，砍掉还挂在身上的伏砾犴。有些小怪物已经死了，但仍紧紧抓住她不放。这时，她看到一道人影从附近的山坡滑下。白色的身影滑过白色的山坡，手中的东西正在燃烧，比黎明昏暗的天空亮得多。那是一支火箭。白色人影一边下滑，一边拉弓射出火箭，活像凡人神话里的天神投出愤怒的闪电。掘地怪继续从洞口爬出地面，但立刻被火箭泼洒出的火苗点燃。奈泽露一开始还以为，那是绍眉载在施放他们幕会的魔法，但那道人影比歌者更高大，另外，虽然日出前光线暗淡，但那张被兜帽半遮住的脸依然黑得出奇。

奈泽露发觉脚下的地面在震动，过了好一阵儿又听到了轰鸣声。她随即转身，正好看到一个巨大的身影从雪地下蹿出，仿佛一座小山拔地而起。是蛊罡嘎，他咆哮着蹿出破碎的冰面，身上的皮毛浸满了血。

"过来！"有人大声喊道，奈泽露听出是玛寇的声音。队长还活着，虽然她仍听不出他的方位。这时，新来的白衣人已快滑到山坡底部，弓上再次搭好一支火箭。一时间，她能清楚地看到陌生人的脸。

他们的救星是个凡人。

凡人在距坡底还有几大步的位置停下,手臂急促地一挥,又将一团火球射向掘地怪最密集的位置,也就是巨人最初掉下去的大洞周边。随着火焰泼溅,小怪物发出尖叫,四下乱跑,有些还想爬出地道,却被另一些严重烧伤的同类挤了回去。它们一时沸反盈天,活像一群惊慌失措的蝙蝠。奈泽露现在发现,凡人手中有个冒火的罐子,但他每次拉弓都得先把罐子放下,因此大大拖延了在斜坡上的速度。

蛊罡嘎仅凭一只手,从坍塌的积雪间挖出一条路,重新回到开阔的地面。他的另一只手里抓着一个瘫软的贺革达亚,活像一个小孩拿着娃娃。

"上来!"凡人喊道,"上来,这下面只有石头,它们的洞挖不过来!"这下奈泽露更震惊了。那人说的是标准无误的贺革达亚语,奈琦迦的语言。

火焰不再淋头,掘地怪又恢复了勇气。这支恐怖大军片刻前还想缩回地下,现在再度冲出蓝色的黎明。奈泽露知道自己该等玛寇下令,但她根本不清楚队长在哪儿,也听不到他的声音。于是她快步跑过染血的雪地,奔上陌生人所在的山坡,几乎每一脚都踩在烧焦的小尸体上。

没多久,玛寇出现在大坑对面,显然已筋疲力尽,遍体鳞伤。他的手臂、脖子和脸上都在滴血,但仍使出全力,从坑里拉出另一位全身染红的队友,拖着对方爬上山坡。奈泽露估计后者是肯貊。过了一会儿,肯貊也恢复了力气,跌跌撞撞地跟在玛寇身后。巨人也终于爬出大坑,四肢着地爬向冰封的山坡,在被黎明照亮的蓝色雪地上留下几道宽宽的红印。

陌生人领着玛寇的女王之爪离开谷底,登上积雪的山坡,一口气爬出一百多步,来到一块突出的岩板下方。他们在岩板下又走出好远,直到脚下全是岩石,这才精疲力竭地倒在地上,大口喘气。奈泽露的心比逃离遗骨岛那回跳得还快。她本以为这次必死无疑,结果却活了下来,连她自己都难以置信。她的每一块骨头都在颤抖。空气中弥漫着鲜血和小地鬼焦尸的恶臭,虽然巨人近在咫尺,但连他的体味都被盖了过去。

就这样过了好久,一直没人说话,直到玛寇动了动,坐起来,瞪着蹲在几码外的救命恩人。这时奈泽露才看清,陌生人的皮肤是金黄色的。她一时以为自己搞错了,以为对方并非凡人,而是个支达亚——贺革达亚背信弃义的亲族——可那人的脸型却完全不像。他一定经常在阳光下活动,所以才有了这么奇怪的肤色。

"你是谁?"玛寇质问道,"竟敢插手伟大女王的任务?"

凡人的衣服用白色兽皮缝制。他瞟了玛寇一眼,在奈泽露看来,那眼神不但古怪而危险,而且更像是嘲笑。他个子很高,身材如贺革达亚一般修长,一头短短的直发呈现出比皮肤更浅的金色,淡得近乎于白。"啊,真不好意思,"他对玛寇说,"原来你们的任务是送死啊。如果不是的话,女王之爪啊,那我不但没插手,还从小地鬼口中救下了你们的小命。我听说云之子从华庭带来的不止有巫木,还有礼貌……"

不等凡人说完,玛寇已疾步上前,用寒根的剑尖顶住陌生人的喉咙——剑身上还粘着伏砾犽滴血的毛发与碎肉。他上身前倾,与对方几乎脸贴脸。"你为什么会提到巫木,凡人?"玛寇发出毒蛇般的嘶嘶声,"你是个奸细?"

凡人迎上他的盯视,嘴里说道:"低头看好了。"

奈泽露和玛寇同时看到:虽然脖子上顶着队长的剑,陌生人竟也在一瞬间抽出了锋利的长刀,用刀尖抵住玛寇心脏上方的胸骨。奈泽露惊得目瞪口呆。玛寇虽然一脸凶神恶煞的表情,似乎也露出一丝动摇。这也难怪,谁曾听说凡人也能跟贺革达亚一样迅捷呢?

"敢杀我,你也会马上没命。"陌生人的语气温和得吓人,"如果你想让这次 ra'haishu 换个结局……"他用了个古老的贺革达亚词汇，字面意思是"地洞会议"，暗指可能会导致突然死亡的错误，"那我建议你，把你的剑从我脖子上拿开，让我们重新开始谈谈。我希望你可以从感谢我开始。顺便说一句，你的剑需要好好擦擦。"

坡道间响起一阵低沉的隆隆声。是蛊罡嘎，他蜷缩在自己流出的"血湖"中间哈哈大笑。"我喜欢！这只小冰鼠牙很尖啊！"

玛寇从紧身衣里抽出水晶杖，指向巨人。他的手在发抖——这漫长的一个钟头已经很让奈泽露震惊了，没想到她又看到了这个。"再敢擅自开口，怪物，我会让你扯掉你自己的脑袋。"

"看来你是个很受拥戴的领袖嘛。"凡人说。

"玛寇，"绍眉戟突然开口，"打扰一……"

"别用我的名字，你这蠢货。"

"抱歉，但我必须告诉你。"歌者举起沾满鲜血的双手，他的袖子直到手肘都被染红了。"艾璧-凯死了。"

"什么？"玛寇飞快地放开陌生人，奈泽露甚至觉得，他可能暗自高兴可以顺水推舟换个话题，"你确定？"

绍眉戟指指一动不动的艾璧-凯，巨人刚才把他放在不远处的地上。"你自己看看吧。他的喉咙被伏砾犴撕开，到这儿之前就死了。"

"那我们怎么去那块陌生的土地？"肯貊问道，好像在生死去队友的气，"只有艾璧-凯知道路。没有回音师与他们的主子通话，我们等于迷路了。我们永远都找不到……"

"闭嘴！"玛寇退开几步，气得脸都僵了，神色间隐约透出一丝惊恐，而这也是奈泽露前未见过的。"你们都傻了吗？这事待会儿再说，我们先决定怎么处置这个陌生人——而他竟能流利使用我族的语言。"他又瞪向大伙的凡人救星，"贱民，你叫什么？来这儿干吗？你怎么会说贺革达亚的语言？"

陌生人的长刀已消失不见，正如它突然出现时一样。他两手空空，回望玛寇时却显得无所畏惧。"我叫亚拿夫。获得自由之前，我在圣山旁的奈琦迦遗址长大,所以我会说你们的语言。"

"撒谎。"玛寇回答,"奈琦迦没有自由的凡人。"

"我又不在奈琦迦,对吧?是我主人放我自由的,他叫丹拿碧·杉-蓑卡。"

玛寇、肯貊和绍眉戟吃惊地看着陌生人,就连奈泽露也听说过这个名字。

"撒谎。"玛寇单手握住寒根的剑柄,空气中弥漫着暴力的气息,"你会说我们的语言,当然也可以自称是剑术大师丹拿碧的奴隶。他的名字在我族所有土地都广为流传,骗子肯定也听说过。"

"我不光是他的奴隶,"亚拿夫说,"还接受过他本人的训练。"凡人的佩剑突然出现在手中,就像刚才那把长刀。"你要试试吗,队长大人?"凡人问道,"但我觉得这不是个好主意,因为今天你已经失去一个同伴了。"

玛寇没说话,却用空手拍开凡人的剑刃,随即发起一波迅雷般的攻势,将寒根舞成一团银影。奈泽露知道,以她的速度,若是成为队长的目标,那她早就死了。但凡人几乎原地不动,只是轻转手腕和剑身,便格开了玛寇的突刺,同时以脚跟为轴,将攻击的力道轻松化解。

队长明显对亚拿夫的防御技巧暗暗称奇,手上却没停止进攻。好一阵子,双剑不停地旋转、交击、交击、又分开。双方都没见血,凡人也不像在应付什么认真的挑战。奈泽露小心地让表情保持中立,心中既赞叹又困扰。他们的队长是殉生会里最强的剑士之一,她自己绝不敢与玛寇交锋。而眼前这个凡人,一个曾经的奴隶——如果他说的是实话——竟能跟他打成平手。

"玛寇队长,我请求你停手。"绍眉戟喊了一声,站到两人中间。这举动很勇敢,简直像年轻凡人的战斗技巧一样令奈泽露大为叹服。"现在有阳光,这是唯一能阻止伏砾犺袭击我们的东西。我们必须在天黑前远离它们的巢穴，越远越好。而且我们都很累了。"

"是你累了吧？"巨人咯咯地笑了，"至于蛊罡嘎，自从风暴之王陨落那天，在古城阿苏瓦吃了一个骑士，我就没这么开心过。让他俩接着打！"

玛寇死死盯着亚拿夫。"这贱民是个奸细。一句实话都没有。丹拿碧亲自训练？凡人奴隶居然不戴项圈？"

"我说了，是丹拿碧 z'hue 亲手取下了我脖子上的项圈。"亚拿夫看看玛寇，转脸扫视其他贺革达亚，缓缓垂下剑尖，触到雪地，把长剑用力插在地上。"给你们看看。你，那个女的，过来看。"他解开兽皮外套顶端的带子，折下领口，向前垂下头，像个准备献祭的牺牲品。

奈泽露不知该怎么办。艾璧-凯死了，其他人有气无力，只有玛寇怒视着陌生人，像只守护猎物的狼。她朝那人走去，等待队长命令她停下，但玛寇什么也没说。

第一个意外是，其实凡人的个头只比她高一点点。第二个则是他的味道，那是一种奇特的混合气味：她能闻到典型的凡人味道，但十分微弱，另一股松油味反而特别强烈。奈泽露凑近一些，仔细观察。在他颈根与肩膀交接的部位，也就是本应勒着奴隶项圈的位置，果然有一圈老茧。

"他有库瓦留下的疤痕。"奈泽露汇报。

"那也只能证明他曾经是个奴隶。"玛寇喝道，"可能现在也是。至于丹拿碧的故事都是胡说八道。一个曾经的奴隶为何要在贺革达亚的土地边境游荡？"

"因为我是女王的猎人和猎奴手。"亚拿夫将外套领口系好，"我会抓捕试图逃离女王领地之人。如果你还怀疑我，干吗不去问问我曾经的主人。"

"丹拿碧·杉-蓑卡三年前便回归华庭了。"玛寇说，"但我相信你早就知道,这一来,你编起故事就更方便了。"

凡人脸上掠过一个奇怪的表情,奈泽露完全无法理解——其中既有悲伤,也有些别的东西。"不,我并不知道老主人的死讯。我已经好多年没回奈琦迦了。我只在边境要塞间往来。"亚拿夫比画了一个贺革达亚的手势,代表期望回归之意。"原来剑术大师已踏上了回归华庭之路,愿他一路坦途。"

他的动作如此自然,与她的族人没什么两样,奈泽露也没法再怀疑他了。就连玛寇也失去了惯常的自信,但仍瞪着新来者,仿佛他是个游魂或其他可疑的人物。

"女王的猎人,你熟悉我们边境外的土地吗?"绍眉戟突然问道。

亚拿夫差点笑出来,但这并非是为表示友好。"当然。为了追捕叛徒和女王陛下的敌人,我走过很远。我对奈琦迦古墙外的土地非常了解,就像了解我的皮与骨。"

绍眉戟转向玛寇。"队长,也许这人带来的并非厄运,而是好运。艾璧-凯死了,他是唯一能给我们指路的人——没有他,我们绝对找不到目的地。如果现在回头,我们至少需要一个月,才能回到奈琦迦另找一位密语者。"

"你不是能唱咒歌吗,小术士?"玛寇气恼地说,"还有你那些宝贵的秘密。你的主子和大人们瞒着我们,给你下了不少命令。所以你可以给我们带路啊。"

绍眉戟做了个遗憾的手势。"对女王陛下的职责才是我真正的主子——而且,不行,玛寇,我没法给咱们带路。具体原因我可以找个时间单独告诉你,除非你愿意我当众讲出来,当着你不信任的凡人的面。"

玛寇瞪着他,眼神和面孔如雕像般空洞。"你到底想说什么?"

"这位女王的猎人熟悉这片土地,我们却不了解。经历了刚才的危险——我们还没完全摆脱的危险——也许我们不该让好运白白溜走。也许他能给我们指路呢,这样我们就不用带着挫败返回奈琦迦了。"奈泽露听出来了,他在"我们"这个词上稍稍加重了些语气,言外之意明显是"你也不用回去了"。玛寇当然也听出来了。

"而你们谁都没问问我有没有兴趣给你们带路。"亚拿夫指出,"老实说,我都不确定想不想跟你们待太久,虽然对一个曾经的奴隶来说,这也算无上的光荣了。"

玛寇瞪他一眼,这才转向绍眉戟。"跟我过来,歌者,把刚才的话给我解释清楚。至于你,凡人,给我记好了:就算你是个获释的奴隶,你脖子上也永远戴着库瓦的印记。待在这儿,我等会儿再决定怎么处置你。"

亚拿夫没答话,只是冲他露出微笑——又能把女王之爪队长惹火的微笑。他好像一点都不怕玛寇。

没人会这么勇敢——或者这么愚蠢,奈泽露心想。这个主动送上门来的怪人到底是何方神圣?

♛

桃灼葭早就学会了谨慎。她在风暴之矛的核心区域生活了二十多年,其中大部分是在女王陛下沉睡期间,算是比较平静、安全的时期。如今乌荼库已然苏醒,桃灼葭能感觉到,奈琦迦正颤抖着退回到过去那个黑暗而警醒的时代。

她打开自己小房间的门,朝走廊里张望。走廊昏暗、寂静,有时让她以为她正站在世界的尽头,远离儿时所知的一切,就连记忆也无法触及。她没看到任何人,更重要的是,也没听到任何声音。她松了口气,退回到房间里。

她抓住床架。她的床虽然不大,但也占据了房里大部分空间。她把床拖离墙壁,摸到藏在床后的滑动嵌板,随后摘下挂在项链上的哀石钥匙,插进锁孔,将其打开。

里面是她最珍贵的宝物——一只稻草娃娃、一条彩色头巾、一枚

寡妇

硬币——全是她童年时光的碎片，是她曾经拥有的自由生活。但它们并非她藏在这里的唯一秘密。她把这些东西拨到一旁，拿出蜡烛和两个雕像。一个是用皂石雕的青草母神丰乐娅，另一个是用木头抛光的圣树，上面倒挂着受难的乌瑟斯的圣体。多年来，不少人试图说服她世上只有一个神，但桃灼葭不敢缩减祈祷的对象，她承受不起这个风险。

"求求你们，天上的伟大神明，保佑我女儿奈泽露平安，免遭祸患。不要让死亡的阴影笼罩她。不要让恶人在她耳边低语，或是吟唱令她胆寒的歌谣。

"请看顾一位母亲的虔诚吧，丰乐娅女神。没有您的允许，无人能走进您神圣的树荫，不要让任何试图伤害奈泽露的人靠近她。"说完，她亲吻雕像，然后转向圣树。

"请看顾一位信徒的虔诚吧，我主乌瑟斯。正如您献出自己，救拔我们免遭天父的怒火，也求您保佑我的女儿，让她免遭恶徒的伤害。"

祷告完毕，她又跪了一会儿，看着蜡烛的火焰。房内没有一丝风，烛焰稳定不动，宛如石雕。她一直盯着，直到产生一种幻觉，仿佛她可以用那火焰裹住自己，就像披着一条魔法斗篷，飞离这个地方。哦，如果是真的……！

桃灼葭忍住无谓的泪水，这才发现自己盯着蜡烛不知看了多久。贺革达亚鼻子很灵，如果有人经过走廊，即使蜡烛的味道微乎其微，依然可能被人察觉。她用口水蘸湿手指，掐熄蜡烛，正要伸手去够藏在最里边的一只山羊皮包裹——那才是她最最珍贵的财产——身后的房门突然一响。桃灼葭强行憋住一声惶恐的惊呼，打算合上嵌板、把床推回去，但已经来不及了。房门已然打开。

她的主人走了进来。"我的光辉美人，你在做什么？"

桃灼葭浑身发抖，虽然松了口气，却无法平息恐惧。她瘫坐在床上，大司匠则关好身后的房门。"啊，维叶岐大人，您吓死我了。"她说，"我只是在翻看我自己的东西，就是您大发善心、允许我留下来的各种小玩意。"她祈祷对方不要仔细检查，因为她还来不及藏起那个山羊皮包裹。

"你又点蜡烛了。"他说，"我能闻到。这么做很蠢，桃灼葭——蠢得危险。"他在她旁边跪下，厚重的披风沙沙作响，"你在发抖。"

"您的莅临吓到我了。我以为是别人……以为我被发现了。"

"瞧瞧你！吓成这样！"他坐在矮床上，伸手示意她靠到自己怀中，"却一次又一次拿你的自由冒险——我应该提醒你，还有我的自由——就为几个迷信的小玩意。"

"对不起，大人。"桃灼葭说，"我是个不知感恩的坏人，真的——我是个笨蛋。可它们给了我幸福，能让我记起来这儿之前的日子。"

"所以，你当我的情人并不幸福？"

她把头靠在他狭窄但结实的胸前。维叶岐给她的感觉更像一位纤细的少年，而非成熟的男人，虽然他的年纪是她的许多倍。有时她觉得，对方的高寿就像一道致命的裂谷，其深度会在不知不觉间让她摔个粉碎。他对她就像一匹马或一只鸟一样陌生，尽管她并不怀疑他的善意。有时她甚至觉得自己爱他，就像奴隶蒙受恩宠时感觉到的无助而感激的爱。至于她对维叶岐的其他感情，桃灼葭说不清，因为那些感情既混乱又古怪。"不是的，大人。您——和我们的孩子——是我这一生最大的幸运。若不是您，我早跟其他床奴一起死在奴隶圈里了。除了感激，我哪还有其他想法？"

维叶岐往后倾身，仔细打量她。"但感激并非幸福。受宠的奴隶依然是奴隶。我不想看到你心烦意乱的模样，我的光辉宝石。"

他很聪明，这位不朽者给了桃灼葭自由，这份赠礼可不一般，远超其他凡人能在贺革达亚手中获得的所有特权。桃灼葭提醒自己，不

寡妇

论发生什么，她都要尊重他的智慧。他的许多族人被古老的传统和仇恨深深影响，只把凡人当成动物看待，但维叶岐不一样。他在女王陛下沉睡的混乱时期挺身而出，以独到的眼光发现了改变的机遇，而其他人只看到毁灭、失败和万事皆休。

"您都来看我了，我还有什么好心烦的呢？"她急着改变话题，"您的陪伴是治疗一切的良方。"

如此贴心的恭维，他却没按她的预期露出微笑，而是将薄薄的嘴唇紧紧抿成一条线。"啊。但我有消息要告诉你，我觉得这不会给你带来幸福。"

"什么意思？"桃灼葭心中一颤。难道她被发现了？"您已经告诉过我了，我这样的奴隶住在贵族家里，让女王陛下很生气。"

"不是这件事——是别的。"

她突然遍体生寒，像被风暴之矛的冷风席卷。"别的？"

"我还不能确定。但我有位朋友是神职人员，他有个同族兄弟在回音会，我从他们那里听说，女王陛下将亲自为我指定一项任务。一趟旅行。"

刚才裹挟她的冷风变成了更猛烈、更致命的寒流，似要将她当场冻僵，让她心脏停跳。"怎么会这样？如果您自己都没听说，其他人是怎么知道的？"她本来决定，在德鲁赫日之前做好准备，逃出这座大宅。可大司匠若在这时离开奈琦迦，桃灼葭知道自己肯定活不到昭英祠敲响九口大钟的时间。

维叶岐伸手摸摸她的脸。"你在哭？怎么了？女王陛下亲自交付的任务是无上的光荣，能为我的家族和我的孩子——我们的孩子——带来极高的声望。你希望奈泽露获得荣耀。如果我能为我族之母带回胜利，你觉得她能得到多少？"

"我不想我的女儿获得荣耀！我只想她幸福平安！"她看到他露出难以置信的表情，也看到了二人间的鸿沟。这道深谷突然变得难以逾越，宽阔无边。"而且，现在我担心的不是奈泽露，而是我自己。还有您啊！"

"我不明白你的意思，桃灼葭。"

她擦掉眼中的泪水，对自己十分生气。北鬼，哪怕是维叶岐这样仁慈的北鬼，也没法理解她为什么会为这种事哭，不论她的伤痛有多深、悲愤有多长。泪水只会让对方更加坚信，她跟其他凡人是一样的，比野兽强不了多少。悲痛之余，她说了一句："您真这么傻吗，我的大人？"其实她知道，自己不该这么说的。

维叶岐往后仰身，脸上虽然变化不大，但明显露出怒意。"你竟敢这么跟我说话？"

"因为我在乎您。我比所有人都在乎您。我很害怕。"

维叶岐盯着她，仿佛她会做出比哭泣还让他无法理解的事，好比她会长出翅膀，或像猎犬一样叫个不停。"害怕？怕我？"

"不，大人，我害怕您的敌人。我的敌人。"

"你不必担心女王陛下的话。你不太了解我们族人的情况。"他换了个语调。桃灼葭听得出来，他以为他的小宠物被无法理解的事物吓到了，所以准备安抚她。"你住在我家里，而我家是全奈琦迦最有权势的家族之一。我们有许多奴隶，既有凡人，也有贺革达亚。我是匠工会的大司匠！"

"所以您会有敌人。"有时桃灼葭真搞不懂，维叶岐面对家门外的险恶世界是那么谨慎，对家里发生的事却如此漠不关心。"而我的敌人就在这座大宅里。您的仆人。您的妻子。"

"棘梅步？"他又困惑了，"确实，她不喜欢你，但她也不敢伤害你。你为我生了唯一的孩子。"

桃灼葭再也无法掩饰自己的绝望。"所以她才会抓住一切机会杀掉我啊，大人。您真的看不出来吗？"

他郑重地摇摇头。"即使我离开，我也会确保你得到保护。我会把你列入我的家族名单。一切都已安排妥当，我的意愿也表达得很清楚。就算我为女王陛下外出执行任务，也没人敢提出质疑。我保证，你很安全。"

桃灼葭只能鼓起勇气回答："那谁来保证您的安全呢，大人？如果您的敌人毁了您，您的保证又有什么意义？伟大的奥间鸣首曾许诺，保证他的族人自由——可他死了之后，他的许诺还有意义吗？"

"不要用我族的历史来教训我，桃灼葭，更别用如此叛逆的语气。我给了你很多自由，但你有些越界了。"维叶岐理了理长袍，站起身，"我来只是想告诉你一些重要的消息——事实上是些值得高兴的消息，毕竟现在，所有贵族和领袖们都很不安。"

"不，别走。"桃灼葭说，"对不起，我说错话了，大人。求求您，就算您别的都不信，也请相信您自己有危险。您的敌人一直在等待这样的机会。"

"我不会再听这些了，桃灼葭。你可能不明白，但你贬低了我整个家族的声誉。"

已经没什么好说的了。她低下头。"对不起，大人。"

"你会安全的。我答应你。如果我确实接到了这个重要的任务，那等我回来，你也会跟我一样取得胜利，因为我们的女儿将一同受益。"他走向房门，"别再点蜡烛了。如果你害怕，记住，你自己的错误就是你最可怕的敌人。"

说完这番冷冷的安慰，维叶岐走出了她的房间。与他的族人一样，大司匠的举止也如狩猎的猛兽般安静而优雅。

但我觉得，搞不清状况的恰恰是您啊，大人。您活了几百年，依然看不清巨变之下，旧有的规矩已不再稳固。

桃灼葭等了好久，确定情人已离开走廊，这才用长凳顶住房门，将山羊皮包裹从隐藏处拿出，把里面的东西小心地倒在床上。一把小刀、一捆绳子、几截蜡烛头、打火石和火粉笔，都是很久以前存下来的，以及上回去牲口市场买来的手套。但她还需要很多。她本以为还有几周的准备时间，但现在，她知道只剩下了几天。

虽然她的情人还没意识到，但桃灼葭明白奈琦迦已今非昔比。北鬼女王从多年的沉睡中醒来，她的阴影将再度笼罩贺革达亚全族。事实上，阴影正在古城上方日渐浓厚。

她将包裹塞回暗处。虽然她不敢再点蜡烛，但仍向新老诸神又祷告了一次。

♛

亚拿夫知道自己一定会咽下对贺革达亚的仇恨，同意给他们带路。前一天死在他手里的几个贺革达亚侦察兵还躺在山谷对面，靠在树上，旁边留着毁灭他们的白手标记，而他必须阻止女王之爪发现尸体。那些北鬼没死多久，他却突然出现在这个人迹罕至的地方，这也未免太"凑巧"了。

当然了，隐瞒复仇行动并非他答应带路的唯一理由。这几个北鬼，不管他们是战斗小队还是巡逻队伍，都是迄今为止他见过的最古怪的组合。他们的队长玛寇没什么奇怪的，就是个冷酷而现实的战术家，擅长放逐之道的冷血杀手。他的副手肯貊也差不多，是个敢于欣然赴死的战士，甚至能用牙齿咬穿对手的喉咙。至于其他成员，亚拿夫看着他们爬上岩坡，远离下方掘地怪发动袭击的冰雪平原，他就有点儿看不懂了。殉生武士奈泽露和年轻的巫师绍眉戟都是混血儿，这已经很少见了，但混在女王之爪中间也算合情合理，就像那位死掉的密语者艾璧-凯一样。可亚拿夫万万没想到，队伍里竟还有个巨人，块头前所未见，跟在他们身后跨过积雪，蓬乱而卷曲的毛发在微风中舞动。蛊罡嘎的存在是让他最疑惑不解的。

"上来。"他回头冲他们喊道。天色阴沉，虽然时间已到正午，阳光却在减弱。这里离伏砾犳的巢穴太近了，亚拿夫可不想在地面上过夜。尽管他心里巴不得让这几个女王之爪死掉，但他必须暂时保住他们的性命,直到搞清他们想干吗。多年来,他杀了不少贺革达亚战士,但巨人的存在告诉他,这五个家伙不同寻常。在查清他们的身份和目的之前,他需要他们活着。

等贺革达亚到了山顶,亚拿夫找到一个背风处,可以拴马、扎营。玛寇同意之后,他把自己的马拴好,然后在临时马厩的岩面上找了条长长的裂缝,开始生火。

"不能在这儿生火,蠢货。"玛寇发现后斥道,"我们已经离开了女王陛下的土地。"

"相信我,方圆数里一个人都没有。"亚拿夫边说边继续忙活,因为他知道,如果直视队长的眼睛,只会卷入另一场争执,"当然了,除了掘地怪,但它们不喜欢火。我得提醒你,正因为它们怕火,你才能活着在这里抱怨。尽管谢我吧——我把最后一罐珀都因火都拿出来救你们了。可能我得花上一年,才能找地方买到新的。"

"巨人呢?"肯貂质问,"它们也不用担心吗?"

"就算有巨人,也不可能比你们的朋友个头更大。"他朝蛊罡嘎扬扬下巴,后者正在石缝不远处的雪地上给自己挖坑。巨人的手有盾牌那么大,所以挖得飞快。亚拿夫当然注意到了他脖子上的巫木轭,那也是一种奴隶项圈,比他曾经戴过的大得多。这头怪物显然被控制了,很可能跟玛寇挥舞的红色水晶杖有关。这又是一件值得琢磨的趣事。

"我们贺革达亚不像你们凡人那样依赖太阳。"玛寇说,"我们不会在夜里藏起来。我们必须赶路,执行女王陛下交付的任务。"

"什么任务?说实在的,玛寇队长,如果你隐瞒太多,我是很难给你们带路的。"

玛寇只是瞪着他。巨人哈哈大笑,笑声深沉,隆隆作响,像在木头地板上推过一件沉重的家具。

"行,随便吧。"亚拿夫说,"你们喜欢夜晚赶路,可以——但这里不行。今年春天，小地鬼特别凶残、特别活跃，远超我的记忆。它们会袭击附近的一切。你们也该发现了，整片山谷下方全是它们的地道，有些巢穴跟你们掉进去的一样大。走在下面的雪地上，脚步声会像敲鼓一样传进它们的耳朵，所以我只在岩石上走路。"

"你能继续给我们带路吗，陌生人？"叫绍眉戟的家伙问道，"至少帮我们找条安全的路穿过这片平原吧，这里太靠近敌人的土地了。"

同他们的贺革达亚主人一样，奈琦迦的凡人奴隶早就知道，该对阿肯比的奴才们敬而远之，所以不论绍眉戟的语气有多温和，亚拿夫都不会相信这个金眸北鬼——这就像他必须隐藏自己的恨意一样明显。但他忍不住想知道，为什么只有这个混血歌者想跟陌生凡人搞好关系呢？只是因为他比另外几个固执的贺革达亚更实际？"找路这种事，在这片土地并不容易。"他最后回答，"我可以尽量把你们带到一条安全的路上，但我需要更多信息——比如说，你们要去哪儿。当然了，你们还得付我金子，或者其他有用的报酬。"

"我就知道，"玛寇说，"凡人毫无荣誉感可言。"

"这跟荣誉感有什么关系？"亚拿夫故作骄傲而愤怒地抬高嗓门，"我自己也有任务要做，出于信任交给我的任务，这点同你们一模一样。要是我带你们去你们想去的地方，那我主人派下的任务——追捕逃跑的奴隶，以及所有女王陛下希望带回奈琦迦接受正义审判的家伙——就很难完成了。哪怕你们负责我的吃喝，我也会损失我应得的赏金。我基本就是靠这过活的。难道我的付出不该要求回报吗？"他两手叉腰，做出不许讨价还价的姿态，"我带你们走安全的路，每天一个银滴，分手时付账。"事实上，他根本不需要银滴——除非冒死返回奈琦迦，这东西他压根就花不出去——但他不要报酬，就等于向这支谜一样的队伍承认，自己另有目的。

"我们的任务比追捕几个逃跑的奴隶更重要！"名叫肯貂的北鬼竟然气得脸色发红，这是贺革达亚极少暴露的缺点。肯貂也许是个强大的战士,却明显不善外交。"你还敢索要报酬?"他似乎没注意到,旁边的玛寇脸色铁青,"你根本不明白我们要去干吗,不明白女王陛下给了我们何等荣耀!收起你那些无礼的大话吧,凡人,用你卑微的膝盖跪下,感谢我们还把你的狗头留在脖子上,因为我一瞬间就能把它砍掉!"他似乎想抽出自己的长剑,但这一次,亚拿夫不需要向他们示范了,因为在那沉默的一瞬间,玛寇队长发出一个声音——只是轻轻吸了口气——但肯貂马上明白自己说了太多、声音太大。不到一下心跳的时间,他脸上那层淡淡的愤怒便彻底消失了。

"闭上你的嘴,去照看马匹,殉生武士肯貂。"亚拿夫还是头一回听到玛寇用这么冰冷无情的声音说话,"马上。带上黑鸟。"

肯貂露出一副甘愿受罚的顺从表情,转身离开队长,凶狠地命令女武士奈泽露跟他一起,朝马匹走去。虽然亚拿夫瞧不见他的脸,但看他僵硬的脖子,就明白他心里很不高兴,甚至怨气冲天。亚拿夫知道,高个子殉生武士恨不得杀掉自己,但他也开始思考,有没有可能挑拨一下这位副手和他队长的关系。

玛寇队长瞪视着亚拿夫,让后者联想到鹰隼起飞前那暴烈的宁静。但很快,他的脸色突然像游泳者下方的水底一样阴暗而深沉;又过一瞬间,毫无表情的面具再度归位。"那好吧,猎人,我可以告诉你,我们要去遥远的东边——你们凡人称之为雾沙穆。我们该怎么过去?"

雾沙穆!那里充斥着致命的野兽和更加致命的暴风雪。亚拿夫怎么也想不到,他们的目的地竟是如此遥远、广阔又空寂的所在,更无从猜测他们要去干吗。"那地方离这儿很远,还要穿过危险的荒野——没错,即使对贺革达亚也很危险。去那儿不仅仅是方向的问题,或者积雪之下藏了多少道路,更要清楚如何躲避风险,而风险无处不在。"他尽量装出刚刚才下定决心的模样,"好吧。趁我涨价之前,你们得先付钱,因为我很想涨价。刚才报价时,我还不知道你们要去哪儿。只要出手大方，我带你们去哪儿都行。"

"我们当真需要你一直带路吗？"队长问道。不过这一次，他收起了愤怒，开始讨价还价。与这位贺革达亚相处期间，亚拿夫只对这件事不抱任何异议。"我知道方向——往东，日出的方位。你也说了，要走在有岩石的高处。我们自己也能做到嘛，完全不需要凡人的陪伴。"

欲擒不如故纵。"那好吧。"他说，"再会了，女王之爪们。我要回去了，继续追捕奈琦迦的逃犯。不过请记住，你们要避开的不止有小地鬼，还有巨人、獗骷牙和巨雪鼠，这些在东边的山地里都很常见。"

这回玛寇看了看绍眉戟。亚拿夫相信，他在队长脸上看到了之前没见过的表情，一丝近乎愤怒的冷笑。"很好，猎人。"玛寇说，"你会得到你想要的报酬，但有个条件。你得先带我们走几天，选几条路，然后我们才能做出决定。免得你是个差劲的向导，把我们带离了正道。记住——如果你故意让我们迷路，或以任何方式拖慢我们的脚步，我会让蛊罡嘎把你活活撕成几块，生吞进肚里。明白吗？"

"想不明白都难。"亚拿夫用双手做了个"一言为定"的手势。玛寇也照做了。

我走上了一条奇怪的道路，亚拿夫心想。*我必须为这些害我家破人亡的妖怪服务，直到救主的旨意完成。*他不由赞叹上帝的计划奇妙高深。这次意外之旅也许是对我所有祈祷的回应——或者是我的死因。

又或者，两者兼有。

寡妇

岔路

♛

"远处是韦斯万吗?"米蕊茉用手挡住刺眼的阳光。前方一直延伸到视野开外的路上,王家步兵和愿意多挣几枚铜板的本地农夫正全力以赴,替王家巡游清理道路。北方王家大道两边,积雪垒得老高,砌成一条以白雪为墙、灰天为顶的通道。米蕊茉隐约看见前面有塔楼的影子。"受祝福的艾莱西亚,我祈祷真是韦斯万,那我们就快到爱克兰边境了。我真是太想家了——以前从没这么想过。"

"为什么呢,陛下?"提阿摩问她。

"因为我好多年没这么骑马了。"王后回答,"老实说吧,我屁股很疼。"

提阿摩一时不知该怎样回答,王家巡游里的其他人却哈哈大笑,包括茜丝琪,虽然提阿摩不太确定矮怪女子有没有听懂。此时此刻,他与茜丝琪和宾拿比克同乘一骑,好更方便地与骑着高头大马的其他人交流。宾拿比克那头威风的白狼瓦喀娜跑在他们旁边,看着主人及其胯下那匹陌生的生物,眼神中露出明显的关切,或许还有一丝妒忌。茜丝琪的公羊没人骑,用长绳拴在马鞍上,好像对任何事都漠不关心。

西蒙皱起眉头。"亲爱的,我觉得王后不该这么说话。"

"那我该怎么说?"米蕊茉反驳,"说我的'贵尻',就像咱们那位有教养的儿媳?"

"我觉得也不用这么拿腔拿调吧。"西蒙被逗乐了,"瑞秋和把我养大的女仆们会说'臀部'、'腰下',或者就说'后边'。话说回来,亲爱的,既然你觉得疼,干吗不坐马车?"

The Witchwood Crown

"然后错过与大伙聊天?让你独享所有乐子?"她皱眉看着丈夫,"想都别想。"

"对对对。其实,如果你坐车,我也可以找个借口跑过去陪着你,不用当着所有士兵的面,承认我的屁股也很疼。"

这回连王后也大笑起来,谈话一时变得轻松而愉快。提阿摩也很高兴,因为他最近的心情有些低落——这也是他决定不坐马车,而与宾拿比克夫妇共乘一骑的原因之一。可惜的是,他暗自叹息,一架马鞍没法让三位骑手都坐得很舒服,不管其中两位的个子有多小。

不管怎么说,他又想,我总算不是个子最矮的人了。一般来说,他与任何人打交道都得仰着头,但现在,王家巡游里多了四名矮怪,他终于有机会享受一下比别人高的乐趣了。

♛

艾欧莱尔很少觉得年老是件幸事,但他坐在帐篷门口,看着士兵和仆人们搭建过夜的营地时,不由暗自庆幸,以他的年纪和地位,他还是可以把这些活儿交给其他人的。今晚他感觉自己特别年迈,浑身都疼。

在马鞍上坐太久了,他心想。曾几何时,就算骑一整天,晚上我也能跳舞跳到半夜。他为自己的抱怨暗暗发笑。可如今,就凭我这把披着朝服的老骨头,谁又愿意陪我跳舞呢?

一个年轻卫兵跑到近前。"艾欧莱尔伯爵,有人求见。那人自称霭林爵士,说您认识他。"

"我外甥?巴格巴的牧群啊,我当然认识!请带他进来!"

其实霭林不是他外甥,而是他姊妹的孙子——也就是他的甥孙。这孩子一向最得艾欧莱尔宠爱。先前在玛瑞斯月,艾欧莱尔途经赫尼斯第却没能见到霭林,当时还觉得特别遗憾。

"是你吗?"没多久,一个年轻人弯腰钻过帐帘,伯爵问道,"诸神在上,真是你!见到你真高兴,年轻人!"

寡妇

霭林鞠躬行礼。"我也一样，舅舅。"

艾欧莱尔上下打量着来访者，惊讶地发现，自从上次见面以来，年轻人的变化真大。他俩上次见面已是四五年前了，当时霭林在海霍特住了一段时间。眼前的霭林已不再年少，胸膛变得宽厚，脸上留着络腮胡子，就像最近神堂的许多赫尼斯第年轻人一样。他衣服粗糙，风尘仆仆，斗篷下滴着水，靴子上沾满泥巴。"你是从赫尼赛哈骑马过来的？"艾欧莱尔问他。

"对，顶着暴风雪，沿着新霜冻大道一路赶来，为了给您和至高王座带来几条重要的信息——感谢密尔汉和满天诸神，最难熬的冬天过去了。我和手下骑行了好多天啊，舅舅！"

"为什么让你当信使，霭林？我很高兴见到你，可是……"

"事实上，我是特意向休国王请来送信的。您到都城时，我正好在穆拉泽地。"霭林看看周围，确定帐篷里没有别人，"有一封信来自太后，她要我确保是您本人亲自收信，大人。"

"茵娜温的信？现在就给我吧。"艾欧莱尔伸手接过折好的羊皮纸，略略检查一下茵娜温的封印，然后放进腰袋，"其他的呢？"

"我没看，舅舅。但我相信是帕萨瓦勒大人写的。"他露出微笑，"希望他能让您的日子轻松些。我听说他是个大好人——等您离任返回穆拉泽地之后，莫非他会是下一任至高王座之手？"

"按我的意思会是他。但我觉得，莫根纳王子的外公欧力克公爵也许不会同意。他认为帕萨瓦勒是个暴发户。"艾欧莱尔召唤仆人端来葡萄酒，"过来，坐。你这一路又长又累啊。"

"是很长，而且有点刺激过头了。"霭林脱下斗篷，朝舅舅挥了挥，"瞧它破成了什么样子？在韦斯万北边不远，我还摔下了马。"

"赞美诸神，你没受伤！说明你运气不错。"

"好得超乎您的想象。我摔下马鞍是因为差点跟一个巨人撞个满怀。但那不洁的野兽似乎跟我一样吃惊。当时我骑在其他人前面，刚转过一个弯,就发现它就站在路中间。"

"在这里?北方王家大道?"艾欧莱尔的胸膛收紧了,"是真的吗?自从过去那段可怕的日子以来——自从风暴之王败落——它们从没往南跑这么远。你确定那不是一头熊,或者……四处游荡的樵夫,只是胡子比你多?"

霭林哈哈大笑,但很快换回严肃的表情。"那不是什么大胡子樵夫,舅舅。当时我站在马镫上,就算是熊,也不可能一巴掌甩过来,差点打掉我的头。"

"天堂救救我们吧。"艾欧莱尔沮丧地摇摇头。这么多怪事,这么多恶兆!"跟我讲讲事情经过。"

于是霭林讲起发生在王家营地南边几里地外的意外遭遇。"我没回头看那怪物,而是跛着脚,以最快的速度追上马匹,重新爬上马鞍。等我调转马头,那个巨人早就没影了。不过我的伙伴们发现了它的脚印。"

葡萄酒端了上来。艾欧莱尔又问了几个问题,便把话头转向更轻松的事,比如他姊妹艾莱莎的健康、穆拉泽地的生计等等。这次艾欧莱尔随王家巡游出行,却因要履行职责而无缘回家看看,现在聊起来,更添了一份思乡之情。伯爵越来越希望有朝一日,他能卸下所有重担,返回家乡,平静地度过最后的日子——身为一名农夫,精心侍弄祖先的土地,一直是他梦寐以求的事。

"你只在这儿待一晚,还是打算陪我一阵子,随我们一起南下?"最后他问霭林。

"我也希望回程能悠闲一些啊。"年轻人回答,"而且我百分之百相信,几百个爱克兰卫兵知道怎么对付巨人。可茵娜温太后希望尽快收到您的回复。所以明天,等您写好回信,我就带着手下穿过霜冻边境,尽快返回赫尼赛哈。"霭林是休国王最宠爱的年轻廷臣之一。同他出色的舅公一样,他也很擅长脚步复杂的岱勒希环形舞,并能以同

寡妇

样的灵活手段，处理更加复杂的宫廷权力与荣宠之争。不过最让艾欧莱尔看重的，还是年轻人谨慎的智慧。这个世界充满了自以为是的家伙，他们总觉得自己知道所有重要问题的答案。艾欧莱尔年纪越大，就越欣赏这样的男人——当然了，也有女人——他们要会独立思考，会提问题，面对困难时也绝不满足于那些貌似轻松的答案。

* * *

没多久，霭林离开，找他的爱克兰贵族好友叙旧去了。艾欧莱尔拿起茵娜温的信，只觉忧心忡忡。他们之前才见过面，现在又收到她的信就显得很诡异。更诡异的是，太后竟要拜托他甥孙送信以确保安全。到底什么事这么紧急，不能等艾欧莱尔回到海霍特再说呢？

我最亲爱的伯爵：

　　希望你能原谅我的叨扰，尤其是在这种时候。你远离爱克兰，在外长途跋涉，至高王与至高王后都仰仗你，我却向你提出一个不情之请。但我很害怕，不然我也不会麻烦你，你我毕竟是多年的好友了。

　　希望你还记得，你来寒舍看望我时，我们聊了很多事，包括泰勒丝夫人与她对休国王的影响。我说了些她的闲话，而你问我这是确有其事，还是因为我不喜欢她。

　　茵娜温曾说国王的未婚妻是个女巫。一向温柔贤淑的太后竟然讲出这种话，的确有些不同寻常。艾欧莱尔当然不会忘记。

　　我的话是否苛刻，由你自行判断吧。但你应该记得我先王夫君过世后那段艰苦的日子。当时，瑞摩加的司卡利率军侵占我们的土地，王家最后的成员只能躲进大山。你还记得我继女梅格雯的遭遇吗？——愿诸神保佑她的灵魂——你记不记得她发现的地下城市？她带你去过的。你曾告诉我，她在那里看到的东西加重了她的症状，甚至助长了她的疯狂,并最终压垮了她。

那座城市被称为银色家园,深藏在大山之下,由希瑟及其仆人建造,但可怜的梅格雯却相信那是诸神的家。我承认,你跟我说过的事,我并没有完全记住,而且在你建议之下,我们多年前就封闭了隧道,此后我也没再多想。直到现在。

然而那些隧道被重新打开了。泰勒丝和她的几个追随者——我找不到更好的词形容——说服休国王,打开了梅格雯发现的通往地底的路。她说那洞窟是我族的圣地,不该被掩埋起来。

我从没去过那里,因为我身体虚弱,爬不了山。但我听人说,国王的未婚妻及其朋友们把那里变成了某种神殿(不是安东教神殿,尽管那已经很糟糕了)。泰勒丝那帮人在格兰玻山下的洞窟里举行古怪的仪式,他们自称只是要恢复对黑暗地底之神卡姆的崇拜(可你也知道,我们有些族人从未停止对卡姆献祭)。而且听人说,他们的仪式远比单纯祭拜地犬卡姆可怕得多。事实上,我能信任的一些人告诉我,他们是在崇拜别的神明。我本不想用那肮脏的名字玷污这封信,因为我担心她会在黑暗厅堂里听见,从而给我们带来厄运。但你知道我说的是谁——她就是鸦母,孤儿制造者。

艾欧莱尔往后仰身,揉揉眼睛。近来借烛光看字已经越来越艰难了,他都快把羊皮纸点着了。但他不想找别人帮他读茵娜温的信——哪怕是霭林。

接下来才是问题的关键,亲爱的朋友。虽然他们的举动让我受惊不小,还有人报告说,他们找到了希瑟用过的占卜石,并利用它去向可怕的女主人邀宠,但我担心的不止这些。最糟糕的是,我收到报告,说泰勒丝把休国王也带到了地下,据说连他也参加了泰勒丝那些古老又邪恶的仪式。

寡妇

我在宫廷里没有实权。无论休曾对我有多少忠心，如今都已消失殆尽，被他的未婚妻及廷臣的嘲笑彻底淹没。他当众对我无礼，就算我没有招惹他，他也会在所有臣子面前无情地伤害我。如果我当面指责他那些危险的行径，他只会把我像个疯婆子一样赶走，而我所说的一切，都会被当成我已经发疯的证据。你可能也会这么想，但我向你发誓，我说的一切都是真的，我的消息来源绝对可靠，并已经过其他报告的验证。

求求你，艾欧莱尔，我的朋友，我曾经的爱人，我求你回神堂来。如果可以，请一并带上米蕊茉王后和西蒙国王。只有你和他们能将这可怕的疯狂连根拔起，免得它从地底深处蔓延出来，如瘟疫般横扫你我深爱的赫尼斯第。

不管你想怎么做，请尽快给我回信，并通过最可靠的途径送来，比如霭林——他是你的亲人，我也信任他。拜托了，请不要无视我。回来亲眼看看吧。看看那些鬼祟的目光，听听那些低吟的密语，闻闻空气中腐朽的气息。你、西蒙国王、米蕊茉王后在此停留期间都经历过一些不愉快，如今它们已更加恶化，而我知道这是什么原因。我夜不能寐，因为我担心接下来还会再发生些什么。

尽管字里行间充满了恐惧，但茵娜温的签名仍跟艾欧莱尔以往见过的一样流畅。

他把信又读了一遍，只觉胃里翻江倒海。他不愿相信，当然不——他一个字都不愿相信——但他太了解茵娜温了。他知道，她对信里写的每句话都深信不疑，而且每条理由都仔细推敲过，唯恐被人当成精神错乱。他也知道，多数人会对这封信嗤之以鼻，但他见识过太多不可思议的怪事，自然能理解茵娜温的忧虑。但要他现在返回赫尼赛哈，时机未免太不合适，更别提带上至高王与至高王后了，他俩离开爱克兰都好几个月了。

The Witchwood Crown

可话说回来，他也不能无视茵娜温的需要。他在想，不知西蒙和米蕊茉能不能准许他晚回几天海霍特，大概推迟两到四个星期，好让他同霭林一起前往赫尼赛哈，调查一下那里的情况。

他叹了口气，唤来仆人再倒一杯葡萄酒。现在已经过了他的睡觉时间，他也知道今晚没那么容易睡着了。等年轻人倒酒时，一首儿时经常听到的恐怖歌谣不请自来地爬进了他的记忆——一首关于鸦母陌厉伽的歌谣。

> 我看到死亡的世界
> 那是即将来临的世界
> 她的世界，踩在她的脚下
> 夏日不再开花
> 奶牛失去乳水
> 女人不再端庄
> 男人丧失勇敢
> 森林不结果实
> 海洋没有渔获
> 狂野的风暴
> 围着空虚的要塞肆虐
> 战争席卷每一个角落
> 叛逆的王子王孙
> 为这世界披上悲伤的丧服
> 每个男人都是叛徒
> 每个儿子都是窃贼

伯爵又坐了一个小时，想等霭林回来，但最终断定年轻人跟朋友们玩得太开心，不打算回来陪伴年迈的舅公了。最后，艾欧莱尔躺到

寡妇

床上，暗自庆幸酸痛的筋骨能让他稍稍分点心。

♛

自从跟着史那那克爬到山上看月亮，看他用卜骨进行奇怪的仪式，听他讲出语焉不详又让人丧气的预言，说自己会失去最期待的东西，莫根纳开始觉得跟矮怪在一起并不好玩，于是又去找他的老朋友消磨时光了。

"你们听说没有？"他钻进他们的帐篷时说道，"艾欧莱尔的外甥在大道上被巨人袭击！一头真正的宏瘟！"

其他人抬头看着他。艾斯崔恩露出微笑，好像听到了什么笑话。欧维里斯正在磨剑。波尔图一脸惺忪，好像刚睡醒，虽然现在早就过了夜班换岗时间。"当然听说了，殿下。"艾斯崔恩说，"你这么兴奋，我还以为你带了什么好东西——比如你祖父橱柜里的东西，好帮我们润润喉咙。我的嗓子比纳斯卡都沙漠都干了。"

"而你一点都没放在心上？"莫根纳嫌弃地摇摇头，"活的巨人！而我们都快到爱克兰了！"

"爱克兰人真是无趣，跟瑞摩加人有得一拼。我真羡慕他们那边有巨人，能给枯燥的日子增添点乐趣。不过说实话，那巨人没敢伏击我算它走运。"艾斯崔恩拍拍长剑的剑鞘，"换了我，看我不扎它几个透明窟窿，这样咱就知道，它是不是真有霭林吹的那么大了。"

听了艾斯崔恩的大话，欧维里斯只是酸酸地一笑，继续打磨他的剑刃，波尔图却挺直了腰板。"你傻吗，说这种话？"老骑士宣布，"你什么都不知道。除非真遇上一只，否则你不会知道的。"

欧维里斯哀叹一声，放下剑。"又要说奈琦迦的巨人了。波尔图说他杀过几十只。"

"我不会吹这种牛皮，爵士，但我确实遇到过一只。"老骑士竭力压下怒火，但火气仍在上扬，"欧维里斯，你干吗总跟着艾斯崔恩的屁股转？你们纳班人遇到不了解的东西就非得嘲讽两句？"

"我们了解你,老竹竿。"艾斯崔恩说,"你要真遇到活的'葵西斯',准得把剑扔到空中,掉头就跑。"

波尔图朝莫根纳投去恳切的目光。"他在胡说八道,殿下,我发誓。他对北方和我追随艾奎纳公爵的日子一无所知。在奈琦迦圣山上——这是白狐的叫法——我和战友们宰了一只又大又凶的巨人。我以圣洪诺拉的伤疤起誓,那头野兽杀了我三个伙伴。我怎么可能忘记?"

"没人说你忘了。"艾斯崔恩爵士坐在一口木箱上,劈开双腿,靴跟踩着地面,上半身朝老骑士凑过去,"我们只是说你在编故事。请注意二者的区别。"

"够了,艾斯崔恩。"与心地善良的矮怪相处久了,莫根纳发现自己很难再接受年轻骑士随口伤人,"他说得对——你根本一无所知。"他转向波尔图,"你真的打过一只?跟霭林说的一样大?"

"我不知道,王子殿下。"波尔图看向两位同伴,难掩脸上的得意之情,"因为面对那样的怪物时,没人会有闲心琢磨它的大小。但霭林的描述还是靠谱的,我没觉得他在撒谎。我只能这么讲,我们打的巨人比我还高。高很多。我相信,我用两条胳膊都抱不拢它的半边胸膛。"

"而它每年还会继续长个儿。"艾斯崔恩嘀咕道,但声音很轻,也不敢看向莫根纳的眼睛。

"当时我一眼望去,已经觉得它大得不能再大了。"波尔图宣称,"你没法相信它的手臂有多长,莫根纳王子,活像两棵粗壮的桦树,又白又宽。而我永远不能忘记的是——我试过了,不论这两个无赖跟你说过什么——是它看我的眼神。那眼神跟凡人很像。没错,我敢发誓,它有智慧,我觉得这才是最糟糕的一点。"他画了个圣树标记,用近乎哀怨的目光看着莫根纳,"仁爱的上帝为什么会把智慧赐给那样的怪物呢?"

寡妇

"在我家那边，有人说淹死的水手会变成南方海里的淇尔巴。"欧维里斯接道。平时除了几句简单的嘲讽，他一般很少说话，所以连波尔图都在仔细倾听。"也许巨人也是同样的情况。"他补充道，"也许它们曾是罪人，受到咒诅，只能在荒野里徘徊。"

这个说法让莫根纳打个寒战——明知自己曾是个凡人，如今却如此寂寞，如此遭人憎恨！如果艾欧莱尔的外甥霭林是在多年以前，或者十万八千里外撞见了巨人，那就是他很喜欢听的恐怖传说，就像其他可怕的鬼故事一样。可这事发生在今天，离他们所在之处并没多远。

一阵风抓挠着帐篷壁，虽然没人吓得跳起来，但连艾斯崔恩说话时的笑容也显得有些勉强。"啊！怪物就在外面！"

"闭嘴！"波尔图厉声喝道，莫根纳很少见他这样。"别什么话都乱说，小子，因为它们会听见的。也别嘲讽上帝的怪物，否则他会让你见识到你自己的愚蠢。"

"也许我们该说点别的。"莫根纳刚开口，但波尔图已经捡起了之前的故事。

"它悄无声息地接近了我们——你没法想象，那么大的东西竟能如此安静。"波尔图睁大双眼，仿佛又回到了那片山腰，"我们想不到它会出现在那儿，直到它杀了我们一个同伴，把他的无头尸体扔进我们所在的空地。随后它从树林间冲了出来，推倒最粗的大树，其他较细的那些在它脚下纷纷折断，好像芦苇一样。"他顿了顿，缓缓摇头，仿佛多年后依然很难启齿，"我被恐惧压倒了——就像被人丢进了冰河。我几乎站不稳，两膝狂抖。然后它在咆哮，露出满嘴黄牙，张开血盆大口……"

"然后？"莫根纳等了一会儿，追问道，"发生了什么？你以前从没跟我讲这么多。"

"因为没人想听。"波尔图一脸受挫的表情，"有人只会嘲笑我是个骗子。"他瞪了眼艾斯崔恩，"我真想在那种场合看看你的表现，'无畏的爵士'。你也许不怕凡人对手，但遇到那种怪物——你会吓得不成人形。"

艾斯崔恩似乎想说些什么，但莫根纳瞟了他一眼，于是他低下头，仿佛在说："好吧好吧，既然殿下您喜欢听，我就不打扰他胡说八道了。"

"它穿盔甲了吗？就像传说中为白狐而战的巨人一样？"莫根纳问道。

"那只没有。"波尔图回答，"公爵的手下施拉迪格告诉我，在遥远的北方，大部分巨人是野生的，被北鬼女王驯养并驱使的只是少数，因为那些畜生对主人来说也十分危险。我们遇到的那只跟野兽一样，浑身赤裸。所以当我与它对视时，那像人一样可怕的智慧直到今天还在困扰我。不过我当时没想那么多。它太大了，出现得又太过突然。它像树一样高，吼叫起来像头发怒的熊，我们毫不怀疑当时面对的就是死神。"

"那你是怎么杀掉它的？"波尔图与巨人和北鬼打仗的故事，其实莫根纳已经听过好几遍了，但从没这么认真过。艾斯崔恩说，那些全是一个老酒鬼编出来的，为把他自己打造成英雄。莫根纳虽不完全赞成他的说法，但也不相信波尔图的回忆全是真的。而这一刻，他有点信了，因为老骑士所说的一切都蕴含着货真价实的恐惧。

"怎么杀的？靠运气呗，"波尔图回答，"还有上帝的仁慈。我一个战友用长矛捅了它的脖子，还刺中它蛋蛋旁边的大腿根，割开了它的大血管。我也砍伤了它，但只砍到它的大腿后部，因为别的地方我够不着。不过那一下还是砍瘸了它。我们跟它缠斗了好久，最后它流尽鲜血，倒在地上。我们队长砍了它的头。"

"所以准确地说，你本人并没有'杀死'巨人。"艾斯崔恩一脸吹毛求疵的表情，"事实上，你只是砍瘸了它。你当时是不是倒在地

寡妇

上,也许正在装死?还是说它比你高那么多,所以你只能像王子的矮怪朋友'砍脑壳人'一样,必须蹦着高才能给它致命一击?"

好像只有这次,波尔图没有介意对方的嘲讽,甚至压根就没注意到。"我从没说过我是塔利斯托爵士那样的大英雄。我战斗是因为我别无选择,因为我不想死。但我用不着对你或任何人辩白,纳班小子。很少有人直面那咆哮的长毛怪物还能活着,亲眼见到它死的就更少了。"

正是这实实在在的语气打动了莫根纳。王子往后靠了靠,打量着波尔图,好像头一回见到他似的。老骑士的身材依然高大,年轻时想必十分魁梧。而且莫根纳知道,波尔图提到的地方,他自己确实去过。因为在艾弗沙时,国王的朋友施拉迪格都统曾在一次聚会时提到,说他在莫根纳的朋友堆里看到了波尔图。施拉迪格想不起老骑士的名字了,但还记得他那瘦削的长脸和骨架,说他们过去曾经并肩围攻过北鬼。莫根纳想过带波尔图去见见都统,但他当时有点忙,既要去逛库普斯德市场,又要应付突然跑来的矮怪,结果就把这事忘到了脑后。没多久,他们便告别了艾弗沙和施拉迪格。现在回想起来,莫根纳不禁有些遗憾,没能让这两人重新聚聚。

"真是个让人惊讶的故事,波尔图爵士。"他说,"我相信你。你有这种回忆,勇敢的回忆,难怪那么多人会妒忌你。"

"谢谢你,殿下。"老骑士鞠了一躬,骨节间发出轻微的嘎吱声,"但老实说,我有时确实希望我真是艾斯崔恩和欧维里斯津津乐道的骗子。那些日子的记忆没给我带来任何欢乐,我到现在还会做噩梦。"

另外两名骑士再也说不出任何嘲讽。众人陷入沉默。风抓挠着篷布,一时间,似乎所有人都在想着同样的事——这层脆弱的屏障之外,黑暗里到底潜伏着什么东西?

The Witchwood Crown

遗歌

♛

玛寇不信任那个凡人，但显然更不信任奈泽露。虽然她已在总部受过严格的训练，但每次队长派她去前面探路时，总会叫肯貂跟着她。

他担心我逃走吗？ 单是这样想，都让奈泽露怒火中烧。*他以为我会背弃对女王陛下的誓言，逃离我的同胞，只因为他鞭打了我——因为我蒙受了羞辱？* 她背上的鞭伤已基本痊愈，虽然在这冰天雪地里依然很疼，却比不上被同族怀疑的痛苦。而她确实说了谎话——她欺骗了女王之爪的弟兄们两次——更给她的伤口撒了把盐。

"为什么往南走这么远？"肯貂跟在她身后，走下长长的岩坡，经过一堆堆积雪和一丛丛冬日的黄色枯草时，她问道，"不但深入瑞摩加境内，都快到爱克兰边境了。"

"闭嘴，黑鸟。你比玛寇懂得还多吗？"肯貂穿过高高的草丛，留下蜿蜒的蛇形痕迹，"狐狸去哪儿打猎，不用兔子来教。"

奈泽露知道自己应该闭嘴，但肯貂的不屑刺得她皮肤生疼。"凡人亚拿夫说，我们应该走更北边的大路，靠近凡人城市考德克。"

"他这么说的？不把整片地区先侦查清楚，你怎么知道他会把咱们带进什么样的陷阱？"肯貂毫不掩饰脸上的愤怒，"你算什么东西？我原本寂寂无名，只是个出身于普通家族的殉生武士，被困在一支的死气沉沉的军团里，跟着一个懒散自私的长官。但玛寇大人没忘记我，他把我召进了队伍。现在我是女王之爪。你以为我会在乎你或哪个凡人说过的话？别再问这种无聊的问题了，黑鸟。"很长时间以来，其实奈泽露还是头一回开口说话，但肯貂说得好像她一直在喋喋不休似的。

天色渐明,但他们离营地还远,这让奈泽露更加没法开心。她不喜欢离开覆盖树林的山坡,走进这荒芜的开阔地,尤其不喜欢如此靠近凡人的道路。虽然这个时节,由于风暴不停地从山上吹下,横扫过霜冻边境,以致大部分地区都杳无人迹,但仍难保他们不会被敌人发现。赶往东边雾沙穆雪山的唯一一条近路,需要从狄莫思侃森林和铎尔漱汶湖中间穿过去。亚拿夫建议他们走考德克旁边的凡人大道,贴着森林南部边界走,再往东进入荒野,但玛寇没听他的建议,显然是担心有陷阱。结果我们就走到了这边,无遮无挡,还在日光之下,简直是在恳求别人来发现我们,奈泽露心想。难道秘密潜行不再是任务的一部分了?为什么他们不能走森林旁边的路呢,非要冒险跑到韦斯万附近这个人烟比较密集的地方来?

她想不出合理的答案,因此心烦意乱。

* * *

奈泽露与肯貂在开阔地上走了很久,随后爬上路边的山丘。必须承认,肯貂的动作敏捷而安静。她知道,在那场失败的回归之战中,肯貂在阿苏瓦打过仗,也曾在凡人入侵时保卫过奈琦迦山门,因此不会低估他的力量与勇气。只是他对玛寇过于忠心了,简直听不得任何建议,他会把所有谋划都当成对队长的攻击。

他俩爬到丘顶,肯貂带着她,走到斜坡顶上的一片小松树林。山坡十分陡峭,坡顶和谷底之间只有几丛树木和几块大石头。谷底贴近斜坡一侧有条古路,凡人称之为北方大道。古路一直延伸,随着山谷转向南方,消失在视野之外。谷底最宽阔的部分主要集中在这一段,位于老路对面,地上长着高高的青草,随着风吹上下起伏。那都是今年的新草,从一块块融化的积雪间钻出,将谷底织成了绿白相间的地毯。奈泽露还能看到零星的暗银色闪光,那是在谷底蜿蜒流淌的小溪。等到春天,它们将漫过低矮的溪岸,汇集在一起,化成一条大河,奔涌在北方大道近旁。如此丰沛的溪水和新生植物让奈泽露目不暇接,毕竟她已经习惯了贺革达亚土地上那些又硬又黑的冻土。所以,她过了好一会儿才看到肯貂已经看到的东西——远处有些直立的人影在移动。

两位贺革达亚站在丘顶,隔着山谷再往北一点儿,有一群二足身影正在忙碌。他们弯着腰,挥着手,但距离太远,奈泽露看不清他们在干吗——换成凡人的眼睛,可能根本就看不到。肯貂轻蔑地瞥了她一眼,仿佛那些人影更加证明了她的固执与无知。他挥手示意她跟上,顺着古路上方的斜坡继续往北走,好看得更清楚些。奈泽露只好照做。

二人朝远处的人影走近些。早晨的太阳终于攀过东边的山丘,开始升上天空,于是他们又爬高一些,寻找荫庇。奈泽露默默跟着肯貂,穿过树林,又一次心生疑惑:先是玛寇,现在是肯貂,为什么他们会犯下如此明显的战术错误?如果他们的目的是要平安穿过凡人的大道,远离凡人的侦察,融入荒野之中,那他们干吗要跑到这么往南的地方,现在为何又要如此靠近那些凡人?几乎可以肯定,他们是附近村子的居民。即便是受过训练的殉生武士,在潜行时也有可能暴露行踪,比如发生意外,突然弄出声响,或者撞见不速之客等等。冒这么大的风险,他们到底想干什么?

他们终于走到足够近的距离,看清古路对面的身影确实是凡人,大概四五十个,都是农民打扮。多数人正用镰刀割草,有一些却是徒手。过了一会儿,奈泽露发现,还有几个凡人骑在马背上,似乎是在保护他们——或者为了防止他们逃跑。

两名殉生武士默默观察很久,奈泽露有些不耐烦了,但也只好忍住。在这里蹲伏得越久,太阳就爬得越高,天色也越明亮。奈泽露虽然经过训练,心情却越来越不安,甚至转为惊恐。疯的人真是她吗?为了查看一群农奴,肯貂就要把他俩——以及一族之母交付的任

寡妇

务——置于危险之中？

肯貂似乎特别留意那三个看管农民的骑手，到目前为止，他们只是坐在马鞍上，冷眼旁观众人干活。偶尔有几个割草的三三两两聚到一起，就会有一个骑手朝他们走近，然后那些农民就会马上散开，继续做工。一名骑手转了个身，奈泽露看到金属的反光，这才意识到那人穿着盔甲。有点奇怪，什么样的农民请得起盔甲卫兵保护自己干活呢？又有什么样的骑士甘愿花时间做这种枯燥的活计呢？她断定，没有，所以这些农民一定是被看管的奴隶。她还觉得，只凭几个卫兵就能看住这么多奴隶，说明这些凡人监工一定十分残忍。

另一名骑手突然调转马头，离开人群，穿过山谷，朝北方大道走来，笔直地奔往贺革达亚藏身的方向。隔着这么远的距离，奈泽露知道他不可能发现自己，但肯貂已经动身往斜坡下方移动，以寻找更好的藏身点。找到之后，他又往骑手前进的方向挪去。奈泽露小心地跟上，只希望他能早点看腻，赶紧回他们的秘密营地。

接下来的事发生得飞快。

盔甲骑手踏上大道，横穿过来，踢马登上斜坡，离肯貂只有几百步远。肯貂在凡人及其马匹上方穿过树林，迅速而安静地移到正对他们头顶的位置，但又没让骑手看见。

骑手登上斜坡走了几步，跳下马匹，将坐骑绑到一根树枝上。他取下马鞍上的酒袋，长长地喝了一口，随后摘下头盔，挂在马鞍桥上。他长着棕色的胡子，皮肤呈现出凡人特有的粉红色。他不慌不忙地打量着风景，像在回忆自己有没有来过。

肯貂突然起身，不等奈泽露有什么反应，便已拉弓射箭。箭矢嗡鸣着飞出，好似一只致命的黄蜂，正中骑手的胸膛。强劲的力道不但贯穿了凡人的甲衣，还让他翻滚着跌下斜坡，四肢摊开，再也不动了。肯貂跃下山坡，蹲在尸体旁，盯着死者的面孔，好像对方是他追寻多年的仇人。

"凡人还说没有埋伏?"奈泽露走过去时,肯貂嘶声说道,"没有埋伏?那这人为何穿着盔甲?那群割草的暴徒才不是什么农夫,而是军队的劫掠队。"

奈泽露弯下腰,打量着死者。他在盔甲外面穿着绿色罩袍,上面缝着双龙扶盾的纹章,两条龙一红一白。"我认识这个标记。"她说,"这应该是……"

肯貂回身抽她一记耳光,力气之大,让她接连后退了好几步。

"我说了,我不想再听你说话。"他看她的眼神像盯着一只牲口,紫色的眼眸里毫无感情,"玛寇叫我不要杀你,因为你怀了孩子。但你生孩子又不需要双手。如果你再敢出声,我就剁了你一只手。"他拔出腰间的刀子,在凡人的尸体上割下一片外衣。

奈泽露半蹲下身子。她的脸很疼,但与她心中突如其来的惊慌相比算不得什么。惊到她的并非耳光——严苛的惩罚在殉生会内部已司空见惯——而是肯貂强行压下的、明显针对她的恨意。她再次为自己深重的失败感到震惊。

如果他和队长发现我没怀孩子,那可怎么办?她不敢想象到时会有怎样的后果。

她还在分神,肯貂则忙着摸索穿有盔甲的沉重尸体,以致另一名凡人骑手已经走进弓箭射程之内,他俩才有所察觉。

由于灌木的遮挡,接近的骑手没能看清他俩在干吗,但他显然看到了死去骑手的空马、倒在地上的双腿,以及蹲在旁边的肯貂。他突然勒马停步,调转马头狂奔而去。肯貂咒骂着一跃而起,一边追赶逃走的骑手,一边拉弓搭箭。凡人将号角举到嘴边,吹出三声悠长刺耳的警号,这才被箭矢射中,滚鞍落马,摔在地上。他的坐骑继续蹿过大道,冲进山谷。

最后一名站在远处劫掠队旁边的骑手听见号声,扭头看到空鞍马,立刻将自己的号角举到唇边。警戒的号声在山谷间回荡,没多久，北方更远处传来回应的号声。

奈泽露感觉自己像在做梦。她就担心被人发现，结果恐惧竟然成真了。

肯貂扯掉甲衣碎片最后的连接部分，懊恼地将尸体一脚踹下山坡，力道之猛，连几棵小树苗也给带了下去。年长的殉生武士转身跑上山坡，奔回营地的方向。

奈泽露跟在他身后，双手扶地，弯腰贴近斜坡，沿着他折断树枝开出来的道路奔逃。他俩至少得有一个活着回去警告队友，而她已经没法信任冲动的肯貂。况且这次的蠢事又不是她的错。虽然她上次任务失败了，但她仍是名殉生武士，是被选中的女王之爪。她不能允许第二次失败玷辱她的家族与亲人。

整片山坡已经沸腾，号角齐鸣，经久不息，现在她又听到了别的动静——一阵低沉的"隆隆"声扫过山谷，仿佛大地都开始愤怒地翻滚、扭动。二人攀上山脊时，奈泽露回过头，视线穿过树林，发现一大群盔甲骑兵如雷鸣般踏过古路，由山谷北端奔袭而来，绿色的外袍连成起伏的海浪，银色的头盔与枪尖在晨光下闪闪发亮，宛如浪花间的浮沫——这支骑兵的人数绝对超过一百。有些骑手已经脱离主队，驾马登上奈泽露与肯貂爬过的山坡。随着她每一下粗重而有节律的呼吸，追兵越来越近，她脚下已能感觉到马蹄的敲击。

我们严重辜负了女王陛下，她满脑子只能想到这些。

嘿——呀！倘若失败，我们甘愿以死谢罪。

♛

营地到处一片忙乱，活像被犁头刨开的蚁巢。"国王在哪儿？"米蕊茉质问道。

"他在指挥营，陛下。"艾欧莱尔在一队士兵中间转过身，回答说。

"指挥营？我们还有指挥营？"

The Witchwood Crown

"恐怕有。"艾欧莱尔说,"至少从北鬼来袭的消息传来之后就有了。"

米蕊茉正想责备他任由国王玩起战争游戏,但发现他的模样是如此憔悴,仿佛大病了一场似的。上帝呀,她心想,他就像我祖父临死前那么苍老。可怜的艾欧莱尔。我们是不是让他过于操劳了?"那就告诉我指挥营在哪儿,拜托了,首相大人。"

"我带您去吧,陛下。"

"我觉得你还是继续整理军纪好了——或者判断一下消息的真假。已经有好几个人跟我说,山里有五百个北鬼,专程从风暴之矛赶来刺杀我们。一支五百人的队伍,跑到这么远的南方,还在白天出没,这种事我还是头一回听说!我觉得不太可能。"

"我也这么想,王后陛下。"艾欧莱尔摇摇头,"但请不要怀疑,确实有北鬼,只是数量不明。他们逃进山顶树林前被艾万恩爵士看见了。艾万恩很可靠,他参与过阿苏瓦保卫战,所以认得北鬼的模样。我也跟您说过,我外甥遇到了一只巨人。千万不要忽视危险啊,陛下,请原谅我这么讲。"

米蕊茉尽力冷静下来。艾欧莱尔说得对。他的话一向很有道理,哪怕它们并不合她的心意。"你派兵追杀凶手,我没半点意见。如果对方真是北鬼,那他们就跨出边界超过五十里格了,这一点确实值得关注——事实上,自从我们在艾弗沙听说了爱尔瓦夫人的故事,我就一直在担心。可我搞不懂我丈夫为何要亲自指挥。我们带来这么多士兵和骑士,不就是为了应付这种事吗?"

"确实如此,陛下。"

"很高兴我们观点一致。告诉我这个'指挥营'在哪儿?"

* * *

除了箱子上摆的一排蜡烛,帐篷里十分昏暗。一开始,米蕊茉只能看到一团阴影,听到一个声音在轻轻念诵古老的祷告词《士兵之

寡妇

歌》：

> 我虽站在田野的犁沟里，与战友肩并肩
> 我虽不知是否会被砍倒
> 或被丢在太阳下烤干
> 但我知道，救主应允做我的良师与向导
> 在他的体恤下，我将在我主的花园中再次成长
> 在那天堂
> 的绿叶丛中，清水河畔……

"西蒙？"米蕊茉喊道，"你在吗？"

"在，亲爱的。你不用起身迎接王后陛下，杰瑞米，你会把我掀翻的。"

适应光线后，她看到她丈夫一只脚踩在武器箱上，杰瑞米爵士跪在他脚边，正替他扎紧胫甲的带扣。西蒙已差不多披挂整齐，只剩护胸甲还斜靠在帐篷壁上，而米蕊茉一直以为那只是用来观赏的。国王身后站着两名侍从，都睁大了眼睛，站得笔直。带领牧师们跟随王家巡游出行的普特南主教跪在杰瑞米不远处，借着烛光朗读《安东之书》。"夫君，你，到底，在干吗？"王后一字一顿地问道，"还有你，宫务大臣？"

杰瑞米抬头看看她，仿佛又变成了与她初次见面时那个心虚的男孩。"如果宫务大臣在、在场，"他有点结巴地回答，"就该由他来为国王更衣。"

> 他的天使用甜美的声音
> 歌颂上帝的美德
> 他们如此歌唱：

"因你听过救主的声音

所以你无需害怕外邦、蛮族和野兽

他们逃离了我主的视线,心中怀有邪恶

所以你无需害怕风暴、雷电与地陷

因为你的一切就是他的一切

你被仇敌包围,敌众我寡之时

他永远都会知道。"

"就是说嘛。"西蒙说,"给国王更衣,自然也包括盔甲,你说是不是?"

米蕊茉这才看出西蒙脸颊通红,像是刚刚喝过酒。"不过是另一套衣服而已。"她丈夫继续说道,"而且打仗前穿盔甲不是很合情合理嘛。"

"不光如此,陛下。"杰瑞米语气郑重,就连主教都停止了诵经,"国王的盔甲是神圣的。是圣物。"

普特南阁下停了停,随后接着念:

因你爱他,所以他必拯救你

他的宝座在高天之上,故能看到你的心

他的独生爱子伸出圣手,你就必洁净

在那当来的日子,你将听到他荣耀的呼唤

终有一日,也许就在今天

召唤你回家

普特南单调的声音惹得她心浮气躁。她想跟丈夫说说话,可在这种时候,还有比打断祈祷更恶劣的行径吗?但她一直不喜欢这篇祷文,因为它把战死沙场说成了某种胜利。米蕊茉见过太多人死去,尤

寡妇

其是许多心爱之人,所谓天堂的仁慈没法给她带来多少安慰。也许死者确实得到了天父与圣子的神圣欢迎,但生者的日子并不会因此变得好过,他们还必须独自前行。

"它也许是件圣物,"她走近丈夫,以便压低声音,"我不会装出很了解的样子。但这绝对是件蠢事。西蒙,你不该冒这种风险。虽然对方不可能有谣传的五百人那么多,但艾万恩说,北鬼从很远的地方一箭就射死了犹八爵士。如果你上场,肯定会成为他们的首要目标。"

"我没打算上场,米蕊。"国王告诉她。可他闪烁的目光表明,这话起码有一半是假的。

只要以为我们理解不了他们那该死的自尊心,男人总爱这么说话,米蕊心想。但这一次,这古已有之的挫败感带给她的担心比恼火更多。"那你打算干吗,夫君?"

主教继续大声吟诵,像要掩盖两位王者的纷争:

> 一切赞美归于我主!
> 一切赞美归于圣子!
> 一切赞美
> 归于你将居住的天堂乐园!

普特南又用纳班语重复一遍经文,祷告才算结束。但他并没有马上起身,仿佛还在默默地祈祷着什么。

杰瑞米仔细扣紧西蒙的另一边护胫甲,又绑好保护国王膝盖的护膝。"我们多数士兵都没跟白狐交过手。"西蒙一边看着杰瑞米忙碌,一边说道,"可现在,也许不到一个小时之内,他们就必须面对敌人。他们很害怕——既迷信又害怕。"

"他们理应如此。你我都清楚那些怪物有多厉害。"

"是这样,米蕊。可他们知道我跟北鬼打过仗,还有艾欧莱尔。

我们只要跟士兵站在一起,就能鼓起他们的勇气。"

"你是说,站在北鬼的射程之内,好让刺客一箭射死你?你要拿生命冒无谓的风险?你可是国王啊,西蒙!"

"而你是王后。"他露出微笑。西蒙的下半身已全被盔甲覆盖,他抬起手臂,让杰瑞米和两个年轻侍分别从两侧扣紧护胸甲。西蒙的衬甲衣上缝有刺绣,手艺一般,但图案是让人暖心的圣树——这是米蕊茉多年前亲手缝的,当时她有充分的理由,希望丈夫永远不必穿着它再上战场。如今看到它让她心头一痛。一时间,西蒙额前那绺宽宽的白发,那绺被龙血灼成银白的头发,在他的满头灰丝间显得格外打眼,仿佛在自行发光。米蕊茉屏住呼吸,心脏跳得飞快。

哦,西蒙,她心想,别把你的魔力浪费在这些鸡毛蒜皮的小事上!她也说不清这个念头的确切含义,只觉一股阴暗的不祥感笼罩了自己。"我希望你别去。"她说,"我害怕。"

"你害怕?有史以来最勇敢的女人?"他再次微笑。这一刻的西蒙,完全是让她欢乐、让她疯狂的丈夫,是她多年来深爱不移的夫君。"得了,别这样。我不会让自己受到任何伤害。我哪敢呢,我的夫人?"

米蕊茉知道,除非大吵一架,否则她阻止不了西蒙。她也知道,虽然在她看来,男人的自尊心既愚蠢又危险,但对他们却无比重要,尤其是对一位国王。"那你至少答应我,你会留在后面。"她最后说道,"答应我,不要骑马跑到前面,被那些魔鬼看到并用箭射你。"

他看着她——眼中是永远不变的爱意,但也带着一丝丝牢骚。"如果你坚持的话……"

"我当然坚持。就算那边真有几百个北鬼,也不值得让你拿性命冒险。记住,我们还有很多事要做,西蒙,记住你对艾奎纳的承诺。"

他用力点点头。"我知道。别把我看扁了,米蕊。我记得的。我全都记得。"

寡妇

她走到他怀中,亲吻他的脸颊,同时感受他蓬乱的胡须摩挲着自己的脸。仅仅是他的体味、脖子和头发,便已让她心生渴望。"我也一样,夫君。我记得我们故事的每一个段落。我想同你一起写完剩下的篇章,而不是悼念你。"

他看着她走出帐篷。她与他相知多年,即使不用回头,也知道他的眼神会是什么样。

♛

奈泽露给绍眉戟拿来水,并帮他倒入口中。绍眉戟没说话,甚至没看她的眼睛,就像一只垂死的动物。

"你的能力救了我们,歌者。"奈泽露真心诚意地感谢他。但绍眉戟没答话,只是躺回到石头地面上,呼吸平稳但轻浅。

乍一眼望去,他们的藏身处根本不像能藏身的地方,只是山顶附近一块谷仓大小的巨石,中间有条裂缝,像掉到地上的甜瓜一样分成两半,最宽处隔了好几步远,离得稍远些就能把中间的一切看得一清二楚。但歌者施展了法术"石歌",将整支队伍,包括凡人亚拿夫、他们的马匹,甚至巨人蛊罡嘎,都藏到一个粗糙的半球之下,让所有搜寻的目光落了空——至少对凡人如此。奈泽露曾看到一队武装士兵就在一箭射程内搜查,却对他们的藏身处视而不见,她却能清晰地看到所有凡人,只是隔了一层薄薄的雾气而已。

"他们看到了什么?"亚拿夫轻声问道。又有三个凡人士兵从旁经过,显然无法理解北鬼是怎么凭空消失的,毕竟山顶已被重重包围了。下午的阳光已褪成薄暮,渐暗的天色让身披重甲的凡人变成了笨拙的孩童,跟跟跄跄,彼此碰撞,脚下越来越不稳,而他们的猎物就坐在几步开外看着他们。

"只有石头。"绍眉戟屏住沉重的呼吸,两眼发红,好像刚刚走出一场猛烈的风暴。"同样,他们想象中的石头也能隔绝我们的声音。但你还是不要大声说话为好。"

"你想把我们带进陷阱,奴隶。"肯貂对亚拿夫嘶声说道。

"这个锅我才不背。"凡人反驳,"我本来要带你们在北边几里格外穿过大道。你知道这是事实。"

肯貂飞快地看了玛寇一眼,但队长的表情似乎并不赞成争执,于是肯貂转回头去。他坐在石头边缘,紧挨着绍眉载隐身咒歌的边界线,像只饥饿的野兽般怒视着凡人搜查者。他举起弓,做出瞄准的架势。"看看这些害虫。我一箭就能射死他们三个。"

"然后把剩下的都引过来,"玛寇用刀子的嗓音低声斥道,"研究箭是怎么从石头里飞出来的?别这么没有耐心,兄弟。你很快会有机会的。"他转向亚拿夫,收起脸上所有外露的情绪——而这比刚才的愤怒更让奈泽露感到心寒。"你说你也不想这样,但我不相信。给我解释一下,凡人,不然我会亲手杀了你,管他会不会弄出声音。"所有人都安静下来看着他们。队长举起那块绿色的罩袍碎片,上面缝着双龙纹章。"这是爱克兰的标志,这个所谓的王朝统治着我们的古都阿苏瓦,外面的士兵都效力于它。几百名士兵,包围了整座山丘。他们远离故土,跑来这么远的北方干吗?你是不是打算跟他们见面并交换消息?或把我们引来交给他们?杀死贺革达亚,能让你从凡人手中赚到不少赏金吧?"

奈泽露身旁的绍眉载动了动。她想知道,万一真打起来,歌者会怎么做?她显然低估了混血歌者的实力——他施展的藏身术,即使最熟练的咒歌大师也没几个能办到。

亚拿夫迎向玛寇的瞪视,脸上同队长一样木无表情。奈泽露更加确信,这个凡人是被贺革达亚养大的,因为普通凡人绝对做不到如此彻底地隐藏情绪。除非他有恃无恐?但奈泽露知道,玛寇不会被同样的方法打败两次,下一次交手时,他会对陌生人惊人的速度有所防范。

"我跟你说过了,至高王座的国王与王后曾来瑞摩加的大城市巡游,北方人称那里为艾弗沙。"亚拿夫回答,"周围所有凡人都知道这事——但你不听,现在却来怪我。"他做了个"抵挡谎言"的手势,"王家巡游正在回去的路上,本来早该过去了,我猜是天气拖延了他们的速度。但请记住,两天前在森林附近,我就说我们应该穿过北方大道,一路往东。但你不相信我,非要另找个地方。没错,女王之爪玛寇,要我说,是你的疑心害死了我才对。"

"他太无礼了。"肯貂说,"如他所愿,送他上路,以后我们就不用再听他的谎言了。他是个奸细,把我们带进了陷阱。"

亚拿夫阴冷地一笑。"对,我是奸细,而且马上就要跟你们死在一块了,这下你满意了?你以为天黑之后,我们试着突围时,那些视力差劲的爱克兰人会劳心分神地分辨我们谁是贺革达亚、谁是贺革达亚的凡人奴隶?他们甚至比你们还鄙视奴隶呢。"他摇摇头,"想杀我就来啊——你可以试试。"他垂手按住剑柄,"没你想得那么容易。不过眼下大敌当前,如果你不打算试试我的实力,那就请你闪到一边去,我还有事要做。"

亚拿夫弯下腰,从火堆里捡出一根烧焦的短树枝,沿着狭窄的石缝往里走,回到自己的包裹旁边,也就是巨人蛊罡嘎的不远处。

"你要做什么,凡人?"玛寇质问道。

他头都不回。"写下我的遗歌。"

* * *

肯貂、玛寇与很快恢复力气的绍眉戟聚在一起紧急商议,策划逃跑路线。灰蓝的暮色已彻底变黑,数十支凡人的火把在山脚下如花绽放。

奈泽露虽不能参与讨论,但她很清楚现状:绍眉戟说过,他在阳光下没法长时间维持幻象;而对凡人士兵来说,这座小山就像被围困的城堡,他们最好静等到天亮,而不是在黑暗中围猎贺革达亚;日出前一小时是凡人最虚弱、最胆怯的时候,那也是他们突围的最佳时机。但就算有黑暗协助，即便是突然袭击，她仍觉得女王之爪的生存概率并不大——至少他们没法全部幸存。女王陛下的贺革达亚只有几人，凡人却人多势众！

我族之母啊，请把力量赐给您的仆人。我的生命属于您。我的身体属于您。我的灵魂属于您。奈泽露默念起熟悉的祷文安慰自己。早在初来月事之前，她就背熟了这些文字。宁可逃跑时战死，她告诉自己，也强如像低等动物一样藏起来等死。我们为女王陛下而活，也必将为她而死，且死而无怨。否则我们的誓言将失去意义。

巨石缝隙藏身处的另一边，在巨人毛发蓬乱的身体后面，她看到白发凡人从包裹里拿出一卷干燥的山羊皮，在膝头展开，正用焦树枝往上面写字。玛寇曾起身看他写了什么，随后摇着头走了回来。奈泽露很好奇，也打算活动一下身体，哪怕只是站起来走几步也好。

盅罡嘎貌似睡着了，但奈泽露从旁经过时，它睁开了一只布满血丝的眼睛。同往常一样，她发现自己很难迎上对方那充满野性的目光。巨人的声音如低沉的闷雷。"死亡快来了，小黑鸟。"

奈泽露迟疑了一下。"当然，没错。死亡会带走一切——除了圣山中的女王陛下。但死亡也只是一扇门，门后就是华庭。"

"说得好。"盅罡嘎用手指上的尖爪挠了挠毛肚皮，那根指头跟奈泽露的手腕一样粗，"向不死的某人致敬。"

她跳过巨人的大粗腿，脚腕被根根竖起的毛发刮到，几欲作呕。怪物哈哈大笑，奈泽露甚至感觉到地面在微微发颤。

凡人的皮卷上画满了粗糙的符号、线条、勾勾叉叉和简单的图形，看起来毫无艺术感。莫非他要用这幅难以辨认的涂鸦来记录自己的死亡？奈泽露不禁替他有些难过。她还在看，对方已写完最后一行，并挪远些检查自己的作品。在她看来，只有头一天来文牍会学字的小孩才能画出这样的炭条画。

"上面写了什么？"她问，"这是什么文字？"

"这是我族的古老符文,那时我们还没沦为你们的奴隶。"他连头都没抬,"上面写的是我的遗歌。你应该懂的。殉生武士也有遗歌——尤其是你们女王之爪。"

一时间,奈泽露不禁有些遇到知己般的欣慰感,因为对方显然清楚她付出了多少血汗、忍受了多少折磨,才成为一名殉生武士,乃至女王之爪。"但我们不会把遗歌写在兽皮上。"她依然搞不清这个凡人的底细,但有些话题她能理解,"宣读完神圣的誓言,我们会把它唱出来。"她回想起举行仪式的古老洞窟,圣井中升起迷蒙的雾气,淹没了地板上的缝隙,甜美而令人陶醉,黑暗的深渊里传出非人的嗓音,唱起轻柔而舒缓的歌谣。"那天还不到一年前——我记得很清楚,仿佛时间还凝固在当日。"

"那你很幸运,殉生武士奈泽露,你的遗歌是平平安安唱完的。我族的做法不太一样,所以我没你那么幸运。"亚拿夫看看她,眼神中有种她无法理解的关切,"去把巨人叫来。"

奈泽露不知道凡人想做什么,但很想看个究竟,于是沿着石缝来到蛊罡嘎旁边。巨人躺在那里,闭着眼睛,活像一辆翻倒的干草车。听说亚拿夫找他,巨人嘟囔着翻过身,也没站起来,直接四脚着地爬了几步,挤到石缝尽头的瑞摩加人跟前。他几乎堵住了整条石缝,奈泽露只能倒退着回到亚拿夫身旁。

"你希望我捏碎你的脑袋?"蛊罡嘎问道,语气中透出明显的好奇,"我知道你不是懦夫,小家伙,但你真的不想换个死法?"

亚拿夫的微笑冷如寒冰。"我死前会尽量多拉几个人垫背,宏瘟都统。至于你,我觉得是完成这种任务的好帮手。"昏暗的石缝里,他的浅蓝色眼眸变成了虚无的灰色,"我相信,你不喜欢那个玛寇队长,他总是折磨你。"

"对。我不喜欢他。"

"那就帮我耍个小花样。我的遗歌不像这些贺革达亚。它必须飞得又高又远,好让我族的旧神在星光闪烁的天堂喜哈拉也能看见。"

"你想让我把它扔出去?"巨人看着亚拿夫把羊皮卷在一支箭杆上,有字的一面朝里,"恐怕它会被我撅断的。"

"虽然你臂力强健,但我用弓能射得更高、更远。"亚拿夫说,"我只需要你留在这里,堵住两块石头间的缝隙,别让玛寇和他怒气冲天的朋友肯貂发现我要干什么。"

"你怎么报答我?我是个奴隶,一无所有,哪还有闲心帮别人,尤其是一个注定要死的凡人。何况我已经帮过你一次了。"

奈泽露不太理解巨人的话。他帮过这个凡人?什么时候?

"我是否注定要死,轮不着你来决定,蛊罡嘎。"亚拿夫回答,"至于我怎么报答,你大可以在将来某一天决定。告诉我,成交吗?"

巨人哈哈大笑,假装不经意往厚重的肩膀后面瞄了一眼。在石缝远端,隔着马匹,玛寇和另外两名贺革达亚还在讨论到底该逃走还是英勇战死。"我觉得,这是个天大的笑话,不过等你报答我时,你肯定笑不出来。"

"你我都戴过颈圈。"亚拿夫说,"但它们夺不走男人的尊严——我猜对巨人也一样。我会信守诺言的。"

"很好。"蛊罡嘎歪歪身子,彻底挡住通道对面的视线,"跟你的旧神说话吧。也许你可以问问他们,为什么如此讨厌巨人,总叫他们的仆人来屠杀我们。"

"如果今晚能见到他们,我一定帮你问问。"亚拿夫改成蹲伏的姿势,一手拿箭,一手持弓。"啊,"他说,"我差点忘了遗歌的最后一项要求。最近见血见得够多了,不过现在还需要一点血,好让我的遗歌足够响亮,足以传到诸神耳中。"他用箭尖划过大腿,带出一道血痕,然后拿起羊皮卷,在伤口上滚过,染上一抹红色的血迹,但在暮光下,那看来更像是黑色。"我会走开一点点距离。"他对奈泽露说,"你可以看着我。"

"什么意思?"她质问道,"我以为你只想射一支箭。你不能离开这里!你会暴露我们的行踪。"

"附近没人。不信你问蛊罡嘎。"

巨人吸了吸硕大的鼻翼。"他说得对。穿着盔甲的凡人已经回山下待命去了。"

"你也有弓,对吧,殉生武士奈泽露?"亚拿夫用浅色眼眸看着她,但她猜不透对方的想法,"如果我做的事跟我说的话有一丝一毫不符之处,尽管往我背后来一箭。看到没?从这个方向出去,很长一段距离都没有遮蔽物。我知道殉生武士的能耐,你可以轻松射死我。"

"我不准你违背队长的命令。"奈泽露说,"如果你走出这块巨石,那我别无选择,只能一箭射死你。"

"不管你射不射,我都要出去。"他回答,"你可以考虑把我的死期提前几个小时,也可以考虑另一个问题:早些时候,你们的歌者和玛寇为什么要偷偷溜出去,跟一个凡人见面?"

"什么?"奈泽露吃了一惊,好不容易才压下嗓门,"你在胡说什么?"

"你和肯貊出去探路时,你们的队长叫巨人看住我,但蛊罡嘎没那么用心,所以我溜了出去,跟在他们后面。"

"溜出去?我打赌是这怪物放你走的。"至少现在,她知道蛊罡嘎说"上次帮忙"是什么意思了。但亚拿夫的话依然有些费解。"你说玛寇跟凡人见面?这怎么可能?"

"但我确实看到了。就在天亮前不久,那时你俩还没把整支爱克兰军队引过来。绍眉戟和你们的队长跟一个骑手见了面,对方是从大道南边过来的。"

"奈琦迦的信使……"奈泽露刚开口就被打断了。

"我这辈子大部分时间都在跟你两个种族打交道,你以为我分不清贺革达亚与凡人的区别?如果当时你也在场,就算隔了一段距离,也能认出那个陌生人是凡人。他与歌者和玛寇面对面,活像鹿群里的矮脚狗。他出现时,你的同伴毫不意外,还跟他说了好一阵子话。然后凡人登上马背,回南边去了。"

"不是走向包围我们的军队?不对,他们在我们后面,是从北边来的。"奈泽露摇摇头,"猎人,这只能证明你在撒谎。如果那人不是来自凡人的军队,他又是从哪儿来到这荒郊野外的?"

"这我就不知道了,除非他是个负责大范围巡逻的侦察兵,但他身上没有我认识的纹章。他披了条旧斗篷,像在有意隐藏身份。如果那人真是来自追杀我们的军队,那你的队长不就更可疑了?"他站起来,"现在,我必须把我的遗歌交给诸神了——而你,殉生武士奈泽露,必须决定要不要拿箭射我的后背,因为他们很快就要讨论完了。"

奈泽露难以置信地看着猎人转过身,走到被石缝和绍眉戟的咒歌共同保护的空间尽头。她搭箭上弦,将弓拉满,却没法说服自己放箭,就像在遗骨岛面对那个孩子时一样。最后,她无奈地垂下弓。

"去吧,动作快点儿。"她轻声说,"但你胆敢超出那截断树一步,我就射死你。你的神明将永远不会得知你的名字,不等太阳升上天空,乌鸦就会剔净你的骨头。"

"很公平。"亚拿夫手脚并用,爬出石缝,沿着斜坡往下爬了几步,这才站起身。

奈泽露盯着他。身后的庞然大物令她十分不安,虽然他用身躯隔开了其他女王之爪。但更让她紧张的,是怪物背后的几位贺革达亚同胞。

离开石缝后,亚拿夫迅速而安静地走下斜坡,停在地上那截断木前面,回头看看,确保奈泽露也能看见他。随后,他的嘴巴动了动,像在吟唱或朗诵着什么,只是奈泽露听不见。他拉开弓弦,箭尖朝上指向南方,远离守在山下的凡人士兵。待他放手,箭矢带着染血的羊皮飞了出去,静静地划过紫色的天空,一直往上,越来越小,直至冲

寡妇

力用尽才画出一道弧线,落进树林之间。

亚拿夫爬回巨石,速度比去时还快。蛊罡嘎的大块头依然挡着其他人的目光。他刚刚回到原来的位置,奈泽露就听到马匹喷着不安的鼻息,有人从对面朝他们走来。

"你们在干吗?"绍眉戟质问道,声音很轻却很凶,黄色眼眸闪着凶暴的目光。奈泽露还是头一回看到歌者生气。"有人破坏了咒歌的边界!"他踮着脚尖站在巨人身后,不愿靠近怪物,又想尽量往这边张望。"是你吗,凡人?你干了什么?"

"干了什么?"亚拿夫哈哈大笑,"我们要担心的事还不够多吗?我想撒尿,但宏瘟懒得挪窝,我只好走出去,在山上解决,就在那边。"他摇摇头,"跟你们待在一起,连撒尿都得定时定点吗,歌者?如果早点告诉我,我还不如另挑几个同伴呢。"

玛寇来到绍眉戟身后,脸色冷冷的。"凡人,没有我的同意,你干什么都不行。"他看看奈泽露,"他刚才做了什么?"

又一条岔路摆在奈泽露面前。"跟他说的一样,队长。"现如今,她对长官撒谎已张口就来,仿佛经过长年累月的练习似的。她心里虽然烦乱,但也佩服自己处变不惊。"我还没搞清他要干吗,他已经回来了,速度很快,所以我没杀他。"

"黑鸟,你太纵容他了,让我很不高兴。"玛寇再次看向亚拿夫,"待在这里,月亮落下之前,不许再出去,不然我让巨人剥了你的皮。我们还没讨论完,现在没空搭理你,但我不会忘记的。"

奈泽露知道,玛寇生气时最好不要胡乱发问,但后者马上转向她,仿佛听到了她的疑惑。"等天色黑透,我们会让凡人尝尝恐惧的滋味。"他摇摇头,"我向失落的华庭发誓,你和那个苏毒渣亚一样,麻烦远大于用处。"

"那我必须为我自己说句话了。"亚拿夫语气轻松,近乎愉快,"我是件工具,大有作为的工具。但只有出色的领袖才知道如何使用。"

玛寇没上钩。"只要我愿意，我会用你用到坏掉为止。"他用冷漠而危险的语气告诉凡人，"就像其他奴隶一样。然后我会把你丢到一边，永远不会再想起。这点你不用怀疑。"

"可惜你手下的战士并不多，所以像我这样的能人，你还是省着点用吧。"亚拿夫愉快地回答。

他是要激怒队长吗？奈泽露无法理解他的鲁莽，但玛寇似乎决定让他多活一会儿，至少眼下如此。她意识到，也许玛寇与歌者确实与一位凡人偷偷见过面，也许这并非亚拿夫挑拨离间编造的故事，不然她实在很难理解他们为何要来到这片陌生的土地。

帮帮我吧，我族之母，她半是祈祷、半是哀叹地心想。我只想完成您的旨意。请帮我看清前路。

"不用你替我操心。"玛寇告诉亚拿夫，"我需要的东西我都有。我的血为女王陛下而流，我的任务由她亲手交付。看在女王之爪的誓言和我祖传宝剑的分上，不论死活，下面那群凡人渣滓都不可能抓到我们。等到太阳再次升起，他们会为死去的同伴痛哭流涕。"队长扭头盯着奈泽露，他的白脸仿佛一张面具，双眼则是嵌在上面的黑色玛瑙珠。"以前也有人质疑过我，可惜他们想错了——其中既有贺革达亚，也有凡人。最后他们都死了。"他拍拍剑柄，"正如我所说，我们等到月上中天。然后，偷走我们土地的野兽便将血洒山坡，汇成一条污秽的红色大河。"

寡妇

白手之证

♛

> 再会，哦，我的孩子！再会，哦，我的妻子！
> 我受到召唤，去保卫比我生命更重要的一切
> 当战斗的号角响起，真正的男人不会躲藏
> 父辈留下的土地正被敌人侵犯
> 要么赶走入侵者，要么战死沙场
> 我们寸土不让，为了美丽的爱克兰！

小琴师利楠倾尽全力，唱起鼓舞人心的歌谣《美丽的爱克兰》，清澈动人的嗓音在冷冽的晚风间回荡。可他的听众只是一帮步兵，后者根本懒得理他，即使理了，也只是在他刚好经过时，怒冲冲地瞪他一眼，然后又往营火前挤一挤。

> 再会，我的家人！再会，我的邻舍！
> 我已无法阻止战场上的丧钟
> 我受到战斗的召唤，必须赶赴战场
> 在那里建立防线，不向陌生人屈服
> 要么赶走入侵者，要么战死沙场
> 我们寸土不让，为了美丽的爱克兰！

国王骑马走近。最先认出他的士兵们慌忙爬起，随即跪下，链甲

"叮当"作响；其他人有样学样。利楠停止演唱，回头查看是谁造成了混乱，手中的竖琴又响了一下心跳的时间，这才单膝跪地，垂下头，脸色像死人一样苍白。

西蒙俯视着一排排低垂的头颅，突然感到一阵锥心之痛。他不是担心即将到来的战斗，而是在想：如果知道我过去的人全都死了怎么办？所有在世的人会不会只把我看成一个国王？"啊，愿圣徒保佑我们。"最后他说，"起来吧，各位。你们肯定不想在开战前就把马裤弄湿。待会儿你们有足够的理由弄湿它们。"

有些士兵只是呆呆地瞪着眼睛，有一些忍不住笑出了声。很快，大部分人露出微笑，毕竟大伙口中的平民国王还是很受士兵们爱戴的。西蒙同他们聊了几句，还叫出了几个人的名字。他要尽一切可能让将士们明白，他们是他的子民，而他也很重视他们的生命。

"记住，"他告诉大伙，"磨磨蹭蹭只会徒增麻烦。不跑起来、叫起来，你们很难鼓起勇气。而你们目前最需要的就是这个。北鬼很狡猾，但讽刺的是，我们爱克兰人不吃他们那一套！我们会像逮兔子一样把他们全部消灭，小伙子们，等着瞧好吧。"他扭头对跪在地上的利楠说，"琴师，帮我个忙好吗？陪我巡视一下营地。"

"陛下，我、我没有马。"

西蒙跳下马鞍。"别担心，我牵着它。"

他们默默走了一段，靴子踩在残留的积雪上"嘎吱"作响。每隔五十步左右就有一丛营火，多数都很小，因为火坑挖得匆忙。每丛营火前都挤着一群士兵，其他人则在各个营火间游荡。这里共有八百多人，在保证大道那边营地安全的前提下，肯里克爵士只能拨出这些人手。

"其实，他们不太喜欢讲述流血、厮杀的曲子。"他终于开口说道。

"陛下？"琴师问，"我是说——我没听清，陛下。"

寡妇

"他们不爱听,因为这种事马上就要发生了。面临死亡时,没人愿意再听死亡的内容。"

"您是指我刚才唱的歌,陛下?"

"不,也不全对。瑞摩加人就很喜欢。喜欢得发疯。作战前夜,他们会喝酒喝到站不稳,然后专唱一些砍掉人头的曲子,唱诸神之死,还有巨人杀蛇!但他们已经不是异教徒了。"西蒙哈哈大笑,"上帝保佑我们,你真该看看他们那副样子。艾奎纳公爵,亲爱的老艾奎纳,一般就属他嗓门最大。"

琴师的微笑一点都没有说服力。

"所以,你该唱些能让大伙开心的曲子。"西蒙说,"让人有点想哭的?应该也不错。歌颂女孩的曲子也很中听。还有家乡。几乎所有人都喜欢。懂我的意思吗?"

"我……我想我懂了,陛下。"

"很好。我们走在同一条路上,小利楠。我们都想回家,所以我们都该竭尽全力,让回家的路愈发平顺。你的角色很重要,年轻人,跟其他人一样重要。"

* * *

琴师陪同西蒙走向东边陡坡的山脚,那里聚着人数最多的一群士兵。艾欧莱尔途中来过一次,侍卫队长肯里克来过两次。杰瑞米也中途跑来检查了西蒙的盔甲,还发誓要带来一件更好的腿甲,换掉国王腿上歪歪斜斜的那个。

"您不累吗,陛下?"利楠问,"午夜班的守卫都换过岗了。"

"我的手下都还醒着——至少大部分醒着。绝不要小看士兵们偷偷打盹的能力。多年前,色雷辛战争期间,我亲眼看到有些士兵一边站着睡觉,一边等待号角吹响。"他点点头,"不管他们睡不睡,只要他们在等,我就陪他们等。"国王扫视军队,"你有没有想过,为什么我们的兵力大多布置在山这边?"

琴师已经很困了，只是勉强振作精神陪着。在最后几丝月光照耀下，他的脸色仿佛生病一样。"什么，陛下？"

"因为另一边山势很陡。依我看，对北鬼也够陡的，艾欧莱尔和士兵们也很赞同。那边他们基本无路可逃，所以我们只派了几个侦察兵巡逻。而这边，我们就安排了许多岗哨……"他想往斜坡上指指，但马上意识到可能会被敌人发现，哪怕现在天色近乎全黑。"……如果有北鬼接近，我们立刻就能发现。然后，你知道吗，其他士兵就可以在这里冲上山坡，从各个方向包围。我们甚至准备了捕鸟网，以防那些狡猾的怪物从旁边溜过。"捕鸟网是西蒙的主意，为此他相当骄傲。多年前，约书亚等人曾在阿德席特大森林被白狐追杀，那些苍白的魔鬼像猫一样，敏捷而安静。听他们说过之后，他永远忘不了这些故事。"说起那些白皮鬼，数量可能不太多。"他突然说道，"我们只能确定，至少有两个，因为艾万恩爵士只看到这么多。他这人挺靠谱的。"

利楠点点头，眼睛瞪得很大——西蒙猜测，主要是因为害怕吧——一直焦虑地看向盖满林地的山坡。

西蒙呵呵地笑了。"你真像我的米蕊，就是王后。她以为我会跟年轻时一样，直接冲到山上去——好吧，事实上，在风暴之王战争期间，我还只是个大男孩。后来跟色雷辛人打仗时，我成熟了一些，但仍跟从前一样害怕。我一向如此。"他伤感地摇摇头，"你多大了，孩子？"

"十五，陛下。但我很快就要成年了。"

"哈。当年我跟你差不多大，当年……呃，就是我第一次经历这些的时候。"他朝埋伏的军队和等待的士兵挥挥手，"当然了，那并非出于我的自愿。明白吗，这就是我那天想告诉你的事。还记得吗？就是那天，我发脾气骂了你几句。"

利楠的目光这时才定睛在国王身上。"是，陛下。我记得，陛下。"

"因为你当时唱了一首关于我的歌,但那歌很不真实。"西蒙用力挠挠下巴。他的头盔绑带勒得他很痒,即使他现在并没有戴着它。"而真实才是最重要的,因为……因为,呃,就是很重要。"西蒙很沮丧。他一时还以为自己抓住了什么关键点,就像莫吉纳医师会说的那种话。"你明白吗,孩子,诗歌和故事是一个世界,而你置身的是另一个世界。二者并不一致。即便歌里唱的是真事——我是指内容大致真实的歌——也是人们在事后回忆的结果。你明白我的意思吗?"

"明白,陛下。"

"因为在诗歌里,某人上马离家去屠龙,心里装满高尚的念头和需要拯救的美女,等等等等。但在我们真正生活的世界里,他上马离家是为了活下去。然后他会四处流浪,遇到各种无法理解的怪事。他也没想屠龙,而是有条龙突然朝他扑来,他只想尽量保住性命罢了。如果他很幸运——或者武功高强,但我不是这种人,我向你保证,我只是非常、非常幸运而已——他就能活下来。再然后,别人会给他写首歌。你明白吗?"

利楠勉力挤出个微笑。"我明白,陛下。我想我明白了。"

西蒙松了口气。"我很欣慰。因为有些时候,我向别人解释时,他们看我的眼神就像我已经疯了,只不过因为我是至高王座上的国王,他们才不好说什么。"

"其实,您刚才解释得特别棒,陛下。"

"这正是我一直努力想得到的结果,"国王说,"在自己的经历中学到经验。但我从没想过我会被写进诗歌,如果你明白我的意思……"

话没说完,他们便听到一个声音,起初很微弱,但很快便如呼啸的狂风一般——有人在呼喊,有些甚至在尖叫——西蒙一时忘记了自己要说什么。士兵们打乱队形,冲上山坡,去帮助山上的侦察兵,火把如萤火虫一般狂乱地飞舞着。

西蒙转身寻找艾欧莱尔或肯里克,但人群一片慌乱,他找不着。他知道他得尽快找到一个可靠的卫兵,把小琴师送回安全的营地。但他的马突然人立起来,他必须使劲拉住缰绳,以免它脱缰逃走。等他再转过头,只见利楠已双膝跪地,像在祈祷。又过一会儿,他才发现年轻人胸侧有个可怕的东西在微微颤抖,好像是支箭杆,就在他的手臂下方。随后,琴师面孔朝下,扑倒在漆黑的泥地间。

♛

"继续帮我穿盔甲。"莫根纳吩咐侍从梅尔金,但后者只是看看他,然后瞥了眼门前那个身材魁梧的爱克兰卫兵,像要征求那人的同意。这把莫根纳气得快像炉子一样冒烟。"你看他干吗?他是王子我是王子?"他转向那个卫兵,"您允许我穿盔甲吗,卫兵大人,免得敌人杀进来?"

卫兵不安地耸耸肩。他身形健壮,下巴发青,细细的双眼几乎被头盔眼洞的阴影完全遮盖。"当然,王子殿下,您随意。我只是奉命留在这里保护您,而不是,上帝保佑,干涉殿下的自由,毕竟这是在您自己的帐篷里。"

"留在这里,我祖母说,留在这里!"莫根纳挥舞手臂,直到梅尔金重新帮他扣上前臂铠甲。"艾斯崔恩爵士不用留在这里。欧维里斯爵士不用。就连波尔图,那个脚步不稳的老酒鬼,也不用跟女人一起留在这里。"

"我不是女人,王子殿下。"梅尔金的尊严受到打击,"卫兵也不是。但我们都要留下。"

"对,行,我们都要留在女人身边。"莫根纳有种奇怪的眩晕感,他肠胃空空,脸颊发烫。战斗的声响已隐约可闻,一想到这儿,他心里其实害怕多于兴奋。但再一想,所有人都知道,他,堂堂一位王子,居然要躲在战场之外,这感觉实在太糟了。"上帝是在咒诅我吗?

寡妇

我已经成年了！可以做点事情了！"他转身指向卫兵，差点扫到背后的梅尔金，"外面的人需要帮助！"

卫兵回望他好一阵儿，似乎想保持沉默，但最后还是缓慢而谨慎地开了口。"他们确实需要帮助，殿下。我也很想出去帮助他们，如果运气好，诚如殿下所言，我也能做点事情。但我要说，那是在运气好的情况下。"他说得很慢，但很有力，好似"吭哧吭哧"的行军脚步一般，"可我必须陪您留在这里——如您所言，留在女人身边——因为这是王后陛下的旨意。"

一时间，莫根纳只觉浑身滚烫，仿佛泡泡一样即将炸开，不知自己该哭、该笑，还是该大喊大叫。他似乎在卫兵脸上看到了嫌弃的表情——还有梅尔金，他缩成一团，好像莫根纳要打他似的——都让莫根纳觉得，自己像犯倔时的小妹妹莉莉娅一样幼稚。不，比那还丢脸。他咽了口口水，又强迫自己再咽一口，将所有愤怒都咽进肚子，什么也别说。随后，他攥紧拳头，指甲深深抠进肉里，脸上却摆出王子应有的平静气度，朝卫兵礼貌地点点头。他坐回板凳，方便梅尔金替他穿好盔甲。

♛

西蒙心如刀绞，仿佛那箭射中的不是利楠，而是他自己。他单膝跪地，不顾沉重的盔甲，想把男孩翻过来。又一支箭呼啸着飞过。

暴露了。上帝一定很恨我，因为我是个该死的傻瓜！

他一手拉着马缰绳，一手尽力抓紧琴师的衣领，将之提起，然后抓住他背后的腰带。利楠的身体出人意料地沉重，他拖着瘫软的琴师，躲向士兵们最密集的山坡前方，尽量用披着铠甲的马匹护住二人。山上传来一阵阵吆喝，不论音量和声调都抬高不少，现在国王还能听到，有人在痛苦而恐惧地尖叫。他抬起头，看到火把组成一条不规则的线，仿佛被一堵无形的墙壁截住。不少火把灭掉了，但有更多继续往上冲，但到山坡更高处，也相继熄灭。

山顶到底有多少北鬼?我们中了陷阱?还是什么埋伏?

他来到手下们最集中的区域。众人大声嚷嚷,像没头苍蝇似的团团乱转。他看到侍卫队长肯里克站在马镫上,竭力让附近的士兵恢复秩序。箭矢"嗖嗖"飞过,数量虽不多,却精准得吓人。一名士兵在西蒙几尺外栽倒在地。肯里克的战马尖叫着人立而起,随即倾覆,盔甲发出"哐哐"的巨响,压倒了旁边的矮树。在乱踢的马蹄和可怕的声响之间,西蒙彻底失去了肯里克的踪迹。有人开始往山上跑,有人则往反方向逃窜,但更多士兵被箭矢贯穿,四肢摊开倒在地上,像被愤怒的小孩丢弃的娃娃。还能保持理智的已经不多了。

"西蒙?西蒙!"

国王惊恐地认出,这是妻子的声音。"米蕊!"他喊道,"快跑!回营地去。"他看不到妻子,但能听出她离得很近。周围的一切都在分崩离析。"回营地去!"

他必须找到米蕊茉,带她离开这危险之地,但他也不能把受伤而无助的琴师丢在这疯狂的暴风眼里,因为周围到处都是没有骑手、几乎发狂的战马,任何一匹都可能将他踩死。西蒙焦急地四下张望,突然发现一块亮色的布料,随即认出那是杰瑞米。后者正蹲在二十步外一驾马车的轮子后面,漂亮的外衣破破烂烂、沾满泥巴,帽子半遮住脸。

"帮帮我!"西蒙喊道,"杰瑞米,过来帮忙!是小利楠——他中箭了!"

杰瑞米朝他们转过圆脸,西蒙这才看到,他朋友的面容像裂开的苹果一样苍白。他把利楠朝宫务大臣的方向拖去,可在途中,一群奇怪的小个子骑手从他身旁跳过,差点把他撞倒,随后冲上山坡——他们骑的不是马,而是一蹦一跳的长腿山羊。

有东西在轻推他的后颈。西蒙猛转过身,差点甩飞受伤的琴师。黑夜里,一张噩梦般的兽脸龇出牙齿盯着他。国王惊恐万分,过了好

寡妇

一会儿才认出,那是一头大白狼。

"西蒙老友!"宾拿比克在瓦喀娜的鞍座上弯下腰,"群山之女啊,你还活着,我太高兴了!我很担心你!"

"这孩子中了北鬼的箭。"

宾拿比克滑下狼背,跪在利楠旁边。琴师脸色苍白,面容松弛,西蒙觉得他一定没救了。但宾拿比克把头贴在年轻人胸前,又用手指戳了戳箭杆周围的伤口。

"还有呼吸。"矮怪还没说完,一头山羊便从山坡上跑回,蹦到他身旁停下。是宾拿比克的女儿齐娜,她的兜帽低低地压在脸上,手里拿着一根长矛。

"Ninit‑e,Afa!"她喊道。

"等一下,女儿。"宾拿比克转向西蒙,"她在担心她母亲和小史那那克,他俩已经上山帮助你的手下去了。"他换成矮怪语,对齐娜急促又低沉地吩咐几句。后者眉头紧锁,但还是调转羊头,跟着一群从山坡撤回的士兵一起离开。"她去找人帮你了,但她很不高兴。跟她妈妈一样,她的性子也像冰风暴一些猛烈。现在我要去帮我妻子和小史那那克了。保重,西蒙老友!等齐娜回来!"

他骑着瓦喀娜纵身跃走。不到两三下心跳的时间,矮怪及其坐骑便化作一团阴影,飞速闪进灌木丛。

火把仍在山坡上聚集,已经组成一个晃动的圆圈,朝山顶缓缓地包抄上去。现在它才到半山腰,但与刚开始相比,已经少了将近一半的火把。西蒙很想知道他的人死了多少,敌人的实力到底有多强。他和肯里克等人大意了,为此他只能暗骂自己。万一对方是一整支北鬼军队怎么办?

他们为什么出现在这里,却没有主动进攻?他问自己。我们先发现了他们,总比遭到突然袭击强吧?

"西蒙?陛下?你还在吗?"

"杰瑞米？对，我还在，跟琴师在一起。过来帮我。"

"我过不去——我的斗篷被马车轮子压住了。"杰瑞米声音尖锐，仿佛又经历了一遍年轻时的可怕遭遇。在风暴之王战争期间，西蒙历经过千难万苦；其实杰瑞米也一样，只是与西蒙相比，他的回报就显得不值一提了。

谷底这边，正在撤退的爱克兰卫兵似乎遇到阻碍。西蒙听到，身后的黑暗中传来吆喝与咒骂声，试图将士兵赶回山上。等他再想呼唤杰瑞米时，山上传来另一阵嘶哑的哭喊，然后是一声可怕的尖叫，撕裂了浓重的黑夜。那不是普通士兵临死前痛苦的惨叫，而是有人看到噩梦中的场景竟然出现在现实世界时，才能发出的无助的哀号。

尖叫声越来越大、越来越粗，但很快被一声雷鸣般的咆哮吞没。这咆哮低沉而响亮，仿佛出自山体本身。没一会儿，山坡上爆起一阵恐惧的惊呼，伴之以大树折断的"噼啪"声。即使在只有点点火把照亮的黑夜里，西蒙也能看到，山坡上的大树被一棵棵、一排排地推倒，仿佛一大片波涛朝山下涌去，惊起一道道尖叫的声浪。西蒙只能猜测，不知怎么搞的，整个山顶发生了垮塌，正朝林地覆盖的山坡滚落下去，横扫过前方的一切。他弯腰去拉受伤的琴师，希望让他远离危险，但他马上想起老朋友杰瑞米也在不远处，同样孤立无援。

突然，一团阴影从山上飞下，直接摔在西蒙面前。他正抱着一动不动的利楠，全靠运气好才没被砸中。那东西有人那么大，仿佛投石器的弹丸一样，在夜空中划出一道宽宽的弧线，直至落在西蒙脚前几步远。他看到链甲暗淡的反光，还有一只血色全无的人手，角度怪异地支棱出来。它有人那么大，因为它本来就是个人。

死去的爱克兰卫兵几乎被摔成两半。他身体对折，两脚搭在本该是头上的位置——而他的头已经变成了一团血块，布满了碎皮、白骨和断牙。西蒙呆呆地望着这一幕，久久无法呼吸。

大树折断的声音愈加响亮，深沉的咆哮再度响起。西蒙觉得，它震得自己的双腿、手臂和牙齿都在发颤，连五脏都被搅成了糨糊。他吓坏了，因为他不是第一次近距离听到这种声音。

山上大部分火把都已熄灭，剩下的几根散落在各处，正在无规律地晃动。西蒙刚把受伤的年轻人从泥地上拉起来，一百腕尺外的树丛里便钻出一只庞然大物，撞开长成的白蜡树和橡树，像疯子一样踢散了一堆柴火。

人形巨兽破开森林边缘，许多大树如遭炮击，被炸得四分五裂。西蒙只觉双手无力，将利楠软绵绵地扔在了地上。一时间，世界在旋转，他又被丢回到可怕的过去，迷失在奈格利蒙的后山，回到了宾拿比克奄奄一息、而他和米蕊茉被一头受伤但致命的巨人追杀的那一刻。时间之蛇转头咬住了自己的尾巴。

受祝福的安东，请保护好米蕊并与我同在吧。他只来得及想到这一句。

巨人已跳下山坡，朝他这边扑来。这是西蒙平生所见最大的一只，庞大的灰色身影比房子还高，张开大嘴，龇着獠牙，厉声号叫。它手持一棵连根拔起的大树当做棍棒，看到西蒙还站在琴师身旁，立刻转头直奔他而来。它的双腿看似又短又粗，其实每条都跟西蒙差不多高，上半身更是壮如高塔。它举起树干，健硕的胸肌和手臂肌肉在苍白的皮毛下鼓起，像要把西蒙如苍蝇一样砸烂。

另一个人影跌跌撞撞地闯进空地，拦在西蒙与巨人中间。那是名头晕眼花、浑身是血的爱克兰士兵，好像根本没看见那头怪物。他停了下来，摇晃着瞥向西蒙，似乎认出了他。不等西蒙大喊着发出警告，巨人已经挥起大树，将士兵的上半截扫飞出去，砸成一团飞散的血与肉。

西蒙用身体护住受伤的琴师，举起长剑，只是剑身狂颤，活像离磁石太近的航海罗盘。但无所谓了，西蒙知道，单凭一把剑无法阻止这样的巨兽，连拖慢它都不可能。巨人如滚雷般朝他逼近，扁平的脚掌每一步都踩得大地瑟瑟发抖，让西蒙很难站稳。受惊人群的呼喊声，山坡林地间各处火堆的噼啪声，甚至连那怪物发出的、令人骨软筋酥的咆哮声，似乎都彻底消失了。他只看到一团巨大的阴影朝自己当头压下。

就像那条龙，他的思绪如在风中飞旋的尘土和羽毛。就像那条龙又回来了。一次又一次的战斗，永远都无法止息……！

他举起长剑。干脆战死好了——反正他和他的剑也做不了什么。不等他扎伤这头怪物，他的一切，西蒙的一切，就将变成飞溅的碎片。

大树朝他挥来，仿佛划过黑暗的暴风云。西蒙被甩到一旁，但他感觉更像是被狂风吹倒的，而非遭到足以震碎骨骼的重击。他摔倒了，落在地上。

这就是死亡的感觉吗？我死了？

他倒在什么东西上面，那东西既不软，也不硬。他睁开眼睛，发现自己趴在利楠身上。虽然他没搞懂发生了什么，但仍尽量往后爬开，以免压坏琴师。有东西抱着他的腿。那是……

又一阵雷鸣响起，这次是马蹄声。紧接着，几道白影从山坡间的暗处冲出，迅疾而突然地从他身旁掠过。他翻了个身，看到几匹白马跟着巨人的足迹飞驰而去。那头怪物背对着西蒙，领着北鬼朝大道逃窜。几只白狐跟在它身后，头发如旗帜般飘扬，奔向前方，奔向自由。西蒙数了数，惊讶地发现，北鬼骑手的数量还不到半打——就这么几个敌人，却惹起了这么大的恐慌。就这么几个……！

"可我……怎么没死。"他意识到自己在大声说话。他不明白巨人为什么没杀死自己。他试着动动双腿，可是，不行。一阵惊慌袭来，好在他马上发现，原来是有人抱住了他。

"杰瑞米？"他问道。杰瑞米用双臂紧紧抱住西蒙的膝盖。这一幕好不真实，浑如梦境一般——国王最长久的朋友抱住了他，将他拖倒在地，躲过了巨人的致命一击。"上帝宝血啊，杰瑞米！你救了我的命。"

他的老朋友盯着他看了一会儿，震惊又无血色的脸上沾满了泥土和烟灰。随后，杰瑞米，曾经的杂货商学徒，如今的海霍特宫务大臣，情不自禁地哭了起来。

♛

艾欧莱尔伯爵知道，诸神赐予了他超乎大多数人的生命与活力，为此他经常心怀感激。到他这个年纪，许多人要么死了，要么步履蹒跚，而他仍能活跃在全境最有权势的人中间，着实让不少胸怀大志者羡慕不已。他不会坐着晒太阳，也不会在壁炉前逗弄孙子孙女，而是白天跟年轻人一起骑马，晚上为整个王国的命运操心。但此时此刻，他真的感觉老了——而且从来没这么老过。就像昨晚的事掏空了他的心，只留下一副脆弱的外壳，随便来一阵大风，甚至猛烈一点的微风，都能将他吹成碎片和粉末似的。

"告诉我们最坏的情况。"米蕊茉王后显得很镇静，只有通红的双眼透露出点点悲伤。一瞬间，艾欧莱尔在那倔强又冷硬的脸上看到了她父亲埃利加的影子。在被红牧师派拉兹蛊惑并坠入疯狂和黑暗之前，埃利加就是这副模样。"死了多少人？"

"单是说出来都让我万分心痛，陛下。死了二十三人，另有多人重伤，可能熬不过今天了。伤者的数目还要再加一倍。科尔佛断了一只胳膊，但他还算幸运——他旁边有个人直接被碾成了肉泥……"艾欧莱尔摇摇头，"请原谅，二位陛下。你们没必要知道具体发生了多少惨况。"

"我们当然需要。"王后说，"事实上，这里的事忙完，我要跟你一起去看望他们。国王受伤了，不然他也不用等到明天。"

"说什么傻话。我这伤就跟没有一样，米蕊。"西蒙说道。但在艾欧莱尔看来，他的情况比受伤还糟。如果说王后好像刚刚哭过，那西蒙就像连怎么哭都忘记了，就像心里某种重要的东西已然崩溃，再也无法复原。他完全理解王后为何不让西蒙现在就出去看望伤员，但他没法对国王明说。

"您还是好好休息，让王后去看望士兵吧，陛下。"他说，"我会把军官们带来，同您一起商议。"

"商议？还有什么好商议的？三五个白狐就杀了我们二三十人，其中一个还在我面前。在我面前。"西蒙过了很久才再度开口，"一个无辜的士兵。上帝保佑我们所有人吧。"

"首先，我们必须商议是否该派一支人马去追杀敌人。"艾欧莱尔说。

"没用。"国王摇摇头，"北鬼就算步行都很难抓到，何况他们还骑了风暴之矛的战马，那些马不知疲倦……就连跟踪都无从下手。相信我，如果我有别的想法，早就亲自带队去追了。"

"不，你不能去。"他妻子说，"连提都别提。"

"为什么？"国王做个苦脸，在小床上翻过身，换个更舒适的姿势，"我真没受伤。"西蒙指指提阿摩，后者正在把疗伤工具卷回油布包裹，准备出去治疗其他伤员。"不信问他。"

提阿摩转过身，疲惫地点点头。"国王有些擦伤和淤青，肋部有些损伤——不过，对，陛下的话基本没错。"他与艾欧莱尔迅速交换一下眼神，又对国王说，"但您还很疲倦，西蒙。"

"我睡过觉了。倒是你们还没休息。"黎明时分，西蒙又震惊又悲痛，于是在艾欧莱尔的悄声建议下，提阿摩强烈坚持，给国王灌了杯烈性珀都因白兰地，哄着他睡了一个小时。"士兵们受到伤痛和惊吓，还死了这么多人，我怎能一直躺在这里？我要去看望他们，而你们已经拦过我一次了。"

"他们不需要看到你现在这副模样，夫君。"王后说，"你只能让他们更加不安。你还在流血，身上脏兮兮的——看上去像头怪物。"

寡妇

国王更加不悦。"那是因为杰瑞米把我拖到泥里了。当然,他是为了救我——救我的命!我不想忘恩负义。愿上帝祝福他、保佑他。可我低下头时,我简直不敢相信……"西蒙的声音弱了下去,看看四周。艾欧莱尔礼貌地等他继续。"抱歉,"他说,"还有什么需要讨论的?为什么那些怪物会在这儿,在这么往南的地方?"

艾欧莱尔只能摇摇头。"目前我们只能猜测,陛下。不对,我们连猜测的方向都没有。"

"有没有人发现什么线索,能证实有多少北鬼?"米蕊茉问,"我们有没有杀死对方?"

"如果有,"提阿摩的声音一如既往地柔和,却有种异常的坚定,"我很想看看尸首。"

"没有。"艾欧莱尔摊开双手,"我们只找到了自己人的尸体。还有,我们总共看到五个敌人——当然,还有个巨人。"

"他们都是可怕而凶残的战士,"西蒙说,"像毒蛇一样既冷酷又命硬。我真心希望再也不要面对他们。"

一位传令官出现在帐门口,通报肯里克爵士来了。年轻的侍卫队长身材粗壮,胡子拉碴,一只手紧贴在身侧。艾欧莱尔动了动,想知道队长是不是受了伤。肯里克把手藏起来的样子让他十分紧张,于是他朝队长走近几步,一只手谨慎地按住剑柄,心里琢磨,万一发生意外情况,自己还有没有当年的反应速度。"队长,你是不是带着什么东西?"他问道。

"有那些杂种的踪迹吗?"国王也在小床上追问。

"他们跑了,陛下,"肯里克回答,"消失在大道另一头的野地里。您可能觉得,宏瘟的脚印比较容易跟踪,但这边的草地下面有许多岩架——我相信他们折向北边,回风暴之矛去了。"他将那只手抬到胸前,"请恕罪,陛下,但首相大人说得没错,我确实给您带来一样东西。我往大道两个方向都派了侦察队,看有没有其他敌人,还特意吩咐他们，留意有没有什么风吹草动和别的埋伏。他们没发现这些，但在大道南边不远处找到了这个，当时它就插在泥地里——发现它的人说，这东西一眼望去，活像一朵迎春花。"他将手上的东西小心翼翼地呈交给王后。

是一支箭，却没有北鬼的黑色箭杆，看起来更像凡人的作品，而且是匆匆打制而成。宽宽的箭头像是从一支废箭上拆下来的，用来缠住箭头的生牛皮绳也不平整。当然了，最不寻常的还是它的箭杆，上面用另一条牛皮绳缠着一卷染血的羊皮。

米蕊茉仔细翻看。"你说是在大道附近找到的？这显然不是我们的箭。"

"不是，陛下。"肯里克说。

"像是某个艰难求生的人自己做的。"艾欧莱尔说，"而且不是第一支了。今早我们在山上也发现了几支类似的箭——不过全都扎在树上。到目前为止，我们没发现这种箭射中过我们的士兵。只有北鬼的箭给我们造成了死伤。"

"解开羊皮，"西蒙说，"看看是什么？"

艾欧莱尔掏出小刀，递给王后。米蕊茉割断绳子，解开，然后小心地、轻轻地展开羊皮，速度慢得让西蒙忍不住出声抱怨。自从昨天以来，艾欧莱尔还是头一次差点露出微笑，但他始终笑不出来：现在支撑他不要倒下的意志，可能还不如那根细小的牛皮绳结实呢。

"这是什么文字？"王后举起方方正正的羊皮问道。只见上面写满了黑色的、歪歪扭扭的奇怪符号。"艾欧莱尔，你见过吗？提阿摩，你呢？"

艾欧莱尔见过类似的涂鸦，却想不起在哪儿了，只好摇摇头。

"我见过，陛下。"提阿摩说，"至少我可以试着读一下。"

"所以，这是乌澜文字？"西蒙惊讶地说，"那还真挺巧的！"

"不是，陛下。"提阿摩接过王后手里的羊皮，凑向最近的火把，眯起眼睛。"这是瑞摩加人以前用过的符文。"

西蒙也眯起眼睛，皱起眉头。"但看着不像瑞摩加语。"

"这是古代符文，跟现在的瑞摩加语不一样。我说的就是'以前用过的'。这些是古代文字了，是他们从旧大陆越过冰海带来的。如今在奥斯坦·亚德，只有黑瑞摩加人，也就是北鬼的奴隶，还在使用这种文字。"

"那四五个北鬼还带着奴隶？"艾欧莱尔问，"如此远离他们自己的边境？这说不通啊，除非其中有白狐属于王族成员。"他转向提阿摩，"你能看懂内容吗？"

"我说了，这是古瑞摩加语，是我学过的瑞摩加语的古代版。我试试能看懂多少吧。"

提阿摩看了好一阵儿。他还在琢磨，宾拿比克已从寒冷的清晨走进帐篷，说他们找回了最后一头公羊，也就是说，矮怪队伍里最后的四脚成员也都幸存下来。待宾拿比克看清乌澜人在干吗，也跟着凑了过去，在他肩后伸长脖子。

"跟我认识的瑞摩加语不太一样。"矮怪承认。

"我大概看懂了。"提阿摩看着自己在另一张羊皮纸上写下的文字，翻译道，"'我与贺革达亚一同上路，'上面说，'我不是他们的一员，但必须跟他们一起。我必须这么做。他们要去雾沙穆执行任务。我不知道原因，但这任务对奈琦迦至关重要。贺革达亚的女王已从长眠中苏醒。北方流言四起，正在备战。我听队伍中的一员说，女王要找巫木王冠。我不知道这是什么意思，但这对他们很重要。我只知道，北方的女王复活了。只要她活着，她就会盘算杀光我们。'"提阿摩清了清嗓子，"落款是'白手亚拿夫'。"

艾欧莱尔突然觉得脚下的一切都在旋转。那已不再是坚固稳定的泥土和岩石，而是一堆乱七八糟的计划与假设。仅仅几个小时前，支撑他们的大地还相当稳固。

米蕊茉王后的表情与艾欧莱尔一样困扰。"难以置信……太可怕了。你们知道这个亚拿夫是谁吗？艾欧莱尔伯爵？肯里克？你们听说过这个人吗，这个白手？"

众人纷纷摇头，肯里克再次伸出手。"我们还发现了这个，就在这支箭旁边，应该是箭落地时松脱下来的。我手下说，根据箭扎进泥地的角度判断，它一定是从山上很高处射下来的。"队长摊开手，露出一条光滑的银链和一只闪亮的吊坠。

"沙行者啊！"提阿摩叫道。只有小个子特别吃惊时，艾欧莱尔才会听到他嚷嚷这个名字。伯爵走上前去，好看得更仔细些。只见银链上挂着一枚银环，一根银色羽毛横着穿过银圈，另外还有些其他图案，他一时看不太清。"这是卷轴联盟的信物。"提阿摩沙哑着嗓子说，"但我们是用金的，不是银子——而且联盟里没人叫亚拿夫！"

西蒙国王盯着银坠，双脚垂下床边，转头望向至高王座之手。艾欧莱尔知道他想说什么，不由叹了口气。

"老朋友，"西蒙对他说，"这次袭击，还有这一切——嗯，确实改变了许多事。"

艾欧莱尔并不意外，只是觉得有些伤感。"是的，陛下，当然。我会告诉我甥孙霭林，说我不能跟他一起回赫尼赛哈了。但请给我点时间，让我给茵娜温太后写封回信。"

"当然，当然。"但看国王的表情，艾欧莱尔知道，今早这些发现虽然古怪又不详，但对西蒙的困扰依然比不上小琴师的死亡，他可能很长时间都忘不了这件事了。"是啊，我很抱歉。可事情发展成这样，老朋友，我们现在不能没有你啊。"

"当然，陛下，我明白。"可在这一刻，艾欧莱尔觉得，恐怕任何方案和挫折都已无关紧要了。先前他感觉到的失衡，可能只是某种前兆而已，而更大、更猛、更烈的剧变就要来了，它将颠覆整个世界，无论他们做什么，都将被它碾在脚下。

第二部

孤儿

津林

鄂克斯特

泥普拉大门

外城

中城

圣树塔

耶尔丁塔

古仓塔

礼拜塔

千理院

王座大殿

未来的图书馆
高塔
花园

海闸口城墙

司维特岛堡

津濑湖

海霍特

孤儿

天既丧我妻，又复丧我子。
两眼虽未枯，片心将欲死。
雨落入地中，珠沉入海底。
赴海可见珠，掘地可见水。
唯人归泉下，万古知已矣。
拊膺当问谁，憔悴鉴中鬼。

——《书哀》
北宋·梅尧臣

可怕的烈焰

♛

在关途圃北边的荒野,有一片名叫涴恩的沼泽,从西边宽阔的舌状湿地一直延伸到乌哈湖岸边。乌哈是个大湖,换做纳班城内居民的语言则叫俄澄湖。草原人的骑手们很熟悉涴恩最北边的情况,因为春夏两季,色雷辛人会来这里射鸟、抓鱼、捕水獭——石民很喜欢水獭皮,愿意花大价钱购买——所以草原人从小就知道,如何穿越这片危机四伏的无路之地。

"为什么城里人会跑这儿来住?"弗里墨问道,"他们跟我们,甚至跟涴恩人都不一样。他们会被鳄鱼和泔蟹吃掉。他们会摔出安全的小路,然后淹死。"

"只有少数会死。"乌恩沃回答,"剩下的会抽干涴恩的水,建起农场。"

弗里墨希望这不是真的,但他很久以前就知道不要跟乌恩沃争论。乌恩沃个子高大,性情安静,话虽不多,却总能一语中的。

"不可能。"弗里墨的哥哥欧里格说。虽然他俩的父亲依然在世,欧里格却已经成了部族的族长。"只有懦夫才会相信石民能夺走我们的土地。我们会把他们赶进海里。"

"只有懦夫和傻瓜才会相信。"卓詹说完,看着欧里格,等待他的赞同。

乌恩沃什么也没说,长着鹰钩鼻的脸上漠无表情,但弗里墨能感觉到，他的愤怒如拉开的弓弦一样紧绷。乌恩沃用力踢了踢坐骑的肋旁，沿着一丛丛芦苇和泥塘间的古路，往前走出几步。到了秋天，第一场雨下过之后，这些路径又会消失得无影无踪。

"傻瓜。"卓詹补上一句，但声音小了很多。同欧里格一样，卓詹也胸肌发达，身材壮硕，但欧里格的身高与乌恩沃差不多，他却要矮上一头，速度也比较迟缓。弗里墨相信，如果卓詹不是族长哥哥的朋友，而且从小就猛拍欧里格的马屁，他肯定不敢如此轻慢地招惹乌恩沃。

欧里格哈哈大笑。"没必要挑事，"他说，"很快就有机会流血了。"

弗里墨不太确定该怎么看待乌恩沃。这位高个子不是任何人的朋友，还多次明确表示弗里墨也不比他哥哥强多少。但皮肤白皙的乌恩沃身上有种让弗里墨无法忽视的特质，好像他刻意保留了什么独特的想法，不愿与他人分享似的。他已经三十多岁了，但对吹嘘、争论和醉酒完全不感兴趣。总之，乌恩沃跟其他色雷辛人一点都不一样。

虽然弗里墨对乌恩沃不知该作何感想，但他对族长哥哥欧里格却是确凿无疑的仇恨。欧里格是仙鹤部族最魁梧、最暴烈的男人，年轻时便是一副部族首领的做派。七个夏天之前，他们的父亲赫瓦特遭到天谴，虽然活着，却成了个白痴，欧里格便自作主张，继承了部族的圣骨与旗帜，明目张胆地开始了统治。老族长父亲当初也算严厉，但与欧里格相比，他的统治更像一个柔弱的女人。弗里墨并非懦夫，换个部族，他也许能大展拳脚，可他哥哥仍把他当成孩子看待。

不对，他心想，不是当成孩子，而是当成一条狗，高兴时踢我一脚，满意时赏我根骨头。若他不是我的哥哥、我的族长，若他只是个普通的部族成员，我早就拿刀捅了他。

有些时候，弗里墨真想离开仙鹤部族去其他地方——比如艾鼬部族、红隼部族，或者色雷辛草原北部的羚羊部族。他曾在一次聚会上见过羚羊部族的人，十分欣赏他们那些高挑而标致的女子。有时他甚至觉得，与其忍受欧里格的辱骂，还不如四处流浪，做个无家无族的浪人，只是他不忍心留下姐姐库尔娃独自受苦。

如此憎恨自己的骨肉至亲似乎很奇怪，但"石拳"欧里格一次又一次证明，他确实很招人恨。

* * *

众人骑着马，迅速翻过沼泽低地旁的小山包，在广阔的山谷前停下脚步。一片村落铺展在他们面前，多数房屋黑灯瞎火，只有木头栅栏上零星亮着几支火把，弗里墨似乎在大门上方也看到一些动静。乌恩沃同往常一样，与其他人拉开些距离，在马鞍上伏低身体，他裹着黑色的长斗篷，在月光下几乎与坐骑融为一体。

欧里格勒紧缰绳，打量着村子的围墙。墙内是当地居民圈养牛羊的小院，他们此行最佳的战利品——马匹——也在其中。石民的牲畜虽比不上色雷辛战马，但拿来杂交也不错，还可以卖给浼恩人或其他地方的居民，反正他们也承担不起纳班马市上的高价。

欧里格在马镫上高高站起，扫视一番黑夜。弗里墨虽然恨他，却不得不承认，他哥哥确实仪表堂堂，很有草原族长的气派。按照族长之规，欧里格已经娶妻，也早就蓄起象征成熟男性的大胡子。而与他年纪相仿的乌恩沃和卓詹却没结婚，只在上唇留起长髭须，下巴依然光溜溜的。至于弗里墨，他的上唇髭须还不够长，连下颚都够不着。

"途兹丹和他那帮该死的亲戚在哪儿？"欧里格喝道。片刻后，附近山包上响起三声夜鹰的啼叫。"在那儿。很好。"他亮出牙齿，狞笑几声，"现在就等伯德姆带头开始庆祝吧。"他看看乌恩沃，"如果你这个计划不管用，相信我，我会把你丢在这里，让城里人剥了你的皮。"

乌恩沃只是盯着他，仿佛族长说的全是屁话。

仙鹤部族的几人坐在马背上，如石头般纹丝不动，紧张地等了很久。终于，村庄远端的木头栅栏窜起大火，夜空中突然响起一阵呼喊，既有伯德姆族人的吆喝，也有木制大门上哨兵的惊呼。大门上方有火把跳动，卫兵们来回奔跑，想搞清村庄远处发生了什么。

欧里格将号角举到唇边，短促地吹了三声，然后狠踢马腹，疾驰下山，卓詹和乌恩沃紧随其后。弗里墨用脚跟敲打坐骑肋旁，跟上他们。另一座小山上冲下更多骑手——是他们的堂兄弟途兹丹及其亲属，一共十来人，都是渴望烧杀掳掠的仙鹤部族成员。

按照乌恩沃的建议，伯德姆等人将几桶焦油倒在木栅栏上，然后放火。这个计划显然成功了，弗里墨几人靠近村庄时，木墙燃烧的橙色烈焰已经掩盖了月色。弗里墨能听到村子里传来的尖叫与哭喊，想必石民都已惊醒，且被吓得够呛。墙内时不时飞出一两支箭，倒映着火焰的红光，但仙鹤部族也带着箭，箭头裹着焦油布。很快，数十支火箭就射回墙内，落在村子各处的茅草屋顶上，燃起更多火焰。

部族战士迅速冲到高墙大门前。卫兵们已经放弃这里，跑去村庄对面的着火点。乌恩沃爬到马鞍顶上站好，展开双臂保持平衡。等坐骑靠近，他一跃而起，抓住大门顶部，手指勾住两根凸起的门柱，翻身跳了过去。没一会儿，他推开门闩，打开了大门。

欧里格哈哈大笑。"看到了吗，渴望饮血的汉子们，他们在邀请我们进去呢！不要浪费他们的好意啊！"

弗里墨拉住乌恩沃那匹黑马的缰绳，牵着它穿过大门。高个子一言不发地接过坐骑，跳上马鞍，踢马向前。弗里墨紧随其后。

门内的村庄已火光熊熊。众人四处乱跑，慌成一团。不过色雷辛人都骑在马背上，而纳班村民不是穿着松垮的睡衣，就是近乎半裸，所以很容易辨认。有些卫兵还来不及赶到对面起火的木墙，只好转身对抗欧里格率领的入侵者。夜空下满是环绕的浓烟、妇孺的尖叫和村民们临死的哭号，这些卫兵就成了最主要的反击力量。

但仙鹤部族不在乎——他们只有五十来人，目标并不是消灭拥有数百人的定居点,而是村子中央用栅栏圈起来豢养牲畜的小围场。

弗里墨以前参与过劫掠,但还没抢过这么大的目标。今晚之前,仙鹤部族只袭击过偏远的农庄,或是主人不在、人手不足的纳班贵族领地,而这次进攻却与以往不同。弗里墨不禁猜测,虽然乌恩沃的计策取得了成功,但欧里格会怎么对待他呢?欧里格本来就不喜欢这个沉静的高个子,因为在整个仙鹤部族中,只有乌恩沃没把欧里格当做首领和主子看待。

大多数部族战士已朝村子中央的围场奔去,但欧里格停了下来,打算放倒一个纳班村民。那人没有盔甲,只穿了一件长睡衣,仅凭手中的钩镰便想保卫自己的村庄。欧里格似乎很享受这场游戏,他一边纵声长笑,一边抽打着村民握住临时武器的双手,同时挡开对方的反击。

他哥哥经常大笑。但弗里墨从小就知道,每次他大笑,就会有人流血。

比如现在,欧里格就在折磨那个村民,他狠狠抽中对方的脸和手,在那人的睡衣上画满了血红的彩带。此时此刻,村中许多地方都着了火,烟雾弥散至各处。

"来啊,耗子!"欧里格朝弗里墨喊道,"割下他的耳朵或鼻子,给你当战利品!"

弗里墨一直不喜欢哥哥给他起的外号,这还不如直接叫他软蛋或胆小鬼呢。他也不想再看欧里格玩弄那个村民了。那人在泥地里哭号、翻滚,身上被欧里格抽出道道伤痕。弗里墨踢马离开,奔向村子中央的围场。

许多木头栅栏已被点燃,还有数十间房顶着了火。有人被困在燃烧的屋子里,弗里墨能听到他们发出可怕的惨叫,其中有男人、女人,还有孩子,但他并不同情他们。

这是我们的土地——我们的父辈和祖辈的。纳班人要么滚回他们

孤儿

的石头房子,要么就去死吧。

弗里墨即将赶到村子中央时,牲畜的喧哗和凡人的尖叫都达到了顶点。在几栋房屋之间的小路上,他发现几名仙鹤部族的战士被困在篱笆内墙旁边,对方是十来名手持钩镰或干草叉的村民,外加三两个端着长矛的武装卫兵。在烟雾弥漫、变幻不定的火光下,他很难看清族人的脸,但根据马尾巴上绑的彩带,他估计那应该是途兹丹的手下。几名仙鹤部族的战士拼死冲杀,但被牢牢困住,卫兵的长矛正将他们一步步逼向内墙。

弗里墨犹豫片刻。途兹丹是欧里格的重要盟友之一,但弗里墨并不欠他什么。只是这些人好歹也是他的同胞,倘若丢下他们不管,他日后又怎么抬头做人呢?何况对手还是偷走他们土地的农夫。于是他踢马冲向愤怒的暴民。但他尚未赶到,一团巨影便从他身旁掠过,犹如草上惊雷的化身一般。

是乌恩沃,他骑着黑马迪福尔,舞动手中长刀,如在夜空中划过一弯红色的新月。高个子撞进村民后方,有几人应声栽倒,肩头或脖颈血如泉涌。其他人发出惊恐的尖叫,对草原人的围攻立时崩溃。一切都在转眼间发生,弗里墨放慢脚步,看向战团。原本被围困的仙鹤部族战士趁着敌人混乱之际,返身杀进人群。最先倒下的是那几名武装卫兵,不消片刻,剩下的村民也四散逃命。须臾间,色雷辛人便从猎物变回了猎手,他们又叫又唱,一边庆幸自己死里逃生,一边骑马追杀落单的敌人。

乌恩沃站在马镫上,用长刀一指村子中央。"那边!"他朝族人们喊道,"去那边接应你们的兄弟!"

这一刻,在夜空的映衬下,跃动的红色火光照亮了乌恩沃瘦削的五官和拍打的斗篷,让他一半像人,一半更像乌鸦。弗里墨的心脏被揪紧了,那是一种奇怪的感觉,其中既有钦佩,也有恐惧。那人已经不再是乌恩沃了,而是碎砧者塔司达——所有草原部族都顶礼膜拜的力量之神。

"你傻看什么呢，笨蛋？"那神一样的身影朝他喊道，"抓紧时间回家了！"

弗里墨惊醒过来。乌恩沃说得对——就连欧里格也不会拖延撤退的时间，尤其村民的人数其实远远超过他们。毕竟这次袭击的目的不是杀戮，而是劫掠。他还意识到，这次他只能两手空空地回去了，心里不由一沉。他知道欧里格那帮人会怎么评论他，反正不会是什么好话。

弗里墨骑着马，跟随乌恩沃奔向村子中央。其他部族战士从他们身旁经过，驱赶着几小群抢来的牲畜返回大门——一位仙鹤部族成员赶着五六只"咩咩"叫的绵羊；另外两个牵了几头眼珠乱转的母牛；伯德姆的一个亲戚牵着挽具，上面驾着两匹健壮的驽马，这种马永远上不了战场，但很适合给色雷辛人拉车。

村民们尖叫着四散奔逃，草原人则忙着带走战利品。等到乌恩沃和弗里墨终于赶到村子中央的围场时，木头栅栏已被推倒，有几处甚至被彻底砸烂，有价值的牲畜几乎全被抢光。弗里墨踢马去追一只聒噪的大鹅，那家伙张开翅膀，在他前面狂奔了一通。这时他看到乌恩沃跳下马背，钻进一间燃烧的谷仓，消失在阴暗的门洞里。过了一会儿，他牵出来一头健硕的公牛，那真是一头漂亮的巨兽，鼻环上绑着根绳子。乌恩沃一贯冷淡的脸上咧开歪斜的微笑。

"虽然宴席来迟了，可你看我找到了什么？"高个子说，"它差点就被烤熟了！"

弗里墨从未见过乌恩沃如此开心——至少在他印象里没有。这一幕还真挺奇怪的，可他还在琢磨，一支箭"嗖"地从他头顶飞过，钉在燃烧谷仓的木板上。有些村民仍未放弃抵抗。

乌恩沃身形一晃，修长的身躯转眼便跳上马鞍，同弗里墨一起，牵着公牛奔向前门。看到色雷辛人开始撤退，众多村民壮起胆子，重新组织反击，不但用石头砸，偶尔还射来一两支箭，希望能干掉几个入侵者。弗里墨和乌恩沃没被打中，可他看到不远处，途兹丹手下的一名骑手大腿中箭，摔下马背，不等那人爬回马鞍，便被一群暴怒的村民拖进了房屋间的阴影里。

"别去。"弗里墨迟疑一下，乌恩沃立刻出言阻止，"已经太迟了。我们走。"

不用对方重复，弗里墨也知道，自己和乌恩沃是逃得最迟的一批人。现在大门随时可能关闭，将他们困在村里。劫掠时被抓到的部族战士通常会被烧死，而有些时候，这已经算是仁慈了。弗里墨把头伏在马脖子上，尽量缩小敌方弓箭手的目标。

终于，他看到松垮的大门出现在前方。他俩牵着公牛，速度快不起来，只能让马匹小跑着穿了过去。很快，村落被他们甩到身后，浓烟、火焰和尖叫声随着马蹄渐行渐远，如同梦境般消失在晨光之下。

"今晚收获不错。"乌恩沃在马鞍上伏低身子，一只手依然牵着牛绳。被抢来的公牛极不情愿地加快速度，跟上他们的脚步，难受地"哞哞"直叫。乌恩沃咧嘴微笑。弗里墨再次看到他开心的样子，不禁也被打动了。"相当不错！"

他们爬上第一道山坡，村庄的围墙已在身后一石距离开外，就在这时，有样东西如闪电般砸中了弗里墨的头。一时间，他分不清上下左右，只觉夜空间突然炸开无数闪亮的金星，接着，像被一只巨手重重地扇了一巴掌，金星消逝，化成彻底的漆黑。

等弗里墨恢复神智，他发现自己躺在地上，眼中仍能看到燃烧的围墙。他的坐骑不见了，乌恩沃也不见踪影。他孤立无援，试图翻过身子，却只是侧了侧身。有血——他知道，一定是血，因为它又黏又黑——正从他的头皮滴下，在他掌中汇成一汪小池，把墨绿色的青草染得更黑了。他抬起头，感觉有人正拿他的脑袋当鼓敲。他看到三个人影从村庄大门方向朝自己跑来。

The Witchwood Crown

他们射中我了,弗里墨只能想到这些。他们用箭射中了我的头。他伸手往后摸。头盔不知跑哪儿去了,虽然他的后脑黏糊糊的都是血,破损的头皮一阵阵灼痛,但他没摸到箭头。他本以为,他的头骨上一定扎着一支箭。

村民越来越近了,就要抓住一名可恨的劫匪,让他们兴奋地半跑半颠。弗里墨认出他们是纳班人,因为他们的上唇剃得光光的,两眼闪着复仇的寒光。其中一人又搭好弓箭,另外两人各拿一把钩镰。

他们想把我像春天的羊羔一样撕碎,弗里墨心想。要不是脑袋疼得厉害,他简直要笑出声来。但我不是羊羔,我是个男人。

紧要关头,一团黑影贴着他的脸,从他头上跃过,卷起一阵呼啸的风声,浑如雷云掠过大地。是一匹马,骑手低伏在马颈之上,但立刻在马镫上挺起身子,举起手中的弯刀,划出一道耀眼而致命的闪电。

随后,一切都变得模糊。弗里墨什么都看不见了,只能听到有人声在吆喝、在尖叫。黑暗再次袭来。他要死了吗?是不是有族人来救他了?弗里墨不知道,他觉得一切都不重要了。

* * *

太阳已经升起老高,他依然没法离开铺盖,只能闭眼静卧,听着各种奇异的声响。是生者的世界,他似乎还活着。有鸟在叫——好多鸟!叽叽喳喳,婉转啁鸣,快把他震聋了。它们一直这么吵吗?他怎么从来没留意过?

有东西碰碰他的胳膊。弗里墨缩了缩,想翻个身,但突如其来的动作让他头疼欲裂,他只好呻吟着放弃了。

那东西又碰他一下,然后一道亮光闪过他的前额。

"弗里①?你醒了?"声音如微风般吹来,让他浑身清凉。

---

① 弗里墨的昵称。

"库尔娃?"他想张开双眼,但只睁开一条缝。光线太强了,亮得仿佛刀子。

"我端了水。"他姐姐说,"你的头怎么样?"

"像个破罐子。我以为我死定了。"

"别说傻话!救你的神灵会生气的。"

现在光线没那么刺眼了,于是弗里墨决定坐起来——只是动作很慢。"救我的不是神灵,是'长腿'乌恩沃。"他想起来了:他受伤倒地时,是乌恩沃骑着迪福尔从他身上一跃而过,如狼入羊群般杀退了所有暴民。"是乌恩沃。他一定撇下了抢来的公牛,赶回来救我。"他勉强用手肘撑起上半身,导致一阵痛楚涌上头顶。库尔娃担忧的脸悬在他上方,好像大白天的月亮。

"乌恩沃是个好人,但你还是不该冒犯任何神灵。"姐姐皱起眉头,"来,喝吧。"她把杯子送到他唇边,往他嘴里倒了些水。他想抬手接过杯子,却被姐姐推开。"让我照顾你吧。总这么逞强!"

"我是仙鹤部族的男人,只是在战斗中受了点伤。我自己能照顾自己。"弗里墨知道自己的话很幼稚,"不管怎么说,如果神灵想让我好起来,那我会好起来的。"

姐姐撇撇嘴,想笑,但忍住了。"啊,对对对。男人就该有个男人样。对不住啊,我就不该来管你,应该让你躺在地上哼哼。其他人都起来几个钟头了。"

"举石者在上!"他猛然坐起,痛得呻吟一声,"怎么没人叫我?欧里格有没有生气?"

"他笑了。"库尔娃回答,"笑得很大声,然后与卓詹去湖边打猎了。"

弗里墨松了口气,挺直腰杆,盘起双腿,好让自己坐得更稳当些。他的头像个涨满的尿泡——倘若再满些,他心想,他都能用耳朵眼撒尿了。

"你在笑什么，弗里？"

"不知道。我头疼。有没有吃的？"

"我带了燕麦饼。"她把手伸进围裙，拿出一个小树叶包。

弗里墨解开叶子，咬了一口。咀嚼的动作让他整个脑袋都感觉怪怪的，就像一块摇摇晃晃的大石头，只要轻轻一推就会滚下脖子。他又咬了几口，却突然发现很难下咽。虽然肚里装了食物，他还是感觉不太对劲儿。周围的颜色就像刚才的鸟鸣一样，显得过于强烈——以前的世界肯定没这么鲜艳的！部族的马车像珠宝一样闪闪发亮，装饰用的缎带好似灼热的彩光。他闭上双眼，看到的却不是黑暗，而是乌恩沃站在村庄的围墙上，在火光的映衬下仿佛一尊巨人，仿佛碎砧者降临世间。那一刻，高个子恍如沐浴圣火的伟大族长——或者某种更伟大的事物。

"他救了我。"他低声说道，"救了很多人。"

"你说什么？来，多喝点儿水。"库尔娃又把杯子递了过来。弗里墨喝水时，感觉色彩没那么难受并刺眼了，但姐姐仍像悬在他面前的一道光源。她并不漂亮，至少不是族人公认的那种漂亮——比方说，她很瘦；她的头发是平凡的褐色，颜色太浅，并不引人注目；她的皮肤有不少雀斑，达不到所谓"好看"的标准。但在弗里墨看来，姐姐的善良，还有她眼神中的坦诚和坚定，都让她显得异常动人。当年母亲给她起名叫库尔娃，意思是鸽子，父亲却说："好吧，那她就是一只瘦弱的斑点鸽，只能拿来炖汤。"弗里墨四五岁时，他们的母亲去世了，之后库尔娃就成了他的保护神。直到今天，每次弗里墨回想母亲的面容时，脑海里总会浮现出库尔娃的脸。

而父亲赫瓦特就没那么和善了，当然他也没刻意打骂过他们。弗里墨觉得，他哥哥欧里格只继承了老父亲最糟糕的缺点，没能继承赫瓦特对族人的关爱。至于库尔娃，自从欧里格开始统领家庭与部族，她就没说过他的坏话，但弗里墨知道她心里怎么想。

孤儿

"我得起来了。"他说。

"为什么?你需要休息。"

"我得跟乌恩沃谈谈。"一个女人,虽然是他亲爱的姐姐,居然敢质疑自己,让弗里墨十分不快。部族里的男人不该遭到质疑,至少不该被他的姐妹或妻子质疑。"我欠他一条命。"

"在你能下地走路之前,乌恩沃会一直待在他父亲的马车里。"

"不。"他放下双腿,支起上身,颤抖得像匹刚出生的小马,"我现在就能走路。我是仙鹤部族的男人。"

库尔娃叹了口气。"你当然是了。"

* * *

"长腿"乌恩沃的继父扎卡坐在马车台阶上,抽着烟斗,皱眉瞪着天上的云团。这一幕多多少少与弗里墨预料的差不多。扎卡如今又老又瘸,对任何成年男人都构不成威胁,也没法再用拳头和鞭子挥洒自己的怒气,这就使得他的人生观愈发阴暗。他也曾是个强壮帅气的男人,至少其他族人是这么说的,然而现在,他只剩一把骨头和筋腱,外面裹着一层皱巴巴的棕色皮肤,看着更像久经风吹日晒的兽皮。

"你干啥,小子?"老人问他,"你哥叫你来的?"赢得扎卡尊重的人并不多,但欧里格族长是其中之一。只是弗里墨知道,这种尊重其实又叫"畏惧"。

"我来找乌恩沃说说话。"

老人取出嘴里的烟斗,吐了口唾沫。"找乌恩沃?那土疙瘩跟谁都说不上两句话。神灵知道他一无是处。出去劫掠,竟然两手空空地回来。"

"他救了我的命,所以才会空手回来。"

扎卡的老脸凶狠地皱了起来,一时间,弗里墨以为老人想站起身,瘸着脚扑来揍他一顿。"救了你的命?我的车轮和马鞭啊,那他更是天大的傻瓜。你一出生就是个瘦巴巴的小崽子，你爹早该把你像小猫一样溺死。我要是生个你这样的儿子，我就会这么干。"

"他在哪儿？"弗里墨懒得再跟扎卡废话，他早受够这老杂毛了。他的头依然很疼，穿过营地让他愈发难受。他想知道，把刀子插进这老杂毛的脖子会是什么感觉？而他越琢磨越想动手试试。如果谈话的对象只有这种人，难怪乌恩沃不爱开口说话。

老人又吐一口。"在摆弄他那堆没用的棍子。一堆破棍子，屁用没有，把我的围场搞得乱七八糟。"

弗里墨转动眼珠，缓缓扫过散落在马车周围的破罐子、烂骨头和各种垃圾。"是挺丢人。"

这一次，扎卡真的站了起来，脸涨得通红，但最后还是忍住了。"小子，别当着我的面嚼舌头，不然我把它扯出来。小狗崽子，我是老了，但还能教教你什么叫礼貌。我还抡得动鞭子！"

"那你抡呗，祝你开心。"

围场在破破烂烂的马车后面，弗里墨调头走了过去。乌恩沃的高头大马迪福尔和其他马匹在近处啃草。乌恩沃则在围场远端的栅栏外，正把几根岑木辐条敲进轮毂，以替代上次装车时裂开的那些。其他尚未完成的马车部件堆在旁边几棵白杨树的阴影里。乌恩沃正在打造新的车轮，轮轴另一端搭在一块石头上。这辆马车距完成还早着呢——等轮子全都装上，还要精心装饰、打磨并涂漆，至少需要一个季度的时间。

弗里墨走近时，正在敲打车轮的乌恩沃抬头看看他，但没说话。年轻人也不知该怎么开口，于是站着看了一会儿，直到想好言辞。

"乌恩沃，昨晚你救了我。"

高个子一只手松开大槌，拂开眼前一缕黑色直发。他之前脱了衬衫，挂在树枝上，胸膛和长臂闪烁着汗水的光芒。他盯着弗里墨看了一会儿，耸耸肩。"看着你死，对我没什么好处。"

孤儿

"但因为我,你弄丢了战利品。事实上,你什么都没带回来。"

乌恩沃做个苦脸。"这话你得跟我继父说。"

"你不需要这么做的,但你还是救了我,还有其他人。为什么?"

"看别人死有什么好处?"乌恩沃举起大槌,精准而有力地敲打着一根轮辐,"你觉得我们人多,石民很少,所以就可以牺牲别人?只为抢几匹马和几头牛?几匹纳班人的马?"

"但你可以卖掉那头公牛。只要换来钱,油漆和配件你想买多少就有多少。"对色雷辛男子来说,只有拥有自己的马车,才能被视为真正的男人,从而结婚生子,并赢得别人的尊重。乌恩沃等了这么久才开始造马车,已经很让人奇怪了。不过他一直就是个怪人,为人孤僻,甚至神秘。

"你关心这干吗?"乌恩沃质问道,"赫瓦特之子弗里墨,这跟你有什么关系?"

"因为这是我的错。是我害你丢失了战利品。你本可以买到你需要的油漆和铜器。"

"确实,我需要那些东西。"乌恩沃说。但许久以来第一次,弗里墨看到了对方压抑在沉默下的怒火。他的手臂肌肉虬张,抡槌又将一根辐条敲进卡槽,脸上却皱紧眉头,仿佛那卡槽根本不合适。"我已经有马了。总有一天,我会像男人一样出去游历。"他的眼神变了,一瞬间竟露出了隐藏已久的光芒,"总有一天,我会去我想去的地方,做我想做的事。没人可以……"但他没说完。

"所以,你为什么回来救我?"

"因为那是我该做的事。因为……"乌恩沃用力砸了两下轮辐,突然扔下大槌,"我不想再回答了。你脑袋坏了?怎么这么多问题?你该回去躺着休息。"

弗里墨听出对方下了逐客令,也知道惹恼乌恩沃跟惹恼欧里格一样愚蠢。乌恩沃不会像他哥哥一样揍他,但会生上几天甚至几周的闷气,而弗里墨不希望他这样。"好吧,"他说,"谢谢你没丢下我。"

"好死不如赖活着。"乌恩沃说,或许这是他能给出的最像答案的回答了。

弗里墨离开时,仍能感觉到乌恩沃散发的怒气,就像篝火散发出热量一般。但不知怎么,弗里墨觉得,高个子之所以这么生气,原因既不在他,也不在乌恩沃那个恶毒的继父。

他在燃烧,弗里墨明白了。虽然有时只是低矮的火苗,但他从未熄灭。总有一天,他会迸发成冲天烈焰。弗里墨再次想起昨晚见到的乌恩沃,想起他在熊熊火焰和黑色夜空下舒展的身影。弗里墨浑身发抖,就像当年听母亲讲故事时一样——周围的风和草都化为复仇神灵的故事。

真是可怕的烈焰啊。

孤儿

死刺猬的比喻

♛

　　有点不对劲儿。空气沉重炙热,天上浓雾弥漫。就连苏米玉·支沙清澈的溪水也变得漆黑,像沸汤一样冒着泡泡。这里本该是坦娜哈雅的家,是她心爱之地,她最熟悉的支沙陇溪谷,但现在却完全变了样,她只能沿着虚假的溪岸跌跌撞撞往前走。她想回到柳木堂,回到她出生的地方,却举步艰难。地面布满泥泞,几乎沸腾,蒸汽蒙蒙的空气令她窒息。她一次次发现自己滑回原地,仿佛在攀登一段又长又陡的斜坡。

　　终于,她来到她家所在的河边幽谷,却发现已经认不出这里了。

　　无人耕种。无人收割。一片荒芜……!

　　原本的前门台阶,一段用白色石头精心铺成的优雅结构,如今已变成烂泥与废料。以高大柳树为顶的厅堂,现在活像一副被剔净血肉的肋骨,倾斜的廊柱正缓缓陷入泥潭。

　　"母亲?"她喊道。但家里静悄悄的。

　　坦娜哈雅很害怕,但仍设法走进了这童年时的避难所,只是她的记忆一直在拒绝她。低垂的柳枝又黏又滑,柳叶在她手上脱落,仿佛死人头上掉落的枯发。她在建筑中走得越深,就感觉越发陌生,越难抵抗室闷的热度和下沉的地板。她每次转弯,都会被倒下的树干拦住去路,或被一堆原本是彩绘地板的碎石嘲笑一番。她还能继续往前走，只是基于一个念头：她来这儿是有原因的，她回来是为了某种重要的目的，尽管她想不起具体内容了。

一块地面在她脚下崩溃，下面是团在烂泥中纠缠的树根，犹如海怪一般在等待着她。她差点就掉了下去，幸好她及时往前一扑，四肢着地，顺势爬向建筑中间。以前她母亲就在这里照料炉火，唱起甜美的歌谣给她听。但此时此刻，柳树根在她身下扭动，像蛇一样盘绕翻滚。她拼尽全力，也只能一寸寸地往前挪，手掌和双臂都沾了湿滑的黑泥，眼中全是炙热而刺眼的迷雾。

"母亲？"她终于看见壁炉了，还欣喜地发现它很完整，可能是屋子里唯一一件尚未腐蚀或崩坏的物品。周围的陈设依然出自她母亲的喜好：用白色石材整齐搭建的火坑，摆在雕木矮桌上的各种日用品，有瓶瓶罐罐、包好的安神药草，等等等等，都是坦娜哈雅小时天天见、夜夜想的东西，光是看到它们，过去的时光便会强烈地触动她的心房。一张桌子出现在地面前，好像是母亲眨眼前才刚刚摆好的，但桌子中间有样东西，坦娜哈雅从未见过——那是一只光滑闪亮的巫木蛋，珍珠般的灰色中掩映着十多种光华，却又微弱得难以辨清。看到这漂亮的巫木蛋，坦娜哈雅很想把它立刻捡起，严加保护。母亲为什么落下了它？坦娜哈雅该怎么做？她记忆中的一切都变了样——不但变了，还都毁了——唯独这个谜团依然如故。

她听到身后有声音——不是脚步声，而是一阵悠长而黏腻的怪声。不等她看清那是什么，脚下的地面再次崩塌，将她丢进了潮湿炽热的黑暗。所有的一切——她孩提时的家、闪亮的巫木蛋，包括坦娜哈雅自己——全都消失在窒闷的遗忘之地。

* * *

她在战斗，与强大的敌人殊死搏杀，而到目前为止，她输掉了每一次交锋。但坦娜哈雅退无可退，因为战斗就发生在她自己的身体里。

孤儿

在她清醒的时刻,她知道消耗自己的并非伤口,而是某种毒药。同她的族人一样,坦娜哈雅体能充沛,本能应对任何疾病与伤痛,但每一天过去,她都变得愈发虚弱。她能感觉到体内的毒素试图通过血液流进心脏,犹如蛮族劫掠者乘着战船、逆流而上,打算攻打他们的大城。她知道,用不了多久,衰弱便会将她击垮。

抹在箭头、侵入我血管的毒药一定是凡人所为。倘若出自我亲族贺革达亚之手,那我早就输掉了这场战争。

可她依然想不通:哪个凡人会费尽如此心机谋害她呢?如果射中她的是普通箭矢,她会觉得,这只是某个凡人偷猎者看到她时的过激反应——凡人嘛,日暮之子,喜欢袭击他们不了解的东西,所有支达亚对此都心知肚明。但偷猎者不会使用在她体内游走的毒药,因为这会污染他们的战利品。哪个饿汉会冒着死亡或坐牢的风险,去射杀不能吃的猎物呢?

不,箭头上的毒药就是用来杀人的,也只有她,强壮而古老的希瑟之子,才能坚持这么久。坦娜哈雅只能猜测,敌人不希望她抵达这里,见到国王和王后。那个凡人一定相当仇恨坦娜哈雅的同胞,不惜一切代价也要阻止她,可对方怎么知道她要来呢?她想起了至今下落不明的矢介第。在这危机四伏的日子里,除了几位最信任的心腹,吉吕岐大人和亚纪都夫人绝不可能将她的任务透露给别人。就算坦娜哈雅的同族想置她于死地,以达成某种不可告人的目的,那人为何又要委托凡人呢?

在高热稍稍缓和的间隙,类似的想法如受惊的鱼,在她脑海中乱转。但清醒的时段已越来越少。坦娜哈雅知道,如果没有新的变故,这场仗她就要输掉了。

* * *

她再次挣扎着爬出黑暗时,看到头顶悬着一张脸。那是个年轻的凡人女子,五官惊慌地收紧,双手紧握在胸前,好像生怕不小心碰到躺在床上的希瑟病人。

"去找……医师……"坦娜哈雅只能挤出几个词,"我要……医师……"

女人惊恐又入神地盯着她,过了一会儿,坦娜哈雅才意识到自己说的是本族语言,而非凡人的通用语。她再次努力说道:"找……医师。"

这下耗尽了她所有的力气。黑暗、炙热和腐败伸出手,将她拖回沸腾的黑色深渊。

♛

"你为什么给植物浇水,缇娅-丽娅伯母?它们不会淹死吗?有一次,我看到一只老鼠在护城河里溺水了。我够不着它,欧力克外公又不肯帮我救它。它游了很久,最后还是淹死了。"

"你喝水,小莉莉娅,却不会淹死。少量水对生命有好处——事实上是必不可少。可水太多就麻烦了。现在,请把蜡烛拿近些。"

小公主想了一下。"多少算多呀?"

缇娅-丽娅伯母依然看着植物,没看莉莉娅。"这个问题的答案并不唯一。"

莉莉娅喜欢缇娅-丽娅伯母,但有时并不喜欢她的答案。"植物会淹死吗?"

"如果你浇水太多,也会。现在,亲爱的,请让我忙完,然后你可以帮我画画,画我之前给你讲过的那些花。"

莉莉娅公主还想再问,却被一阵吵闹声打断了。一个年轻女仆冲到温室门口,她似乎跑了很长一段路,搞得脸色通红、上气不接下气。"唉,缇丽娅夫人,您在吗?"她倚着大门喊道,"仁慈的圣瑞普啊,我不知道怎么办。厄坦弟兄去城里了,而她很吓人,我不知道怎么办啊!她说找医师,可我不知道怎么办!"

"冷静,丫头,我没听懂你要说什么。谁找医师?"

孤儿

"那个怪女人。就是寝宫楼上,厄坦兄弟帮您照顾的那位!她在呻吟,嘀嘀咕咕的,我就去看看怎么回事,然后她睁开了眼睛——就像这样!吓死我了!她不停地说找医师、找医师。可修士去城里了。"

缇丽娅抬头看看天。"就不能给我一天时间照料下花园吗?"她问道,随后放下洒水壶,"冷静,丫头。我会去的。让我先洗洗手。"

* * *

莉莉娅其实不太明白,提摩伯伯和缇娅-丽娅伯母为什么会结婚,因为他俩太不一样了。首先,缇娅-丽娅伯母比她丈夫高很多,这在莉莉娅看来已经很奇怪了。其次,提摩伯伯皮肤棕黑,而他妻子却很白皙,只有经常晒太阳的双手和颈背显得黝黑一些。还有,提摩伯伯性情安静、羞怯,有点跛脚;缇娅-丽娅伯母却一点都不羞涩,走起路来步履如飞,小公主几乎跟不上——就像现在她俩疾步穿过城堡内城时一样。

莉莉娅曾问母亲,人为什么要结婚。"因为上帝给你派来一个人,好让你们一起生小孩啊。"母亲如此回答,但这没法解释提摩伯伯夫妻俩的情况,因为他俩根本没有小孩。莉莉娅的生父已经去世,但他仍同母亲生了两个孩子——莉莉娅本人和她哥哥莫根纳。"人们结婚还有别的理由吗?"她又问道。母亲只是告诉她:"我想不出别的原因了。"可从母亲的语气里,莉莉娅听得出,她的意思其实是"我懒得跟你解释"。

此时此刻,她快步跟上缇娅-丽娅伯母,不禁又想起了这个问题。"人为什么结婚呢?"她问。

"我想有很多原因吧。"缇丽娅扭过头,目光越过莉莉娅,望向那个女仆,"快点儿,丫头。我知道你为什么撇下她,但这不代表我们应该磨蹭。"

"我已经很快了,缇丽娅夫人。"女仆回答,"只是看起来不够快,因为我的腿没您的长。我也不想把她单独留下,可厄坦弟兄不让玛莎再照顾她，所以只剩我一个……"

缇娅－丽娅伯母皱皱眉。"我知道了，亲爱的，但还是麻烦你尽量快点，好吗？至于你的问题，莉莉娅公主，人之所以结婚，有时是父母之命，有时因为他们需要伴侣——别皱眉，这表情很失礼。'伴侣'的意思是有朋友陪着你，明白没？"

莉莉娅点点头。"那情侣呢？就是故事里说的那些。他们会结婚吗？"

"哦，会的。有时他们会一直相爱，有时却不会。但我得说，这是最不靠谱的结婚理由之一。"

"那……"莉莉娅有些喘不上气，"那你为什么会跟提摩伯伯结婚？"

这个问题让缇娅－丽娅伯母有些意外。"为什么？我想……嗯，没错，是为找个伴侣。但更主要是因为，我从没遇见这么体贴的人——一个好人——还能提出这么多问题。他对事物变化的本质更感兴趣，而不是对别人说教，告诉他们应该如何如何。"

"我不太明白。"

缇娅－丽娅伯母（其实她并非莉莉娅的亲生伯母，正如提摩伯伯也不是她的亲伯伯——莉莉娅如此称呼只是出于感觉而已）摇摇头，但脸上仍挂着柔和的微笑。"亲爱的，我真心觉得，咱们换个时间再讨论这个话题吧。就快到了，可你的脸很红，还是省点力气爬楼吧。"

莉莉娅听到女仆在她们身后"哼哧哼哧"地挣上楼梯，她也竭尽全力跟上缇娅－丽娅伯母。"我见过那位女士，"登上楼梯顶端时，她说，"就是生病的那位。我觉得她是个女巫。"

"什么意思？"

"她看着不太对劲儿。很吓人。"

缇娅－丽娅伯母什么也没说，只是推开房门。莉莉娅上次见到那位女士时，她还被绑在床上，但这次没有。不过她的模样比上次憔悴得多,金色的皮肤已转为灰蓝,脸上全是汗珠。"她要死了吗?"莉莉娅问道,声音尽量压得足够小,"厄坦弟兄说她是个机瑟。"

"是个什么?"缇娅-丽娅伯母站在床边俯视女子,"不对,她是'希瑟',有些人还叫他们'精灵'。"她在床边小心地坐下,摸了摸对方的脸和脖子,甚至俯身将头贴在女子胸前,让莉莉娅一阵紧张。她依然不明白机瑟或希瑟是什么人,也无法确定对方是不是女巫。女子微微睁开眼睛,刚好让小公主看到眼白,随后又合上了。接着,精灵张开嘴巴,颤巍巍地长出一口气,但什么也没说。

"她烧得全身发烫!"缇娅-丽娅伯母说,"塔芭塔,你该用凉水给她的脸和额头降降温——还有手腕!可我压根没看见水。"

"本来有的,昨天……"

"哦,上帝的大爱啊……!去打水,快点儿。去井里打一桶水。还有干净布料。马上!"

女仆忙不迭地跑开。她被人打发去干活儿,却一点也不难过,让莉莉娅觉得很奇怪。因为换成她,她会非常生气才对。

缇娅-丽娅伯母找到一只碗,里面还有一点点水。她蘸湿袖子,擦擦女子的额头。女子的眼睛终于完全睁开,一时间,那对奇异的金色眼眸与缇娅-丽娅伯母可爱但普通的棕色眼睛默默相对。女子舔舔嘴唇,气若游丝地说:"毒、毒、毒药……"她用长长的手指握住缇娅-丽娅伯母的手,继续说话,声音微弱到莉莉娅也忍不住凑上去听,尽管她十分害怕这个陌生人。"我要……!"

"你要什么,亲爱的?"缇娅-丽娅伯母也凑近些,"告诉我……"

女子只是摇头——动作很慢,仿佛她的脑袋重若千斤。她抬起一只手,颤抖着悬在空中。

"我觉得,她要那碗水。"莉莉娅说。

"有道理。"缇娅-丽娅伯母把碗递了过去。希瑟女子垂手探进碗里，又抬起来，整个过程慢得让人难受，莉莉娅强行忍住帮她的冲动。修长的手指搭上床边的椅子，在椅面上缓缓移动，水印在下午的阳光间闪烁。莉莉娅和缇娅－丽娅伯母正盯着它看时，房门打开了。

"水打来了？"缇娅－丽娅伯母没转头，直接问道。

"您说什么，缇丽娅夫人？我不知道您要打水。"

缇娅－丽娅伯母惊讶地抬起头。"厄坦弟兄！我听说你去城里了。"

"是啊，缇丽娅夫人，去找些可能有用的药草。上次我来这里，她说她中了毒——而且十分肯定。所以我去买了些哈察岛白藓和芸香精油。"

"很遗憾，我觉得这两样都没什么用。你瞧，她用手指画了些东西。这可怜的生灵啊。"缇娅－丽娅伯母说，"她已经尽力了。"希瑟女子再次阖上眼睛，手垂下来，胳膊耷在床边。即使这点动作也耗尽了她的气力。"我昨晚看过她，当时她睡得挺安稳的。"

厄坦绕过病床，仔细查看木头椅面。"她画了什么？一颗心？"

"我想不出还能是别的什么。除非她想让我们找一种心形叶片的草药？"缇娅－丽娅伯母噘起嘴唇，"我得想想。也许我丈夫的书里有……"

这时，女仆塔芭塔回来了。她弯着腰，双手提着一桶水，摇摇晃晃，满身大汗，显然提着水桶爬楼并不容易。"我得缓一缓。"她哀怨地宣布，"我上楼时撞到了腿。"

缇娅－丽娅伯母不置可否地点点头。"真可怜，上帝保佑你。水桶放这儿——对，还有布——然后你去看看伤口吧。如果伤得很重，记得一定通知我们。"

女仆走了——莉莉娅心想，对一个撞伤膝盖的人来说，她的脚步还真挺欢快灵活的。缇娅－丽娅伯母和修士替希瑟女子精心擦拭额头与四肢，擦完后用毛毯盖好她纤细的身子。缇丽娅说："厄坦弟兄，

孤儿

麻烦你去我房间，取我丈夫那本《乌澜医者行之有效的疗法》。哦，对了，说到这个，还有我那本《帕提兰》。里面可能记载了我们要找的心形草药。"

"可是，缇丽娅夫人，你真相信她中毒了吗？今早她还在说胡话，讲什么爬山之类！"

"我们连她为什么来这儿都不知道，厄坦。"缇娅-丽娅伯母说——莉莉娅觉得她有点生气。"既然有了线索，为什么还要犹豫？我们必须尽全力救她。"

"当然——不管别人怎么看，起码我相信，她也是上帝的造物。"

"不光如此，你这傻瓜。"缇娅-丽娅伯母别过头去，脸上的表情既好气又好笑，"如果我丈夫得知，我们任由一个希瑟死去，让他看不成她最后一眼，你知道他会怎么想吗？提阿摩的心都会碎掉的。你还记得那只刺猬，对吧？那东西很老了，脾气坏，只剩三条腿。即便如此，它死之后，提阿摩还是从圣特纳斯日一直难过到第二年春天。"她撇了撇嘴角，"我倒不是说她像刺猬。可怜的女人啊。"

"您说得对，夫人。"厄坦弟兄站起身，"我去拿书。"

他朝莉莉娅露出担忧的微笑，从她身旁挤出房门。莉莉娅觉得，修士似乎有点害怕缇娅-丽娅伯母。

♛

总理大臣要关心的事实在太多，不能总是无聊地站在窗前，可要他离开窗边也不容易。在他下方，渔船像水甲虫似的点缀在津濑湖上。每当风向转变，他就能听到渔夫的吆喝——虽然听不清字句，但能听到他们隔船喊话时柔和的沙哑嗓音。还有两个多钟头，太阳才能升到最高处，白云在空中飘动，水面闪着灰亮的波光，犹如一只白镴碟子。

帕萨瓦勒压下心头一时闪过的自私心理：真遗憾，等首相艾欧莱尔回来，他就必须把这幅景致还给对方了。他在千理院的窗户被圣树塔挡去了大半部分。他喜欢站在圣树塔顶，可窗户过度贴近塔身，便只剩下监狱般狭窄的景色，如同审判和惩罚一般，令他心情沉重。

别分心，他责备自己，弗洛亚伯爵还在等回复。

他遗憾地离开窗户，回到桌前，拿起来自纳班宫中线人的最新来信，开始读第二遍。

亲爱的大人，您不知道我写下这封信时有多痛苦。可公爵领的形势已万分危急，我若不把情况通知给您，就无法报答我欠您的恩情。

如您所知，公爵的弟弟德鲁西斯将草原人对纳班村镇的袭击作为指责的理由。每次纳班议会开会，他都会指责哥哥纵容草原人。二人的争执使得局势更加动荡，不仅贵族阶层受到影响，还波及了街上的商人、工人和穷人。有时甚至让人觉得，这地方一天到晚都在说这些事。

好心的大人啊，关于敌人的危险，其实德鲁西斯并没有完全说错。纳班人一直畏惧并憎恨色雷辛人。后者没有固定的家园，没有村庄农场，比野蛮人好不到哪儿去，而最近，他们劫掠的次数也确实增加了。半年来，他们抢了好多回，村庄和农作物被烧毁，边疆地区的贵族土地遭到袭击。若不是劫掠的残暴程度日益增加，其实这根本算不上什么新闻。好在上帝保佑，我们还不至于与他们开战。色雷辛人数量众多，个个都是勇猛的战士，但他们组织涣散，战斗就像打群架，占优时很勇猛，遇到挫折就想撤退逃走。所以他们人数虽多，但纳班和爱克兰仍把他们在草原上困了许多年。

草原人的威胁不可小觑，但促使我写信的并不是他们，而是公爵的弟弟。目前来看，在议会中，东部和北部的几位贵族支持德鲁西斯，但领地远离色雷辛边界的其他贵族却并不支持他。所以，他与萨鲁瑟斯公爵的争斗依然胶着，逼迫哥哥率先动手的尝试也屡屡失败。

可最近，情况变了。德鲁西斯得到了一位强劲的盟友，他与英盖

孤儿

达林家族结盟了。如您所知,后者一直是纳班境内的第二大家族,实力仅次于公爵的班尼杜威家族。德鲁西斯和达罗·英盖达见了几次面。有传闻说,达罗伯爵很快便会宣布,德鲁西斯将迎娶他的侄女。

当然了,我对英盖达林家族没什么恶感。我知道,至高王后米蕊茉便流淌着他们的血液。萨鲁瑟斯本人也有他们的血统,两家的关系一度还很亲密,但现在不同了。过去几年,两大家族的关系越来越糟。达罗·英盖达渴望权力,希望在他的主导下,增强议会对纳班政府的影响力,这已经是个公开的秘密。为达成这个目的,他必须削弱萨鲁瑟斯公爵的势力,也正是出于这个原因,他才想把侄女图丽雅嫁给德鲁西斯,向其示好……

帕萨瓦勒懒得看完剩下的部分,后面都是他要求弗洛亚为他办的琐事,大部分与珀都因的辛迪戈图与北方船盟间的纷争有关。这两个组织是奥斯坦·亚德境内最大的贸易集团,但它们的纠纷远远比不上德鲁西斯与达罗·英盖达侄女的联姻重要。纳班的局势本就复杂而危险,帕萨瓦勒为此担心了好几个月,而这场婚姻只会加剧它的混乱。德鲁西斯的势力膨胀太快,可萨鲁瑟斯公爵似乎并不在意,或者他根本无力反击。在帕萨瓦勒看来,一切都散发着灾难的气息。有时他不免琢磨,自己是不是帮错人了。

可他又能怎么办呢?西蒙国王和米蕊茉王后还有两个星期才能回到海霍特。帕萨瓦勒听最近从南方回来的船商说,纳班两大敌对家族的冲突已经公开化,偶尔还会直接动手,比如醉醺醺的街头打斗;有一次,莱若西斯竞技场举行完战车比赛,双方几乎引发了一场骚乱。英盖达林家族一直嫉恨圣王约翰赋予班尼杜威家族的权力,如今他的支持者们佩戴着他们家族的信天翁纹章,自称"风暴鸟",已同公爵的翠鸟纹章追随者公开决裂。

就像翻倒的油灯,他心想,我得有多快的速度,才能在火势失控前扑灭它？纳班是至高王座治下人口最多的公爵领，其领袖向来自傲而顽固。他要怎么做，才能让火势不至于蔓延太快？

我无能为力，他意识到，所有必须做的事，都只有国王与王后才能做到。可他们不在这里。

敲门声打断了他的沉思。卫兵通报说，厄坦弟兄来了。于是帕萨瓦勒将来信折起，放进口袋。

"原谅我的打扰，大人。"

"胡说什么呢，弟兄。我欢迎你的打扰。什么事？"

年轻的修士显得很不安。"我和缇丽娅夫人刚才在诊治那个希瑟女子。她时不时能说几句话。她说她中了毒，症状表明应该是实情。她中箭快一个月了，一直高烧不退。"

"什么毒药能持续这么久，却仍夺不了命？"

"我不知道，大人，我没有这方面的经验。而且，请记住，病人不是……普通人。"

帕萨瓦勒忍不住笑了。"确实如此。但你还没告诉我，她现在情况如何。"

"自从缇丽娅夫人给她开了药方，她基本都在睡觉。如今她睡得安稳了些，不过也很难说清。她很虚弱，呼吸轻微，有时连胸口是否起伏都看不清。"

"我会为她祈祷。相信你也会的。"帕萨瓦勒竭力驱赶其他像苍蝇一般"嗡嗡"叫着纠缠他的忧虑，"想喝点葡萄酒吗，弟兄？"

"不，不用了，谢谢您，大人。我要回圣撒翠教堂参加午祭仪式，可不能让歌威斯主教闻到我嘴里有酒味。"

"好吧，圣派丽帕之碗在上，那他会让你喝什么？只有井水吗？你们的人生是不是过于短暂、悲伤和无趣了？"

厄坦露出微笑，但似乎心不在焉。"也许是吧，大人。不过，我还有别的事要跟您说。跟王妃有关。守寡的艾黛拉王妃。"

孤儿

"啊,"帕萨瓦勒努力保持住脸上欢快的表情,"当然可以。我请你帮她处理她丈夫留下的书籍。你认识她丈夫吗,厄坦?"

"约翰·约书亚王子?不认识,总理大人。他去世时,我还在麦尔芒德的圣克斯曼修道院。我知道王子深受爱戴,是个渊博的学者。"厄坦的表情里依然有帕萨瓦勒看不懂的古怪神色。

"对,他是个杰出的人物,弟兄。但上帝没赐予他强壮的体魄,他经常生病。我想,这也是他喜欢看书的原因之一吧。孱弱的身体没法带他去很多地方,但他收集的书卷却可以。"帕萨瓦勒想继续处理弗洛亚的信。"所以,你有没有找到值得收入新图书馆的古籍?当然了,光是它们曾经属于王子,就赋予了它们不少价值,毕竟图书馆是以他的名义修建的。"

"有,大人。大部分书籍都很有趣、很稀有。不过……"

厄坦的声音弱了下去,这一来,帕萨瓦勒也听到门外有扭打的声响。他的手立刻攥住腰间的匕首。但片刻后,他认出一个声音——一个小小的但音调很高的声音。

门被推开,莉莉娅公主冲进房间,后面紧跟着一个慌张的爱克兰卫兵,像要抓住一条涂油的小蛇却未能成功。"帕萨瓦勒!"小公主叫道,"帕萨瓦勒大人!你听说了吗?"

"抱歉,大人,"卫兵涨红了脸,"我不敢太用力,怕伤了她……"

帕萨瓦勒挥手叫他退下。但卫兵还没离开,另一张脸就出现在公主身后的门口。

"哦,你这捣蛋鬼!"荣娜伯爵夫人说,"密尔汉保佑你,让你快得像只猫!抱歉,帕萨瓦勒大人,她跑得比我快多了。"

"你听说了吗?"莉莉娅兴奋得上蹿下跳,"听说了吗?爷爷奶奶回来了!"

帕萨瓦勒试图理清这突发的混乱。"听说什么?是啊,他们快回来了，可能还要两个星期吧……"

莉莉娅停下来，双眼睁圆，既因为她的消息十分重要，也因为帕萨瓦勒居然还不知情。"不是！他们到了！"

他无助地转向伯爵夫人。"她在说什么？"

"她说的没错，帕萨瓦勒大人。信使刚刚抵达。他们还没到，莉莉娅，你这傻丫头，只是快到了。信使说，他们昨晚在达彻斯特过夜，今天已经在返家的路上了。"

"达彻斯特？那他们明晚就能到！怎么这么快？"

荣娜伯爵夫人摇摇头。"国王与王后派来的信使不肯说——至少不愿意告诉我。他在下面的驿站厅等你。你会去找他吗？"

"当然。"帕萨瓦勒站起来，"真是个好消息！厄坦弟兄，我们另找个时间讨论好吗？"

"好的，大人。"修士显得有些阴郁，但帕萨瓦勒猜想，那是因为他刚跟守寡的王妃打过交道的原因吧。

他也许不太高兴，因为我把他当成了敷衍艾黛拉王妃的肉盾。不过无所谓了。不管厄坦为什么不满，都可以等等再说。国王与王后要回来了——虽然提早了，但也不至于让帕萨瓦勒来不及反应。但为举办一场得体的欢迎仪式，他还要准备很多东西。

孤儿

内廷议会

♛

阿弗洛月的风如此猛烈,吹得塔顶上的旗帜猎猎作响,正如老怒龙瑞秋、西蒙年轻时的女仆总管所说:"这风大得可以往上面晾衣服了。"西蒙甚至看到,几面飞脱的绿金两色旗帜在天上与白云竞飞。集市广场挤满数千名欢呼雀跃的群众,还有数百位忙着售卖啤酒和零食的商贩,西蒙相信,人群中必定还有不少偷钱包的贼。仿佛整个鄂克斯特都出来迎接国王与王后回家了。

"你能相信吗?"西蒙问妻子。

米蕊茉面带微笑,却是那种听政时间太长、忧虑疲倦的微笑。"相信什么?"

"这些呀。"人群中真有人像老朋友一样喊他的名字。他永远没法让妻子明白,这种感觉有多么古怪。但米蕊茉已经见惯了这种场面:被从没见过的人赞美或批评,被陌生人当做家里人一样,随意讨论她的衣装打扮甚至面部表情。"好吧,是我。他们全都跑出来看我——一个厨房小厮。因为别人决定让我当国王,于是他们就说:'那好吧,西蒙国王万岁!'"

就像利楠,西蒙脑海中浮现出男孩那张苍白松垮的脸。过去几天,他总能想起琴师的脸。那孩子从未见过西蒙年轻时跟他一样迷惑而惊惶的样子,只见过已经长大成人的国王。他做了国王叫他做的事。现在,他死了,西蒙心想,同其他二十来人一起,被埋在霜冻大道旁边的田野里。因为他相信……

"你只听到他们喊你国王吗？"米蕊茉问。

"亲爱的，我不是这个意思。"西蒙回答，"我的意思是，因为你已经习惯了。"他们离开集市广场，走向主干道。他看着两边楼上的窗户，孩子们危险地探出身子。他深吸一口气，努力不再去想琴师。"但我不习惯。我永远没法习惯。他们眼中都看到了什么？"

"他们看到国王与王后。他们看到我们，就知道一切安好，上帝依然保佑他们。"米蕊茉望向人脸的海洋，"他们看到季节按时来去，雨水降临，作物生长。他们看到有人在这里，保护他们远离可怕的邪恶。"

"听起来你并不相信这些。"

"哦，西蒙，这有什么关系？"米蕊望着丈夫，但过了一会儿，又转头继续朝人群露出王后的微笑，"一切就像圣特纳斯日，都是演戏罢了。我们假装照顾他们，他们假装爱戴我们。"

"但他们确实爱戴我们，"西蒙说，"不是吗？"

"只要季节如常、雨水充沛、谷物抽芽，没错。虽然你我跟那些事并没有什么联系。而如果我们与人开战，他们的兄弟和儿子战死，那他们就会来责怪我们了。"

西蒙打量着妻子的脸，那张聪慧、熟悉又可爱的脸。"路上遇到的事，还有那个叫白手的家伙留下的信，让你害怕了，是不是？"

"我当然害怕，你也应该害怕。因为你差点被杀，西蒙。因为我们都以为，那些白皮怪物已被一劳永逸地赶进山里。可如今，一切又要重新开始了。我们年轻力壮时都差点死在与北鬼的战争中，而现在，我们都已不复当年。"

"我也为你担心。"西蒙不知道自己在辩解什么，只觉得有这个需要，"就在他们冲下来之前，我听到你的声音，却不知你在哪里！"

米蕊伸手摸摸丈夫的手，什么也没说。

二人骑马经过最宽阔的街道，进入圣撒翠广场。这里的人群集中在大教堂前面，大声朝路过的王家巡游欢呼。乐师在弹奏，人们挤在各处跳舞。西蒙和米蕊茉停下来，与歌威斯主教和鄂克斯特市长互相问好。市长名叫托马斯·奥特克彻，是个精明的胖子，他让所有人都看到自己向国王与王后鞠躬——虽没鞠得太低——并得到了回礼。鄂克斯特的商人和市政府一向刻意保持独立，即便在庆祝的日子也不例外。鞠躬之后，市长直起腰，向人群挥舞帽子，好像他才是接受欢迎的人。

"挤干最后一滴奶才罢休，是吧，市长大人？"王后压低声音问道，只让市长、国王和主教听见。

主干道两边的高大建筑挡住了太阳，归乡的王家队伍穿过一道落在影子里的漫长走廊，马蹄踩在泥巴里"嘎吱"作响。队伍前面的卫兵摘下头盔，露出脸庞，朝两边的人挥手。人群中有不少是他们的朋友或亲人，自打去年冬天，他们就没再见面。

"你看他们。"米蕊茉说。一开始，西蒙以为她指的是摘下头盔的卫兵，随后才意识到，她是说欢迎人群里的鄂克斯特市民。主干道在尼鲁拉大门和海霍特入口前拓展成宽阔的大道。"半数人只见过和平，没经历过其他时期。他们认识的君主也只有你和我。"

"这是好事啊。"西蒙的心情一整天都很低落，而他妻子的思绪似乎更加暗淡阴郁，让他十分担忧。"这正是我们的目标，给他们和平，让他们吃饱。这是好事啊，米蕊。"

"以前是。也许从现在开始就不是了。"

西蒙噘起嘴唇，沉默不语。他俩刚结婚时，他就学会了一件事：有时自己说太多，只会把事情搞得更糟。她永远忘不了，她父亲对这些人和这片土地做过什么，西蒙心想，更可悲的是，她永远忘不了她父亲。

一时间，他想起了埃利加国王，想起了他那短暂的全盛时期：他骑马穿过同一道大门，穿过同样精致的雕刻，去参加登基大典。雕刻

The Witchwood Crown

描绘的是圣王约翰打败纳班末代皇帝阿卓威斯的情景，那已经是一百多年前的事了，当时那个古老的南方帝国已衰落多年。约翰获胜之后，曾经的世界主宰纳班成了约翰的领土——从温暖的南方海岛，直到北方冰封的瑞摩加。约翰享有高寿，等他终于去世，米蕊茉的父亲——圣王约翰勇敢英俊的长子埃利加——和平地继承了王位。当时的形势确实很像一个伟大的帝国，和平、富足，而且永恒。

但仅仅几年后，鄂克斯特就变成了鬼魂萦绕之地。男男女女如甲虫般，从一个岌岌可危的避难所爬向另一个。房屋因积雪重压和年久失修而倒塌，诡异的阴影在夜晚空寂的街道间游荡。海霍特和它那些骄傲的塔楼变得更加恐怖，充斥着窃窃私语的秘密和令人心碎的惨叫，让人既无法无视，但也永远无法去调查。城堡中的人口日益稀少，日落后都把自己藏在紧锁的房门后面。

最后，米蕊茉被迫杀死了亲生父亲。既是为救他，也是为了阻止他，而且这拯救了所有人。但她从来不提这些，西蒙也决定永远不提。

这些绝对不会重演——我们不会允许的。米蕊必须明白。没错，糟糕的事依然还会发生——凡人不就是这样吗？——但米蕊和我一定会过上幸福的生活。

虽然这话连国王自己都不敢相信。

* * *

如果说鄂克斯特是旗帜和人潮的海洋，那在城堡内部，王家巡游受到的便是较为矜持的欢迎。一众廷臣和仆人看到君主回归，都显得特别开心。西蒙、米蕊茉和其他贵族在外城下马，除了禁卫军依然跟在国王与王后身边，大部分士兵就地解散。一波又一波廷臣上前向王家伉俪致意，欢迎他们回家，西蒙只能尽力装出高兴和感激的表情。

最后上前的是总理大臣帕萨瓦勒，他才是海霍特这些欢迎仪式的关键人物。他在国王与王后面前跪下，呈上一只盒子和里面闪亮的礼物,但没立刻起身。西蒙略带妒忌地留意到,他虽然只比自己年轻几岁,但那头浅黄色的头发依然没有发白的迹象。

"恐怕我们有很多事要讨论啊。"他对国王夫妇说道,"我知道二位陛下都很疲倦……"

"是啊,你说得对,总理大人。"西蒙说,米蕊也点点头,"有些事需要立刻让你知道。这样吧,等我们吃点东西,稍事休息,王后和我请你在两点钟到王座大殿来。艾欧莱尔伯爵、欧力克公爵和其他内廷议会成员也将到场。啊,麻烦你敦促莫根纳王子一同前往。"

"遵命,陛下。"但帕萨瓦勒还是一副局促不安的模样。

"怎么了,总理大人?"米蕊问。

"那个……你们不在期间发生了很多事。"尽管最近的廷臣离他们也有一段距离,他还是凑上前去,压低声音,"我们似乎发现了一位希瑟信使。"

"吉吕岐和亚纪都派来的?真的吗?"西蒙惊呆了,顿时感觉心脏在胸中膨胀——这是个好消息啊。"太棒了!他在哪儿?米蕊,你听到了吗?"

"听到了。"但王后端详总理大臣的脸色,看出了西蒙没注意到的含义,"但你话还没说完,对吧?你说的是'似乎'。"

帕萨瓦勒点点头。"是的,陛下。信使不是男的,而是女的。而且,有人想杀她。有没有成功还不好说,但她的情况很危险。"

♛

王家巡游返家之后,马厩里一片喧闹的繁忙景象,马匹、马夫、马童和杂役们挤成一团。还有数十位侍从,一个个小心谨慎地照料自家主人的宝贝坐骑。归家的牲畜被牵往各自的马棚,一路响亮地喷着鼻子、嘶鸣着,像在跟家里等候的亲戚朋友打招呼。

若是换个环境,尤其经过上午长时间的骑行,莫根纳会很乐意把卡文交给侍从梅尔金照顾。但进了鄂克斯特,在最后一段旅程中,阉

The Witchwood Crown

马开始一瘸一拐,莫根纳想确保它得到精心照料。他看到一位年长的马夫,招手叫他过来。

"欢迎回家,莫根纳王子。您有何吩咐?"

"吁,卡文,消停点儿。"莫根纳拍拍阉马的脖子,"它的右前腿不敢发力。我猜是马蹄里嵌了小石头,可我找不到。"

"我马上叫兽医给它看看,殿下。"马夫答应着,鞠躬,接过缰绳,"我们还会准备很多新鲜甜美的夏草给它吃,您尽管放心。"

莫根纳目送马夫牵着自己的爱马,穿过迈着大步的男人、忙碌的小厮和喷着鼻息的马匹。突然,他的后腿挨了重重的一下,差点跪倒。随后,他的腰被两条手臂用力抱紧。他一阵慌乱,但听到熟悉的声音,立刻放下心来。

"你要气死我了!你说过给我写信的,可你没有!"

王子朝后伸出手臂,想拽开妹妹。可她已经转到前面,开始抓他的外衣,踩他的脚,要像爬树一样爬到他身上。

"慢点,慢点!"莫根纳大笑,"我给你写信了呀。"他弯腰把妹妹提起来抱住,"你又重了,是不是去厨房偷吃甜品了?没人看着你吗?"他想把小公主放开一点,但后者生猛地扭来扭去,很难抱稳。王子吃惊地发现,妹妹长大了,尽管她挤眉弄眼,但脸蛋明显变长、变尖了些。"你少了颗牙,莉儿!看上去像个老乞丐婆!"

小公主想拍莫根纳的头,但被他躲开了。"你就写了一封信,莫根纳,"她说,"还是在很久很久以前——在霏耶孚月!我记得很清楚,因为我是在烛祭之后收到的。爷爷奶奶通过王家驿站给我寄了好多好多信,提摩伯伯也是。可你呢?只有一封!"莉莉娅用最凶狠的目光瞪着哥哥,然后突然开心起来,"你知道吗?城堡里有个希瑟,她差点死了,但缇娅-丽娅伯母说,她是真正的精灵。"

莫根纳完全听不懂小妹妹在说什么,只是忍不住想笑。"我也想你。抱歉我没写那么多信。"他抱起妹妹,亲吻她的脸颊,但她还在挣扎,"现在我得吃点东西,我饿了,你能帮帮我吗?"

"傻瓜。"莉莉娅又怜又恨地瞪他一眼,这一瞬间,莫根纳才感觉自己真正回了家,"你不用帮忙。会有人给你送饭的。你可是王子。"

"啊,你说得对,我忘了。那好,我命令你去给我拿点吃的,我要享用早餐。"

莉莉娅摇摇头。"这话也很傻。我是公主。我才不听你的。"

"那我只好绑架你,强行叫你听话啦!"他突然俯身抱住妹妹的腰,把她举起来扛到肩上,"小猪羔公主被凶猛的巨人逮到!这下你完蛋啦!"

莉莉娅一时忘了踢脚和尖叫。"巨人!我差点忘了!有个士兵说,你们营地出现过一头巨人,骑士们跟它打了一场!是真的吗,莫根纳?你真跟巨人打架了?"

阴云掠过莫根纳的脑海,将快乐的心情染得复杂。他把妹妹小心地放在散落干草的地上。"别担心,"他告诉莉莉娅,"我没见到任何巨人。"

♛

"我们真想你们!二位陛下回到家里,回到一切都正常运转的地方,一定特别开心吧。"塔玛尔夫人说。她身上散发着鸢尾根的香气和些微的汗味(因为天气变暖了),正弯着腰帮米蕊茉绑束腰。她是安斯伯利男爵的妻子,很年轻,只是身体孱弱,所以没能跟着王家巡游北上。

"哦,是啊,很开心。"不过,相对于每日忙碌沉重的国家事务,旅行几个月还是挺自由的,所以米蕊茉真心不想这么快就穿上正式礼服,参加内廷议会。她一直不喜欢穿束腰,这次更是感觉像被塞进了棺材。

女伴们麻利地帮她整理好首饰,戴好沉重的头饰。王家巡游刚刚离开瑞摩加,他们就听说塔玛尔夫人怀了身孕,现在看来,她的腰身更圆了。"您真漂亮,王后陛下。"塔玛尔夫人打量着她们的手艺,"您丈夫一定会特别骄傲的!"

米蕊茉只能叹气,感觉自己像为节日准备的圣徒雕像。

舒拉米特夫人凑到近前。"劳驾,陛下,我能为您化妆吗?恕我冒昧,您的皮肤似乎被太阳晒伤了。"

"啊,可以。"米蕊茉也讨厌化妆,但为了重要场合——她认为必须演好王后角色的场合——也只能忍了。她闻到粉底散发的酸味,不由皱起鼻子,但还是任由年轻的贵族夫人往她脸上涂抹。她能感觉到,粉底在她本就干燥的皮肤上慢慢变干。塔玛尔夫人给她递来镜子。可这时,有三个女人围着她忙碌,还有一位正别扭地靠着她的小腿,帮她穿鞋子,米蕊茉很难把镜子举到能照见自己的位置。等她终于看清自己的模样,差点没把镜子扔掉:她被抹得像鬼一样白。

"不!"她说,"不行。擦掉。"

"什么?陛下,擦掉什么?"

"脸上的粉。我不能这样子见人。起码今天不行。"在镜中回望她的,不是那张熟悉的、年华渐老的脸,而是北方大道上从黑暗里朝她冲来的可怕幽灵,是逃走的白面北鬼。"马上!舒拉米特,你把我画得跟白狐似的。"

女伴们惊讶得忘了掩饰脸上的表情,但舒拉米特夫人立刻尽职尽责地拿起湿布,擦拭铅醋粉底。

米蕊茉的手剧烈颤抖,只好用力握紧,搁在腿上。她知道女伴们一定很困惑,可她们怎么明白她看过什么、心里怎么想?至于陪她一起去艾弗沙的女人,北鬼从山坡冲下突围时,她们都在各自的营帐里受到保护,只有米蕊茉一个跑到外面的黑夜,在混乱的人群和马匹中间寻找丈夫。贵妇们躲在帐篷里,等待所有可怕的事情过去,只能看到各自害怕的容颜,她们的王后却看到庞然大物钻出森林,朝众人扑来。那情景就像回到创世之初,上帝畸形的造物仍在大地间游荡,凡人只能躲起来祈祷救赎,而那巨人就像当时的食人巨魔。

巨人已经够可怕了,但这些女人根本无法想象,北鬼紧随怪物飞扑下山是什么情形。他们紧贴在黑色的马背上,夜色中,他们的脸仿佛葬礼面具,尖啸着、狂笑着,冲入人数十倍于他们的武装士兵,消失在路旁的草地,将许多无法及时躲避的人变成了尸体。

不,米蕊茉下定决心,我决不能戴着那些恐怖魔鬼的妆容去参加议会。

"快,全擦掉。"她说,"我宁愿像个被太阳晒黑的农妇。还有,我不要黑色斗篷。给我拿那件蓝色的、有星星的来,像夜空的那件。对,我们还在悼念艾奎纳公爵,但今天我要穿点不一样的。"

虽然女伴们不明白王后的心情为何如此古怪,但还是赶忙去执行了。

* * *

米蕊茉惊讶地发现,丈夫在王座大殿外等她。

"他们呢?"她问,"你怎么不进去?"

"因为我想跟我的妻子、我的王后一起进去。"他露出微笑。但米蕊茉看得出来,丈夫跟自己一样心烦意乱。"我去看了那个希瑟信使。"

"她跟你说话了?"

西蒙摇摇头。"缇丽娅已经想尽办法了。她睡得很安稳,几乎一动不动。他们说,她每天都在远去。"

"没别的办法救她了?"

"有——或者说,至少我认为有。我们可以送她回去,米蕊。他们的医师比提阿摩夫妇高明得多,尤其是在治疗他们自己的族人方面。"

这回轮到米蕊茉摇头了。"仁慈的艾莱西亚!真希望我们能休息几天,想一想,谈一谈,研究一下北鬼的袭击和箭杆上的信息。虽然我知道不行。"

"是啊,亲爱的,你知道不行的。"

她叹了口气。"你见到我们的孙女了?"

"见到了,可只有一小会儿。我发誓,咱们离开期间,莉莉娅又长高了一掌。她责怪我直接去开会,于是我答应会后去看她骑小马。"国王皱了皱眉,"该进去了吧,亲爱的?他们在等我们。"

为了迎接至高王与至高王后,宽阔的王座大殿已打扫干净,厅里的旗帜也仔细抖过灰尘。但米蕊茉觉得,离开数月仍让它显得特别陌生。那把硕大的龙骨椅——圣王约翰著名的王座——伫立在大厅一侧的高台上,沐浴着高窗间洒下的阳光。刹拉卡巨大的头颅垂在椅背上,给椅子投下一片阴影。圣王约翰宣称那野兽死在他手里,并围绕它扯了个弥天大谎,但真正的屠龙者却是西蒙的祖先、渔人王鄂斯坦。因为这个,再加上其他原因,西蒙一直不喜欢这张椅子,有段时间甚至把它从王座大殿搬了出去。他和米蕊茉加冕后的一年多时间里,龙骨椅被扔进外面的院子,经受风吹、日晒、雨淋。西蒙不喜欢龙骨椅,但爱克兰的民众并不赞同。最终,他屈服了,将它又搬回王座大殿,摆在尊贵的位置上。尽管如此,他和妻子都不愿再坐上去。米蕊茉同样憎恨那把椅子。她明白,对普通民众而言,龙骨椅意味着王朝的延续,但它总让她想起她父亲临死前那段疯狂的日子。

不管怎么说吧,她提醒自己,我们是两个人,而非一个——国王与王后,共同治理这个国家,尽管有些贵族时常会忘记这一点。而一个王座是不够两个人坐的。突然,她对身边这个男人,这个娶了自己的厨房小厮,心里涌起一阵感激之情。

我曾试图把他赶出我的心,她回想道。圣徒知道,我尽力了!我并不希望他过上这种日子。我自己就是为这永无止境的职责而被抚养长大的——而他本应有个更好的人生。不过感谢上帝,我依然嫁给

孤儿

了他!

她用力挽住西蒙的手臂。后者不可能猜到她心中的想法，但也挽紧了她的胳膊。

* * *

佩拉里恩巨桌摆放在高台之下。这张长桌已在城堡里度过了几个世纪，是纳班皇帝佩拉里斯送给泰斯丹国王的礼物。泰斯丹是位赫尼斯第征服者，曾将爱克兰短暂地据为己有，在他生命的最后几年里，还将海霍特当作了他的王宫之一。围绕巨桌坐着十来个人，还有几位仆从在旁待命。为了更加谨慎地统治爱克兰和至高王领，米蕊茉和西蒙组建了内廷议会，这十来人便是议会里的成员。

西蒙的座椅是空的。左手边坐着总理大臣帕萨瓦勒，他带了整整一木盒的书信。再往左是至高王座之手艾欧莱尔伯爵，他正专心阅读一堆信件，所以没注意到国王与王后已经走进王座大殿。在帕萨瓦勒正对面，也就是米蕊茉座椅的右边，坐着治安大臣欧力克，他是法尔郡和万途关公爵，也是约翰·约书亚的遗孀艾黛拉的父亲。米蕊茉不喜欢自己的儿媳，但对欧力克本人颇有好感。他是位谨慎又明智的领主，在第二次色雷辛战役中战功卓著，当时他的女儿还未出生。

更多王家好友兼重臣分列长桌两旁。比如提阿摩。还有肯里克爵士及其上司扎奇尔爵士——爱克兰卫队显赫的总指挥。圣撒翠大教堂的歌威斯主教也在，他是爱克兰的最高宗教领袖，平时总是慈眉善目，偶尔还会担当施赈大臣，发挥点作用。另外，桌前还坐着马房总管兼城堡典礼官斐兰大人。以及格兰威克的罗森侯爵，西蒙和米蕊茉私下都叫他"躲不过的罗森"，因为他是爱克兰最强大的家族的族长，圣王老约翰最早的支持者之一，所以就连最私密的权力集会也必须叫上他，然而他也是鄂克斯特最顽固、最闭目塞听的人。西蒙对他的看法稍微乐观一些，所以米蕊茉觉得，他娶了自己简直三生有幸：西蒙的弱点就是心肠太软，即使面对最邋遢、最懒惰的蛀虫，也不忍心拒绝；而她则是这个弱点唯一的保障。

宾拿比克和茜丝琪坐在长桌尽头，因为距离远而显得更加矮小，所有没跟国王夫妇一同北上的人都用好奇的目光打量着他们。提阿摩坐在他俩旁边，但他妻子不在，因为缇丽娅还要照顾受伤的希瑟。米蕊茉高兴地看到，好友荣娜伯爵夫人就坐在不远处，心里立刻放松了不少。她和西蒙都很看重伯爵夫人的决断能力，而今天要讨论的议题正需要冷静的头脑。而且米蕊茉清楚地知道：男性廷臣容易漏掉的细节，伯爵夫人却很擅长留意；男人往往意识不到城堡中的各处暗流，而她却总能一眼看穿。

但她生气地发现，王子又缺席了，同时暗暗希望丈夫不要注意到这一点。北上旅途中，莫根纳多次违背祖父母，已经惹得西蒙很不高兴了。

西蒙意味深长地看了米蕊茉一眼，一开始，她还以为丈夫猜到了自己的想法，但又看到他对艾欧莱尔伯爵说话，才意识到自己想错了。"我知道你的心思在别处，老朋友。"西蒙低声说，"但现在，我们需要你。王后和我希望你主持今天的内廷议会。"

首相点点头。"遵命，陛下。"

米蕊茉不禁为他感到一阵伤心，她明白，要艾欧莱尔拒绝茵娜温太后的求助是多大的牺牲。艾欧莱尔已为至高王座服务三十多年，谢绝了所有头衔和封赏。风暴之王战争结束后，他本可以——或许也是理所应当——自己坐上赫尼斯第的王座，至少米蕊茉是这么希望的，而且她知道，西蒙也会同意。在至高王权治下，不论任何地方，都没人比他更精明、更能干了。

而这正是他唯一失败的地方，王后心想。如果说西蒙太善良，那艾欧莱尔就是太负责。他为自己打算得太少。让艾欧莱尔主持会议是米蕊茉的主意。她知道，伯爵因辜负了茵娜温太后而心中苦楚，而她从祖父和父亲那里学到的手段告诉她，让能臣再度专注于工作，最好

孤儿

的办法是交给他一项重要的任务。她父亲从她祖父那里学到了很多帝王之术，若他没有迷失方向，那该多好！

"所有人，听我说！"王家传令官在米蕊茉的示意下喊道，同时用手杖敲击石板，让桌边所有悄声谈话都停了下来，"国王与王后陛下命令你们仔细倾听！"

大厅安静下来，西蒙说："感谢仁慈的主保佑我们平安回到你们中间。重回爱克兰真是太好了。我们都希望日子能轻松愉快，但接下来这个星期，我们将十分忙碌。下周的铎尔日要举办我们的好友、艾奎纳公爵的追思祭。"他脸上掠过一丝笑意，"我觉得很合适。艾奎纳是安东的好信徒，可一旦生气，他永远都会对着旧神赌咒发誓。"

认识公爵的几人哈哈大笑，其他人点点头。早在王室一行人离开艾弗沙的两周多前，艾奎纳去世的消息就送到了，所以国王的话并不意外。

"追思祭之后的弗瑞日将召开外议会的会议，要讨论好多议题。你们很多人都听说了，我们离开瑞摩加时遭到了袭击。纳班的事务——帕萨瓦勒大人已经说明过——也需要我们的关注。还有那位奇怪的希瑟信使。"

听到这里，肯里克爵士和另外几名跟随国王夫妇出行的人露出疑惑的表情。"陛下，"侍卫队长问道，"过了这么多年，希瑟终于有消息了？"

"正如我所言，我们将在外议会上讨论此事。"国王说，"今天我们有更重要的事要谈。首相大人，现在该你了。"西蒙朝艾欧莱尔做个手势，"把发生的所有事都告诉给大家吧，然后我们一起讨论。不过，请记住，聚集在此的各位都是最亲近王座之人，是我们最亲密的朋友和盟友。除非王后和我同意，不然这些消息不许外传。"

"但白皮鬼来袭的消息已经在鄂克斯特传开了，陛下。"罗森侯爵一副任何错误都要迅速纠正的姿态。

"来袭，是啊。"同往常一样，米蕊茉对他的傲慢十分气恼。他不过是爱克兰最古老家族的一员，哪来的权力随意打断她丈夫的话。"但只有少数人知道细节——重要的细节。你想了解那些细节吗，侯爵，好让你在得知全部信息之后，一如既往地给出精彩的建议？"

罗森对她的讽刺一向反应迟钝，这也是王后不喜欢他的原因之一。他在椅子里坐直了些，挠了挠胡子，显然以为这个动作显得很睿智。"当然，陛下，我唯一的目的便是为至高王座效力。"

"那就由我把了解到的信息告诉给各位吧，大人们。"艾欧莱尔接过话头。

伯爵按一贯的风格，简洁而谨慎地把所有事实罗列出来，不加任何揣测。但他虽热衷于真相，却没有提及爱尔瓦夫人说的在遥远的英格柏发现北鬼与希瑟尸体的事。西蒙和米蕊茉都同意，现在公开那事为时尚早，只会让某些贵族断定那是两个精灵种族之间的冲突，从而拒绝关注其他危险的迹象。他们中的大部分人，一直无法理解并信任他们的君王与所谓的"精灵种族"之间的友谊。

"经历过北方大道袭击的人一致同意，我们从没见过这么大的巨人。"艾欧莱尔最后说道，"身高足有凡人的两倍，体重可能是十倍。"

"那精灵是怎么把它们养那么大的？"欧力克公爵说，"真是个坏消息。我听说，以往的战斗中，每杀死一头那样的怪物，我们都要死伤十多个，甚至更多。"

"这个答案我们并不清楚，阁下。"艾欧莱尔回答，"但就算白狐能把那些怪物当成猎犬或马匹一样驯养，也不是我们面前最大的问题。"他展开一张染血的羊皮纸，"北鬼逃脱之后——我们发现他们逃往东边了——肯里克爵士手下一名士兵在大道上发现了这个。主教阁下，你认识这种文字吗？"

歌威斯站起来，靠在艾欧莱尔的椅子上，凑近查看。"这是瑞摩加符文!"他惊叹道,"北鬼怎么会写这种文字?"

"阁下,提阿摩大人说,"艾欧莱尔回答,"这封信上宣称——它应该是封信——写信人并不是北鬼,而是与他们同行的凡人,也许是个囚犯,或者是奴隶。提阿摩?"

乌澜人缓缓上前。米蕊茉第一次遇见他时,他就已经跛了脚。经过这么多年,他的腿瘸得更严重了。他向内廷议会解释了这种符文的古老起源,然后将信的内容复述一遍。说完后,王座大殿沉默很久。

"骗局。"罗森侯爵终于开口,"白皮鬼设下的阴险骗局,为让我们放下戒备。"

"有可能,大人。"提阿摩温和地说,"可他们若想欺骗我们,为什么要编一个让我们提高警惕的故事,而不是让我们相信他们没有恶意呢?而且,为什么用这么古怪的方式传递,而不是丢在废弃的营地,让我们自己去找?"

"我没听说过亚拿夫这个名字,但我听过一些白手的传闻。"欧力克公爵说,"是那种偶尔会传到南方来的北方故事。据说白手是一伙强盗,以猎杀北鬼为目标,每次发现北鬼踏进凡人的土地便会杀死他们。但我觉得,这说的更像某个古代英雄及其团伙,比如杰克·穆德沃德。"

"有可能是真的。"国王说,"也可能是以前出现过的名字,被新人拿来用了——憎恨北鬼的人。提阿摩,让他们看看信中附带的东西。"

提阿摩点点头,从宽松斗篷的内袋里掏出一件闪亮的物品,放在桌上。所有没见过的人都凑上去察看。

"这是什么?"欧力克问,"我没见过这个徽章。"

"并不意外。"提阿摩说,"因为我们是个秘密组织,行事低调。"

"'我们'?"歌威斯主教问道,"你是说,你和这人有关联吗,提阿摩大人?这个写信的人?"

提阿摩望向西蒙和米蕊茉。"二位陛下，我该说多少呢？因为这事说来话长了。"

"该说多少说多少。"米蕊茉回答，"只要能让内廷议会的诸位大人明白，我们为何如此重视这封信就行。"

提阿摩点点头，抬起一只手理了理稀薄的黑发。"首先，使用这个徽章的组织叫卷轴联盟。尊贵的大人和女士们，虽然你们并不知晓，但实际上，你们已经见过组织里的几位成员了。"他指指长桌尽头，"比如我。还有伊坎努克的宾拿比克，自从风暴之王战争早期，他从他师父手中接过相似的徽章，便一直是成员之一。"

宾拿比克把手伸进朴素的衬衫领口，拉出一只闪亮的链坠，用粗短的手指举起来。"从那以后，我一直骄傲地戴着它。"他说，"联盟为保护和平、保存智慧，让这二者免遭他人破坏，做出了许多努力。"

"请原谅，提阿摩大人，"歌威斯主教说，"但我觉得这有点让人担忧。你是说，这么久以来，你既是至高王座的参事，也是这个秘密协会的成员？你们所有成员都是外族人吗？"

提阿摩摇摇头。"阁下，如果你说的'外族'是指跟你不同族的人，那么答案是'不'。事实上，圣王约翰的次子约书亚王子在失踪前的许多年里，也是我们当中的一员。若上天保佑约书亚依然在世，他也会戴着同样的徽章。"他礼貌地说，"其实你口中的'秘密协会'与你也算关系密切。我的朋友史坦异神父也是其中的成员。相信你还记得他吧？"

"史坦异？王室牧师？"这一次，歌威斯露出疑惑的表情，"我当然记得他，依然为他的去世感到悲痛。他是个好人，一个虔诚的信徒。你到底想说什么？这个神秘协会究竟是做什么的？"

"按二位陛下的意思，我会解释的。"提阿摩告诉他，"卷轴联盟的成员们都是学者，宣誓传承智慧。这是一项光荣、繁重，有时还特别危险的责任，因为在某些情况下，传承知识的唯一方法，就是与企图将世界拖入黑暗的人战斗。在风暴之王战争中，我们就损失了好几名成员。不过，虽然危险，这项责任并不像人们向王室乞求帮助一样，想要就能得到。想在联盟中占得一席之地，需要得到现有的'卷轴持有者'的批准——这是我们对自己的称呼。一般情况下，只有某位成员觉得自己时日不多，才会举荐新成员。若有可能，那人会把这闪亮的徽章——或者类似的物品——交给新来者。你们都看到宾拿比克的徽章了，那是他师父传给他的。我的徽章是从另一位虔诚的安东信徒、纳班的笛尼梵神父手中得到的，当时他为保护教宗，惨死在红袍牧师派拉兹手上。"

"笛尼梵？拉纳辛教宗的簿记？"听说又有一名信徒是联盟成员，歌威斯惊呆了，"我也记得他！"

"对，笛尼梵。史坦昇的徽章得自棠戈寨的亚拿嘉。当年奈格利蒙陷落时，那位善良的智者献出了生命，才让约书亚带领众人逃出城外。"

"等等，"欧力克公爵说，"你刚才说'亚拿嘉'？那个射箭的人叫亚拿夫，显然也是个瑞摩加人。他跟你认识的'亚拿嘉'有没有什么联系？"

提阿摩摇摇头。"我没能有幸认识亚拿嘉，因为他在约书亚的城堡奈格利蒙时，我并不在那里。不过史坦昇对他评价很高，虽然他俩相处的时间也不长。至于你的问题，宾拿比克和我也曾想过，但没有确切答案。即使亚拿嘉有亲人，我们也不知道他们的名字。史坦昇也从来没提过，而亚拿嘉本人的卷轴羽笔吊坠此刻就挂在我的脖子上。"提阿摩把手伸进斗篷，拉出另一枚链坠，小心地摘下，放在第一枚吊坠旁边。"根据这个亚拿夫使用的文字判断，他来自很早以前被北鬼掳为奴隶的瑞摩加部族。而棠戈寨的亚拿嘉，则是艾弗沙公爵与至高王权治下的瑞摩加自由人。"

"所以，如果亚拿夫也是你们这个学者组织的成员，"欧力克问道,"那是谁给他的许可呢?这个吊坠是谁给他的呢?"

"恕我冒昧,大人,你的思路跳得太快了。另外还有其他古怪的地方。请看看尊敬的矮怪和我的联盟信物吧。它们是金的,对吧?这个却不是。事实上,我从未听说联盟用银子做过徽章,即使在联盟成立早期也没有。而且困扰我们的还不止于此。"提阿摩继续说道,"宾拿比克和我仔细检查过这个吊坠,发现了一件有趣的事。"他拿起自己和亚拿夫的项链,一同递给公爵,"仔细看看。告诉我,你看到了什么?"

欧力克把东西拿近些,眯眼观察。"没看出什么。也许是这个新的手工不太精致。"

"说得对,大人。现在,请把它翻过来。"

欧力克挑起一道眉毛,按小个子的话照做。"还是没看出什么。"

"对极了。接着看看我的。像刚才那样,翻过来。"

公爵盯着黄金吊坠看了一会儿,惊讶地挑起双眉。"你的坠子上有字,不过,该死,太小了,我看不清。"

"因为卷轴持有者的吊坠上必须刻了字才算真品。"提阿摩说,"那些小字是'POQM',一句纳班语的缩写,'Podos orbiem, quil meminit',意思是'记忆长存,历久弥新'。"

"但亚拿夫的链坠上没有这些字,而且这是用银子做的,并非黄金。这意味着什么?"欧力克问。

"我们担心,这封在霜冻大道上发现的信,写信人并不是真正的卷轴持有者,欧力克大人。"宾拿比克解释,"至少这个吊坠并非真品。"

"联盟的座右铭可追溯至西蒙国王的祖先、渔人王鄂斯坦,"提阿摩说,"他是联盟的创立者。这句话是我们的信条。宾拿比克的链坠后面也刻着同样的字母;约书亚的也一样,不论他身在何方;珀都因的菲尔拉夫人也是。我们几个便是最后的卷轴持有者。"

孤儿

"最后的？"歌威斯主教问道。听语气，他好像松了口气。

"我们损失了许多最睿智的成员，而依然忠于联盟的卷轴持有者们一直在寻找能担当重任的新人。我承认，这些年相对和平，我们卷轴持有者被别的事分了心。可现在……呃，这么说吧，又到需要联盟的时候了。"

"可是，为什么？"罗森侯爵质问，"这些乱七八糟的事我没听懂。可就算来十几个该死的白狐，再加上一头巨人，也肯定没到世界末日的地步。你们怎么都跟天要塌了似的？干吗要提这莫名其妙的联盟和卷轴持有者什么的？"

"因为这位亚拿夫在信里提到了，大人。"艾欧莱尔伯爵已沉默良久，就连米蕊也为他突然发言感到有些吃惊，"那人自称与联盟有关，至少有了些暗示。他说北鬼女王已然苏醒，还要找我们报仇。但我们面对的就只有这些吗？以下内容我们还没完全告诉你们——这消息十分重要，来自我们的一位老朋友和他的妻子。"桌前喃喃的讨论声陆续停下。艾欧莱尔望向国王与王后，寻求许可。国王伉俪默默对望一眼，米蕊茉点点头。"谢谢，二位陛下。"艾欧莱尔转头望向与会的众人。"我们的老朋友、英格柏的施拉迪格夫妇发现，已在瑞摩加东部绝迹数十年的白狐再一次侵入他们的领地，而且北鬼似乎在与其亲族希瑟交战。北鬼同样袭击了至高王权治下的士兵——国王与王后的士兵！——就在爱克兰边境外不远，而他们本可以轻松躲开我们。二者关联起来，说明这绝非微不足道的巧合，而是十分重大的异常事件，而且几乎是同时发生。难道这还不足以引起关注吗，我的大人？"艾欧莱尔很少动气，而他似乎没想掩饰自己的不快，"在风暴之王战争期间，国王与王后都曾与北鬼正面交锋。我也一样。我们亲眼目睹了他们的实力——当时他们差点就成功了。塞奥蒙国王和米蕊茉王后更是看到这座城堡陷入虚幻的火海，被投进几百年前的时空。是这样吧，二位陛下？"

西蒙点点头。"亲爱的上帝啊，确实如此。这些听起来更像歌谣与传说，但全是真的。我们看到了。"

"这就是我们必须关注的原因，亲爱的罗森大人。"艾欧莱尔总结道，"在当年那场与北鬼的较量中，哪怕我们的运气只差一点点，那么今天就没人能坐在这里开会了。"

就连傲慢的罗森侯爵也被艾欧莱尔的语气镇住了。米蕊茉猜想，伯爵之所以这么生气，有一部分是因为这糟糕的时机。因为新的威胁拖住了他，让他没法回到自己的家乡和心之所在——赫尼斯第。

"那我们怎么办？"欧力克公爵问道，"首相大人，就算你们的担心都是真的，我们又该怎样应对如此模糊的警告？如果那些精灵跑到开阔地，我们当然可以同他们作战。可他们也可以躲进山里，一直待到世界末日，让我们够不着他们，艾奎纳早在多年前就发现了这一点。"

艾欧莱尔看看国王与王后。西蒙陷入沉思，于是米蕊茉朝他点点头。"我们暂时不会采取任何行动，但要明确的是：我们需要更多情报，而目前这些信号都很危险。由于大部分麻烦事都发生在遥远的北方，现在召集军队显得为时尚早，不过我们需要士兵时，能让他们马上就位才是明智的做法。"她顿了顿，想了想，"提阿摩，还有宾拿比克——你做客期间也会好心帮忙，对吧？——你们二位尽量去调查这个叫亚拿夫的黑瑞摩加人，也许更重要的是，查出他说的'巫木王冠'是什么意思。我们知道巫木是什么，北鬼会用它制造刀剑与盔甲，但我们从未听说它还能做成什么'王冠'。不管那是什么，既然乌荼库想要，就几乎可以断定它会对我们不利。我想，目前我们能做的就只有这些了，其他人光是处理眼前的事务就要忙上一阵子，尤其国王和我还离开了海霍特这么久。"她转向西蒙，"你有什么补充的吗？"

西蒙吓了一跳。"抱歉，我的爱人。我只是在想葛萝伊和莫吉纳。

高天之上的上帝啊，若能让那两位智者与我们同在，我愿付出任何代价……"但他没说完。

"可我们不认识这两位智者，陛下。"歌威斯主教等了一会儿，见国王不说了，才开口讲道。

"是啊。"西蒙脸上没有悲伤，但米蕊茉能从他的语调里听出来，"是啊，你们不认识。"

她丈夫真是太多愁善感了。

怪女孩酒馆的正午

♛

  重新回到他最喜欢的地方、他的帝国宝座、他的地盘中心，让莫根纳如释重负。但出于某些不太理解的原因，他并没有想象中那么享受。

  门边的窗户开着，但会让外面的热气飘进来，还是把酒馆里的臭味放出去，这是哲学家才需要考虑的问题。莫根纳只知道，天气热得难受。而他出门逛了几个月，沿途多是荒野，这时便觉得文明的味道格外刺鼻。外面的街上依然散落着昨日欢迎他和祖父母及王家巡游留下的垃圾。当时人群朝他欢呼，但与朝国王与王后欢呼的方式不大一样。

  我打赌，他们已经在传播我的事迹了，莫根纳心想。说别人——甚至包括我上了年纪的祖父——在霜冻大道与北鬼作战，我却躲在后方的帐篷里！好像我没努力争取与士兵们并肩作战似的。祖母甚至派了个卫兵盯住我，不准我去帮忙。

  "殿下，如果你觉得苦闷——"艾斯崔恩爵士提议，"看你那一脸酸涩的表情就知道了——我建议你将余生奉献于他人，以救赎自己。比如再去拿一壶麦酒，对你的新生就将是个不错的开端。"

孤儿

"我也不介意再来点麦酒。"波尔图爵士说,"但要王子去拿不太合适。"他皱眉考虑一下,"欧维里斯,你去。"

欧维里斯只是挑起一边眉毛,仰起细长的鼻子,盯着波尔图。

"既然没人主动干活,"艾斯崔恩接过话头,"那就我来吧。"他扭头望向房间对面,酒馆老板正在那边训斥跑堂的。"哈彻!王子这桌再来壶酒!"

老板看了他一会儿,好像不太高兴,然后接着数落跑堂男孩的列祖列宗。莫根纳已经有了些醉意,但也觉得老板说的话有些过分了。

"他要送酒来吗?"波尔图终于问道。

"拒绝王家继承人等于藐视至高王权本身,"艾斯崔恩说,"社会秩序将会崩塌,爱克兰很快会被蛮族的铁蹄踏碎,而蛮族部落显然不会给酒馆老板付酒钱,毕竟使用暴力更省事。所以哈彻肯定会送酒来的。"

"我们在北方时,"欧维里斯说,"我一直希望艾斯崔恩被冻僵。我很好奇,等他缓过来,会不会还像这样胡说八道。"

"听听你都说的啥,欧维里斯。"艾斯崔恩厌恶地瞪他一眼,"我说的每句话都闪着智慧的光芒——我说得越多,生活就越光明。你呢,两年压不出十个屁,还没一个好闻的。"

莫根纳心不在焉地听着。他的心像墙中鼠一样抓挠着他。

都是那些讨厌的矮怪,他心想,要不是史那那克半夜三更拖我爬什么破山,我现在还活得很顺心呢。一切都很顺心。可现在呢,我就像个女朋友跟人跑路的失恋者。

"殿下,你烦什么呢?"艾斯崔恩问,"诚实的我不得不说,你这张脸活像一个呆滞的殉道徒。"

虽然大多数情况下,莫根纳很欢迎别人的关心,但眼下,他不想跟别人说自己的心事。有些事已经变了,他觉得自己必须弄个明白。别的不说,这种改变已经破坏了他喝酒的兴致。"没什么。我没在烦。"

"我的王子,勇敢地说话,勇敢地撒谎。得了,你一定要告诉我们。还有谁能比我和欧维里斯更愿意竖起同情的耳朵听你说话呢?不过他的耳朵有点高,他必须弯下腰来听。"

"那我呢?"波尔图像个睡眠不足的孩子似的发着牢骚,"我的耳朵就没有同情心吗?"

"只有上帝他老人家才知道你那对招风耳有什么用。"艾斯崔恩说,"还听?不对,更像是用来兜风航向哈察岛吧。"

"我留长发就是为了遮住它们。"波尔图郁闷地说,"确实,我耳朵有点大。"

"大?你还不如说广阔翻腾的大海有点湿,说狮子是只流浪猫!"

酒馆老板哈彻走了过来,朝莫根纳鞠了个躬,手里拿着油腻腻的抹布,一边说话一边拧,像个虔诚的信徒在数念珠。

"我请求您的原谅,殿下。"他说,"我一向欢迎您光临怪女孩酒馆……"

"你应该欢迎的。"艾斯崔恩说,"还有哪家三流酒馆——不好意思,我只是说实话——能声称他们招待过如此尊贵的客人?现在,快去,给我们端酒。"

"啊,那个,"哈彻是个毛发旺盛的魁梧大汉,现在却要哭出来似的,"话也不能这么说吧。你们坐的是什么?长凳。上好的长凳。还有,你说这是什么?"他探过身子,用指节敲敲木桌,"是桌子。在獾街上,包括集市广场附近,就属我家这张桌子货真价实。我没让殿下坐地板,也没让他把酒碗放在膝盖上。我这地方是有档次的。"

莫根纳看看其他酒客,他们都坐在木板上,下面架着木桶。他们也望向王子这边,一如既往地等着看好戏。"档次。"莫根纳重复道。

"是啊,殿下。而且,恕我冒昧,王子,但请您留意一下,这张桌子每条腿都一样长,没有断的。周围也没有垃圾。"

"除了波尔图。"艾斯崔恩接话。

莫根纳忍不住哈哈大笑。老骑士坐直了——刚才他坐得有点歪，还摇摇晃晃的——试图表示愤怒。

"但有档次的，都要花钱。"哈彻还在继续刚才的话题，"所以，我们现在有点小问题，殿下，恕我大胆。"

"好像我们能拦住你似的。"艾斯崔恩说，"很明显，你打算烦得我们另找一家路边酒馆，好松弛一下我们的神经。"

"别开玩笑了，艾斯崔恩爵士。您一直对我很好——王子一直对我很好——这里一直欢迎他的光临。说到档次，斯君奇小姐前不久刚刚来过。"

"丽莎？啊，我想念那个女孩。"艾斯崔恩说，"她最近在干吗？红疹子消了？"

"所以啊，"老板不理他，"您也知道，丽莎·斯君奇本身就是个追求档次的人，甚至不愿跟没家没业的男人上床。"哈彻似乎把自己都给说晕了，停下来整理一下思路，"不管怎样，正如我刚才所说，殿下，我很感谢您的光临。"他对莫根纳说，"可问题是，恕我冒昧，您已经赊很多账了。"

莫根纳叹了口气。"唉，看在上帝该死的救赎分上，寄给宫务大臣杰瑞米不就行了？他会搞定的。"

"问题就在这儿。"哈彻说，"你们启程赶往北方之前，宫务大人给我写了封信，一封措辞严厉的信，说王室再也不会支付您喝酒的账单。是他说的。他不准我再去打扰他。还说从现在开始，您要自己想办法付钱了。"

原本的小麻烦迅速膨胀成严重的警告。"不对。"莫根纳说，"肯定哪里搞错了。再给他写信。"

"我都写三回了。最后一回他就是这么回复的。"哈彻似乎在讨好王子和保住酒馆之间进退两难，"而且，问题是，殿下，您欠的酒钱……"他弯下腰,将胡子拉碴的脸凑到莫根纳耳边,"已经多达两个金币了,外加一把银币。这还没算上次岱萨德月弄坏的大门,我把它换了,铰链什么的都要钱。"

"所以,你是说,这里不再欢迎我了?"莫根纳竭力往语气里灌入愤怒贵族的寒意。

"啊,所有圣徒在上,当然不是!"哈彻刚刚壮起胆子,闻言立刻缩了,"可您想啊,殿下,我不能永远给您赊账啊。您知道的,肯定不行。既然今天您回来了,呃,我想我们应该谈谈,这样我也不用采取其他措施了。"

"其他措施?"艾斯崔恩隔着桌子探过身,"卖酒的,你在威胁我们吗?"

莫根纳看出老板的表情是真慌了,于是出言阻止。"够了,艾斯崔恩。没人在威胁谁。"除了我的心情,他心想,用酒精让自己心情愉快的想法已被踢得粉碎。他站起身。这散发着酒味和汗味的阴暗房子突然成了他最不想待的地方。"你会拿到酒钱的,哈彻。我以爱克兰王子的名义对你发誓。"

"好,"老板微笑着擦去涨红的方脸上的汗水,"好。您说话又得体又亲切,我这就放心了。您的伙伴应该向您学习,殿下。这才是贵族风范嘛,诚恳又慷慨。"他略微眯起眼睛,"希望不要太失礼,但我能问问具体时间吗,殿下?因为我也欠着酿酒商的钱,您知道的,他一直在催,不得不说,我被催得有点心烦。"

"你会知道的,哈彻。走吧,你们几个。"莫根纳站起身,等朋友们起来。波尔图有些摇晃,像棵扎根太浅的高树。艾斯崔恩和欧维里斯看着很清醒,但莫根纳表示怀疑。他俩都醉得比较慢,有时只有艾斯崔恩失控发脾气,或是欧维里斯坐着睡着,你才能看出他俩确实醉了——这点跟波尔图一样有迹可循。事实上,莫根纳都说不准这两人有没有真正清醒的时候。

孤儿

这下好了，今天我该干吗？他本希望自己不用再想这个问题，只要静静地醉过去，好忘掉艾弗沙之旅，忘掉没能与北鬼作战的耻辱，忘掉在那可笑的月下山顶度过的奇怪夜晚。接下来我该干吗？此时此刻，他不知自己能做何事，也不知何事能改善一下他阴郁的心情。

那些讨厌的矮怪干吗要带我爬山？从那以后，我就没安心并快乐过。

他真希望自己当时摔下山去，一了百了。

♛

厄坦弟兄忍不住觉得，缇丽娅夫人真是他见过的最像贵妇、又最不像贵妇的女人。从某些方面讲，她是最理想的贵妇：据他所知，她从没当众发过脾气，且能不偏不倚地对待所有人，不论对方是女仆还是治安大臣。可与宫中大多数贵妇不同，缇丽娅夫人从不介意弄脏双手。她对血和任何自然物品都不在乎。有些场面能把大多数夫人吓跑甚至吓晕过去，而她却能泰然处之。

当然了，换个角度看，那些夫人的身份也与她完全不同：缇丽娅夫人出生在一个普普通通的商人家庭，家境中等偏上，在纳班拥有一座不错的山间府邸，却从未试过出钱购买头衔。而且，在遇到并嫁给提阿摩之前——提阿摩本人就是全国最不像贵族的贵族——她还当过修女。

所以她受的教育就不是当个精致的花瓶，厄坦心想。缇丽娅正在检查希瑟女子，这一次，她丈夫也在旁边。

"她已经好多天没说话了。你也看到，她呼吸很急、很浅。"缇丽娅撑开女子的眼睑，查看下面的眼球，表情镇定得像看一枚硬币或石头。厄坦弟兄已与她共事了十来天，如若不然，他会以为她是个冷淡甚至无情的人。其实厄坦看得出，因为帮不上这个陌生人，缇丽娅已经陷入深深的沮丧。

"我相信，她确实中毒了。"提阿摩转向厄坦，"没人找到伤口里挖出来的箭头吗?"

厄坦摇摇头。"没有。箭头头一天还在,第二天就没了。我记得它们最初放在一块白布上,还沾了血。帕萨瓦勒也不知道箭头去哪儿了。"

提阿摩点点头。"能说说那箭是什么样子吗?"

"我尽量。"修士闭上双眼,努力回忆——那天他看到,希瑟女子赤手空拳就把一个武装卫兵打得毫无还手之力。"我记得,剩下的箭杆颜色特别黑,像用墨水泡过一样。"

"听着像北鬼的箭,但我不能肯定。弟兄,如果你想到别的,不要犹豫,马上告诉我。"他转向妻子,"黑箭。你觉得会是北鬼的吗?"

后者做个鬼脸。"箭的事别问我。这东西你比我熟——你在沼泽地里打猎那么多年呢。不过,是不是北鬼的,有什么区别吗?"

"因为在这片大陆上,除了北鬼,很少有人会用黑箭。"小个子说,"但我想,小时候,我好像在南方见过用油烟抹成黑色的箭杆。"

"你是说,有可能是乌澜人的箭?"厄坦问。

"不是!天哪,当然不是。你说过你们把她从津林带回来时,她身上的伤口有多大。我们有些宗族确实用毒,但我们的箭头很小,扎不出那么深的伤口。而且我们的弓箭射程不长,只能用来射鸟啊、蛇啊之类的小动物。你说的伤口分明是作战用的弓箭造成的。"

缇丽娅已经检查完病人的伤口。虽然希瑟女子一直在发烧,但伤口已经好得差不多了。"还有毒药。你知不知道哪些宗族或哪些人会在箭上抹毒?"

"毒?我不知道希瑟和他们的表亲北鬼用不用。"提阿摩回答,"这是个很难回答的问题——我们对她的种族和生活习惯了解得不多。不过,纳班南边有些凡人曾在打仗时用过毒箭——或者是为暗杀,以确保中箭者必死无疑。"他皱起眉头,"现在想想,在色雷辛,尤其是色雷辛湖地一带,有些部族也会往箭头上抹毒。那种毒叫'恶魔之盔',你应该知道,是用附子草做的。但我觉得,他们现在应该不用了。"

厄坦突然一阵眩晕。"如果她中了附子草的毒,那可没有解药!"

"我们已经知道救不了她了。"缇丽娅夫人说。

"我很难过,但我的好妻子说得对。"提阿摩摇摇头,"不过,给她用极少量的毛地黄,也许会有点帮助。"

"毛地黄?你是指孩子们说的精灵屋?可那也有毒啊。"

"你要知道,弟兄,很多东西是毒药,但换个用法就能以毒攻毒。"提阿摩说,"不管怎么说吧,我知道毛地黄救不了她,这是个让人伤心的事实,但没准能让她多活几天;甚至她离开之前,可能会有力气跟我们多说几句话。"他耸耸肩,"我想不出其他法子了。你呢,夫人?"

"没有。"缇丽娅回答,"我帮你准备毛地黄——我在草药花园里种了一些。"说完,她替毫无生气、一动不动的希瑟女子盖好被子,然后离开。

"我妻子和她那个花园啊,只要她乐意,一顿早餐能毒死我五次。"提阿摩的微笑把厄坦吓了一跳,因为这话听起来一点也不好笑,"所以我必须做个好丈夫,别的不说,光这一点就足够了。"他又摸摸希瑟女子的额头,随后转过身,"你说还有别的事想跟我谈,是吗,弟兄?"

厄坦为等这一刻,已经用上了他能累积起来的所有耐心,现在他终于能说说在约翰·约书亚王子的遗物里找到的那本书了。"是,大人。您不在期间,总理大臣帕萨瓦勒问我,能不能去看看过世的约翰·约书亚王子留下的古籍,因为艾黛拉王妃觉得,我们可能想把那些书收进图书馆。"

"她真好。"提阿摩说,"但我以为,我们已经收集了约翰·约书亚的全部藏书。"

"显然没有，大人。她那里至少还有一箱您没见过的。我敢保证，因为我在那儿发现了一些东西。"

厄坦开始讲述他找到《异界密语专著》的经过，以及他对该书作者、隐士弗提斯的了解。提阿摩聆虽然在听，却是一脸心不在焉的表情。这有些不寻常，厄坦忍不住怀疑自己是不是搞错了，莫非该书并不是他确信的那本臭名昭著的作品？

"……所以，大人，我拿走了那本书，藏在设计师的绘图室里。"他总结道，"尽管我并不想把它留在那儿。我又去检查了约翰·约书亚王子的其他藏书，虽然没发现像《专著》那么令我害怕的作品，但我必须承认，其中有好几本我不认识的古籍，有一些我甚至连书中的文字都认不出来。我是不是搞错了？"

提阿摩沉默片刻。厄坦更加确信自己犯了错。

"你有没有跟别人提过这本书？"小个子终于问道，"有没有跟艾黛拉王妃说起它？"

"没有。我不想让她担心。我本想告诉帕萨瓦勒大人，但被别的事打断了。"

提阿摩点点头。"我得看看它。我听说过它的事，但了解得不多。我都不知道教会觉得它这么可怕。"

"它在禁书名单上待了两个世纪，大人。"厄坦画了个圣树标记，"光是拿着它……我都担心它会污染了我的灵魂。"

听到这话，提阿摩并没有发笑，这让厄坦大大松了口气。"显然，你最近一直为这事担惊受怕，弟兄，我从你脸上看得出来。"

"它确实吓到我了。"修士承认，"光是知道它藏在我们的城堡里，就让我特别害怕。拿在手里就更吓人了。"

提阿摩点点头。"我理解。不过，当然了，我没法告诉你该不该害怕。想当初，我很难像现在的学者一样收到外界的广大信息。我只知道卷轴联盟的朋友们告诉我的事,以及从关途圃几位智者那里学来的知识。教会如此关注这位主教的著作,我不知是对还是错。但我刚才说了,我确实很想看看它。今天晚些时候,你可以带着它去找我吗?"

"恐怕我得先参加大教堂的晚祷,之后才能有空,大人。"

这一次,提阿摩露出微笑。"那就今晚吧。在那之前,我得帮我妻子尽力救治这可怜的女希瑟,还要去见国王与王后。"

厄坦知道这里已经没他的事了,但告退之前,他还是忍不住想多待一会儿。"再问一个问题可以吗,提阿摩大人?"

"当然可以。"

"您看到袭击王家巡游的北鬼了?就是北方人口中的白狐?他们是不是真像传说中那么可怕?"

"没有,这次我没看到他们。那一晚,沙行者在看顾我,让我远离战场。但我以前见过他们,就在这座城堡里,在风暴之王战争末期。厄坦弟兄,我不了解你发现的书,以及它那黑暗的历史,但我可以向你保证,北鬼的传说是真的——他们凶猛善战、聪明过人,而且,他们憎恨我们。没错,白狐相当可怕。愿天堂保佑我们,永远不要在凡人的土地上再见到他们。"

厄坦顿时后悔自己问了这个问题。他又画了个圣树标记,退出了房间。

♛

"我很抱歉,一切都这么乱七八糟。"杰瑞米说,"一直以来……情况一直……"

"所有人一直都乱七八糟。"西蒙对他说,"别担心。"

"只是……"杰瑞米哽住了,眼睛望向米蕊茉。王后正在屏风后面,由两位女伴帮忙脱下裙子。她也看到杰瑞米,瞪了他一眼。后者的脸红了。

"寝宫总管只是个荣誉称号而已,杰瑞米。"她的礼服半退到肩膀之下,里面只穿了件内衣,"你不需要真跟我们睡在一起。"

杰瑞米转过身,脸更红了。"恕我冒昧,陛下。"

"是啊,今天真的很漫长。"西蒙说,心里疑惑杰瑞米怎么没听懂妻子的暗示,"所有人都很累了。"

"我只想感谢你们让我参加内廷议会。"

西蒙摆摆手。"你一直都是我的好朋友,杰瑞米,你在霜冻大道还救了我的命。别担心,我会给你更多荣耀——以及责任。但我发现,你在会上没怎么说话。"

宫务大臣耸耸肩,但没抬头看他。有些时候,他比西蒙年轻时那个笨拙的年轻人好不了多少,却像不知怎么钻进了中年男子的躯壳。"我能说什么呢?我只会管理食物与布料,根本不懂怎么打仗。"

"拜托,杰瑞米。"米蕊茉的声音有些不耐烦,"没人要打仗,至少我们没希望打。我们只想为可能发生的事做好准备,比如你和你的食物与布料。"

杰瑞米盯着地板,却挺起了胸膛。"你一直对我很好,西蒙。你们二位都是。"

他还有别的话想说,西蒙听得出来,但国王已经听人说了一天,现在头都晕了。"你是我的朋友,永远都是,小杰。现在,请你陪王后的女伴去外间好吗?我们要睡觉了。"

杰瑞米十分沮丧。"当然!我很抱歉,已经这么晚了。我真是没脑子。"

"仆人们也可以退下了。"西蒙说,"让我和米蕊说点悄悄话。"

"遵命,二位陛下。"杰瑞米直起腰。记起了自己的职责,他便把刚才困扰他的事放到了一边。西蒙不想把杰瑞米当成普通下属对待,可他已经忍到了极限,就差揪着宫务大臣的脖领子,把他同其他女伴、仆人和侍从一起,赶出卧房门外了。

孤儿

卧房终于清空,西蒙脱掉衣服,钻进被子。米蕊茉将首饰放进盒子,坐下梳头。

"你说他是怎么毛病?"西蒙问。

"谁?杰瑞米?"

"我都怀疑他不想出去了,还以为他会坚持帮我穿拖鞋。"西蒙皱起眉头,"我不喜欢他那样子,像条忠心耿耿的猎犬。我俩还是捣蛋鬼时就认识了。"

"你一直对他很好,西蒙。一个杂货店学徒,现在成了至高王座的宫务大臣——他确实没什么好抱怨的。"

西蒙很熟悉她这种语调。"换句话说,别担心太多。"

她在镜中迎上他的目光,露出疲倦的微笑。"确实如此。"

西蒙坐高一些,靠在床头板上,以便更轻松地看着妻子。"我猜你是对的。我们要应付的事已经够多了。你也听到提阿摩关于那个希瑟女子的报告了。"

"他和缇丽娅,还有那位好心的厄坦弟兄,已经尽了全力。西蒙,别把所有麻烦都揽到自己身上。"

"这么多年了,他们为何现在才派来信使?我们该怎么做?"

"怎么做?"米蕊茉反问,"她快死了。我想,我们必须查出谁是凶手,尽管那也可能是偷猎者所为。"

"用毒箭?"西蒙摇摇头,"其实我不是这个意思。我们该拿她怎么办?若不把她送回族人中间,她会死的。"

米蕊茉从镜子前站起,走到床尾坐下。"就算我们知道怎么找到吉吕岐他们,也不知道他们有没有办法救她。她不行了,西蒙。换做凡人,早在我们回来之前,她已经死了。至于希瑟那边,如果得不到她的消息,他们会再派个信使或送消息来的。"

"可我们不能干等啊!"多年的共同生活告诉西蒙,米蕊茉疲倦时会变得更加冷漠,不然他一定会对妻子的麻木感到震惊。他长吸一口气,再次开口。"我们不能等了,米蕊。希瑟多年没有消息,偏偏选择这个时间派她过来,正巧北鬼蠢蠢欲动,跨过我们的边界,那个银面婊子女王又要找什么巫木王冠。你觉得这些都是巧合吗?"

"可能我们太相信那封古怪的信了。"

"那人为什么要费劲儿给我们送信呢?"

"也许这个亚南夫觉得自己会被抓住。"

"是亚拿夫吧?"西蒙将双手枕在脑后,看着妻子,后者则凝视着她自己在镜中的倒影。"不过,没道理啊。而且你没看出来吗,米蕊?就算希瑟没派这位信使来——不管她是谁吧——现在我们也该与他们联络了。吉吕岐也许知道北鬼在搞什么名堂。假如他不知道,我们更得告诉他了。"他叹了口气,"何况,我真的很想再见见他。"

"你更想见他妹妹吧。"

"亚纪都?对,我也想见她。"

"对,你当然想。"妻子突然冷淡起来,"像希瑟一样永远活着一定很棒吧。"她盯着镜子,"永远年轻、可爱,其他人却在变老。"

西蒙纵声大笑。"你真想那样?一直是我认识的年轻女孩的样子,而我却在你身边越来越老?周围所有人也在变老?我喜欢你的皱纹和白发,我的夫人。它们能让我回想起我们一同度过的日子。"

米蕊茉格外小心地放下梳子,仿佛她真正想做的是拿梳子砸他。"所以你想告诉我,如果亚纪都现在在这儿,穿着那件薄纱衣,到处飘来飘去,迷人又神秘,你也不会像闻到肉味的狗一样追着她转?"

"你这是什么意思?吃醋了?吃亚纪都的醋?亲爱的,我已经好多年没见到她了!何况我跟她根本没那种事。哦,对了,她至少比你我大两百岁。"西蒙想开个玩笑,却发现没那么容易,"我还以为你跟我一样关心吉吕岐和亚纪都,米蕊。"

"你跟他们一起生活过,而我没有。"米蕊茉叹息一声,"所以,我不知道。我确实关心他们。当年我以为,希瑟与我们凡人之间的关

孤儿

系会有所改善,也曾非常激动。但他们还是那么神秘。他们更喜欢藏身世外,远离我们。"

"亲爱的,希瑟喜欢藏匿,因为我们凡人总想杀害他们。我希望——我们双方都希望——能改善这种状况。更重要的是,他们对北鬼的了解远胜于我们。好了,到床上来,我想跟你聊聊别的。"

"我很累了,西蒙。"

"不是那个。来嘛,躺到我身边来。你穿着睡衣坐在那儿会着凉的。"他提起被子,好让妻子贴近,好让自己透过薄薄的布料感受到妻子清凉的肌肤。

"我来了。你想聊什么?"

西蒙吸了口气。"我觉得,我们可以把那希瑟女子送回阿德席特大森林,她的族人应该在那儿。而且我想,我可以跟她一起。我们是时候找吉吕岐和其他希瑟谈谈了——搞清他们为何沉默了这么久。"

他身边的米蕊茉顿时僵住。"绝对不行。"

"为什么?米蕊,你也看到跟我们打仗的怪物了——还有那头巨人!如果我们被迫与北鬼再次开战怎么办?我想先听听希瑟的建议,然后再做决定。再说我觉得,我们也不能眼睁睁看着他们的信使死去。她的族人也许能救她。"

王后声音很轻,但明显很不开心。"你的话不无道理,我得好好想想。但不管发生什么,西蒙,你都不该去。你先是去了麦尔芒德,然后又去了艾弗沙为可怜的艾奎纳送行,过去半年,百姓都没怎么见着你的影子。现在,你告诉我要打仗了,而你要做的头一件事,是像年轻时一样冲出去,穿过荒山野岭,去找到希瑟,完成一项高尚又光荣的使命?"

"你把我的话扭曲得连我自己都听不懂了。"每次妻子说他想返回不负责任的年轻时代,西蒙就特别心烦。当然了,在心底某个隐匿之地,他有时还真是这么想的——可谁心里没有一个急躁、幼稚的声音催促他们丢掉成熟的包袱呢？"我刚才说那些话，既不是身为你初次认识的男孩，也不是身为你的丈夫。我的身份是手握至高王权的国王。"

"而我是以王后的身份在说话。王后说了：国事当前，千头万绪，国王不能拍拍屁股，扬帆起航出去冒险。你忘了赫尼斯第和休崇拜恶魔的事了？你没听帕萨瓦勒说，纳班现在就像个随时滚沸的汤锅？"

西蒙沉默许久，直到自己不再因沮丧而咬紧牙关。"那我们该怎么办，米蕊茉？我不能眼睁睁看着那个希瑟女子死去，等吉吕岐再派人来。"

米蕊茉翻身背对丈夫，但还是紧贴着他，感受着他的温暖。"如果一定要派人去，就派艾欧莱尔。他是王座之手。这是他的分内之事，而且他对希瑟的了解不次于我们。"

"艾欧莱尔满心牵挂赫尼斯第，连摆在面前的事都没心思理会。"

"所以才应该交给他。给他一个重要任务，让他忙碌起来，直到我们查明休到底有没有问题。不派艾欧莱尔就派别人。但是，西蒙，你绝对不行。"

他默默地躺着，想了好久。

"米蕊？"

她没有马上回答。"干吗？"

"你在生我的气吗？"

"因为你要去找希瑟，丢下上百件国事不闻不问？你觉得呢？"

"你果然在生气。"

她翻过身，将头枕在他胸前。"是啊，有点儿。但我会消气的，一如既往。"

孤儿

红猪礁湖的摇篮曲

♛

　　横穿营地，走到草场边缘去找乌恩沃和他继父居住的马车，这段距离可不算近。不过现在距弗里墨去找高个子已经过了好几天，人人都在散播一些消息，他不知道乌恩沃有没有听说。

　　弗里墨不喜欢走路，可上次去石民的村庄劫掠时，他的坐骑跑丢了。等它好不容易找路回到营地，立刻被他哥哥欧里格占为己有，理由是："一个连坐骑都保不住的男人，没资格拥有马匹。"

　　仙鹤部族所有成员好像都知道了这件事。所以，当弗里墨在马车间穿梭，走向桦木草场时，嘲讽之声不绝于耳。他低着头，咬紧嘴唇，竭力不要回嘴。欧里格本人已明确表示赞成这些嘲讽。"直到你长出男人坚韧的皮肤，不然对我和其他人来说，你都是个废物。"他昨晚是这么说的，"你就像个用奶酪做的战士。"欧里格帮他长出坚韧皮肤的办法，似乎就是当着族人的面殴打和羞辱他。

　　弗里墨不知道，自孩童时起，他的皮肤有没有变得坚韧；但他很清楚，他的心曾经收缩、变硬了好多回，就像打湿后被丢在太阳下的皮革。他经常觉得自己确实如此，仿佛他体内有个生牛皮打成的死结，越用力扯便揪得越紧。他对乌恩沃也是同样感觉，但高个子体内的死结承受的压力比他更大，就像部族空地里用的粗缆绳。每次有地震震倒空地上的立石，族人都要用粗绳绑住它们，将其重新扶正。每拉一下，巨石难以想象的重量便会让绳子"嘎吱"作响，仿佛拉动它们的粗壮手臂在与大地本身交战。乌恩沃就像那样，只是他的绳索从没有过放松的时候。仙鹤部族几乎没人喜欢他，也都很怕他。他身高臂长，冷酷而刻板的面庞恍如巨石，任凭风吹雨打，始终岿然不动。

他太刚烈，不会对我哥哥低头的。总有一天，欧里格会杀了他，或将他赶出部族。

也许除了他继父扎卡，部族里没有人知道乌恩沃的真名。第一次来到部族时，他还是个瘦长的男孩。有人问他名字，他回答"乌恩沃"，眼睛却盯着欧里格——后者被其他男孩簇拥在中间，活像一群吵嚷的狗崽围着一头熊。"乌恩沃"的意思是"无名氏"，从那以后，大伙都这么叫他。部族里善待他的人不多，弗里墨的姐姐库尔娃算是其中一个，但她也叫他"乌恩沃"。对其他人而言，他是个古怪、冷漠的家伙，跟他的酒鬼继父一起住在营地边缘，虽然算是个优秀的骑手和勇猛的战士，但平时都对他敬而远之。

弗里墨来到草场边缘，看到老扎卡坐在马车台阶上，用长长的磨刀石打磨匕首，发出"呲呲"的声响。他不想跟这酸臭的老头打交道，于是绕到扎卡那辆破马车后面的树丛，走进桦树林。不出所料，乌恩沃正在那里，用石头打磨半成品马车上的木头。他那匹高大的黑马迪福尔在旁边无精打采地啃食青草。这个时节，草原上青草丰茂，每匹马都吃得膘肥体壮。至少对大部分族人来说，现在是值得庆贺的时节。

"嘿，骑手，"弗里墨喊道，"愿你的马蹄永远有路可走。"

乌恩沃抬起头。"我就不对你说同样的话了。你的马呢？"

弗里墨不想讨论这个，只是朝乌恩沃的马车点点头。它似乎快完

孤儿

工了,而且总体来说,比他继父扎卡那辆快散架的马车好得多。车身还未上漆,但每处接头都拼合得十分仔细,每根轮轴都打磨如玻璃般光滑。"怎么样了?"

"挺好的。"乌恩沃递来酒袋。

"如果你愿意,我可以帮你弄完。"弗里墨喝下一口红色的酸液,"我是说,你的马车,不是你的酒。反正我没有马了,也没多少事做。"

乌恩沃挑起一边眉毛,但没问出那个显而易见的问题。"上漆之前还有很多打磨工作。你可以帮忙。不过,小耗子,你敢在木头上弄出个缺口,草上惊雷也救不了你。"

不知为何,弗里墨张口就回了一句。"我不喜欢这个外号。"

乌恩沃看着他喝下一大口酒,接过酒袋,自己也喝了一口,然后抹抹长胡子上的酒渍。他的肤色不像部族中人那么黑——日晒和风尘常把他们的皮肤染成樱桃木的颜色。乌恩沃肤色较浅,更像河床下那些棕褐色的鹅卵石。他的高鼻子又尖又瘦,颧骨很高。不过最奇怪的是他的眼睛,呈雷雨云一般的灰色。

弗里墨在等待,但乌恩沃并没有问他为什么不喜欢这个外号,只是望着两个在草场远处骑马的族人。他眯起风暴色的眼眸,目光随一箭射程外的二人移动,直到他们消失在视野之外,仿佛狩猎的野兽盯着自己的猎物。

乌恩沃的沉默让弗里墨十分尴尬。他来这儿是想找个伙伴,因为对方也深谙被部族排挤的滋味。"你觉得我姐姐库尔娃怎么样?"他说完立刻后悔了。他来是要传达消息的,而这明显不是传消息的好法子,他只是被乌恩沃漠不关心的态度给刺激到了。

高个子谨慎地看着他,好像这问题是个陷阱。"她是个女人。"他似乎意识到这个答案太过无礼,"是个好女人。"

"你关心她。"弗里墨用的是陈述语气,而非提问。

乌恩沃的表情更加冷漠，仿佛冷风往他脸上冻了层霜。"她对我没什么特别之处。你也一样。"

"我见到你们两个一起散步。"

乌恩沃把手落在腰间的匕首上，脸色阴沉得可怕。"你在替欧里格监视……"

"不！我没有。但我去找她时，两次见到你俩在一起，一边散步一边说话。我了解我姐姐。如果你俩没聊过许多次天，她不会表现得那么轻松。"

灰眼睛依然盯着他，不过最后，乌恩沃放开了匕首。"为什么跟我说这些，弗里墨？你打算捍卫她的荣誉？若你坚持，可以，但你只会白白送死，而她也将名声扫地。我没以任何方式玷污过她。我们只是闲聊罢了。"他眯起眼睛，"难道有人在散播流言？所以你要来告诉我？"

弗里墨正想回答，乌恩沃突然跳起，大步走向未上漆的马车。"你一定觉得我是个傻瓜，整个部族也这么看我。难道我会偷走族长的妹妹？我会被追杀一辈子的。"他停下来，张开双臂，"但不会！这是我亲手做的——仙鹤部族里最好的马车。我参与了每一场劫掠，所有人交给我的任务我都完成了。看啊！"他推开马车门，拉出一个油布包裹，当着弗里墨的面解开，露出一堆亮闪闪的物件。"真正的黄金，用来买马辔和缰绳。银子买铰链和配件，找山猫部族最好的铁匠打造。等我把这辆马车驾到你哥哥面前，他和其他蠢材的眼珠子都会掉出来！他别无选择，只能让库尔娃嫁给我。"乌恩沃把油布重新包好，呼吸急促得像刚刚跑完很远的路。他朝弗里墨抖抖包裹，里面的东西"叮当"作响。"她会像湖地女王一样坐上我的马车。"

弗里墨只觉胃里翻江倒海。他本想挑拨乌恩沃和他可恨的哥哥的关系，没想到……

"但这不……！"

孤儿

"不够吗?"乌恩沃依然怒气冲冲,没再看向弗里墨,"那我就挣到够为止。我会给你哥哥送去好马当彩礼。我的黄金不用都买配件!"

"乌恩沃,不是。"弗里墨摇摇头,不知该从何说起,"我不是……我只是想来告诉你……"

高个子的眼神简直要疯了。"什么?告诉我什么?"

"我姐姐库尔娃……"弗里墨咽了口口水。这并不容易,他的喉结仿佛堵住了喉咙。"我哥哥把她许给了卓詹。等到满月,他俩就要在部族聚会上摆设婚姻石了。"

乌恩沃沉默了很久很久。他盯着弗里墨,好像对方突然长出羽毛飞上了天。"撒谎。"他最后说道,语气却很空洞。

"我没撒谎。我好多天没见到你了,所以不知道你听说没有。"弗里墨突然害怕起来,张口结舌想抹掉对方眼中的凶光,"我不知道她对你这么重要,乌恩沃——真的。但你一定明白,欧里格不会把她嫁给你的!你……"他不知该怎么说,因为他也是同样的处境,就像小溪里的鱼,在水中呼吸、游泳,你该怎样找到一个词形容无处不在的水呢?"你没有价值。这就是欧里格的想法。而卓詹是他朋友。卓詹对欧里格惟命是从。"

乌恩沃松开手指,油布包裹落到地上。他脸上血色全无,像干草一样枯败。一时间,弗里墨以为对方会拔出腰间的匕首,扑上来杀死他,而他根本无力抵抗。高个子的表情迅速变幻,弗里墨完全看不懂。终于,乌恩沃找回了自己的声音。

"滚!"他吼道,"给我滚远点儿!你和你那该死的全家!你算什么东西?一只乌鸦,只会蹲在枝头尖叫、理毛、乱传瞎话!你姐姐也跟石民的烂货一样下贱!"

"她也不想……"

"滚!"乌恩沃怒吼一声,转身背对弗里墨,大步走向他精心打造许久的马车。他双手按住车身一侧,用力猛推,后颈肌肉暴起。木头"吱呀"作响，车身摇晃一下，但没翻倒。车子太大了，一个人没法将它推翻，至少弗里墨是这么想的。乌恩沃双腿弯曲，整个身子贴上马车侧面，愤怒地一声呼喝，居然将它掀翻了。车子缓缓栽倒，如在梦中，随后撞上地面，发出雷鸣般的轰响，裂成了碎片。

弗里墨转身逃走了。

♛

杰莎小心翼翼地抱起襁褓中的莎拉辛娜，交给婴儿的母亲。后者带着三个女伴，坐在窗边，就着午后的阳光在做女工。

"啊，她来了，小兔子，毛茸茸的小兔子。"公爵夫人放下手里的女工，接过杰莎手里的婴儿。杰莎在旁耐心等候。现在是莎拉辛娜小睡的时间，所以要让母亲抱抱。杰莎一直很不理解，既然坎希雅公爵夫人疼爱女儿，为什么不肯多花时间抱抱她呢？在乌澜，也就是杰莎出生的地方，只要小婴儿能抬起头，就会被放进一只吊篮，挂在妈妈胸前，整天贴着妈妈。而旱地人的孩子——至少是杰莎在纳班认识的那些——更像一件衣服或漂亮珠宝，妈妈会带他们出门炫耀，接受别人的赞美，随后便收藏起来。

杰莎很疑惑，但已经放弃去理解了。旱地人的习惯跟乌澜不一样。杰莎只能相信，育人者将他们造成这样，一定有着充足的理由。只是她从公爵夫人手中接回孩子，放进巨大的彩绘摇篮时，很难想象那会是怎样的理由。

尽管被襁褓裹得严严实实，小莎拉辛娜依然焦躁地扭动着。为了安抚她，杰莎蹲在旁边，轻推摇篮。坎希雅公爵夫人心地善良，不会连张小凳也不给她坐，只是杰莎一直不习惯坐凳子。她信不过旱地人的某些家具，感觉它们就像做工差劲的小船，随时有可能倾覆，把她扔到地上。她比莎拉辛娜大不了几个月时，就已经习惯蹲在脚后跟上了，她觉得，还是这样比较舒服。

公爵夫人和女伴们正在轻声谈论什么，但经常扭头看向摇篮这边。杰莎明白,一定是莎拉辛娜的哭声打扰了某些人,于是她唱起摇篮曲。那是许多年前,她妈妈在红猪礁湖的高脚楼里唱给她听的曲子。

> 来吧,来吧,可爱的月亮
> 它穿过沼泽,带来一捆锦葵
> 它坐着撑篙船,带来一把风信子
> 它涉过小溪,带来一巢蜂蜜
> 它坐着轿子,带来牛奶和凝乳
> 它走路而来,带来一篮覆盆子
> 现在听我说,紧紧抓住它们
> 把它们留下,让宝宝开心

杰莎一边哼着小曲,一边轻晃摇篮,心里琢磨自己能不能也生个宝宝。刚到纳班时,她也只是个小孩子,被卖到这里充当年幼的公爵夫人的玩伴与仆人。坎希雅很喜欢杰莎,所以她长大成人、生下儿子布拉西斯和幼女莎拉辛娜之后,便让杰莎先后当了他们的保姆。当然了,杰莎有时也会思念家乡,她永远没法习惯连续多日不能光脚踩在泥土和水上的感觉。但每当她想起母亲,以及与母亲一样的女人们辛劳做工的模样,她便明白,就算自己永远不能生孩子,也是这世上比较幸运的人了。要知道,她母亲需整日收集并碾碎草根、修补渔网,还要照顾孩子。她也见过在纳班工作的其他乌澜人,他们的工作更是既困难又危险。

杰莎刚开始唱另一首摇篮曲,有人敲响了房门。公爵夫人的一位女伴起身去开门,发现是公爵大人。萨鲁瑟斯明确表示要跟妻子单独谈话,于是贵族女伴们收拾东西,纷纷告辞,叽叽喳喳地说要去塞斯兰的庭院花园,好像就算公爵没来,她们也正打算要过去似的。

萨鲁瑟斯公爵瞥了眼蹲在摇篮旁的杰莎,目光从她脸上掠过,仿佛她是一尊抛光石像。杰莎一直觉得,这也是旱地人最奇怪的地方:如果他们不打算跟仆人说话,会假装那人并不存在,仿佛他们的女仆和保姆只是家具而已。

公爵朝妻子走去,坎希雅公爵夫人微笑着抬起脸,萨鲁瑟斯弯下腰,给了她一个吻。"很抱歉把你的女伴赶走了。"他说,"但特西安·乌里斯逼我给出答案,我没法再拖延了。"

"什么答案?"

"那个婚约。你肯定记得!考虑到你的状况,我一直保持耐心。但乌里斯已经等了很久。"

坎希雅略微皱眉,在杰莎眼里,好像有一朵乌云掠过太阳,给美好的日子带来一阵阴影。"你说'婚约',夫君,但我记得你只是随便一说,或者只是侯爵随便提出个建议。对,你是说过,乌里斯想把他女儿嫁给布拉西斯。但我记得我也说过,我们会等宝宝出生后再谈。"她露出微笑,"在我们继续讨论之前,你可以先看看你的漂亮女儿,她睡得像个小天使。"

公爵叹了口气。"别固执。我当然想看看我们的女儿。"

杰莎见萨鲁瑟斯走来,便不再晃动摇篮。公爵依然没有看她,只看着毛毯下的小莎拉辛娜,杰莎则趁机仔细打量他。尽管她追随坎希雅公爵夫人很久了,但很少能这么近距离地观察女主人的丈夫。而她总会惊讶地意识到,这个男人是那么普通,皮肤是苍白的鱼肚色,留着整齐的沙色胡子。按照旱地人的标准,他个子很高,棱角分明的脸也算英俊,但并不会让人眼前一亮。为什么会这样呢?毕竟,除了至高王与至高王后,以及只能从故事里听到的久远人物——比如观塑者那样的神祇——萨鲁瑟斯可能是这世上最重要的人了。

这个念头一如既往地令她茫然。而且,对方离得这么近,她很担心,这突如其来的想法很可能会让她失去平衡,蹲坐到地上。

孤儿

直到长大成人,杰莎才开始理解旱地人的世界是如何运转的,而她的出生地乌澜又是个多么微不足道的地方。这种认识是从几年前开始的。当时她得知女主人——从很多方面讲,她也是杰莎从孩提时起最亲密的伙伴——即将出嫁,对方不是普通贵族,而是纳班公爵本人,全天下封地最广、臣民最多的大领主。这个消息如此惊人,以致在许多无眠的夜晚,杰莎竟然考虑要不要逃回沼泽,逃回她熟悉的礁湖。像她这样的女孩,在这种大人物家里是没有立足之地的。她不识字,靠偷看坎希雅上课旁听来的知识也很浅薄。

婚礼前的一天晚上,她整夜瑟缩在坎希雅的床尾,想到即将搬去塞斯兰·玛垂府,便觉得前途叵测。那是只属于公爵的宏伟宫殿,坐落在纳班最高处的山顶,里面已经有了几百位仆人,毫无疑问,他们每一位都会妒忌她的位置。杰莎知道,在这古怪的国度,就连君王都曾遭到弑杀,而她搬过去的头一晚,那些仆人就有可能让她死在床上。他们会殴打年轻的乌澜女子,将她丢出塞斯兰墙外,她会一直滚下山去,在圣盖尔丁广场摔成肉泥。

别傻了,杰莎,在那漫长的夜晚,她一次又一次告诉自己。长老给你起名叫"绿蜜鸟"杰莎。被树蟒追杀时,绿蜜鸟可不会逃回巢内。它会转过身子,用鸟喙啄瞎树蟒的眼睛!别像个懦夫一样,辱没了你的名字。

在那漆黑的夜晚,身处可怕的异族国度,杰莎的守护鸟仿佛来到她身边。一阵清风拂过脸庞,在她头上织出一顶空气王冠。随后,它消失了。自那以后,她就没那么害怕了。又过了两个星期,杰莎跟随女主人踏入塞斯兰·玛垂府,她惊讶又感激地发现,自己已经完全抛却了恐惧。从红猪礁湖到这奇异之地——她走过了一段光辉的旅程!

萨鲁瑟斯公爵伸出食指,轻轻戳了戳女婴的脸蛋,随即离开摇篮。过了一会儿,他在可以眺望港口的大窗前来回踱步。

"夫君啊,此时此刻,除了你,我眼中再无他物。"公爵夫人说,

"可你就不能待在一个地方,让我看清楚些吗?你这样太让人心烦了。"

"我说了,别太固执,坎希雅。虽然我不想承认,但我需要乌里斯。议会下个月就要开始了。达罗·英盖达提议,给该死的羊毛增加关税,不为别的,就为逼我跟至高王座起争执。可我若有乌里斯的支持,他就会将北边和西边的贵族拉进我的阵营。"

公爵夫人哀伤地笑了笑。"可怜的夫君啊,你也太辛苦了!你没必要说服别人听你的话啊——你可是公爵!国王与王后选择了你。"

"所以我弟弟才这么恨我。该死的英盖达林家族不择手段,想拿他当枪使,好对付我。"

小莎拉辛娜醒了,开始闹腾,很快,杰莎就没心思偷听公爵夫妇的谈话了。这种对话她听得多了。什么色雷辛人来劫掠啦!纳班各大家族互相打架啦!起初,她还被这些话题吓得惴惴不安。可现在,她知道世界之大远超她的想象,女主人和其他人讨论的事听着很近,其实都发生在遥不可及的远方,可能永远都挨不到公爵本人,更别说伤害到杰莎了。

不过,她也学到了另一点:有些事比听起来更近。就在今天,这一点再次得到印证。她轻摇轻晃,安抚小宝宝再次安静下来,将她放回摇篮。这时一个卫兵敲门,说公爵的弟弟、彻文塔和俄澄侯爵德鲁西斯到访。

"他怎么来了?"萨鲁瑟斯表情惊讶,近乎惶恐,"他不在东边的领地里吗?"他站起身,"算了。我去楼下见他,亲爱的,免得你……"

话没说完,房门朝内打开,德鲁西斯大步走了进来。"请原谅,"公爵的弟弟扯着嗓子大声道,好像这里有很多人似的,"亲爱的嫂子,我赶路赶得一身灰,还跑到你们的房间来打扰!"

以杰莎的性格,即便在最轻松的氛围下也会谨小慎微,这下更被来访者的大嗓门吓了一跳。她只在宫廷聚会上见过德鲁西斯侯爵,而他向来是许多话题的核心,她还从未有过与他共处一室的机会。德鲁西斯比他哥哥长得更高,身材健硕,气度威武,相貌英俊,嘴唇丰厚,一头浓密卷曲的棕发散发着黄铜光泽。虽然严格来说,他既不是骑兵,也不是将军,却穿着骑兵将军的盔甲,为此,杰莎听萨鲁瑟斯公爵抱怨过好几次。尽管他只比公爵小了微不足道的一个小时,但浑身都散发着年轻和力量的气息。杰莎不敢想象,与他四目相对会是什么感受,但也无法阻止自己盯着他看。

"亲爱的德鲁西斯,我们时时刻刻都欢迎你。"坎希雅公爵夫人朝他伸出手,"这是你的家,永远都是。"

"你太亲切了,嫂子。"他弯腰亲吻夫人的手。

"我们当然欢迎你。"萨鲁瑟斯重复道。只不过,在他弟弟进门喧闹的映衬下,他的声音显得很轻,甚至有些不情不愿。"我们只是没想到你会来,弟弟。我们以为你在查苏·欧丽府。"

"本来是,而且我会尽快赶回去。但一想到你和你的家人们坐在塞斯兰,却无视我们的危险,我实在忍不住了。"

"危险?什么危险?"公爵质问。杰莎觉得,他被夹在真诚的担心和对弟弟突然高调到访的烦恼之间,似乎有些左右为难。

"那些马贼。他们袭击我们!他们袭击了查苏·欧丽府!"

坎希雅公爵夫人放下女工。"真可怕,德鲁西斯。什么时候的事?"

"就在一周前。"德鲁西斯走到窗前,望着下面的港口。船帆随风晃动,仿佛休憩的海鸥。

"不敢相信色雷辛人会如此疯狂,竟然袭击你家。他们做了什么?"

"哦,他们没来围攻城堡。"德鲁西斯挥挥手,像要赶走讨厌的苍蝇,"但他们袭击了距我城堡几里远的德瑞拿·诺维斯,就在我的领地边上。"

"那是个移民村。"

"对,我猜也是。但我们怎么叫那村子很重要吗?那些蛮子杀了二十来人,伤者人数高达三倍,半数房屋被烧成白地。死了二十来人啊,萨鲁瑟斯——有男有女,还有小孩!这跟那村子是不是新建的有关系吗?"

萨鲁瑟斯摇摇头。"当然没有。但对色雷辛人有关系,因为这个村子所在的地区原本属于他们。"

德鲁西斯愤怒地摇摇头。"哥哥,你在为那些凶手辩护吗?你身为纳班公爵,却眼睁睁看着自己的臣民被蛮子屠杀,这算什么事?"

"是很可怕。"坎希雅望向丈夫,"我们一定要为他们做点什么?"

杰莎感觉,萨鲁瑟斯的表情活像一个男人发现娶回家的寡妇生了八个嗷嗷待哺的胖小孩。"我们当然能帮忙,夫人。可是,弟弟,我不明白你想要什么。你的查苏·欧丽府已经有四十多名骑士和足够的枪兵了!"

德鲁西斯整张脸挤做一团,原本俊俏鲜明的五官几乎成了哑剧演员用的愤怒面具。"你以为最近只发生了这一件事?光在霏耶乎月,勒斯塔·荷米斯的领地就被洗劫了三次。去年挪文德月,瑞利斯神官在前往关途圃途中,一行人遭到可恨的色雷辛人袭击。我们要等多久才采取行动?等他们放火烧了玛垂雯峰,冲进我们的房子、杀死小孩、强奸女人的时候?"他那张本就黝黑的脸气得更黑了,不过与坎希雅公爵夫人对视时,他的目光似乎有些慌乱。"夫人,我说话有些粗鲁,恳请您的原谅。我很难过,所以失礼了。"他转向哥哥,"萨鲁瑟斯,别以为你凭出生时的运气戴上公爵戒指,我就会退缩,任由蛮子蹂躏我们的土地、烧毁我们的村庄、屠杀我们的人民。"

"你太容易发火了,德鲁西斯。"公爵说。弟弟的脸色越来越黑,他自己的脸色却越来越白,两人形成巨大的反差,完全不像一母同胞的兄弟。"退缩,任由我们的土地被蹂躏?我从没说过这话——全是你说的。"他吸了口气,连杰莎都看得出,他在尽力控制自己。他抬起一只手捋捋胡子,但手指却在颤抖。"不,我们会按一贯的做法,在议会上与各位贵族一同讨论并处理好这个问题。现在,我相信,你骑马走了很长的路,并没能好好休息和进食——你现在还一身灰呢。"萨鲁瑟斯拍拍手,很快有两名仆人走进房间。"带我弟弟去他的专属房间,需要什么尽管开口。"公爵吩咐道,"我们晚些再聊,德鲁西斯。"

杰莎看到,德鲁西斯的脸依然气得通红,但她似乎发现,侯爵眼中闪过一道意味深长的光,好像猎人终于看到猎物从藏身处出现一般。"很好。但我不会在英盖达、埃比亚、珂莱瓦等人面前隐瞒我的感受。如果你不愿帮我踩死那些草原害虫,哥哥,我会亲自动手!"

说完,他转身大步走出房间。两名男仆小跑着跟在他后面。

小莎拉辛娜又哭了,这一次,公爵夫人走了过来,从杰莎手里接过她,紧紧贴在身上,伸出一根手指给她吸吮,直到小宝宝不再抽噎。"去叫奶妈。"她吩咐杰莎,"刚才太吵,这孩子得吃点奶才能继续睡。"

杰莎走出门外时,听到女主人对公爵说话。"如果你弟弟真生气了,我反倒会原谅他。"

"什么?"公爵疑惑不解,"你在说什么,坎希雅?"

"我认为他在演戏。他那愤怒和暴烈的情绪都是假面具。"

"你不了解德鲁西斯,夫人。他从小就这暴脾气,性如烈火,蹦高之前从不好好看看。"

"啊,我倒觉得,他蹦高之前已经看过了。"坎希雅说。杰莎惊讶地听出,公爵夫人甜美的声音里暗藏着一丝严厉。"而且我相信,他看得非常仔细。"

房门在杰莎身后关上,隔住了两人的谈话。

The Witchwood Crown

棕色骨头与黑色雕像

♛

"我参不参加内廷议会有什么区别?"莫根纳问。王座大殿只有他和祖父二人,或者说,除了众多默默站立的爱克兰卫兵,王座大殿只有国王和王子二人。"您以前从不在乎。"

西蒙疲倦地叹口气,等自己镇静下来,才开口说道:"我很在乎,莫根纳。只是你无视我们的要求,没去参加会议,或把其他事情也抛到一边时,我们不是每次都会提醒你罢了。但这不代表我和你祖母不在乎。"没错,他很生气,但同往常一样,他一看到孙子就会想起去世的儿子。同样浓密而紧皱的眉头、同样英俊的面容——至少莫根纳没发小孩脾气、把五官挤到一起时,他们父子还是很相像的。莫根纳不如父亲成年后那么高,也没那么瘦,但形象与约翰·约书亚一样精致分明。西蒙有时甚至觉得,责备孙子是不是等于责备已经去世的可怜的约翰诺。"可现在,情况不一样了,莫根纳,你也该站出来承担些责任了。我们都担心可能要打仗,你不能再跟你的朋友们跑去鄂克斯特鬼混了。"

"责任,哈,当然。"王子忿忿不平,"我是王位继承人,理应像个男人一样——是啊,是啊,我知道。可北鬼来袭那晚,您又不准我出去战斗。"

起码这句抱怨,西蒙听懂了。"那不是我的决定。王后担心你。我们不清楚敌人的兵力……"

"可其他人都参加战斗了!就连祖母她老人家也跑到士兵中间。她可是王后啊!"

西蒙好容易忍住又一声沮丧的叹息。那天晚上,要是米蕊茉作决定之前,能跟他商量一下就好了。保护王子是一回事,让小伙子感到屈辱和丢人又是另一回事了。

"过去的事已经过去了。"他最后说道,"但以后如何,全看你自己了,孩子。"

莫根纳盯着他,目光炙热而明亮。一时间,西蒙好像在男孩的眼神里看到了米蕊茉疯狂的父亲。"让我做点事吧。"王子恳求道,"我剑术很好。艾斯崔恩教我……"

"艾斯崔恩教你的都是花把式,"西蒙说,"我见过的。没错,那个纳班人是个优秀的战士,但他教你的只是打打闹闹的小花招,只能用于酒馆斗殴。真正的战斗是在战场上——全副武装,顶着大太阳——只有最强者才有机会生还。战争不是比武竞赛。你不能在回合之间停下休息,也不能低估你的对手。"他越说越起劲儿,越说越大声,"不!箭雨会朝你飞来!敌人会趁你与别人交手时,从背后偷袭你。"

"我很强壮。"莫根纳说,"您怎么知道我的情况?您都不关心,也从不过问。每次您跟我说话,都只会强调我是个傻瓜——说我怎样给至高王座丢脸。"

西蒙知道自己的情绪又要失控了,可此时此刻,他只看到自己的孙子尽管走着与儿子不同的道路,却同样走向了早夭的命运。"上帝的宝血圣树啊,臭小子,"他大声道,"你没听到我说的话吗?只会酒馆斗殴的战士不可能长命百岁,他能不能再迈进同一家酒馆都难说。所以你还欠那个酒馆老板的账,没给你和你那群朋友付钱,对吗?难道你打算用壮烈牺牲的方式清掉你的账单吗?如果是这样,那你不但是个傻瓜,还是个没心没肺的傻瓜,因为你只会给生者带来悲痛。你嫌你祖母和我蒙受的苦难还不够多吗?"

莫根纳张开嘴巴,一时间,西蒙以为王子会说出些令彼此二人都终生难忘的狠话,而且他明白,这主要都是他的错。国王的理智仍在竭力对抗怒火,试图把控住情绪。但让他庆幸的是,王子什么也没说,只是转过身,既没告辞,也没行礼,直接朝厅外走去。西蒙目送他离开,咽下所有愤怒的气话,因为他知道,这些话只会把气氛搞得更糟。

"好吧,"他对空气、龙骨椅和悬挂在天花板上的古老旗帜说道,"今天还有什么开心事等着我吗?"

"希望至少还有一件。"门口一个声音回答道。

西蒙抬起头,发现是宾拿比克。这些天来,矮怪穿的不是家乡的御寒冬衣,而是柔软的亚麻制品。西蒙感觉他很像提阿摩的同族。"怎么,已经到正午了?"

"我想,大概还差一刻钟。"宾拿比克回答,"但我想先跟你谈谈,就我们两个,因为我知道王后不喜欢这个话题。我刚才在等你跟你孙子说完,然后看到他从我旁边经过,脸色好比岷塔霍的冰风暴。所以,你们应该谈完了。"

"不欢而散。还是老样子。"

"啊,固执的年轻人。跟固执的老头子一样难相处。"

西蒙挑起半边眉毛。"你这话是什么意思?"

宾拿比克也许笑了笑,但也难说,因为他的表情只是一闪而过。"不重要,老朋友,只是坎努克人的一句老俗语而已。我来是想问你点儿事。你还没做梦吗?"

西蒙也决定换个话题。"完全没有。我没法告诉你这种感觉有多

孤儿

奇怪。就连那个死去的可怜琴师，虽然醒着时我总能记起他的脸，但睡着之后就没梦见过。你觉得我怎么了？"

"我不知道，西蒙老友。可能没什么特别的——正如米蕊茉的猜测，毕竟很多人也不经常做梦。虽然我觉得可能是其他原因，但无论如何，凭我的知识给不了你更多建议，提阿摩和他夫人也不行。除了照顾希瑟女子，我们把所有空余时间都拿来查书了。"

"啊，是啊。"国王叹了口气。话题又回来了。"那她有没有好转的迹象？"

矮怪摇摇头。"没有——如果我没说错，她在慢慢恶化。但她有时会在高烧中说话。她好像叫坦娜哈雅。你在角天华期间，有没有听过这个名字？也许你可以猜猜，希瑟为什么派她来找你？"

"没有。我在那儿见过很多希瑟，但很少有人愿意说出他们的名字。他们不太在意凡人。"

宾拿比克抬起头，望向西蒙身后高台上的龙骨椅。它高踞在国王与王后那两把朴素许多的王座之上，活像大教堂墙壁上的石像鬼。"我看到圣王约翰的骨头椅子还在这儿。你不是总说想把它弄走吗，怎么没有？"

"米蕊不让。但我讨厌它。每次看到它，我都会想起圣王约翰撒过的谎。我宁愿自己从没发现过真相。"

"真正的屠龙者的真相？你宁愿继续无知，任由圣王约翰夺走你祖先的伟大功绩？"

"不，当然不是。但把这可憎之物摆在这儿供人瞻仰，就像……就像在说，事实并不重要似的。"

宾拿比克严肃地点点头。"也许吧。可有时我想，谎言只是因为有人相信，才会被当成事实。我觉得，没人会故意把谎言当成事实来蒙骗你。"

米蕊茉从礼拜堂那边走来，身后跟着茜丝琪和齐娜，看着就像一头母熊带着两只幼崽。"啊,是啊,旧王座。"她说,"有段时间我们把它丢在外面,但平民无法接受。他们爱戴我祖父圣王约翰,至今不变,总觉得那就该是他的王座。所以最后,我说服丈夫把它搬了回来,安置在王座大殿。"

"说服?"西蒙哼了一声,"更像是命令吧。"

"夫妻之间的决定有时很复杂。"茜丝琪微笑着说,"我觉得,有些事必须由一方对另一方解释明白。"

"是啊,经常如此。"米蕊茉表示同意,"尤其是妻子对丈夫。"

"若你们拿我的愚蠢和固执寻开心寻得差不多了,"西蒙阴郁地说,"也许我们该出去开会了。我烦透了这些灰尘、雕像、旧骨头,还有这些虚假的故事。"

"还不能去,得等艾欧莱尔。"米蕊茉说,"他会来这儿找我们。"

西蒙沉着脸,却也无可奈何。他离开自己的椅子,走到高台最顶端的台阶坐下,故意无视妻子皱起的眉头。米蕊茉不喜欢他没有国王风范,即使周围只有老朋友。"莫根纳不会跟我们一起来。"他告诉妻子,但没做更多解释,"我们还要等谁?"

"啊,各位都在啊。"艾欧莱尔从豪华的王座大殿门口走来。

"现在我们该出去了。"西蒙站起身。身为领袖,他学到的最重要的一点就是,不论对方是一个国家,还是一小群朋友,只要你带个头,其他人就会跟随。米蕊茉当然也明白这一点。有时做出一个决定,但谁先执行,便成了他俩之间小小的竞赛。

一行人走出王座大殿,十来个爱克兰卫兵一如既往地跟在国王与王后身后,活像一群穿着绿衣、戴着头盔的猎狗。西蒙有时会说,企图甩掉他们去别的地方,就像抓着一把碎肉,试图穿过一间狗屋。

"而总有一天,我们会因此感谢他们。"米蕊茉通常会这么回答。

屋外的太阳高挂在空中,西蒙领着朋友们走向高塔花园。之所以叫这名字,是因为它建在原来的绿天使塔旁边。这里有高墙,有历经

孤儿

多年长成的大树，还有错综复杂的篱笆小径。众人将所有卫兵留在园外，只让一对卫兵站在园门内侧把守。绿天使塔上的天使像留下的最大一块残骸是头部，如今被安放在花园中间的石头底座上。一群仆人已在荫凉的草地上摆好午餐，有冷肉、水果、奶酪和面包。西蒙表示感谢，然后遣散了他们。他决定，至少这一次，他和朋友们要自己倒酒。"我们只要等提阿摩来就行了。"西蒙说，"他有些事要忙。不过他说，中午敲钟时他会来的。帕萨瓦勒也是。"

"这些都是你安排的，对吧？"王后问他。

"我跟你说了，我不想再待在屋里。看呀，米蕊，现在是阿弗洛月，天气晴朗。为什么不跟朋友们一起，坐在户外晒晒太阳呢？"

米蕊茉开怀大笑。"是啊，为什么不呢？夫君，我觉得这是个很棒的主意。"

* * *

没多久，提阿摩来了，但帕萨瓦勒派人请求原谅，说财务室那边出了点岔子，他恐怕来不了了。于是大家不再等他，开始喝酒。虽然沉浸在温暖的午后和好友陪伴的欢乐中，西蒙依然喝得很节制，而且他看得出，米蕊茉也一样。大家默契地聊了些开心的话题。齐娜和她父亲唱了首坎努克民歌，讲述一只聪明的雪兔如何智斗狐狸，女孩边唱边演兔子，把那股机灵劲儿表现得淋漓尽致，逗得大伙哈哈大笑。

吃饱喝足，茜丝琪站起身，示意女儿跟她走。

"这顿饭太棒了，"茜丝琪说，"但我们得告退了，首先表示谢意。"

"你们去哪儿？"米蕊问。

"他们去找小史那克。"宾拿比克回答，"齐娜觉得她未婚夫营养不足，想给他带些我们午宴上吃的食物。"

西蒙想起那个结实的小矮怪，他个子虽矮，腰腹却比国王还粗，不由得笑了起来。"有道理。"他只大声说了一句。宾拿比克看到他的表情，也露出微笑。

"我们很同情他，你应该会理解的。"矮怪朋友说，"还记得当年有个年轻人吗，他在陌生的土地迷了路，不也整天喊饿来着？"

"有时我还会梦见，咱们第一次在森林里相遇时，你给我烤的鸽子肉。"西蒙承认，"我觉得，那是我这辈子吃得最香的东西。"

"没有比饥饿更棒的调料了。"

矮怪母女离开后，米蕊和西蒙对视一眼，看看剩下三人——宾拿比克、艾欧莱尔和提阿摩。

"你们不仅是我们的老朋友，"西蒙说，"更重要的是，还同我们一起，经历了风暴之王战争。你们都知道，最近出现了很多异兆——爱尔瓦夫人提到的北鬼和希瑟的尸体；北鬼带着驯养的巨人在南方出现，远离他们平时出没的区域；还有希瑟，他们沉默多年，终于给我们派来一位信使，却在津林遇到伏击。"

"别忘了，还有跟北鬼一起旅行的亚拿夫留下的信。"他妻子补充道，"他说北鬼女王苏醒了，要找什么巫木王冠。"

"我相信大家都很重视北鬼的威胁，二位陛下。"艾欧莱尔说，"但容我提醒一句，艾奎纳当年围攻过奈琦迦，他说剩余的北鬼已经不多了，而且他们的生育速度跟希瑟一样低。不管怎样吧，我给盟友们送了信，提醒他们做好打仗的准备——但目前仍要保持低调。眼下，各大边境堡垒的主要任务是保护我们，更重要的是，一旦发现袭击，他们还要尽快通知我们。"

他们开始讨论，如何在不引起惊慌的情况下，派遣更多士兵去霜冻边境的各大堡垒，以及如何建立更加可靠的送信和收信系统。

"我会通知扎奇尔爵士，二位陛下。"艾欧莱尔最后说道，"明天就动手安排。"

"很好。"西蒙说，"提阿摩，也许你可以告诉我们，有没有从那封信上发现什么新线索？你查到那位亚拿夫是亚拿嘉的亲戚吗？还有，他说的巫木王冠是什么意思？"

提阿摩摇摇头。"关于亚拿夫，我没有什么可说的。我和宾拿比克翻遍了在海霍特能找到的所有资料，但卷轴持有者们没有一封信提到他。也没有信件或书籍提到过巫木王冠。纳班贵族凯亚斯·斯特纳曾经造访古阿苏瓦，当时这里的统治者还是希瑟。可他提到，精灵统治者的王冠虽然造型精美，但只是用普通桦木雕成的。"

"有没有别人可能知道？"西蒙问，"教廷肯定有不少藏书。你提到了卷轴持有者。现在联盟还存在吗？"

"算是存在。"提阿摩皱起眉头，"我和宾拿比克就是成员。当然还有约书亚，只要他还活着。葛萝伊还曾提到一个聚会地点，但她建议我们将那儿交给珀都因的菲尔拉夫人。葛萝伊向来不喜欢过多涉入凡人事务。她更愿意在森林里，与飞禽走兽为伍。"

"那这位菲尔拉夫人呢？"米蕊茉问，"你一说她的名字，我就想起来了。但我有很多年没听你提起她了。"

"大概约书亚失踪时，她跟我们断了联系。"提阿摩说，"我给她寄过许多书信，但一直没有回音。当时安泛·派丽佩流行瘟疫，她住的城区起了场大火，所以很可惜，她极有可能已经去世了。"他停顿一下，等西蒙和米蕊茉画完圣树标记，"很抱歉，二位陛下，我能提供的信息十分有限。过去二十年里，我要关注很多事，由于大多数时间都很和平，所以我总觉得没必要着急。事实上，我必须承认，因为我们一直没找到约书亚，所以我把重建联盟的计划推迟了好几次。我总给自己找借口，比如'要做的事太多，也许等一等就能收到约书亚的消息了。就算没有，等来年春天，我再去纳班一趟，寻找其他卷轴持有者也不迟。'或者'等国王与王后从麦尔芒德回来，我再认真研究这事。'"他郁闷地续道，"就这样，年复一年，我们错过了很多机会。"

"提阿摩，这么想的不止你一个。"米蕊茉告诉他。西蒙知道，虽然她嘴上这么说,实际是因为,自从米蕊茉和提阿摩、艾奎纳、凯马瑞三人一起逃出南方之后,她对乌澜人总是格外心软。

"所以,只有希瑟有可能告诉我们一些消息了。"国王说,"可他们的信使似乎撑不住了。"

"她还能讲话时,告诉我们,她中了毒。"提阿摩说,"很明显,虽然袭击已经发生了很久,但有什么东西仍在慢慢侵蚀她的身体。"

"也就是说,我们帮不上这个希瑟女子了。"西蒙意味深长地看着王后。

米蕊茉点点头。"对,这你不用担心——我正打算说这事呢。"她转头望向大家,"国王和我已经决定,把希瑟女子送回她族人中间,希望他们能救活她。另外,我们还要查出他们对北鬼的计划有何了解,并把我们知道的情况告诉给他们。无论是什么阴影笼罩在我们两族头上,希瑟在上一场战争中都是我们的盟友,而且他们对北鬼和那邪恶女王的了解远胜任何人。"

米蕊茉顿了顿,转向艾欧莱尔伯爵,脸上露出近乎惭愧的表情。"很抱歉,老朋友,国王和我又得拜托你了。我们不知道希瑟为何与我们不再往来,也不知他们为何现在又派来信使,但我们必须派人将受伤的使者带过去,这人最好与希瑟有过交往,同时又能全权代表国王和我。目前来看,你是最佳人选。"

西蒙仔细打量艾欧莱尔。他相信自己在对方脸上看到一丝几不可察的畏缩。

"当然可以,陛下。"那种情绪转瞬即逝,艾欧莱尔尽职尽责地承担下来。"我会按您与国王的吩咐去办,但我有些担忧。这段旅途很长,我的年纪也大了,要是路上有什么差池怎么办?"

米蕊皱起眉头。"你觉得无法胜任?"她显然很失望。

"不是,陛下。可要假装我还年轻,那就太傻了。我这把年纪,诸神随时可能把我接走。众所周知,这个任务十分重要,所以我该带个同伴。这样,就算我有个三长两短,那人也能继续护送希瑟女子,并担任您二位的大使。"

"当然可以,你觉得谁合适就带谁好了。"米蕊茉说,"但我们仍对你和你的能力充满信心,亲爱的伯爵。"

"谢谢。"他露出微笑,"希望诸神的看法与您一致。那我就提出我的人选吧。"他说,"也许可以让莫根纳王子陪着我,出任另一位大使。"

"这主意太棒了!"西蒙立刻赞成,结果被妻子狠狠地瞪了一眼。

"那可不行!国王和我已经讨论过了。我们的孙子太过年轻,这趟旅程又太危险——我们甚至不确定能不能找到希瑟。而莫根纳是王位继承人!"

"一个毫无建树的继承人,除了在酒馆和其他卑贱之地浪费时间……"西蒙开了个头,却没敢说完。

"不,绝对不行。"王后说得斩钉截铁。宾拿比克、艾欧莱尔和提阿摩全都不安地动了动,将目光转向别处。

"呃,"艾欧莱尔伯爵最后说道,"那我就另找一名同伴好了。还有,我该立刻准备才是。宾拿比克、提阿摩,你俩觉得我该去哪儿寻找精灵呢?他们很擅长躲避凡人,想找到他们并不容易啊。"

"我估计,他们应该在阿德席特大森林的南边区域。"宾拿比克说,"我从我师父和西蒙那里了解到,他们的林间城市角天华应该在那一带,不过他们在周围的广大地区应该都有活动。我建议,你可以沿着老林路往东走,并经常停下宣告你的身份和目的,希瑟应该会知道的。"

"谢谢你,好心的矮怪大人。你会是一位非常优秀的王座之手。"艾欧莱尔的微笑充满疲倦,"那好,我会查询那一带区域的地图。二位陛下希望我什么时候动身?"

"恐怕越快越好。"米蕊茉恢复了镇定,探过身去,按住艾欧莱尔的一只手,"当然了,你必须带一队爱克兰卫兵。我们都希望你平安返回,高贵的艾欧莱尔。这里也不能长时间离开你啊。"

"遵命,陛下。"艾欧莱尔站起身,动作似乎格外迟缓,"宾拿比克、提阿摩,你们能不能跟我一起来,多给我提些有用的建议,帮我制定旅行计划?我会万分感激。"

三人都站了起来,准备离开花园,但西蒙叫提阿摩留下。

"让他们等等你吧,"国王说,"我还有其他事想问你。刚才聊了那么多往事,让我想起了答应过艾奎纳的一件事——是那位老好人的遗愿。"

"西蒙,你在说什么?"王后问道。

"亲爱的,你知道的。关于你叔叔约书亚的两个孩子。当年若是约书亚王子同意,本该是他们一家人坐上至高王座的。"

"别挑现在,西蒙,我们要关注的事已经够多了。"

"正因如此,我才要问问提阿摩。"他转头看向参事。后者倚着拐杖,好让跛脚放松一下。"你一定记得,艾奎纳和他妻子桂棠,是约书亚和渥莎娃那对双胞胎——戴菈和戴奥诺斯——的教父教母。艾奎纳去世之前,说失去他们的音讯是他此生最大的遗憾。"

提阿摩挑起一边眉毛。"他们已经失踪很久了,陛下——很多很多年了。"

"我知道,快二十年了吧。联盟最后一次收到约书亚的消息是在什么时候?"

"我相信是在建元 1176 年,您二位统治的第十年。所以,是啊,超过二十年了。线索一定微乎其微。"提阿摩看看他们,西蒙觉得他一定十分担忧。"你们希望我做什么?"

"当然是找到他们。如果可能,两个都找到。我给艾奎纳公爵的承诺是:查清约书亚和渥莎娃两个孩子的下落。"他想了一下,"受祝福的瑞普啊,他们现在都该生儿育女了!"

孤儿

"如果他们还活着,是这样。"

米蕊茉终于忍不住了。"西蒙,这……唉,这事不是不该做。我们确实欠艾奎纳一个交代。但现在不是时候。纳班公开内斗,色雷辛人在洗劫他们的城市,北鬼蠢蠢欲动……我们不能再增加新的麻烦了?"

"现在不完成艾奎纳的遗愿,那要等到什么时候?"如果愿意,西蒙会跟他妻子一样顽固,"如果跟草原人打仗了怎么办?如果纳班真陷入混乱了呢?正如提阿摩所说,就算还有线索,恐怕已微乎其微,一旦时局动荡,岂不就更没希望了?除了你我,你父亲的家族就只剩下约书亚、渥莎娃和他俩的孩子了。这对你难道没有任何意义?"

"你这么说话,"米蕊茉脸色阴沉,"对我太不公平了。"

"请直接告诉我,需要我做什么。"提阿摩沉默良久,最后说道,"我可以搜集所有约书亚的来信——寄给我的我还存着,当然,史坦异那里也有不少。"

"你说过,很久以前就检查并研究过那些书信。"西蒙说,"你还拿走了他写给米蕊和我的信。所以,你必须走一趟——去关途圃,去他和渥莎娃的住所,去所有线索指向之地。我们必须查出他们到底发生了什么,尤其是那两个孩子。这是我们欠艾奎纳的。如果没有公爵,我们活不到今天。当然了,没有约书亚王子也一样。"

提阿摩的脸色有些奇怪,西蒙看了好一会儿才反应过来。自从坐上至高王座,他就很少见到这副表情了——那是某人很想对他说"不"的表情。

"我觉得这不是个好主意。"提阿摩终于说道。

"感谢受祝福的救主,"米蕊茉说,"总算有人说了句明白话。"

"什么?提阿摩,你这是什么意思?约书亚可是——曾经是——爱克兰的王子,如今却消失得无影无踪!他是王后的叔叔!还有一点,我们以前就讨论过,虽然没人爱听我说,但上帝可以作证,万一我和我家人遭遇不测，约书亚一家就是圣王约翰唯一的血脉。就算莫根纳真按我和王后的希望登上王位，我们又怎能抛下艾奎纳的遗愿不管？"西蒙感觉脸颊滚烫，知道自己一定涨红了脸，"拜托，提阿摩，艾奎纳也是你的朋友啊！"

这次轮到乌澜人阴沉着脸看他了。"我不是说这个，西蒙……陛下。"提阿摩举起手杖，指指自己的瘸腿，"而是我腿脚不行了，现在我坐马车都疼。"

"可你刚刚才坐着马车去了艾弗沙。"

"我诚实地告诉你，老朋友——我是遭了一路的罪啊。但别误会，我现在担心的不是疼，而是慢。谁知道线索会引到多远的地方去？而我必须经常停下、休息，这是没办法的事。拖着一条跛腿，我心有余而力不足啊。这事将占据我大量的时间。而且——请原谅，这话听着可能有些狂妄——但我担心，在接下来一段险恶的日子里，如果我不在，你很可能会想念我能提供的建议。宾拿比克很快会带着亲人回家，艾欧莱尔又被派了出去。"

西蒙皱起眉头。"抱歉让你受苦了，当然——当然！——我很难过！但我觉得，你最担心的是放下图书馆的事吧。你爱那图书馆胜过一切。"

"不对。"一时间，西蒙惊讶地发现，他又在朋友脸上看到前所未见的表情——向来平和的参事竟然生气了，尽管他在小心地压抑着怒火。"不对，而且很不公平。我最不愿离开的是我的妻子。即便如此，如果有最佳方案，我会去做的。我当然会去。我曾宣誓效忠至高王座，效忠你们二位。你很清楚这一点。如果你有别的想法，那真是冤枉我了。"

西蒙感觉自己像个被人责备的孩子，但他也明白，提阿摩说得对——自己对他不太公平。"好了好了，我为刚才的蠢话道歉。可你不去，我们该怎么办？正如你所说，艾欧莱尔准备去找希瑟，我们已经无人可派了。难道我们要冒着永远找不到他们的风险,再次拖延下去吗?"

"也许不用。"提阿摩的不快似乎已经过去,"我觉得,有一人能办到——说来奇怪,我已经在考虑如何帮助他了。"

"你在说谁?"

"厄坦弟兄。你认识他。"

西蒙焦躁地挥挥手。"是啊,那个年轻修士,总是一副大惊小怪的模样。"

提阿摩笑了。"你这么一说,我觉得还真是。对,就是那个满脸大惊小怪的修士。你不了解厄坦,但我了解他。自从主教派他来帮我们,我一直对他很满意。他思维活跃,有颗难得的好奇心,还有副好心肠。"

"话虽如此,但这么重要的事……"西蒙不喜欢派个近乎陌生的人去,感觉就像怠慢了艾奎纳公爵。

"关于厄坦,我跟你说件事吧。"提阿摩说,"你们还记得史坦异神父去世时的情景吧?——我的挚交好友史坦异,我真想念他啊!——他在卷轴联盟一直后继无人。"

米蕊茉点点头。"记得。事情发生得太突然。那个夏天,热病害死了很多人。"

西蒙也记得。他一直没意识到自己有多在乎那个老文书官,等到反应过来已经太迟,老人已经离世了。"上帝保佑我们,那段日子太难熬了。"

"他在弥留之际,托我替他保管徽章,直到遇见有资格佩戴它的人。我目前正在考虑的人选便是厄坦弟兄——我想邀请他加入卷轴联盟。这下你们知道,我为何相信他了吧?"

"好吧,这确实是个有力的证明。但你确定他能胜任?"

"你说这项任务?确定。他很年轻,身体健康,拥有学者的思维

The Witchwood Crown

模式，从不相信轻易得来的答案。我想不到比他更合适的人选了。更重要的是，我觉得这个任务对他也有好处。"

"此话怎讲？"

"自打我们从瑞摩加回来，他一直受到……某件事的困扰。"

西蒙听得出来，提阿摩不太想透露是什么在困扰他，不禁有些焦躁。"具体什么事？"

"不需劳烦二位陛下挂心。这事只对厄坦和我这样的学者才重要，只是他为此事过于心烦意乱、寝食不安了。他跟许多喜欢思考又虔诚的人一样，有时太过认真。所以我觉得，给他指派个新任务，占占他的心思，让他体验一下在熟悉的城堡与教堂之外的新风景，对他更有好处。"

西蒙抬起一只手。"既然你觉得他合适，那我同意。米蕊茉？"

"我们当然希望你能留在这里，提阿摩。"她说，"大概你也猜到了，我不太愿意在眼下处理这件事。"她白了丈夫一眼，"不过，如果拜托给你的……联盟候选人——似乎可以这么称呼他——那我也不会反对。"

"就这么说定了。"西蒙点点头，"不过，这位厄坦出发之前，我要找他谈谈，让他了解这次任务的重要性。"

"遵命，陛下。"但提阿摩又像刚才一样，脸上掠过一丝奇怪的抗拒表情。

西蒙权当没看见。"你也要确保他知道一切，关于约书亚、渥莎娃和他们的孩子。确保他能发现真相。"

"二位陛下，我以我家乡的名义发誓。以我对至高王权的誓言发誓。"

提阿摩离开后，西蒙不敢直视米蕊茉的双眼。他知道妻子一定有怨言，他也没心情替自己辩护。于是，他只是看着留在草地上的食物与空杯。

孤儿

"需要把这些东西带进去吗?这让我想起了当年在厨房帮工的日子。"他说。

"叫仆人来吧。"米蕊茉干脆地说道,挽住裙子站了起来。"还记得吗?我又没在厨房帮过工。"

西蒙看着她离开。她又生他的气了,但他说不清因为什么,毕竟惹她发火的原因有很多。我都不知道咱们在争什么,又该怎么认错呢?他心想。

他懊恼地踢翻一只杯子,看着酒水洒在草地上,随后跟上妻子,走回寝宫。

♛

提阿摩回到房间,发现缇丽娅正在生闷气,但他没能马上猜出是因为什么。

"亲爱的,愿你今天顺利。"他说,"你的病人怎么样了?"

"那个希瑟女子?没好转,但感谢上帝,也没恶化。只是有些问题还在困扰我——困扰我们所有人——我始终抓不到要领。"

提阿摩叹息一声。"我也有同感,不光是她,其他几件事也一样。这种感觉已经持续几个星期了,就像我年轻时望着家乡的小溪,水面上总有些我理解不了的波纹,也许因为水下有暗礁,或者水下有东西在动。"

"你在烦什么?"

"唉,大事小情,千头万绪,无从说起啊。"

"好吧,只要你帮我一个忙,我就能让你清静清静。"

"什么忙?"

"帮我倒杯黄酸模甜酒好吗?我今天很累,头很疼。"

"一整杯?"

"好吧,半杯。我会慢慢喝。"她朝丈夫半开玩笑地皱起眉头,"提摩,你对我真是太小心了。要知道,我们旱地女人也很能喝啊。"

The Witchwood Crown

"哦，我知道。"他拿起一只小壶，拔掉塞子，往珍爱的玻璃杯里倒了大半杯，然后托起杯子，映着从窗外洒入房间的午后阳光。房间十分朴素，只有窗户特别大，这正是提阿摩选择这个房间的主要原因：在他的前半生，最令他珍爱的便是阳光。他轻晃杯子，看着酒水卷成云状的旋涡，仿佛看到风云变幻的天空。

"谢谢，夫君。"缇丽娅接过杯子。

他走向书桌，留下妻子独自饮酒。自从厄坦把那本禁书拿给他，他就一直在考虑该怎么做。当时他一看到那本《异界密语》，就明白自己需要其他学者的建议。然而时至今日，联盟已不复当年，只剩下三名卷轴持有者——假如菲尔拉夫人依然在世的话！他一直打算将厄坦收为新的卷轴持有者，因为年轻的修士思维活跃、心地善良。不过那孩子只是个候选人而已，可以接受训练，以待培养成学者，却没法在加入之后立刻帮上忙。此时此刻，提阿摩真正需要的是帮助。

妻子一边抿着甜酒，一边翻看拉楚安的《血与魂的运转》，无疑还在为那濒死的希瑟操心。自从提阿摩随王家巡游回来，缇丽娅便很少考虑别的，每次回房除了睡觉，基本都在查找医书。身为丈夫，提阿摩的要求虽然不多，但对抢走妻子注意力的中毒女子不由也产生了一些嫉妒。

别不知足，他告诫自己。缇丽娅身体健康，仍与我生活在一起，我就该感谢沙行者了。而且这能让我的精力找到更好的用处。

他从书写盒里拿出一张羊皮纸，剪了根羽毛做笔，开始写信。

亲爱的朋友安格斯：

他刚刚落笔，便犹豫了一下，担心太过随意，但最后决定，就这么留着好了。

孤儿

我给你写这封信,因为我需要你的知识,而且这种需要压过了叨扰你生活与工作的愧疚。我得到一本非比寻常的书,一本你我都未曾见过、只是听闻的书,一本声名狼藉的书。

光是这样,我依然不会打扰你,不过我担心,书中还有别的重要内容。这本书主要用古纳班语写成,看上去很直白,似乎却藏有暗语——我不能在这里写出作者的名字,但你应该能猜到,正如你能猜出我说的是哪本书——作者在写到重要名称与过程时会使用罕蒂亚语。我对罕蒂亚语了解不多,而你却很熟悉,所以我相信你能明白我的困境。

我不能派人把这本书给你送去,除非我亲手交给你,然而这也不行,因为我在鄂克斯特另有重大职责。我也不是要你亲自前来——我知道,这要求对你现在的状况有些过分——但我想不出别的办法了。你知道还有谁能帮助我吗,老朋友?在安东教堂之外,还有没有哪位学者熟悉罕蒂亚古语呢?如果你能猜出这本书的名字,那你应该也能猜到,我为何不能向塞斯兰·安东尼斯求助,以及我为何不能在信里写太多,毕竟这信必须由信使送出,哪怕那是一位王家信使。

祝愿你身体健康,工作顺利。无论你对我的请求有何回复,我都盼望你能回信讲讲瓦伦屯和刻蔓拓里废墟的情况。

你精神上的兄弟,果坞村的提阿摩
于鄂克斯特

他重读一遍,吸干墨水,折起来封好,打算亲自交给下一位南下的信使,并确保它作为密信送出。这封信也许起不到什么用处,因为安格斯对别人的工作不感兴趣是出了名的,但提阿摩觉得自己应该做点什么,什么都行。自从王家巡游在霜冻边境遭遇那场可怕的袭击,他就有种很难解释的感觉:时间不多了,某种灾祸将如巨石砸落小池

塘一般，彻底粉碎他和缇丽娅宁静的生活。

愿长老们保佑，让我预测未来的能力像读罕蒂亚语一样糟糕，他暗自祈祷，但马上生出一个担忧的念头。我会将厄坦弟兄置于何地？我是否应该自己去？

这种问题当然没有简单的答案——答案只有诸神才知道。

提阿摩走向房门，途中停下亲吻妻子的头顶，却发现甜酒杯子差点从她手中掉下。她睡着了，膝头还放着打开的拉楚安的医书。他把书合上，拿走酒杯——幸好它已经空了——在书桌上放好，随后离开。

"睡个好觉，我最爱的妻子。"他轻声说道，关上房门，"睡个安稳觉。"

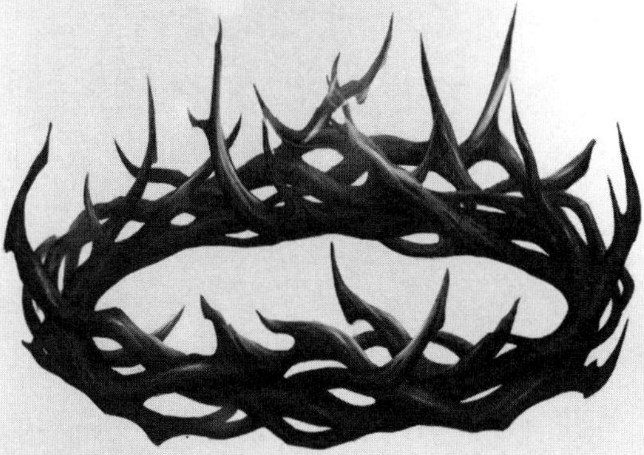